CATHERINE ALLIOTT
Zu gut, um wahr zu sein

Buch

Evie Hamilton führt ein Bilderbuchleben an der Seite von Anthony, einem attraktiven und über die Maßen beliebten und engagierten Literaturdozenten in Oxford, der nebenbei von den Medien als der Vertreter einer neuen Lyrikergeneration gehypt wird. Die gemeinsame Tochter Anna steckt mit ihren vierzehn Jahren zwar mitten in der Pubertät, macht ihren Eltern aber keine Sorgen. Da macht es der Mittvierzigerin Evie nichts aus, dass sie sich nie beruflich selbstverwirklicht, sondern stattdessen ausschließlich ihrer Familie gewidmet hat.
Doch eines Tages gerät Evies heile Welt ins Wanken. Ein junges Mädchen, Stacey Edgeworth, hat ihrem Mann einen Brief geschickt, in dem sie ihm schreibt, sie sei seine uneheliche Tochter und würde ihn und seine Familie gerne zu sich und ihrer Mutter einladen, um einander endlich kennenzulernen. Und Ant ist sich zu allem Übel auch noch sicher, dass Stacey die Wahrheit schreibt, hatte er doch vor langer Zeit einmal einen One-Night-Stand mit Bella Edgeworth, einer seiner Studentinnen ...

Autorin

Catherine Alliott ist in Hertfordshire geboren und aufgewachsen. Nach ihrem Studium an der Warwick University zog sie nach London, wo sie als Werbetexterin arbeitete. Heute lebt sie zusammen mit ihrem Mann und ihren drei Kindern wieder in ihrer Geburtsstadt. Ihre heiteren Frauenromane wurden mehrfach ausgezeichnet.

Von Catherine Alliott ist bei Blanvalet außerdem lieferbar:

Heute ist nicht mein Tag (37013) · Heiratsfieber (36341) · Das Chaos hat einen Namen (36395) · Das Chaos geht weiter (36432) · Verflixt, ich lieb dich! (36342) · Liebeszirkus (36900) · Ein Mann aus zweiter Hand (37008)

CATHERINE ALLIOTT

Zu gut, um wahr zu sein

Roman

Aus dem Englischen
von Kattrin Stier

blanvalet

Die Originalausgabe erschien 2009 unter dem Titel
»The Secret Life of Evie Hamilton« bei Michael Joseph,
an imprint of Penguin Books, London.

FSC
Mix
Produktgruppe aus vorbildlich
bewirtschafteten Wäldern und
anderen kontrollierten Herkünften
Zert.-Nr. SGS-COC-1940
www.fsc.org
© 1996 Forest Stewardship Council

Verlagsgruppe Random House FSC-DEU-0100
Das für dieses Buch verwendete FSC-zertifizierte Papier
Holmen Book Cream liefert Holmen Paper, Hallstavik, Schweden.

1. Auflage
Deutsche Erstausgabe Februar 2009 bei Blanvalet,
einem Unternehmen der Verlagsgruppe
Random House GmbH, München
Copyright © der Originalausgabe 2009 by Catherine Alliott
Copyright © der deutschsprachigen Ausgabe 2010 by
Verlagsgruppe Random House GmbH
Redaktion: Anita Hirtreiter
Umschlaggestaltung: HildenDesign, München
Umschlagbild: © Darius Ramazani / zefa / Corbis
lf · Herstellung: rf
Satz: DTP Service Apel, Hannover
Druck und Einband: GGP Media GmbH, Pößneck
Printed in Germany
ISBN: 978-3-442-37080-1

www.blanvalet.de

1

Es ist zwar kaum der Rede wert, außer vielleicht als Ermahnung an mich selbst, aber in der letzten Zeit muss ich feststellen, dass ich immer, wenn ich eine Kirche betrete, nicht nur ein schlechtes Gewissen bekomme, sondern auch unweigerlich zu spät komme. Auch heute war das keine Ausnahme. Während sich der sorgenvolle Duft von Bienenwachs, Stein und Kerzen vereinte, um meine Stimmung zu dämpfen, bestätigte sogleich die schrille Stimme der Pfarrerin, welche die Gemeinde begrüßte, meine schlechte Zeitplanung.

Ich schlich mich hinein, und in den hinteren Reihen drehten sich ein paar Köpfe mit einem mitfühlenden Lächeln zu mir um. Gerade wollte ich mich neben sie gleiten lassen und flüsterte entschuldigend: »'tschuldigung, 'tschuldigung ...«, aber das wollte meine Schwägerin, die ganz vorne saß, nicht gelten lassen. Ihre spitzen Gesichtszüge, gerötet, verärgert und um hundertachtzig Grad gedreht, waren kaum zu übersehen.

»Hierher!«, bedeutete sie mir in stummer Theatralik und lotste mich nach vorne wie ein italienischer Verkehrspolizist. Selbst weiße Handschuhe hatte sie an. Weiße Handschuhe!

Pflichtschuldigst packte ich mein Gesangbuch samt Handtasche und eilte mit gesenktem Kopf das Kirchenschiff entlang. Als ich dabei unversehens aufblickte, bemerkte ich meinen Bruder in seinem etwas zu engen Hahnentritt-Anzug neben dem Altar in seiner gelegentlich ausgeübten Funktion als Kirchenvorsteher. Er verdrehte die Augen in scherzhaftem Entsetzen und zwinkerte mir kräftig zu.

»Wir haben uns schon Sorgen um dich gemacht«, zischte Caro, als ich mich neben sie quetschte. Alle in der Bank rutschten ein Stück auf. »Du bist viel zu spät!«

»Tut mir leid«, murmelte ich. »Der Verkehr war furchtbar.«

»Am Sonntag?«

Ich zuckte hilflos die Schultern, als wollte ich damit sagen, dass man mich wohl kaum für die Unwägbarkeiten des Einbahnstraßensystems von Oxford verantwortlich machen konnte, und beugte den Kopf vor, um an ihr vorbei den Rest meiner Familie zu begrüßen, die hier versammelt war. Außer Caro hatten sich sowohl meine Mutter als auch meine Stiefmutter vorgebeugt, um mir zuzulächeln: Felicity, meine Stiefmutter, elegant in einer mattbraunen Chenillejacke und einem vanillefarbenen Rock, und meine Mutter in verblüffenden Leggings mit Leopardenmuster, orangefarbenen Sportschuhen und passendem Haarband. Sie warf mir eine Kusshand zu.

»Als was hat sie sich denn heute verkleidet«, murmelte ich Caro zu, während ich mich zurücklehnte.

»Frag lieber nicht«, stöhnte sie und schloss die Augen. »Ich könnte schwören, dass sie es mit Absicht tut. Ich habe ihr gesagt, dass die Kleiderordnung lässig-elegant wäre, also ›keine Hüte‹, aber sie sieht aus, als hätte man ihr für den Tag Ausgang gegeben. Als hätte der Anstaltsbus sie gerade erst abgesetzt.«

Ich unterdrückte ein Lächeln und wandte meine Aufmerksamkeit der Pfarrerin zu, die eigens für diesen Anlass gekommen war. Sie gehörte sonst nicht zu dieser Gemeinde, aber sie war sehr mitreißend und kam trotz der verräterischen roten Flecken an ihrem Halsansatz immer mehr in Schwung, indem sie uns in tragendem Ton ermutigte, den jungen Menschen, die hier und heute vor uns standen, beizustehen und sie in dieser momentanen Entscheidung zu bekräftigen, ihren Glauben zu stärken.

Ich lächelte. Jack, mein Neffe, einer von sechs oder sieben Teenagern in der ersten Reihe, dem die Sonne direkt durch eines der bunten Kirchenfenster auf die Ohren schien, sodass diese rosa leuchteten, während ihm seine roten Haare zottelig über den Kragen seines Tweedjacketts hingen, war so aufmerksam, sich zu mir umzudrehen und mich kurz anzugrinsen. Als er vor einiger Zeit zum College geradelt war, um uns zu besuchen, hatte ich ihn ganz beiläufig nach seinen Motiven gefragt, und er hatte überrascht geantwortet. »Na ja, man kriegt tolle Geschenke. Hugo Palmerson hat eine Taucheruhr bekommen, und sein Patenonkel hat ihm eine Digitalkamera geschenkt.« Angesichts meiner leicht hochgezogenen Augenbrauen hatte er dann noch rasch hinzugefügt: »Und natürlich glaube ich auch und so. Und es ist gut, wenn man später mal heiraten will.« Er nickte weise. »Da spart man sich dann viel Mühe.«

Zwar kam es mir so vor, als verwechselte er die Konfirmation mit der Taufe, doch der allgemeine Gedanke wurde klar. Er hakte einen weiteren Punkt auf seiner jugendlichen To-do-Liste ab: Schulabschluss, in der Cricketmannschaft spielen, mit einem Mädchen auf einer Party rumknutschen. Und auf dieser Liste lag die Konfirmation zwar nicht so weit vorne wie das Knutschen, aber es war doch ein weiterer Schritt auf dem Weg zum Erwachsenwerden, der bewältigt sein wollte. Er war eben an einem bestimmten Punkt seines Lebensweges angelangt, genau wie ich auch. Ich sah mich um. Es hatte eine Zeit gegeben, wo ich Samstag für Samstag zu einer Hochzeit in die Kirche ging, dann kamen die Taufen, Sonntag auf Sonntag. Jetzt schienen folgerichtig die Erstkommunionen und Konfirmationen an der Reihe zu sein. Und als Nächstes kamen dann, wie ich mit einem gewissen Schrecken feststellte, nun ja, es kamen die … Ja. Genau. Schließlich hatte es sogar schon eine gegeben. Die von Dad. Wieder ein Haken auf der Liste. Abgehakt und in einer Kiste durchs Kirchenschiff getragen. Darin lag ein Mann, den wir alle für kerngesund gehalten hatten mit seiner rotgesichtigen, beeindruckenden Statur. Hier in unserer Dorfkirche, während wir alle in der Familienbank saßen, uns Taschentücher vor den Mund pressten, schockiert und schweigend: das, was von der Familie Michigan übrig war.

Unsere Familienbank. Das war natürlich ein Anachronismus, aber einer, den Caro mit Inbrunst pflegte und lautstark erwähnte, was weder meine Mutter noch meine Großmutter je getan hatten, als wären wir die ehrwürdigen Abkömmlinge eines Adelsgeschlechts anstelle von verarmten Landwirten, denen es mit Mühe und Not gelungen war, sich einen gewissen Teil ihres mäßig fruchtbaren Ackerlandes und ein bröckelndes Farmhaus zu erhalten.

Nun beugte Caro sich zu mir. »Ist Ant gar nicht da?« Dabei sah sie sich um, als erwarte sie, er könnte ebenfalls jeden Augenblick hereingeschlichen kommen, nachdem er vielleicht noch das Auto geparkt hatte. Ich schluckte meine Verärgerung hinunter.

»Nein, ich habe dir doch schon gesagt, dass er Anna zu ihrer Klarinettenprüfung begleiten muss.«

»Ach so, ja«, sagte sie vage. Sie hatte einen abwesenden Gesichtsausdruck, als erinnere sie sich entfernt, dass ich es tatsächlich beiläufig erwähnt hätte, während ich sie in Wahrheit extra deswegen angerufen und mich ausgiebig dafür entschuldigt hatte, weil ich ja wusste, wie viel Wert Caro auf diese Familienfeste legte.

»Macht es ihr noch immer Spaß?«, flüsterte sie ungläubig.

»Sehr sogar«, zischte ich zurück, bevor wir gemeinsam aufgefordert wurden, uns zu erheben und das Lied Nummer 108 anzustimmen.

Ja, das war der Unterton, der immer mitschwang, dachte ich, während ich mit meiner tiefen Altstimme in Caros scharfen Sopran einstimmte und wir gemeinsam die heilige Bestimmung der grünen Hügel unserer englischen Heimat besangen, dass mein überreiztes Treibhauspflänzchen unter dem Druck von Schule und Musikprüfungen und ehrgeizigen Eltern dahinwelkte, während ihre »Brut«, wie sie sie immer zu nennen pflegte – als wären es verdammt noch mal nicht drei, sondern tausend – nach draußen an die frische Luft kam und eine anständige Kindheit hatte; als ob die von Anna in irgendeiner Weise unanständig gewesen wäre. Es brodelte noch ein wenig in mir weiter, aber bis das Kirchenlied mit »England's green and pleasant land« zur Ruhe kam und wir aufgefordert wurden, nun zu beten, versuchte ich keine bösen Gedanken mehr zu hegen, sondern nur noch freundliche.

Schließlich war sie ja nicht nur meine Schwägerin, sondern auch meine älteste Freundin. Mit schlechtem Gewissen bemerkte ich, dass ich sie früher wohl eher als meine »beste Freundin« anstelle von »älteste« bezeichnet hätte. Ganz sicher noch vor vielen Jahren in der Schule, als wir beide unzertrennlich und bei der einen wie der anderen gleichermaßen zu Hause waren. Womit dann letztlich die ganze Geschichte begonnen hatte. Ein Blick auf unser weitläufiges altes Farmhaus in seiner idyllischen Lage am Fluss, der sich am unteren Ende der Wiese durch die Weiden schlängelte, die Mahlzeiten am großen Familientisch in der Küche, das Lachen, der Lärm, das Gefühl von Tradition und Geschichte, all das hatte genügt, um in ihr den Wunsch zu wecken: Das will ich auch. Ich kann mich fast noch an den Ausdruck ihrer Augen erinnern, als sie eines Tages nach dem Essen am Küchenfenster stand und Tim beobachtete, der, groß gewachsen, kräftig und freundlich, mit dem roten Haarschopf seines Vaters, draußen an einem Baumstumpf Cricket trainierte. Ihn wollte sie auch, und sie hatte ihn bekommen. Und wenn ich ehrlich war, dachte ich, während ich auf das bestickte Kissen unter meinen Knien hinabsah, hatte ich ihre geordneten Familienverhältnisse ebenso betrachtet, die pünktlichen Mahlzeiten in dem aufgeräumten Stadthaus mit seiner modernen Einrichtung, dem Farbfernseher und der Mikrowelle, ihren ruhigen, professionellen Lehrer-Eltern, und ich hatte gedacht: Und ich will das hier haben. Natürlich habe ich nicht ihren Bruder geheiratet – das wäre auch zu einfach gewesen, ganz abgesehen davon, dass sie gar keinen hatte –, aber es hatte mir sozusagen die Augen geöffnet für einen weltläufigen, zivilisierten Lebensstil. Einen, der sich um Restaurants und Konzerte und politische Debatten drehte und nicht um Weizenerträge und Stilllegung und Fruchtfolge. Ich war von der Vorstellung geradezu besessen.

Als ich einige Jahre später Ant kennenlernte, groß, mit wirrem Haar, leicht kurzsichtig mit einer John-Lennon-Brille, einen Akademiker, den ich in der Buchhandlung gefunden hatte, in der ich damals arbeitete, da wusste ich gleich, dass er genau in das Muster passte, auf das ich hingearbeitet hatte. Und so nahm alles seinen Lauf. Caros Herzenswunsch erfüllte sich und meiner auch. Ihrer sogar noch mehr, denn nachdem mein Dad gestorben war, plötzlich und unerwartet, nicht über dem Steuer seines Mähdreschers zusammengebrochen wie einige Bauern, sondern ganz ruhig im Schlaf und – wie sich herausstellte – ohne Testament, bekam Caro auch noch die Farm. Fast wäre daraus allerdings nichts geworden, denn natürlich ging alles erst einmal an Felicity, die aber davon nichts wissen wollte. Nein, nein, das Haus und das Land sollten an Tim gehen. Das war es, was Dad immer gewollt hatte, betonte sie, was er gesagt hatte, dass er es wollte, und was auch geschehen wäre, wenn er es verdammt noch mal aufgeschrieben hätte. Felicity nahm sich genügend aus dem Vermögen, um sich ein kleines Haus in der Stadt kaufen zu können, und übergab dann den ganzen Rest, das Haus und alles drum herum und natürlich das Ackerland an Tim und Caro.

Ich würde nicht behaupten, dass Caro mit unangemessener Eile dort einzog, aber es muss doch eine Erleichterung gewesen sein, den schäbigen weißen Bungalow im Dorf zurückzulassen und ihre Kinder in den Kinderzimmern unter dem Dach einzuquartieren, mit dem Spielzimmer unten, der großen Wohnküche und dem weitläufigen Garten. Die Tatsache, dass das Dach undicht war wie ein Sieb und man in den Wintermonaten mit Eimern von Raum zu Raum laufen musste, während die Feuchtigkeit fröhlich die Wände emporkroch, spielte da gar keine Rolle. Sie hatte ihre Farm, ihr Land mitsamt dem Landleben, was nun mal dazugehörte.

So wie ich meinen Teil bekommen hatte, dachte ich, während ich zusah, wie Jack vom Altar zurückkam, frisch von seiner ersten Teilnahme am Abendmahl, mit geröteten Wangen, gesenktem Blick, zu engem Kragen, und dabei Tim in diesem Alter so unglaublich ähnlich war. Ich hatte meinen Akademiker bekommen: meinen empfindsamen, klugen Ant, der pflichtschuldigst ein Dozent in Oxford geworden war und mich so, mit geschwellter Brust, im zarten Alter von 29 zur Akademikergattin gemacht hatte. Ant war 29, nicht ich. Wir hatten ein Haus beim Balliol-College, eines von diesen hübschen kleinen Reihenhäuschen aus gelbem Sandstein, das auf den Rasen des quadratischen Innenhofes hinausging, samt College-Pforte und Pförtner. Wir hatten gleichgesinnte Freunde in nächster Nähe – Akademikergattinnen mit Babys, mit denen ich den Kinderwagen schob. Das Leben war schön.

Aber dann war Ant noch eine Stufe weiter hinaufgestiegen. Er hatte ein Buch geschrieben. Keinen trockenen akademischen Wälzer, sondern eine durchaus verständliche Biografie über den Dichter Lord Byron, für den er sozusagen ein Experte war und den er gewissermaßen ziemlich cool fand. Und genauso hat er ihn auch dargestellt. Als Idol. In seiner Darstellung war Byron ein moderner Lyriker, ein gut aussehender, adeliger, langhaariger, bekiffter Poet mit Supermodel-Freundinnen. Ant hatte ihn so der breiten Öffentlichkeit zugänglich gemacht und damit selbst Zugang zu einer vormittäglichen Fernsehsendung erhalten, in der er ihn vorstellte. Sein Erfolg kam fast über Nacht, und aus Anthony Hamilton, einem unbekannten Anglistik-Dozenten in Oxford, wurde Anthony Hamilton, der Bestsellerautor. Was nicht ganz so war, wie Caro es sich vorgestellt hatte.

Oh, es war nicht der Ruhm, um den sie uns beneidete – ich wusste, wie irrsinnig aufregend sie es fand, seine Schwägerin zu sein, sodass sie es bei jeder Gelegenheit überall herumposaunen musste – nein, es war das Geld. Keine Unmengen, aber genug, dass wir aus dem College-Haus, das zwar süß, aber doch winzig war, in eine große viktorianische Villa mit vier Stockwerken, hohen Decken und alten Schiebefenstern im Stadtteil Jericho, dem Mekka der Akademiker, umziehen konnten. Rechnungen wurden bezahlt, Kreditkartenkonten ausgeglichen, und die Schulgebühren für Anna, für die wir uns zuvor ehrlich gesagt krummlegen mussten, waren nun ein Leichtes für uns. Und Tim und Caro konnten sich überhaupt keine Schulgebühren leisten. Die Landwirtschaft warf einfach kein Geld mehr ab, es sei denn, man hatte mehr als fünfhundert Hektar Land oder andere Vermögenseinnahmen. Und selbst mit dem Zusatzeinkommen, das Caro damit verdiente, Hochzeitsempfänge in ihrem Garten zu veranstalten, waren sie äußerst knapp bei Kasse. Und so mussten sie ihre drei Kinder auf die örtliche Gesamtschule schicken.

Ich rutschte auf meinem Sitz hin und her. Ja, ihre drei. Gegenüber meiner einen. Immerhin hatte ich das ziemlich gut weggesteckt, nicht wahr? Ganz reif und verständig. Jeder hatte sein Kreuz zu tragen. Okay, ganz am Anfang war es mir nicht leichtgefallen, als auf Jack sehr bald Phoebe und Henry folgten und auf Anna einfach gar niemand. Die Verzweiflung, die Trauer, der schiere Neid hatten damals gedroht, mich zu überwältigen, aber später ... nun, später hatten Ant und ich es einfach akzeptiert. Und unsere Anna war so wunderbar.

Ich erinnere mich, wie ich einmal am Fenster in Church Farm stand und beobachtete, wie sie mit ihren Cousins und ihrer Cousine draußen im Garten spielte. Jack und Henry rauften miteinander wie üblich, Phoebe saß quengelnd und spritzend im Planschbecken, während Anna geduldig versuchte, ihre Puppenteekanne mit Wasser zu füllen, was mich an eine Fabel von Äsop erinnerte. Die mit der Füchsin, die auf ihre Fruchtbarkeit stolz war und die Löwin beschimpfte, weil diese nur ein Junges hatte. »Nun ja, aber meines ist ein Löwe«, erwiderte die Löwin lächelnd. Und genau das hatte ich insgeheim und mit schlechtem Gewissen gefühlt; dass jedes kleinste Teilchen von Ants und meiner Kraft, jedes Gramm der herausragenden Eigenschaften aus unserem gemeinsamen Genpool dazu gedient hatte, nicht einen Haufen wilder Fuchswelpen zu schaffen, sondern eine große, blonde, kluge, tapfere Löwin.

»Gehst du auch mit vor?« Caro stupste mich an, und ich spürte, wie mir das Blut ins Gesicht stieg. Wie furchtbar von mir! So etwas über ihre Kinder zu denken. Und noch dazu in der Kirche!

»Bitte?«

»Zum Abendmahl. Gehst du auch?«

»Oh. Ja – natürlich.«

Unsere Bank schlängelte sich auf der anderen Seite hinaus, und ich stand auf und folgte Caro, meiner Mutter und Felicity. Unterwegs hielt ich kurz inne, um Henry und Phoebe zu begrüßen, die noch nicht konfirmiert waren und daher sitzen blieben. Mein schlechtes Gewissen wurde noch größer, als sie schüchtern, aber erfreut lächelnd zu mir aufblickten. Tut mir leid, Gott, murmelte ich, während ich mich langsam dem Altar näherte. Sie sind süß. Natürlich sind sie süß. Wie schlimm von mir.

Vorne im Altarraum half Tim pflichtschuldig beim Austeilen des Weines, weil die Zahl der Gottesdienstbesucher heute besonders groß war. Er reichte Felicity den Kelch, als sie sich hinkniete. Gleichzeitig bot die Pfarrerin den ihren meiner Mutter dar.

»Nein, danke«, sagte meine Mutter bestimmt.

»Oh, aber ich dachte ...«

»Ich möchte ihn von meinem Sohn bekommen.«

Die Pfarrerin räusperte sich. »Also, es ist so«, murmelte sie verlegen, »heute Morgen wollen noch so viele drankommen, deswegen ...«

Die Stimme meiner Mutter wurde bedrohlich laut. »Ich möchte das Blut Christi von meinem Sohn empfangen!«

Caro schaute mich entsetzt an, und nachdem sie einen raschen Blick gewechselt hatten, tauschten Tim und die Pfarrerin die Plätze. Als meine Mutter aufstand und ich mich daran machte, an ihrer Stelle hinzuknien, zischte sie mir zu: »Ich werde das Heilige Sakrament nicht aus den Händen einer Frau entgegennehmen!«

»Das hast du ja mehr als deutlich gemacht«, murmelte ich zurück.

Tims Augen blitzten unterdessen vor Vergnügen über diese Abwechslung, und als er mit dem Kelch zu mir trat, spürte ich dasselbe furchtbare Kirchenkichern in mir hochsteigen, das ich vor Jahren gespürt hatte, als Tim mich mit aller Kraft zum Lachen bringen wollte, indem er probierte, wie viele Huster oder Fürze während des Gebets man ihm durchgehen lassen würde, oder indem er die Lieder absichtlich so falsch sang, dass mein Vater sich zu ihm beugte, um ihm eine zu wischen, während ich daneben vor Lachen geschüttelt wurde und mir die Faust in den Mund stopfte. Ich beschloss, ihn jetzt nicht anzusehen. Als er mir den Kelch an die Lippen hielt, verstellte er die Stimme und säuselte mit einem dicken irischen Akzent.

»Christi Blut für dich gegeben.«

Nein. Ich würde mich beherrschen. Und alles war gut, bis mir Tim beim Trinken mit gespieltem Schrecken »Hoppla!« zuflüsterte, als hätte ich einen riesigen Schluck genommen.

Es ist ziemlich unverzeihlich, wenn einem beim Abendmahl der Wein vor Lachen aus der Nase spritzt, und so kehrte ich unter Caros bitterbösen Blicken beschämt und mit Wein bekleckert auf meinen Platz zurück. Ich wusste, dass sie glaubte, ich hätte einen schlechten Einfluss auf ihren Mann. »Tim wird immer wieder zum Kind, wenn er mit dir zusammen ist!«, flötete sie dann munter, und ich wusste genau, dass sie eigentlich sagen wollte, er benimmt sich absolut lächerlich. Ich senkte den Kopf, um zu beten, und erinnerte mich dabei an die Bemerkung einer Freundin, als Caro Tim geheiratet hatte. »Wie schön, so bekommst du eine Schwester.« Warum hatte ich nun, zehn Jahre später, zunehmend das Gefühl, stattdessen einen Bruder verloren zu haben?

Zum zweiten Mal erschrak ich vor meinen unreinen Gedanken, und als wir alle zehn Minuten später in den Sonnenschein hinaustraten und den Jugendlichen gratulierten, die verlegen herumstanden, beschloss ich, fortan schwesterlicher ... und hilfsbereiter zu sein.

Caro drehte sich mit herausfordernder Miene zu mir um. »Du kommst doch noch mit zu uns, oder?«

»Natürlich«, gab ich lächelnd zurück.

»Gut«, strahlte sie, und dabei wurde mir auf einmal klar, dass sie sich dessen offenbar nicht sicher gewesen war. »Wir haben nichts Großartiges vorgesehen, nur ein Glas Sherry und ein paar Sandwichs.«

»Wunderbar«, sagte ich matt, weil mir schon klar war, dass der Sherry süß und die Sandwichs vertrocknet sein würden. Ich verstand einfach nicht, wie Caro so felsenfest in den 50er-Jahren verhaftet sein konnte, wo sie die doch noch nicht einmal miterlebt hatte. Warum sie so wild entschlossen war, das Zerrbild einer Landbesitzersgattin abzugeben.

»Natürlich hätten wir auch ein Mittagessen machen können«, sagte sie, während sie ihre Handschuhe abstreifte – übrigens die Handschuhe meiner Großmutter, wie ich überrascht feststellte – und den Weg entlangeilte, »aber das wird immer gleich so teuer, nicht wahr?«

Ah, da war sie also, die erste Anspielung auf die Finanzen. Und es würde bestimmt nicht die letzte sein. Sie eilte die Straße zum Haus hinauf, wo unser Land – ihr Land – an den Kirchhof angrenzte. Spargeldünn wie immer, hastete sie leicht vornübergebeugt weiter, so als müsste sie gegen einen heftigen Sturm ankämpfen, und ich folgte ihr, so wie ich ihr immer gefolgt war, sei es zu Schulstunden, zum Sportunterricht, immer mit der gleichen stählernen Entschlossenheit, immer mit dem Drang nach vorn.

In meinem nicht sonderlich angestrengten Bemühen,

Caro einzuholen, kam ich an meiner Mutter und Felicity vorbei, die noch am Eingang zum Kirchhof herumstanden und konspirativ miteinander tuschelten.

»Kommt ihr?«, rief ich ihnen munter zu.

Felicity warf einen Blick über ihre Schulter. »Äh, nein.«

»Nein?« Ich blieb abrupt stehen.

»Na ja, Evie, die Sache ist die, wir haben nämlich Karten – wir haben die Karten schon seit einer Ewigkeit – für ein Chorkonzert in Christ Church. Tom James ist der Solist, und wir haben es Caro gleich gesagt, als sie das hier geplant hat, dass wir nur in die Kirche kommen könnten, aber du weißt ja, wie sie ist.« Felicity sah ernsthaft eingeschüchtert aus, während meine Mutter nur grinste, die Augen verdrehte und sich königlich amüsierte.

»Ach, ich finde, wir sagen ihr einfach, sie soll sich verpissen, findest du nicht?«, sagte sie laut und zog an ihrer Kippe. »Schließlich ist es doch Jacks Party, und der hat nichts dagegen, oder, mein Schatz?«

»Alles klar, ihr Raver, nichts wie weg mit euch.« Jack tauchte hinter uns auf, legte jeder einen Arm um die Schultern und schob sie in Richtung ihres Autos. »Ab zu eurem Gig. Euer kleines Geheimnis ist bei mir gut aufgehoben. Coole Leggings übrigens, Granny.«

»Danke, mein Schatz.« Sie posierte theatralisch. »Ich dachte, wenn ich hautenges Elasthan trage, wäre ich nicht so in der Versuchung, mein Höschen auf die Bühne zu werfen.«

Das war selbst für meine Mum ziemlich verblüffend, und ich fragte mich, ob sie Tom James wohl mit einem alternden Barden aus Wales verwechselte. Zwei Stunden Faurés Requiem würden möglicherweise ein kleiner Schock für sie sein, wenn sie eigentlich erwartete, zu »Sex Bomb« abzutanzen.

»Du siehst jedenfalls super aus«, sagte Jack ungerührt. »Hast du 'ne Kippe für mich, Granny?«

»Ja, mein Schatz.« Mum kramte in ihrer Handtasche. »Hier, ich ...«

»Nein, hat sie nicht«, zischte Felicity, packte meine Mutter bei der Hand und blickte sich ängstlich um. »Caro flippt aus. Komm schon, Barbara, wir haben auch so schon genug Ärger. Lass uns gehen.«

Jack und ich gaben ihnen Geleitschutz, während sie zu Felicitys altem grünen Subaru hasteten, und nachdem sie weggefahren waren, reihten wir uns in den Strom von Leuten ein, die sich auf der Straße in Richtung der Farm bewegten.

»Am liebsten würde ich mit den beiden gehen«, sagte Jack düster, zog einen Zigarettenstummel aus der Hosentasche und versuchte, ihn anzuzünden. Das war zum Scheitern verurteilt, aber er blieb beharrlich. Es amüsierte mich immer, dass ich in seinen Augen offenbar die *laissez-faire*-Tante war, vor der er sogar rauchen konnte. Oder vielleicht stellte er mich nur auf die Probe.

»Komm schon, Jack, deine Mutter hat sich viel Mühe gemacht.«

Er runzelte die Stirn, überlegte, sein Gesicht der Sonne zugewandt. »Ja, das ist vielleicht genau das Problem. Es ist immer nur Mühe. Niemals Vergnügen. Hoppla, wenn man vom Teufel spricht ...« Er warf die Kippe in die Hecke, als Caro, die hintenrum ins Haus gegangen war, plötzlich die Haustür von innen aufriss.

»Beeil dich, Jack, du sollst doch schließlich alle begrüßen!«, rief sie quer über den Hof.

»Komme schon«, rief er zurück. Und fügte dann leise zu mir hinzu: »Aber vorher verschwinde ich vielleicht noch mal schnell in den Hortensien. Ich habe da nämlich ein kleines Experiment am Laufen. Wusstest du schon, dass sie blau werden, wenn man sie anpinkelt?«

»Wusste ich nicht, aber danke, dass du's mir gesagt hast.«

»Ich vermute, das ist die Säure.«

»Vermutlich«, stimmte ich zu, während mein Lieblingsneffe – obwohl man natürlich keine Lieblinge haben sollte, aber jedenfalls derjenige, der Tim am ähnlichsten war – sich mit hochgezogenen Schultern um die Hausecke verdrückte.

Ich dagegen straffte meine und marschierte vorne durch das schiefe Holztor, das müde in den Angeln hing. Ich konnte bereits eine Ansammlung von Leuten durch das Wohnzimmerfenster erkennen, zweifellos alles alte Freunde und Bekannte der Familie sowie Nachbarn aus dem Dorf. Leute, die mir sagen würden, dass sie mich in der letzten Zeit viel zu selten sahen. Dass ich mich zu rar machte. Vielleicht sogar die Eltern von Neville Carter, dachte ich mit einem Anflug von schlechtem Gewissen. Das brachte mich für einen Augenblick ganz aus dem Gleichgewicht, und ich musste mich am Gartentor festhalten. Dann holte ich tief Luft und stakste mit meinen hohen Absätzen über den dreckigen Hof, auf den Tim von Zeit zu Zeit von irgendwelchen Wanderarbeitern eine Ladung Kies schütten ließ. Aber keine noch so große Menge Kies konnte verhindern, dass der Matsch wieder hochkam, genau wie – ich hielt inne und warf einen Blick auf das bescheidene Sandstein-Farmhaus – nichts die Erinnerungen aufhalten konnte, die in einem aufstiegen, ganz gleich, wie viel Zeit vergangen war.

2

»Evelyn! Oh, mein Gott, dich habe ich ja schon eine Ewigkeit nicht mehr gesehen.«

Ich war erst die wenigen Schritte gegangen, die man brauchte, um den schmalen Flur mit den alten Steinfliesen zu durchqueren und sich unter der niedrigen Tür hindurch ins Wohnzimmer zu ducken, als der verhasste Name erklang und mein Arm ergriffen wurde. Eine übergewichtige Frau in engen weißen Hosen, engem rosafarbenem Pulli und einer noch enger gekräuselten Dauerwelle strahlte mich begeistert und mit leuchtenden Augen an. Sie erinnerte mich irgendwie an ein Mädchen, mit dem ich zur Schule gegangen war, Paula irgendwas.

»Ich bin's, Paula! Paula Simons, erinnerst du dich?«

»Oh. Na ... natürlich. Wie geht es dir?«

»Bestens, danke. Hast du deinen Mann mitgebracht?« Ihre Augen wanderten hoffnungsvoll suchend hinter mich.

Ich lächelte. »Nein, er musste unsere Tochter leider zu einer Musikprüfung begleiten.«

»Wie schade.« Ihre Mundwinkel sackten nach unten. »Ich habe ein Buch dabei, das er signieren soll. Du hättest sie doch fahren können!«

»Wen, Anna?«, fragte ich verblüfft. »Ja, schon ... aber Jack ist doch mein ...«

»Hey, Kay, sieh mal, das ist Evelyn *Hamilton*!«

Noch eine rotgesichtige Frau mittleren Alters tauchte neben mir auf, und diesmal kannte ich sie wirklich nicht, es sei denn ... oh Himmel, Kay Pritchard. Plötzlich war ich wieder neun Jahre alt, in der Schulgarderobe zwischen all den Hüten und Mänteln. Unsere Lehrerin, Mrs Stanley, hatte uns soeben erklärt, dass eine unserer Klassenkameradinnen, Debbie Holt, an diesem Tag nicht in die Schule kommen würde, da ihre Mutter in der Nacht gestorben war. In der erschreckten Stille, die darauf folgte, konnten Kay und ich nicht an uns halten. Aber es waren keine Tränen, sondern Gelächter. Ich nehme an, es war aus Nervosität. Man hatte uns vor die Tür geschickt, aber zu unserem Entsetzen konnten wir selbst draußen in der Garderobe nicht aufhören. Später hatte es mir leidgetan, und ich hatte wochenlang ein schlechtes Gewissen. Ob sie sich wohl auch noch daran erinnerte? Außerdem fragte ich mich, ob ich selbst ebenso verändert war wie Paula und Kay: so ... alt?

»Oh, *Evelyn*! Oh Gott – ist er hier?« Sie schaute sich aufgeregt um.

»Nein, leider nicht. Ihr werdet mit mir vorliebnehmen müssen.«

»Oh.« Sie zog eine Schnute. »Nun ja, es wird uns wohl nichts anderes übrig bleiben.« Sie stieß ein klimperndes Lachen aus. »Aber ich will alles darüber wissen. Ist er wirklich jede Woche mit einer anderen Frau ins Bett gegangen?«

Das bezog sich nicht auf Ant, sondern auf einen Dramatiker des 19. Jahrhunderts, dessen Biografie er kürzlich geschrieben hatte und die momentan als Vorabdruck in der *Daily Mail* erschien.

»Wenn es so geschrieben steht?« Ich lächelte matt.

»Du hast es gar nicht gelesen?« Kay machte große Augen.

»Äh ... das hier nicht.« Ich hatte zwar den Großteil des Buches über Byron gelesen und auch das Buch angefangen, das Ant über Kilvert verfasst hatte, was kein so großer Erfolg gewesen war, aber dieses hier nicht, das Ant etwas abfällig als seinen »Mieder-Reißer« bezeichnete. Das Ganze war uns eigentlich ein wenig peinlich.

Schließlich war er ein ernst zu nehmender Biograf und so was war normalerweise nicht seine Sorte Buch, aber der Verleger hatte einen großen Vorschuss angeboten für etwas mit etwas mehr Pepp, ein bisschen mehr Byron und etwas weniger Kilvert – bitte keine langweiligen Pastoren mehr! Und genau genommen gab es auch nur ein einziges etwas schwülstiges Kapitel, das die *Mail* natürlich für den Vorabdruck ausgewählt hatte ...

»Und ihr wohnt jetzt in Jericho, habe ich gehört?« Kays Gesicht war gerötet von der Wärme im Raum oder von ihrem Sherry. Ihre Augen glänzten.

»Na ja, ganz am Rand.«

»Ja, aber immerhin.« Sie schauten mich bewundernd an. »Und was machst du jetzt so?«, bohrte Kay nach.

»Ach, so dies und das«, sagte ich ausweichend. »Und du, Kay?«, fragte ich rasch. »Arbeitest du immer noch, äh ...«, im Geiste ging ich meine Schulabgänger-Liste durch, »... als Krankenschwester?«

»Ja, aber nicht mehr im Krankenhaus. Das geht nicht so gut, wenn man Kinder hat. Ich bin jetzt in einer Praxis, du weißt doch, in Ludworth?«

Im nächsten Dorf. Vielleicht hätte ich es wissen müssen. Vielleicht hätte Caro es mir erzählen müssen. Wenn ich gefragt hätte. Ich lächelte weiter nervös. »Prima.«

»Und außerdem bin ich im Kirchengemeinderat«, informierte sie mich.

»Klingt gut«, sagte ich höflich.

Sie verzog das Gesicht. »Stell's dir vor wie eine billige Vorabendserie ohne den Humor.«

Ich lachte und spürte über all die Jahre einen Hauch des Witzes, der mir an ihr gefallen hatte, als unsere Pulte noch nebeneinanderstanden. Ich überlegte, was die beiden wohl hier zu suchen hatten, bis mir mit Schrecken einfiel, dass sie ebenfalls Patinnen von Jack waren. Ich stellte fest, dass keiner von Annas Paten aus meiner

Schulzeit stammte. Es waren allesamt Freunde, die Ant und ich gemeinsam kennengelernt hatten. Na ja, nicht ganz. Es waren Ants Freunde aus Westminster oder vom Balliol College. Nicht von der Parsonage-Road-Gesamtschule. Ich überlegte verunsichert, was das wohl über mich aussagte. Dass ich mich einfach weiterentwickelt hatte? Mich neu orientiert? Das klang weniger nett.

Auf der anderen Seite des Raumes bemerkte ich Tim, der am Kamin stand, sein eines Bein ausruhte und sich dabei mit der Hand mühsam am Kaminsims festhielt. Vor ein paar Monaten hatte er nach jahrelangen Schmerzen eine künstliche Hüfte bekommen, die eigentlich einen neuen Mann aus ihm hätte machen sollen. Ich fand, er sah schlechter aus als vorher. Gerne hätte ich kurz mit ihm geredet, aber Caro hetzte nervös mit einem Teller voller Ei-Sandwichs vorbei und mir wurde klar, dass ich ihr meine Hilfe anbieten sollte. Aber das würde bedeuten, dass ich herumgehen musste, und ich hatte bereits Neville Carters Eltern im anderen Zimmer entdeckt, und das bedeutete, ich musste mit ihnen reden und … oh, Himmel noch mal, Evie.

Ich schnappte der verblüfften Caro den Teller aus der Hand und marschierte quer über den Flur in das kleine Magnolien-Esszimmer. Das diente normalerweise als Hausaufgabenraum der Kinder und war in aller Eile von Ordnern und Papieren befreit worden, die nun in einem chaotischen Stapel neben dem Klavier lagen, da der Tisch als Abstellfläche für Getränke dienen musste. Ich hatte die Carters zuvor hier drinnen gesehen, bevor Paula mich mit Beschlag belegt hatte. Sie hielten beide ein Glas mit Orangensaft umklammert und hatten noch immer die Mäntel an, was wirkte, als wären sie jederzeit auf dem Sprung. Und so *alt*, dachte ich mit Schrecken, als ich sie begrüßte. Zu meiner Erleichterung lächelte Mrs Carter mich an.

»Evelyn.« Ihr Gesicht entspannte sich. »Wie geht es dir, meine Liebe?«

»Mir geht es gut. Und Ihnen? Hallo, Mr Carter.«

Er nickte mir wortlos zu und schüttelte den Kopf, als ich ihm ein Sandwich anbot. Weit weniger freundlich, dachte ich, und mir krampfte sich die Brust zusammen.

»Ach, weißt du, wir suchen uns immer was zu tun. Unsere Eileen ist jetzt natürlich verheiratet. Und sie ist auch schwanger. Das Baby soll im März kommen, wusstest du das schon?«

»Nein, das wusste ich nicht. Wie wunderbar.«

»Und im Garten gibt es auch immer was zu tun.«

Der Garten. Ja, weg vom Thema Kinder und hin zu Blumen. Gute Idee.

»Ja, Caro sagt, Sie hatten dieses Jahr besonders schöne Tulpen«, plapperte ich drauflos. Das hatte sie nicht, aber mit Tulpen machte man doch sicher nichts falsch.

Sie runzelte die Stirn. »Oh, nein, dieses Frühjahr hatten wir nur Primeln. Vielleicht meinte sie die Schneeglöckchen?«

»Das ist es«, knickte ich ein. »Schneeglöckchen.«

»Der Garten war uns ein großer Trost«, sagte Mr Carter ruhig.

»Ja.« Ich hielt den Atem an. »Das kann ich mir vorstellen. Obwohl«, fuhr ich tapfer fort, »nein, eigentlich kann ich es mir gar nicht vorstellen.«

Es folgte Schweigen. Mrs Carter legte mir die Hand auf den Arm. »Nun, du hast ja auch Trauriges erlebt, meine Liebe. Du hast deinen Dad verloren.«

Ich lächelte, dankbar für ihre Freundlichkeit. Es war natürlich furchtbar, aber es war nicht dasselbe, wie ein Kind zu verlieren, das auszieht und heiratet.

Glücklicherweise erschien in diesem Moment Mrs Pallister von nebenan, und ich nahm das als Stichwort für den Rückzug. Na also. Ich hatte es geschafft. Ich verspürte eine Welle der Erleichterung und dann Scham über diese Erleichterung. Und anstatt ins Wohnzimmer zurückzugehen, ging ich den Gang entlang in die Küche, vorgeblich, um meinen Teller aufzufüllen, aber vor allem, um eine kurze Pause zu machen.

Die Küche sah weitgehend so aus wie eh und je, was tröstlich war: Billiges Laminat hatte das schwarz-weiß karierte Linoleum als Bodenbelag abgelöst, und die Wände, einst cremeweiß, waren nun lila, aber der alte Herd war noch an Ort und Stelle, der Eichentisch stand noch immer mitten im Raum, und die Bahnhofsuhr, die Dad einmal von einem aufgegebenen Güterbahnhof mitgebracht hatte, tickte weiterhin über dem Fenstersitz, auf den ich mich früher immer mit meinen Büchern zurückgezogen hatte. Jetzt herrschte hier ein heilloses Durcheinander, der Tisch war übersät mit leeren Tellern und hastig entfernter Alufolie und ein reichlich penetranter Geruch nach Eiern hing in der Luft, aber es war immer schon mein liebster Raum im Haus gewesen und ich fühlte mich hier gleich besser. Ich ging zum Fenster hinüber, kniete mich auf das verblichene Chintz-Kissen und beugte mich vor, um meine Hände auf dem Fenstersims aufstützen zu können und hinauszusehen.

Die unregelmäßig kreuz und quer gemähte Rasenfläche (vielleicht ein Versuch von Jack, sein Taschengeld aufzubessern) erstreckte sich bis hinab zum Fluss am Fuße des Hügels. Auf der Wiese am gegenüberliegenden Ufer flatterte munter Caros rosa-weißes Partyzelt, das nach monatelangem Streit mit den örtlichen Behörden nun als Dauereinrichtung stehen bleiben konnte. Die Schafe durften darum herum weiden, und die riesige Eiche breitete sanftmütig ihre Zweige im Sonnenschein darüber.

Alles wirkte so unglaublich idyllisch, aber ich kannte die Realität. Ich wusste, wie es war, im Januar noch im Morgenrock nach draußen zu stolpern und in Gummistiefeln über die Trittsteine zu balancieren und auf dem gnadenlos harten Boden auszurutschen und über gefrorene Furchen zu stolpern, um das Eis auf den Trögen für die Schafe aufzubrechen, während der Wind durchs Tal pfiff und einem auf den Wangen brannte. Ich wusste, dass nur wenige Meter neben diesem Fenster, hinter der Scheune dort, rostende alte Landmaschinen, nicht gut genug zum Verkaufen und zu teuer zum Entsorgen, bedrohlich auf der Lauer lagen wie schlafende Drachen, verdeckt von Unkraut und Gras, jederzeit bereit, dem Ahnungslosen ein Bein zu stellen. Ich wusste, wo die radlosen Jeeps und Traktoren auf ihren Backsteinpodesten standen; wusste, dass man an einem Stück Stacheldraht, das aus dem Boden ragte, lieber nicht zog, weil man sonst möglicherweise einen ganzen zusammengebrochenen Zaun wie ein Ungeheuer aus der Erde emporholte. Ich kannte die weniger romantische Seite der Landwirtschaft, die Caros Brautleuten natürlich verborgen blieb. Sie bemerkten nichts dergleichen, wenn sie malerisch den Weg hinter der Hecke hinunterschritten, direkt aus der Kirche mit der ganzen Gesellschaft im Schlepptau – keine Autos, das war der springende Punkt – durch ein hübsches weißes Gatter und direkt auf die untere Weide. Dort nippten sie dann zwischen den Butterblumen an ihrem Champagner, und Church Farm war aus dieser Perspektive nur ein verschwommener Punkt am Horizont: klein, kompakt und historisch. Man merkte nicht, dass die Steine bröckelten, die Mechanik der Schiebefenster kaputt war und auch nicht, dass die überlaufenden Regenrinnen riesige Inkontinenzflecken auf dem Mauerwerk hinterließen.

»Hochzeit auf dem Lande« schrieb Caro in ihren Anzeigen in der Lokalzeitung und dann noch irgendein Blabla von wegen nostalgischem Charme und Eintauchen in Englands ländliche Vergangenheit, wohin genau all das hier gehörte: in die Vergangenheit. Man hätte die Farm schon vor Jahren verkaufen sollen, als Dad gestorben war. Wobei ich es gar nicht auf das Geld abgesehen hatte. Ich war einer Meinung mit Felicity: Es war Tims Erbe, so wie unser Dad es von seinem Vater geerbt hatte und wie es in allen bäuerlichen Familien war, vom Vater auf den Sohn. Aber Tim hätte sich mit dem Geld ein kleines Geschäft aufbauen können. Die Farm zu halten war, als würde man an den Überresten eines alten Reiches festhalten aus lauter falschen Gründen.

Ant würde weniger harsch urteilen, dachte ich, als ich Paulas brüllendes Gelächter im Nebenraum hörte. Ich trat von dem Fenstersitz weg. »Sie können es nicht verkaufen, es ist ein Teil von ihnen«, würde er sagen.

»Nun ja, es ist auch ein Teil von mir, und ich hatte kein Problem damit wegzugehen.«

»Ja, aber du hast schon immer mit der Nase in irgendeinem Buch gesteckt und hast nie aus dem Fenster geschaut und bist auch nicht nach draußen gegangen. Du hast das Land nie an dich rangelassen. Das ist es nämlich, weißt du. Du musst nur mal die Romantiker dazu lesen. Wordsworth, Blake – die haben zu diesem Thema viel zu sagen.«

Es stimmte, dachte ich, während ich einen frischen Teller mit Cocktailwürstchen nahm und mich auf den Rückweg machte. Ich war nie besonders naturverbunden gewesen. Immer zu sehr damit beschäftigt, meinen Abgang zu planen. So viel frische Luft überall, und mir fehlte die Luft zum Atmen. Ich hatte mich der einen Mitford-Schwester immer sehr verbunden gefühlt, die Geld gehortet hatte, damit sie eines Tages davonlaufen konnte. Ich hatte sogar selbst eine Sammlung begonnen. Obwohl ich, wie sich schließlich herausstellte, gar nicht davonlaufen musste; ich wurde errettet.

Als ich die Küche verließ, blieb ich einen Augenblick bei der Tür am Ende des Ganges stehen. Durch die bleiverglasten Fensteröffnungen konnte ich Jack, Henry und Phoebe sowie ein paar Freunde auf dem Trampolin sehen. Sie waren zu cool, um zu springen, sondern lagen darauf, quatschten und lachten im Sonnenschein. Ich lächelte. Das hätte Anna auch gefallen. Plötzlich wünschte ich, sie hätte nicht diese Klarinettenprüfung gehabt.

Verunsichert ging ich ins Wohnzimmer zurück, wo Paula und Kay sich offenbar inzwischen unter Dampf gesetzt hatten und mit frisch gefüllten Gläsern kreischten und lachten. Es war für die beiden offenbar ein großes gesellschaftliches Ereignis. Ich versuchte, an ihnen vorbei zu Tim hinüberzukommen, der sich als guter Gastgeber an einer Flasche zu schaffen machte, aber Paula packte mich am Arm.

»Und du bist so *braun*. Warst du im Urlaub?« Ihre Augen waren misstrauisch, anklagend.

»Nur in Italien.«

»*Nur* in Italien«, äfften mich die beiden nach.

Ich errötete. »Ant und ich waren nur ein paar Tage da.«

»Wo denn?«

»Äh, Venedig.«

»Ohhhh«, tönten sie wie ein Chor aus einem griechischen Drama.

Inzwischen hatte sich ein Mann zu ihnen gesellt, klein und drahtig blinzelte er hinter seiner Brille hervor. Oh Gott, *Kevin Wise*. Auch aus der Schule und – ja natürlich, Caro hatte es mir erzählt. Er und Kay ...

»Kevin und ich fahren nach Cornwall, nicht wahr?« Kay warf ihm einen missmutigen Blick zu. »Jedes Jahr in den gleichen gammeligen Bungalow.«

»Cornwall ist hübsch«, sagte ich aufmunternd.

»Nicht da, wo wir hinfahren. Und seine Eltern kommen auch mit, leider. Seine Mutter ist eine Hexe.«

Mannomann. »Ant und ich mögen Helford«, brachte ich mühsam hervor.

»Ant und ich, Ant und ich«, äffte Paula mich nach. »Man könnte ja meinen, du wärst noch immer verliebt in deinen Mann!« Sie warf den Kopf zurück und gackerte. Dann klappte ihr Kopf plötzlich wieder nach vorne. »Mein Mann will nicht mehr mit mir schlafen«, verkündete sie laut. Sie war ganz offenbar mächtig angesäuselt. »Er sagt, es reizt ihn nicht mehr. Es wäre nicht …«

»Evie«, Caro zupfte mich am Ärmel, »hast du die hier schon probiert?«

Noch nie war ich so froh, meine Schwägerin zu sehen, die einen Teller mit Windbeuteln darbot. »Danke, köstlich.« Ich zog sie auf die Seite. »Aber hör zu, Caro, Folgendes: Ich muss bald abzischen. Ant und ich sind heute Abend zum Essen eingeladen. Sein Verlag hat …« Shit. Ant und ich *und* der Verlag. Ich hielt die Luft an.

»Kein Problem«, sagte sie zu meiner Überraschung. »Ich weiß, wie das ist. Wir haben alle unsere Verpflichtungen, und diese Sommerwochenenden sind einfach ein Albtraum. Alles scheint auf einmal zu kommen, nicht wahr? Es war lieb von dir, dass du da warst.«

»Danke, Caro«, sagte ich erleichtert und spürte, warum wir einmal so gute Freundinnen gewesen waren. Noch immer waren. Warum wir in der Schule so fest zusammengehalten hatten unter all den Kays und Paulas. »Ich verabschiede mich nur noch eben von Tim.«

»Oh, lass nur. Ich sag ihm, dass du gegangen bist. Und ich bring dich am besten gleich nach draußen, sonst lässt dich dein Fanclub hier nie gehen.«

»Fanclub? Ich weiß nicht. Ich habe eher das Gefühl,

dass sie vor sich hin murmeln: ›Die hält sich wohl für was Besonderes‹.«

»Die sind bloß eifersüchtig«, sagte sie und brachte mich zur Tür. »Sie wissen, dass wir alle vom selben Punkt gestartet sind, und fragen sich, warum sie selbst es nicht so weit gebracht haben, das ist alles.«

Ich warf ihr einen dankbaren Blick zu, als wir über die Schwelle in den Sonnenschein hinaustraten. Plötzlich fiel mir mein Versprechen Anna gegenüber wieder ein. Ob dies wohl ein guter Augenblick war? Ich zögerte.

»Übrigens, Anna hat es sich gerade irgendwie in den Kopf gesetzt, dass sie reiten will.«

»Ach?«

»Sie hatte jetzt schon eine ganze Menge Stunden, und ich habe nur gedacht … na ja, sie würde so furchtbar gern beim Pony Club mitmachen.«

»Beim Pony Club?«

»Ja, und du bist da doch im Vorstand, oder? Deswegen dachte ich …«

»Aber sie wohnt doch gar nicht hier in der Nähe. Das findet doch alles hier statt, auf den Höfen in der Nachbarschaft.«

»Ich weiß, aber ich dachte, sie könnte mit dem Rad fahren.«

»Wohin?«

»Na, hierher. Es sind nur ungefähr zwanzig Minuten – na ja, eine halbe Stunde. Oder sie könnte den Zug nehmen. An den Wochenenden. Natürlich nicht jedes Wochenende.« Mich verließ schon der Mut, und meine Handflächen fühlten sich schwitzig an. »Aber hin und wieder, dachte ich, könnte sie rüberkommen. Und sich mit euren Kindern vergnügen.«

Caro verschränkte die Arme. Ihr Kinn zog sich langsam in Richtung Brust zurück. Sie musterte mich mit zusammengekniffenen Augen.

»Okay«, sagte sie nachdenklich. »Du willst also, dass ich sie samstagmorgens vom Bahnhof abhole, sie zum Reiten fahre, ihr dann ein Bett für die Nacht biete und sie dann am nächsten Tag wieder am Bahnhof absetze?«

Ich errötete. »Nein, also, das klingt ja ...«

»Du willst die Rosinen des Landlebens für sie rauspicken. Du willst hier nicht wirklich leben, aber du willst trotzdem, dass sie die Vorteile genießen kann. Ist das so?«

Ich starrte sie entgeistert an. Plötzlich sah ich rot. »Caro, ich habe hier gelebt, falls du dich erinnerst! Das hier war mein Zuhause. Und, nein, ich habe nicht vor, dir die Arbeit aufzuhalsen. Ich komme rüber und übernehme meinen Teil, bringe die Kinder zu Turnieren oder was sonst so ist.«

»Ach wirklich?«

»Ja, natürlich.«

»Okay«, sagte sie plötzlich, »einverstanden.«

»Was?«

»Ja, alles klar.« Ihre Augen blitzten. »Du zäumst die Ponys auf, mistest den Anhänger aus, fährst damit zu Turnieren im strömenden Regen – hervorragend. Ich würde mich freuen, Anna öfter zu sehen. Und dich natürlich auch, Evie. Einverstanden.« Sie warf mir einen herausfordernden Blick zu.

»Okay.« Ich hielt verblüfft den Atem an. »So machen wir es.« Ich schluckte. Dann blieb nicht mehr viel zu sagen. Nach einem Augenblick wandte ich mich um, immer noch ganz durcheinander, und ging unsicher über den Hof zum Tor.

»Aber vergiss nicht«, rief sie mir zuckersüß hinterher, »sie kann nur beim Pony Club mitmachen, wenn sie auch ein Pony hat.«

Ich verharrte einen Augenblick auf dem matschigen Hof. Blinzelte rasch. Dann holte ich tief Luft und marschierte so gut es ging weiter, stakste in meinen hochhackigen Schuhen über den Kies in dem Bewusstsein, dass sie mich mit einem Grinsen auf dem Gesicht beobachtete.

Ich trat auf die Straße hinaus, und die Wut kochte in mir hoch. Sie musste es kaputt machen, oder? Gerade als ich gedacht hatte, dass wir uns wieder so gut verstanden, musste sie die Stimmung trüben und zickig werden. Und, Junge, Junge, da lag ja einiges an Groll unter der Oberfläche. Man brauchte ja nur daran zu kratzen, und wusch – brach alles hervor. Denn genau das war es, dachte ich verärgert, während ich zum Wagen stapfte. Groll. Und Neid. Anna hatte ihr cooles Stadtleben – Theater, Konzerte, Freunde in der Nähe –, und dabei sollte es bitte schön auch bleiben. Ihre Kinder hatten all das nicht, und deswegen wollte sie keinesfalls, dass Anna etwas abbekam von dem, was ihre Kinder im Überfluss besaßen.

Nun ja, wir würden sehen, dachte ich und ging um die Kirche herum zum Auto. Ich stieg ein und knallte die Tür hinter mir zu. Damit verursachte ich einen Luftzug, der mir die Einkaufsliste auf dem Armaturenbrett in den Schoß wehte. Ärgerlich nahm ich sie in die Hand. Eier, Butter, Geschirrspülmittel … In einer spontanen Anwandlung steckte ich die Hand in die Handtasche und kramte vergeblich nach einem Stift, fand schließlich einen Eyeliner und kritzelte damit in schwarzen klebrigen und entsprechend kindischen Buchstaben ›PONY‹ darunter. Ich betrachtete das Ganze eine Weile und fühlte mich ein klein wenig besser. Dann drehte ich den Zündschlüssel um und sauste davon.

3

»Sie kann mich so wütend machen!«, bestürmte ich Ant am nächsten Morgen, während ich die Schüsseln in die Spülmaschine knallte und die Müslipackung zurück in den Schrank schleuderte. »Im einen Augenblick ist sie supernett, um sich im nächsten in eine bissige Zicke zu verwandeln!«

Er lächelte in seinen *Independent* hinein. »Nur wenn du weißt, auf welche Knöpfe du drücken musst.«

»Ich habe jedenfalls nichts mit Absicht gedrückt«, rechtfertigte ich mich und kickte die Spülmaschinentür im Vorbeigehen mit dem Fuß zu. »Ich hatte ehrlich gesagt gedacht, sie würde sich freuen, Anna dazuhaben und sie mehr am Leben auf der Farm zu beteiligen. Ich hätte jedenfalls nicht gedacht, dass sie derart auf mich losgeht.«

Ruhig faltete Ant seine Zeitung zusammen. »Wie kommt es, dass mir das ein bisschen unaufrichtig erscheint?«

»Wie meinst du das?«

»Na, dir war doch bestimmt klar, dass es ohne Weiteres so enden konnte. Caro explodiert doch gerne mal so.«

»Ja, aber warum?«, jammerte ich. »Das hat sie doch früher nicht getan.«

»Weil sie empfindlich ist. Aus nachvollziehbaren Gründen.«

Er stand auf und leerte seine Kaffeetasse, indem er den Kopf nach hinten beugte. »Und sie mitten auf ihrer Party darauf anzusprechen, war vielleicht auch nicht die allerbeste Taktik.«

»Es war nicht mitten auf der Party, es war am Ende,

als sie gerade ungewöhnlich nett und verständnisvoll wirkte, weswegen ich dumm genug war, mich davon fälschlicherweise in Sicherheit wiegen zu lassen. Oh, *guten Morgen*, Schlafmütze. Du bist aber spät dran.«

Anna hatte sich über die Kellertreppe in die Küche geschlichen und sank jetzt am Tisch zusammen mit schlappen Schultern und halb geschlossenen Augen.

»Nicht wirklich, heute Morgen ist keine Schulversammlung. Miss Braithwaite hat Depressionen. Wer war besonders nett?«

»Caro«, sagte ich kurz angebunden. »Bei Jacks Party.«

»Oh, hast du sie gefragt, ob ...«

»Wie war deine Prüfung, mein Schatz«, sagte ich rasch. Ich hatte am Abend zuvor keine Gelegenheit gehabt, mit ihr zu sprechen: Ant und ich waren zu unserer Essenseinladung gegangen, kurz nachdem ich zurückgekommen war, und sie hatte bereits geschlafen, als wir wieder nach Hause gekommen waren.

»Gut.« Sie gähnte ausgiebig und schüttete sich ein paar Golden Nuggets in eine Schale. Sie goss Milch darüber und begann dann, sich das Ganze mechanisch in den Mund zu löffeln und laut zu kauen. Nachdem der Zucker seine Wirkung entfaltet hatte, gingen ihre Augen ein klein wenig auf. Mit leerem Blick schaute sie durch die offen stehende Terrassentür hinaus auf das dürre Rasenstück, das von staubigen Lorbeerbüschen eingerahmt war. »Beim Schubert war ich allerdings ein bisschen nervös. Bestimmt habe ich mich ein paar Mal verspielt.«

»Von da, wo ich saß, hat es sich aber nicht so angehört.« Ant durchquerte die Küche, um seinen Becher in die Spüle zu stellen.

»Konntest du es denn hören?« Sie wandte sich zu ihm um.

»Die Wände im Royal College sind berüchtigt dünn.

Granny hat früher auch immer zugehört, wenn ich gespielt habe.«

»Oh.« Sie machte große Augen. »Und wie fandest du den Beethoven? Ein bisschen zu langsam am Schluss?«

»Das soll ja langsam sein. Es ist ein düsteres olles Stück von einem düsteren ollen Kerl, der darüber nachdachte, ob er sich nicht die Kehle durchschneiden sollte. Ich habe selbst schon fast nach dem Dolch gegriffen, als du die letzten Arpeggios gespielt hast, das kann ich dir sagen.«

Sie lachte, und ich strahlte, während ich um die beiden herum aufräumte und ihren musikalischen Schlagabtausch genoss. Für mich waren das böhmische Dörfer, genau wie wenn sich die beiden über Lyrik oder Latein unterhielten.

Anna stand auf, um ihr Schälchen ins Spülbecken zu stellen, und ich betrachtete die beiden, wie sie lässig gegen den Edelstahl gelehnt dastanden: beide groß, hellhäutig und blond. Ants dichte Locken wurden an den Schläfen schon langsam grau, Annas Haare waren viel glatter, hellblonder und hinter die Ohren zurückgestrichen. Die Figur von beiden ließ sich als athletisch beschreiben, nicht so klein und gedrungen wie meine, und sie hatten beide feine Gesichtszüge, gerade Nasen und weit auseinanderstehende Augen, wodurch sie immer ein wenig überrascht wirkten, dabei waren die von Anna nicht ganz so blau. Sie hatte auch sein Wesen geerbt – ruhig, ausgeglichen – und ganz eindeutig seine Intelligenz. Und was hatte ich zu dem Ganzen beigesteuert, mochte man da fragen. Ant wäre so freundlich gewesen zu sagen, das wäre unter anderem eine gewisse Impulsivität als Gegenpol zu seiner natürlichen Vorsicht und Zurückhaltung. Ich hätte dagegen gesagt: nicht viel. Ich lächelte, während ich eine Gabel in die Besteckschublade beförderte.

Während ich eine Scheibe Brot in den Toaster steckte, hörte ich mit halbem Ohr zu, was sie über Schubert zu sagen hatten, der angeblich nicht halb so fromm war, wie er tat, sondern sich nur den Anschein gegeben hatte, um an Beethoven ranzukommen. Dabei überlegte ich, wie es kam, dass mein Unterbewusstsein gewiss eine ganze Menge aus diesen Gesprächen aufnahm, ich aber dennoch nicht wirklich folgen konnte. Wenn man mich in zehn Minuten gefragt hätte, wer nun der Fromme gewesen war, Schubert oder Beethoven, so hätte ich keine Ahnung mehr gehabt. Aber ich genoss es, den beiden zuzuhören. Mein Vater hatte mich immer schon als Kulturapostel bezeichnet, wenn ich nicht mit dem Rest der Familie eine Quizshow im Fernsehen anschaute, sondern mit dem Bus in die Stadt fuhr, um dort durch die Bodleian-Bibliothek zu streifen, oder mal wieder mit der Nase in einem Buch auf meinem Bett lag, während Tim beim Lammen half. Dabei sollte ich vielleicht hinzufügen, dass es nicht die Sorte von Büchern war, wie Ant und Anna sie lasen, sondern ein leichter Schmöker – sehr leicht –, vermutlich irgendein historischer Liebesroman aus der Fahrbücherei, die eine Haltestelle direkt vor unserer Farm hatte. Aber jede Art von Buch war für meinen Vater schon intellektuell, und die Tatsache, dass ich den ganzen Tag las, war für ihn ein Zeichen meiner Klugheit. Dass ich in der Folge meinen Schulabschluss vermasselte und schließlich nur eine Ausbildung zur Sekretärin machen konnte, kam deswegen für alle etwas überraschend. Nicht, dass er etwas dagegen gehabt hätte. Im Gegenteil, er freute sich, dass ich etwas »Praktisches und Nützliches« lernte, wie er stolz bemerkte, etwas, das ich später gebrauchen konnte. Aber ich hatte es nicht gebraucht, hatte vermutlich gewusst, dass ich es nie gebrauchen würde, und hatte stattdessen direkt als Verkäuferin bei Bletchley's Books am Stadtrand angefangen. Dad war nicht so sehr davon überzeugt, aber mir machte es Spaß. Ich genoss den Geruch der Bücher – die in meiner Abteilung meinen Horizont bei Weitem überstiegen – und genoss den Kontakt mit den Leuten, die hereinkamen und mit ihren langen Schals und den dicken Brillen in den Büchern schmökerten. Einer von ihnen war natürlich Ant, der seine Ausgabe von *Sir Gawain und der Grüne Ritter* verloren hatte und gekommen war, um sich Ersatz zu besorgen.

»*Sir Gawain und der* was?«, hatte ich gefragt und durch die Titelliste in meinem Computer gescrollt.

»*Grüne Ritter.*« Er hatte sich herumgedreht, um den Bildschirm sehen zu können, und ich erinnere mich, dass unsere Köpfe ziemlich eng beieinander waren.

»Ist das ein Märchen? Vielleicht in der Kinderabteilung.«

Er hatte gelacht. »Schön wär's. Nein, es ist eher, als würde man Chinesisch entziffern.«

Als ich es dann später im Lager fand und über das unglaublich schwierige Mittelenglisch staunte, war es mir peinlich gewesen. Aber das war eben alles Teil meiner Lernerfahrungen. Und schließlich war ich deswegen hier: um mir den Lebensstil und die Angewohnheiten der Studenten anzueignen, ohne mir tatsächlich über einem Studium den Kopf zu zerbrechen. Ich ging mit Oxford vor wie mit *Coles Notes*-Lektürehilfen. Ich studierte nicht den eigentlichen Text, aber den Lebensstil dafür umso gründlicher. Natürlich hatte ich ein Fahrrad und lange dunkle Haare und einen längs gestreiften Schal von unbekannter Herkunft, und ich radelte durch die Stadt mit einem Korb voller Bücher vor mir in der Hoffnung, dass der Haufen schnatternder japanischer Touristen mich für eine echte Studentin halten würde. Das hatte ich einmal – scherzhaft – Ant erzählt, und er hatte sich ausgeschüttet vor Lachen.

»Oh, nein, nein, niemals würde man dich für eines dieser St.-Hilda-Mädels halten.«

»Warum nicht?«, hatte ich schwer beleidigt gefragt.

»Du bist viel zu hübsch.«

Ich wusste nicht recht, ob mich das nun besänftigte oder nicht. Aber ich hätte nichts dagegen gehabt, beides zu sein. Hübsch und klug. So wie Anna.

Ich sah ihr zu, wie sie nun mit der einen Hand ihren Schulordner packte und mit der anderen nach dem gebutterten Toast griff, den ich ihr darbot.

»Bis dann«, rief sie und ging durch die offene Terrassentür nach draußen, wo sie kurz innehielt, um Brenda, unseren West Highland Terrier, die auf dem Rasen schlief, zu streicheln, und dann zur Mauer am anderen Ende des Gartens zu gehen, wo ihr Fahrrad stand. Nachdem sie ihre Bücher im Fahrradkorb deponiert hatte, klemmte sie sich den Toast zwischen die Zähne und schob dann ihr Rad durch das Gartentor auf die Straße hinaus. Plötzlich wandte sie sich um und nahm den Toast aus dem Mund.

»Und was hat sie gesagt?«

»Was?«

Hinter mir hatte die Waschmaschine den letzten Schleudergang gestartet.

»Caro. Was hat sie gesagt?«

Ich hatte sie sehr wohl verstanden, zuckte aber die Schultern und legte eine Hand hinters Ohr, so als könnte ich bei dem Lärm nichts hören, was sie mit einem ungeduldigen Kopfschütteln quittierte. Ich sah ihr hinterher, wie sie ein Bein über den Sattel schwang und dann in ihrer blauen Oxford-Highschool-Uniform die Straße hinunterradelte.

»Sie will sich Ohrlöcher stechen lassen«, murmelte ich vor mich hin, meinte aber natürlich Ant, der ebenfalls seine Bücher und Papiere zusammensuchte und Abmarschgeräusche von sich gab, indem er seine Taschen auf der Suche nach Brieftasche und Brille abklopfte.

»Da, auf der Anrichte liegt sie.« Ich deutete auf sein uraltes Brillenetui, das auf dem obersten Regalbrett lag.

»Danke.« Er griff danach. »Nun ja, wenn alle ihre Freundinnen das auch tun«, sagte er unsicher. »Aber sie ist noch ein bisschen zu jung dafür, findest du nicht?«

»Das habe ich auch gesagt. Ich habe gesagt, wie wäre es mit nächsten Sommer, wenn sie fünfzehn ist.«

»Und was meinte sie?«

»Prima. Es kam mir fast so vor, als hätte sie das Gefühl gehabt, fragen zu müssen, war aber eigentlich froh, als ich Nein gesagt habe.«

Wir lächelten uns an, und mir war bewusst, dass wir uns stillschweigend dazu beglückwünschten, eine Tochter zu haben, die nicht jede Körperöffnung gepierct und auch kein Tattoo auf dem Hintern haben wollte wie Jess von nebenan. Die Rauchen für blöd hielt und an alkoholischen Getränken vorsichtig nippte und die zehn A mit Sternchen in ihrer GCSE-Schulabschlussprüfung erreichen wollte und das voraussichtlich auch schaffen würde.

»Bis später dann.« Ant gab mir einen Kuss auf die Wange.

Ich lehnte mich an die Terrassentür in meinem Morgenrock und sah ihm hinterher, wie er mit leicht gebeugtem Kopf, wie es viele sehr große Männer tun, den Garten durchschritt und sein eigenes Rad holte. Ja, wir hatten es nicht so schlecht, Ant und ich. Wenn meine Freundinnen über ihre ätzenden Männer oder ihre ätzenden Ehen jammerten, dann hielt ich meist den Mund oder ich erfand sogar irgendetwas. »Jaja, grauenhaft unordentlich«, oder »Nein, er denkt nie an unseren Hochzeitstag«, warf ich dann und wann ein. Ich dachte an Paulas Vorwurf vom Tag zuvor – »Du willst mir doch nicht erzählen, dass du noch immer in deinen Mann verliebt bist!« Doch, das war ich. Und er in mich. Das wusste ich, nicht selbstgefällig oder nachlässig, sondern einfach mit einer riesengroßen inneren Gewissheit. Ich wusste, dass wir auf lange Sicht zusammengehörten, ein Leben lang.

Als er gerade durch das hintere Gartentor ging, traf er den Briefträger und nahm ihm die Briefe ab. Er hielt sie in die Höhe, damit ich wusste, dass er die Post hatte. Ich lächelte und nickte ihm zu. In der letzten Zeit war sowieso fast alles für ihn. Nicht nur die Rechnungen – ich kam gerade noch so mit der Milchrechnung zurecht –, aber vor allem die Leserbriefe. Als der Verlag die ersten geschickt hatte – die immer sehr reizend begannen (»Ich habe noch nie an einen Autor geschrieben, aber ich musste Ihnen einfach gratulieren …«) – hatten Anna und ich uns köstlich darüber amüsiert.

»Fanpost!«, hatte sie losgeprustet. »Mein Gott, Dad, wie ein Popstar. Als Nächstes wollen sie noch ein Foto von dir.«

Und schon der nächste Brief bat um genau das. Ant hatte freundlich zurückgeschrieben, er fühlte sich sehr geehrt, aber er wäre nun wirklich keine Schönheit, weswegen auch kein Autorenfoto auf dem Buchumschlag sei. Aber es gab uns einen Vorgeschmack auf kommende Ereignisse, auf die Zahl von Leuten, die zu seiner Lesung im New College kamen, und das Ausmaß des anschließenden Empfangs, bei dem wir mit unserem warmen Weißwein in der Hand herumstanden. Jede Menge verstaubte Gelehrte – viele davon Kollegen –, aber auch sehr viele ganz normale Leute, und das war der Knackpunkt. Es war entscheidend, von den Kollegen, den Leuten, die Ant schätzte, gefeiert zu werden, doch die Tatsache, dass er im Fernsehen gewesen war, dass er den Graben um diese geheiligten honigfarbenen Gemäuer übersprungen und den einfachen Mann auf der Straße und die Frau im Supermarkt erreicht hatte und damit in der realen Welt angekommen war, das war etwas anderes. Insgeheim lechzten all die hochtrabenden Geistesgrößen nach der Anerkennung des gemeinen Mannes, denn nur das brachte Ruhm und Reichtum.

Und ich war so stolz, so unglaublich stolz, wie ich da neben ihm stand in meinem neuen Wickelkleid, Anna entzückend in irgendeinem Topshop-Fummel, lachte später mit Ant darüber, als ich erzählte, dass jemand mich angesprochen und höflich gefragt hatte: »Und was machen Sie so?« Worauf ich ohne nachzudenken geantwortet hatte: »Ach, nichts.« »Von nichts kommt nichts«, hatte der bärtige Typ gemurmelt, bevor er weiterging, und ich hatte nur die Schultern gezuckt. In dieser Stadt war ich es gewöhnt, dass man mir Zitate entgegenschleuderte, ich war es gewöhnt, dass Leute überrascht waren, dass ich weder unterrichtete noch malte oder schrieb, und es machte mir nichts aus, da ich doch insgeheim wusste, dass Ant genug für uns beide tat. »Du hättest ihm sagen sollen, dass er sich verziehen soll«, hatte Ant verärgert gesagt, doch ich hatte nur gelacht.

Aber sein Erfolg hatte auch Neider auf den Plan gerufen. Trotz oder vielleicht gerade wegen ihres scharfen Denkvermögens können Intellektuelle ein ziemlich missgünstiger Haufen sein. Und es waren einige dabei, die behauptet hatten, Ant hätte sich verkauft, hätte nur seine Auflagen im Sinn gehabt und Byron verraten, indem er ihn so lebendig als Figur einer coolen Jugendkultur darstellte. Aber das war, wie Anna gesagt hatte, alles nur Blödsinn, denn wenn Byron heutzutage gelebt hätte, dann hätte es ihm gefallen. Er hätte den Kragen seiner Lederjacke hochgeschlagen, sich in voller Montur mitsamt seinem Girl aufs Sofa gelümmelt und der Zeitschrift *Hello!* ein Interview gegeben, im Gegensatz zu Wordsworth, der sich mit seinem Anorak in den Lake District verzogen hätte. Und das war der Knackpunkt. Die Tatsache, dass Byron heutzutage cool und Wordsworth ein Langweiler wäre, war für alle im Fachbereich Anglistik nichts Neues, aber die Tatsache, dass jemand es wirklich einmal aussprach und klarstellte, die gefiel ihnen nicht.

Wir waren also angesichts dieser möglichen Neidgefühle vorsichtig gewesen. Oder vielmehr, Ant war vorsichtig gewesen. Ich dagegen war auf Einkaufstour gegangen. Auf Haussuche, um genau zu sein. Die Erinnerung daran ließ mich jetzt noch schaudern, und ich wickelte meinen Morgenmantel enger um mich, bevor ich mir mein Frühstückstablett schnappte und in Richtung Treppe marschierte. Dass wir umziehen wollten, war ausgemachte Sache. Das Haus im College war nur gemietet, und wir wollten etwas kaufen – aber wir waren uns noch nicht ganz sicher, wo. Während ich meinen Tee und Toast nun vorsichtig die Treppe ins Erdgeschoss hinaufbalancierte, kam ich an der Flügeltür zum Salon vorbei – Salon, mein Gott, wer hätte gedacht, dass wir so was einmal haben würden! Dann folgte ich dem geschwungenen Holzgeländer mit Schellackpolitur hinauf in mein Schlafzimmer. Aber dies hier war nicht das Haus, das mich im Nachhinein erschauern ließ, nein. Es war das in der Nähe der Banbury Road in der Westgate Avenue mit den sechs Schlafzimmern, dem parkähnlichen Garten, dem Musikzimmer, der – Himmel hilf! – Orangerie. Ich erinnerte mich, wie ich dem Makler in immer weitere weitläufige Räume folgte und dann am nächsten Tag atemlos Ant und Anna dorthin zerrte, verbal inkontinent vor lauter Aufregung. Während ich sie die knirschende Kieseinfahrt entlangscheuchte, erklärte ich den beiden, dass gleich um die Ecke Grant Marshall wohnte – Grant war ein Mediziner, der erst kürzlich als

Fernsehpsychiater ebenfalls den Sprung über den Graben geschafft hatte –, zusammen mit seiner berüchtigt hochnäsigen Frau Prue, und dass ich es kaum erwarten konnte, deren Gesicht zu sehen!

Tatsächlich war dann Ants Gesicht viel interessanter gewesen. Er hatte auf der Terrasse gestanden und in den riesigen gepflegten Garten hinausgesehen, die Hände in den Hosentaschen vergraben, und nervös mit seinem Kleingeld gespielt.

»Nur für uns drei? Das passt irgendwie nicht ganz.«

Es folgte Schweigen, während ich das verarbeitete.

»Es ist zu weit von dem entfernt, wo wir herkommen«, war der Kommentar von Anna gewesen, die zwar jung, aber erschreckend wortgewandt war. Sie hatte an einer Kruste an ihrem Knie herumgepult und die Stirn gerunzelt, als wäre sie sich nicht ganz sicher, was sie eigentlich damit gemeint hatte. Aber ich hatte es genau verstanden und schämte mich.

Ant räusperte sich. »Ich bin einfach nicht überzeugt, dass es ... dass das *wir* sind.«

»Nein, nein, ihr habt recht«, hatte ich rasch gesagt. Ernüchtert. »Vollkommen recht.«

Plötzlich war alles sonnenklar. Dieses Haus brachte uns aus den ruhigen Universitätsgefilden hinaus in die laute, protzige und neureiche Vorstadt. Plötzlich erschien die weiße Auslegeware vulgär, die vier Badezimmer angeberisch, die Orangerie als Witz. Und ich hatte es nicht gemerkt. Nicht gleich. Ich musste von meinem von Natur aus geschmackvollen Ehemann und meinem Kind mit der Nase darauf gestoßen werden.

Wir waren direkt in die Stadt zurückgefahren und hatten dann am folgenden Tag dieses Haus hier besichtigt. Ein großes Reihenhaus mit einem eisernen Balkon nach vorne, noch immer zentral gelegen, in der Nähe unserer Freunde, noch immer aus dem sanften Sandstein der Cotswolds gebaut, noch immer würdevoll. Ich blieb nun am Fenster des Treppenabsatzes stehen und blickte in unseren langen, schmalen, von Mauern eingefassten Garten, elegant und dicht begrünt, eingerahmt von zwei ähnlich eleganten und grünen Gartenabschnitten rechts und links, die einem Chemieprofessor und einem Journalisten gehörten. Ja. Es passte zu uns, dachte ich unterwegs in mein Schlafzimmer. Das war genau das Richtige für die Hamiltons.

Ich lächelte und verzog mich mitsamt meinem Toast und den Zeitungen ins Bett.

Als Ant und ich erst wenige Monate verheiratet gewesen waren, war er eines Morgens zur Arbeit gegangen, um zehn Minuten später zurückzukommen, weil er den Aufsatz eines Studenten vergessen hatte. Er hatte mich ertappt, wie ich wieder im Bett saß mit einer Schachtel Zitronenkekse, einer Zigarette und der *Cosmopolitan*. Ich war so zerknirscht gewesen, als hätte er mich mit einem nackten Mann erwischt, aber Ant hatte sich ausgeschüttet vor Lachen.

»Genau deswegen liebe ich dich«, hatte er gesagt und sich quer übers Bett gebeugt, um mich zu küssen. »Weil du nicht fix und fertig angezogen bist, mit streng zurückgekämmten Haaren und wie eine Besessene daran arbeitest, die nächste *Madame Bovary* zu schreiben wie alle anderen in dieser Stadt. Du freust dich einfach des Lebens. Du gibst dich dem Genuss hin.«

Ich erinnere mich vage, dass wir uns im Folgenden weiter dem Genuss hingegeben hatten an jenem Morgen, als ein Kuss zum nächsten führte und Ant zu spät zu seinem Tutorium kam, und ich weiß noch, dass ich mich gefragt hatte, ob der Student, der da geduldig auf ihn gewartet hatte, auch nur einen blassen Schimmer davon hatte, dass der junge Dozent, der da schließlich mit gerötetem Gesicht auftauchte und den vergessenen

Aufsatz schwenkte, gerade erst höchste Glücksgefühle in den Armen seiner Frau, wenn auch auf den Überresten einer Schachtel von Zitronenkeksen, genossen hatte. Vermutlich nicht.

Mein Geschmack hat sich mittlerweile etwas gewandelt und Tee und Toast begleiten die Lektüre der *Daily Mail*, aber ich las noch immer die wichtigen Teile: den *FeMail*-Teil in der Mitte über Diäten, Entschlackung, Mode – und zwar ausgiebig. Und da heute Montag war, blätterte ich auch die Lokalzeitung durch und warf aus alter Gewohnheit einen Blick auf die Rückseite mit den zum Verkauf stehenden Häusern, dann auf die Möbel – wir spielten mit dem Gedanken, Anna einen Stutzflügel zu kaufen –, als mir plötzlich eine Anzeige in der Rubrik Haustiere ins Auge stach.

Zu verkaufen. Wunderschönes graues Connemara Pony, 14,2 Hands. 6 Jahre. Sehr gutmütig, toller Charakter. Ein Mädchentraum. Der erste Interessent wird kaufen. £ 1000

Ungläubig starrte ich auf die Seite; las noch einmal. Oh. Oh, wie wunderbar! Gleich da vor meiner Nase. Es war Schicksal. Ich wusste es. Und ich wusste auch aus Gesprächen mit Anna, dass 14,2 ungefähr die richtige Größe war. Und 1000 Pfund waren bestimmt auch ein anständiger Preis. Gespannt las ich die Adresse. Parkfield Lane. Das war gleich an der Woodstock Road. Nur wenige Minuten entfernt!

Ich setzte mich in dem zerknüllten Bett auf, band meinen Morgenmantel frisch zu und machte ein triumphierendes Gesicht. Nie im Leben hätte Caro damit gerechnet, dass ich tatsächlich ein Pony *kaufen* würde, als sie mir ihren Spott quer über den Hof hinterhergeschickt hatte. Und nie im Leben hätte ich selbst damit gerechnet, dass ich so etwas könnte. Sie wusste, dass ich null Ahnung von Pferden hatte, wusste, dass sie mir damit einen echten Tiefschlag versetzt hatte, und trotzdem ... was konnte da schon so schwierig sein? Ich warf noch einen Blick auf die Annonce. »Ein Mädchentraum.« Nun, ich hatte ein Mädchen, und sie hatte einen Traum – perfekt. Meine Hand wanderte bereits über die Bettdecke in Richtung Telefon auf dem Nachttisch, als ich plötzlich innehielt. Moment mal. Es war eine Sache, voller Elan stolz im Bett zu sitzen und zu denken: »Der werd ich's zeigen!« Aber es war etwas ganz anderes, mit einem Pferd am Zügel in ihren Hof zu marschieren.

Ich schluckte und sah all meinen Mut in Windeseile in sich zusammensinken. Ja, okay, ich würde mit ihr reden, beschloss ich. Sie hatte sich inzwischen vermutlich ein wenig beruhigt, genau wie ich selbst, und wir würden das Ganze freundschaftlich klären. Schwesterlich. Wenn Caro tatsächlich der Meinung war, dass Anna ein Pony für den Pony Club brauchte, gut, dann würden wir eben eines kaufen, aber wenn sie eigentlich hatte sagen wollen, nur über meine Leiche, dann würden wir es eben vergessen. Anna würde das verstehen. Mir krampfte sich das Herz zusammen beim Gedanken an die Vorfreude in ihrem Gesicht am Gartentor heute Morgen.

Andererseits – ich lehnte mich vor und trennte die Anzeige sorgfältig heraus – könnte dieses Pony schnell verkauft sein. Es war eindeutig ein Schnäppchen, und meine Schwägerin war eine vielbeschäftigte Frau. Sie ging nie an ihr Handy, und ich würde zur Farm hinausfahren müssen, um sie zu erreichen, und während ich ihr noch in irgendeinem Schweinestall hinterherrannte, um sie nach ihrer Meinung zu fragen oder mich bei ihr einzuschmeicheln versuchte, während sie kopfüber in einem ihrer Dixieklos steckte, würde sie sagen, dass sie es sich überlegen und sich bei mir melden würde, während in der Zwischenzeit irgendein anderes glückliches Mädchen das Pony gekauft hätte. Und wenn ich sie stattdessen einfach mit den Tatsachen konfrontierte – ein *Fait accompli* schüfe ... Einen Augenblick später und mit der berühmten Spontaneität, die Ant so an mir schätzte, hatte ich das Telefon vom Nachttisch gegriffen und wählte die Nummer.

»Hallo, ja, ich habe eben Ihre Anzeige in der Zeitung gesehen ...«

Zehn Minuten später hatte ich mich mit einem Mann in einem Pferdestall an der Woodstock Road verabredet, der mir einen Traum von einem Pferd versprochen hatte: ein Pferd so würdevoll, dass selbst die Queen sich mit Stolz darauf würde blicken lassen, so ruhig, dass es einem ein Zuckerstück vom Kopf fressen könnte, ohne auch nur ein Härchen zu krümmen, und so wohlerzogen, dass es erst gestern so still und leise wie ein Mäuschen in seine Küche gekommen war, dass er es noch nicht einmal bemerkt hatte.

Ich hatte die leicht irritierende Vision eines Pferdes, das auf einem der Barhocker an meinem Küchentresen aus Granit saß mit übereinandergeschlagenen Beinen und still in der Zeitung las und nach seinem Müsli verlangte, aber ich verständigte mich doch darauf, dass ich mit meiner Tochter ganz sicher am Samstagmorgen da sein würde, um dieses göttergleiche Pferdewesen kennenzulernen. Dann legte ich auf und errötete vor Schreck. Himmel, was hatte ich getan?

Rasch wählte ich Caros Nummer. Tim ging dran.

»Oh Tim.« Erleichterung überkam mich. »Ich wollte, äh, mich bei euch beiden bedanken für gestern«, log ich. »So ein schöner Tag und das ganze leckere Essen!«

»Es war schön, dass du da warst. Wie ist es Anna ergangen?«

»Ach, prima. Sie hat gesagt, es wäre ganz leicht gewesen. Ich meine – nicht schlecht.«

»Immerhin Stufe 7, hat Caro mir erzählt!«

»Äh, ja. Tim, ist Caro in der Nähe? Ich würde gerne mit ihr sprechen.«

»Im Moment gerade nicht. Sie ist unten im Hof mit Harriet.«

»Harriet?«

»Das ist das blinde Schwein. Sie muss sie von Hand füttern, sonst lassen ihr die anderen keine Chance.«

Ich blinzelte. Das Paradoxe der Situation war nicht zu verkennen. Caro war bereits unterwegs und fütterte ihr blindes Schwein von Hand, während ich noch im meinem Cath-Kidston-Nachthemd im Bett saß.

»Gut. Ja, also, da wir gerade von Tieren sprechen, Tim, ich habe mich gefragt, ob …« Nun gab es kein Zurück mehr, es sprudelte alles aus mir heraus, bis ich schließlich damit endete: »… ich meine, wir haben natürlich keinen Platz, es hier bei uns zu halten, und deswegen dachte ich irgendwie …«

»Na klar, geht das«, polterte Tim und unterbrach mich. »Mein Gott, wir haben hier zu viel Gras für unsere eigenen Pferde, da macht eines mehr auch keinen Unterschied. Und wenn es Weidehaltung gewöhnt ist, dann macht es gar keine Mühe. Kein Stallausmisten und der ganze Kram.«

»Ja, also, das hatte ich eigentlich auch gedacht«, sagte ich erleichtert. »Und natürlich komme ich vorbei und – du weißt schon – schaue regelmäßig danach.«

»Ach, das kann doch Caro machen. Sie muss sich doch sowieso um die anderen kümmern, dann kann sie gleich ein Auge darauf haben.«

»Oh nein, ich will nicht, dass Caro irgendetwas tun muss«, sagte ich schnell. »Das ist meine Verantwortung. Aber ich dachte nur, dass, wenn es irgendwas braucht –

ich weiß nicht – Hufe auskratzen oder so und ich nicht rauskommen kann, ob dann du oder Jack …?«

»Na ja, ich ganz sicher nicht. Ich habe keine Ahnung von den Viechern. Gefährlich an beiden Enden und unbequem in der Mitte, wenn du mich fragst, aber Jack ist genau der Richtige dafür oder auch Phoebe. Und wie schön, wenn wir so mehr von Anna sehen. Die Kinder werden begeistert sein.«

Ich wusste, dass er sich wirklich freute. Denn es gab durchaus ein gewisses Gefälle sowohl sozial wie auch intellektuell zwischen Anna und ihren Cousins und Cousinen. Dabei hatten Tim und ich uns so nahegestanden.

»Caro auch«, fügte er noch hinzu.

»Äh, also eigentlich war sie es nicht gerade.«

»Was?«

»Na, begeistert. Ich habe das Thema gestern schon mal angeschnitten, und sie war ein bisschen … na, du weißt schon.«

»Wirklich? Na, gestern war ein stressiger Tag, Evie. Aber mach dir mal keine Sorgen. Kauf du dein Pferd, und wir bringen es unter. Anna kann an den Wochenenden rauskommen. Sie kann den Zug nehmen. Caro holt sie ab. Ich muss jetzt los, Süße. Ich treffe mich mit so einem Mann wegen einem Bullen.«

Ich machte den Mund auf, um zu protestieren, aber er war schon weg. Mit schlechtem Gewissen legte ich auf. Nun hatte ich es hinter Caros Rücken vereinbart, indem ich direkt mit Tim gesprochen hatte. Aber nicht absichtlich, befand ich. Ursprünglich hatte ich mit ihr sprechen wollen, um ihr für den gestrigen Tag zu danken und ihre Erlaubnis einzuholen. Es war ja nicht meine Schuld, dass Tim am Telefon war, oder? Ich stieg aus dem Bett und griff nach meinen Kleidern. Ich würde sie später noch einmal anrufen. Und dann hatte Tim es ihr schon erzählt und ihr klar gemacht, dass es bereits beschlossene Sache war, erkannte ich schuldbewusst. Oje. Aber eigentlich war Tims Reaktion die natürlichere, beschloss ich, während ich mein neues Joseph-Hemd zuknöpfte. Die reifere, freundliche Reaktion. Und ich würde den Löwenanteil der Arbeit übernehmen – ich zog meine Jeans an –, natürlich würde ich das. Es würde mir Spaß machen. Ich brauchte etwas zu tun. Ich würde nicht ausreiten oder so, aber ich konnte es ja am Zügel führen. In meiner Vorstellung schlenderte ich bereits einen Feldweg entlang in einem hellen Sommerkleid und Strohhut und einem alten grauen Ross am Zügel mit Blumen im Haar. Das alte graue Ross natürlich, nicht ich. Und alt und grau war ebenfalls das Pferd und nicht etwa ... Nun ja. Einfach wunderbar.

Im Moment, dachte ich, während ich durchs Zimmer eilte und dabei ein Paar glitzernde Ohrringe ansteckte und nach meinen italienischen Pantoletten fischte, musste ich mich erst mal beeilen. Um zehn würde Maria zum Saubermachen kommen, und ich hasste es, wenn sie mich noch im Bett vorfand. Ich musste Ants Anzug aus der Reinigung holen und die Klarinettennoten besorgen, die Anna haben wollte. Ich hatte viel zu tun und musste sehen, dass ich in die Gänge kam. Für ein paar Stunden verdrängte ich das Pony ganz und gar aus meinen Gedanken.

4

Die Tage vergingen, und am Freitag fuhr ich mit dem Fahrrad in die Stadt, um mich mit Ant zum Mittagessen zu treffen. Der Himmel war wolkenlos, und die

Leckereien fürs Wochenende aus dem Delikatessenladen waren sicher in meinem Korb verstaut, meine langen dunklen Haare flatterten im Wind hinter mir her. Kürzlich hatte ich einmal vorgeschlagen, ich könnte mir die Haare schneiden lassen – auf Schulterlänge, hatte ich gedacht, ein Pagenschnitt –, aber Ant war entsetzt gewesen.

»Warum denn?«

»Weil ich zu alt bin für lange Haare«, hatte ich protestiert.

»Sei nicht lächerlich. Es passt zu dir.«

Er hatte ein derart entgeistertes Gesicht gemacht, dass ich es gelassen hatte. Aber vielleicht sollte ich es zusammenbinden, überlegte ich, während ich einer Dame gewissen Alters hinterherfuhr, die ihre Haare zu einem eleganten grauen Knoten geschlungen hatte, der mit perlenbesetzten Kämmen an ihrem Kopf befestigt war. Sie bog nach links durch den Torbogen ins Trinity College ab, und ich lächelte vor mich hin. Das war es, was mir an dieser Stadt so gefiel: Man wusste nie genau, hinter wem man da gerade her radelte oder neben wem man im Bus saß – einem Wissenschaftler, der an der nächsten Heilmethode für Krebs arbeitete, oder einem Astrophysiker, der Raketen auf den Mars schickte?

»Vielleicht auch nur irgendein armer Teufel, der unterwegs ist, um die Schokoriegel in einer Kantine aufzufüllen«, spottete Ant gerne.

»Quatsch, das merkt man. Sie haben so einen leicht distanzierten, exzentrischen Gesichtsausdruck, so als wüssten sie nicht genau, welches Datum heute ist.«

»Ah, genau wie deine Mutter.«

Damit hatte er mich. Meine Mutter wusste selten, welches Datum gerade war, trug einen zipfeligen grauen Pferdeschwanz und Klamotten aus dem Secondhand-Laden, hatte aber kein Fünkchen Gelehrsamkeit in sich.

Felicity dagegen, meine Stiefmutter, sah aus, als wäre sie soeben von Bord einer Yacht in St. Tropez gegangen, und war dabei Biologieprofessorin am Keble College.

»Keine weiteren Fragen, Euer Ehren«, sagte Ant dann mit schelmischem Grinsen.

Ich lächelte, als ich an das Ende ihrer Straße kam: der von meiner Mutter und Felicity. Nein, die beiden wohnten nicht zusammen oder so, aber als mein Dad starb, hatte meine Mutter ihr von dem Haus am Ende ihrer Straße erzählt, das auf den Markt kommen sollte. Felicity, in tiefer Trauer und ganz gegen die Gewohnheit einmal ein bisschen rat- und hilfsbedürftig, hatte es angeschaut und sofort gekauft. Ja, seltsam, überlegte ich, als ich jetzt die Abkürzung durch diese Straße nahm, wie sich das entwickelt hatte. Keiner war besonders überrascht gewesen, als meine Mutter, nachdem Tim und ich geheiratet hatten – und ich glaube wirklich, dass sie nur deshalb so lange durchgehalten hatte –, meinen Vater verließ. Sie stritten sich ziemlich viel und regelmäßig und hatten immer schon eine stürmische Beziehung gehabt, aber die Ehe kam wirklich auf einen Tiefpunkt, an dem bei einer denkwürdigen Gelegenheit sogar leere Gin-Flaschen geschmissen wurden, von denen es, wie Tim später kommentierte, mehr als genug gab. Unsere Mutter verabscheute den Hof, den Dreck, die Nässe – was bemerkenswert war, wie mein Vater bissig bemerkte, da sie doch einen Landwirt geheiratet hatte –, und Dad hasste all das, was er ihren spirituellen Mist nannte, ihre Quacksalberei.

Mum war ein selbst ernannter Freigeist und eine große Anhängerin alternativer Heilmethoden. Reflexologie, Aromatherapie, alles, was man sich nur denken kann, hatte sie bereits ausprobiert, ihr jüngster Tick war Reiki, worin sie sich nach einer verblüffend kurzen Ausbildungszeit als qualifizierte Therapeutin bezeichnete.

Der Tropfen, der das Fass für meinen Dad zum Überlaufen brachte, war ihre Absicht, eine Praxis auf dem Hof einzurichten, indem sie eine der Scheunen – mit ein paar rosafarbenen Handtüchern und Psychomusik, hatte er gespottet – in ein Zentrum für ganzheitliche Medizin verwandelte.

»Ich bezweifle ja gar nicht, dass an diesem alternativen Scheiß nicht doch was dran ist«, hatte er gewütet. »Aber ich zweifle heftig, dass eure Mutter in irgendeiner Art und Weise qualifiziert ist, es auszuüben!«

An einem ungewöhnlich milden Oktobertag nach einem derart hitzigen Schlagabtausch hatte meine Mutter ihren geliebten Terrier Bathsheba genommen und war zu Fuß ganz bis nach Oxford gelaufen – immerhin gute zwölf Kilometer –, um ihre Schwester zu besuchen. Sie hatte Dad angerufen und gesagt, dass sie angesichts der Entfernung über Nacht bleiben würde. Am folgenden Morgen rief sie an, um zu sagen, sie hätte sich überlegt, dass sie noch ein paar Tage länger bleiben würde, weil Cynthia, ihre Schwester, nicht ganz auf der Höhe sei. Und die paar Tage hatten sich zu ein paar Wochen ausgedehnt und dann zu ein paar Monaten – und dann war sie nie mehr zurückgekommen. Wenn Tim oder ich nachfragten, antwortete unser Vater ausweichend: »Eure Mutter? Ach, die ist noch immer bei Cynthia.« Und wenn wir unsere Mutter anriefen und fragten, wann sie vorhatte zurückzukehren, dann sagte sie: »Ach, ich denke, wenn es Cynthia ein wenig besser geht.«

In Wahrheit passte es ihnen beiden so. Meine Mutter war zurück in der Stadt, wo sie hingehörte, und mein Vater war glücklich, dass er den Hof für sich hatte und er die Abende mit der Fernbedienung in der Hand verbringen konnte und nicht mit einer frustrierten Hausfrau, die von ihm verlangte, dass er Kerzen anzündete und sich im Schneidersitz hinsetzte, um auf seine innere Musik zu hören. Dad führte ein Lotterleben, trug jeden Tag dieselben Klamotten, löffelte Baked Beans aus der Dose und ließ das dreckige Geschirr sich in der Spüle zu einer wackeligen Pagode auftürmen. Von Zeit zu Zeit beklagte ich mich bei Tim darüber, der aber nur meinte: Wen stört's? Er ist glücklich. Lass ihn. Und er war glücklich. Sie waren es beide, wahrscheinlich zum ersten Mal seit Jahren, und das Leben wurde bemerkenswert friedlich.

Aber es war unvermeidlich, dass sich beide im Verlauf der Zeit einsam fühlten, und damit kam das, was Tim und ich etwas besorgt als die Balzzeit bezeichneten. Unsere Mutter ließ sich mit einer Folge von schockierend unpassenden Männern ein, die teilweise halb so alt waren wie sie, einer davon – Gott bewahre – sogar noch Student, dann ein Straßenmusiker, den sie in einer Unterführung aufgelesen hatte. All diese Beziehungen waren von vorhersehbar kurzer Dauer, und unser Vater holte Felicity zu sich auf den Hof.

Ich muss gestehen, dass Tim und ich zu Beginn etwas skeptisch gegenüber Felicity waren, ganz einfach weil sie so offensichtlich nicht Dads Typ entsprach. Er hatte ein paar Frauen kennengelernt durch *Rural Relations* – eine landwirtschaftliche Partnerbörse –, in erster Linie rotwangige Frauen, deren Hosen mit Paketschnur gehalten wurden, Felicity dagegen war groß und schlank, sah umwerfend gut aus und war hochintelligent.

»Was sieht sie nur in Dad?«, hatte ich recht treulos zu Caro gesagt, als wir beim Tee in ihrem Bungalow saßen. Ihre Antwort war ein wenig indigniert gewesen, da Tim seinem Vater ziemlich ähnlich sah.

»Na ja, er ist groß, gut aussehend und nicht gerade arm, mit einer Farm und knapp hundert Hektar Land – was soll man da nicht sehen?«

»Wenn du meinst«, hatte ich nach diesem gerechtfertigten Rüffel zugestimmt.

Ein paar Wochen später hatte mein Vater uns alle am Sonntag zum Mittagessen eingeladen, um Felicity ganz offiziell kennenzulernen. Wir versuchten, uns nichts anmerken zu lassen, als wir die Servietten auf dem Tisch und die Vase mit Blumen in der Mitte sahen, und setzten uns dann zur Vorspeise – eine Vorspeise! Dad in einem frisch gebügelten Hemd saß am einen Ende des Tisches und Felicity am anderen, ziemlich nervös. Und es war gerade diese Unsicherheit, die sie mir auf Anhieb sympathisch gemacht hatte. Wir mochten sie alle, sogar Caro.

»Sie ist genau das, was euer Vater braucht«, hatte sie verkündet, als sie mich später zu einer abschließenden Lagebesprechung anrief. »Eine intelligente Frau mit einer zupackenden, unkomplizierten Art, die dieses Farmhaus wieder auf Vordermann bringen kann.«

»Mum war auch intelligent«, erwiderte ich treuherzig, aber ich wusste genau, was sie meinte.

»Ja, aber sie war abgelenkt. Felicity hat eine ganz genaue Vorstellung davon, wie sie sich die Farm vorstellt.«

Das stimmte, Dad und Felicity waren ein tolles Team. In null Komma nichts hatte sie das Haus entrümpelt und umgeräumt und sogar den Garten in Angriff genommen, sodass es dort überall sehr viel besser aussah, obwohl wir natürlich immer noch wussten, dass alles langsam verfiel. Und es machte Spaß, mit ihr zusammen zu sein. Sie war umgänglich, freundlich, aber versuchte nicht, sich zu viel einzumischen, sondern lud uns nur fröhlich fast jedes Wochenende zum Essen ein, denn sie wusste genau, dass vor allem Tim die Farm noch immer als sein Zuhause betrachtete. Sie klapperte in ihren hochhackigen Schuhen durch die Küche, die sie in einem sonnigen Kadmiumgelb gestrichen hatte, und hörte dabei *Classic FM* – während unsere Mutter in Mokassins zu Cat Stevens herumgeschlurft war –, servierte köstliches Essen mit Gemüse und Kräutern, die sie im Garten angebaut hatte, und entschuldigte sich dann gleich nach dem Kaffee, vorgeblich, um sich zum Arbeiten in ihr Studierzimmer zurückzuziehen, aber vielleicht auch, um uns ungestört reden zu lassen. Dad vergötterte sie, und seine völlig erstaunten Augen schienen zu sagen: Seht nur! Seht, was ich habe. Unglaublich, oder?

Nach und nach schloss Felicity unsere Mutter auch in diese Einladungen ein, zuerst zu Weihnachten, später auch zum Mittagessen.

»Dann könnten alle zusammen sein, und Tim und du, ihr müsst nicht von Haus zu Haus hetzen. Was meinst du, Evie?«, hatte sie mich besorgt gefragt, als wir uns zum Lunch bei *Browns* getroffen hatten, weil sie zuerst meine Meinung einholen wollte.

»Ich finde das eine tolle Idee«, hatte ich gesagt. »Wenn sie kommt.«

Und zu unser aller Überraschung kam sie, und wir verbrachten gemeinsam einen überraschend lustigen Weihnachtstag. Zum ersten Mal seit Jahren, hatte ich gedacht, und beim Truthahnessen Tims Blick gesucht. Ob er sich wohl noch daran erinnerte, wie Mum Dad einmal mit ihrem Weihnachtsgeschenk für ihn, einem elektrischen Bratenmesser, rund um den Tisch gejagt hatte?

Und Felicity hatte eine wunderbare Art, das Beste aus Leuten herauszuholen. Bei ihr war Dad unterhaltsam und jovial, Tim witzig und aus demselben Holz geschnitzt, Mum benahm sich nicht allzu peinlich ausgeflippt, sondern nur auf charmante Weise exzentrisch, und selbst Caro ... selbst Caro hatte ich an jenem Weihnachtstag mit neuen Augen gesehen, als sie erzählte, wie sie mitten auf der Cornmarket Street in Oxford ihren

Schuh verloren hatte. Sie hatte ihn wieder angezogen und dann erst zu Hause festgestellt, dass sie einen blauen und einen braunen Schuh anhatte. »Ich schwöre es«, hatte sie mit großen Augen versichert, während wir anderen am Tisch uns mit unseren weihnachtlichen Papierhütchen vor Lachen bogen. »Ich hatte den Schuh von jemand anderem erwischt!« Ich hatte mich daran erinnert, wie lustig es mit ihr sein konnte, und hatte auch bemerkt, wie Tim sie anschaute, weil auch ihm wieder klar wurde, warum er sie geheiratet hatte.

Ja, Felicity war der Mörtel gewesen, den unsere Familie gebraucht hatte, das bezweifelte keiner, und niemand war überrascht gewesen, als Dad und sie schließlich Nägel mit Köpfen machten. Und selbst nach der Hochzeit konnte Dad nicht aufhören, sie wie einen Hauptgewinn vorzuführen. Stolz zeigte er uns das Buch mit ihren jüngsten Forschungsergebnissen und verwies auf die Buchstaben hinter ihrem Namen, die ihren akademischen Grad bezeichneten. Dann neckte er mich, dass ich nicht die Einzige in der Familie wäre, die mit einem Akademiker verheiratet war. Mit dem größten Vergnügen lud er auch ihre Fachkollegen zum Essen ein und öffnete Weinflaschen und grinste selig vor sich hin, während um ihn herum über Molekularbiologie gefachsimpelt wurde.

»Das hätte Mum auch sehr gefallen«, hatte ich einmal mit einem bedauernden Seufzen im Auto auf dem Heimweg von einem solchen Essen zu Ant gesagt. »Sie wollte einfach nur ein bisschen Kultur im Haus haben.«

»Da geht es nicht um Kultur«, hatte er lächelnd erwidert. »Das sind Wissenschaftler.«

Der Unterschied war mir undeutlich klar, für mich waren alle klugen Leute kultiviert. Ich glaube aber, dass von uns allen vor allem Ant Felicity gegenüber ein wenig misstrauisch gewesen war, und ich war mir nicht sicher, ob da nicht ein Hauch von Konkurrenzkampf im Spiel war, da sie schließlich beide von der gleichen Universität kamen. Mit der Zeit hatte er sie aber ebenfalls in sein Herz geschlossen, da er ja sah, was für einen Riesenunterschied ihre Gegenwart für meinen Vater machte, der auf dem Hof herumsprang wie eines seiner jungen Kälber, wie neugeboren. Und darum war es an jenem strahlenden Morgen im August auch so ein Schock gewesen, dass er auf einmal tot war.

Wir waren alle von Trauer überwältigt, doch wir wussten sogleich, dass jetzt vor allem Felicity Hilfe brauchte. Nach der Beerdigung zog sie sich auf die Farm zurück, holte die Zugbrücke ein, stellte den Anrufbeantworter an und verbarrikadierte sich so mehrere Tage lang. Wir hatten uns Sorgen gemacht und uns um sie gekümmert. Caro und ich brachten sonntags das Mittagessen mit auf die Farm, um das sie sich zuvor so mühelos gekümmert hatte, in dem verzweifelten Versuch, zumindest den Anschein einer Normalität zu wahren. Ein bisschen muntere Konversation, während sie dasaß und lustlos ihr Essen auf dem Teller hin und her schob, oder gar nicht bei uns saß, sondern im Hintergrund herumschlurfte, während wir aßen – keine Spur mehr von geschäftigem Absatzgeklapper –, und mit bleichem Gesicht die Stapel von Beileidsbriefen durchblätterte. Und so war es nach ein paar Monaten keine Überraschung, als sie verkündete, das Haus sei zu groß für sie und mit zu vielen schmerzlichen Erinnerungen verbunden und dass sie deswegen in die Fairfield Avenue Nr. 47 ziehen würde, nur ein paar Häuser von unserer Mutter entfernt, die in Nummer 16 wohnte, dem Haus, das sie nach Cynthias Tod geerbt hatte. Sie waren damals bei Weitem keine Busenfreundinnen, denn Mum wollte Felicity nur etwas Gutes tun, aber mit der Zeit, durch die räumliche Nähe und die gemeinsame Vergangenheit – schließlich waren sie beide mit demselben Mann verheiratet gewesen – bildeten sie ein ungleiches Paar. Jeden Dienstagabend saß meine Mutter in Felicitys Wohnzimmer vor dem Backgammon-Brett, wo um Punkt sechs Uhr Gin und Tonic serviert wurde, für Sandwichs sorgten die beiden im Wechsel. Donnerstagabend war der Literaturzirkel, und sonntags besuchten die beiden entweder Caro oder mich oder aßen zusammen in der Stadt zu Mittag. Ach ja, und manchmal tranken sie vormittags auch einen Kaffee zusammen.

Ich lächelte jetzt vor mich hin, während ich an dem schmalen Reihenhaus meiner Mutter am einen Ende der Straße vorbeiradelte und mich in Richtung von Felicitys etwas größerem Anwesen am anderen Ende bewegte. Ob die beiden wohl heute dort waren, überlegte ich. Wenn Felicity keinen Unterricht hatte, dann vermutlich schon, aber ich würde nicht haltmachen. Ich warf einen Blick durch die mit schweren Vorhängen verhüllten Wohnzimmerfenster. Ich war ohnehin schon fünf Minuten verspätet, und ein Kaffee mit den beiden führte meist auch noch zu einem Drink. Ohne einen kräftigen Schluck würde ich nicht wieder wegkommen.

Ich schob mein Rad durch die Cornmarket Street und fuhr dann die St Aldates Street hinab, wobei ich Ron einen fröhlichen Gruß zurief, der Pförtner im Balliol gewesen war, aber jetzt ans Christ Church College gewechselt hatte. Er versuchte gerade geduldig, einer verständnislosen Gruppe von Chinesen zu erklären, dass sie nicht einfach über seine Kette steigen und in das Quadrangle, den Innenhof seines Colleges, marschieren konnten. Er hob verzweifelnd die Schultern, und ich lächelte zurück. Momentan traf man überall auf Trauben von Touristen, vor allem in den Hauptstraßen, aber nicht hier entlang. Damit bog ich nach links ab und ließ mich ein kleines Gässchen entlangrollen – bis zu der winzigen Trattoria, die Ant und ich so schätzten, ein bisschen schäbig, aber abseits gelegen und nur von Dozenten und Studenten besucht, den wahren *cognoscenti*.

Wie wunderbar, dachte ich, einen Ehemann zu haben, der sich noch immer gerne mit mir zum Mittagessen traf. Schon seit Jahren radelte ich jeden zweiten Freitag, weil er dann nur eine Vorlesung hatte, in die Stadt, um einen Teller Suppe mit ihm bei *Lorenzo* zu verspeisen.

»Vielleicht schaffe ich es ja sogar noch, mir den Schluss deiner Vorlesung anzuhören«, hatte ich ihm am Morgen hinterhergerufen, als Ant wie immer die Briefe vom Briefträger in Empfang nahm, dem er am Gartentörchen begegnete. »Obwohl ich sagen muss, wenn die genauso schlüpfrig ist wie die letzte, dann verkrieche ich mich vor lauter Peinlichkeit unter dem Sitz.«

Vor einigen Wochen hatte ich mich hineingeschlichen, als er über Lawrence gesprochen hatte, oder vielmehr über Sexualität bei Lawrence, und es hatte mich ziemlich schockiert, wie er einer Handvoll staunender Erstsemester die Feinheiten der Fellatio erläutert hatte.

Er hatte nur gelacht. »Wie prüde. Und außerdem geht es heute um Joyce, da gibt es nicht viel zu holen. Der arme Kerl war entsetzlich verklemmt. Bis später.«

Natürlich hatte ich es nicht geschafft. Ich war zu sehr damit beschäftigt gewesen, schwerwiegende Entscheidungen an der Käsetheke zu treffen, und so saß Ant, als ich kam, bereits an unserem Lieblingsplatz, dem großen langen Gemeinschaftstisch an der Rückwand des Lokals. Wie üblich las er, wie ich mit liebevollem Blick erkannte, während ich mich durch den dunstigen Raum schlängelte und unterwegs noch Carlo, dem Betreiber, zuwinkte. Als ich Ant gerade kennengelernt hatte und wir hier zusammen Mittag gegessen hatten, hatte er meist in einem schmalen Lyrikbändchen gelesen. In letzter Zeit war es meist ein Aufsatz, in dem Versuch, mit seinen Korrekturen voranzukommen. Und ich sah, wie er ein solches Papier hastig in die Jackentasche schob, als ich ihm gegenüber Platz nahm. Es gefiel mir, dass er noch immer ein altes Cordjackett trug wie jeder anständige Akademiker und dass er nach frischer Luft und Büchern roch, als ich mich über den Tisch beugte, um ihn zu küssen.

»›Geben Sie sich mehr Mühe!‹ oder ›Kommen Sie in meine Sprechstunde!‹?«

Er lächelte matt. »Ach, ich schätze mal, dass ich die üblichen aufmunternden Plattitüden bemühen werde, genau wie sie ihre über die höfische Liebe ausbreiten. Vielleicht sollte ich mal A.J. Holmes *The Chaucerian Legend* aus der Bibliothek abziehen. Mal sehen, wie sie ohne das zurechtkommen. Mal sehen, ob das Getriebe dann noch läuft.«

»Dann holen sie es sich eben aus dem Internet, und außerdem kannst du ihnen ja kaum einen Vorwurf machen. Bestimmt ist das, was es über Chaucer zu sagen gibt, alles bereits gesagt worden. Ihr Literaturwissenschaftler hattet zwölf Jahrhunderte Zeit, euch mit ihm auseinanderzusetzen, und die Studenten hatten erst ein Trimester. Da kann man doch nicht erwarten, dass sie mit einer weltbewegenden Erkenntnis daherkommen wie – keine Ahnung –, dass *The Nun's Tale* eigentlich als Allegorie für eine frustrierte Lesbe zu verstehen ist, oder?«

»Das wäre vielleicht interessanter zu lesen. Aber es würde Lucian Bannister den letzten Nagel zu meinem Sarg liefern und ihn davon überzeugen, dass meine Vorlesungen völlig daneben sind.«

Lucian Bannister war der Dekan des Fachbereichs, ein Urgestein mit althergebrachten Ansichten, der Ant als eine Art Emporkömmling betrachtete. Die beiden waren nicht immer einer Meinung. Ant nahm seine Brille ab und massierte sich die Nasenwurzel mit Daumen und Zeigefinger, und ich fand, er sah müde aus. Nicht zum ersten Mal beschloss ich, dass das Ende des Trimesters nicht rasch genug kommen konnte. Ich legte die verschränkten Arme auf den Tisch und beugte mich vor.

»Jetzt musst du es nur noch ein paar Wochen durchhalten, und dann kannst du Lucian Bannister sagen, er kann sich seine Kommentare sonst wohin stecken. Dann hauen wir ab in Richtung Sonne, vielleicht wieder in die Toskana?« Ich warf ihm einen schmachtenden Blick von unten zu und klapperte mit den Augendeckeln.

Er brachte nur ein seltsam gezwungenes Lächeln zustande und setzte seine Brille wieder auf. Ich verspürte einen kleinen Anflug von Panik, genau wie damals, als ich ihm das Haus an der Banbury Road gezeigt hatte.

»Oder nach Devon«, sagte ich rasch und setzte mich auf. »Kleiner Scherz. Ich hatte nur gedacht, wir hätten gesagt, dass Anna vielleicht San Gimignano gefallen würde und die Kirchen und das alles. Dass wir beschlossen hätten, sie wäre jetzt alt genug, um ein bisschen …«

»Nein, nein, das ist es nicht. Ich finde es eine gute Idee, es würde ihr gefallen. Nein, es ist nur …«, er fuhr sich mit der Zunge über die Lippen, »da ist etwas anderes.«

Mir krampfte sich der Magen zusammen. Plötzlich fiel mir auf, dass er nicht nur müde aussah, sondern blass. Blass und mitgenommen. Oh Gott, war er etwa krank?

Ich streckte die Hand über den Tisch und ergriff die seine, dabei bemerkte ich aus den Augenwinkeln, dass das ältere Ehepaar neben uns in seinem Gespräch pausierte und mit zitternden Händen das Besteck gesenkt hielt.

»Ant?« Ich konnte die Angst in meiner Stimme hören. »Ant, was ist los, mein Schatz? Erzähl's mir.«

Ich sah, wie er schluckte. Dann kreuzten sich unsere

Blicke, wobei mir klar wurde, dass er mir bisher nicht in die Augen gesehen hatte, jedenfalls nicht wirklich. Mit seinen sanften blauen Augen, die nun einen verängstigten Ausdruck hatten.

»Ich habe heute Morgen einen Brief bekommen.« Er griff in die Tasche und holte das weiße Blatt hervor, das er bei meiner Ankunft weggesteckt hatte. »Am besten liest du es selbst.«

Ich nahm es entgegen, schweigend. Lehnte mich auf meinem Stuhl zurück und faltete es auseinander. Es war handgeschrieben in einer unreifen, kindlichen Handschrift auf unliniertem DIN-A4-Papier ohne Adresse oben, nur eine E-Mail-Adresse.

Lieber Professor Hamilton,

es fällt mir nicht leicht, dies hier zu schreiben, und ich will nicht verschweigen, dass ich diesen Brief unzählige Male geschrieben und umgeschrieben habe. Aber es scheint doch jedes Mal nur dasselbe drin zu stehen, und deswegen habe ich beschlossen, dass ich mich kurzfassen werde. Also:
Vor vielen Jahren haben Sie meine Mutter gekannt. Sie haben sie in Oxford kennengelernt und hatten ein Verhältnis mit ihr. Sie war aber nicht aus Oxford, sondern hier aus Sheffield, und nach einer Weile ist sie zurückgekommen. Ich wurde im September 1990 geboren.
Wie gesagt, dieser Brief ist für Sie nicht einfach zu lesen und für mich ...

Ich blickte auf. Spürte, wie sich mein Mund öffnete und mir das Blut aus dem Gesicht wich. Ich starrte in Ants Gesicht, das ebenso blutleer war. Er hielt den Blick auf den Tisch gesenkt. Im ersten Augenblick waren meine Gedanken ganz durcheinander, dann – nein. In meinem

Kopf schrie es: *nein!* Aber ich konnte nichts sagen. Ich schaute zurück auf das Blatt und suchte stumpf die Stelle, an der ich aufgehört hatte.

> *... und für mich nicht einfach zu schreiben. Aber ich wusste immer, dass ich ihn eines Tages schreiben würde, wenn ich siebzehn bin, was ich demnächst werde. Wenn Sie mir lieber nicht antworten würden, kann ich das verstehen. Ich weiß, dass Sie eine Familie haben. Aber wenn Sie mich kennenlernen möchten, dann würde ich Sie auch gerne kennenlernen. Ich könnte nach Oxford kommen, wenn Sie möchten. Ich füge meine E-Mail-Adresse bei, aber nicht meine richtige Adresse, weil ich noch bei meiner Mutter lebe und das nicht fair wäre ihr gegenüber. Sie weiß aber, dass ich Ihnen schreibe.*
> *Mit freundlichen Grüßen*
>
> *Stacey Edgeworth*

Entgeistert blickte ich auf und starrte auf Ants Scheitel. Es lag alles an ihm.

5

Es dauerte ein Weilchen, bis ich die Stimme wiederfand, und dann klang sie seltsam, irgendwie unnatürlich.

»Ein Kind? Du hast ein Kind?«

Entgeistert starrte ich ihn an. Er hielt noch immer den Kopf in den Händen, aber dann hob er ihn, um mich anzusehen, und fuhr sich dabei mit den Fingern übers Gesicht. Seine blauen Augen wirkten blass, wie ausgelaugt. Verzweifelt zuckte er die Schultern.

»Ich weiß es nicht. Ich hatte keine Ahnung. Aber du hast ja den Brief gelesen.«

Ich starrte ihn an. Unfähig zu sprechen.

»Und – du weißt ja, ich war jung. Da hatte man schon Beziehungen. Manchmal nur kurz. Ich weiß es einfach nicht ...« Er machte eine Bewegung in Richtung des Blattes, das ich in der Hand hielt. Er schien wie in Trance.

Ich fuhr mir mit der Zunge über die Lippen. Versuchte, einen klaren Gedanken zu fassen. »Wann ist das gekommen?«

»Heute Morgen. Ich habe den Briefträger getroffen.«

Ja. Ja, das hatte er.

Ich blickte wieder darauf hinab. Die Worte verschwammen vor meinen Augen. Ein Kind. Er hatte ein *Kind*. Von einer anderen. Mir wurde schwindelig.

»Und dieser Name – Edgeworth. Erinnerst du dich an den?«

Hilflos zuckte er die Schultern. »Ich bin mir nicht sicher.«

»Du bist dir nicht sicher?« Meine Stimme klang jetzt schrill.

»Na ja, irgendwie erinnere ich mich vage. Ich war früher öfter auf ein Bier im *King's Head*, und da gab es eine Bedienung. Blond. Ziemlich attraktiv. Eines Abends sind wir alle zusammen zum Fluss runtergegangen, betrunken, und ich habe sie nach Hause gebracht. Wir sind schließlich in ... irgendwo in einem Feld gelandet.«

Ich starrte ihn an. Betrunken. In einem Feld mit einer fremden Bedienung. Das hörte sich ganz und gar nicht nach Ant an. Aber wie gesagt, er war ja noch jung gewesen. Er sah auch jetzt jung aus, wie er hinter seiner Brille hervorblinzelte und mir nur mit Mühe in die Augen sehen konnte. Jung und verängstigt.

»Ant«, ich räusperte mich, »es ist eine Sache, sich daran zu erinnern, dass man betrunken war und in einem Feld rumgerollt ist, aber hast du mit ihr geschlafen?«

Er riss die Augen auf, als würde ihm jetzt erst das Ausmaß der Sache klar werden. »Ja, das habe ich.«

Ich holte tief Luft und atmete langsam wieder aus. Gut.

»Und was dann?«, dachte ich laut, während ich fieberhaft versuchte, die Fakten zusammenzufügen. »Dann hast du sie nie mehr gesehen, und sie ist nach Sheffield zurückgegangen.«

»Und dann kriege ich Jahre später einen Brief von einem Mädchen, das sagt, es sei meine Tochter!«, platzte er heraus. »Ich meine, was, zum Teufel ...!«

Wir starrten uns über das karierte Tischtuch hinweg an. Ich nahm nur am Rande wahr, dass das ältere Ehepaar neben uns gebannt lauschte und das Risotto auf ihren Tellern langsam kalt und fest wurde, aber es war mir egal. Die Tragweite der Sache wurde mir erst nach und nach klar. Ein Kind: eine Tochter, *noch eine* Tochter. Dieses verknitterte Blatt, dieser Fetzen von Briefpapier ... plötzlich kam mir die Galle hoch. Oh nein. Nur über meine Leiche.

»Ach, das ist doch alles Unsinn«, sagte ich wild entschlossen. »Völliger Unsinn. Irgend so eine ... irgend so ein Mädchen kommt aus dem Norden hier runter und sucht sich einen Sommerjob als Bedienung in Oxford und steigt dabei vermutlich in jede Menge Betten. Meine Güte, bestimmt hat sie mit Unmengen von Studenten rumgemacht – und dann hat sie Jahre später ein Kind zu versorgen und bringt es dazu, dir zu schreiben, darum geht es hier nämlich. Das ist – oh!« Plötzlich ging mir ein Licht auf. »Oh, Ant«, hauchte ich, »das sind die Bücher.«

»Was?«

Ich streckte die Hand aus, ergriff seinen Arm. Schüttelte ihn.

»Die Bücher. Sie hat sie in den Läden gesehen. Sieht den Namen, liest den Klappentext und dann, ja dann sieht sie dich noch im Fernsehen, natürlich!« Ant war vor Kurzem sehr zu meiner und Annas Belustigung in einem Nachmittagsprogramm im Fernsehen aufgetreten, um für sein neuestes Buch zu werben. Ich drückte mir mit den Fingern gegen die Schläfen, um den Gedankenfluss zu unterstützen, und kniff die Augen zusammen. »Ja, genau, da ist sie, steht im Wohnzimmer und bügelt, der Fernseher läuft und da bist *du*, plauderst lustig mit dem Moderator, und plötzlich denkt sie, Moment mal, den kenne ich doch. Das ist doch der Typ, der mit seinen Kumpels immer im *King's Head* war, als ich da bedient habe. Und an einem Abend hat er *mich* auch mal bedient, wenn ich mich recht erinnere. Berühmter Autor, was? Anthony Hamilton ... *Ui! Stacey!*« Ich streckte meinen Kopf, um eine imaginäre Treppe hinaufzuschauen. *»Komm mal schnell runter!«*

»Also, warte mal«, sagte Ant nervös. »Ich bin mir da nicht so sicher. Ich meine, was wäre, wenn sie es immer schon gewusst hat, und erst jetzt, wo das Kind groß ist, haben sie beschlossen, dass ...«

»Das wäre aber ein ordentlicher Zufall, findest du nicht auch?«, keifte ich. »Du warst erst letzte Woche in der Show!«

Er schaute mich einen Moment lang an und neigte zustimmend den Kopf. »Ja, aber trotzdem ...« Er schluckte.

Jetzt packte mich ebenfalls die Angst. Ich hatte verdammten Schiss, aber ich wollte es nicht wahrhaben. Wollte es einfach nicht. Noch eine Tochter? Annas Schwester? Mein Mann mit zwei Kindern? Es schnürte mir die Kehle zu. Oh, nein.

»Sieh mal«, sagte ich entschlossen und klammerte mich weiter an meine Geschichte, »wir wissen doch gar nichts über diese Leute. Wir kriegen einfach einen Brief, plötzlich aus heiterem Himmel, und dann sollen wir sofort bereitstehen, oder was? Das stinkt doch einfach zum Himmel, Ant. Wir haben es mit einer berechnenden Draufgängerin zu tun, die ...«

»Was?«, platzte er plötzlich heraus. »Die *was* will, Evie?«

»Nun ja ...«, ich zögerte, »... unser Geld!«

Er ließ sich in seinen Stuhl zurückfallen. Er sah elend aus. »Ach komm schon. So reich sind wir nun auch wieder nicht. Und ich bin nicht so berühmt.«

»Aber wenn sie mit dir einen One-Night-Stand hatte, dann hat sie vermutlich noch mit zwanzig anderen geschlafen! Das Kind könnte von jedem sein, von jedem!« Ich machte eine weit ausholende Handbewegung quer durch das Restaurant, um die Masse der Schuldigen zu demonstrieren. Plötzlich herrschte Schweigen. Ich hatte ein äußerst aufmerksames Publikum.

»Komm jetzt«, murmelte er und stand auf, »lass uns gehen.«

»Kapierst du denn nicht? Es könnten jede Menge Männer in Oxford sein«, beharrte ich und griff nach seiner Hand, um ihn wieder auf seinen Stuhl zu ziehen. Er setzte sich widerstrebend. »Oder sogar in Sheffield! Sie nennt ja keine genauen Daten, oder?«

»Aber was wäre, wenn es nicht so ist?«, zischte er und beugte sich über den Tisch zu mir. »Was wäre, wenn sie mein Kind ist?«

Mein Kind. Das Wort durchfuhr mich. Seine Augen waren weit aufgerissen und auf mein Gesicht gerichtet.

»Ein Gentest«, sagte ich plötzlich. »Das wird die Sache klären. Soll sie kommen, Ant. Und dann kann – Felicity oder sonst jemand, der sich an der Uni mit solchen Sachen auskennt, das Ganze klären. So solltest du es machen, denke ich.«

Er schaute mich einen Augenblick verblüfft an. Dann nickte er. »Ja. Ja, du hast recht. Natürlich. Und Felicity kennt bestimmt jemanden. Kennt die richtigen Leute.«

Natürlich kannte sie die. Jemand aus ihrem Fachbereich würde uns helfen. Und irgendwo in meinem Hinterkopf war mir dabei klar, dass dieses Mutter-Tochter-Gespann sich das natürlich auch überlegt haben würde, dass wir so etwas in die Wege leiten würden. Was wiederum bedeutete, dass sie sich ihrer Sache ziemlich sicher sein mussten. Ich hielt den Atem an. Ich wusste, dass Ant dasselbe dachte wie ich. Und wenn Felicity es uns verkünden würde, dann würden es auch alle anderen erfahren – Mum, Tim, Caro ... mir krampfte sich die Brust zusammen. Meine Familie. Noch ein Kind? Beim Sonntagsbraten: ›Ach übrigens, Ant hat noch ein Kind.‹

»Oder vielleicht könnte es auch jemand machen, den wir nicht kennen«, sagte ich rasch. Noch vor zehn Minuten war ich unterwegs gewesen, um mich mit meinem Mann auf einen Teller Suppe zu treffen. Jetzt waren wir dabei zu entscheiden, wer uns über seinen illegitimen Nachwuchs aufklären würde.

Ich schaute den Brief an. Am liebsten hätte ich ihn verbrannt und so getan, als hätte es ihn nie gegeben. Hätte mein Leben um zehn Minuten zurückgedreht. Schweigend saßen wir vor unseren unberührten Tellern mit Minestrone, die Carlo vorsichtig vor uns hingestellt und sich dann schnellstmöglich wieder zurückgezogen hatte.

»Du hast recht«, sagte Ant schließlich. »Wahrscheinlich ist es ein Irrtum.«

»Natürlich ist es ein Irrtum!« Sogleich machte ich mir sein Einlenken zunutze. »Meine Güte, Ant, warum hat sie dich denn nicht schon früher einmal kontaktiert? Warum gerade jetzt?«

»Aber Evie, wenn es sich herausstellt ... wenn ... du weißt schon, Stacey, wirklich meine Tochter ist ...«

Stacey! Schon alleine bei dem Namen musste ich einen großen Schluck Wein trinken. Den ich mir prompt übers Kinn kippte. Noch während ich meine Papierserviette ergriff und wild hinterherwischte, kam die altersfleckige Hand meines Tischnachbarn herübergekrochen, um sich das, was immerhin sein Glas Chianti war, zurückzuholen.

»Ich meine, wenn sie es ist«, fuhr Ant besorgt fort, »dann muss ich sie natürlich ... natürlich anerkennen. Das wäre nur recht und billig.«

»Natürlich«, sagte ich leichthin und zerknüllte dabei die Papierserviette in meinem Schoß zu einem festen kleinen Ball, den ich anschließend in kleine Stücke zerpflückte. »Natürlich, mein Schatz, das werden wir beide. Wir werden sie beide ... anerkennen.«

Völlig durcheinander radelte ich nach Hause, mein Hirn lief auf Hochtouren. Oh, es war einfach grotesk. GROTESK. Es konnte nicht wahr sein. Konnte einfach nicht. Dumpf trat ich in die Pedale, und im Hinterkopf war ich mir bewusst, dass ich vorsichtig sein musste, weil ich unter Schock stand. Dass ich auf den Verkehr achten musste. Es war, als hätte ich all meine Überredungskünste, meine Energie darauf verwendet, Ant diese Vorstellung auszureden, und nun fühlte ich mich wie ein ausgewrungener Spüllappen, während ich mich an den Lenker klammerte und meine Füße sich irgendwie im Kreis drehten und drehten und ich durch die Innenstadt radelte mit vor Furcht trockenem Mund.

Als ich nach links in den Stadtteil Jericho abbog, kam ich beim Worcester Place an dem Haus einer Freundin vorbei. Shona, eine liebenswerte Irin, die mit einem Mediziner verheiratet war und vor ein paar Monaten zu ihrem großen Entsetzen gelesen hatte, dass Kinder, die von anonymen Samenspendern gezeugt worden waren, nun das Recht hatten herauszufinden, wer ihre Väter waren. Vor Jahren hatte ihr Mann, Mike, noch während des Medizinstudiums ebenso wie zahllose andere bereitwillig gespendet. Diese Wichs-Jobs waren beliebt, um sich ein paar Pfund dazuzuverdienen, mit denen man die nächste Runde in der Studentenkneipe schmeißen konnte.

»Mike hat derart viel Sperma gespendet, dass er ein ganzes Dorf damit bevölkern könnte!«, hatte Shona gerufen und mir mit der *Times* vor der Nase herumgewedelt, als ich auf einen Kaffee vorbeigekommen war. »Wer weiß, wie viele kleine Mike Turners es dort draußen gibt, und jetzt können sie plötzlich bei mir auf der Matte stehen. Jedes Mal, wenn ich die Tür öffne, wird da ein anderer auf der Schwelle stehen!«

Als ich damals nach Hause kam, hatten Ant und ich uns ausgeschüttet vor Lachen. Mike war sehr groß, vorzeitig ergraut und hatte einen seltsam hüpfenden Gang. Die Vorstellung, wie nun all diese schlaksigen, grauhaarigen Abbilder von Mike die Banbury Road zum Haus der Turners entlanggehüpft kommen würden, war einfach zum Brüllen.

Mir war jetzt aber nicht zum Brüllen, während ich mich den kleinen Weg hinter unserem Haus hinabrollen ließ und das Rad schnell durch die hintere Gartentür schob und es gegen die Wand lehnte wie eine Frau, die ihren Weg für heute definitiv beendete. Ich fand die Vorstellung nicht komisch, dass sie möglicherweise schon unterwegs zu uns war.

Es war wirklich der unkomischste Tag meines Lebens. Misstrauisch warf ich einen Blick ums Haus. Würde sie einfach so auftauchen? Sei nicht lächerlich, Evie! Ich hockte mich hin und befestigte das Schloss an meinem Vorderrad, versuchte mich an die Normalität zu klammern, aber meine Hände zitterten, als ich das Schloss zubog. Aber ... es konnte passieren, oder? Ich richtete mich auf. Es könnte eines Tages an meiner Tür klopfen, und da stünde es: dieses junge Mädchen, das mir sagte, es wollte seinen Vater sehen. Künstlich geglättete Haare kamen mir in den Sinn, zusammen mit stark geschminkten Augen und mahlendem Kiefer samt sichtbarem Kaugummi.

»Hallo, ich bin die Stacey. Ich wollt mal meinen Dad kennenlernen.«

Ich erstarrte vor Entsetzen. Dann streckte ich die Hand aus und schob den Riegel vor das Gartentor, griff die Tüten aus dem Korb und eilte durch den Garten zur Terrassentür. Ich schloss auf, um die Tür sogleich wieder hinter mir zu schließen – abzuschließen. Schließlich gab es da eine Art verdeckte Drohung am Ende des Briefes – »Ich könnte nach Oxford kommen, wenn Sie möchten«, fast so wie »Achtung, ich komme!«

Ich machte mich in der Küche zu schaffen, wischte über bereits saubere Flächen, rückte Stühle gerade, räumte Dinge beiseite, aber nachdem ich Ants Zeitung in den Kühlschrank geräumt hatte, hielt ich inne und setzte mich hin. Ich spürte, dass mich meine Beine nicht länger tragen würden und dass jetzt Schluss mit dem Gekrame war. Dumpf starrte ich aus dem Fenster in den Garten hinaus. Der hätte um diese Jahreszeit ein Feuerwerk der Farben sein müssen, aber aus irgendeinem Grund war ich nicht recht dazu gekommen, die Beetpflanzen einzusetzen. Keine Zeit. Ant hatte gemeint, wir sollten lieber Stauden pflanzen, die angeblich jedes Jahr wiederkamen, aber auch das hatte ich nicht geschafft. Und so dominierten in unserem Garten Büsche, die meisten davon immergrün und folglich eher dunkel und wenig abwechslungsreich, und natürlich das allgegenwärtige Trampolin, das mindestens ein Drittel der Rasenfläche besetzte und auf dem Anna immer höher und höher hüpfte, weit hinauf in die Zweige des Goldregens, bis ich das Fenster aufriss und hinausrief: »Du schlägst dir gleich den Kopf an!« Jetzt starrte es mich an wie ein riesiges wissendes Auge. Ein Zyklop. Anna. Mir krampfte sich das Herz zusammen. Oh Gott, was für ein Gedanke. Nicht. Stell dir bloß nicht den Schock für sie vor, ihre Ungläubigkeit, ihre Fassungslosigkeit. Eine Tochter? Dad hat noch ein Kind? Und glücklicherweise musste ich es mir nicht länger vorstellen, da das Telefon meine gruseligen Gedanken unterbrach. Dankbar griff ich nach dem Hörer, doch meine Stimme versagte den Dienst.

»Evie?« Es war Caro. »Evie, bist du das?«

»Ja«, stieß ich mühsam hervor. »Hi, Caro.«

»Mein Gott, du klingst ja schrecklich. Ist es gerade schlecht?«

Katastrophal.

»Nein, ich habe nur grad was … gegessen. Und mich verschluckt.«

»Ach so. Hör zu. Ich wollte dich schon die ganze Woche lang anrufen. Tim hat mir erzählt, dass du wild entschlossen bist, dieses Pferd zu kaufen, und deswegen wollte ich mal ein paar grundlegende Regeln festklopfen, um weitere Missverständnisse zu vermeiden.«

Ich stützte mich mit dem Ellbogen auf den Küchentresen und ließ den Kopf in die Hand sinken, mit der ich mir die Schläfen massierte, während die andere den Hörer umklammert hielt. Caros Stimme klang knapp, kämpferisch, einstudiert. Ich spürte, dass sie sich gut auf diesen Anruf vorbereitet hatte; vielleicht sogar ein Blatt mit Stichpunkten vor sich liegen hatte.

»Na ja, nicht gerade wild entschlossen«, murmelte

ich. »Wahrscheinlich ist es keine so gute Idee. Viel zu viel Aufwand für dich.«

»Quatsch. Ein Maul mehr zu füttern macht auch keinen Unterschied. Ich habe heute Morgen mal schnell durchgezählt. Wusstest du, dass wir einschließlich der Hühner hundertelf Lebewesen hier auf dem Hof haben, und was spielt dann das hundertzwölfte für eine Rolle, frage ich mich.« Sie war offenbar darauf aus, sich die Märtyrerkrone zu verdienen. »Abgesehen davon hat Tim mir mitgeteilt, dass es ohnehin schon beschlossene Sache ist«, fügte sie spitz hinzu.

Ich massierte mir die Schläfen stärker und stellte mir den Streit vor, der zweifellos zwischen den beiden stattgefunden hatte mitsamt Türenknallen und Topfgescheppen in der Küche: Caro, die kreischte, sie wäre sowieso schon gehetzt bis zum Gehtnichtmehr, während mein Bruder, standhaft, wie er zuweilen sein konnte, von Familie und Pflicht sprach und dass er seiner kleinen Schwester helfen wollte. Normalerweise hätte ich alles unternommen, um mich zu entschuldigen, die Situation gerade zu rücken, hätte gesagt, das alles sei ein großes Missverständnis und Anna machte sich ohnehin nichts mehr aus Ponys und wollte stattdessen Kunstturnen machen, alles, aber nun nickte ich nur stumm in den Hörer und dachte an Ant, wie er schweren Herzens in sein Tutorium ging und den Brief wie ein Bleigewicht in seiner Hemdtasche trug, wo der ein Loch in sein Herz brannte.

»Wenn Tim sagt, dass es beschlossen ist, dann ist es so. Punkt. Im Gegensatz zur allgemeinen Ansicht wissen wir ja alle, wer in diesem Haus *wirklich* die Hosen anhat. Aber jetzt renn um Gottes willen nicht los und kauf eines auf eigene Faust. Nimm jemanden mit, okay?«

»Okay«, murmelte ich dumpf.

»Ich komme mit, wenn es geht, aber meine Catering-

Firma hat mich schon wieder versetzt und das Zelt hat ein Loch, an einer Stelle, wo sich offenbar jemand mit einer Zigarette vergnügt hat und die nächsten paar Wochen sind knüppeldick voll mit Hochzeiten, ich habe also keine Ahnung, wann ich hier wegkomme. Aber achte um Himmels willen darauf, dass es an Weidehaltung gewöhnt ist, damit wir nicht ausmisten müssen und dass es sicher im Verkehr geht. Und was *noch* viel wichtiger ist: Achte darauf, dass es ein Maul für die Trense hat. Du willst schließlich keinen Araber mit einem Knebel, oder?«

Ein weiß gewandeter Scheich, der gefesselt und geknebelt durch die Wüste stolperte, kam mir wirr in den Sinn.

»Nein«, stimmte ich zu.

»Also lass die Finger von allem, was an der Kandare geht, sonst landet sie mit dem Vieh im nächsten Landkreis. Achte vor allem darauf, dass es sicher ist, okay?«

Sicher. Safer Sex. Benutz immer ein Kondom. Oder auch mal nicht, je nachdem.

»Und Ponys, die als ›temperamentvoll‹ beschrieben werden, brauchst du dir gar nicht erst anzusehen – das ist nur die Umschreibung für rennt wie ein D-Zug – oder ›mit Charakter‹, das bedeutet, es bockt. Aber wie gesagt, ich kann dich begleiten in ein paar Wochen. Sobald ich hier mal wegkomme, aus diesen vermaledeiten Hochzeitskatastrophen.«

Ich besann mich auf meine guten Manieren. Räusperte mich. Meine Kehle war bemerkenswert trocken. »Äh, und wie geht's sonst so, Caro?«

»Ach bestens. Die potentiellen Brautpaare drängeln sich in geradezu bedrohlicher Weise auf unserer Einfahrt und latschen in meiner Küche herum und wollen Canapés und Blumenarrangements mit mir besprechen und ob sie sich das Jawort auch unter der alten Weide geben können. Und das können sie, ob du's glaubst oder nicht. Man kann heutzutage heiraten, wo man will, wenn es sein muss, auch im Schweinestall, vorausgesetzt, ich habe die Lizenz. Und die Brautmütter sind grauenvoll mit ihren scharfen Augen, denen nicht die kleinste Kleinigkeit entgeht. Die sind wirklich der Albtraum, diese Mütter. Letzte Woche hatten wir eine, die plötzlich entdeckt hat, dass die Familie des Bräutigams mehr Gäste eingeladen hat als sie, und *sie hat es mir zum Vorwurf gemacht.* Sie meinte, ich hätte das merken müssen! Schließlich habe ich sie getreten und musste dann so tun, als hätte ich Zuckungen.«

»Gut, gut«, sagte ich abwesend.

»Ich meine, sie sind nicht alle so grauenvoll, versteh mich nicht falsch. Die Asiaten sind wunderbar, entzückende Großfamilien, die immer nur lächeln und nicken und so wohlerzogen. Kein Rumgebumse in den Büschen und nie irgendwelche Kotze zum Wegwischen. Mein Gott, ich liebe die Asiaten.«

»Äh, also, Caro, ich muss jetzt, aber danke für ... du weißt schon.« Was? Ich versuchte, mich zu erinnern, warum sie angerufen hatte. Ach ja. »Das Pony.«

»Nun ja, noch habt ihr es nicht, und ich bin auch nicht so recht überzeugt davon, dass du weißt, worauf du dich da einlässt. Aber sei um alles in der Welt vorsichtig und vergiss alles unter acht, was sich noch keine Lorbeeren verdient hat, andererseits willst du auch nichts mit allzu vielen Kilometern auf dem Zähler.«

Jetzt sprach sie eine andere Sprache, aber ganz egal: Ich hörte ihr schon lange nicht mehr zu, weil mir nämlich gerade etwas eingefallen war. Mir war etwas klar geworden. Während sie vor sich hin geplappert hatte, hatte ich an den Brief gedacht und daran, dass das Mädchen siebzehn war. Ich hatte sofort nachgerechnet, klar hatte ich das, und hatte gedacht, ich wäre auf der sicheren Seite. Damals hatte ich Ant noch nicht gekannt. Aber das hatte mich abgelenkt von dem Zeitpunkt, zu dem das Kind geboren worden war – im September 1990. Sie war momentan sechzehn und würde erst im Laufe des Jahres siebzehn werden, was bedeutete – und dabei stand ich auf und legte langsam den Hörer auf die Gabel, während Caro sich verabschiedete – ja, natürlich. Denn wenn sie im Herbst siebzehn wurde, dann war sie – ich rechnete im Kopf schnell nach – im Januar zuvor empfangen worden, was hieß, dass ich damals bereits mit Ant zusammen war. Schon seit einiger Zeit. Und nicht nur das, wir waren sogar verlobt.

6

Ich hatte Ants Ausgabe von *Sir Gawain und der Grüne Ritter* bestellen müssen. Solche esoterischen Titel hatten wir nicht auf Lager bei *Bletchley's*, schließlich waren wir nicht so groß wie *Waterstone's* und nicht so akademisch ausgerichtet wie *Blackwell's*. Wir waren nur ein winziger unabhängiger Buchladen, zwar über drei Stockwerke, aber jedes davon nur etwa so groß wie ein durchschnittliches Wohnzimmer und verbunden durch klapprige Treppen. Es war alles sehr anheimelnd und wie aus einem Roman von Charles Dickens und es entsprach meiner romantischen Vorstellung von einem richtigen Buchladen, bis hin zu dem miefigen Geruch von Jeans Katzen, die sich aus ihrer Wohnung ganz oben heruntergeschlichen und sich auf den Regalen in den Flecken von Sonnenlicht rekelten und zur allgemeinen Atmosphäre beitrugen. Ich glaube, dass der nostalgische Touch auch unsere Kunden ansprach. Es gefiel ihnen, dass sie es sich mit einem Buch in einem ausgeblichenen Lehnstuhl bequem machen konnten, ohne aufgefordert zu werden, sich zu verziehen. Gemütliche Sessel waren damals noch eine Seltenheit in Buchläden, und letztlich waren wir damit der Zeit voraus, auch wenn die Sessel eigentlich für Jean, unsere schwergewichtige Chefin, gedacht waren, die gerne mal mitten im Raum eine kleine Pause einlegte, um zu Atem zu kommen. Und noch ein paar andere Dinge zeichneten uns aus: Unsere Lage am Stadtrand, wo auch viele Studenten wohnten, wir hatten eine überdurchschnittlich große Kunst- und Architekturabteilung und auch eine Abteilung für zeitgenössische Musik, die sehr beliebt war. Wir hatten natürlich die übliche Belletristik auf Lager und so ziemlich alle Klassiker, aber eben nicht genau das Buch, das Ant haben wollte.

»Das holen die sich normalerweise in der Uni-Buchhandlung«, hatte Jean mir erklärt, als sie hörte, wie ich die Bestellung per Telefon durchgab. »Wer war das, ein Student?«

»Er sah ein bisschen älter aus.« Ich warf einen Blick auf den Namen, den ich auf einen Block gekritzelt hatte, obwohl ich ihn auswendig wusste. »Anthony Hamilton? Mit einer lokalen Telefonnummer.«

Sie schaute mir über die Schulter. »Ach so. *Doktor* Hamilton. Einer der jüngsten Dozenten in der Anglistik. Ein echter Senkrechtstarter, was man so hört, ist er schon fast ein Star. Aber der muss doch Dutzende Exemplare von dem Buch in seinem Bücherregal stehen haben. Ich kann mir nicht vorstellen, warum er es ausgerechnet bei uns besorgt.« Sie verzog das Gesicht zu einer ungläubigen und nicht besonders freundlichen Miene. »Vielleicht hat er es auf Sie abgesehen.«

»Das bezweifle ich«, sagte ich, weil ich wusste, dass jeder alleinstehende Mann, der hier hereinkam, hinter

Jean her sein musste. Ant war über achtzehn und deswegen zum Abschuss freigegeben. Dennoch fühlte ich, dass ich errötete.

»Also, er ist unglaublich attraktiv, finden Sie nicht auch? Ich würde ihm bestimmt keinen Korb geben.« Sie rollte mit den Augen und verzog den Mund. »Mit dem würde ich mich gerne mal im Lagerraum einschließen lassen.« Sie warf mir noch einen bedeutungsvollen Blick zu, bevor sie sich auf ihren dicken Beinen und mit einem Schwung ihrer breiten Hüften und einem Stapel Bücher im Arm in den Personalraum aufmachte.

Jean, eine geschiedene Frau, die Sybil Fawlty auf unheimliche Art und Weise ähnelte, war ständig auf Männersuche und wusste jede Gelegenheit mit einem zweideutigen Spruch zu kommentieren. Auch jetzt hatte sie mal wieder vielsagend die Stimme senken müssen, dachte ich, als ich ihr hinterhersah.

Dennoch stürzte ich mich in den folgenden Tagen auf jedes Paket, das im Laden eintraf, nur damit nicht etwa Jean oder Malcolm es als Erstes in die Hände bekamen. Und ich übte genau, was ich am Telefon sagen würde, wenn das Buch eintraf. Die Wirklichkeit sah dann natürlich ganz prosaisch aus.

»Oh, hallo, Dr. Hamilton?«

»Ja?«

»Hier ist Evie von *Bletchley's Books*. Ich wollte nur Bescheid geben, dass Ihre Ausgabe von *Sir Gawain* heute Morgen eingetroffen ist.«

»Oh, vielen Dank, dann komme ich später vorbei, um es abzuholen.«

»Alles klärchen, bye!«

»Bye.«

Als ich den Hörer auflegte, schoss mir die Röte ins Gesicht. Alles klärchen? Warum hatte ich das gesagt? Das war nicht vorgesehen gewesen. Aber immerhin hatte ich meinen Namen ins Spiel gebracht – ganz wie geplant – und hatte außerdem ganz lässig den Titel abgekürzt und *der Grüne Ritter* weggelassen, so wie es vermutlich die Kenner machten. Und was er für eine angenehm tiefe, wohlklingende Stimme hatte. »Oh, vielen Dank, dann komm ich später vorbei, um es abzuholen«, schnurrte ich vor mich hin.

»Was denn abholen?«, fragte Jean, die plötzlich stirnrunzelnd neben mir auftauchte.

»Ach, nichts«, versicherte ich rasch und eilte davon.

In den kommenden Tagen verließ ich kaum den Laden. Sobald die Tür aufging, drehte ich den Kopf, und ich verbrachte viel Zeit bei Gesundheit und Harmonie, was gleich vorne im Erdgeschoss und mit hervorragendem Blick auf die Straße lag.

»Probleme beim Stillen?«, erkundigte sich Malcolm, mein liebenswerter schwuler Kollege, der mich, auf einem seiner seltenen Exkurse weg von Kunst und Architektur im ersten Stock – »entzückend sensible Typen dort oben, schöne Hände« – dabei beobachtete, wie ich zum hunderttausendsten Male Miriam Stoppards *Schwangerschaft und Geburt* abstaubte.

Ich kicherte. »Nicht direkt.«

»Etwa was Ernsteres?« Er zog die Augenbrauen in die Höhe, da ich mit meinem Staubwedel inzwischen bei *Der Schmerz der Unfruchtbarkeit* angelangt war.

»Woher sollte ich das wissen?«, seufzte ich und ließ meinen Staubwedel einen Augenblick sinken. »Vielleicht bin ich so fruchtbar wie der Nil oder so unfruchtbar wie die Wüste Gobi, ich habe keine Ahnung. Bisher hat keiner die Leistungsfähigkeit meiner Eileiter getestet. Aber ich weiß genau, wie laut meine biologische Uhr tickt, Malcolm, aber außer dir und Jean und den Katzen kann keiner es hören.«

»Was ist mit Steve, dem Surfer?«

»Kein Ehrgeiz. Kein ... Ziel.«

»Außer dem Strand vielleicht?«

Ich warf ihm einen verächtlichen Blick zu und fuhr mit dem Abstauben fort.

»Okay, dann vielleicht dieser andere Typ«, bohrte er weiter. »Neil, der zynische Verlagsvertreter?«

»Zu langweilig. Er hat mich ständig als bessere Verkäuferin bezeichnet und darauf gewartet, dass ich aufsteige, was aber nicht geschehen ist.«

»Nicht genügend Auftrieb, das ist es. Dafür sorgt schon Kommandant Sybil«, Malcolm machte eine Kopfbewegung in Richtung Jean, die hier ganz klar das Sagen hatte und alle Vorgänge im Laden überwachte und uns in der Regel keinerlei Einblick gewährte.

Ich seufzte tief. »Ich habe übrigens schon drüber nachgedacht, ob ich nicht diesem neuen Kochclub drüben an der Fachhochschule beitreten sollte. Vielleicht treffe ich da ein paar neue Leute.«

»Na ja, Hauptsache du hängst nicht hier rum und wartest auf Mr Blue Eyes«, sagte er leise, »weil du den nämlich leider verpasst hast.«

»Oh!« Ich fuhr herum und sah ihn an.

»Der war vor zehn Minuten hier, als du auf dem Klo warst. Ich wollte schon losrennen und dich holen, aber Jean hat sich mir in den Weg gestellt und ihn selbst bedient.«

»Aber sie wusste ...«

»Natürlich wusste sie das, aber sie will schließlich nicht, dass ihre junge hübsche Mitarbeiterin von einem der Dozenten angequatscht wird, nicht wahr? Hier, meine Süße«, damit griff er in ein Regal und zog ein Buch mit dem Titel *Aggressionsmanagement* hervor. »Lies das und lerne daraus. Dann stehst du's besser durch. Mir hat's geholfen.«

Er schlenderte davon. Schwer enttäuscht staubte ich

schweigend weiter ab. Später am Vormittag schlich ich mich ins Café nebenan, um meinen Kummer in einem Cappuccino zu ertränken. Bei meiner Rückkehr kam Malcolm mit leuchtenden Augen auf mich zugelaufen.

»Zuerst die gute Neuigkeit oder die schlechte?«
»Die schlechte.«
»Er war noch mal da, und du hast ihn verpasst.«
»Mist!«
»Aber die gute Neuigkeit ist, dass er zu der Lyrik-Lesung am Samstagabend kommt. Er hat sich den Flyer mitgenommen und – hör gut zu, Süße – er hat gefragt, ob wir alle da sein müssen.«
»Oh! Glaubst du, er meinte ...«
»Nun ja, also meine Wenigkeit hat er sicher nicht gemeint, Süße, das hätte ich gespürt.« Damit strich er sich das seidige Blondhaar ordentlich hinter die Ohren. »Und ich kann mir nicht vorstellen, dass er dieses ... dieses Ding da ...« Er riss die Augen auf und blickte in gespieltem Entsetzen auf Jean, die auf halber Höhe einer Leiter stand und ein wenig den Rock hob, um sich an der Strumpfhose zu kratzen. Malcolm schauderte.

Sie wandte sich um und warf uns einen bösen Blick zu. »Auf geht's, ihr zwei. Weniger Privatgespräche.«

»*Jawohl, mein Führer*«, murmelte Malcolm unhörbar.

»Ach ja, Evie, Ihr Dozent war da.« Sie grinste mich über die Schulter hinweg an. »Wie schade, dass Sie ihn verpasst haben.«

»Ja, Malcolm hat so was gesagt.« Ich lächelte zuckersüß zurück.

Malcolm zwinkerte mir im Davoneilen kräftig zu und gab vor, an Jeans Leiter zu rütteln, als er daran vorbeikam, um anschließend in einen Stechschritt samt Nazigruß zu verfallen, sobald er außerhalb ihrer Sichtweite war.

Der Samstag konnte gar nicht schnell genug kommen. Normalerweise mied ich Lesungen wie die Pest. Da wir ja nur ein kleiner Buchladen waren, zogen wir keine Stars wie Jeffrey Archer oder Jilly Cooper an, die mit ihren glamourösen Werbetussis in Limousinen samt Chauffeur vorgefahren kamen; stattdessen kam ein unbekannter lokaler Autor von der Straße hereingeschlurft in seinem Dufflecoat, das Buch in einer Plastiktüte vom Supermarkt. Sobald man diesen normalerweise eher schüchternen Seelen aber einen ganzen Abend im Rampenlicht ermöglichte, hörten sie gar nicht mehr auf zu reden und lasen Seite um Seite von irgendwelchem unendlich trockenen Zeug, wozu die pseudointellektuelle Jean verständig nickte, den Kopf leicht geneigt, das Gähnen mühsam unterdrückend, während Malcolm und ich uns in der Ecke flüsternd einig waren, wie viel besser wir alles machen würden, wenn man uns nur lassen würde, zumindest hätten wir Krimiautoren oder die Verfasserinnen von Liebesromanen eingeladen und vielleicht gleich drei oder vier, nicht nur einen.

Lyrik-Lesungen waren am schlimmsten. Irgendein bärtiger Typ las banale oder unverständliche Verse, und alle anderen saßen in ehrfürchtigem Schweigen drum herum und nickten ein. Außerdem war das Publikum meist peinlich dünn vertreten – die Freundin des Dichters, seine Mutter und eine Gruppe treuer Freunde –, obwohl wir immer bemüht waren, die Zahl noch mit ein paar lokalen Gästen aufzufüllen, die wir mit der Bewirtung zu ködern versuchten.

Auch diesmal schien es keine Ausnahme zu geben. Es handelte sich um eine Dichterin, und obwohl ich noch nie bewusst ein Bild von Joan Baez gesehen habe, stellte ich mir vor, dass sie so aussieht. Ein ungeschminktes Gesicht und humorlose braune Augen starrten mich hinter einem Vorhang von langen dunklen Haaren an, als ich ihr vorgestellt wurde. Schlaff gab sie mir die Hand und murmelte etwas, das verdächtig nach Emmylou Harris klang.

»Evie Milligan.« Ich lächelte betont munter zurück mit ebenso betont kurzem Minirock, glitzernden Ohrringen und jeder Menge Lipgloss.

Meine Aufgabe war es gewesen, einen nicht zu einschüchternd großen Kreis von Stühlen um einen einsamen »Thron« herum aufzustellen, auf dem sie sitzen und rezitieren würde und zu dem ich sie jetzt führte.

»Ist es so in Ordnung für Sie? Oder Sie könnten es auch ein wenig weiter nach vorne rücken.« Einige Autoren bevorzugten einen engeren Zuhörerkreis.

Sie runzelte die Stirn. »Ich dachte, ich fände es am besten, wenn alle auf dem Boden sitzen.«

Ich blinzelte. »Gut ...«

Ich war mir nicht sicher, wie das bei den älteren Damen ankommen würde, die manchmal vorbeischauten, um sich an einem einsamen Abend die Zeit zu vertreiben; aber ich nahm an, dass ich für die einen Stuhl finden konnte, und eine halbe Stunde später saß Emmylou im Schneidersitz auf einem perlenbestickten Kissen – aus Privatbesitz –, umgeben von etwa zwanzig ähnlich gestrickten Anhängerinnen. Was eigentlich kein schlechter Schnitt war.

»Das sind ja nur Frauen«, flüsterte ich Malcolm zu, ohne die Tür aus den Augen zu lassen. Doktor Hamilton ließ noch auf sich warten.

»Ach so, ja, wusstest du das nicht? Sie ist eine von uns. Also, eine von denen«, fügte er naserümpfend hinzu. »Ich habe es lieber, wenn meine homosexuellen Freundinnen zur Fraktion der Lippenstift-Lesben gehören: elegant, scharfzüngig und geistreich. Die hier gehört ans andere Ende des Spektrums, zu den penetranten Rechthaberinnen mit den haarigen Zehen.«

»Ach.« Ich schaute mich interessiert um. Alle waren ganz und gar in die Texte vertieft.

»Alle?«

»Na ja, ich weiß natürlich nicht mit empirischer Gewissheit, welcher Glaubensrichtung sie angehören, Evie. Die eine oder andere sollte froh sein, wenn sie überhaupt zum Zuge kommt, so wie die aussehen, und dann sind da vielleicht auch noch ein paar stinknormale Feministinnen dabei, denen bislang entgangen ist, dass BH-Verbrennung und Emanzipation schon vor über zwanzig Jahren stattgefunden haben mit Marilyn French an vorderster Front. Hoppla, es geht los, da kommt der Führer.«

Mit gerötetem Gesicht und leicht angeheitert – sie war immer für den warmen Weißwein zuständig – marschierte Jean in die Mitte der Bühne, klatschte geziert in die Hände, als wäre der Raum vom Gewirr angeregt plaudernder Stimmen erfüllt anstelle von gedämpftem Flüstern. Ihre rosa Gesichtsfarbe biss sich heftig mit dem knalllila Krepp-Hosenanzug, mit dem sie sich für diesen Abend geschmückt hatte.

»Ähm, guten Abend, meine Damen und Herren! Nun ... Damen. Wie schön, dass Sie so zahlreich erschienen sind, und darf ich hinzufügen, wie erfreut wir sind, Mary-Lou heute Abend hier bei uns zu haben. Emmy ... lou ist, wie viele von Ihnen wissen, eine lokale Autorin und Dichterin und Gewinnerin des Jungkünstlerpreises des Banbury District.«

Eine kleine Welle von Applaus folgte, und Emmylou nickte bedeutungsschwer in die Runde und nahm entgegen, was ihr gebührte.

»Und nun hoffe ich, dass Sie ganz still zuhören ... ›Wie alt waren wir eigentlich, sechs?‹, ... während Emily uns aus ihrer jüngsten Sammlung mit dem Titel *Frauen in Ketten* etwas vorträgt.«

»Oh, Mann«, stöhnte Malcolm in mein Ohr, bevor er sich hinter die Krimis und Thriller verdrückte, um mich nicht mit seinem Augenverdrehen zum Lachen zu bringen. Ich beschloss, ihn nicht anzuschauen, obwohl ich eigentlich sowieso zu deprimiert war, um lachen zu können. Nach all den Mühen, nach all der Sorgfalt, die ich auf meine Frisur und mein Make-up verwendet hatte, ganz zu schweigen von dem neuen Rock samt Kettengürtel von Dorothy Perkins, war er nun doch nicht gekommen. Und nun, da die Lesung mit zwanzigminütiger Verspätung angefangen hatte, würde er bestimmt auch nicht mehr kommen. Missmutig hörte ich Emmylous schrille, näselnde und wichtigtuerische Stimme, die kräftig und durchdringend durch den Raum schallte. Scheinbar keine Spur von Lampenfieber, was sie mir nicht sympathischer machte. Ich hatte ein ganz natürliches Misstrauen gegenüber jedem, der sich nicht in einem Zustand permanenter Verwirrung befand.

Es fing an wie ein Aufruf an die Sklaven um 1800:

Erhebt euch!
Erhebt euch und sprecht von der Tyrannei des
Machismo.
Dem ungleichen Kampf,
von müden Lenden und hängenden Brüsten,
von Fleisch, das sich vom Knochen trennt ...

Es war hochgradig nerviges und überholtes Zeug, und ich vertrieb mir die Zeit damit, die Nagelhaut an meinen Fingernägeln zurückzuschieben, während sich Malcolm, außerhalb von Jeans Sichtweite, mit dem Rücken an Wilbur Smith lehnte und die Augen schloss. Außerdem steckte er noch die Finger in die Ohren.

Nach dem ersten Gedicht machte sie eine Pause, und Malcolm zog mit hoffnungsvoller Miene seine Finger wieder heraus. Aber es kam noch schlimmer. Irgendwo aus dem Nichts zauberte Emmylou einen Holzklotz hervor, auf den sie sich kniete. Dann blies sie in etwas, das wie eine selbst gefertigte Blockflöte aussah. Ihr Blick kreuzte meinen, und ich lächelte ihr matt zu, genau in dem Moment, als die Ladentür aufging und Anthony Hamilton – groß, ein wenig chaotisch und mit exakt dem richtigen Grad von Verwirrung, den ich an meinen Freunden gerne sehe – den Laden betrat. Er schaute sich suchend um, und es kam mir so vor, als würde alles um uns herum zu leuchten anfangen, als er meinen Blick erhaschte und lächelte. Ich errötete augenblicklich vom Scheitel bis zur Sohle.

Jean mit ihrem schwankenden Busen und den flatternden, schmuckbehängten Händen bahnte sich rasch ihren Weg, flüsterte »Dr. Hamilton!« und suchte geschäftig nach einem Platz für ihn – nicht im Schneidersitz zwischen den Squaws, wie ich bemerkte, sondern auf einem Plastikstuhl in der letzten Reihe. Er schien sich nicht besonders wohl zu fühlen, wie er da alleine oben und abgehoben neben Jean saß. Die beiden wirkten wie ein stolzes Elternpaar bei einer Kinderversammlung, vor allem da sich immer wieder Köpfe nach ihnen umdrehten, so wie es Kinderköpfe gerne tun. Ich wand mich vor Peinlichkeit für ihn.

Emmylou hatte in der Zwischenzeit ihre Pfeife aus der Hand gelegt und war zu den Gedichten zurückgekehrt, mit schriller Stimme deklamierte sie ihre tiefschürfenden Erkenntnisse über die Menstruation. Warum nur? Ich konnte Anthony nicht ansehen, und so konzentrierte ich mich dagegen auf den Teppichboden und auf das Ende des Gedichts, das wir irgendwann auch endlich erreichten. Dünner, aber von Herzen kommender Applaus ertönte, bis ich bemerkte, dass ich die Einzige war, die klatschte. Ah. Gut. Vielleicht nicht nach jeder Strophe. Ich fing Ants Blick auf, der belustigt schien. Nun, das war immerhin besser als gelangweilt oder genervt, beschloss ich, als das Gedicht schließlich endete und nun, bitte, *bitte,* könnten wir nun eines hören über Narzissen? Oder Bäume?

»Das nächste Gedicht«, informierte uns Emmylou ernst und warf ihre dunkle Haarpracht in den Nacken, »trägt den Titel ›Maud und Diana‹.«

Nun, das klang ja ganz okay. Vielleicht ein bisschen wie Thelma und Louise oder vielleicht eher Hinge und Bracket? Zwei unverheiratete Tanten. Aber es ging nicht um unverheiratete Tanten und es war auch nicht ganz okay, weil Maud und Diana nämlich zwei kleine Luder waren, die die Hände nicht voneinander lassen konnten. Mir stellten sich die Zehennägel auf, und ich wurde mit jeder Zeile röter im Gesicht. »Es reicht!«, hätte ich am liebsten gerufen. Ich riskierte einen Seitenblick auf Malcolm, der sich königlich amüsierte und das Ganze offenbar hochgradig unterhaltsam fand, während Jean nervös an ihrer Dauerwelle herumzupfte und sich blinzelnd alle Mühe gab, wie eine tolerante Frau zu wirken, die daran gewöhnt war, dass solche Gedichte in ihrem Buchladen gelesen wurden, und nicht wie eine einsame, frustrierte Frau, die nur in einem Buchladen arbeitete, weil man dort Männer treffen konnte, genau wie ich selbst, wie mir zu meinem Schrecken klar wurde, und wie Malcolm im Übrigen auch.

Emmylous Augen leuchteten, und mit geröteten Wangen blickte sie von ihrem Text auf, um die letzten Zeilen aus dem Gedächtnis zu rezitieren.

»Diana und Maud kamen in jener Nacht zur Erleuchtung«, schmetterte sie der versammelten Menge entgegen. »Herzen sangen. Der Geist frohlockte.« Ihr Blick durchforstete den Raum und traf auf meinen. »Vaginas pulsierten.«

In der verblüfften Stille, die nun folgte, konnte ich immer nur denken: *Warum schaut sie mich an?* Für Malcolm war es einfach zu viel. Er stieß ein verächtliches Schnauben aus und trat, den Körper im 45-Grad-Winkel vornübergebeugt, in die Flucht in Richtung Notausgang. Zu meiner Schande muss ich gestehen, dass ich ihm heimlich folgte. Ich rannte durch Horror hindurch – was ja mehr als passend war –, um den Tisch mit den Getränken herum, bis nach draußen durch die schwere schwarze Feuertür auf der Rückseite des Ladens. Draußen auf der schmiedeeisernen Treppe mit Blick über die Dächer in der kühlen Nachtluft hielten Malcolm und ich uns umklammert, keuchten und schnauften vom Schluckauf geschüttelt, und selbst Anthony war vergessen.

»Da hast du einen Volltreffer gelandet!«, keuchte Malcolm.

»Nein!«, kreischte ich zurück. »Glaubst du wirklich?«

»Aber sicher doch, Süße. Sie will dich. Die ist heiß auf dich.«

»Oh, bitte.«

»Nein, nein, das muss *sie* sagen. Bitte, Evie, *bitte*. Sie will ihre Erleuchtung haben.«

Kichernd brachen wir zusammen.

»Aber Malcolm, das ist doch keine Lyrik, oder?«, sagte ich, während ich mir die Augen wischte und mich ein wenig erholte. »Sollte dabei am Ende nicht etwas Schönes auf dem Papier stehen?«

»Ja, und nicht so ein Ekelkram, da stimme ich dir zu.« Er zündete zwei Zigaretten an und reichte mir die eine. »Hier, Süße. Leck lieber da dran.«

»Und hast du Jean gesehen?« Ich nahm einen Zug.

»Unsere kleine Freidenkerin?« Malcolm imitierte Jeans heftiges Blinzeln, saugte die Wangen ein und zupfte an seinen Haaren herum.

Wieder bekamen wir einen Lachanfall, genau in dem Moment, in dem die Tür hinter uns aufging.

»Ich nehme an, hier gönnen sich die Mitarbeiter ihre Zigarettenpause.«

Ich fuhr herum und sah eine große, stillvergnügte Gestalt, die sich gerade eine Zigarette aus ihrer eigenen Packung von Rothmans klopfte.

»Oh.« Ich rang um Fassung. »Na ja, nicht wirklich. Es ist nur – Sie wissen schon –, da drin ist es so heiß. Aber wir müssen wieder rein.« Eilig drückte ich meine Zigarette aus.

Doktor Hamilton zündete seine an und blies den Rauch über meinen Kopf. »Keine Sorge. Sie macht eine kleine Erholungspause. Ich glaube, nach dem brauchen alle erst mal einen Drink.«

»Ist sie fertig?«

»Offenbar.«

»Na, Gott sei Dank«, sagte Malcolm mit Nachdruck. »Dann geh ich mal lieber und fülle die Lambrusco-Gläser. Nett, Sie kennenzulernen, im Übrigen.« Damit streckte er eine Hand aus und setzte ein strahlendes Lächeln auf. »Malcolm Harding.«

»Anthony Hamilton«, lächelte Anthony und schüttelte ihm die Hand.

»Ich übernehme das schon, mein Engel«, raunte Malcolm mir auf dem Weg nach drinnen zu. »Erhol du dich erst mal.«

»Was geht denn *hier* vor?« Die Feuertür flog auf, und Jean erschien mit wütendem Blick. Sie sah aus wie Brunhilde. »Malcolm! Der Weißwein, bitte. Und, Evie, was um alles in der Welt soll das, dass Sie unseren Gast hier nach hinten locken?« Oh, sie musste schon wieder anzüglich werden, oder?

Malcolm kam mir zu Hilfe. »Evie fühlt sich nicht so gut. Sie wollte nur ein bisschen frische Luft schnappen.«

»Nun, dann geht sie wohl am besten nach Hause, nicht wahr?«, blaffte Jean säuerlich. »Gehen Sie, Evie, gehen Sie zu Ihrem Bus. Malcolm und ich kommen heute Abend schon zurecht. Doktor Hamilton, bitte nach Ihnen.« Damit hielt sie ihm mit einer tiefen Verbeugung und einem neckischen Lächeln die Tür auf, um ihn wieder nach drinnen zu geleiten.

»Eigentlich müsste ich auch gleich wieder los.« Damit wandte er sich zu mir. »Wenn Sie sich nicht so wohl fühlen, dann fahre ich Sie. Sie sollten lieber nicht den Bus nehmen. Wohin müssen Sie?«

»Äh, ich wohne gleich hinter der Magdalen Bridge«, stammelte ich.

»Na wunderbar. Ich wohne im Balliol College, das ist ja gleich um die Ecke.« Bei Weitem nicht. Er schenkte Jean ein Lächeln. »Haben Sie vielen Dank. Es war ein sehr vergnüglicher Abend und auch, äh, sehr ... lehrreich. Das Wenige, das ich mitbekommen habe. Bedaure, aber ich muss jetzt leider weg.«

Jean sah aus, als würde sie jeden Augenblick explodieren. Malcolm führte sie fort wie ein Pfleger einen Geisteskranken und blieb nur kurz stehen, um mir ein vielsagendes, erfreutes Lächeln zuzuwerfen.

»Ich hole nur rasch meinen Mantel«, murmelte ich Anthony zu, als wir zusammen durch den Laden gingen. Rasch zog ich ihn hinter dem Ladentisch hervor, vermied dabei Jeans wütende Blicke und eilte dann zu Anthony hinüber, der bereits an der Tür auf mich wartete.

Mein Herz klopfte, und natürlich fiel mir absolut nichts ein, was ich hätte sagen können, während ich mit ihm zu seinem Wagen ging, einem zerbeulten alten Citroën, der ein Stück die Straße entlang geparkt war. Glücklicherweise waren seine Smalltalk-Fähigkeiten ausgeprägter als meine.

»Geht es Ihnen jetzt besser?«, fragte er, als wir einstiegen und uns anschnallten. Er warf mir ein vielsagendes Lächeln zu, und wir bogen in den Verkehr hinaus.

»Viel besser«, grinste ich zurück. »Lyrik-Lesungen scheinen bedauerlicherweise so eine Wirkung auf mich zu haben.« Ich konnte kaum glauben, dass ich in seinem Wagen saß. Begierig blickte ich mich um, damit ich mich später genau an alles erinnern konnte. Pfefferminzbonbons auf dem Armaturenbrett; Papiere auf dem Rücksitz verstreut; hübsch unordentlich.

»Dann sind Sie kein Fan?«

»Was? Oh, nein. Ich liebe Gedichte. Aber nicht ... nicht gerade diese Sorte.«

»Ach ja, und welche Sorte gefällt Ihnen dann?« Ich bemerkte, dass ihn das wirklich interessierte. Mist. Aber glücklicherweise kannte ich die Namen einiger Dichter. Verdammt, ich musste die Bände ja wirklich oft genug im Regal zurechtrücken. Ich nannte ein paar.

»Ach, wissen Sie, Keats, Sylvia Plath, Pam Ayres, so was in der Richtung.«

Er lächelte. »Das ist ja eher eklektisch.«

»Oh, ja, ich mag die Eklektiker.« Das war bestimmt eine Gruppe, so wie die Romantiker, von denen ich bereits gehört hatte.

Er lachte. Warum? Egal. Ich saß hier in seinem Wagen, kuschelte mich neben ihm in meinen Mantel und betrachtete sein unglaublich attraktives, kantiges Profil. Himmlisch.

»Dann ist das für Sie ja bestimmt ein gefundenes Fressen, wenn Sie in einer Buchhandlung arbeiten. Jede Menge Gelegenheit.«

Sich Männer mit kantigem Profil anzulachen? Nein. Das meinte er wohl eher nicht. »Ja, absolut«, stimmte ich begeistert zu, als ich schließlich kapiert hatte. »Ich habe ständig was zu lesen. Ein umfassender Lektürekanon sozusagen.« Was für ein *gutes* Wort, Evie!

»Romane?«

»Ach ja, Romane«, plapperte ich. »Von denen kann ich gar nicht genug kriegen.« Das war nun wirklich ehrlich gemeint. »Die ganze Zeit – na ja, solange Jean nichts merkt.«

»Na klar. Und was gefällt Ihnen so?«

»Alles, was ich in die Finger kriege.« Ich errötete. Hoppla. Das klang ein bisschen ... nun ja ... wieder mehr nach Männern mit kantigem Profil. »Ich meine – alle Bücher.«

»Natürlich. Klassiker?«

Ich holte tief Luft und überlegte flüchtig, ob ich mich die nächsten zehn Minuten oder so literarisch gesehen über Wasser halten konnte. Glücklicherweise rückte mir eine unsichtbare Gottheit rechtzeitig den Kopf zurecht, und ich entschied mich dagegen.

»Also, eigentlich bevorzuge ich eher moderne Bücher. Zeitgenössische Belletristik«, fügte ich rasch hinzu, als mir diese Bezeichnung einfiel. »Ich bin ein großer Fan von E.J. McGuire.«

»Den kenne ich gar nicht.«

»Die«, korrigierte ich und drehte mich im Sitzen zu ihm um. »Oh Gott, sie ist phantastisch, Sie müssen mal was von ihr lesen. Sie schreibt so total geniale Thriller und so, wahnsinnig spannend und unheimlich, und man hat absolut null Ahnung, wie es enden wird und wer der Täter ist.«

»Klingt wie Poe.«

Wie ... Po? Hatte er das gesagt? Was meinte er? Ich blinzelte. »Na ja. Es gefällt natürlich nicht jedem«, setzte ich an. »Aber ...«

»Edgar Allan. Sie wissen schon, viktorianisches Melodram.«

»Ach so! Stimmt. Jaja, mag sein. Und es ist wirklich ziemlich melodramatisch, jetzt, wo Sie es sagen. Aber das gefällt mir eigentlich ganz gut. Und es gibt immer einen tollen Dreh am Schluss, mit dem man gar nicht rechnet. Ach ja, und Liebesromane schreibt sie auch. Die spielen oft im Krankenhaus, wissen Sie, da laufen immer diese Arzt/Schwester-Nummern, oder manchmal spielt die Geschichte irgendwo, wo es heiß und schwül ist und die Leute sich reihenweise die Safarianzüge vom Leib reißen. Also nicht ganz. Und auch nicht zu schwül. Eigentlich gar nicht so schwül.«

»Diese E.J. McGuire werde ich mir merken. Hier links?«

»Ja, und dann da rechts runter.« Er hielt den Wagen an. Ich drehte mich zu ihm und lächelte ihn gewinnend an. »Und ich werde mir diesen Po, nein Poe, merken!«

Er lachte und drehte sich zu mir, sein Arm war über die Lehne gelegt, seine Augen blickten direkt in meine. Wow. Ich holte tief Luft. Verlor den Mut.

»Jane Austen ist auch wunderbar, nicht wahr?«

Wieder lachte er. »Das ist sie ganz sicher.«

Nun, wenigstens brachte ich ihn zum Lachen. Ganz klar in Hochform heute, Evie. Lach ihn dir doch bis ins Bett. Nein! Ich war ja schon wie Jean. Nicht wegen dem Lachen, sondern wegen dem Bett. Und das war jetzt auch gar nicht an der Reihe. Ich hatte ihn doch eben erst kennengelernt, Himmel noch mal. Er war aber wirklich unglaublich attraktiv, wie er da so augenzwinkernd und lächelnd neben mir saß. Noch einmal tief Luft holen.

»Möchten Sie vielleicht … noch auf einen Kaffee mit reinkommen?«

Es war überhaupt nicht die richtige Tageszeit für Kaffee, eher schon Abendessenszeit, so gegen neun, aber er machte keinen anderen Vorschlag – er war auch ziemlich dünn, vielleicht aß er nicht so viel und zum Teufel, diese intellektuellen Typen brauchten ja durchaus ein wenig Anschub. Er schaute mich an: ein amüsierter, abschätzender Blick. Ich errötete.

»Sehr gerne«, sagte er rasch, noch bevor ich den Mund aufmachen und mein Angebot zurückziehen konnte. »Oder vielleicht sogar ein Drink?«

»Ein Drink!«, jubilierte ich, als hätte er den Heiligen Gral gefunden. Viel zu aufgedreht. Beruhige dich, Evie. Ich stieg aus dem Wagen. »Aber ich muss Sie warnen«, plapperte ich nervös, während ich ihn die Straße entlangführte. »Ich wohne im dritten Stock. Vielleicht brauchen Sie eher Sauerstoff als Wodka, bis Sie da oben sind.«

»Ich bin vorgewarnt.«

»Und ich weiß auch nicht, ob meine Mitbewohnerin da ist. Ich meine, normalerweise ist sie eher nicht da, aber ...«

»Wäre es denn schlimm, wenn sie da wäre?«

»Nein. Natürlich nicht. Ich wollte nur sagen, dass sie ... Sie wissen schon ... gerne um die Häuser zieht.« Als würde ich das nicht tun.

Glücklicherweise war in den folgenden Minuten jede weitere Unterhaltung unmöglich, da wir sechs Treppen hinaufkeuchen mussten. Es hatte schon mindere Romeos gegeben, die bereits nach der vierten nach Atem ringend stehen geblieben waren oder sogar auf Absatz Nummer drei, aber dieser hier hatte, wie ich feststellte, Durchhaltevermögen. Ich ging voraus und wünschte, mein Rock wäre nicht gar so kurz, hoffte, dass ich keine Laufmasche in der Strumpfhose hatte.

Ich fürchtete mich ein wenig vor dem Betreten unserer Wohnung. Das Gesundheitsamt war zwar noch nicht benachrichtigt worden, aber ich wünschte mir sehnlichst, dass ich vor dem Weggehen noch rasch aufgeräumt hätte. Aber dann hatte ich mir nicht wirklich vorgestellt, dass ich ihn mit hierherbringen würde. Das Höchste der

Gefühle wäre vielleicht ein Drink oder – in den wildesten Träumen – sogar eine Pizza gewesen. Aber nun, nun war er hier – mein Herz klopfte, als ich den Schlüssel ins Schloss schob – und folgte mir in eine ziemlich ekelhafte ... oh ... mein ... Gott.

Die Küche, in die man ziemlich schnell kam, da der Flur nur die Größe einer Serviette hatte, war tipptopp aufgeräumt.

Überrascht fuhr ich herum. »Das kann nicht wahr sein. Jemand hat hier aufgeräumt!«

Keine Geschirrberge türmten sich gefährlich im Spülbecken, keine dicke Schicht Zeitungen auf dem Tisch, keine kaputten Schranktüren standen sperrangelweit offen, um den Blick auf Tütensuppen, Nudeln und Fertiggerichte frei zu geben. Die beiden kleinen Arbeitsflächen waren leer, die Edelstahl-Spüle glänzte, und all die klapprigen Türen waren fest verkeilt. Auch das Linoleum war nicht klebrig, wie ich bemerkte, als ich es vorsichtig mit meinen Schuhsohlen testete. Plötzlich ging die Wohnzimmertür auf, und eine Blondine in einem pinkfarbenen Kleid kam heraus.

»Oh, Ant. Das ist meine Mitbewohnerin, Caro.«

»Hi.« Sie wirkte erhitzt und nervös und würdigte ihn kaum eines Blickes. »Evie, meine Mutter ist da!«, flüsterte sie voller Schrecken und deutete hinter sich auf die Tür, die sie soeben zugeknallt hatte.

»Oh, nein!«

Meine Güte, kein Wunder, dass sie aufgeräumt hatte. Caros Mutter war eine furchterregende Frau, streng, kritisch und inquisitorisch, die Direktorin der örtlichen Highschool. Ich verspürte nicht die geringste Lust auf das übliche Verhör, was ich denn mit meinem Leben anfangen wollte, während sie mich misstrauisch musterte. »Du kannst doch nicht ewig in dieser Buchhandlung arbeiten, Evie.« Oder, wenn ich ihr Ant vorstellte. »*Wieder* ein neuer Freund, Evie?« Ein Kommentar, der hoffentlich unausgesprochen im Raum stünde. Oh, nein, dieses Zusammentreffen versprach keinen netten Abend.

»Dann gehen wir lieber«, sagte ich rasch. »Und gehen in der Stadt was trinken.«

»Gute Idee.« Caro scheuchte uns in Richtung Tür.

»Ach, aber bestimmt ...« Ant wirkte verwirrt.

»Sie ist Buddhistin«, erklärte ich bestimmt. Ich war mir gar nicht so sicher, was das eigentlich war, aber ich war ziemlich sicher, dass sie Abstinenzler waren. »Ist ganz und gar dagegen.«

»Rührt keinen Tropfen an«, pflichtete Caro mir bei. »Und hasst wirklich jeden, der es tut.« Ihre Hand war bereits auf dem Türknauf. Sie riss die Tür weit auf und schob uns nach draußen.

Aber gerade als sie die Tür wieder hinter uns schließen wollte, hielt ich sie mit der Hand auf. Und warf einen Blick zurück. »Du hast abgewaschen«, sagte ich staunend und bewunderte die glänzende Spüle. »Das hat bestimmt Stunden gedauert.«

Seit Wochen machten Caro und ich einen großen Bogen um die Überreste einer besonders üppigen Party – schwarz verbrannte Bratentöpfe und festgebackener Kartoffelbrei in Töpfen bildeten die reinste Penicillin-Kultur und zwangen uns dazu, den Wasserkessel in einer extrem mühsamen Haltung zu füllen.

»Ich hab's weggeschmissen«, gestand sie leise und warf einen Blick über die Schulter, falls ihre Mutter mithörte.

Ich kicherte. »Echt?«

»Allerdings. Ich konnte es nicht mehr sehen. Es ist alles draußen im Mülleimer. Du kannst es wieder rausholen, wenn du willst«, fügte sie mit einem herausfordernden Grinsen hinzu. »Bis später.« Und damit schloss sie die Tür.

»Ist das ihr Ernst?«, fragte Ant, als wir die Treppen wieder hinunterstolperten.

»Ganz sicher. Caro und ich haben eine ganz einfache Aufräum-Methode. Das meiste von unserem Zeug wird einfach unters Bett geschoben oder sogar ... Mist.« Ich blieb stehen. »Ich brauche noch meine Zigaretten. Sekunde schnell.«

Ich rannte zurück nach oben und zog den Schlüssel aus der Manteltasche. Ich öffnete die Wohnungstür und schoss zu meinem Zimmer hinüber und zischte dabei »*Kippen!*« zu Caro hinüber, die noch immer in der Küche war. Sie stand über den winzigen Tisch gebeugt, der, wie ich feststellte, für zwei gedeckt war, und entzündete gerade eine Kerze. Überrascht blieb ich stehen. Drehte mich zu ihr. Ihr pinkfarbenes Kleid war sehr kurz, und das dichte blonde Haar wallte ihr über die Schultern auf einen, wie ich nun bemerkte, ziemlich gewagten Ausschnitt. Gerade als noch ein Hauch von Rive Gauche meine Nase erreichte, bemerkte ich Ant, der in der Tür erschien. Er war mir die Treppen hinaufgefolgt, vielleicht weil er sich noch einmal umsehen wollte. Caro richtete sich ertappt auf. Ich verschränkte die Arme. Zog eine Augenbraue hoch.

»Deine Mutter?«

Sie errötete. Pustete das Streichholz aus. »Ah.«

»Verdammt, ist sie immer noch da?«, polterte eine vertraute Stimme hinter der Wohnzimmertür hervor.

Ich erstarrte. Dann drehte ich den Kopf in die Richtung, aus der die Stimme kam. Im nächsten Augenblick durchquerte ich die Küche und riss die Tür weit auf. Der Anblick ließ mich innehalten. Mir gegenüber lag ein nackter Mann ausgestreckt auf dem Flokati vor dem Elektrokamin, die Hände hinter dem Kopf verschränkt. Obwohl mir das Gesicht sehr vertraut war, war ich nicht daran gewöhnt, es an diesem Ort zu sehen. Ebenso wenig war ich gewöhnt, gewisse Körperteile zu sehen. Träge setzte er sich auf und schlug lässig eine Ecke des Teppichs darüber, um sie zu bedecken.

»Oh, hallo, Evie«, grinste er. Dann schaute er an mir vorbei. »Und wer ist das?«

»Das ist Anthony«, sagte ich ungerührt. »Anthony, das ist mein Bruder, Tim. Wir haben es gerne möglichst familiär.«

7

Chronologisch gesehen sind wir also weitgehend zum gleichen Zeitpunkt an den Start gegangen. Tim und Caro, Ant und ich. Alle zur gleichen Zeit. Tim und Caro hatten, wie wir ja wissen, einen minimalen Vorsprung, aber Ant und ich brauchten nicht lange, um sie einzuholen. Ant ging, als echter Gentleman, alles der Reihe nach an, lud mich auf einen Drink ein und führte mich zum Essen aus, aber unter meiner Führung löste er sich rasch von diesen Formalitäten und so landeten wir bald im Bett, wo wir für die nächsten paar Wochen blieben. Ant stand gelegentlich auf, um eine Vorlesung zu halten, und ich stand gelegentlich auf, um in einer Buchhandlung zu arbeiten, aber in der Regel befanden wir uns in der Horizontalen. Als wir schließlich aus dem Basislager auftauchten und befriedigt und blöde lächelnd ins Sonnenlicht blinzelten, waren Tim und Caro bereits da und warteten auf uns.

Ants familiärer Hintergrund war, wie sich herausstellte, eher ruhig und gemessen. Er war das einzige Kind einer verwitweten Mutter, die vor vier Jahren »fast dankbar« – Ants Worte – einem Anfall von Lungenentzündung erlegen war und ihrem Sohn versichert hatte, es wäre nun an der Zeit, dass sie seinen Vater wiedersah. Er hatte keine unglückliche, aber eine eher stille Kindheit gehabt.

Mein Bruder und ich entstammten dagegen einer langen Familientradition von Scherzbolden, und Tim war der größte unter ihnen. Ständig organisierte er Partys, auf denen Ant und ich als einzige Gäste in Verkleidung erschienen, während alle anderen Jeans trugen. Wenn wir den Raum betraten, riefen Tim und Caro laut »Überraschung!« und brachen dann in Gelächter aus ebenso wie ich, während Ant spärlich bekleidet mit einem Bettlaken und einer Dornenkrone dastand und hinter seiner Brille hervorblinzelte. Wir machten ihn mit flambiertem Sambuca bekannt und zündeten seine Kaffeebohnen an und amüsierten uns köstlich, als er sich dann erwartungsgemäß die Lippen am Glas verbrannte, wir brachten ihm bei, die Überreste des Wagens, den Tim abgeschrieben hatte, zu fahren und der mitten in unserem Wohnzimmer stand; wie man mit quietschenden Geräuschen um imaginäre Kurven fuhr oder auf dem Rücksitz rumknutschte: Er genoss es. Er ließ sich ganz auf unsere frivolen Späße ein und empfand sie, glaube ich, als erfrischende Abwechslung von den zähen Stehempfängen an der Universität, wo er sich stundenlang an einem Glas Wein festhalten musste und jeder nur darauf aus war, klüger zu sein als alle anderen, während es den Milligans nur darum ging, alberner zu sein.

Der einzige Streich, der ihm zu weit ging, war, als er zu einem Vorstellungsgespräch für die Stelle des Kanzlers am Balliol College ging und direkt davor eine Nachricht auf seinem Schreibtisch vorfand: »Vergessen Sie Ihre Urinprobe nicht.« Also zog er los, und als er gegen Ende des Gespräches gefragt wurde, ob er noch Fragen hätte, zog er die Probe aus der Tasche und sagte unsicher: »Äh ... was soll ich damit machen?«

Alles in allem fand er uns aber unterhaltsam. Wir rasten zusammen in seinem schrecklich alten Citroën durch die Stadt und fuhren sogar damit in Urlaub, Ant fuhr, Caro – natürlich – sagte, wo es langging, durch die Dordogne und ganz bis runter an die Küste, während Tim und ich kichernd auf der Rückbank saßen. Ant saß über das Lenkrad gebeugt und suchte mit kurzsichtigen Augen nach Schildern, während Caro sich aus dem Fenster hängte, Passanten herbeiwinkte und nach dem Weg zum Strand fragte.

»*Garçon. Garçon!*«, rief sie einmal im Befehlston. »*Où est votre bêche?*« Sie wurde lediglich mit einem entgeisterten Blick und einem gallischen Schulterzucken bedacht, bevor der Mann weiterging.

»Du hast ihn eben als Kellner bezeichnet und ihn gefragt, wo sein Spaten ist«, belehrte Ant sie.

»Ja, aber er hat doch kapiert, was ich meine, Himmel noch mal«, murmelte Caro und kurbelte ihr Fenster wieder hoch.

In diesem Urlaub hat Tim Caro gefragt, ob sie ihn heiraten würde. Ich erinnere mich, dass sie eines Tages vom Strand zurückkamen, während Ant und ich ein Kloster besichtigt hatten. Tim machte ein verlegenes Gesicht, Caro wirkte erhitzt, und sie behielten es zunächst für sich – nun ja, für ungefähr zehn Minuten –, bevor Caro nicht länger widerstehen konnte und herausplatzte: »Wir haben euch etwas mitzuteilen.«

Bis heute kann ich mich genau erinnern, wie mir dabei das Herz schwer wurde und wie ein Stein im Wasser sank. Meine beste Freundin und mein Bruder – natürlich war ich hocherfreut, aber ... es war nicht ich. Ich hasste mich selbst dafür, tue es noch immer, aber auch wenn ich sofort mit Ant davoneilte, um Sekt zu holen – einen grässlich billigen Fusel aus dem kleinen Laden im Ort – und fröhlich die Flasche schwenkend zurückkam, so verspürte ich doch ein unschönes Gefühl in mir. Ich bin nun mal der Überzeugung, dass der Wunsch zu heiraten einer Art Urinstinkt von Frauen über 25 entspricht und dass dies gleichzeitig unser größtes Problem ist, was Männer anbelangt. Es ist fast besser zu gestehen, dass man an einer Geschlechtskrankheit leidet, als zu sagen, dass man gerne heiraten würde. Aber wir können es nicht ändern, und ich hatte einen dicken Kloß im Hals, als wir auf ihr Wohl anstießen.

»Wie aufregend! Oh, ich freu mich ja *so*!«

Und auch wenn ich so überschwänglich war, so wusste ich doch ganz genau, dass Caro im Stillen genau wusste, was ich dachte, weil wir uns schon seit Urzeiten kannten und über Jungs und Hochzeiten und über die Kleider unserer Brautjungfern und die Namen unserer Kinder geredet hatten und über all die albernen Dinge, über die Mädchen heutzutage nicht mehr reden, sondern lieber brav ihre Karriere verfolgen sollten, es aber dennoch tun. Während sie mir also atemlos von der Dorfkirche und dem Partyzelt auf dem Hof erzählt, weiß sie genau, dass ich auch die Dorfkirche und das Partyzelt auf dem Hof haben will. Sie kennt all meine Hoffnungen und Träume, was zugleich das Gute und das Schlechte an einer besten Freundin ist. Sie weiß also, dass es mich innerlich zerreißt, aber sie kann es nicht ändern. Kann es nicht ändern und will es auch nicht. Warum auch? Sie ist diejenige, die heiratet, sie ist die Erste, sie hat gewonnen. Und wenn sie mir in die Augen schaut, ist ihr Blick voller Glück und voller Scham. Glück und Scham. Und ich bin wild entschlossen. Ich werde die Nächste sein, ich will!

Ant war nicht blöd. Alles andere als das. Wir vier steckten nun seit einiger Zeit zusammen, und nun gingen zwei von uns ihren eigenen Weg.

An jenem Abend liebten wir uns in unserem kleinen, weiß getünchten Zimmer mit dem Kruzifix über dem Bett und dem Blick hinaus auf die Bucht, wo die Wellen auf den Strand schlugen, auf diese schwitzige und irgendwie aufregende Weise, wie man es in heißen Ferienhäusern tut, und er hielt mich fest im Arm.

»Wie schön für Tim und Caro«, murmelte ich an seiner Schulter.

Ja, ich weiß, ziemlich plump, aber wie gesagt, es ist ein Urinstinkt, und es wäre ja auch komisch gewesen, es nicht zu erwähnen.

»Hm«, murmelte er schläfrig. Dann nach einer Weile: »Sie werden ein gutes Paar abgeben.«

Mein Herz machte einen Sprung. Wollte er damit sagen ... dachte er, wir wären kein gutes Paar?

»Ja, das werden sie.«

Schweigen.

»Sie sind ziemlich unterschiedlich«, warf ich schließlich ein, nur um, koste es, was es wolle, dieses Gesprächsthema zu halten.

»Hm.«

»Findest du nicht?«

»Du meinst, Tim ist unkompliziert und Caro ist ein Kontroll-Freak?«

Ich lachte. »So was in der Art. Aber eigentlich kann Tim vermutlich ein bisschen Kontrolle ganz gut gebrauchen. Er braucht ... ich weiß nicht ... Führung.«

»Wenn du meinst.«

Schweigen. Ich holte tief Luft. »Und ... was glaubst du, wie würden wir zwei uns so machen? Als Team?«

Mannomann, Evie.

Wir waren ein wenig auseinandergerutscht wegen der Hitze und lagen nebeneinander, das Laken beiseitegeschoben: die über fünfundzwanzig jährige Freundin und ihr Auserwählter.

Nach einer Weile rollte sich Ant auf mich und stützte sich auf die Ellenbogen, die er rechts und links von meinem Kopf platzierte, um mich besser ansehen zu können. Der Mond schien durch das offene Fenster und erleuchtete sein Gesicht. Nachdenklich. Ernst. Mein Herz begann heftig zu klopfen. Oh mein Gott ... das war's also. *Das ... war ... es!* Seine Augen musterten mein Gesicht, meine Haare, dann ...

»*Ich habe sie!*«

Er klatschte aufs Kissen, drehte sich um und setzte sich auf, um mir eine zerquetschte Mücke auf seiner Handfläche zu zeigen.

»Ich habe dich soeben vor sicherem Schmerz bewahrt. Dieses blutsaugende Ungeziefer wollte sich gerade einen Schluck aus deiner Wange genehmigen.«

Ich setzte mich neben ihm auf, setzte mit den falschen Muskeln ein schiefes Lächeln auf und schaute auf seine Hand, hätte am liebsten hineingebissen. »Sie gehen immer auf mich los.«

Er küsste mich auf die Wange. »Süßes Blut, deswegen. Das mögen sie. Gute Nacht.«

»Nacht.«

Tim und Caro heirateten im Herbst. Und es war wunderbar. Natürlich war es das. Himmlisch. An einem schönen Oktobertag fand die Trauung statt, natürlich in der Dorfkirche gleich neben unserem Haus, und ich war erste Brautjungfer in einem mitternachtsblauen Samtkleid, sehr edel und gar nicht aufgerüscht, und Ant fungierte als Platzanweiser und sah umwerfend gut aus in seinem Cutaway. Caro war eine strahlende Braut in elfenbeinfarbener Seide mit einer Reihe von winzigen blauen Seidenschleifen gleich über dem Saum – ich weiß, dass Sie das ganz genau wissen müssen, ob Sie schon über fünfundzwanzig sind oder nicht – und Samtbändern, die von ihrem Brautstrauß aus cremefarbenen Rosenknospen herabhingen. Mum sah auf ihre Hippie-Art sehr hübsch aus, in einem langen geblümten Kleid mit großem Strohhut, die Haare damals lang auf den Rücken hängend, und Dad und sie – zu der Zeit noch zusammen, wenn auch angespannt – schoben ihre Differenzen und ihre Gin-Flaschen für einen Tag beiseite und strahlten und waren stolz. Der Empfang fand in einem großen Zelt im Garten statt mit Unmengen von rosa Sekt und einer eher mickrigen Disco anschließend, bevor das glückliche Paar in die Flitterwochen aufbrach.

Und nachdem sie zu ihrer eigenen Überraschung für die Hochzeit Frieden oder zumindest eine Art Waffenruhe geschlossen hatten, beschlossen Mum und Dad am folgenden Wochenende, während Tim und Caro noch immer in Venedig waren, Urlaub auf Kreta zu machen, wo sie in einer Taverne derart aneinandergerieten, dass sie rausgeschmissen wurden, aber das ist eine andere Geschichte. Wissenswert ist allein die Tatsache, dass Ant und ich für dieses Wochenende auf der Farm wohnten, um uns um alles zu kümmern, und das war das Wochenende, an dem Neville Carter starb.

Vor siebzehn Jahren am 12. Oktober 1989. Und hier war ich siebzehn Jahre später in meiner Souterrain-Küche in Jericho, kam gerade vom Mittagessen mit meinem Mann zurück, der gerade einen Brief von einem Mädchen bekommen hatte, die behauptete, seine Tochter zu sein. Ich starrte aus dem Fenster zu Annas Trampolin hinüber und wusste, dass ich es mir merken musste. Ich wusste, es war wichtig.

Die Carters wohnten gegenüber auf der anderen Straßenseite und waren vorbeigekommen, da sie wussten, dass ich auf die Farm aufpasste.

»Evie?« Mrs Carter öffnete selbst die Haustür, wie es die Leute in unserem Dorf eben taten. Sie rief die Treppe hinauf. »Evie, bist du da?«

Ich kam die Treppe heruntergerannt, mit geröteten Wangen direkt aus dem Schlafzimmer, und zog mir dabei mein T-Shirt über. »Oh, Mrs Carter.«

»Evie, würde es dir etwas ausmachen, meine Liebe, aber ich soll kurzfristig arbeiten«, Mrs Carter war Krankenschwester im Außendienst, »und ich dachte, du könntest vielleicht für mich auf Neville aufpassen? Nur für eine Stunde oder so.«

Verdammt, dachte ich damals. »Natürlich, Mrs Carter.«

»Er macht keine Mühe. Er kann draußen spielen, wenn du willst. Wenn du beschäftigt bist.«

»Jaja, prima.«

»Pass einfach ein bisschen auf.«

Und Neville, schmal, schmächtig, spitznasig, kein hübscher Junge und bei den anderen Kindern im Dorf eher unbeliebt – eine Petze, was man so hörte –, hatte sich hereingeschlichen und kaute auf den Fingernägeln herum. Er war acht, kein Baby mehr und musste wirklich nicht die ganze Zeit beaufsichtigt werden und – oh, ich wollte mich wirklich nicht an all das erinnern, aber irgendwie wusste ich, dass es wichtig war – und ich hatte gesagt: »Neville, ist das wirklich okay für dich da draußen im Garten?«, nachdem sie gegangen war.

»Jaaa.« Ohne mich anzusehen. Schweigsam, unruhig.

»Oder würdest du lieber was malen? Sieh mal, wir haben die hier.« Ich schob ihn in die Küche, kramte in der Anrichte nach Filzstiften herum und setzte ihn an den Tisch mit Mums Küchenblock.

Er zuckte die Schultern. »Mir egal.«

»Dann probier's doch mal, hm?«

Und schon sprang ich zurück, die Treppe hinauf ins

Bett zu Ant, wo ich mich kreischend mit einem Hechtsprung auf ihn warf und mir das Top wieder auszog, kein BH, und Neville machte sich davon: zuerst zur Schaukel – ich weiß noch, dass ich ihn aus dem Fenster auf dem alten Reifen sah, den Dad für uns an ein Seil gehängt hatte – und dann außer Sichtweite zu dem Abschnitt am Fluss hinunter, vor dem man uns als Kinder gewarnt hatte, wo das Wasser viel schneller fließt, dunkler, und man den Grund nicht sehen kann und oh ... so entsetzlich. So entsetzlich, was dann geschehen war. Ant, der ihn mit aschfahlem Gesicht zusammen mit Maroulla, der Frau unseres Landarbeiters, herauszog; ich heulend und schreiend am Ufer; die Eltern, Mr und Mrs Carter trafen ein. Oh, nein. Bloß nicht an die Eltern denken. Dann meine Eltern, die aus Kreta zurückflogen, blass unter der Sonnenbräune, erschüttert; das Geschrei, der Streit, Mum lieb, Dad weniger lieb. Die Wahrheit sagen, ich *musste* natürlich die Wahrheit sagen, wo wir gesteckt und was wir getrieben hatten, dort oben im Gästezimmer, das Entsetzen auf dem Gesicht meines Vaters, die Scham auf dem von Ant; auf seinem sanften, freundlichen, intelligenten, Kann-keiner-Fliege-was-zuleide-tun-Gesicht, das ein Kind auf dem Gewissen hatte.

Und anschließend hatten wir zusammen geweint, eng aneinandergekuschelt, zusammengekauert, schuldbeladene Gestalten bei der Beerdigung. Tim und Caro waren auch zurück – kein schöner Empfang – und das ganze Dorf war da, alle, die ich seit je kannte und mit denen ich aufgewachsen war, und sie schauten mich an, die sie kannten, mit einer Mischung aus Mitleid und Überraschung, und Ant schauten sie an voller Misstrauen. Den Mann, mit dem sie zusammen gewesen war. Den Mann, den sie nicht kannten und mit dem sie oben im Bett gewesen war.

Ant hatte sich frei genommen – sein College war sehr entgegenkommend gewesen –, und wir hatten in Kneipen am Stadtrand etwas getrunken: anonyme Kneipen, wo man uns nicht kannte und wo wir zu viel tranken und immer bis zur letzten Runde blieben, weil unsere Scham und unsere Schuld uns festhielten. Und an einem solchen Abend auf dem Heimweg voller Alkohol hatte er mich gefragt, ob ich ihn heiraten wollte.

Ich hob meinen Blick von der Arbeitsplatte, die ich nun fest umklammert hielt, und schaute wieder in den Garten hinaus zum Goldregen hinüber. Man musste mir zugutehalten, wenn das überhaupt möglich war, dass ich Nein gesagt hatte. Nein, sagte ich, wir sind zu angespannt und aufgewühlt im Moment. Nicht ganz bei Sinnen. Lass uns warten. Aber er hatte darauf bestanden und gemeint, es wäre alles, was er wollte. Und, ehrlich gesagt, wusste er natürlich auch, dass es alles war, was ich wollte. Er hatte es auch an jenem Tag gewusst, als wir uns im Gästebett im Farmhaus vergnügt hatten, während Neville sich still und leise zum Fluss hinuntergeschlichen hatte. Ich hatte mal wieder versucht, ihn mit der Nase darauf zu stoßen, nicht zu platt und offensichtlich, aber immerhin ... hatte gesagt, was für eine wunderbare Hochzeit Tim und Caro gehabt hatten, wie schön die Kirche gewesen war, wie glücklich sie ausgesehen hatten.

Ich spürte noch jetzt, wie mir das Blut in die Wangen schoss, während mein Blick zu der Glyzinie an der Gartenmauer hinüberschweifte, neben der mein Fahrrad lehnte. Nun ja, wenn das nicht platt und offensichtlich war, was dann? Und während ich so mit dem Zaunpfahl winkte, hatte Ant – ich zwang mich zu dieser Erinnerung wie nie zuvor – unbehaglich gewirkt. Ich spürte einen Stich des Entsetzens. Er hatte sich – und war das, bevor wir uns geliebt hatten oder danach? – sanft aus meiner Umarmung gewunden und gesagt: »Evie ... ich weiß nicht.«

Ich schloss die Augen. Nun ja, viele junge Männer waren sich nicht sicher und sagten, sie wären noch nicht so weit. Brauchten noch Zeit. Und ich hatte nicht gedrängt. Ich schlug die Augen auf. Hatte nicht gesagt: Aber Ant, wir sind jetzt schon seit Monaten zusammen, genauso lang wie Tim und Caro, und ich möchte so gerne ein Kind und jetzt wird sie mich auch da überholen, wir haben schon unser ganzes Leben im Wettstreit miteinander verbracht, das war uns immer schon wichtig, Caro und mir. Nein, *natürlich* hatte ich nichts dergleichen gesagt und es auch nur ansatzweise gedacht. Erst jetzt, Jahre später, zwang ich mich zu erbarmungsloser Ehrlichkeit, sodass diese Gedanken ans Tageslicht kamen. Wahrscheinlich zwang ich sie förmlich hervor, wie man einen Pickel ausdrückt, der noch nicht reif ist. Aber nun war dieser Brief gekommen und ließ mich überlegen, was gewesen wäre, wenn Neville nicht gestorben wäre? Ich wusste, dass es wichtig war; wusste, dass es uns näher zusammengebracht hatte, aber ich hatte mir nie erlaubt zu denken ... hatte es wirklich *alles* verändert? Hatte Nevilles Tod den weiteren Verlauf meines Lebens bestimmt? Es hatte doch immer schon gradlinig auf eine Hochzeit mit Ant hingeführt, oder?

Panik kam in mir hoch, und ich musste mich schwer auf die Arbeitsfläche stützen, die Hände ineinander verkrampft. Und nun – ein Kind. Von einer anderen Frau. Empfangen um jenen Zeitpunkt herum. Eine Bedienung, hatte er gesagt, ein flüchtiger Schwarm, aber nichtsdestotrotz eine Abwechslung von mir. Von meinem ewigen Gebagger. Ich drückte mit den Fäusten gegen meine Schläfen. Die Dämonen stürzten sich auf mich und ließen mich das Schlimmste über mich selbst denken. Ließen mich denken: Wie man in den Wald hineinruft, so schallt es heraus, Evie. Ein Kind. Zwei Jahre älter als Anna. Und deswegen – und dazu musste ich mich wirklich zwingen – musste ich mich genau erinnern. Musste mich an den Augenblick erinnern, bevor wir den Schrei von Maroulla gehört hatten, die Neville gefunden hatte, der mit dem Gesicht nach unten im Wasser schwamm; musste mich an etwas erinnern, was Ant gesagt hatte, wenige Sekunden, bevor der Schrei unser Leben verändert hatte.

»Evie ... da ist etwas, das du wissen musst. Ich muss dir etwas sagen.«

Bis jetzt hatte ich es ganz brutal aus meinem Gedächtnis verdrängt. Ich hatte nie – auch nicht Wochen oder Monate später – gefragt: Was war da eigentlich, Ant? Was hattest du mir sagen wollen? Das war meine Schuld. Dass ich einfach so getan hatte, als hätte er nie etwas gesagt. Oder dass ich es nie gehört hätte.

Ich ließ die Arbeitsplatte los. Holte tief Luft und atmete zitternd aus. Aber auf dem Weg nach draußen schaute ich mich um und überlegte, was ich sonst noch durchgesetzt hatte. Ihm hatte die Anrichte nicht wirklich gefallen, die ich in dem Antiquitätenladen in Woodstock entdeckt hatte; er fand sie altmodisch und kitschig. Aber hier stand sie. Auch die gelben Wände waren nicht so ganz nach seinem Geschmack; er fand sie zu hell und etwas zu aufdringlich zu seiner morgendlichen Zeitungslektüre. Aber da waren sie. Und das Aquarell mit der Magd und den Hühnern über der Spüle hatte ihm nicht wirklich gefallen – zu klein, zu süßlich. Aber da hing es. Und hier stand ich ebenfalls.

Ich senkte den Kopf und verließ die Küche.

8

»Mum! Da ist einer am Telefon, der wissen will, ob du seinen Schecken anschauen willst!«

Ich setzte mich kerzengerade im Bett auf. Seinen was? Bis vier Uhr früh hatte ich kein Auge zugetan und dann schließlich eine Tablette genommen, sodass ich nun erschöpft war, schwankend und voller Giftstoffe.

»Oh«, krächzte ich. Das Pferd. Ich schwang die Beine aus dem Bett. Ein Fehler. Ich setzte mich auf die Kante und hielt mir den Kopf. »Sag ihm, wir sind schon unterwegs!«, stammelte ich dem Teppich entgegen.

Ants Seite des Bettes war leer, wie ich bemerkte. Vorsichtig stand ich auf und tappte herum, um meine Kleider zusammenzusuchen. Ich stolperte wie eine Blinde durchs Schlafzimmer und hörte Annas Stimme am Telefon unten im Flur.

»Ja. Das tut mir leid ... ach wirklich? Also meine Mutter ist ein hoffnungsloser Fall, ja, wir sind schon unterwegs!«

Sie darf nichts erfahren, war mein alles bestimmender Gedanke, während ich mir die Jeans anzog und ein T-Shirt schnappte. Sie darf nicht erfahren, dass dies hier kein Tag ist wie jeder andere. Ich musste mich beim Gedanken an den gestrigen Abend rasch wieder auf die Bettkante setzen. Gestern Abend, als Ant ziemlich spät – und spät war zwar normal, aber nicht *so* spät – von einer abendlichen Konferenz im College nach Hause gekommen war, hatte ich ihn zur Rede gestellt.

»Kapierst du?«, hatte ich mit einer Mischung aus Angst und Triumph gesagt. »Sieh doch, Ant, es kann gar nicht dein Kind sein. Da waren wir doch schon zusammen, sogar verlobt!«

Und dann hatte ich zugesehen, wie sein Gesicht grau wurde, so wie ich es bereits geahnt hatte. Ich hatte gesehen, wie er geschlagen in einem Stuhl zusammengesackt war, Schmerz lag in seinen sanften Augen. Ich hatte zugehört, als er mir erklärte, dass das Kind doch von ihm sein konnte. Dass es tatsächlich passiert war, als wir bereits zusammen waren, diese Nummer mit der Bedienung – ein einmaliger Ausrutscher, ein One-Night-Stand –, weil er sich so eingesperrt gefühlt hatte und dachte, er würde verrückt werden.

»Wann genau?«, hatte ich geflüstert und mich dabei an eine Stuhllehne geklammert. »Wann hast du dich so eingesperrt gefühlt und dachtest, du würdest verrückt?«

»Nach dem Mittagessen bei deinen Eltern«, murmelte er. »An einem Sonntag. Als Caro uns erzählt hat, dass sie schwanger ist.«

Im Geiste ging ich zurück und kramte in meinen Erinnerungen. Ich wusste, was er meinte. Tim und Caro waren seit ungefähr drei Monaten verheiratet, Ant und ich seit einem verlobt. Und Ant und ich waren gerade erst von einem dringend notwendigen Kurzurlaub in Schottland zurückgekehrt, bei dem wir beschlossen hatten, dass wir ebenfalls in der Dorfkirche heiraten wollten wie Tim und Caro, aber alles etwas kleiner und ruhiger halten wollten. Schließlich war noch nicht viel Zeit vergangen, seitdem Nevilles Begräbnis am selben Ort stattgefunden hatte. Ant war sehr still gewesen, dort oben in Schottland. Er hatte viel geangelt, während ich spazieren gegangen war oder gelesen hatte, aber beim Angeln war man nun mal still, oder etwa nicht? Es war also unser erstes gemeinsames Familientreffen seit ... unser erstes Sonntagsmahl seit langer Zeit.

Mum, die sich bereits beim Kochen eine halbe Flasche Sherry genehmigt hatte – und das Ganze muss gewesen sein, kurz bevor sie von zu Hause wegging –

war in Hochform: Haarsträubend provokativ tanzte sie zu Fleetwood Mac in ihrem groben Baumwollkleid, während sie die Tütensoße rührte – es war schon nach zwei. Dad war wenig begeistert und warf ihr böse Blicke zu. Ich glaube, in jeder Ehe kommt einmal der Punkt, wo das, was einst anziehend schien, ziemlich nervig wird.

Ich meine mich zu erinnern, dass die Stimmung etwas angespannt wurde und Dad ihr schließlich sagte, sie sollte jetzt mal in die Gänge kommen und das verdammte Mittagessen auf den Tisch bringen, als Caro verkündete, sie sei schwanger. Im dritten Monat, ein Hochzeitsreisenkind, und alle waren entzückt. Alle vergaßen in dem Augenblick ihren Ärger. Dad eilte in den Keller, um eine Flasche Sekt zu holen, Mum umarmte Caro, ja, alle waren hocherfreut: das erste Enkelkind, der erste *Milligan*, wie Dad voller Stolz sagte, als er den Korken knallen ließ, und Ant und ich stimmten in die Glückwünsche ein. Und ich freute mich ehrlich, denn schließlich würde ich auch demnächst heiraten und hatte deswegen keinen Grund, mich insgeheim mies zu fühlen wie damals, als sie sich vor mir verlobt hatte. Und es freute mich so sehr für Tim, *wirklich* so sehr, vor allem für Tim, aber warum, oh warum nur hatte ich anschließend im Auto ganz nebenbei gefragt, was er eigentlich davon halten würde, wenn ich jetzt die Pille absetzte? Ant? Immerhin wollten wir in wenigen Monaten heiraten und selbst wenn ich gleich schwanger werden sollte, würde man noch nichts sehen. Und vielleicht brauchten wir eine Ewigkeit; Sally Armstrong hatte vierzehn Monate gebraucht!

Ant hatte sich geräuspert. Dann hatte er mich, ganz vorsichtig, daran erinnert, dass wir eigentlich vorgehabt hatten, erst noch ein Jahr zu warten, oder? Dass wir ein Jahr lang einfach Spaß haben wollten – was wir unter den Umständen dringend nötig hatten – und unser Leben als Frischverheiratete genießen. Und ich hatte gesagt, ja, aber, Ant, ich werde auch nicht jünger. Ich bin schon sechsundzwanzig, Himmel noch mal, und du bist dreißig! Und Ant war ganz still geworden, so als gäbe es darauf keine Antwort, und ich, nun, ich hatte nicht aufgegeben. Ich hatte immer weitergedrängelt, angefeuert von ein paar Gläsern Wein, und dabei noch gedacht, immerhin *frage* ich ihn wenigstens. Andere würden einfach aufhören, das blöde Ding zu nehmen, diese Pille, die uns angeblich so viel Freiheit gegeben hat, obwohl es wirklich fraglich ist, wem diese Freiheit eigentlich zugute kommt. Und dann kam schließlich ein »Ja, Schatz«.

Natürlich hat er nicht wirklich »Ja, Schatz« gesagt, aber wenn wir ein Paar in den Fünfzigern gewesen wären oder in einem Andy-Capp-Zeichentrick hätte er es gesagt. Nein, er sagte aber etwas Ähnliches. Ganz wie du willst, Evie. Matt. Wie ein Boxsack. Und später an jenem Abend, als wir zurück in seiner Wohnung im Balliol College waren, wo ich inzwischen so gut wie immer wohnte, war er noch einmal fortgegangen. Für eine ganze Weile. Und ich hatte ein bisschen Angst gehabt. Weil ich wusste, dass ich zu weit gegangen war. Und betrunken gewesen war. Und später im Bett hatte ich mich entschuldigt.

»Es tut mir leid, mein Schatz, ich war zu schnell. Vergiss es. Ich werde die Pille weiternehmen.«

Er hatte keine Antwort gegeben. Er hatte sich auf die Seite gedreht, und wir waren eingeschlafen. Irgendwann.

»Du bist also losgezogen und hast eine Bedienung gevögelt!«, hatte ich am vergangenen Abend gekreischt, wieder mal wie eine Figur aus einem Zeichentrickfilm, vielleicht die, deren Knöchel man in *Tom und Jerry* sieht mit den runtergerutschten Socken und der Kuchenrolle. »Mein Gott, Ant, wie oft? Einmal? Zweimal? Oder bist du da vielleicht jede Woche hingegangen?«

»Einmal!«, brüllte er mit geballten Fäusten. »Ich hab's dir gesagt – nur ein Mal!«

Ant wurde nie laut. Schrie mich nie an und Anna ebenso wenig, aber anstatt schockiert zu sein, stieg ich voll darauf ein und brüllte zurück, dass ich mich fragte, wie viele Bälger er wohl übers Land verteilt hätte. Schließlich kam Anna mit vor Angst weit aufgerissenen Augen in ihrem Nachthemd in die Küche gelaufen.

»Was ist los? Was ist passiert?«

Peinlich berührt hatten wir uns sogleich beruhigt und waren rasch zu Bett gegangen, nachdem wir ihr versichert hatten, dass nichts passiert war. Jetzt hatten wir selbst Angst, dass sie vielleicht etwas gehört haben könnte. Und nun kam sie wieder in mein Schlafzimmer gelaufen mit riesengroßen Augen.

»Mum! Komm schon. Ich habe gesagt, wir sind in zwanzig Minuten da!«

»Gut«, sagte ich und stand bereitwillig auf.

Eilig suchte ich mir ein Paar Schuhe und putzte mir die Zähne, dann folgte ich ihr nach unten und nach draußen zum Auto, wobei ich Brenda, die mit uns kommen wollte, die Tür vor der Nase zumachte. Anna trug Reithosen und Stiefel und schwenkte den Helm ungeduldig in der Hand, während sie neben dem Wagen stand und darauf wartete, dass ich aufschloss. Mir schwirrte der Kopf, und mir war übel.

»Weißt du wenigstens, wo wir hinmüssen?«, fragte sie vorwurfsvoll, als ich einstieg.

»Ähm. Nein. Moment mal«, murmelte ich. Ich stieg wieder aus und lief nach drinnen, um die Wegbeschreibung zu holen.

Als ich zurückkam, saß sie auf dem Beifahrersitz und

starrte mit versteinerter Miene geradeaus. Ich fummelte am Zündschlüssel herum, und wir fuhren los.

»Worüber habt ihr euch eigentlich gestern Abend gestritten, du und Daddy?«, fragte sie, noch bevor wir zehn Meter die Straße entlanggefahren waren.

»Hm? Och, eigentlich um gar nichts, mein Schatz.«

»Um nichts!« Sie drehte sich zu mir. »Du hast rumgeschrien und ihn Mistkerl genannt, und Daddy hat auch gebrüllt. Das würde ich kaum als nichts bezeichnen.«

»Ach, es war nur ... was ganz Albernes. Es ging um den Urlaub. Du weißt, dass ich immer gerne weiter wegfahre, und dein Vater möchte nach Schottland. Das war alles.«

»Oh.« Sie wirkte ein wenig beruhigt, aber nicht wirklich überzeugt. »Bisschen heftig für eine Auseinandersetzung um den Urlaubsort, oder?«, sagte sie schließlich. »Du hast sogar geweint.«

»Ja, also, du weißt doch, der Zyklus, falscher Zeitpunkt. Das macht uns zu Monstern. Wo steckt eigentlich Daddy? Hast du ihn heute Morgen schon gesehen?«

»Er ist im Garten und liest.«

»Ah.« Lesen. Seine ewige Zuflucht. Seine Flucht? Vor mir? Ich holte tief Luft und atmete zitternd aus. Komm schon, Evie, reiß dich zusammen. »Aber jetzt, dieses Pony«, damit wandte ich mich lächelnd zu ihr. »Wie aufregend. Jetzt wollen wir erst mal sehen, was es für eine Farbe hat!«

»Es ist ein Schecke, hat er am Telefon gesagt.«

»Was ist das für eine Farbe?«

»Braun und weiß.«

»Oh.« Ich blinzelte. »Ich hätte schwören können, dass in der Anzeige von grau die Rede war.«

»Du weißt also doch, welche Farbe es hat.« Noch immer kämpferisch, vorwurfsvoll. Sie ließ nicht so schnell locker. Ich wusste, dass ich mir mehr Mühe geben musste.

»Ach, na ja, vielleicht ist es grau oder vielleicht auch braun und weiß«, sagte ich leichthin. »Oder vielleicht ist es auch braun und grau und weiß?«

Sie warf mir einen vernichtenden Blick zu. »Es ist hier links, nach dem, was auf deinem Zettel steht.«

»Hier?«, fragte ich zweifelnd angesichts der nicht sehr vielversprechenden städtischen Bebauung.

»Ja, hier steht ›nach der Shell-Tankstelle‹.« Sie wedelte mit dem Zettel vor meinem Gesicht herum.

Wir rollten die Woodstock Road entlang, und ich bog gehorsam nach links in eine Straße ab, die auf beiden Seiten von Reihenhäusern gesäumt war. Ich fuhr langsamer und warf einen Blick auf die Wegbeschreibung, die sie mir vor die Nase hielt. Es sah nach einem Industriegebiet aus. Aber nachdem wir uns eine Weile um ein paar Kurven geschlängelt hatten, wurde die Straße allmählich schmaler und schließlich zu einem Feldweg, der wiederum zu etwas hinführte, was man wohl kaum als Reitstall bezeichnen konnte. Es war eher eine Ansammlung von Schuppen mit Wellblechdächern, in deren Mitte ein klappriger Wohnwagen stand. Ich sah mich um. Im Hintergrund erkannte man ein paar schäbige Koppeln mit verräterischen Ecken voller schädlichem Greiskraut, das Tim innerhalb von Sekunden ausgerissen hätte. Nirgendwo eine Spur von Pferden. Mitten im Hof blieben wir stehen.

Ein paar bösartig aussehende Promenadenmischungen kamen laut bellend zum Wagen gelaufen. Anna und ich verkrochen uns in unseren Sitzen, während sie uns mit gefletschten Zähnen, hochgezogenen Lefzen und weißen Augen anblafften. Schließlich kam ein junger Bursche und zog die beiden fort und machte sie an einer Kette fest. Als wir uns sicher genug fühlten, wagten Anna und ich uns vorsichtig heraus.

Ich war, wie ich feststellen musste, nicht richtig angezogen, da ich einfach in die erstbesten Schuhe geschlüpft war: ein ziemlich teures Paar perlenverzierter Flipflops, die ich in Italien gekauft hatte. Die würde ich ruinieren, dachte ich, während ich damit über den schlammigen Hof stakste. Ruinierte Flipflops! Ich zuckte entsetzt zusammen. Mein Mann hatte ein Kind mit einer anderen Frau, und ich machte mir über Flipflops Gedanken?

Ein kleiner, hagerer Mann in einer ausgebeulten braunen Hose mit Hosenträgern und einer Schieberkappe schlüpfte aus einem der Schuppen. Er kam zu uns herüber. Seine Augen waren klein, hellblau und flink. Ein gekünsteltes Lächeln gab den Blick auf ein ungewöhnliches Arrangement von Zähnen frei.

»Mr Docherty?«

»Ganz genau«, sagte er in breitem irischem Singsang. »Und ihr seid sicher wegen dem Pony da.«

»Genau. Aber jetzt helfen Sie mir noch mal, Mr Docherty, was für eine Farbe hat das Pony noch mal?«

»Welche Farbe hättet ihr denn gern?« Blitzschnell geschaltet.

»Ach. Na ja. Das spielt eigentlich keine Rolle, glaube ich. Ich dachte nur, in der Anzeige hatten Sie geschrieben, grau, und meine Tochter glaubt, Sie hätten gesagt, gescheckt, deswegen …«

»Ach so, das graue Pony, das ist schon verkauft, aber das gescheckte, das ist mal wirklich ein feines Tier. Ein tolles Pony. Reinrassiges Connemara-Pony, ein Traumpferd wie aus dem Bilderbuch, sag ich euch. Da könnt ihr lange suchen, bis ihr so ein Pferd findet, da verwette ich mein linkes Bein, wenn das nicht so ist.«

Noch immer lächelnd, machte er eine knappe Kopfbewegung zu dem Jungen hinüber, der ein Geschirr von einem Haken nahm und missmutig zu einem Stall schlurfte.

»Ich verstehe. Also das Pony aus der Anzeige …«

»In null Komma nichts verkauft. Ich habe hier einen verdammt hohen Umsatz, versteht ihr, und ihr könnt froh sein, dass ihr den Schecken überhaupt zu sehen kriegt. Da kommt nämlich noch ein Herr extra aus Bristol. Der sucht was Besonderes für seine kleine Prinzessin. Scheinbar ein reicher Geschäftsmann, wie es aussieht, aber der hatte grad eine Panne auf der M5. Hat eben angerufen. Und ihr seid jetzt hier, also ...«

»Ach! Ja, wirklich, wie unangenehm. Aber wir sind jetzt zuerst da ...«

Es kam mir gar nicht in den Sinn, mich zu fragen, warum ein reicher Geschäftsmann ein Auto fahren sollte, das mit einer Panne auf der M5 liegen blieb, sondern ich dachte nur, dass ich einfach zur Abwechslung mal Glück hatte, und folgte dem Mann zusammen mit Anna dorthin, wo das Pferd aus dem Stall geführt wurde.

Es war tatsächlich braun und weiß und größer, als ich erwartet hatte. Eher dünn und langbeinig, mit deutlich erkennbaren Rippen, und das Hinterteil sah etwas höckerig aus, der Schweif zwischen die Beine geklemmt. War das normal? Aber es hatte freundliche, irgendwie schläfrige Augen, beschloss ich. Das Pony hob den Schweif und ließ seinem Hinterteil eine Unmenge eher eklig aussehenden grünen Schleims entströmen. Vielleicht war es nervös. Damit wäre es jedenfalls nicht alleine gewesen.

»Gut. Was meinst du, mein Schatz?«

Mein Gott. In den noch funktionierenden Überresten meines Hirns tauchte die Erinnerung daran auf, dass Caro mir eingeschärft hatte, jemanden mitzunehmen. Wenigstens Ant. Noch besser Caro. Aber nun waren wir hier, halb betäubt und durcheinander. Ich wandte mich an meine Tochter.

»Es ist süß«, sagte sie und trat einen Schritt vor, um

das Tier zu streicheln. Ihre Augen leuchteten bei dem Gedanken, ein Pony zu besitzen – irgendein Pony.

»Ja. Ja, das ist es«, pflichtete ich ihr bei und rückte selbst ein winziges bisschen näher und legte vorsichtig die Hand darauf. Grässlich fettig. Ich zog die Hand zurück. Aber es gefiel mir, dass es sich offenbar um eine Stute handelte. Stuten waren friedlicher als männliche Pferde, oder? Die hier war jedenfalls so friedlich, dass sie fast einnickte.

»Ich nehme an, sie wird beim Reiten dann etwas munterer«, wagte ich zu fragen. »Sie wirkt ein wenig schläfrig.«

»Ah, ganz recht, das ist eine ganz Brave, die da. Aber wenn's ums Temperament geht, dann findet ihr kein flotteres Pony in ganz Oxfordshire, das kann ich euch sagen«, sagte Mr Docherty und gab dem Pony einen Tritt gegen das Hinterbein, damit es sich ein wenig gerader hinstellte.

»Und springt es auch?«, fragte Anna schüchtern.

»Ob es springt, willst du wissen? Das Pony springt über die Mauer da drüben, ehe du dich's versiehst.« Er zeigte auf eine Trockenmauer hinter uns. »Die ist uns neulich direkt vom Hof gesprungen, glatt über das Tor drüber. Und da war locker noch Luft unter den Hufen, was, Barney?«

Barney zuckte die Schultern und schaute unbeteiligt drein, während er kaugummikauend dastand und das lose Ende des Halfters festhielt und dabei in die Ferne starrte.

»Aber ruhig ist sie doch trotzdem, oder?«, fragte ich besorgt bei dem Gedanken, wie das Pony bei Caro auf dem Hof herumspringen würde. »Sie wissen schon, einfach zu handhaben.«

»Ruhig soll sie sein? Jaja, das ist sie. Aber es ist eine Stute, wissen Sie?«, erklärte er und zwinkerte mir dabei verschwörerisch zu. »Die lässt sich nicht für dumm verkaufen. Kein Unfug.«

»Nein, nein, natürlich werden wir keinen Unfug mit ihr machen.« Ich war mir nicht ganz sicher, was er damit meinte, noch, was ich mit meiner Antwort gemeint hatte. Gott, mein Kopf. Ein Königreich für ein Aspirin. »Ich meine – wir würden sie gut behandeln.«

Plötzlich war mir eingefallen, dass wir hier ebenfalls in Augenschein genommen wurden. Eine Freundin von mir, die sich einen Hund aus dem Tierheim holen wollte und sich vorgestellt hatte, dass sie als frisch gebackene Hundebesitzerin damit auch noch eine gute Tat vollbrachte, war mehr als überrascht gewesen, als plötzlich eine sehr ernsthafte junge Frau mit einem Fragebogen auf dem Schoß in ihrem Wohnzimmer saß und zudringliche oder teilweise geradezu aufdringliche Fragen stellte nach ihren häuslichen Verhältnissen, um festzustellen, ob sie geeignet schien, dieses vormals ausgesetzte Hundefindelkind zu beherbergen. Die Tatsache, dass sie in der Stadt wohnte und eine geschiedene Mutter von drei Kindern war, kam ihr dabei nicht zugute.

»Wir sind verheiratet«, sagte ich rasch. »Mein Mann und ich.« Anna schaute mich verblüfft an. »Und wir leben zwar in der Stadt, aber wir würden es – sie – bei meinem Bruder auf dem Hof unterbringen. Church Farm in Daglington.«

»Ist das nicht der Hof von Caroline Milligan?« Ein Schatten huschte flüchtig über das Gesicht von Mr Docherty.

»Genau. Kennen Sie den?«

»Ja. Hol den Striegel und beeil dich«, blaffte er den Jungen gereizt an.

»Wie heißt sie denn?«, fragte Anna, während der Junge das Pony festband und anfing, es mit einem ziemlich brutal wirkenden Gummiding mit scharfen Spitzen zu traktieren. Sie ertrug es mit Engelsgeduld, das muss ich sagen, und stand ganz still, während er mit dem Teil an ihrem Rücken herumfuhrwerkte und große Haarbüschel dabei ausriss. Das arme Ding.

»Molly Malone. Aber wir nennen sie nur Molly.«

»Ach, wie sü-üß!« Überwältigt legte Anna dem Pony die Arme um den Hals und küsste es. Aus unerfindlichen Gründen oder weil sie nicht einmal vor diesem muffeligen Jungen in der Lage war, diesen öffentlichen Gefühlsausbruch zurückzuhalten, oder vielleicht auch, weil meine eigenen Gefühle an diesem Morgen gefährlich nahe der Oberfläche lagen, rührte mich dieses Bild zutiefst. Meine Augen wurden feucht. Ein Mädchen und sein Pony. Erste Liebe.

»Wir nehmen es«, sagte ich entschlossen. »Liefern Sie auch?«

Der Junge wandte sich zur Seite, um ein Lächeln zu verbergen, und selbst Mr Docherty räusperte sich verlegen.

»Wollen Sie nicht, dass das Mädel sie erst noch mal reitet? Oder dass der Junge mal aufsitzt. Und ihre Gangarten zeigt?«

»Oh ja, natürlich.« Ich errötete. Anna warf mir entsetzte Blicke zu. Machte man es so? Oder wie? Ich hatte noch nie zuvor ein Pferd gekauft. »Ja, gute Idee. Erst der Junge ... und dann Anna. Ach ja, und dann noch die Beine.«

»Was ist mit ihren Beinen?«

Ich hatte meinen Fehltritt noch nicht verwunden und eine vage Vorstellung, dass ich sie abtasten sollte. Ich eilte vor, um ganz fachmännisch mit der Hand ein langes, haariges Bein hinunterzufahren, doch dabei rutschte mir die Sonnenbrille von der Nase und schlitterte auf den Asphalt, wodurch das Pony aufgeschreckt wurde, einen Schritt rückwärts machte und sie zertrat, während ich, um seinem Hinterteil auszuweichen, zielgenau mit meinen Flipflops in die grünliche Kack-Soße trat, die mir nun zwischen den Zehen hervorquoll, wie mir ein entsetzter Blick nach unten offenbarte.

»Macht nichts, das ist ja nur Gras«, sagte ich schnell, als ich Annas betretenes Gesicht sah. »Ich meine, was anderes fressen die doch nicht, oder? Und Heu. Ach, lass nur, die ist nur aus dem Drogeriemarkt«, sagte ich, als der Junge Anstalten machte, die Teile der zerbrochenen Sonnenbrille aufzusammeln. Sogleich stellte er seine Bemühungen ein und schaufelte gekonnt das Beweismaterial in eine Schubkarre.

»Ihre Beine sind sauber«, versicherte Mr Docherty mir ruhig.

»Oh, gut.« Ich nickte, da ich wenig Verlangen verspürte, meine Untersuchung weiter fortzusetzen.

»Zäum sie auf.« Er nickte zu Barney hinüber.

Im Handumdrehen hatte Barney ihr Sattel und Zaumzeug angelegt und schwang sich auf ihren Rücken. Er beugte sich hinab, um sich ein paar geflüsterte Anweisungen seines Vaters abzuholen, und trat dem Pony dann heftig in die Seite und zog einmal scharf an den Zügeln an seinem Hals. Daraufhin verfiel das Tier in einen ziemlich ungleichmäßigen Schritt und trabte dann durch das offene Hoftor auf die heruntergekommene Koppel hinaus. Wir folgten langsamer hinterher und lehnten uns dann an den Zaun und sahen ihm zu, wie Barney immer im Kreis ritt: erst im Schritt, dann im Trab und dann noch schneller ... wunderbar. Ich fühlte mich wie auf dem Set von *Bonanza*. Mir fehlten nur noch ein Cowboyhut und ein Grashalm, um daran zu kauen. Er kam zurück, schwang sich locker aus dem Sattel und reichte Anna die Zügel.

»Alles in Ordnung, mein Schatz?« Ich warf ihr einen besorgten Blick zu.

Sie sah ein wenig nervös aus, aber sie stieg vorsichtig auf, so wie sie es in der Reitschule gelernt hatte, nicht mit Zack und Schwung wie der Junge, sondern hielt die Zügel in einer Hand und zog sich im Sattel hoch. Mit geschwellter Brust sah ich ihr hinterher. Wie mutig! Ein fremdes Pferd! Mich würde man da ebenso wenig draufkriegen wie in eine Mondrakete. Ich sah zu, wie sie vorsichtig in einen Hoch-runter-hoch-runter-Trab verfiel, makellos in ihrer gelben Reithose, den glänzenden Stiefeln und der Samtkappe, aber ich schaute nur mit halbem Auge hin. Ein Stückchen weiter am Zaun entlang hatte ich nämlich einen Wassertrog entdeckt, und da ich das Gefühl von Kacke zwischen den Zehen nicht länger ertragen konnte, schlüpfte ich schnell dorthin, um meinen Fuß einzutauchen.

Als ich zurückkam, ritt sie ziemlich schnell, so wie es aussah, würde ich sagen Galopp, und Mr Docherty rief gerade: »Es reicht, Mädel, bring sie zum Stehen!« Mit roten Wangen und glänzenden Augen kam Anna in Schlangenlinien zu uns zurückgeritten.

»Ja?«, rief ich ihr zu.

»Ja!«, sagte sie atemlos, begeistert und aufgeregt.

»Na wunderbar.« Ich strahlte den Mann an. »Tausend hatten Sie gesagt, oder?« Der Junge machte ein erstauntes und Mr Docherty ein gequältes Gesicht, da ihm vermutlich soeben klar wurde, dass er doppelt so viel hätte verlangen können, aber er willigte rasch ein, ja, das wäre der Preis, allerdings ohne Sattel und Zaumzeug.

»Ach so. Und was kostet das?«

»Fünfhundert.«

»Fünfhundert!« Ich betrachtete den reichlich verdreckten und grauen Sattel und das abgewetzte Zaumzeug. »Meine Güte. Ich hatte keine Ahnung.«

»Ja, nun, das ist ja alles Handarbeit, verstehen Sie?«, sagte er und saugte die Luft zwischen den Zähnen ein.

»Das ist verteufelt kunstvoll gemacht, das Zeug. Klar können Sie das auch neu kaufen, aber das hier sind Mollys Sachen. Passen wie angegossen, seit eh und je. Ein schlecht sitzender Sattel wäre die Hölle für sie.«

»Jaja, natürlich.« Wie ein zu enges Paar Schuhe, stellte ich mir vor. Außer dass einem sogar noch jemand auf dem Rücken saß dabei. Grauenvoll.

»Wir nehmen es«, sagte ich bestimmt, während der Junge ein komisch bellendes Geräusch in seine Hand machte. »Sie muss ihre vertrauten Sachen haben.«

»Und das Halfter gebe ich Ihnen dann noch gratis dazu«, versicherte mir Mr Docherty und gab seinem Sohn einen Tritt.

»Wie nett von Ihnen!«, rief ich aus, aber noch während ich den Scheck auf einem umgedrehten Eimer, der hastig herbeigeschafft worden war, ausschrieb, kam mir der Verdacht, dass es fast so war wie damals, als ich so entzückt über das kostenlose Kochbuch gewesen war, das, wie Ant treffend bemerkt hatte, die Gratiszugabe zu einem fünftausend Pfund teuren Herd war.

»Und Sie sagten, Sie würden auch liefern?«, fragte ich nach, als Mr Docherty befriedigt den Scheck einsteckte. Ich musste wirklich zusehen, dass ich die Lage hier wieder in den Griff bekam.

»Ja, wir liefern. Mittwochmorgen lad ich sie in den Transporter und bring sie vorbei, sobald das Geld auf meinem Konto ist.« Er ging kein Risiko ein. »Ich bring sie dann direkt zu Ihrem Bruder rüber, oder?«

»Ja, bitte. Ach ja, und wenn keiner da ist – meine Schwägerin ist immer furchtbar beschäftigt, wissen Sie –, dann brauchen Sie sich gar nicht die Mühe zu machen, nach ihr zu suchen. Aber vielleicht ist ja mein Bruder Tim ...«

»Ach, ist gar nicht nötig, dass wir da irgendwelche Umstände machen. Ich stelle Molly am besten ganz einfach still und leise in einen Stall, oder?« Er riss die Augen erwartungsvoll auf.

»Äh, ja. Warum nicht?« Ich wollte vor allem nicht, dass Caro gestört wurde und sich aufregte, und Tim würde es alles ganz locker nehmen. »Die Stallungen können Sie nicht übersehen, die sind gleich hinter der großen Scheune.«

»Ich denk mal, der Junge und ich werden es schon finden.« Er berührte den Rand seiner Kappe in einer fast anrührend altmodischen Geste, wie es, so stellte ich mir vor, in vornehmeren Zeiten ein Pferdehändler getan hätte.

Ein Pferdehändler, dachte ich mit Schrecken, als wir vom Hof fuhren. War er das? Das klang ein wenig – nun ja – unseriös. Aber ich ging davon aus, dass er im Grund ehrlich war. Und ich war mir ziemlich sicher, dass wir nicht zu viel ausgegeben hatten. Und selbst wenn das der Fall wäre, hatte Anna, was weit wichtiger war, ihren Traum, ihr Pony. Und sie würde vielleicht ein paar Träume gut brauchen können, dachte ich betrübt, während wir die Woodstock Road entlang zurückfuhren. Sie plapperte fröhlich neben mir mit glänzenden Augen, dass sie es kaum erwarten konnte, Jemima, ihrer besten Freundin, von Molly zu erzählen und sie ihrer Cousine und ihren Cousins zu zeigen. Ja, vielleicht würde sie ein Pony brauchen, an dem sie sich festhalten konnte, wenn ihre kleine Welt bald in Scherben liegen würde und wie eine Seifenblase zerplatzte.

Ich hielt das Steuerrad umklammert und atmete lang und zitternd aus, als wir in unsere Straße einbogen, dann trat ich hart auf die Bremse, weil ein Mädchen den Zebrastreifen vor uns betrat. Mir wurde heiß. Himmel, ich war meilenweit entfernt gewesen. Im Vorbeigehen warf sie mir einen bösen Blick durch die Windschutzscheibe hindurch zu, offenbar war sie der Meinung, ich hätte nicht schnell genug gebremst. Ein dünnes Mädel in einem knappen Neckholder-Top, so um die siebzehn. War sie das, überlegte ich plötzlich erschrocken. Die Tochter der Bedienung? Ich saß wie erstarrt am Steuer und sah ihr hinterher, wie sie den Gehweg betrat und sich dann in die entgegengesetzte Richtung von unserem Haus bewegte. Nein. Nein, natürlich nicht. Verwirrt fuhr ich weiter.

Aber eines Tages – eines Tages konnte es geschehen. Eines Tages, nachdem sie vielleicht keine Antwort auf ihren Brief bekommen hatte oder vielleicht auch eine bestimmte Antwort – ich war gestern Abend so aufgeregt gewesen, dass ich Ant gar nicht gefragt hatte, ob er sich schon einen Plan überlegt hatte, ob er vorhatte zu schreiben –, dann würde sie einfach kommen. Anna und ich würden von der Schule zurückkommen oder vielleicht vom Einkaufen, um sie in unserem Wohnzimmer vorzufinden, auf dem Sofa gegenüber von Ant, ganz cool und dreist, und Ant würde uns mit großen, entsetzten Augen ansehen, wenn wir hereinkamen.

»Da wird Daddy sich aber freuen!«

Entsetzt drehte ich mich zu Anna um. »Warum?«, flüsterte ich.

»Na ja, er sagt doch immer, er findet es schön, das Haus voller Mädels zu haben. Und jetzt hat er auch noch Molly. Da hat er noch ein Mädchen!«

9

Als wir vor unserem Haus vorfuhren, sahen wir, wie Ant, der nicht seine üblichen Wochenend-Jeans, sondern blaue Chinos und ein hellbraunes Leinensakko trug, gerade die Haustür hinter sich zumachte. Sorgfältig schloss er ab, steckte den Schlüssel in die Tasche und drehte sich dann um, um die Stufen hinunterzugehen, wobei er kurz stehen blieb und einen großen Koffer hochhob.

»Wo geht Daddy hin?«, sagte Anna mit einem unverkennbaren Hauch von Panik in der Stimme.

Mir wurde der Mund trocken, als ich ihn die Stufen hinuntergehen sah. Er hielt den Kopf geneigt und sah zugleich entschlossen und traurig aus.

»Warte hier.«

Ich parkte chaotisch auf der gegenüberliegenden Straßenseite, den Kühler nach innen, das Heck nach draußen. Dann stieg ich aus und sauste über die Straße, wobei ich fast von einem Cabrio überfahren wurde. Ein Alfa Romeo mit einem Alphamännchen am Steuer samt seiner Tussi neben ihm.

»Mann, was soll der Scheiß!«, fluchte er laut, aber ich beachtete ihn gar nicht, kletterte über seine Kühlerhaube und lief dann zu Ant hinüber.

»Wo willst du hin?«, keuchte ich.

Er starrte mich dumpf an. »Zu deiner Mutter.«

»Zu meiner Mutter?« Selbst in meiner Not erschien mir das als wenig geeigneter Zufluchtsort.

Er schaute mich an. »Weißt du nicht mehr, dass wir da heute zum Mittagessen hingehen?«

Der Nebel in meinem Kopf lichtete sich. »Oh!« Samstag. Ja, natürlich, Mittagessen. »Aber – der Koffer ...«

»Das ist kein Koffer. Das ist das alte Klappbett, das wir noch auf dem Dachboden hatten. Sie will es sich für diese Reiki-Geschichte, die sie macht, borgen.«

Ich warf einen Blick nach unten und sah, dass er recht hatte. Das Klappbett, das sich in etwa auf Koffergröße zusammenfalten ließ und das wir seit Jahren nicht benutzt hatten. Ich spürte, wie sich mein Herzschlag beruhigte, aber er war zuvor rasend schnell gewesen, insofern war es keine sofortige Absenkung. Ant schaute mich an, und mir wurde klar, dass er plötzlich kapiert hatte, was in mir vorgegangen war. Er machte ein erschrockenes Gesicht.

»Aber das Ding ist doch riesig«, plapperte ich weiter in dem Versuch, meine entsetzliche Unterstellung zu vertuschen. »Was hast du damit vor – willst du es da hinschleifen, oder was?«

»Nein, ich wollte die Rücksitze in meinem Auto umklappen und euch dann dort treffen«, sagte er gleichmütig. »Ich habe versucht, dich anzurufen, aber dein Handy ist ausgeschaltet. Ich hatte angenommen, dass du mit Anna schon vorgefahren bist. Es ist schon fast ein Uhr, weißt du?«

»Ach wirklich? Nein, das wusste ich nicht.« Ich fuhr mir hastig mit der Hand durch die Haare. »Ich habe die Zeit ganz vergessen. Wir haben uns dieses Pony angeschaut. Anna wollte ... oh, da bist du ja, mein Schatz.« Sie war neben uns aufgetaucht. Neben ihren Eltern, die etwas zu angespannt auf den Stufen zu ihrem Haus diskutierten.

»Sieh mal, Daddy bringt Granny das Klappbett. Wir gehen zu ihr zum Essen!«, sagte ich, als wären wir unterwegs zum Disneyland in Paris. Mit meiner aufgesetzten Munterkeit versuchte ich sie zu schützen, aber ebenso Ant vor der Erkenntnis, dass sie den gleichen Gedanken gehabt hatte wie ich. Aber er hatte ihr besorgtes kleines

Gesicht bemerkt, und plötzlich kam unser Bild von uns als glücklichste Familie diesseits der Banbury Road ins Wanken. Ant und ich reagierten gleichzeitig.

»Gut, also dann können wir ja ebenso gut dein Auto nehmen, wenn du schon da bist«, sagte er. »Der Kofferraum ist größer.«

»Gute Idee. Und Anna, lauf du schnell hoch und zieh dich um. Hopp, hopp, Granny fragt sich bestimmt, wo wir bleiben, und hat das Essen schon auf dem Tisch!«

Höchst unwahrscheinlich, dachte ich, während ich selbst nach drinnen sauste, mir andere Schuhe anzog und eine Jacke schnappte. Wann hatte meine Mutter jemals ein Essen zur rechten Zeit auf den Tisch gebracht? Insofern trug mir mein Hinweis auf die Normalität, jedenfalls auf das, was in jeder anderen Familie normal gewesen wäre, nur einen schrägen Blick von Anna ein.

Ich eilte zum Auto zurück, um möglichst vor meiner Tochter da zu sein und neben meinen Mann zu schlüpfen, der sich ans Steuer gesetzt hatte.

»Wir müssen reden, Ant«, keuchte ich. »Das ist ja entsetzlich so.«

»Ganz meine Meinung«, sagte er schnell. »Nicht fair gegenüber Anna.«

»Nein.«

»Wir müssen uns unter allen Umständen wieder vertragen.«

»Ja.«

Aber nachdem sie zu uns gestoßen war und wir losgefahren waren und Ant und ich gezwungen fröhlich Konversation machten, ich ihn mit der Pferdekauf-Geschichte unterhielt und Anna sich zunehmend davon überzeugen ließ, dass alles okay war und vom Rücksitz her einstimmte und von ihrem neuen Haustier schwärmte – »Sie ist so-o-o süß, Daddy, sie wird dir gefallen« –, fragte ich mich doch, wie die Umstände sein würden, worauf ich mich einlassen musste, um mich mit Ant zu vertragen. Um diese kleine Familie in der Spur zu halten.

Felicity war bereits bei meiner Mutter, als wir dort eintrafen. Die beiden standen draußen vor dem kleinen blauen Haus, mit dem Rücken zu uns, den Blick in Richtung Haustür gewandt, die dringend einen Anstrich gebraucht hätte. Ob sie sich wohl darüber unterhielten, überlegte ich. Wir kamen den gepflasterten Weg hinter ihnen entlang, vorbei an wild wuchernden Bauerngartenblumen.

»Es ist vielleicht ein bisschen irreführend«, sagte Felicity gerade besorgt und wandte sich zu uns um. »Ich finde, du solltest noch warten.«

»Warten? Worauf?«, fragte ich.

»Deine Mutter will ein Messingschild anbringen, auf dem steht, dass sie Reiki-Therapeutin ist«, erklärte sie angespannt.

Ich schrak zusammen, als mein Blick auf das kleine Messingschild fiel, das meine Mutter in der Hand hielt: »Barbara Milligan, Reiki-Therapeutin.«

»Natürlich sollte sie damit warten! Mein Gott, sie hat ja noch nicht mal einen Abschluss!«

»Ich habe schon mehr als die Hälfte des Kurses«, verteidigte sich meine Mutter und drückte das Schild gegen ihre Brust. »Ich bin also Therapeutin in spe. Und eine Frau aus meinem Kurs therapiert schon Studenten. Natürlich für den halben Preis.«

»Nun, dann ist sie dumm«, blaffte ich und ließ all meine aufgestauten Gefühle der letzten paar Tage an meiner Mutter aus, die vielleicht nicht dumm, ganz gewiss aber unvernünftig war.

Vor drei Jahren war es Homöopathie gewesen, bis sie gemerkt hatte, dass der Kurs vier Jahre dauerte und viel Arbeit und Mühe erforderte. Dann hatte sie sich auf Aromatherapie verlegt, und nun dies hier. Ich fand ihre Unfähigkeit, sich länger als zehn Minuten auf eine Sache zu konzentrieren – und wenn ich ehrlich war, auch die Gegenstände ihrer Aufmerksamkeitsspanne –, hochgradig irritierend, vielleicht weil ich an mir selbst Eigenschaften von ihr wiedererkannte und fürchtete, eines Tages so zu enden und mir ein fadenscheiniges Ziel für mein Leben zu suchen, alleine, so wie es ihre Mutter und davor auch meine Urgroßmutter gewesen waren. Alles Frauen, die von ihren Männern verlassen worden waren. Und auch wenn meine Mutter diejenige gewesen war, die gegangen war, konnte ich das Gefühl nicht loswerden, dass ich selbst nicht weit von einem solchen einsamen und ziellosen Leben entfernt war, wenn ich nicht aufpasste. Es lag mir im Blut. In der Folge war ich weit strenger mit ihr, als ich hätte sein sollen, und später tat es mir leid. Wer war es noch mal, der gesagt hatte, dass wir unsere Eltern zunächst lieben, sie dann nach einer Weile verurteilen und nur selten Nachsicht walten lassen? Und heute war ich weniger nachsichtig denn je.

»Es ist doch lächerlich, Mum«, ereiferte ich mich. »Du wirst vom Gesundheitsamt angezeigt oder so. Du kannst nicht so tun, als wärst du eine Ärztin, und bist es gar nicht!«

»Oh nein, ich glaube nicht, dass Barbara das vorhatte«, warf Felicity besänftigend ein, als sie bemerkte, wie ein Anflug von Angst, die bei meiner Mutter immer dicht unter der Oberfläche lag – nicht weit entfernt von ihrer überschwänglichen Begeisterung –, über ihr Gesicht huschte und sich ihre grauen Augen vor Schreck weiteten.

»Natürlich wollte sie das nicht«, sagte Anna bestimmt und warf mir einen Blick zu, der sagte: Lass gut sein, Mum. »Du willst es nur ausüben, im Sinne von Üben, nicht wahr, Granny? Für später, wenn du dann echte Patienten hast, oder?«

»Genau das«, sagte meine Mutter und strahlte schon wieder, das Gleichgewicht war wiederhergestellt – Komplimente wirkten bei ihr immer, dachte ich bitter. »Und weißt du was, wenn ich diesmal durchhalte, dann dauert es nur noch sechs Monate und ich habe es geschafft. Willst du mal meinen Behandlungsraum sehen, Anna-Schätzchen? Oh, danke, Ant, genau das brauche ich noch. Würdest du es bitte runterbringen? Wir sind im Keller.«

Sie wickelte sich in ihre Strickjacke und begann die kleine schmiedeeiserne Außentreppe hinunterzusteigen, die zum Untergeschoss führte. Alle anderen kletterten gehorsam hinter ihr her, während Mum einen Schlüssel aus der Tasche zog und davon redete, wie toll es sei, dass die Praxis – *Praxis!* – einen eigenen Eingang hatte. Unten angekommen drehte Anna sich zu mir um und warf einen weiteren warnenden Blick zu mir die Treppe hinauf: Sei jetzt nicht gemein! Ach so, wir sollten sie in diesem Unfug also auch noch bestärken, ja? Mitspielen in ihrer Geschichte? Genau wie wir alle die Bachblüten-Medizin geschluckt und gesagt hatten: »Oh ja, es ist schon viel besser, Barbara«? Ich holte tief Luft und zwang mich, den anderen zu folgen.

Voller Stolz schloss meine Mutter die Tür unten auf und trillerte ein »Ta-ta-ta-taaa!«, als sie diese mit Schwung aufriss. Wir folgten ihr nach drinnen. Was bislang ihre Rumpelkammer gewesen war, voll mit Korbstühlen, alten Föns und den üblichen weiblichen Hinterlassenschaften, war nun in ein rosa Studio verwandelt. Leise dudelte Entspannungsmusik vor sich hin, und auf jeder erdenklichen Fläche brannten Kerzen: entlang dem Fenstersims, auf einem Aktenschrank – offenbar uns zu Ehren entzündet –, manche standen einfach alleine da.

Eine Collage aus Treibholz, die ich als eines von Mums frühen Werken wiedererkannte, nahm eine Wand ein und auf der anderen war mit Hafties ein Athena-Poster mit japanischen Sinnsprüchen aufgehängt. In einer Ecke auf dem Boden stand so etwas wie eine Babybadewanne voller Kieselsteine, über die mithilfe einer Umwälzpumpe Wasser zwischen ein paar hier und dort verstreuten Farnen plätscherte. Trotz der Lavendelkerzen, die unangenehm stark rochen und die einen sogleich an billigen WC-Reiniger denken ließen, war ein gewisser Modergeruch unverkennbar. Auch ein Heizlüfter, der auf vollen Touren lief, konnte dagegen nicht viel ausrichten. Ich nahm eine kleine Broschüre in die Hand, die auf der Seite lag und die mir verriet, dass man in diesem Etablissement auch Metaphysische Therapie und Selbstentfaltungstraining bekommen konnte. Ich spürte, wie ich zunehmend sauer wurde, während alle anderen herumgingen und bewundernde Laute des Staunens von sich gaben, die Steine berührten und den Wahrsagespruch lasen. Gleichzeitig hasste ich mich dafür. »Es ist doch harmlos«, würde Ant später sagen. »Lass sie doch.«

»Genau hier, Barbara?«, sagte er gerade, während Anna und er das Bett in der Mitte des Raumes unter einer fransigen Hängelampe auf einer Art Sockel aufklappten, den sie aus Ytong-Steinen zusammengebastelt und pink angestrichen hatte. Weit freundlicher als ich, dachte ich unglücklich und sah ihnen beim Aufbauen zu. Aber sie war ja auch nicht ihre Mutter, oder? War nicht so ein genaues Ebenbild ihrer selbst. Aber mal ehrlich, wenn Felicity und Ant, die beide Professoren in Oxford waren, es schafften, keine Miene zu verziehen, dann würde ich das doch auch hinbekommen, oder?

»Sieht toll aus, Mum«, sagte ich lächelnd und kam zu ihr hinüber. Ich beugte mich hinunter und klopfte auf das unruhige Seventies-Muster der uralten Klappbettmatratze. »Aber vielleicht braucht es noch einen Überzug oder so?«

»Oh, den habe ich schon!« Sofort griff sie nach einem Stapel von rosa Handtüchern auf einem Stuhl und breitete sie aus. Sobald sie auch nur das kleinste Fünkchen Begeisterung in meiner Stimme ausgemacht hatte, stürzte sie sich in geradezu lächerlicher Weise darauf, wie ein Hund auf einen Wurstzipfel.

»Freiwillige vor! Ich bin deine erste Patientin!«, verkündete Anna und setzte sich rasch auf das Bett. Sie streckte sich auf dem Rücken liegend aus und grinste. »Komm schon, Granny, heile mich! Mit Reiki.«

Augenblicklich war meine Mutter voller wichtigtuerischer Geschäftigkeit. »Also, dazu brauche ich natürlich absolute Ruhe«, sagte sie ernst. »Und gedämpftes Licht. Und keine Zuschauer. Los, raus mit euch!«

Sie scheuchte uns mit den Händen hinaus, mit geröteten Wangen und leuchtenden Augen.

»Ja, macht schon«, stimmte Anna ein und machte eine abweisende Handbewegung. »Schleicht euch. Granny und ich haben zu tun.«

Wir ließen die beiden allein und gingen nach oben. Ich schloss die Tür hinter mir und warf noch einen Blick zurück. Durch die kleine quadratische Glasscheibe in der Tür konnte ich meine Mutter sehen, wie sie Anna mit geschlossenen Augen, Gott steh mir bei, die Hände auf den Kopf legte. Anna gab sich alle Mühe, nicht zu lächeln, während sie eine Art »Ommmmmm« von sich gab. Mich schauderte.

Ant legte mir mitfühlend die Hand auf die Schulter. »Es ist …«

»Sag jetzt nicht, es wäre alles ganz harmlos!«, fuhr ich ihn an und schüttelte seine Hand ab, während ich an ihm vorbei die schmiedeeiserne Treppe hinaufdrängte.

Später, nach einem großen Glas Wein, gab ich natürlich doch nach und ging nach unten. Stellte mich Mums heilenden Händen zur Verfügung.

»Sie hat es am liebsten, wenn du ein bisschen wegdämmerst«, flüsterte Felicity mir zu, als wir uns auf der Treppe begegneten, da sie die letzte Patientin vor mir war. »Ein bisschen spacig. Ach ja, und du solltest spüren, wie ihre Hände ganz warm werden, wenn sie an die Problemstellen kommt, was sie natürlich nicht werden, aber tu einfach so. Ich setze jetzt die Kartoffeln auf.« Damit verschwand sie nach oben.

Diese Bemerkung diente nur dazu, meinen Blutdruck wieder in die Höhe schnellen zu lassen. Und als meine Mutter – in ihrem weißen Kittel über dem Monsoon-Kleid und der Wolljacke –, nachdem sie zunächst noch stundenlang die CD in einem Ghettoblaster, den ich als einen abgelegten von Anna erkannte, gewechselt hatte und sich übergründlich und theatralisch die Hände mit medizinischer Seife gewaschen hatte –, schließlich anfing, an mir zu arbeiten, war ich kurz davor zu explodieren.

»So, mein Schatz, jetzt entspann dich einfach mal«, sagte sie im Tonfall einer professionellen Wahrsagerin. Ich kniff die Augen fest zu in dem Bewusstsein, dass es jetzt kein Zurück mehr gab, allerdings nicht ohne zuvor gesehen zu haben, dass auch meine Mutter die Augen schloss und ein leicht hypnotisches Gesicht machte und zu schwanken vorgab, während sie sich über mich beugte. Sie hielt die Hände waagerecht über mir und bewegte sie hin und her wie ein Paar Metalldetektoren. Die Macht war mit ihr.

»Ommmm …«, stimmte sie leise und bedeutungsschwer an wie ein buddhistischer Mönch.

»Gehört das Gesumme zwingend dazu?«, entschlüpfte es mir durch die zusammengebissenen Zähne.

»Oh, nein, mein Schatz, die meisten tun das nicht, aber ich finde, dass es hilft.« Gut zu wissen.

»Ommm ...« Oh, komm schon, Mum, bringen wir es hinter uns.

Nach noch ein bisschen Gesumme und Gemache landeten die Hände endlich dort, wo sie offenbar meine Problemstellen vermutete. Sie legten sich auf meine Schultern, fuhren meine Arme hinunter und über die Handrücken, verweilten kurz bei meinen Fingern, streichelten wie Spinnen. Die Versuchung, sie einfach abzuschütteln, war überwältigend.

»Wo ist der Schmerz, mein Kind?«, hauchte sie in bester Wahrsagerinnen-Manier.

»In ... meinem ... Kopf«, murmelte ich leicht irritiert und vollkommen wahrheitsgemäß. Das konnte ich jetzt wirklich nicht brauchen. Wirklich nicht. Nicht jetzt. Nicht während Ant und oh ... Ant. Die letzten zehn Minuten war ich tatsächlich durch das Verhalten meiner Mutter ganz und gar abgelenkt gewesen, umso mehr erschütterte mich nun die Erinnerung, wie ein kleines Boot, das in den Sog eines großen Ozeanriesen gerät. Ich schwankte, eine Welle von Übelkeit überkam mich. Mums Hände legten sich nun auf meinen Kopf. Heiße Hände, dachte ich überrascht, während ich so dalag. Wirklich ziemlich heiß.

»Ah, ja«, flüsterte sie, »es ist in deinem Kopf. Ich spüre deinen Schmerz. Spürst du die Wärme?«

Ich schlug vorsichtig ein Auge auf, um sie anzusehen. Sie hatte den Kopf in den Nacken gelegt, ihr Mund hing entspannt, die Augen geschlossen wie in Trance.

»Ja«, sagte ich verunsichert.

Sie lächelte noch immer mit geschlossenen Augen, ihr Kopf schwankte hin und her. »Ich spüre es auch«, hauchte sie. »Ja. Es dringt zu mir durch, es überträgt sich auf mich.«

Es übertrug sich. Meine Güte.

»Ich spüre, wie es durch mich hindurchströmt«, keuchte sie.

»Und wohin geht es dann?«, murmelte ich und betrachtete sie skeptisch.

»Ich nehme es für dich auf«, stieß sie hervor und verzog dabei das Gesicht wie im Schmerz. »Ich nehme es dir ab und dann – hinaus! Hinaus damit! In den Äther!«

Ihre Hände kühlten sich jetzt ab, und plötzlich schlug sie die Augen auf. Sie trat einen Schritt zurück und schüttelte den Kopf, als käme sie gerade von einer Art extrakorporaler Erfahrung zurück. »Puh.« Sie blinzelte. Sah erschöpft aus. »Besser?« Sie betrachtete mich besorgt.

Ich setzte mich auf, schwang die Beine vom Bett und zuckte die Schultern. »Soso-lala.«

»Aber du hast die Strömung gespürt und die Übertragung?«

»Ein wenig«, gab ich widerstrebend zu.

Sie lächelte. »Und mit der Zeit wirst du es immer mehr spüren. Wenn du noch offener dafür wirst. Und zugänglicher.«

»Gut«, sagte ich knapp und fischte nach meinen Schuhen.

Ich sah ihr zu, wie sie geschäftig hin und her ging, ihren Kittel auszog und ihn aufhängte, die Kerzen auspustete, nachdem ja nun die letzte Patientin versorgt war, und von Zeit zu Zeit innehielt und sich an die Stirn fasste, als wäre sie noch immer ein wenig erschöpft von dieser Anstrengung. Als sie sich hinabbeugte, um die letzte Kerze auf dem Boden auszublasen, bemerkte ich, wie ihre Wolljacke auf einer Seite nach vorne gezogen wurde, als wäre sie durch etwas beschwert.

»Mum, was hast du denn da in der Tasche?«, fragte ich scharf.

Sie richtete sich auf und fuhr herum, während sie mit der einen Hand schützend in die Jackentasche griff. Sie machte ein abwehrendes Gesicht.

»Nichts.«

»Ohhh, Mum!«

Dann folgte ein eher unschönes kleines Handgemenge, mit dessen Details ich hier niemanden langweilen möchte und auf das ich auch nicht besonders stolz bin, aber es mag genügen, dass ich kurze Zeit später, nachdem wir uns keuchend getrennt hatten, als Siegerin hervorging. Meine rechte Hand hielt ich in die Höhe gestreckt, während sie danach haschte wie ein Terrier nach einem Ball, und darin hielt ich einen warmen, knetbaren Gegenstand, wie ein Kissen, das, wie ich plötzlich feststellte, warm war.

»Ein Handwärmer!«, keuchte ich, öffnete meine Finger und las auf der Seite, dass das Ding für die Jagd oder zum Skifahren gedacht war. »Verdammt noch mal, Mum!«

»Nur um die Sache anzustoßen«, zischte sie. »Manchmal braucht der Transfer eben ein bisschen Starthilfe.«

»Das war *so* gemein«, bemerkte Anna später auf dem Heimweg mit heißen Tränen in den Augen. »*So* was von fies, Mum, mit dem Ding in der Hand reinzumarschieren und es wie Beweisstück A auf den Küchentisch zu knallen. Die arme, *arme* Granny!«

Dabei war sie gar nicht so arm, sondern vielmehr höchst streitlustig und uneinsichtig gewesen, dachte ich im Stillen. Sie hatte nicht vor Scham den Kopf eingezogen, sondern immer weiter den Mist von wegen Starthilfe gerufen, und alle anderen hatten besänftigend auf sie eingeredet und ihr zugestimmt, während es mich zur Weißglut brachte.

»Aber merkt ihr denn nicht, dass ihr sie noch ermutigt?«, hatte ich gestammelt, während Felicity – die immer diejenige war, die kochte, ganz gleich, ob das Essen bei ihr zu Hause oder bei meiner Mutter stattfand – ein Brathähnchen auf den Tisch stellte. »Sie wird nur irgendeiner leichtgläubigen Studentin ihren monatlichen Unterhalt aus der Tasche ziehen – seht ihr denn nicht, dass das unmoralisch ist?«

»Aber wenn sie sich hinterher besser fühlen, warum nicht?«, hatte Anna gefragt. »Ich wette, du hast dich auch besser gefühlt, als du aufgestanden bist, und ich weiß jedenfalls, dass es bei mir so war. Was macht es also für einen Unterschied?«

Ich hatte den Mund aufgemacht, um zu protestieren, und mich Hilfe suchend nach Ant umgeschaut, aber der hatte nur gleichgültig die Schultern gezuckt, und ich hatte mich gefragt, ob er sich genau wie ich fragte, in welcher Hinsicht sich unser äußerst wohl versorgtes Töchterchen hätte besser fühlen können. Daraufhin hatte ich unverrichteter Dinge den Mund wieder zugeklappt. Meine Mutter hatte sich mit selbstgefälligem Blick nach weiterer Unterstützung in der Runde umgesehen, was ihrer Sache nicht gerade zuträglich war und worin sie meine Familie glücklicherweise auch nicht weiter bestärkte. Felicity hatte dann rasch das Thema gewechselt und Ant gefragt, wie er denn mit seinem neuen Buch vorankäme und ob er viel dafür recherchieren müsste und wie er es schaffte, seinen Stundenplan mit dem Schreiben in Einklang zu bringen. Und während die beiden fachsimpelten und Anna sich an dem Gespräch beteiligte, blickte meine Mutter mich triumphierend an, sodass es letztlich so war, als hätte sie wirklich gewonnen, weil ich mit ihr zusammen übrig blieb, während die anderen akademische Fachgespräche führten, denn ich war so wie sie: die beiden Dummerchen, die eine, die ihre dumme Hand gewärmt hatte, und die andere, die einen dummen Aufstand darum gemacht hatte.

Als wir an diesem Abend endlich glücklich im Bett lagen, nachdem sich Anna in ihr Zimmer verzogen hatte – keine Abende mehr für Ant und mich mit einem Teenager, der oft erst nach uns zu Bett ging – hielten wir uns fest umarmt.

»Wir müssen das gemeinsam durchstehen, Evie«, flüsterte er. »Sonst bringt es uns auseinander.«

Fast hätte ich vor Erleichterung geweint. Er hatte ja so recht, so recht.

»Was sollen wir bloß tun?«, flüsterte ich und klammerte mich an dieses »wir«, als ginge es um mein Leben. Mir war klar, was immer uns da auseinanderzubringen drohte, musste uns umgekehrt auch enger zusammenschweißen.

»Ich muss ihr schreiben. Aber ich werde dir den Brief zuerst zeigen. Keine Geheimnisse. Und, wenn sie sich mit mir treffen will, Evie, dann muss ich das tun. Das musst du verstehen.«

Er zog sich ein Stück auf das Kissen zurück, um mich anzusehen, um die Wirkung seiner Worte zu ermessen. Sein Gesicht war von Sorge gezeichnet, und ich dachte, wie schrecklich das alles für ihn sein musste. Und ich hatte nur daran gedacht, wie schrecklich es für mich war. Dennoch zitterte ich. Ich ließ es mir nicht anmerken, aber der Angsthase in mir wollte kneifen.

»Ja«, flüsterte ich, weil ich wusste, dass er recht hatte.

»Sie muss wissen, wer ihr Vater ist. Um mehr wird es gar nicht gehen, davon bin ich überzeugt. Sie will es nach all den Jahren einfach wissen. Mich mit eigenen Augen sehen. Sie hat bestimmt ihren eigenen Vater, da bin ich sicher.«

»Ja«, sagte ich rasch. Denn daran hatte ich auch schon

gedacht. Es gehofft. Mich an diese Hoffnung geklammert. Aber ... vielleicht war der irgendein trunksüchtiger Schurke? Irgendein arbeitsloser Tunichtgut, der das gesamte Familieneinkommen bei Sportwetten verspielte? Und vielleicht würde sie Ant sehen und denken: wow! Wer würde das nicht? Denken – hm, ja, bitte. Aber warum sollte sie das? Schließlich war er ihr Vater. Ich versuchte, all meinen Mut zusammenzunehmen, weil ich wusste, dass ich ihn brauchen würde.

»Aber wenn nicht ...«, sagte Ant gerade und wählte seine Worte mit Bedacht, »wenn sie keinen eigenen Vater hat und mich öfter sehen will – oder uns ...«

»*Uns?*«, stieß ich hervor und setzte mich auf, da ich nicht länger an mich halten konnte. »Immer mit der Ruhe, Ant, ich bin nicht sicher, ob ich ...«

»Schon gut«, besänftigte er mich hastig, weil er merkte, dass er zu schnell vorgegangen war und die ganze Geschichte erst langsam, langsam in mein Bewusstsein einsank und dass es noch eine ganze Weile dauern würde, bis ich ein »He da, Stiefmama« ohne einen akuten Anfall von Kotzeritis würde hören können. »Nein, gut, dann eben nur mich.«

Verunsichert legten wir uns beide wieder hin und starrten an die Decke. Instinktiv streckten wir beide zugleich die Hand nach dem anderen aus und hielten uns fest. Später an jenem Abend liebten wir uns, und danach drehte Ant sich um und schlief ein. Ich konnte sein rhythmisches Atmen neben mir hören und sah, wie sich seine Schulter hob und senkte. Ich selbst lag noch eine Stunde lang wach und dann noch eine, und nachdem ich die Standuhr in der Diele drei Uhr schlagen gehört hatte, warf ich wieder eine Schlaftablette ein, in dem Bewusstsein, dass meine Mutter genau dasselbe tat, und wartete auf den Schlag auf den Kopf, der mir das Bewusstsein rauben sollte.

10

Am Mittwochmorgen um Punkt neun Uhr war Caro am Telefon.

»Was, zum Teufel, denkst du dir eigentlich dabei? Ich habe hier ein fremdes Pferd auf der Weide, das den Ponys der Kinder die Hölle heiß macht, und Phil sagt, dass er gesehen hat, wie so ein junger Typ es quasi bei Sonnenaufgang ausgeladen hat! Er hat behauptet, das Tier gehöre einer gewissen Mrs Hamilton und er hätte Anweisungen, es hier abzuliefern!«

Ich schloss die Augen. Shit. Hatte ich sie nicht angerufen? Ich dachte, ich hätte sie angerufen. Bestimmt hatte ich Tim eine Nachricht auf dem Handy hinterlassen und fest vorgehabt, sie anzurufen, aber es war einfach so viel los … Mist.

»Caro, ich – es tut mir entsetzlich leid«, stammelte ich. »Ich habe es total vergessen, aber ich habe Tim eine Nachricht auf dem Handy …«

»Das er doch sowieso nie benutzt!«

»Nein, ach so, offenbar. Und der Junge sollte das Pony in einen Stall stellen, nicht zu den anderen Ponys, aber vielleicht hat er es vergessen oder … oder er konnte den Stall nicht finden, oder …«

»Es gehört also wirklich dir?«, kreischte Caro ungläubig.

»Ja, Anna und ich haben es neulich gekauft. Ich wollte …«

»Du hast es alleine gekauft? Ohne noch jemanden mitzunehmen? Ohne mich anzurufen? Bist du eigentlich komplett und total übergeschnappt, oder was?«

Ja, genauso fühlte es sich in der letzten Zeit meistens an. Aber so wollte ich das nicht auf mir sitzen lassen.

Ich richtete mich in meiner Küche auf. »Anna kennt sich doch aus. Immerhin reitet sie schon seit fast zwei Jahren.«

»Seit zwei Jahren? Ich bin schon seit fünfzehn Jahren dabei und lerne immer noch. Wo hast du es her?«

»Von einem sehr seriösen Händler, wenn du's genau wissen willst. Er heißt Lenny Docherty und hat seinen Stall in der Nähe der Woodstock ...«

»Lenny, der Lügner!«, sagte sie mit Todesverachtung.

»Was?«

»Du hast ein Pferd von Lenny, dem Lügner, gekauft? Oh Gott, Evie, der würde seine eigene Großmutter verkaufen!«

»Also, hör mal«, protestierte ich empört, aber schon mit einem gewissen Anflug von Zweifel. »Das Pony hat einen sehr guten Stammbaum, ein echtes Connemara-Pony, ein Traumpferd.«

»Du meinst wohl, es stammt irgendwo aus einem heruntergekommenen Zigeunerlager, was? Ich hab nur einmal hingeschaut und gleich gedacht: Wo sind denn die Wohnwagen?«

Das war mal wieder typisch Caro, dachte ich mit wachsender Wut. An dem Pony rumzumeckern, weil man sie nicht gefragt hatte. Das war es nämlich eigentlich, was sie störte.

»Gut, dann komme ich eben jetzt und kümmere mich darum, okay? Ich komme und bringe es woanders hin, wenn es die Ponys stört.«

»Falls du das Vieh überhaupt zu fassen kriegst«, bemerkte Caro bissig. »Phil und ich rennen schon seit früh um sieben hinter ihm her. Wir werden es mit dem Lasso einfangen müssen. Und dann, wo soll ich es dann hinstellen?«

»Also, ich ...«

»Himmel noch mal, lass gut sein, ich krieg das schon

hin. Bring du einfach Anna nach der Schule her, okay? Ich will sie auf dem Pony sehen, um sicher zu sein, dass sie das Biest auch wirklich reiten kann.«

»Mach ich«, sagte ich gehorsam.

Ich legte den Hörer ab und ließ den Kopf in die Hände sinken. Massierte mir heftig die Schläfen. Mein Gott. Caro war sauer. Nicht gerade ideal.

Später am Tag holte ich Anna mit dem Auto direkt von der Schule ab. Die Rücksitze hatte ich umgeklappt, um ihr Fahrrad unterbringen zu können.

»Sie ist da!« Anna hüpfte aufgeregt auf dem Gehweg herum, während ich mit einem widerspenstigen Rad kämpfte, das sich partout nicht andersherum drehen lassen wollte.

»Ja, sie ist da. Anna, könntest du bitte …«

»Polly, mein Pferd ist da!«, rief sie einer Freundin zu, die zu ihrem Bus rannte.

Staunend blieb Polly stehen. »Oh mein Gott, du hast so ein Glück!« Dann rannte sie weiter, während die Glückliche neben mir herumtänzelte.

»Hast du meine Reitsachen dabei?«

»Mist, die habe ich vergessen.«

»Mum!«, stöhnte sie. »Macht nichts. Ich kann die von Phoebe ausleihen. Was sagt Caro? Gefällt Molly ihr? Was meint sie?«

»Ähm, sie hat sie noch gar nicht richtig angeschaut. Schatz, könntest du eben das Pedal da reinschieben, dann kann ich – Mist. Jetzt ist die Kette ab, und ich bin von oben bis unten voller Öl!«

»Aber sie haben Molly in einen Stall gestellt, oder? Warum hat sie kein richtiges …«

»Anna, würdest du mir jetzt mal mit diesem beschissenen Rad helfen!«, kreischte ich, als meine Hand schmerzhaft durch die Speichen rutschte. »*Scheiße!*«

»Tut mir leid.« Sie verdrehte die Augen, als hätte ich nur zu fragen brauchen. Gemeinsam hievten wir das Rad an Bord. »Mum, meinst du, du könntest nicht so viel fluchen?«, flüsterte sie, als wir es fest verstauten. »Es ist, als hättest du das Tourette-Syndrom oder so. Die Mütter von meinen Freundinnen fluchen auch nicht.«

»Hi, Evie!«, rief eine von diesen heiligen Mustermüttern, ungeschminkt, ungefärbt mit einem Doktortitel in Mikro-Dingsbums-Wasauchimmer von der anderen Straßenseite zu uns rüber.

Ich setzte ein breites Lächeln auf, als ich mich umdrehte und den Kofferraumdeckel schloss. »Tabitha. Hi.«

»Hast du den Hund auch dabei?«, rief sie munter.

Ich lachte, aber mit einem bitteren Unterton. Das war eine Anspielung auf ein kürzliches Ereignis, als ich aus dem Gefühl einer gewissen Leere in meinem Leben heraus mich mit ein paar anderen Müttern zu einem morgendlichen Hundespaziergang verabredet hatte, etwas, das sie offenbar mühelos unterbrachten, nachdem sie ihre Töchter zur Schule gefahren hatten und bevor sie selbst davoneilten, um irgendwelche Atome an der Uni zu spalten. Da ich wusste, dass sie die Sache ziemlich ernst nahmen, hatte ich sorgfältig meine geblümten Gummistiefel eingepackt, samt einer Hundedecke, einem Handtuch für Brendas matschige Pfoten, und war zu ihrem üblichen Treffpunkt gefahren. Dummerweise musste ich beim Öffnen des Kofferraumes feststellen, dass ich den Hund vergessen hatte.

»Alles klar!«, flötete ich nun. »Ich habe alles dabei – Rad, Hund, Brille, Ritterkreuz, Gesangbuch, Gebiss – rödel, rödel, rödel! Muss los, tschüssi, Tabitha!«

Anna machte ein entsetztes Gesicht, als wir einstiegen. »Und kannst du bitte auch nicht so was sagen, Mum?«

»Was denn?«

»Na, ›rödel, rödel, rödel‹ und ›tschüssi‹. Und außerdem sitzt deine Jeans viel zu tief.«

Als wir auf dem Hof eintrafen, war niemand zu sehen. Ich öffnete die Haustür und rief die Treppe hinauf, ging unten eine Runde rufend durchs Haus und dann durch den Garten, wobei ich immer wieder »Caro!« brüllte.

»Da!«

Anna entdeckte sie unten beim Partyzelt auf der anderen Seite des Flusses. Sie ging seltsam vornübergebeugt wie ein Gorilla mit einem Eimer in der Hand. Wir eilten über die Wiese und sprangen über die Trittsteine ans andere Ufer zu ihr hinüber.

»Es tut mir so leid, Caro«, keuchte ich, während wir dem grasbewachsenen Pfad durch den Wiesenkerbel folgten, der sorgsam für ihre Brautpaare gemäht war. »Echt. Ich werde mich um Molly kümmern, wenn du mir einfach sagst, was ich tun soll.« Ich hatte Anna im Auto bereits instruiert, dass Zerknirschung ersten Ranges angesagt war. »Das kannst du wirklich nicht auch noch brauchen, zu all dem anderen, was hier los ist. Mein Gott, was ist denn mit dem Zelt passiert? Hier, lass mich mal.«

Caro stand noch immer gebückt da und arbeitete sich an der rosa-weiß gestreiften Zeltplane entlang, die sie mit weit ausholenden Bewegungen abwischte. Ich hob den Eimer hoch, um ihn näher zu ihr zu stellen.

»Igitt.« Ich ließ ihn plötzlich fallen. »Das riecht ja wie ...«

»Kotze, und genau das ist es auch.« Sie richtete sich auf und sah mich an, die Hand in den Rücken gestützt. »Wir hatten gestern eine echte Pöbel-Hochzeit, obwohl ich es hätte ahnen können. Und nachdem sie sich ordentlich im Freien verlustiert und durch die Büsche gevögelt hatten, haben sie anschließend in die Blumenbeete gekotzt. Irgendein Held hat dabei hilfreicherweise auch noch das Partyzelt vollgespritzt. Den Hund mussten wir gestern nicht füttern, so viel Kotze lag hier rum, und ich pflücke noch immer die Kondome aus den Büschen.«

»Oh!«

Sie packte ihren Eimer und marschierte weiter, um sich um einen weiteren Brennpunkt zu kümmern.

»Und eine Schlägerei auf der Tanzfläche hatten wir auch«, fuhr sie grimmig fort. »Und als der gute, alte Tim dazwischengegangen ist, hat er sich noch eine aufgeplatzte Lippe eingefangen!«

Warum tat sie das, überlegte ich, während ich mich umwandte und ihr über den Fluss zurück folgte, Anna im Schlepptau. Warum taten die beiden das? Um des Geldes willen natürlich, aber – war es das wirklich wert? Wir marschierten forschen Schrittes über die Wiese den Hügel hinauf.

»Und nun hat Marcia Wentworth-White in Harrington Hall auch noch beschlossen, dass *sie* jetzt Hochzeiten anbieten will, und jetzt rennen alle meine wunderbaren Asiaten bestimmt zu ihr und zu mir kommt keiner mehr außer dem beschissenen Pöbel!«, zischte sie.

Ah. So war das also. Das erklärte vielleicht ihre schlechte Laune am Telefon.

»Aber Marcia verlangt doch bestimmt mehr?« Anna und ich trabten hinter ihr her den Hügel hinauf. »Ich meine, es ist immerhin Harrington Hall und so – da bist du doch bestimmt viel preiswerter.«

»Darauf hoffe ich auch«, sagte sie düster, als wir zu ihr aufholten. »Das ist das Einzige, was mich noch aufrechterhält. Dass sie sich mit ihren Preisen keine Klientel aufbauen können. Wir werden es sehen. Schweine.« Sie blieb abrupt stehen.

»Die Wentworth-Whites?«

»Nein, ich muss sie füttern, aber ja, die Wentworth-Whites sind auch welche, vor allem er, überhaupt kein Benehmen. Grässlich neureich.« Sie machte auf dem Absatz kehrt und ging in die andere Richtung hinunter zum Schweinestall.

»Und ich werde mich jetzt sowieso dem Schwulen-Markt zuwenden.« Entschlossen streckte sie das Kinn vor und eilte weiter. »Tim hat noch Bedenken, aber ich bin überzeugt, dass das der Weg nach vorne ist. Ich hatte neulich ein entzückendes Pärchen da, Jason und Edward. Sie wollten wissen, ob Edward in einem Kleid heiraten könnte. Ich habe gesagt, er könnte in meinem heiraten, solange sie nicht kotzen und überall Kondome rumliegen lassen. Hier, Dolores! Hier, Crackling!« Sie klapperte mit dem Eimer gegen den Schweinekoben, als wir näher kamen. »Ach ja, und dann noch die FKKler. Ich habe ein Paar im Internet gefunden, die einen Ort für ihre Hochzeit suchten, aber splitterfasernackt sein wollten und die ganze Gesellschaft dazu. Koscher! Koscher – HIER! Ich habe gesagt, prima, solange sich die Erregung während der Zeremonie in Grenzen hält. Stellt euch mal vor – nimm diesen Ring, als Zeichen – oh, wo soll ich ihn denn jetzt hinstecken?« Ein seltenes Lächeln huschte über ihr Gesicht. »DOLORES! KOMM HER! BOADICEA – HIER!«, brüllte sie.

Fünf riesige rotbraune Säue tauchten plötzlich aus dem Nichts auf und kamen auf uns zugetrabt und warfen sich gegen das Drahtgitter. Anna und ich wichen ängstlich zurück.

»Ihr könntet mir eigentlich helfen«, sagte Caro.

Helfen? Wie denn? Hoffentlich nichts Praktisches.

»Wenn ihr sie ablenkt«, fuhr sie fort, »dann schaffe ich es, zum Trog auf der anderen Seite zu kommen.«

Ablenken? Womit denn – mit einem Liedchen? Einem Tanz?

Sie reichte mir den Kotze-Eimer. »Hier, klappere damit.« Angeekelt wich ich zurück. »Bitte, sei doch nicht albern, die fressen alles.« Sie warf eine Handvoll Schweinefutter obendrauf. »Einfach nur schütteln, die sind ziemlich hungrig, dann riechen sie es schon.«

Das taten sie ganz offensichtlich. Die Schweine waren riesig und warfen sich mit ihrem ganzen Gewicht gegen den Zaun, während ich nervös mit dem Eimer klapperte und Caro davonrannte.

»Wo gehst du hin?«, plärrte ich.

»Ich schütte Futter in den Trog am anderen Ende da hinten«, rief sie zurück. »Aber sie kippen es um, deswegen muss ich es erst zurechtschieben. Klapper weiter mit dem Eimer – so ist es gut!«

Ich klapperte wie wild mit gerümpfter Nase und abgewendetem Gesicht, während sich Caro am anderen Ende des Pferches mit einem Sack Futter über der Schulter wie ein Dieb über den Zaun stahl, rasch den Trog zurechtrückte und dann die Ration einfüllte. Und schon hatten die Schweine gemerkt, dass man sie an der Nase herumgeführt hatte. Sie machten kehrt und rasten los. Caro sprang gerade noch rechtzeitig zurück über den Zaun.

»Was wäre, wenn sie dich erwischen?«, wollte Anna wissen, die voller Staunen zugesehen hatte. Die Säue vertilgten währenddessen ihre Mahlzeit mit einer Geschwindigkeit, die man nur als sensationell bezeichnen konnte.

»Wahrscheinlich würden sie mich fressen«, keuchte Caro und klopfte sich den Dreck von der Kleidung.

»Nein!«

»Doch, höchstwahrscheinlich«, erwiderte ihre Tante gelassen. »Man weiß, dass ungarische Bauern auf ihren Schweinefeldern eingeschlafen sind, und am nächsten Morgen hat man nur noch einen Haufen Knochen gefunden.«

Annas runde Augen richteten sich wieder auf die grunzenden, gierigen Viecher. »Und ... und warum magst du sie trotzdem?«, flüsterte sie.

»Oh, das gehört eben alles zum Landleben dazu, weißt du?«, gab Caro munter zur Antwort. »Und irgendwie waren sie immer schon hier. Granny hatte übrigens auch welche. Deine Mum hat die wahrscheinlich früher auch gefüttert.«

Ich denke, wir alle wussten, dass das nicht stimmte. Meine Mutter hatte Schweine gehalten, aber Maroulla und Mario, unsere Hilfsarbeiter, hatten sich hauptsächlich darum gekümmert, wie es eben damals war. Und außerdem waren sie weit weg, auf der unteren Weide untergebracht. Ich denke, ich kann ruhigen Gewissens behaupten, dass ich die Schweine kaum jemals zu Gesicht bekommen habe.

»Und wo ist Harriet?«, fragte ich und ließ den Blick über den Pferch schweifen. »Das blinde Schwein?«

»In einem Stall neben unserem Haus, damit ich sie im Auge behalten kann. Die anderen lassen ihr an der Futterfront keine Chance. Ich kümmere mich gleich um sie. Aber nun mal Schweine beiseite – wir haben noch andere Hühnchen zu rupfen, oder?« Sie strahlte Anna an und legte ihr den Arm um die Schultern. »Also, dieses *Pferd*!«

Anna lächelte begeistert zurück, und Caro zog sie fort. Ich ging hinterher und hörte, wie Anna ihr erzählte, dass Mummy ihre Kappe vergessen hätte, und Caro sagte, das machte nichts, sie könnte sich die von Phoebe ausleihen. Dabei kreuzten sich kurz unsere Blicke, und ich dankte ihr. Caro hatte vielleicht mir gegenüber am Telefon sauer geklungen, aber deswegen würde sie noch lange nicht Anna die Freude an ihrer Pony-Vorführung verderben, wenn es irgendwie ging. Sie mochte ihre Nichte gerne, und dafür war ich ihr dankbar. Und ich selbst schlug mich doch auch ganz tapfer, oder? Dachte ich im Stillen, während wir zurück zum Haus gingen. Das Leben ging weiter, und ich ging mit. Funktionierte. Ohne zu jammern.

»Würdest du das zu Harriet rüberbringen, bitte?« Caro blieb an der Hintertür stehen, um einen Eimer mit eingeweichtem Brot zu nehmen und ihn mir zu reichen. »Sie ist im letzten Stall hinten im Hof. Wir treffen uns im Pferdestall, wenn ich Anna richtig ausgerüstet habe.«

»Ist sie gefährlich?«

»Oh nein, ganz und gar nicht. Sie ist ein bisschen träge geworden, aber sie trödelt immer noch gerne ein bisschen herum.«

Unter den gegebenen Umständen konnte ich mich schlecht weigern, und so ging ich in Richtung Stall und dachte darüber nach, ob man so was irgendwann, wenn das alles hier vorbei war, auch über mich sagen würde. Sie ist ein bisschen träge geworden, aber sie trödelt noch gerne herum. Pflichtschuldigst fand ich Harriet in einem Koben in einer Ecke zusammengerollt. Sie sah kleiner und süßer aus als die anderen grunzenden Riesensäue, aber ich war trotzdem nicht so überzeugt, dass ich sie von Hand füttern wollte. Also öffnete ich die Tür einen Spalt breit, stellte den Eimer hinein und verriegelte dann eingedenk des ungarischen Knochenhäufleins die Tür wieder fest und zog mich zurück.

Caro und Anna waren schon im Pferdestall, als ich dort ankam.

»Mit Phils Hilfe habe ich sie irgendwann endlich eingefangen«, rief Caro mir aus einer der Laufboxen zu. Sie war gerade dabei, Molly aufzuzäumen. »Dann hab ich sie hier reingestellt. Ziemlich nervös das Tier, oder?«

»Als wir sie gesehen haben, gar nicht«, sagte ich. »Oh, sieh nur, Anna, ist sie nicht süß?« Molly streckte den

Kopf über die Tür, und ich ging hin, um sie zu streicheln. »Oh!« Sie legte die Ohren an und bleckte die Zähne. »Nicht gerade freundlich.«

»Hat sie das auch nicht getan, als ihr sie angeschaut habt?« Caro öffnete die Tür und führte sie heraus.

»Nein.«

Sie warf mir einen vielsagenden Blick zu, als sie den Sattel auflegte. »Der Sattel und das Zaumzeug sind ja eklig. Die hat er euch vermutlich umsonst dazugegeben?«

»Äh, ja.« Ich warf Anna einen Blick zu.

»Hm«, sagte Caro, die es bemerkt hatte. »Total überteuert. Das habe ich mir schon gedacht.« Sie zog den Steigbügel kräftig nach unten. »Komm jetzt, Anna, sitz auf.«

Anna nahm die Zügel, und Caro half ihr in den Sattel.

»Wir gehen mit ihr rüber auf den Sandplatz«, fuhr Caro fort. »Ich hätte Jack zuerst auf ihr reiten lassen, aber der ist noch nicht aus der Schule zurück und – oh!«

Alles, was sie sonst noch sagen wollte, war in den Wind gesprochen, da Molly, sobald sie Annas Gewicht im Sattel spürte, sich in einer klassischen Pose auf die Hinterbeine stellte und dann Caro die Zügel aus der Hand riss und auf den Hof hinausrannte und weiter in Richtung freies Feld.

»SETZ DICH GERADE HIN!«, brüllte Caro Anna hinterher, die wie ein Ball herumhüpfte und sich nur mit Mühe im Sattel halten konnte. »Nicht nach vorne beugen.«

Wir rannten ihr hinterher, und mir rutschte das Herz in die Hose, als Molly den Kopf senkte und volle Kraft voraus über die Blumenwiese raste, das offene Tor zum Sandplatz links liegen ließ und stattdessen wie wild ins Blaue hinein galoppierte.

»Oh Gott, oh mein Gott«, stieß ich hervor, als Molly

die Ponys auf der benachbarten Weide entdeckt hatte und nun auf das Hindernis zugaloppierte, das sie von ihrer Gesellschaft trennte: eine anderthalb Meter hohe Hecke. Erschreckt hoben die Ponys die Köpfe, als sie Molly bemerkten. Molly senkte den ihren und schätzte die Absprungentfernung ein. Wie Anna, die mittlerweile wie am Spieß schrie, es schaffte, im Sattel zu bleiben, werde ich nie begreifen, aber als Molly durch die Luft flog und einen Großteil der Hecke mitriss, flog sie einfach mit, verlor dabei zwar beide Steigbügel, landete aber dennoch mit einem heftigen Schlag wieder im Sattel, was möglicherweise gar nicht so segensreich war.

»Sieh zu, dass du da runterkommst«, brüllte ich und legte die Hände beim Rennen um den Mund. »Komm da runter, Anna!«

»Leichter gesagt als getan«, keuchte Caro, während wir ihr hinterherrannten.

Mittlerweile hatte zu unserer Rechten hinter einer weiteren Hecke, die an die Straße angrenzte, der Schulbus gehalten. Dutzende Kinderaugen und -münder waren vor Staunen weit aufgerissen beim Anblick dieser wilden Rodeo-Show. Annas Cousins waren auch dabei. Molly lief nun eine abschüssige Wiese hinunter, was ihre Geschwindigkeit nur noch erhöhte, wild entschlossen, zu ihren neu gewonnenen Pferdefreunden zu kommen, die sie ja am Morgen bereits kennengelernt hatten und daher nicht ganz so erfreut über ihre Gesellschaft zu sein schienen. Sie liefen kreuz und quer auf ihrer Weide herum und warfen die Köpfe mit gebeugten Hälsen und geblähten Nüstern. Molly dachte vielleicht, diese ablehnende Haltung hätte etwas mit dem menschlichen Ballast auf ihrem Rücken und weniger mit ihren scharfen Hufen zu tun, und bockte heftig, als wollte sie damit ein für alle Mal ihre Anwesenheit und ihre Durchsetzungsfähigkeit demonstrieren, und damit warf sie Anna ab, die durch die Luft flog und mit einem Rums auf dem Hintern landete.

»ANNA!«, kreischte ich.

Ihre Cousine und Cousins waren inzwischen aus dem Bus ausgestiegen und eilten entsetzt mit wehenden Jacken und Schultaschen quer über die Wiese in Richtung des Unglücksortes. Und so kamen wir aus allen Himmelsrichtungen gleichzeitig an, um uns über die am Boden Liegende zu beugen.

»Anna! Liebling, ist alles okay mit dir?« Ich ließ mich neben sie fallen.

»NEIN!«, schrie sie.

Sie war tränenüberströmt, aber selbst ich konnte sehen, dass die Eile, mit der sie aufstand und sich den Dreck abklopfte, bedeutete, dass Gott sei Dank nur ihr Stolz und vielleicht auch ihr Hintern etwas abbekommen hatten. Ansonsten war sie einfach nur vollkommen durcheinander. Ich nahm sie in die Arme, und sie schluchzte herzzerreißend an meiner Schulter. In der Tat konnte sie nicht bestätigen, dass irgendetwas gebrochen war, und glaubte auch nicht, dass sie einen Lungendurchstich erlitten hatte, wie Phoebe hilfreich vorschlug, und auch nicht, dass ihr Schlüsselbein in Mitleidenschaft gezogen war, das nämlich, wie Henry beteuerte, so leicht wie ein Hühnerknochen brechen konnte, was er so genau wusste, da er es sich im Eifer des Gefechts schon zweimal gebrochen hatte. Wir machten großes Aufhebens um sie, tätschelten und trösteten, bis ihr Schluchzen nach und nach in Schniefen und Schlucken übergegangen war. Der Vorschlag von starkem Tee kam von Jack, und Anna nickte stoisch und ließ sich dann bereitwillig von ihren Cousins zum Haus führen.

»Tu ordentlich Zucker rein, Jack«, befahl seine Mutter. »Ich komme auch gleich, aber ich muss mich erst noch um dieses verdammte Pferd hier kümmern.«

»Auch Whisky?«

»Nein!«

»Daddy tut das aber manchmal.«

»Aber du nicht!«

»Soll ich mitkommen?«, rief ich ihnen hinterher, als sie mit ihr davongingen, in der Hoffnung, dem verdammten Pferd zu entkommen, aber Anna wandte sich um und schüttelte nachdrücklich den Kopf.

»Du bist echt über die Hecke geflogen«, sagte Jack bewundernd.

»Ich wäre nie im Sattel geblieben«, pflichtete Phoebe ihm bei. »Ich wollte da schon seit einer Ewigkeit mal drüber springen, aber Mummy hat es nie erlaubt.«

Ich war dankbar, dass die beiden sie wieder aufbauten. Sie waren immer hocherfreut über Annas Gesellschaft, und jetzt waren sie auf ganz und gar nette Weise vielleicht sogar froh, dass einmal sie es waren, die ihre Cousine bei einer Sache ermutigen konnten, die Anna schwierig fand und die sie selbst hervorragend beherrschten. Anna humpelte also davon, und Phoebe hatte ihr den Arm um die Schultern gelegt, wo er noch nie zuvor gelegen hatte. Währenddessen näherte Caro sich Molly, die so ruhig in der Nähe graste, als könnte sie kein Wässerchen trüben, und die Caro auch ohne jeden Widerstand nach den Zügeln greifen ließ. Was, ich?, schienen ihre Augen zu sagen. Caro riss heftig an den Zügeln.

»Das hier ist definitiv kein Anfänger-Pony!«, schimpfte sie. »Unglaublich, dass du so was gekauft hast!«

»Aber sie war ganz anders!«, jammerte ich. »Als wir sie angeschaut haben, war sie lammfromm und friedlich. Und Anna ist ganz wunderbar auf ihr geritten. Immer im Kreis herum, genau wie im Reitstall.«

»Gedopt«, bemerkte Caro trocken.

»Nein!«, hauchte ich schockiert.

»Höchstwahrscheinlich schon.« Damit führte sie Molly über die Weide zum Stall zurück. Ich stolperte hinterher. »Und diese Stute ist ...«, dabei blieb sie plötzlich stehen, um den Daumen seitlich in Mollys Maul zu schieben. Sie zog es auf und warf einen prüfenden Blick hinein. »... keinen Tag älter als vier. Wahrscheinlich hat man sie aus Irland hier rübergebracht und erst kürzlich zugeritten, das arme Ding. Und schlecht noch dazu. Und dann zum Verkauf unter Drogen gesetzt. Es ist eine Schande. Wir werden sie direkt zurückschicken.«

Als wir auf dem Hof ankamen, schob sie Molly in eine Box. Dann zog sie ihr Handy aus der Tasche und tippte eine Nummer ein.

»Mr Docherty?« Ihr Rücken wurde kerzengerade. »Hier spricht Caroline Milligan.«

Und los ging's. Sie sagte ihm unverblümt die Wahrheit und ließ ihn wissen, dass sie ihn für einen Lügner und Dieb hielt und dass er gewiss kein Pferdekenner sei und dass der Scheck ihrer Schwägerin umgehend zurückerstattet werden müsste. Das zu tun weigerte sich Mr Docherty allerdings rundheraus und teilte ihr in seinem langsamen Singsang zweifelsfrei mit, dass der Scheck bereits eingelöst sei, die Zahlung damit vollzogen und der Handel abgeschlossen, mit dem beide Parteien offenbar einverstanden gewesen waren.

Aber Caro war noch nicht am Ende. »Wenn man davon absieht, dass diese Stute hier gedopt wurde«, zischte sie. »Und sie hat dummerweise meiner Schwägerin auf den Fuß gekackt und die Kacke ist noch immer auf dem Schuh, Mr Docherty, und die werde ich umgehend testen lassen, und wenn dabei nicht Spuren von Promazin in den Ausscheidungen gefunden werden, dann würde mich das sehr verblüffen!«

Daraufhin folgte ein gleichermaßen verblüfftes Schweigen, wie Caro mir triumphierend demonstrierte, indem sie mit hochgezogenen Augenbrauen das Telefon von ihrem Ohr weghielt. Schließlich fand Mr Docherty die Sprache wieder, und man einigte sich auf eine Art Kompromiss. Caro erklärte sich bereit, das Pony zu ihm zurückzubringen, damit er sich diese Mühe sparte, während er im Gegenzug den Scheck zurückgeben würde. Mit einem zufriedenen Klicken klappte sie ihr Handy zu.

»Woher wusstest du das mit dem Schuh?«, japste ich.

»Anna hat es mir eben erzählt, als wir den Reithelm für sie geholt haben. Zusammen mit einer wahnsinnig komischen Schilderung davon, wie du die Fesseln befühlt und dann versucht hast, ein Pferd zu kaufen, ohne es überhaupt zu reiten. Natürlich ohne jeden Hintergedanken.«

Natürlich, dachte ich und folgte ihr ins Haus, wobei ich nervös an meinem Daumennagel herumkaute. Es gab nie irgendwelche Hintergedanken. Aber warum hatte ich in der letzten Zeit des Öfteren das Gefühl, dass mein Fräulein Tochter Oberschlau nicht mit mir, sondern über mich lachte? Oberschlau! So etwas hatte ich ja noch nie von ihr gedacht. Ich errötete. Und Gott sei Dank war sie wirklich schlau, gerade auch in diesem Fall, Gott sei Dank hatte sie Caro die Geschichte erzählt, die dann noch die Geistesgegenwart – und den Mumm – besessen hatte, sie sich zunutze zu machen. Andernfalls wäre ich jetzt tausendfünfhundert Pfund ärmer gewesen und hätte ein durch und durch gefährliches, quasi unberittenes Pferd am Hals. Ja, Gott sei Dank war ich dumm.

Als wir in die Küche kamen, waren die Kinder genüsslich dabei, Kuchen zu essen. Ohne Teller, daher war alles voller Krümel und Teeflecken, wo sie einer nach dem anderen ihre Teebeutel zum Mülleimer befördert hatten, wie lauter Schneckenspuren, und dazwischen noch Pfützen von Milch, die sie scheinbar nicht einschenken konnten, ohne zu kleckern. Caro machte entsprechende Bemerkungen und kramte dann geschäftig herum, stellte den Kuchen auf einen Teller, wischte über Tischplatten und ermahnte ihren Nachwuchs. Anna hatte ganz offenbar ihr Gleichgewicht wiedererlangt und lachte über Jacks Imitation ihres Gesichts, als sie durch die Luft geflogen und auf den Boden geplumpst war. Henry rief: »Nein – es war so!«, und verzog das Gesicht zu einer noch schrecklicheren Grimasse mit noch größeren Augen, in etwa wie der Mann auf Edvard Munchs *Der Schrei*. Anna und Phoebe konnten sich vor Lachen ausschütten, und dann verzogen sie sich gemeinsam ins Spielzimmer, um die x-te Wiederholung von *Friends* anzuschauen. Phoebe wollte von Anna wissen, wen sie lieber mochte, Chandler oder Joey: »Anna, Anna! Chandler oder Joey? Anna!«, nur um ihr augenblicklich beizupflichten: »Ja, Joey ist genial«, während Jack damit angab, dass er einen Teller oben auf dem Hockeyschläger balancieren konnte, und Anna lachte und sich die Fernbedienung schnappte und damit das Kräftegleichgewicht wiederherstellte.

»Wie schön, dass sie sich mal sehen«, bemerkte ich, als Caro die Tür hinter ihnen zumachte und dann für uns den Wasserkessel aufsetzte. Auf Mums altem Aga-Herd: Mir war das Quietschen des rechten Deckels so vertraut, das sich auch nicht mit Unmengen von Schmieröl beseitigen ließ. Ich hatte mich nie ganz daran gewöhnt, dass Caro sich jetzt in dieser Küche bewegte und fluchte, weil das Fenster über der Spüle immer klemmte, wenn sie es öffnen wollte, und das lose Fußbodenbrett verwünschte – was wirklich albern war, da sie seit Jahren einen Bogen darum herum machte.

»Ich habe immer gesagt, wir hätten Anna gerne öfter hier.«

Verdammt. Blitzschnell hatte sie den Treffer gelandet. Und ich wusste genau: Wenn ich nun bemerkte, gerade darum hätte ich mich ja bemüht, würde sie mir einen Blick zuwerfen, der besagte: Immer dann, wenn es dir gerade passt. Womit sie eigentlich recht hatte. Plötzlich fühlte ich mich sehr müde.

»Also«, sagte ich matt. »Vergessen wir diese ganze Pony-Geschichte. Anna ist vermutlich noch nicht so weit, dass sie ein eigenes haben kann, und ich merke, dass es viel extra Mühe für dich ist. Wir werden weiter Reitstunden im Reitstall nehmen. Sie wird das verstehen.«

»Unsinn«, sagte Caro, die mit dem Rücken zu mir vor der Anrichte stand und in ihrem Adressbuch blätterte. »Jetzt hat sie schon ihr Herz daran gehängt. Und überhaupt, du hast es ihr versprochen.« Sie wandte sich um und warf mir einen Blick zu, der besagte: *Sie* wäre nicht so eine Mutter, die nicht Wort hält. »Du hast es einfach nur falsch angepackt, das ist alles. Du hättest eben gleich auf mich hören sollen, dann hätten wir jetzt diesen Ärger nicht. Ah, hier ist es ja. Camilla Gavin.«

Warum ließ ich es zu, dass sie so mit mir redete? Als wäre ich ein Kind? War das schon immer so gewesen? Ich wandte mich meinem Tee zu und wusste genau, dass sie recht hatte.

»Wer ist Camilla Gavin?«, fragte ich vorsichtig, während sie bereits die Nummer tippte.

»Sie ist die ehemalige Vorsitzende von unserem Ponyclub. Ein furchterregende Frau zu ihren besten Zeiten, aber sie ist schon viel sanfter geworden und sie hat ein paar tolle Ponys. Ihre Kinder sind so schnell weitergekommen, dass sie jetzt alle schon auf großen Pferden reiten, und Pamela Martin hat mir erzählt, dass sie gerne bereit wäre, eines ihrer Ponys zu verleihen.«

»Zu verleihen?« Ich horchte auf. »Du meinst, ich müsste es noch nicht einmal kaufen?«

»Nein, aber du musst dich darum kümmern, und zwar penibel, was sehr viel mehr Arbeit bedeutet als mit dem Gaul von Docherty, den man einfach auf irgendeine Weide stellen und vergessen könnte. Wahrscheinlich ist es schon ziemlich alt und deswegen kälteempfindlich und muss drinnen gehalten werden. Dann muss der Stall ausgemistet und die Decken gewechselt werden und …«

»Oh, aber das ist ja wunderbar. Wenn ich es nicht kaufen muss – und ja, natürlich, werde ich mich darum kümmern. Schließlich arbeite ich ja nicht …«

Ich ignorierte ihr spitzes: »Genau.«

Plötzlich war ich wieder mitten in meiner Traumvorstellung, wie ich ein süßes weißes Pony versorgte, ihm die Mähne kämmte, ihm einen Apfel gab, während es mich schläfrig anschaute und sich nicht etwa von ekligem Zeug erleichterte. Ich setzte mich auf.

»Prima, Caro, bitte ruf sie an.«

»Das ist genau das, was ich tun wollte, bevor du zu Lenny, dem – Camilla? Camilla, hier ist Caroline Milligan.«

Schuldbewusst beugte ich mich wieder über meinen Tee, während ihre Stimme eine Oktave in die Höhe schnellte. Sie fachsimpelte ausgiebig in der Geheimsprache der Pferdefrauen, erkundigte sich nach Laminitis, nach der Box, nach dem Scheren und nach der Verkehrstauglichkeit, alles natürlich mit der größtmöglichen Freundlichkeit, denn hier handelte es sich ganz offenbar um eine Frau, zu der Caro aufsah und die sie respektierte, im Gegensatz zu mir, an der sie verzweifelte. Ich beobachtete, wie sie auf Camillas Antworten lauschte, mit leuchtenden Augen, geröteten Wangen, Brust raus, Bauch rein: fast so, als spräche sie mit einem Geliebten, durchfuhr es mich. Ich hatte Caro schon am Telefon mit vielen Jungs gesehen. Hatte dieses Leuchten in ihrem Gesicht bemerkt.

»Oh, ja, das klingt ja irrsinnig süß!«, sagte sie in einem Tonfall, den sie früher in der Schule nie angeschlagen hatte. »Ja, natürlich erinnere ich mich, ja, er war Zweiter im Cross Country!«

Wann waren wir beide zu den Frauen geworden, die wir jetzt waren, überlegte ich, während Caro, das Telefon noch immer fest ans Ohr geklemmt und in einer Jeans, in der sie sich vor Jahren nie im Leben hätte blicken lassen, zu kurz, zu ausgestellt, quer durch den Raum marschierte, um eine Fliege am Fenster mit ihrem *Boden*-Katalog zu zerquetschen. Und weil sie nun schon dort stand, wischte sie gleich noch das Spülbecken und warf das Spültuch gleich wieder griffbereit hinein. Wann hatten wir aufgehört, das dreckige Geschirr einfach wegzuschmeißen oder die Aschenbecher in unserer Wohnung in Summertown nach Kippen zu durchwühlen, die lang genug waren, um sie noch einmal anzuzünden? Wann hatten wir angefangen, die tropfenden Teebeutel zu bemerken, und wann würden unsere Kinder anfangen, sie ebenfalls zu bemerken und andere Menschen zu werden? Mochten sie noch lange vor sich hin tropfen, dachte ich nachdrücklich. Denn wenn ich sie als derart verändert wahrnahm, wie sah sie dann mich? Arrogant? Abgehoben? Das schien der ständige Unterton zu sein.

Ich lauschte auf die Lachsalven, die aus dem Spielzimmer kamen, und trauerte um unsere jüngeren Ichs. Wann hatte Caro aufgehört, der erste Mensch zu sein, bei dem ich in einer Krise Zuflucht suchte, in einer Krise, wie ich sie jetzt erlebte? Wann hatten wir aufgehört, uns derart zu betrinken, dass wir uns gegenseitig die Haare zurückhalten mussten beim Kotzen, uns gegenseitig Klamotten zu leihen, uns gegenseitig mit Eyeliner falsche Sommersprossen auf die Nase zu malen, gemeinsam über die *Cathy and Claire*-Seite in *Jackie* zu kichern und auf dem Boden zu liegen und der anderen die Jeans mithilfe eines Kleiderbügelhakens zuzumachen? Wann waren wir zu diesen Frauen geworden, die mit Argusaugen die Schulzeugnisse ihrer Kinder verglichen und so viel mehr für sie wollten, als wir für uns selbst gewollt hatten? Ich sehnte mich nach diesen glorreichen weit zurückliegenden Tagen, bevor wir erwachsen werden und heiraten und Kinder kriegen und entdecken mussten, dass unsere Ehemänner ... halt, Evie. Stopp. Ich beugte mich wieder über meinen Tee.

»Oh, Camilla, du bist ja der Wahnsinn ... Ja, ich weiß, er ist entzückend. Ich habe ihn gesehen. Mit dieser entzückenden kleinen Dressurnummer ... also, das wäre ja iiiirrrsinnig nett von dir. Bist du sicher? Und Sattel und Zaumzeug noch dazu? ... Soll ich ihn abholen? ... Wahnsinn, wenn du ihn wirklich vorbeibringen könntest ... suuupi!« Ich schloss die Augen. Hör auf, Evie, du übertreibst. Caro lachte siegesgewiss ins Telefon. »Na ja, die Mutter hat natürlich null Ahnung, haha!« Danke, Caro. »Aber die Tochter ist ganz scharf aufs Reiten ... Ja, eine *ganz* leichte Hand. Und ein guter Sitz und mit noch ein paar Stunden und einem Lehrer wie Hector ... Wow, viiiielen Dank, Camilla. *Soooooo* lieb von dir ... Ja, du auch. Tschaui!«

Mein Auge zuckte unkontrollierbar, als sie den Telefonhörer mit einem entschlossenen Klick auflegte.

»Na also. Alles Roger.«

Roger. Ein Wort, das sie gegenüber Camilla bestimmt nicht gebraucht hätte, da konnte ich wetten.

»Sie bringt ihn nächste Woche Samstag rüber, und ihr könnt ihn gegen eine jährliche Gebühr mieten.«

»Aber warum macht jemand so was? Warum verkauft sie ihn nicht einfach? Wenn er wirklich so irrwitzig gut ist, dann ist er doch 'ne Menge Kohle wert, oder?« Ich verfiel absichtlich in eine betont lässige Sprechweise. Fast wie Eliza Doolittle.

»Weil sie an ihm hängt und nicht will, dass er in falsche Hände gerät. Sie will halt nicht, dass jemand wie Lenny Docherty ihn in die Finger kriegt und ihn als Hundefutter verkauft.«

»Oh. Ach so.« Ich nickte mit der angemessenen Zerknirschung. Genau in dem Augenblick kam Tim mitsamt einem Windstoß durch die Hintertür gehumpelt mit zerzausten Haaren und einem Geruch von frischer Luft und Heu, wenn auch mit aufgeplatzter Lippe. Ich war erleichtert, ihn zu sehen.

»Evie! Wie schön!« Er zog sich die Kappe vom Kopf, die er, genau wie unser Dad, noch immer auf dem Feld trug, und beugte sich zu mir hinab, um mir einen Kuss zu geben. Ich strahlte. Wenigstens einer freute sich hier, mich zu sehen.

»Was hat Lenny Docherty jetzt schon wieder in die Finger gekriegt?«, fragte er und griff das Ende unserer Unterhaltung auf, während er zum Spülbecken hinüberging, um sich die Hände zu waschen. Er rubbelte kräftig mit den nassen Händen über sein Gesicht, ebenfalls genau wie Dad, und warf dann den Klumpen von Teerseife zurück in die Seifenschale. Er humpelte zu einem Stuhl und ließ sich dankbar nieder, wobei er sein Bein mit beiden Händen auf einen Hocker hob.

»Glücklicherweise gar nichts. Evie hat ein Pferd bei ihm gekauft, aber keine Sorge«, fügte sie rasch hinzu, als er sich entsetzt nach mir umwandte, »er nimmt es zurück.«

»Du hast bei Lenny, dem Lügner, ein Pferd gekauft?«

»Na ja, ich *wusste* eben nicht, dass er ein Lügner ist.«

»Also, das ist ja wohl in ganz Oxfordshire bekannt, dass er ein Lügner ist! Er war vor zwanzig Jahren einer, als er sich in diesen Hof da reingeschmuggelt hat, und er hat seitdem nicht aufgehört zu lügen!«

»Ja, also, das wusste ich einfach nicht.«

»Komm schon, Evie, er hatte seinen zwielichtigen Pferdehandel schon, als du noch hier gelebt hast – wo warst du eigentlich die ganze Zeit?«

Ich konnte es nicht ausstehen, wenn er so herablassend war.

»Tja, offensichtlich auf einem anderen Planeten«, sagte ich mit einem eingefrorenen Lächeln.

»Ganz offensichtlich!«, gab er für seine Verhältnisse ziemlich säuerlich zur Antwort. Er knüllte das Geschirrtuch, das er zum Händeabtrocknen benutzt hatte, zusammen und warf es auf die Abtropffläche. »Manchmal kann ich nicht glauben, wie dämlich du bist, Evie.«

Mühsam hievte er sich hoch und verließ den Raum. Ich riss mich zusammen, bis er sicher im unteren Klo verschwunden war, wo er, ganz der selbstbewusste Mann im Haus, in Hörweite von Frau und Schwester sehr laut pinkelte. Und dann vergrub ich das Gesicht in den Händen und brach in Tränen aus.

11

Innerhalb von Sekunden war eine bass erstaunte Caro an meiner Seite.

»Oh, jetzt nimm's doch nicht so, Evie. Meine Güte, es ist doch gar nicht so schlimm, es ist doch nur ein Pony!«

»Das – das ist es ja gar nicht«, schluckte ich und schnappte nach Luft. »Es ist a-a-alles!«

Im nächsten Augenblick hatte sie bereits mit einem

Fußtritt die Küchentür zugeknallt und mit einer ebenso schnellen wie sparsamen Bewegung einen Stuhl neben den meinen gezogen und einen Arm um meine Schultern gelegt. »Alles?«

Täuschte ich mich oder lag da ein gewisses erwartungsvolles Zittern in ihrer Stimme?

»Es ist wegen Ant und Anna und – oh Gott –, es ist alles so ein Chaos, Caro! Und ich soll eigentlich nicht drüber reden, aber manchmal kommt es einfach alles in mir hoch und dann habe ich das Gefühl, ich würde gleich platzen!« Als ich innehielt, um mir mit dem Rücken meiner zitternden Hand die Tränen abzuwischen, sah ich, wie sie jetzt ernstlich besorgt die Stirn in Falten legte. Über ein klein wenig Ärger im Lager ihrer Schwägerin konnte man sich noch insgeheim ins Fäustchen lachen – wenn man Anna in der Schule mit einer Shampooflasche voller Wodka erwischt hätte oder sie vielleicht durch die Klavierprüfung gefallen wäre. Aber viel, ein großes Chaos, bedrohte die ganze Familie.

»Was?«, fragte sie besorgt. »Evie, sag's mir. Ist es Ant? Hat er eine Affäre?«

Ich schüttelte den Kopf. Der war voller Rotz und Tränen und fühlte sich entsetzlich schwer an, und die Tränen wollten einfach nicht aufhören.

»Nein, hat er nicht, aber früher, da hatte er mal eine – also einen Seitensprung –, und ich kann einfach nicht … kann irgendwie nicht …« Aber es nutzte alles nichts. Ich spürte, wie sich mein Gesicht zusammenzog und ich erneut in Tränen ausbrach.

Caro drehte mich zu sich herum und legte mir beide Hände auf die Schultern. »Er hatte eine Affäre? Ant?« Ich merkte, wie entgeistert sie war. Glücklicherweise hörten wir die Haustür zuknallen. Tim machte einen Abgang – Bühne links. »Aber – das ist ja unglaublich! Er ist einfach nicht der Typ dazu! Wann? Vor Kurzem?«

»Nein.« Ich blickte auf und schaffte es, mich bis auf schluckaufähnliche Schluchzer unter Kontrolle zu bringen. »Nein. Schon vor Jahren. Vor vielen, vielen Jahren, als wir verlobt waren.« Plötzlich fühlte ich mich ganz ruhig, nachdem ich das ausgesprochen hatte. Und erschöpft. Ich lehnte mich in meinem Stuhl zurück und wischte mir mit dem Ärmel übers Gesicht.

»Oh!« Sie lehnte sich ebenfalls zurück. »Du meinst – nicht, als ihr schon verheiratet wart.«

»Ich meine, ungefähr einen Monat, nachdem wir uns verlobt hatten.«

Ihre Augen bewegten sich zurück, ließen die Jahre vorübergleiten. Sie versuchte, die Zeit damals in der Erinnerung heraufzubeschwören. Dann zuckte sie hilflos die Schultern. »Ach, na ja, ich schätze mal ... ich meine, damals war ja eine ganze Menge los und er war noch sehr jung ...«

»Nicht so jung, dreißig.«

»Nein, aber da war so viel geschehen ...«

Womit sie Neville meinte. Und mir wurde klar, dass andere sich gewundert hatten, dass wir so kurze Zeit später geheiratet hatten, was mir gar nicht in den Sinn gekommen war.

»Das war bestimmt nur eine Kurzschlussreaktion. Eine Art letztes Aufbäumen, bevor er sich endgültig gebunden hat.«

»Das war es auch. Es war ein One-Night-Stand mit einer Bedienung aus einer Kneipe.«

»Na, siehst du, da hast du's ja. Was regst du dich denn so auf? Ich meine, klar ist es schade, dass es passiert ist einen Monat, *nachdem* ihr euch verlobt hattet, und nicht – ich weiß nicht – ein paar Monate davor, und ich verstehe, dass er sich damit aus deiner Sicht seine weiße Weste bekleckert hat, was schockierend ist und irgendwie schade, aber das ist auch schon alles, Evie, einfach nur ein bisschen schade. Du musst das mal im Gesamtzusammenhang betrachten, und dann ist es nach all den Jahren wirklich nicht wert, sich derart darüber aufzuregen.«

»Caro, es gibt ein Kind.«

Sie starrte mich an. Ihre Augen wurden riesengroß. »Ein Kind?«

»Ja.«

»Woher weißt du das?«

»Sie hat uns neulich einen Brief geschrieben und gesagt, sie wollte ihren Vater kennenlernen.«

Sie hielt den Atem an. »Nein!«

»Doch!«, heulte ich.

»Und er wusste es nicht?«

»Er hatte keine Ahnung! Woher auch? Ein kleines Schäferstündchen, und danach hat er das Mädel nie wiedergesehen – warum auch?«

Es folgte eine angespannte Stille, während Caro das Ebengehörte verarbeitete. Die Bahnhofsuhr tickte ungerührt weiter über dem Fenster. Caro wandte den Blick nicht von mir. Ich sah zu, wie er zunächst Entsetzen und dann Eiseskälte widerspiegelte. Dann: »Woher wollen wir wissen, dass es wahr ist? Ich meine, irgendeine Bedienung aus – woher?«

»Sheffield.«

»Sheffield! Die sich von irgendeinem der Gott weiß wie vielen Männern schwängern lässt, mit denen sie geschlafen hat.«

»Genau«, sagte ich rasch. »Und dann sieht sie Ants Bild auf dem Umschlag von seinem neuesten Buch.«

»Hat sie so ...«

»Ja! Also, nein. Ich weiß es nicht sicher, aber man kann es sich ja vorstellen ...«

»Natürlich kann man das!«, pflichtete sie mir nachdrücklich bei. »Mein Gott, man sieht es ja direkt vor sich, oder? Eine allein erziehende Mutter und ihre Tochter, die sich das zusammen ausdenken und ihm schreiben, irgendeine – irgendeine – Sharon ...«

»Stacey!«

»Stacey! Ey, los Stacey, jetzt woll'n wir doch mal sehen, ob wir dem Kerl nicht 'n bisschen Geld aus der Tasche ziehen können.«

»Meinst du?«, sagte ich unsicher und hätte sie küssen können.

»Aber klar! Das schreit doch geradezu nach Betrug, Evie. Ich meine, warum haben sie denn bis jetzt gewartet? Warum nicht schon früher? Vor zehn Jahren?«

»Weil sie jetzt sechzehn ist«, unkte ich. »Sie wollte warten.«

Caro machte ein skeptisches Gesicht. »Behauptet sie. Aber es ist schon ein arger Zufall, oder? Die Byron-Biografie ist vor einem Jahr herausgekommen und die Taschenbuchausgabe ist gerade erst erschienen.«

»Der Brief kam genau eine Woche nachdem die Taschenbuchausgabe in den Läden war«, sagte ich rasch.

»Siehst du! Und es war ja wirklich überall zu sehen. Selbst in Supermärkten und mit Ants Foto auf der Rückseite ...«

»Bei Tesco ...«

»Tesco!«

»Asda ...«

»*Asda!* Und sie – die Mutter – legt gerade ihre panierten Putenschnitzel in den Einkaufswagen und denkt, das Gesicht kenne ich doch ... ja, Wahnsinn. Der hat jetzt sicher einen Haufen Kohle.« Caros Gesicht war vor Aufregung gerötet.

»Ja, ich weiß, das habe ich auch gedacht.« Ich kämpfte mit den harten Tatsachen. »Aber, Caro, Ant sieht es nicht so. Er meint, es könnte stimmen, dass sie von ihm ist, und wenn das so ist, dann will er sie anerkennen.«

Caros Mund zog sich zusammen wie ein Katzenhintern. »Was, sie in die Familie einführen?«, krächzte sie.

Man hätte meinen können, wir wären die Windsors.

»Ja, schon. Und sie mit Anna bekannt machen.« Mein Gesicht verzog sich ganz unwillkürlich bei diesem Gedanken.

»Weihnachten, Geburtstage«, hauchte Caro mit abwesendem Augenausdruck. Ich weiß, wir hatten in diesem Moment beide das Bild von Weihnachten vor Augen, was wir immer gemeinsam auf der Farm feierten: Alle saßen dicht gedrängt im Esszimmer, über den Bildern hingen Stechpalmenzweige, ein riesiger Truthahn und wir alle, trotz unserer Unterschiedlichkeit, sehr vergnügt. Alle Kinder, Mum, Felicity, Caro, Tim, ich, Ant, außer dass nun neben Ant noch ein dickliches, wasserstoffblondes Mädchen saß, vielleicht auch noch ihre Mutter, die aussah wie Myra Hindley, mit harten, bohrenden Augen, in denen es aufblitzte, als sie die silbernen Kerzenleuchter und die Kristallgläser betrachtete, die allesamt nicht besonders kostbar, aber natürlich doch sehr viel mehr wert waren als die paar Porzellankätzchen, die im Fenster ihrer Hochhauswohnung in Sheffield standen. Auch mehr wert als das Souvenir aus Magaluf auf dem Fernseher. Und dann die Gesichter der Kinder, verwirrt, entsetzt über diesen Kuckuck in ihrem Nest. Wie sie am zweiten Weihnachtsfeiertag, bei der üblichen Party auf der Farm, zu der sich alle Nachbarn versammelten, ihren Freunden erklären mussten, dass das, äh, noch eine Cousine war. Annas Schwester.

Caros Gesicht verdüsterte sich. »Nur über meine Leiche!«

»Genau das habe ich auch gesagt«, schluckte ich. »Als Ant es mir gesagt hat. Das waren *exakt* meine Worte!«

Wir schauten uns an, und ihr Blick verschmolz mit meinem auf eine Art, wie er es schon seit Jahren nicht mehr getan hatte, eine Art, die mich an frühere Zeiten erinnerte, wenn wir gemeinsam einen Plan ausgeheckt hatten, wie wir uns bei einer Party einschleichen oder durch ein Fenster klettern wollten. Dabei erinnerte ich mich ganz besonders an ein Fenster, ein besonders hohes, unser gewagtestes Unterfangen beim Maiball der Universität. Natürlich waren wir nicht eingeladen, weil wir schließlich nur kleine Verkäuferinnen waren, aber wir hatten dennoch unsere Monsoon-Ballkleider angezogen, und nach zehn Uhr, nachdem, wie wir wussten, alle gegessen und getrunken hatten und man anfing zu tanzen, rannten wir mit gerafften Röcken und wild kichernd die Cornmarket Street hinunter und suchten das richtige Gebäude. Mit den Slingpumps im Mund hatte Caro mich eine Regenrinne hinaufgeschoben, und ich hatte sie hinterher hochgezogen. Wir kletterten auf das Dach, sprangen auf das nächste und ließen uns dann durch ein Oberlicht, das wir schon vor Tagen ausgekundschaftet hatten, ins Damenklo hinabgleiten. Ein paar jüngere Studentinnen, die sich gerade vor dem Spiegel den Lippenstift nachzogen, hatten erstaunt aufgeblickt. »Wir waren nur mal kurz ein bisschen frische Luft schnappen«, hatte Caro unverfroren und mit einem Lächeln gesagt und sich den Dreck von den Händen gerieben. Und dann hatten wir bis zum Morgengrauen getanzt. Es war, wie mir jetzt klar wurde, genau der Blick von damals, als wir in unserer Wohnung in Summertown die Operation Maiball geplant hatten. Genau dieser eiskalte, wild entschlossene Blick, den sie auch jetzt hatte.

»Also nur über meine Leiche und deine dazu«, sagte sie grimmig. »Dann müssen sie eben ein kleines Leichenschauhaus durchqueren, bevor sie *mein* Haus betreten können. Bevor sie auch nur denken können, sie gehörten zu uns!«

Später, nachdem wir uns ein wenig beruhigt hatten, gingen wir Arm in Arm durch den Garten, die Köpfe gesenkt, zwei Frauen mittleren Alters, und waren uns so nah wie seit Jahren nicht. Und wir diskutierten Themen wie Gentest, das Betrugsdezernat, eine Anzeige, vielleicht sogar eine Unterlassungsklage, damit sie uns in Ruhe ließen.

»Abschiebung?« Ich hielt inne und schaute Caro überrascht an.

»Na ja, wahrscheinlich sind sie noch nicht einmal Engländer, Evie! Vielleicht sind sie – keine Ahnung – aus Nigeria oder so!«

Ich runzelte die Stirn. »Würde es das nicht etwas – du weißt schon – schwierig machen, sich als Ants Tochter auszugeben? Das wäre doch zu offensichtlich, oder?«

»Na gut, dann eben Polen. Mein Gott, es wimmelt hier ja nur so von Polen, die Erdbeeren oder Spargel pflücken, reich werden und dann ganz schnell mit der ganzen Kohle wieder in ihre Heimat abziehen, um da ihre hungernden Familien zu füttern und es unter den Warteschlangen für Lebensmittel zu verteilen ...« Caros Durchblick in Sachen Außenpolitik war in etwa so groß wie der meine. »Geldgierige Polen, da wette ich.«

Tim kam und humpelte über den Rasen zu uns herüber.

»Sag ihm nichts«, zischte Caro. »Er wird mal wieder nur das Gute sehen wollen, wie immer.«

Es stimmte, das würde er. Und vermutlich wäre er einer Meinung mit Ant, dass man das Mädchen anhören, ihr zuhören müsste. Er wäre großzügiger und netter gesinnt, so wie es Männer meiner Erfahrung nach eher sind. Ganz im Gegensatz zu Caro und mir, die im Geiste schon eine Sechzehnjährige geknebelt und gefesselt hinten in einem Viehtransporter über einen staubigen und rumpeligen Feldweg zurück über die Grenze beförderten. Tim wirkte ein bisschen verlegen.

»Tut mir leid, Evie.«

»Was?«

»Das mit dem Pferd. Ich war ein bisschen ... du weißt schon.«

»Ach das! Ach Gott, sei nicht albern, Tim. Spielt doch gar keine Rolle. Und sowieso hab ich's verdient. Ich bin ein Dummkopf. War ich schon immer.«

»Nein, das ist mein Metier.« Er grinste und zog mich an den Haaren, bevor er davonhumpelte.

Ich sah ihm hinterher und überlegte kurz, was er gemeint hatte. »Seine Hüfte sieht ja nicht so toll aus«, sagte ich abwesend.

»Um diese Tageszeit nie. Er ist schon zu lange auf den Beinen. Phil und ich können alles tun, was zu tun ist, und ich sage ihm immer wieder, er soll sich ausruhen, aber er tut es nicht. Aber es wird besser. Der Arzt sagt, es dauert drei Monate.«

Ich nickte. »Und ist er sonst fit?«

»Oh Gott, allerdings. Stark wie ein Ochse. Und auch im Schlafzimmer hat es ihn nicht gebremst. Ich hatte gedacht, welch Glück, drei Monate spielfrei – was sie übrigens im Krankenhaus empfohlen hatten –, aber keine Spur. Sobald er aus dem Krankenhaus entlassen war, hat er mich schon mit Krücken durchs Schlafzimmer gejagt. Wir haben uns ausgiebig mit ›SPB‹ vertraut gemacht.«

»SPB?«

»*Sexuelle Probleme Behinderter*, eine kleine Broschüre, die sie einem hilfreicherweise in die Hand drücken, wenn man das Krankenhaus verlässt, ist sogar bebildert. Ich sag's dir, Evie, da gibt es Positionen in dem Buch, die würdest du nicht mal mit dem durchtrainiertesten Körper probieren, geschweige denn, wenn man behindert ist. Mir hat es die Tränen in die Augen getrieben. Aber seine haben natürlich geleuchtet. Vergiss *The Joy of Sex*, SPB hat deinem Bruder eine ganz neue erotische Welt eröffnet. Er kann sich gar nicht mehr vorstellen, was wir die letzten achtzehn Jahre gemacht haben.«

Ich kicherte.

»Ich lese immer wieder in irgendwelchen Artikeln von Männern, die zu gestresst und erschöpft sind, um mit ihren Frauen zu schlafen«, fuhr sie fort, »und ich habe hier den mega-gestressten, erschöpftesten, humpelbeinigsten Krüppel, den man sich nur vorstellen kann, der von Sonnenaufgang bis Sonnenuntergang arbeitet, bis zum Hals in Schulden steckt und trotzdem noch die Abbildung von Seite 32 probieren will!«

Ich lachte. »Du würdest dir Sorgen machen, wenn es nicht so wäre.«

»Wir könnten es ja mal ausprobieren«, bemerkte sie trocken. »Neulich hat er es sogar mit Rodeo-Sex versucht.«

»Was ist denn Rodeo-Sex?«

Caro räusperte sich und tat so, als würde sie aus einer Broschüre vorlesen. »Die Frau begibt sich in die Hündchenstellung, der Mann dahinter. Der Mann ruft dann den Namen einer Ex-Freundin und muss dann versuchen, so lange wie möglich drauf zu bleiben.«

»Nein!«

Sie lachte. »Nein, ganz recht, das steht nicht in SPB. Das hat er in *Viz* gefunden. Aber du kennst doch Tim.« Sie grinste. »Aber lassen wir das, ich denke, du hast recht. Ich denke, ich würde mir Sorgen machen, wenn er es nicht mehr schaffen würde. Und Ant ist genauso, oder?«

»Leider ja«, sagte ich rasch und rang mir ein Lächeln ab. Schon allein sein Name machte mich ganz krank. Sie merkte es und drückte meinen Arm. Aber es war nicht nur das. Ant war in letzter Zeit nicht mehr so wie früher. Und ich gehörte nicht zu den Frauen, die mit ihren Freundinnen über Sex reden, das hatte ich nie getan, aber Caro und ich hatten immer schon zusammen über unsere sexsüchtigen Ehemänner gestöhnt und darüber, wie froh wir waren, wenn wir bei Freunden übernachteten und die sich für die Einzelbetten in ihrem Gästezimmer entschuldigten. Aber im Moment ... nun ja, das alles war natürlich ein Schock gewesen und hatte uns ganz aus dem Konzept gebracht. Und davor war so viel mit dem Buch los gewesen. Viel zu viel Aufregung.

Nichtsdestotrotz ging mir die Sache noch immer im Kopf herum, nachdem Anna und ich von der Farm weggefahren waren, wobei Caro mir noch ins Ohr flüsterte, ich sollte mir keine Sorgen machen und es absolut *niemandem* erzählen, und nachdem ich Anna bei ihrer Klavierstunde am Ende unserer Straße abgesetzt hatte. Also vollführte ich wie gewöhnlich mein Wendemanöver in der Little Clarendon Street und fuhr zurück in die Stadt.

Ich parkte auf meinem üblichen Parkplatz mitten im Zentrum, der den Touristen und anderen Käufern unbekannt war, und eilte entschlossenen Schrittes mit gesenktem Kopf und hochgeschlagenem Mantelkragen in Richtung Marks & Spencer. Ich schwebte die Rolltreppe empor und bewegte mich zu meiner gewünschten Abteilung. Dort, bei den Dessous, verweilte ich dann und befühlte die weißen Baumwollunterhosen, während ich insgeheim die schwarze Seide auf dem nächsten Ständer im Auge hatte. Es hatte so etwas Heimliches und Verstohlenes. Ich kam mir vor wie ein Mann in einem Trenchcoat. Lächerlich. Und ebenso lächerlich, dass ich noch nie so etwas besessen hatte, dachte ich und schlenderte ganz lässig weiter, um sie näher zu betrachten und in die Hand zu nehmen. Warum auch nicht?

Selbst meine vierzehnjährige Tochter hatte Spitzenunterhöschen, winzige rosa Dingerchen – Dessous konnte man sagen –, die ich immer wieder bestaunte, wenn ich sie aus dem Trockner holte. Meine Slips waren dagegen immer weiß und wurden in Dreierpacks verkauft und irgendwann grau. Von Zeit zu Zeit kaufte ich einen hübschen BH, aber nie betont sexy, nur etwas, das seinen Zweck erfüllte und bequem war, und ganz bestimmt nie schwarz, was für mich irgendwie etwas Lasterhaftes hatte. Irgendwie anrüchig. Aber ... Männer mochten so was, oder? Ich holte tief Luft.

Eine halbe Stunde später wieder in der Geborgenheit meines Schlafzimmers, fühlte ich mich wie eine Herumtreiberin und Nutte zugleich, als ich den schwarzen Spitzen-BH und das Höschen – mit roten Schleifchen drauf, Himmel noch mal – aus der Tüte holte. Zu viel. Oh, *viel* zu viel. Was würde Ant sagen? Nun ja, er würde begeistert sein, natürlich. Wie jeder Mann. Und immerhin war es ja nur von Marks & Spencer und nicht etwa von Ann Summers. Oh – und dann noch Strapse. Ich hatte noch nie im Leben Strapse getragen, immer nur Strumpfhosen. Mit vor Aufregung zitternden Händen schlüpfte ich aus meinen Kleidern und zog meine Neuerwerbungen an. Wie die Strapse anzuziehen waren, wusste ich gar nicht. Ach so, um die Taille? Wirklich?

Auf Zehenspitzen schlich ich zum Spiegel am Ende des Bettes. Und starrte hinein. Erstaunlich. Ich sah ganz anders aus. *Vollkommen anders.* Wie, ja, wie eine Frau aus einer Zeitschrift! Ich drehte mich um. Mannomann. Und mein Körper sah so ... so verrucht aus. So lasziv. Er war zu üppig, ganz klar – ich zog den Bauch ein – aber immerhin ... ich legte mich hin. Ja, genau das tat ich. Aufs Bett. Und schaute seitlich in den Spiegel. Dazu musste ich ein bisschen herumrutschen, um etwas sehen zu können, aber ... ja. Sehr Playboy-mäßig. Kokett streckte ich ein Bein in die Höhe, rollte mit den Augen. Als ich gerade den Bettpfosten umklammerte und einen Schmollmund machte, tönte ein »Hi!« die Treppe empor.

Ich sprang vom Bett. Himmel! Er war schon zu Hause. Und sechs Uhr abends war nicht der richtige Zeitpunkt. Vielleicht früher einmal, aber jetzt nicht mehr. Es würde ihm höchst befremdlich erscheinen, mich hier so ganz in schwarzer Spitze vorzufinden. Schnell zog ich ein Wickelkleid an und war eben dabei, es zuzubinden, als er hereinkam.

»Hallo, mein Schatz!«, sagte ich übertrieben munter.

»Hi.« Er schien mich kaum zu bemerken. Er durchquerte das Zimmer und ließ sich schwer auf die Bettkante sinken.

»Ant? Was ist los?« Mein Mund wurde trocken. Ich starrte auf seinen gebeugten Kopf hinab.

»Nichts.« Ruhig. »Nein, gar nichts ist los.« Er griff nach der Marks & Spencer-Plastiktüte, fummelte abwesend damit herum und legte sie schließlich wieder hin. »Es ist nur, sie – Stacey ...«, er hielt inne, damit ich den Schock verarbeiten konnte, der mich bei der bloßen Nennung ihres Namens wie ein Stromstoß durchfuhr. »... sie hat mir eine E-Mail geschrieben. Sie kommt. An einem Sonntag.«

»Gut.« Ich atmete tief durch und setzte mich neben ihn aufs Bett. Die fieberhafte Aktivität der letzten Minuten verdampfte wie Regentropfen auf einer Fensterscheibe. Die Stille des leeren Hauses umfing uns.

»Sie ... hat dir eine Mail geschrieben?«

»Ja. Wir haben schon ein, zwei Mal gemailt. Geht schneller, ist ja klar.«

»Alles klar.« Außer, dass ich es nicht gewusst hatte. Nicht gewusst hatte, dass sie seine E-Mail-Adresse kannte. Ich wusste, dass er ihre kannte. Mein Herz schlug schneller.

»Sie hat meine vom College bekommen und mir eine Nachricht hinterlassen. Darauf musste ich antworten.«

»Natürlich. Hat sie gesagt, an welchem Sonntag?«

»Nein. Nur ... irgendwann bald.«

Er wandte sich zu mir. Ergriff meine Hand. Seine blauen Augen waren weit aufgerissen. »Evie, du weißt, was das bedeutet. Wenn sie kommt, wenn es wirklich so geschieht, dann müssen wir es Anna sagen.«

Müssen wir das? In mir schrillten die Alarmglocken. Warum konnten wir ihr nicht einfach sagen, sie sollte sich verpissen? Warum konnte dieser Albtraum nicht einfach vorübergehen?

»Ja«, pflichtete ich ihm bei.

»Und, Evie.« Er schluckte. Seine Augen glitten an mir vorbei zum Fenster hinüber und dann zu mir zurück. »Ich würde es gerne machen, wenn du nichts dagegen hast. Allein. Ich möchte ... meine eigenen Worte finden. Es ihr auf meine eigene Weise erklären.«

Ohne mich. Etwas in mir krampfte sich zusammen. Panik stieg in mir auf. Aber ja, natürlich wollte er es so. Und was für eine Erleichterung, irgendwie, dass ich nichts damit zu tun haben sollte. Es war schließlich sein Problem, aus dem er sich bitte schön auch selbst wieder herausmanövrieren konnte. Ich hatte nichts damit zu tun. Aber ... gleichzeitig, sollte ich außen vor bleiben. Warum? Was wollte er ihr sagen, das er mir gegenüber nicht sagen konnte? Was ich nicht hören sollte?

»Aber, Ant«, ich fuhr mir mit der Zunge über die Lippen, »meinst du nicht, dass das alles ein bisschen zu schnell geht? Wir wissen doch noch gar nichts? Wir wissen ja noch nicht mal, ob sie wirklich von dir ist!«

»Oh doch, sie ist von mir«, sagte er ruhig, aber es war eine Ruhe, die mich erschauern ließ. Er stand vom Bett auf und ging zum Fenster hinüber. Die Hände in den Hosentaschen vergraben. »Sie ist bestimmt von mir.«

12

Woher willst du das wissen?« Mir war ganz schwach vor Angst. Schwindelig. Meine Schläfen begannen schmerzhaft zu pulsieren.

»Evie ... ich war nicht ganz ehrlich zu dir.«

Er stand mit dem Rücken zu mir. Ich starrte auf den Rücken seines blau-weiß karierten Hemdes. Auf die blonden Haare, die sich über seinen Hemdkragen ringelten. Oh Gott.

»Du meinst ... die Sache ging viel länger?«, flüsterte ich. »Nicht nur das eine Mal? Die eine Nacht?«

»Nein.« Er wandte sich überrascht um. »Nein, das stimmte. Es war nur das eine Mal. Aber ... na ja. Sie war nicht wirklich nur eine Bedienung in einer Kneipe. Sie hat in einer Kneipe gearbeitet, ja, ein paar Wochen lang, um sich ein bisschen Taschengeld zu verdienen, aber ...« Er hielt inne, schluckte. »Sie war eine Studentin.«

»Eine Studentin?«

»Ja.«

»Eine von deinen Studentinnen?«

»Ja.«

Eine ganze Containerladung von Gefühlen brach über mir zusammen, als wäre ein Güterzug entgleist und alles läge nun in einem Chaos über die Gleise verteilt. Keine Bedienung, sondern eine von seinen Studentinnen. Klug. Intelligent. Eine junge Oxford-Studentin, genau die Art von Affäre, die er immer, *immer* abgelehnt und bei seinen Kollegen missbilligt hatte. So was kam vor – natürlich kam es vor –, aber doch nicht bei Ant, nicht bei meinem Mann.

»Wie alt?«, krächzte ich.

»Achtzehn.«

Achtzehn. Erstsemester. Und er war damals dreißig. Die Fragen stürmten nur so auf mich ein. Wollten gehört werden, schubsten sich gegenseitig beiseite, wie eine Unmenge von Händen, die in die Höhe schossen. Wie? Warum?

»Sie hatte bei mir Englische Lyrik – und so habe ich sie natürlich in den Vorlesungen, aber auch einzeln in den Tutorien gesehen. Und ihr besonderes Interesse galt der Lyrik des 19. Jahrhunderts. Den Romantikern. Vor allem Byron.«

Byron. Sein Fachgebiet. Ein gemeinsames Interesse.

»Sehr intelligent?«, flüsterte ich.

»Ja. Sehr klug.«

Das tat weh. Oh, wie das wehtat. Und ich war zu der Zeit mit meinem Fahrrad in Oxford herumgefahren und hatte so getan, als wäre ich klug. Mit romantischer Literatur ganz anderer Art in meinem Fahrradkorb – weniger *Don Juan*, sondern eher Kitschromane, in denen sich Ärzte in Krankenschwestern verliebten.

»Hübsch?«

Er schaute auf seine Füße. Blöde Frage. Wunderschön. Dein schlimmster Albtraum, Evie. Acht Jahre jünger. Wahnsinnig scharf, umwerfend schön. Und zweifellos mit super Busen.

»Sag nichts dazu«, murmelte ich. Ich rang um Atem. Dann um Fassung.

»Was ist passiert. Wie ist es …?«

Er machte eine hilflose Geste, hob die Arme und ließ sie wieder fallen. Seine Schultern sackten zusammen. »Wie so was eben passiert. Langsam. Unmerklich. Es war alles … so unausgesprochen. So … rein.«

Fast hätte ich gekotzt. Ich hielt mir die Hand vor den Mund.

»Sie ist mir natürlich schon ziemlich bald aufgefallen. Nur ein sehr unaufmerksamer Lehrer hätte sie nicht bemerkt. Sie fiel auf. Aber nicht auf so eine offensichtliche Art, keine Hedda Gabler ...«

Ich bohrte mir die Fingernägel in die Handfläche. Immer diese literarischen Anspielungen. Er wusste genau, dass ich nicht wusste, wer zum Kuckuck diese Hedda Gabler war.

»Also mehr wie Jane Goody?«, bemerkte ich.

Er runzelte die Stirn. »Wer?«

»Vergiss es«, murmelte ich. »Erzähl weiter.«

»Na ja, wie gesagt, da war nichts. Nichts Greifbares jedenfalls. Es war nur ...«, er rang mit sich, es zu erklären, »... also, ich habe gemerkt, dass ich mich darauf gefreut habe, sie zu sehen, auf unsere Tutorien. Dass ich angefangen habe, die Tage zu zählen. Ich habe gemerkt, wie ich über ihren Aufsätzen, die sie mir abgegeben hat, gebrütet und mich gewundert habe, dass ihre Interpretation und die inhaltliche Analyse so sehr der meinen ähnelten ...«

Ich starrte auf den cremefarbenen Teppich. So war das eben mit Ant. Er war einfach ehrlich. Ich würde es mir jetzt bis ins kleinste, schmutzige Detail anhören müssen. Außer natürlich, es würde gar keine schmutzigen Details geben. Nur wie er ihre Haare betrachtet hatte – zweifellos wie bei Tizian –, von einem Sonnenstrahl erleuchtet, in dem die Staubkörnchen tanzten, während er hinter seinem Schreibtisch saß und sie stockend aus *Tintern Abbey* vorlas. Ich konnte es mir lebhaft vorstellen: der junge Dozent und seine noch viel jüngere Studentin. Ant, wie er ihr zuhörte, während sie über ihre Vorliebe für Wordsworth sprach, wie er nickte und ihr aufmunternd zulächelte bei ihrer Beschreibung, wie sie zu fühlen glaubte, mit dem Dichter zusammen durch die Täler seiner Heimat im Lake District zu wandern, und wie seine Liebe zur Natur auch die ihre war. Oh, Scheiße!

»Und manchmal in den Vorlesungen habe ich mich

peinlicherweise dabei ertappt, dass ich nur sie angeschaut und die ganze Vorlesung nur für sie gehalten habe. So als wäre sie die Einzige im Raum. Und in den Tutorien konnte ich nicht in ihrer Nähe sitzen, sondern musste mich weit weg von ihr hinsetzen ans Fenster, um nach draußen in den Innenhof zu schauen, damit ich mich konzentrieren konnte. Und wenn wir dann gemeinsam zum Mittagessen gegangen sind – sie in den Speisesaal für die Studenten und ich in den für die Dozenten, dann hat mein Arm manchmal den ihren gestreift und ich hatte das Gefühl …«

»Ja, ich kann's mir vorstellen, Ant!«, kreischte ich. »Du warst scharf auf sie, verdammt!« Für einen so intelligenten Mann war er bemerkenswert dämlich. »Du musst es mir nicht bis ins letzte Detail erzählen!«

»Tut mir leid, ich dachte, du wolltest …«

»Will ich auch, aber ich kann drauf verzichten, wie du einen Blick auf ihren BH erhascht hast, als ihr zusammen über den Innenhof gegangen seid. Meine Albträume kann ich mir selber ausmalen!«

»So war es doch gar nicht. Ich meine, ich habe nicht einfach nur ein sexuelles Verlangen verspürt – das will ich dir doch eben erklären. Natürlich war das auch im Spiel. Ich habe das gefühlt, aber weit mehr habe ich gefühlt, dass …«

Oh, *Ant*. Ich schloss die Augen. Erspar's mir. Erspar's mir, Liebster. Er wusste noch nicht einmal, nach welchem Wort er suchte. »Etwas mehr Verstandbetontes«, plapperte ich rasch, um ihn abzulenken. »Auf einer höheren Ebene, eine Art Seelenverwandtschaft?«

»Ja«, er schaute mich verblüfft an. »Ja, so war es.«

Nein, Ant. So war es nicht.

»Ich … konnte gar nicht mehr aufhören, an sie zu denken. Ich wusste, dass es falsch war, furchtbar. Sie war so jung, so leicht zu beeinflussen, aber wo immer ich auch hinging, jede Vorlesung, in die ich ging, jede Fachbereichskonferenz, überall schaute ich aus dem Fenster in der Hoffnung, sie zu sehen, dass sie vielleicht vorbeikäme ...«

Ich spürte, wie mir der Schweiß ausbrach. Ich feuchte Flecken unter den Armen bekam.

»Warum hast du dich nicht von mir getrennt?«, flüsterte ich und kämpfte darum, einigermaßen die Fassung zu wahren. »Warum hast du mir nicht gesagt, dass du eine andere kennengelernt hast?«

Er ließ den Kopf hängen. »Ich wollte es dir sagen, um ehrlich zu sein, nicht, um mit dir Schluss zu machen. Schließlich wusste ich ja genau, dass es hoffnungslos war. Sie war doch meine Studentin, mein Gott.«

»Also hast du dir lieber alle Möglichkeiten offen gelassen. Sie konntest du nicht haben, also hast du dich lieber weiter an die gute alte Evie gehalten.«

»Nein! Nein, Evie, ich habe dich geliebt. Wir passten so gut zusammen, passen immer noch gut zusammen. Ich war nur vollkommen verwirrt. Ich wusste, dass es nur eine Schwärmerei war, die vorübergehen würde, und versuchte, sie aus meinen Gedanken zu verdrängen. Und einmal habe ich auch versucht, dir von ihr zu erzählen.« Er blickte mich Hilfe suchend an. »Auf der Farm. Im Bett an diesem Nachmittag, kurz bevor ...«

»Jaja, ich weiß.« Rasch stand ich vom Bett auf. Er hatte es versucht. Natürlich hatte er das. An jenem entsetzlichen Tag. Kurz bevor Neville Carter ertrunken war. *Evie ... da ist etwas, das du wissen musst.*

Ich ging zum anderen Fenster unseres Schlafzimmers, dem hübschen kleinen runden, wie ein Bullauge, mit einer kreisrunden bunten Bleiverglasung in der Mitte. Wir hatten es in Bath entdeckt, an einem verlängerten Wochenende, hatten es nach Hause gekarrt und einen Maurer beauftragt, ein kreisrundes Loch in unsere Schlafzimmerwand zu schlagen und es einzubauen. Ich hielt die Arme fest um den Leib geschlungen, während ich nach draußen auf die Straße hinaussah, die durch das bunte Glas in ein wildes Farbenspektrum getaucht war.

»Und dann, nachdem Neville tot war ...« Ant hielt inne neben mir, aber mit Ausblick aus seinem klareren Fenster.

Ungläubig wandte ich mich zu ihm um. »Dann hattest du das Gefühl, dass du es mir schuldig bist, mich zu heiraten?«

»Nein, natürlich nicht, Evie. Aber wir waren so ... so eng verbunden durch diese Sache. Und plötzlich kam mir das, was ich für – für Staceys Mutter – empfunden habe, im Lichte dessen, was geschehen war, so frivol vor. Es gehörte in ein ganz anderes Zeitalter, in ein sorgenfreies, sorgloses Zeitalter. Eines, in dem ich nicht länger lebte. Es kam mir so falsch vor. Ich hatte es in Gedanken verklärt, und plötzlich war nur noch eines übrig ... ich hatte es auf eine Studentin abgesehen. Ich war ein Mann, der Kinder ertrinken ließ, während ich meine Freundin vögelte – ach ja und zwischendurch meinen Schülerinnen hinterherstieg.« Er ließ den Kopf hängen. »Ich hasste mich dafür. Ich habe mich selbst auf den Prüfstand gestellt. Bin mit mir ins Gericht gegangen und habe gedacht, nein. Es war wie ein Weckruf!« Er fing an, heftig zu blinzeln. »Aber ich habe dich nicht nur geheiratet, weil es das Richtige war, Evie. Ich habe dich geheiratet, weil ich dich geliebt habe und weil mir klar geworden war, dass ich nur kurzfristig vom rechten Weg abgekommen war.«

Ich starrte ihn an. Es war offensichtlich das, was er selbst glaubte. Ich nicht, aber er schon. Er hatte sich offenbar eingeredet, dass dieses Mädchen Teil seiner Schande war, und weil er ein guter, netter, anständiger Mann war, glaubte er das auch.

Ich schluckte. »Okay, Ant. Jetzt mach schnell und bring den Rest auch noch hinter dich, das wäre lieb.«

In einer Geste der Verzweiflung streckte er die Hände aus mit den Handflächen nach oben. »Da gibt es nicht viel zu erzählen. Wir zwei haben uns verlobt, und dann bin ich ein paar Wochen später abends noch auf einen Drink weggegangen, als du irgendetwas im Fernsehen sehen wolltest, und ich bin so durch die Stadt gelaufen und schließlich im *King's Head* gelandet.«

»Hast du gewusst, dass sie da arbeitet?«

»Ja.«

»Und dann bist du bis zum Schluss geblieben und hast sie nach Hause begleitet?«

»Ja.«

»Und es war ein milder Abend, und ihr seid unten am Fluss entlanggegangen, an der Magdalen Bridge vorbei – in welchem College war sie, im Balliol?«

»Ja.«

»Und dann hast du sie in die Arme genommen und ...«

»Ja, *ja*! Hör auf, Evie. Es ist nichts, worauf ich stolz bin.«

»Ich muss es wissen.«

»Nun ja, du weißt es doch schon.«

Ich atmete tief ein und zitternd wieder aus. »Ja, ich weiß. Du fühltest dich eingesperrt. Du hattest das Gefühl, dass die Umstände dich zu einer Heirat zwangen und dass es da noch unerledigte Dinge gab, die du dann auf einer Wiese in der Nähe der Magdalen Bridge erledigt hast.«

Er ließ den Kopf hängen. »Hattest du danach das Gefühl, dass es erledigt war, Ant? Hast du sie deswegen nie mehr gesehen?«

»Ich ... ja. Ich habe mich furchtbar gefühlt. Mehr als furchtbar. Deswegen habe ich beschlossen – wir haben beschlossen, wir haben darüber gesprochen –, dass es damit vorbei war. Ich habe dann mein Tutorium mit ihr getauscht und eine andere Studentin unterrichtet, sie hatte einen anderen Dozenten, damit ich sie nicht mehr sehen musste, und sie ist nicht mehr in meine Vorlesungen gekommen. Hat sich dann mit metaphysischer Dichtung beschäftigt. Und dann, ein paar Wochen später, war sie plötzlich nicht mehr da. Als ich bemerkte, dass sie fort war, habe ich eine andere Studentin, eine Freundin von ihr, eines Tages ganz beiläufig gefragt, als ich sie auf dem Gelände getroffen habe, die mir sagte, sie wäre wieder nach Hause zurückgegangen. Nach Sheffield. Weil sie Heimweh hatte oder so und irgendwie das Gefühl hatte, dass Oxford zu viel wäre für sie. Ich hoffte, sie hätte an irgendeine andere Universität da oben im Norden gewechselt und würde nun dort Englisch studieren.«

»Und du hast dich nie weitererkundigt? Hast es nie erfahren?«

»Nein.«

»Und hast du seither an sie gedacht?«

»Nein!« Er wandte sich um, geradezu ängstlich, und kam durchs Zimmer zu mir herüber und ergriff meine Hand. Seine Augen waren groß und bittend. »Ich meine, das eine oder andere Mal, ja, natürlich, aber nein, ich war seither glücklich verheiratet mit dir, Evie. Es ist über siebzehn Jahre her! Ehrlich, ich habe seitdem keine andere Frau mehr angeschaut. Jedenfalls nicht so. Wahrscheinlich war es einfach etwas, das ich noch loswerden musste.« Hilflos zuckte er die Schultern. »Ein letztes Aufbäumen, wenn du so willst. Das letzte Zögern eines Mannes, der kurz davor ist, sich fürs Leben zu binden – ich glaube nicht, dass das so ungewöhnlich ist.«

Nein. Es war keineswegs ungewöhnlich. Ungewöhnlich waren nur die Umstände. Ich löste meine Hände aus seinen und ging zum Bett zurück. Ich hatte weiche Knie und musste mich hinsetzen. Ich fuhr mir mit den Händen durchs Haar. Dann schloss ich die Augen und legte die Hände darauf, in dem Bemühen, einen klaren Gedanken zu fassen. Ich drückte mit den Fingerspitzen in die Augenhöhlen. Dann ließ ich sie fallen und wandte mich zu ihm um.

»Wie hieß sie, Ant?«

Als ich das sagte, huschte etwas über sein Gesicht. Erschrockenheit. Ein Schatten. Ich sah, wie seine Augen zum Fenster wanderten. Ants Augen wanderten normalerweise nicht so in der Gegend herum. Die Röte stieg ihm in die Wangen. Er schluckte.

»Isabella«, flüsterte er. »Sie hieß Isabella.«

Ich zuckte zusammen wie vom Blitz getroffen und starrte ihn entgeistert an.

»Isabella? Anna *Isabella*? Du hast unser Kind nach ihr benannt?«

Ungläubig starrte ich ihn an. Er wirkte hilflos, ertappt.

»Sieh mal, Evie. So war es nicht. Mir hat einfach der Name so gut gefallen ...«

Ich brauchte etwas, das ich werfen, ihm entgegenschleudern konnte, und zwar schnell. Ich hatte noch nie zuvor das körperliche Bedürfnis verspürt, mit etwas um mich zu werfen, aber nun spürte ich es und ich stand auf und griff nach dem erstbesten Gegenstand, der mir in die Quere kam. Das war zufälligerweise ein Tiegel mit Feuchtigkeitscreme. L'Oréal, weil ich es mir wert bin. Der stand auf meinem Schminktisch – klein, rund, aber schön schwer –, und ich zielte damit auf seinen Kopf. Glücklicherweise sah er ihn kommen und duckte sich, sodass er mit einem spektakulären Klirren durch die Fensterscheibe hinter ihm und mit einem Regen von Glassplittern auf die leere Straße unten flog.

Und ich gleich hinterher. Natürlich nicht durch das Fenster, aber ich schnappte meine Tasche und meine Autoschlüssel von einem Stuhl, rannte aus dem Zimmer und knallte die Tür hinter mir zu. Aber nur einen Augenblick später war ich wieder zurück und eilte zu meinem Ehemann hinüber, um ihm mein letztes Geschoss entgegenzuschleudern.

»Tja, jetzt bist du nicht mehr eingesperrt, Ant!«, schrie ich ihm ins Gesicht. »Du bist so frei wie ein Vogel. Warum haust du nicht ab nach Sheffield?« Ich war so sauer, dass es mich schüttelte, ich zitterte geradezu vor Wut. »Hau doch ab zu deiner Instantfamilie da oben, zu deiner anderen Tochter, zu der Mutter von deinem anderen Kind, tu's doch! Die warten doch nur auf dich!« Ich schnippte ihm mit den Fingern ins Gesicht.

Bleich und erschüttert stand er da und starrte mich wie betäubt an. Dann wandte ich mich um und ging. Über den Treppenabsatz, die Treppe hinunter, übersprang die beiden letzten Stufen, durch den Eingangsflur in die Küche, wo soeben eine erstaunte Anna, die zu Fuß von ihrer Klavierstunde zurückgelaufen war, durch die Hintertür hereinkam. Sie wickelte sich einen Seidenschal vom Hals, legte ihre Noten auf den Küchentisch und warf mir einen fragenden Blick zu.

»Was ist los?«

»Frag deinen Vater!«, knurrte ich.

Damit marschierte ich zur Haustür hinaus, die ich laut hinter mir ins Schloss fallen ließ.

13

Draußen auf der Straße blieb ich einen Augenblick auf dem Gehweg stehen und hielt mir den Kopf. Es ging nicht anders, ich dachte wirklich, er würde abfallen, es fühlte sich an, als würde er gleich platzen. Die Häuser gegenüber schwankten bedrohlich, und ich merkte, dass ich hyperventilierte, deswegen atmete ich ein paar Mal tief die frische Luft ein. Die Häuser rückten wieder an ihren richtigen Platz und das Blut schoss mir in den Kopf und mit ihm zusammen die Wut. Verdammte Scheiße. Verdammte, beschissene *Scheiße*. Isabella. Anna *Isabella*. Wie konnte er es wagen? Empört eilte ich zu meinem Auto am Straßenrand, riss die Tür auf, warf meine Tasche hinein und mich selbst hinterher. Keine Bedienung, dachte ich, während meine Hand mit dem Zündschlüssel herumfummelte, sondern eine verdammte Studentin. Eine Studentin! Mein Ehemann, der angesehene, bedeutende Professor, der Gelehrte, hatte eine Affäre mit einer Studentin. Eine kleine Stimme in meinem Kopf sagte, dass er damals noch nicht so angesehen und bedeutend gewesen war und auch noch kein Gelehrter, sondern lediglich ein kleiner Assistent, der mal eben gerade seinen Doktortitel in der Tasche hatte, aber immerhin ...

Ich legte den Rückwärtsgang ein und schoss nach hinten. Zu schnell und gegen ein anderes Auto. Shit. Ganzkörperschweißausbruch. Ich sprang aus dem Wagen, um den Schaden in Augenschein zu nehmen. Gar nicht so schlimm. Also, eine Delle in meinem und eine winzige im anderen Auto, und auch das nur in der Stoßstange, und dazu waren die ja schließlich da, oder? Ich beugte mich hinunter, leckte meinen Finger ab und versuchte, den Kratzer vom Auto hinter mir zu reiben. Mist.

Doch ein bisschen doller. Lass es lieber, Evie. Ich wollte zu meinem Auto zurückeilen, aber ein dunkelhaariger Mann versperrte mir den Weg, gut gekleidet, aber mit gelockerter Krawatte, den Kragen seines nicht eben saisongemäßen Mantels hochgeschlagen. Er sah genauso aus wie dieser Chelsea-Manager José Dingsbums und wirkte auch genauso wütend.

»Ist das Ihrer?« Dabei hielt er eine Scherbe eines Porzellantöpfchens zwischen Zeigefinger und Daumen.

»Oh. Ja, wo haben Sie ...«

»Auf dem Rücksitz meines Wagens. Nachdem es durch die Heckscheibe geflogen ist.«

»Nein! Oh wie *entsetzlich*.« Ich drehte mich um und ließ den Blick über die Autos an der Straße schweifen. »Das tut mir wirklich leid, welches Auto ist es denn?«

»Das hinter Ihnen, gegen das Sie soeben gefahren sind.« Er deutete mit einem wütenden Blitzen in den grünen Augen auf etwas, das sich nun, da ich nicht mehr ausschließlich auf die Stoßstange fixiert war, als ziemlich smarter Schlitten entpuppte. Dunkelblau, ein kleines bisschen altmodisch – vielleicht war klassisch das Wort, nach dem ich suchte – und sehr schnittig. Allerdings nun etwas weniger schnittig mit einer eingedellten Stoßstange und ... oh Himmel: einem großen klaffenden Loch in der Heckscheibe und Creme überall auf dem Rücksitz verschmiert.

»Oh mein Gott. Das – das tut mir furchtbar leid«, stotterte ich entgeistert. »Ich hatte leider einen Streit und habe den Tiegel genommen und ihn dann ganz aus Versehen, also ich habe ihn geworfen und dann ...«

»Damit hätten Sie jemanden umbringen können!«, polterte er. »Ist Ihnen klar, dass ein Kieselstein von dem Fenster dort oben...«, dabei wies er mit dem Daumen in Richtung des klaffenden Loches in unserem Schlafzimmerfenster, »... jemanden k.o. schlagen könnte? Und das hier«, er hielt mir die Porzellanscherbe unter die Nase, »könnte einen verdammt noch mal umbringen!«

Sein Blick bohrte sich wütend in meinen. Ziemlich nah und ziemlich sauer.

Ich schluckte. »Ja. Ja, ich verstehe. Und es tut mir wirklich sehr, sehr leid. Ich bin sonst gar nicht so. Verstehen Sie, mein Mann und ich haben uns gezofft, also gestritten, und – und dummerweise habe ich nach dem erstbesten Gegenstand gegriffen, der mir in die Quere kam. Glücklicherweise habe ich ihn nicht getroffen, weil, wie Sie sagen …«

»Ihre heißen Schlafzimmer-Fehden oder Ihre schmutzige häusliche Gewalt sind mir wirklich schnurzegal«, fuhr er mich an. »Was mich interessiert, ist nur mein verdammtes Auto!«

Ich richtete mich zur vollen Größe meiner einsfünfundsechzig auf. »Bei uns gibt es *keinerlei* häusliche Gewalt. Mein Mann und ich sind zivilisierte, gebildete Menschen. Er ist Professor an der Uni, wenn Sie es genau wissen wollen, und …«

»Und wenn er der Erzbischof von Canterbury wäre, dann wäre mir das schnurzegal, und wenn Sie ihn die ganze Nacht lang mit Cremetiegeln bombardieren, dann wäre mir das völlig gleichgültig. Holen Sie jetzt einfach schnell die Angaben über Ihre Versicherung, kapiert, gute Frau, und hören Sie auf, mir die Zeit zu stehlen.«

»Also wirklich … es gibt wirklich keinen Grund, hier …« Ich hielt inne. Diese grünen Augen waren ziemlich einschüchternd. Völlig durcheinander wandte ich mich um und eilte zu meinem Wagen. Ich kramte im Handschuhfach herum und fand die entsprechenden Papiere. Was für ein *abscheulicher* Mann. Rasch schrieb ich alles auf die Rückseite eines Umschlags, machte kehrt und reichte es ihm.

»Bitte«, sagte ich eisig.

Als er mir das Papier mit seinen Daten gab, hielt er es eine Sekunde länger als absolut notwendig fest. Ich musste zu ihm hochblicken. In seiner Wange bewegte sich ein Muskel.

»Sie werden von mir hören«, blaffte er.

»Ich kann's kaum erwarten«, blaffte ich zurück und erwiderte seinen Blick nun mit einem ebenso bösen Gesichtsausdruck. Einen ganz besonders giftigen warf ich noch über die Schulter zurück, bevor ich zu meinem Wagen zurückstakste.

Ich stieg ein und schlug die Tür mit einem Wumm zu. Ich ließ den Motor an und achtete sehr darauf, nicht wieder rückwärts gegen ihn zu fahren. Dabei bemerkte ich, dass sich mein Wickelkleid aufgewickelt hatte. Ich hatte Unfreundlichkeiten mit ihm ausgetauscht, während sich ein schwarzes BH-Körbchen und ein halbes Höschen mit roten Schleifen neckisch darboten. *Mist*. Ich hob den Hintern in die Höhe, um das Kleid wieder richtig zu wickeln, und dabei rutschte mein Fuß von der Kupplung. Der Motor wurde abgewürgt, und das Auto machte einen Satz nach vorne und auf den davor parkenden Wagen. *Scheiße*. Ich erstarrte vor Schreck. Aber Gott sei Dank war es Ants Auto. Besorgt lugte ich über das Lenkrad. Nur ein Kratzer. Ich fühlte mich heiß und zittrig, rückte mein Kleid zurecht und ließ den Wagen an, aber ein Blick in den Rückspiegel zeigte mir, dass Mr Green Eyes mich beobachtete. Seine übertrieben fassungslose Miene mitsamt dem Finger an der Schläfe trug nicht gerade zur Aufheiterung meiner Laune bei. Ich ließ die Scheibe hinunter und streckte meinen Kopf hinaus.

»Das ist übrigens *mein* Auto, also kümmern Sie sich um Ihren eigenen Kram, okay?«

Er schüttelte vollkommen fassungslos den Kopf. Ich äffte ihn nach und schüttelte den meinen ebenfalls mit dem dämlichsten Gesichtsausdruck und wünschte, ich würde zu den Leuten gehören, die in einer solchen Situation den Stinkefinger zeigen. Stattdessen streckte ich ihm nur kindisch die Zunge heraus, so weit es ging, wodurch mir ganz schwindlig wurde. Dann richtete ich den Blick geradeaus und schoss davon, indem ich mich elegant aus meiner Parklücke schlängelte und in den Verkehr einfädelte, nicht ohne dabei ein von hinten heranfahrendes Auto nur knapp zu verfehlen.

Idiot, fauchte ich, als hinter mir wütendes Hupen ertönte. Das hätte mir gerade noch gefehlt. Ja, verpiss dich doch, schimpfte ich vor mich hin, während mein neuer Gegner mit bitterbösem Blick an mir vorbeifuhr. Scheiß Männer am Steuer, das war es. Genervt fuhr ich mir mit der Hand durch die Haare und kontrollierte im Rückspiegel, dass der erste außer Sichtweite war. Ja. Gut. Ich holte tief Luft, zitternd, und schon rutschte er samt seinem Angeberauto ganz nach unten im Stapel meiner Sorgenkarten und stattdessen schob sich mühelos das Debakel mit Ant ganz nach oben, die Trumpfkarte in all ihrer grellen Pracht.

»Ohhh ...« Ich sackte in meinem Sitz zusammen und atmete gegen das Lenkrad. Es wurde einfach alles immer nur schlimmer. Viel zu schlimm. Er hatte sich eingesperrt gefühlt. Hatte das Gefühl gehabt, er müsste mich heiraten. Dass er es mir schuldig war – das hatte er praktisch selbst gesagt – und dabei hatte er die ganze Zeit, die ganze Zeit eine andere geliebt. Eine jüngere, klügere, schönere ... ich musste die Galle hinunterschlucken. Eine, um die er sich möglicherweise bemüht, sie vielleicht sogar geheiratet hätte, wenn da nicht Neville gewesen wäre. Wieder ließ ich den Atem zitternd durch die Zähne pfeifen.

Ein paar Regentropfen klatschten auf die Windschutzscheibe. Dumpf starrte ich durch sie hindurch auf den Verkehr der Woodstock Road hinaus. Nein. Nein, das stimmt nicht, Evie. Das ist überzogen, du übertreibst. Nichts spricht dafür, dass er sich überhaupt weiter mit ihr eingelassen hätte, oder selbst wenn, dass er nicht zu dir zurückgekehrt wäre und dich geheiratet hätte. Und überhaupt, das war alles mehr als siebzehn Jahre her. Reiß dich zusammen, Frau! Schau nach vorn. Was vorbei ist, ist vorbei. Aber ... es war eben nicht vorbei. Würde nie vorbei sein. Weil es da ein Kind gab. Das würde nie vorbeigehen, nie. Sie würde immer bei mir sein, diese ... diese – Isabella – fast musste ich würgen – und ihre Tochter, Stacey, und irgendwie hatte ich das Gefühl, es wäre meine Schuld. Dass Gott mich dafür bestrafte, weil ich Ant gedrängt, weil ich ihn manipuliert hatte, weil ich ihm deutlich gemacht hatte, nach Ablauf einer angemessenen Zeit des Werbens einen Ehering zu erwarten, und warum auch nicht, immerhin war ich schon sechsundzwanzig? Ängstlich blickte ich zum Himmel empor, fast als erwartete ich, dass sich die Wolken teilten und Gottes Finger erschien und seine Stimme ertönte: »Alles hat seinen Preis, Evie!« Nein. Nein, das würde Gott nicht sagen, aber es war eindeutig alles meine Schuld.

Ich merkte bald, dass ich aus der Stadt hinaus in Richtung der Umgehungsstraße und damit in Richtung Daglington fuhr. Ich fuhr ganz instinktiv nach Hause, zur Farm, die ich auch nach all den Jahren noch immer als mein Zuhause betrachtete. Als wir frisch verheiratet waren, fragte ich oft Ant, ob wir am Wochenende nach Hause fahren sollten. Woraufhin er lachte und meinte, wir sind doch zu Hause! Als wir frisch verheiratet waren ... Meine Gedanken wanderten hastig zurück. Waren wir glücklich gewesen? Ja. Sehr. Ich wusste ganz ehrlich, dass das die Wahrheit war. Also, Augen zu und durch, Evie. Es ist nur ein Ausrutscher, nicht mehr. Ein siebzehnjähriger Ausrutscher, nicht einmal von ihm gewollt, noch nicht einmal eine männliche Midlife-Crisis.

Plötzlich fuhr ich mit dem Wagen ganz um den nächsten Kreisverkehr herum und zurück in Richtung Stadt. Ich konnte nicht auf die Farm fahren. Nicht zu Caro. Ich konnte ihr das nicht sagen. Ich stellte mir ihr Gesicht vor. Entgeistert, aber auch ... ein wenig missbilligend? Meinetwegen? Ich erzitterte. Warum glaubte ich das? Als ob sie es wissen könnte, als ob sie tatsächlich die Einzige sein könnte, die meine Schuld an der ganzen Geschichte ahnen konnte. Die meine manipulative Art kannte. Mir wurde heiß.

Und nach Hause konnte ich auch nicht. Ant würde es Anna erzählen. Sie war bestimmt nach oben gelaufen – »Was ist los?« Und er würde sie auf dem Treppenabsatz abfangen und sie in ihr Zimmer begleiten und unseres mit dem zerborstenen Fenster meiden. Er würde sich auf die Bettkante setzen, vielleicht ihre Hand nehmen und ihr alles geduldig und wahrheitsgemäß erzählen. Und sie wäre schockiert, entsetzt, würde aufspringen, ja, ihre Welt wäre in den Grundfesten erschüttert – eine *Schwester*? Ihr Vater hatte noch ein Kind? Und er musste damit umgehen. Musste mit den Auswirkungen fertig werden. Sie tat mir so leid, und ich hätte sie so gerne getröstet in ihrem Schmerz, doch ich wusste zugleich, dass ich alles nur noch schlimmer machen würde, wenn ich da wäre. Ich würde auch schreien und mit dem Finger auf ihn zeigen und *dein verdammter Vater!* rufen. Sie gegen ihn aufbringen und auf meine Seite ziehen, schließlich waren wir ja nicht eine von diesen Familien. Ja, ich würde das Feuer schon richtig entfachen, und insgeheim wusste ich, dass Ant dagegen Wunder wirken konnte. Er würde es schaffen, dass alles – wenn auch nicht wirklich gut, so doch so gut wie möglich wäre. Jedenfalls musste ich ihm die Möglichkeit bieten, es zu versuchen. Das waren wir Anna schuldig.

Hierhin war ich also unterwegs, dachte ich plötzlich.

Ich bog bei der Kirche und dem Delikatessengeschäft scharf nach rechts ab, schon wieder begleitet von einem Hupkonzert, dann an der Reihe von Boutiquen vorbei in die Walton Street. Aber anstatt in Richtung des dörflichen Teils von Jericho zu fahren, wo wir wohnten, fuhr ich weiter an dem Verlagshaus der University Press vorbei und immer weiter, bis ich schließlich in eine Nebenstraße abbog. Die vertrauten Windungen der Straße mit ihren entzückend schiefen Häusern und den Schaufenstern, die in allen Regenbogenfarben gestrichen waren, hatten auf mich eine tröstliche Wirkung. Ich spürte förmlich, wie sich mein Körper entspannte, als ich in einen gepflasterten Hof hinter einem bestimmten Laden einbog, wo nur die wenigen Auserwählten die scharfe Warnung missachten durften, dass hier jeder außer den Angestellten angezeigt, abgeschleppt und geviertelt würde.

Ich stieg aus, und als ich mich zur Vorderseite schleppte, kam ich an der Feuertreppe vorbei, die so manche Zigarette und manches Lachen in freundlicheren Tagen gesehen hatte. An der vertrauten Glastür hing ein »GESCHLOSSEN«-Schild, doch ich wusste es besser und als ich die Tür aufdrückte und es ermutigend klingelte, hatte ich das Gefühl, nach Hause zu kommen. Eine andere Art von Zuhause.

»Ach Gottchen. Was bringt dich denn hierher, mein Blümchen? Wo du deine Freunde doch so lange gemieden hast?«

Ich zwang mich zu lächeln und schloss die Tür hinter mir. Die Lichter waren aus und somit lag der Laden weitgehend im Dunkeln, aber ich konnte gerade noch den Besitzer der Stimme durch die offen stehende Tür hinten erkennen. Er saß in seinem Büro, die langen Beine auf den Schreibtisch gelegt, und lugte über den Rand seiner Brille hinweg; in der Hand hielt er ein Buch, das er im Licht einer Architektenlampe las.

»Nicht gemieden, Malcolm, sondern nur durch die Zwänge der Umstände gehindert.«

»Nenn es, wie du willst.« Er schwang die Beine vom Tisch und stand auf, um mich zu begrüßen. »Ich bin sowieso nicht so schnell eingeschnappt, wie du weißt. Bin bekannt für mein dickes Fell.«

Angesichts dieser offensichtlichen Lüge musste ich wieder lächeln. Cinders, sein alter Golden Retriever, klopfte mit dem Schwanz auf den Boden zur Begrüßung und schien sich damit gleichsam zu entschuldigen, da sie aufgrund ihres fortgeschrittenen Alters nicht mehr aufstand. Und als ihr Herrchen die Arme ausstreckte, stolperte ich die letzten paar Schritte hinein und schaffte es auch noch, ihm die Brille von der Nase zu schubsen, als ich ihn fest umarmte.

»Huch, vorsichtig, Süße. Das ist mein 99-Pence-Sondermodell aus der Drogerie.« Er befreite sich aus meiner Umarmung und stellte sich in Pose, das Buch in der ausgestreckten Hand. »Damit sehe ich doch wirklich intellektuell aus, findest du nicht auch?« Er linste über den Schildpattrand auf die Buchstaben. »Ich kann mit dem Ding natürlich gar nichts sehen, weil ich laserscharfe Augen habe, aber es schafft den richtigen Look und das ist schließlich – Oh, was ist denn bloß los, mein Schnucki!« Ich warf mich gegen Malcolms knochige Schulter und durchtränkte sein neues Thomas-Pink-Hemd mit meinen Tränen.

»Soso«, sagte er schließlich – eigentlich war es zehn Minuten oder so später – und tätschelte mir die Hand, während er den Becher mit starkem, süßem Tee, den er mir gemacht hatte, vor mich hinstellte. »Also, ich verstehe ja, dass das ein echter Schock für dich war, meine Süße, ist ja ein ziemliches Ding. Und so ganz aus dem Nichts heraus. Aber mehr steckt eben auch nicht dahinter. Und schlimmer wird es nicht mehr, das garantiere ich dir. Es wird nicht gruseliger oder dramatischer, als es jetzt schon ist.«

»Glaubst du wirklich?« Ich schluckte hoffnungsvoll in seinem Ledersessel und schniefte in das rot getupfte Taschentuch, das er mir gegeben hatte.

»Nein«, versicherte er mir und schüttelte den Kopf. Er saß mit verschränkten Armen auf der Kante seines Schreibtisches neben mir. »Sie wird sich nicht in euer Leben drängen. Ja, zu Anfang natürlich schon, allein schon aus Interesse – wer würde das nicht? –, aber sie wird ihr eigenes Leben haben. Schule, Freunde, Familie – sie ist sechzehn, Himmel noch mal. Sie wird nicht plötzlich alles hinter sich lassen und bei euch leben wollen, oder?«

»Vermutlich nicht«, sagte ich unsicher.

»Du malst dir nur das Schlimmste aus und denkst, dass das Leben, so wie ihr es bislang gekannt habt, nun vorbei ist. Dass die ganze schnuckelige Ant-Evie-Anna-Nummer nun ...«

»Genau!«, heulte ich.

»... zum Teufel geht. Und genau das wird sie nicht. Und umso besser, dass sie nicht der Nachwuchs irgendeiner geldgierigen Tussi ist, sondern die Tochter einer klugen, gebildeten Frau. Viel mehr eure Ebene, viel vernünftiger und überlegter, kein windiges Flittchen, das bei euch auf der Matte steht und Geld fordert.«

»Vermutlich«, stimmte ich ihm unsicher zu. »Aber dafür umso bedrohlicher.« Meine Stimme war ganz klein.

»Ist es das, wovor du dich so fürchtest?«, fragte Malcolm freundlich.

Ich nickte stumm, die feuchten Augen starr auf meinen Schoß gerichtet.

»So wie du dich vor siebzehn Jahren von ihrer Mutter bedroht gefühlt hättest, empfindest du nun die Tochter als Bedrohung?«

Ich zuckte die Schultern, den Blick noch immer gesenkt. Keine Ahnung, was ich fühlte. Aber ja, all das. Und noch viel mehr.

»Dabei hast du doch selbst eine kluge, hübsche Tochter, Häschen«, schalt er mich sanft.

»Ja. Vermutlich. Also, dann ... dann bin es also nur ich, die nicht dazu passt.«

Ich schaute kurz auf und senkte sofort den Blick wieder, aber lange genug, um seine feinen, wohlgeformten Gesichtszüge zu sehen, die noch immer bemerkenswert schön waren, wenn auch mittlerweile von feinen Linien durchzogen. Er blickte mich besorgt an und seufzte.

»Evie. Ant liebt dich genau so, wie du bist. Weil du so bist, wie du bist. Du darfst nicht dein Leben lang mit der Vorstellung leben, dass du lieber jemand anderes wärst. Oder so tun, als wärst du jemand anderes.«

Ich wagte einen Blick in seine klugen grauen Augen, die mich eingehend musterten. »Du hast recht«, pflichtete ich ihm bei und wusste, dass es wirklich so war. Ich war diejenige, die hier ein Problem hatte, weil ich das Gefühl hatte, ich könnte vielleicht nicht genügen. Ich fürchtete, dass Ant seine potentielle Familie, das Spiegelbild seiner realen Familie, betrachten und sich dabei wünschen könnte, dass er dazu gehören würde. Als einer der drei Musketiere. Malcolm kannte mich sehr gut.

»Er liebt dich doch, Evie, das weißt du. Daran hast du doch keinen Zweifel, oder?«

»Nein.«

»Hattest auch nie Zweifel?«

»Nein.«

»Na dann.«

Ich nickte. Na dann.

Schweigen senkte sich herab, wie wir zwei so in seinem kleinen Hinterzimmer saßen. Schließlich erhob Malcolm sich von seinem Schreibtisch und ließ sich in den zweiten Ledersessel mir gegenüber gleiten, während ich in dem von Jean saß. Malcolm und ich betrachteten ihn noch immer als Jeans Sessel und machten uns darüber lustig. Auch wenn Malcolm ihren ausladenden Korbthron mit seinen zerdrückten, schmuddeligen Kissen durch einen eleganten antiken Captain's Chair ersetzt hatte, kam es uns noch immer so vor, als täten wir etwas Verbotenes. Jeans Zimmer: Ich rutschte mit dem Po ganz an die Stuhlkante, legte den Kopf gegen die Rückenlehne aus Mahagoni und drehte mich langsam hin und her. Wir hatten hier nur äußerst selten hereingedurft, höchstens einmal, um Bücher auszupacken, und ganz gewiss nicht, um uns länger hier aufzuhalten. »Auf geht's, hopp, hopp, raus mit euch!«, hatte sie mit schriller Stimme kommandiert und uns mit ihren schmuckbehängten Händen, die nach Elizabeth Arden stanken, hinausgescheucht. Damals waren die Wände in einem gnadenlosen Lila gestrichen und weitgehend schmucklos gewesen, mit Ausnahme von ein paar Mabel-Lucie-Attwell-Drucken, die unserem Oberfeldwebel gehörten. Ausgeblichene Trockenblumen standen in einer Vase auf ihrem Schreibtisch neben einem kleinen Teddybär in einem Pulli, auf dem in wahrhaft altjüngferlicher Manier »Love me« geschrieben stand. Natürlich stank das ganze Zimmer nach Katzen. Malcolm hatte es mittlerweile in einem eleganten Dunkelblau gestrichen und ein paar ausgewählte Möbelstücke hineingestellt und riesige gerahmte Landkarten an die Wände gehängt. Er liebte diese antiken Karten, und in einer ruhigen Minute fand ich ihn oft, wie er davorstand und mit zusammengekniffenen Augen seine Route plante.

»Na, schon wieder auf Reisen, Malc?«

»In my beautiful pea-green boat«, würde er anstelle einer Antwort murmeln und sich dabei auf einen Song von Laurie Anderson beziehen. »Ich brauch nur noch eine Miezekatze.«

Ich lächelte dann den Rücken des alten Seefahrers an. Denn Malcolm war ein verhinderter Seemann, der es wegen seiner Plattfüße nicht in die Marine geschafft hatte, aber noch immer davon träumte, eines Tages zur See zu fahren. Mit Karten, einem Kapitänssessel, blauen Wänden und einem Teleskop in einer Ecke hatte er hier drin versucht, dem nahe zu kommen, und sich ein stilles, beruhigendes Refugium geschaffen; das einzige Überbleibsel von Jeans Schreckensherrschaft war der alte Heizkörper, der in der Ecke vor sich hin zischte und spuckte. Eigentlich passend fast wie ein Schiffsmotor. Vor vielen Jahren waren Malcolm und ich an Jeans freien Tagen immer hier hereingeschlichen und hatten uns an dem Heizkörper gewärmt und uns gegenseitig herausgefordert, wer von uns es wagte, an ihren geheimen Vorrat von Walnusskeksen zu gehen, den sie in ihrer untersten Schublade versteckt hielt. Malcolm las dann laut die Kummerkastenseite ihrer Klatschzeitschrift vor und machte dabei ihre Sybil-Stimme nach, um dann mit der Stimme von Basil als der Kummerkastentante zu antworten, bis ich dachte, ich würde vor lauter Lachen platzen. Die besten Tage unseres Lebens. Jetzt war es hier so ordentlich, wie es unter Jeans chaotischer Herrschaft nie gewesen war. Keine unausgepackten Pakete und Bücher auf dem Fußboden, denn Malcolm war höchst ordentlich und alles wurde *tout de suite* ins Regal verfrachtet, sobald es eingetroffen war. Hier gab es keine Wartestapel. Nur einen cremeweißen Teppich auf dem polierten Holzboden und alles tipptopp und ordentlich.

Malcolm brach das Schweigen: »Du hast die Liebe eines guten Mannes, Evie, auch wenn es ein paar Komplikationen mit sich bringt. Halte daran fest. Zweifle nicht auf einmal daran, nur weil es möglich ist. Weil du glaubst, Anlass dazu zu haben. Es ist eine kostbare Sache.«

Ich schwang langsam in meinem Sessel herum und schaute ihn an. Nickte fast unmerklich. Ich wusste, er hatte recht. Die Stimme der Wahrheit. Und ich wusste ebenso, dass er aus eigener Erfahrung sprach, wie er so dasaß und auf seine Karte des alten Europa blickte. Ich wusste, er würde alles geben, um Didier zurückzuholen, der vier Jahre lang sein Partner gewesen war, sein Geliebter, sein Vertrauter, sein Ein und Alles, der aber zurück nach Montpellier gegangen war, angeblich, um dort Urlaub zu machen, vor neun Monaten, und nie zurückgekehrt war. Er war scheinbar wie vom Erdboden verschluckt und reagierte weder auf Anrufe noch auf E-Mails oder Briefe. Malcolm war dorthin gefahren, um ihn zu suchen, und nachdem er endlich sein Heimatdorf irgendwo in den Hügeln vor Aubais ausfindig gemacht hatte, traf er dort nur auf die feindselig schwarzen Augen der Eltern an der einen Spalt breit geöffneten Tür, die nur einen kleinen Blick in ein Zimmer voller Kruzifixe an den Wänden freigab. Man sagte ihm, es gehe Didier gut, aber er sei jetzt verheiratet und ein Baby wäre unterwegs.

»Das ist nicht wahr«, hatte Malcolm mir vorgejammert, nachdem er tieftraurig und in Tränen zurückgekehrt war. »Das ist einfach nicht wahr.«

»Natürlich ist es nicht wahr«, hatte ich gemurmelt und ihn umarmt. So wie ich Didier kannte, war ich geneigt zuzustimmen. Bestimmt war das alles eine dicke, fette Lüge, aber was konnten wir tun? Malcolm war noch mehrfach nach Frankreich gefahren und hatte schließlich ein Mädchen ausfindig gemacht, das behauptete, Didiers Frau zu sein, mit einem sehr säuerlichen Gesicht und ohne Baby. »Er ist nischt mehr 'ier«, hatte sie ihm mit demselben Blick aus schwarzen Augen zugezischt. »Er ist vörschwundön.«

Malcolm hatte Hoffnung geschöpft, aber dann folgte doch nur Verzweiflung. Eine ganze Reihe von Lovern.

»Was Neues?«, fragte ich jetzt vorsichtig.

»Nein. Also nur ein bisschen was Neues, schätze ich mal. Immer das Gleiche. Er hat sich von dem Matador, der in Aubais mit den Stieren gerannt ist, getrennt und lebt jetzt anscheinend in der Nähe von Biarritz mit einem Toreador zusammen. Ein Aufstieg in der Welt des Stierkampfs.«

»Oh, das tut mir leid, Malcolm.«

Er zuckte die Schultern. »Ich sag nur noch *olé*, Baby. So was passiert eben. Shit happens.« Er betrachtete seine Karte und dann mich. »Und darum sage ich dir, Evie: Halt an dem fest, was du hast. Erspare Ant deine Empörung – die zu fühlen du natürlich jedes Recht hast, die er aber nicht verdient hat. Er hat einen Fehler gemacht. Dieser Fehler hatte Folgen. Und mit denen muss er jetzt fertig werden. Hilf ihm. Kämpfe nicht gegen ihn.«

Ich schluckte. Er hatte recht. Wie verdammt noch mal fast immer hatte er recht. Und genau das würde ich auch tun, wenn ich nach Hause kam. Später. Ich würde erst Ant mit Anna reden lassen und dann würde ich meinen Teil dazu beitragen. Wir würden uns als Familie, als Familie von Erwachsenen damit auseinandersetzen und darüber reden, über unsere Ängste und – ja, ich würde über meine Angst sprechen. Sagen, dass ich mich bedroht fühlte, und sie würden sagen, *natürlich* fühlst du dich bedroht, Mummy, und dann würden wir uns alle ganz fest umarmen und wir wären genau wie eine von diesen Musterfamilien in den Nachmittagsserien im Fernsehen. Und das Ganze hätte einen Wert, und wir würden gestärkt daraus hervorgehen.

»Und vielleicht«, stieß ich hervor, »... vielleicht könnten Stacey und Isabella ja auch unsere Freunde werden? Vielleicht könnten wir uns gegenseitig helfen?«

»Ruhig, Tiger«, sagte Malcolm nervös. »Erst mal ist es noch ein weiter Weg, bis ihr euch alle Händchen haltend auf den Weg in den gemeinsamen Center-Parks-Urlaub macht. Immer eins nach dem anderen, okay?«

Ich nickte, aber setzte mich dabei etwas gerader hin in meinem Sessel, als Zeichen, dass ich mich wieder im Griff hatte. Ich fühlte mich aufgemuntert, glücklicher. Und hatte zugleich ein schlechtes Gewissen. Ich hatte mich an Malcolms Schulter geworfen, weil er einer meiner besten Freunde war, aber ein Teil von mir war sich auch bewusst, dass ich ihn ausgesucht hatte, weil sein Leben momentan nicht so toll lief, und damit würde auch das meine nicht so schrecklich erscheinen. Ich hasste mich selbst dafür. Und ich wusste auch, dass ich draußen in der realen Welt auf keinen Fall mit Malcolm und seinen heiklen Schwulengeschichten konkurrieren musste, sondern mit Caro und Shona mit ihren perfekten Kernfamilien, ihren Urlauben in Cornwall, bei denen es keine E-Mails schreibende uneheliche Kinder gab, und schon würde ich mich wieder bedroht fühlen. Aber fürs Erste, für den Augenblick war meine Angst verschwunden, und ich war erleichtert, sie loszuwerden.

Ich holte tief Luft und bereute es sogleich. Angewidert rümpfte ich die Nase. »Igitt, ist das Cinders?«

»Der Furz? Leider ja. Das arme Hundchen, sein Verdauungsapparat scheint leider den Geist aufzugeben. Beeindruckend, nicht wahr? Ich habe schon überlegt, ob ich es in Flaschen abfülle und dann zu Piers Morgan als kostenlose Zugabe gebe. Ein Stinker verdient den anderen.«

Ich grinste und schaute mich zum ersten Mal richtig um. »Du hast einen neuen Computer gekauft«, sagte ich plötzlich, als ich ein dunkles Auge mit schicker Chromumrandung in der Ecke bemerkte. Das Teil war glänzend und hell, ganz anders als der alte, etwas schäbige, der unter dem Namen Gloria bekannt war und prima funktionierte, solange man ihm oder vielmehr »ihr« nur fest genug in den Hintern trat.

Er kratzte sich verlegen am Kopf. »Ging nicht anders. Gloria pfiff wirklich aus dem letzten Loch, das arme Ding. Ihre Festplatte hat sich ins Nirwana befördert. Und man muss ja schließlich mit der Zeit gehen, oder? Und mit den Wundern der modernen Technik Schritt halten.«

Ich blinzelte. Normalerweise hinkte Malcolm Lichtjahre hinterher und war ebenso technikfeindlich wie ich. Ich runzelte die Stirn und lugte in den Verkaufsraum des Ladens, der mittlerweile fast, aber nicht ganz im Dunkeln lag, da die tief stehende Sommersonne gerade noch durch das hübsche halbrunde Fenster schien und sich in den Büchern auf den obersten Regalbrettern spiegelte. »Da draußen ist ja auch was passiert«, sagte ich misstrauisch. Erst jetzt bemerkte ich, dass ein neuer Teppichboden verlegt worden war: taupe und ziemlich schick und das bisschen Wandfläche über und zwischen den Regalen erschien nun in einem Tiefdunkelrot, wie ein Studierzimmer, nicht in Malcolms üblichem Dunkelblau. Es war eine hübsche Abwechslung.

»Pass auf, bald machst du Pupsgesicht Konkurrenz. Seine Wände sehen so ähnlich aus, oder? Wie geht es ihm übrigens?«

Pupsgesicht war Malcolms Erzfeind und Rivale – ein ehemaliger Medienfuzzi, der vor einem Jahr den Spielzeugladen nebenan gekauft und ihn in eine Buchhandlung verwandelt hatte. Malcolm hatte Reißnägel gekotzt vor Wut.

»Nebenan! Vor meiner verdammten Nase. Direkte Konkurrenz!«

»Beruhige dich, Malcolm, es ist gar keine Konkurrenz. Der Laden ist ganz anders.«

Er war tatsächlich etwas ganz Anderes. Das wusste

ich, weil ich hineingegangen war, um ihn auszukundschaften, was Malcolm sich hitzköpfig weigerte zu tun. Der neue Laden war in erster Linie auf Militärgeschichte spezialisiert und war eine ziemlich hochgestochene Angelegenheit, ganz ohne die Taschenbuch-Bestseller oder grellen Liebesromane und Thriller, die Malcolm stapelweise vorrätig hatte, in seinem verzweifelten Versuch, gegen die Buchhandelsriesen von der Highstreet anzukommen. Stattdessen waren hier großformatige, teure Bildbände geschmackvoll auf runden Mahagonitischen arrangiert. Bücher, die wir hier früher auch geführt hatten, oben bei Kunst und Architektur, was Malcolm sich aber zu seinem großen Bedauern nicht mehr leisten konnte. Partnerschaft und Sex sowie Humor waren jetzt im ersten Stock zu finden, wobei Malcolm gerne scherzte, dass man schließlich das eine brauchte, um das andere zu tun. Aber dieser schnieke Buchladen nebenan probierte es auf die alte Tour. Er gehörte einem Mann, den ich nie kennengelernt hatte, da ich bei meinem Besuch nur einem Verkäufer begegnet war, den Malcolm aber Pupsgesicht getauft hatte, weil er immer so dreinschaute, als hätte er einen äußerst unangenehmen Geruch in der Nase.

»Was?« Malcolm, der gerade geistesabwesend einen neuen Frederick Forsythe durchblätterte, blickte auf, als ich nach draußen ging, um mich umzuschauen.

»Ich sagte, wie geht es Pupsgesicht?«

»Ach ... gar nicht so schlecht, eigentlich. Wir kommen mittlerweile ganz gut miteinander aus.« Ich drehte mich um und starrte ihn an. Er kratzte sich am Kinn. »Wir haben ... nun ja, wir haben uns sozusagen zusammengeschlossen.«

»Was?«

»Wir haben ... du weißt schon. Fusioniert.«

Ich runzelte die Stirn. »Fusioniert?«

»Ja. Hast du es beim Hereinkommen nicht bemerkt?«

Ich schaute mich um und ging rasch nach vorne in den Laden, wo ich plötzlich feststellen musste, dass zu meiner Linken ein verdammt großes Loch klaffte. Da fehlte eine halbe Wand. Ein großer Durchgang war hineingeschlagen worden, den ich in meinem wild schluchzenden Zustand gar nicht bemerkt hatte, als ich zuvor daran vorbeigeeilt war. Und der neue taupefarbene Teppichboden zog sich ganz bis nach nebenan in das rotwandige Mahagonitisch-Heiligtum.

»Oh!«, japste ich erschrocken und sprang zurück in Malcolms Revier. »Malcolm, ich kann's nicht glauben!«

»Ich musste es tun, Evie.« Er war aufgestanden und hatte sich zu mir gesellt, die Hände verlegen in den Hosentaschen vergraben. »Diese großen Ketten mit ihren Sonderangeboten – damit konnte ich einfach nicht mehr mithalten. Ich hatte die Wahl – entweder pleitezugehen oder das hier. Wir waren beide kurz vor dem Untergang, und er hatte erst vor einem Jahr eröffnet. Ich war verzweifelt, und er ist eines Tages auf mich zugekommen und hat mich zum Mittagessen eingeladen.«

»Nein!«

»Er ist eigentlich sogar ziemlich nett. Jedenfalls hat er mir einen Vorschlag gemacht, mir sozusagen einen Rettungsring zugeworfen. Aber einen, den er selbst auch brauchte. Und das ist dabei herausgekommen. Mein ganz normaler Laden für ein breites Publikum mit einer Kinderabteilung und Karten und Geschenkpapier und sein hochintellektueller mit Geschichte, Kunst und Philosophie.«

»Und?« Ich war baff.

»Und …«, sagte er vorsichtig, »… soweit die Einnahmen von letztem Monat ein Anhaltspunkt sind, funktioniert es. Im Moment jedenfalls. Ich habe meine treuen

Kunden und er hat seine, aber wenn sie ihre neue Napoleon-Biografie gekauft haben, kommen sie noch hier rüber, um was für ihre Frau mitzunehmen. Vielleicht die neue Joanna Trollope oder etwas für die Schwiegermutter oder umgekehrt. Meine Kunden gehen rüber, wenn sie was für ihre Väter oder Großväter zum Geburtstag suchen.« Er zuckte die Schultern. »So weit, so gut.«

»Mannomann.« Ich war verblüfft. »Oh, Malcolm, das freut mich so für dich.« Das tat es wirklich. Als ich das letzte Mal vorbeigekommen war, was, wie ich zu meiner Schande gestehen musste, ein paar Monate her war, war er ganz krank gewesen vor Sorge. Kurz danach musste der Vorschlag gekommen sein.

»Und wie ist er so?«, fragte ich gespannt. »Ich meine – versteht ihr euch? Als Partner?«

»Er ist eigentlich sogar ziemlich attraktiv.«

»Oh – ist er …?«

»Nein, nein, total hetero. Ich meinte einfach nur nett anzusehen, was ein glücklicher Umstand ist, wenn man bedenkt, dass ich mit ihm zusammenarbeiten muss, und du kennst ja meine dumme Allergie gegen unattraktive Menschen.« Er grinste. »Und er ist gar nicht so ein arroganter Scheißkerl, wie ich gedacht hatte. Er macht immer noch so ein stinkiges Gesicht, aber je mehr ich ihn kennenlerne, desto mehr neige ich zu der Annahme, dass er dafür seine berechtigten Gründe hat. Oh, wart mal kurz …« Sein Handy klingelte. Er zog es aus der Tasche seiner Jeans und warf einen Blick darauf. »Wenn man vom Teufel spricht … Er soll mich hier heute Abend ablösen – netterweise. Wir wollten eigentlich Inventur machen, aber ich habe Ausgang bekommen. Ich habe nämlich ein Date.«

»Wirklich? Oh, Malcolm, wie schön. Das freut mich. Ist er nett?«

»Weißt du eigentlich, wie muttermäßig du dich anhörst? Warte kurz.« Er las eine SMS. Plötzlich warf er den Kopf zurück und lachte.

»Er sagt, er wäre gleich hier. Anscheinend hat ihn so eine nicht mehr ganz frische Tussi in Reizwäsche aufgehalten, die ihm einen Tiegel mit Gleitcreme an den Kopf geworfen hat, vor lauter Verzweiflung. Oh, da ist er ja.«

Ich schaute mich um und erstarrte vor Schreck, als die Tür aufging und mit wehenden Mantelschößen, das Handy noch in der Hand, Mr. Green Eyes den Laden betrat.

14

Ich keuchte. »Oh Gott.«
Seine Miene verdüsterte sich, als er mich bemerkte. »Jesses.«

Malcolm zog die Augenbrauen hoch. »Soll ich jetzt noch den Heiligen Geist anrufen, um die Heilige Dreifaltigkeit zu komplettieren?« Er schaute mich an, dann wieder ihn. »Ihr beide kennt euch?«

Ich brachte mich bereits in Stellung. »Ich möchte Sie nur darüber informieren«, säuselte ich, »dass meine Unterwäsche bis heute immer nur schneeweiß gewesen ist und dass meine *Feuchtigkeits*creme nie zu etwas anderem benutzt worden ist, als meine Gesichtshaut zu pflegen!«

»Dann haben Sie offenbar Probleme«, murrte er und machte die Tür hinter sich zu. »Ein Schwimmer, der den Kanal überquert, könnte sich über so eine Hochleistungsschutzcreme freuen, wie Sie sie verwenden.«

»Oh!« Mir blieb der Mund offen stehen. »Wie können Sie es wagen?«

»Ich wage es, weil ich sie eben vom Rücksitz meines Autos gekratzt habe, da Sie sich noch nicht einmal dazu herabgelassen haben, das anzubieten!«

»Ruhig, ruhig!« Malcolm sprang zwischen uns mit hoch erhobenen Händen wie ein Schiedsrichter zwischen zwei Preisboxern. »Langsam, Evie. Cool, Ludo.«

»Ludo?«, spottete ich. »Was für ein verdammt angeberischer Name. Pupsgesicht passt viel besser zu Ihnen.«

»Was?«

»Pupsgesicht. So hat Malcolm Sie …«

»Ah, haha!«, lachte Malcolm nervös und schaute mich mit schreckgeweiteten Augen an. »Hier ist ja wohl ganz offensichtlich ein Missgeschick passiert und ihr beide habt euch in die Wolle gekriegt, aber das ist doch noch lange kein Grund …«

»Hier geht's nicht um Wolle, sondern um Kohle, und zwar genau um 200 Pfund, die es kostet, meine Wildlederpolster reinigen zu lassen, und die werde ich Ihnen in Rechnung stellen.«

»Nur wegen ein bisschen Creme auf dem Polster? Sie blöder, lächerlicher Kerl mit Ihrer blöden Penisverlängerung. Sie können wohl nicht weiter schauen als auf das Ding zwischen Ihren Beinen, das offenbar, wenn Sie so ein Auto brauchen, nicht groß genug ist!«

»Evie!« In Malcolms Blicken braute sich ein Unwetter zusammen. »Ihr geht es gerade nicht so gut«, erklärte er nervös über die Schulter hinweg, während er mich am Arm packte und versuchte, mich in Richtung Tür zu ziehen. »Familienprobleme. Etwas überlastet.« Er fand mein Ohr und zischte: »Evie, er ist mein Geschäftspartner, Himmel noch mal. Reiß dich zusammen!«

»Es tut mir leid, dass ich Ihre ›Wildlederpolster‹ ruiniert habe«, dabei machte ich Anführungszeichen in die

Luft und bedachte ihn mit einem bedeutungsvollen Augenrollen über meine Schulter hinweg, während Malcolm mich nach draußen beförderte. »Sorry, wenn Ihr Ficksofa jetzt so aussieht, als wäre es schon mal benutzt worden, als hätte es schon mal ein bisschen Action erlebt!«

»EVIE!«, brüllte Malcolm und schob mich jetzt mit vollem Körpereinsatz zur Tür und auf den Gehweg hinaus.

»Sie brauchen Hilfe«, war das Letzte, was ich Pupsgesicht noch mit scharfer Stimme hinter mir her rufen hörte, bevor die Tür hinter uns zuknallte.

»Himmel noch mal!«, zischte Malcolm und schüttelte mich ein wenig.

Sobald ich draußen an der frischen Luft war, fasste ich mir an den Kopf. Da war wieder das alte Gefühl, er würde mir gleich abplatzen. »Oh Gott.« Ich schloss die Augen. Als ich sie wieder aufschlug, hatte Malcolm eine Zigarette angezündet. Er betrachtete mich eingehend. »Sorry«, murmelte ich. »Bisschen heftig, ich geb's zu. Es kam einfach so aus mir raus.«

»Das kann man wohl sagen.« Er reichte mir die Zigarette.

»Ich habe aufgehört.«

»Das ist wie Radfahren. Man verlernt es nicht. Zieh einfach.«

Das tat ich und musste gleich kräftig husten, aber nach ein paar Zügen kam alles wieder zurück. Himmlisch.

»Sorry«, murmelte ich nach einer ganzen Weile noch einmal. »Es tut mir so leid, Malc. Ich weiß nicht, was mich geritten hat.« Ich war wie betäubt und auch ein bisschen schwindlig vom Rauchen. Ich schüttelte den Kopf in dem Versuch, ihn dadurch klarer zu bekommen. »Das Problem ist, dass für mich im Moment alle Männer in dieselbe Schublade gehören. Können ihre Hosen nicht anbehalten und wollen nur das Eine.« Ich schaute ihn Hilfe suchend an. »Ich nehme an, das ist symptomatisch für das, was passiert ist. Ich habe das Gefühl, dass sich alle Punkte auf meiner moralischen Skala verschoben haben.«

Ich reichte ihm die Zigarette wieder. Er nahm einen tiefen Zug ganz bis in seine italienischen Schuhe hinunter, dann blies er nachdenklich den Rauch in einer dünnen blauen Linie aus. »Geh jetzt nach Hause, Schätzchen. Geh nach Hause zu Ant und Anna. Bring die Punkte auf deiner Skala wieder in die richtige Reihenfolge und sieh zu, dass du das mit ihm auf die Reihe kriegst. Es wäre einfach zu schade, wenn das nicht klappen würde.«

Ich nickte und drohte schon wieder in Tränen auszubrechen und wusste, dass er recht hatte. Wir umarmten uns auf dem Gehweg. Ein zielloser Blick über seine Schulter zeigte mir, dass Pupsgesicht uns durch die Scheibe beobachtete. Er wandte sich rasch ab und gab vor, sich mit einem Stapel Bücher auf dem Tisch zu beschäftigen.

Auf dem Nachhauseweg dachte ich über das nach, was Malcolm gesagt hatte. Es wäre schrecklich schade, das alles über Bord zu werfen. Es zu vergeigen. Vergeig's nicht, Evie, ermahnte ich mich und klammerte mich dabei ans Lenkrad. Du bist schon ziemlich nah am Abgrund. Ich schluckte. Das stimmte. Gefährlich nahe. Ich wusste, dass ich durchaus fähig war – wie meine kleine Explosion in Malcolms Laden soeben gezeigt hatte –, die Kontrolle zu verlieren. Und ich wusste, dass ich, koste es, was es wolle, die Flamme von der Zündschnur weghalten musste.

Zu Hause war alles ruhig. Verdächtig ruhig, dachte ich, als ich die Haustür leise hinter mir zumachte. Kein Kreischen und Schreien, keine Tochter, die den Kram aus ihrem Zimmer die Treppe hinunterwarf und sich selbst gleich hinterher, um dann unten alles wieder an sich zu raffen und zur Tür hinauszurennen. Aber nein – sanfte Musik erklang von drinnen. Aus dem Wohnzimmer. Ich zog die Jacke aus und ließ sie auf einen Stuhl fallen. Leise ging ich auf Strümpfen den Flur entlang und drückte die Tür auf.

Ant saß im Dämmerlicht am Fenster, nur eine kleine Tischlampe brannte. Seine langen Beine hatte er ausgestreckt, die Füße übereinandergeschlagen, die Hände auf der Brust gefaltet, während er Mahlers Zweiter Sinfonie lauschte, der traurigsten. Er schaute auf und lächelte wehmütig, seine Augen waren müde. Dann streckte er die Hand aus.

»Hi.« Leise.

»Hi.«

Ich schlüpfte durchs Zimmer, ergriff seine Hand und ließ mich neben ihn aufs Sofa sinken. Seine Finger legten sich eng um meine, dann legte er mir den Arm um die Schultern. Ich spürte, wie jede einzelne Faser meines ganzen Seins sich entspannte und vor Erleichterung vibrierte. Ich fühlte mich so sicher. Ich legte meinen Kopf auf seine Brust.

»Wie war's?«, flüsterte ich in sein blau kariertes Hemd hinein.

»Durchschnittlich grauenvoll.«

Ich konnte sein Herz schnell an meinem Ohr schlagen hören. Ich schaute auf. »Ist doch klar, dass sie das durcheinanderbringt, Ant.«

Er verzog den Mund zu einem mühsamen Lächeln. »Sie ist mehr als nur durcheinander. Ihr Vater ist der Teufel in Person. Entweder das oder Don Juan. Angeblich habe ich ihr Leben zerstört.« Seine Stimme zitterte bei diesen Worten.

Ich setzte mich auf, ohne seine Hand loszulassen,

blickte in seine sanften blauen Augen, traurig und schmerzerfüllt. Ich wusste, dass ich jetzt stark sein musste. »Das ist nur der erste Schock, mein Schatz. Das ist doch ein furchtbarer Schock für sie, ist doch klar. Für uns alle. Sie hat das Gefühl, den Boden unter den Füßen zu verlieren, es erschüttert ihr Grundvertrauen. Aber sie wird sich schon beruhigen. Und dann wird sie merken, dass alles gar nicht so schlimm ist. So wie ich.«

Er wandte den Kopf, um mich anzusehen. »Ist das so bei dir?«

»Ja, Ant, ich weiß, wie sie sich fühlt – als wäre ihr Leben bis heute eine einzige Lüge gewesen, als wenn sich da die ganze Zeit etwas hinter ihrem Rücken abgespielt hätte. Sie fühlt sich hintergangen.«

»So ungefähr hat sie es auch gesagt. Dass dieses Mädchen da insgeheim, unbekannterweise aufwächst.« Er seufzte. »Ich kann das verstehen. Mir geht es ebenso.«

»Genau, und bestimmt hat sie auch Angst, weil sie glaubt, dass alles anders werden wird, aber das stimmt ja nicht. Zunächst wird sie sich mal daran gewöhnen müssen, dass dieses Mädchen existiert…« Ich konnte mich noch nicht dazu durchringen, von »Stacey« zu sprechen. »… aber ihr Leben, unser Leben, wird genau so weitergehen wie zuvor. Du und ich und Anna.«

»Mit wem hast du gesprochen?«

»Mit Malcolm.«

Er lächelte. »Der gute alte Malcolm.« Er seufzte. »Wollen wir hoffen, dass er recht behält.« Er fuhr sich mit der Hand durch die Haare. »Ich wünschte, ich hätte es ihr nicht gesagt, sondern hätte es für mich behalten.«

»Du musstest es ihr erzählen.«

»Ich weiß.«

»Wo ist sie?«

»In ihrem Zimmer, glaube ich. Ich war mit ihr bei Starbucks auf einen Kaffee, aber da ist sie mir davongelaufen. Ich dachte erst, sie würde mir ihre heiße Schokolade ins Gesicht kippen. Sie ist dann nach Hause gegangen.«

Ich hielt den Atem an. Oh Gott. Der arme Ant war verzweifelt auf den Spuren seiner Tochter durch Oxford geirrt. »Aber bist du sicher, dass sie zurück ist?«

»Ihre Musik ist an.«

»Ah.« Wir schwiegen einen Augenblick. Dann sagte ich: »Ich gehe mal hoch zu ihr.«

»Ja. Mit dir wird sie reden.« Wie traurig er dabei klang. Zerknirscht. Und normalerweise war es genau anders herum. Um ehrlich zu sein, war Ant sonst derjenige, dem sie sich anvertraute. Wir beide konnten uns über Klamotten, den Zustand ihres Zimmers oder ihre frechen Antworten in die Haare kriegen, aber sie würde immer mit Ant reden.

»Das ist ein großer Schock für sie«, versicherte ich ihm. »Gib ihr Zeit. Dann beruhigt sie sich schon wieder.«

»Hast du dich denn beruhigt?« Seine Augen hatten einen verletzten Ausdruck.

Ich schluckte. »Ich bemühe mich darum.«

Ich ging nach oben und legte mein Ohr an ihre Tür. Durch einen Spalt fiel Licht, und die Black Eyed Peas klangen gedämpft nach draußen. Sie ließ ihre Musik nie mit einer Million Dezibel laufen, sondern nur im Hintergrund. Ich klopfte.

»Anna? Liebling? Kann ich reinkommen?«

Keine Antwort. Ich drückte die Klinke nach unten. Abgeschlossen. Ich rief noch einmal.

»Anna, meine Süße, lass mich rein.«

Drinnen hörte man Geräusche. Nach einer Weile kam ein Stück Papier unter der Tür hindurch. »Ich will nicht darüber reden.«

Ich ging in mein Zimmer und holte einen Stift aus der Schublade.

»Noch nicht einmal mit mir?«

»Mit dir erst recht nicht«, kam prompt zurück.

Oh. Na gut, dann eben nicht. Ganz unwillkürlich reagierte ich eingeschnappt. Warum erst recht nicht mit mir? Was zum Teufel hatte ich mit der Sache zu tun? Ich spürte, wie all die Wut und der Ärger, die ich in der letzten halben Stunde oder so mühsam unterdrückt hatte, wieder an die Oberfläche drängten. Ich ging ins Schlafzimmer, um tief durchzuatmen.

Die Abendsonne schien durch die Balkontür und das hübsche schmiedeeiserne Geländer warf einen kunstvollen Schatten auf den cremefarbenen Teppichboden. Ich schaute nach draußen. Unten auf der Straße radelte gerade eine Gruppe von Studenten vorbei. Sie lachten, als einer fast in den anderen hineinfuhr. »Oh, Barnaby, du Dödel!« Das Leben ging weiter. Ein ganz normaler Tag. Alles wird gut, sagte ich zu mir selbst, während ich nach draußen starrte, die Arme fest um mich geschlungen. Alles wird gut.

Nach einer Weile gab ich mir einen Ruck und ging ins Bad. Dort drehte ich die Wasserhähne voll auf und griff nach einer Flasche, aus der ich einen kräftigen Schuss Chanel-Badeöl ins Wasser kippte, das ich seit etwa sechs Monaten hatte und mir immer für »eine besondere Gelegenheit« aufgespart hatte. Gelegenheiten gab es in der letzten Zeit eigentlich immer weniger, musste ich feststellen, aber warum eigentlich nicht jetzt, auch wenn es nicht so ganz das war, was ich mir ursprünglich vorgestellt hatte. Oh – und da waren ja noch die hier. Ich holte eine Schachtel aus dem Schränkchen unter dem Waschbecken. Kerzen, ein Geschenk von Caro zu Weihnachten. Übrigens nur eine von mehreren Packungen mit Kerzen in diesem Schrank. Ich wunderte mich immer, dass ich sie von so vielen meiner Freundinnen geschenkt bekam, aber sie benutzten sie ganz offenbar. Wann eigentlich, hatte ich einmal gefragt. Oh, im Badezimmer bei ausgeschalteter Beleuchtung. Ach so. Ja. Und warum? Nun ja, zur Entspannung. Aha. Es kam mir ein bisschen albern vor, wie etwas, das meine Mutter … nun ja. Aber anscheinend tat Caro es, da sie mir die Kerzen geschenkt hatte, obwohl ich mir kaum vorstellen konnte, dass sie Zeit für mehr als eine kurze Abreibung in der Dusche mit Karbolseife und einem Glitzy-Schwamm hatte. Während das Badewasser einlief, überlegte ich, ob ich es noch einmal bei Anna probieren sollte. Nein. Lass sie einfach, Evie. Gib ihr etwas Freiraum. Ich zündete die Kerzen an. Wow! Schon alleine das Anzünden war entspannend. Vielleicht war ja doch etwas daran.

Ich tapste ins Schlafzimmer zurück zum Radio und suchte nach sanfter Musik. Ich war entschlossen, mich zu entspannen. Die Badewanne war weit genug von der Balkontür entfernt, und die Abendsonne schien so wunderbar, dass ich die Vorhänge offen ließ. Dann zündete ich noch ein paar Kerzen an und summte mit James Blunt mit, der mir erklärte, ich wäre schön, dann drehte ich ihn noch etwas lauter, sodass ich mit seinem Gedudel und dem Dröhnen der Wasserhähne nicht hörte, wie Anna hereinkam.

»Oh! Hallo, Schatz.« Ich fuhr herum, nachdem ich soeben Kerze Nummer 20 angezündet hatte. Überrascht schaute sie sich in dem flackernd erhellten Raum um. Ihr Gesicht war blass und trug Spuren von Tränen.

»Was machst du da?«

»Ich versuche, mich zu entspannen, etwas für meine Seele zu tun. So wie du es mir immer sagst.« Ich ging zu ihr hinüber und probierte ein besorgtes Lächeln.

»Ach so. Okay.« Sie klappte den Klodeckel herunter

und ließ sich schwer darauf fallen. »Ich will sie nicht treffen«, sagte sie mit brüchiger Stimme und abwehrendem Tonfall.

»Das musst du ja auch nicht, mein Schatz.« Ich beugte mich hinab, um sie in den Arm zu nehmen, aber sie drehte mir abweisend die Schulter entgegen. Ich setzte mich auf den Badewannenrand.

»Es gibt keinen Grund, warum ich das muss. Keiner kann mich dazu zwingen.«

»Keiner will dich zwingen«, beruhigte ich sie.

»Und warum hat er es mir dann überhaupt erzählt, verdammt?«, heulte sie und schaute auf. Ihre Augen waren hell und voller Qual. Mir krampfte sich das Herz zusammen bei diesem Anblick.

»Weil du es erfahren musstest, meine Süße. Wir alle mussten es erfahren.«

»Aber warum?«

»Weil – nun, weil es eine Tatsache ist, die man nicht ändern kann, deswegen. Er konnte es dir doch nicht vorenthalten.«

Sie starrte mich an, wobei ihr Kinn ganz, ganz leicht zitterte.

»Es ist widerlich. Das Ganze ist einfach nur widerlich. Und ich meine – was werden meine Freundinnen sagen? Wenn ich plötzlich mit dieser *Schwester* namens *Stacey* antanze? Die anders redet als ich, anders aussieht als ich, schulterfreie Tops trägt und Piercings hat.« Interessanterweise vergaß sie dabei ganz, dass sie selbst sich schon lange Ohrlöcher stechen lassen wollte. »Was sage ich dann?«, jammerte sie, und genau das hätte ich auch am liebsten getan: gejammert. Aber sie war vierzehn und durfte das. »Was werden sie alle denken? Es ist so peinlich – oh, das hier ist übrigens das uneheliche Kind von meinem Vater. Ich halte das nicht aus!«

»So wird es nicht kommen«, sagte ich rasch. »Du

musst sie weder treffen noch sie deinen Freundinnen vorstellen.«

»Aber wenn sie hierherkommt, um sich mit Dad zu treffen, dann ist das doch, als würde sie sagen ...« Ihre blauen Augen waren groß und ausdrucksvoll. »... komm schon, traust du dich nicht? Traust du dich nicht, mich zu treffen?«

Ich hielt den Atem an und wünschte, sie würde nicht so haargenau meine eigenen Ängste auf den Punkt bringen.

»Willst *du* sie denn treffen?«, wollte sie wissen.

»Nein!«, stieß ich hervor.

»Daddy meinte aber, du würdest vielleicht.«

»Wirklich?«, krächzte ich. »Nein. Nein, ganz sicher nicht.« Ich hängte mein Fähnlein nach dem Wind in der letzten Zeit und änderte stündlich meine Meinung. »Mein Gott, was habe ich mit ihr zu tun? Nichts!«, wiegelte ich ab.

»Nun ja, sie ist das Kind von deinem Mann. Aber für mich ist es noch viel schlimmer – sie ist meine Halbschwester!« Ihre Augen hatten einen tragischen, aufs Höchste verunsicherten Ausdruck. »Eine Blutsverwandte!«

»Von der du bis jetzt gar nichts gewusst hast. Also gibt es auch keinen Grund, warum wir, nur weil sie beschließt, genau in diesem Moment in unserem Leben aufzutauchen, darauf auch eingehen müssen.«

»Nein.« Sie nickte. Das gefiel ihr. Aber sie war noch nicht ganz überzeugt. Sie beugte sich auf dem Klodeckel nach vorne und rang die Hände. »Ich bin so total eifersüchtig auf sie«, flüsterte sie, »obwohl ich sie noch nie gesehen habe.« Sie starrte auf den Boden. »Darauf, dass er noch jemanden hat.«

Ich schluckte und konnte nichts sagen.

Sie blickte auf. »Es muss ja schrecklich sein für dich,

Mum«, sagte sie mit zitternder Stimme. »Ihr wart doch verlobt.«

Ja. Richtig. Das waren wir. Und ich merkte, dass sie darin einen schrecklichen Verrat sah. Und doch hätte ich selbst das ehrlich gesagt gar nicht so schlimm gefunden, wären die Umstände anders gewesen und hätte Ant sich nicht durch die Geschichte mit Neville unter Druck gesetzt gefühlt. Im ersten Augenblick natürlich schon, aber eigentlich war ich einer Meinung mit Caro. Nach dem ersten Schock hätte ich vermutlich gedacht – was soll's, es ist lange her und in den siebzehn Jahren war viel Wasser den Fluss hinuntergeflossen – und schon hätte ich mich mit vollem Elan in den Schlussverkauf gestürzt und in den Kaschmirpullovern gewühlt. Aber in der ernsthaften Gedankenwelt einer Vierzehnjährigen war es ein schrecklicher Vertrauensbruch, jemanden zu betrügen, mit dem man ging oder gar verlobt war. Einmal hatte ich Anna erklären müssen, warum sich ein Paar aus unserem Freundeskreis scheiden ließ. Da ich nicht auf das unverzeihliche wiederholte Fremdgehen des Mannes eingehen wollte, hatte ich gesagt: »Er, äh, hat sich auf einen Seitensprung eingelassen.« »Ach so«, hatte sie sogleich gesagt. Alles klar. Es kam ihr gar nicht in den Sinn, dass die Frau ihm einen kleinen Seitensprung vielleicht verzeihen konnte. Ihr kleines Leben war noch immer zutiefst ehrlich. Alles drehte sich um Freundschaftsbänder, Versprechen, Vertrauen. Sie konnte noch nicht wissen, dass die Wechselfälle des Lebens und die Fehlbarkeit des menschlichen Wesens all das später ändern würden und dass es in manchen Situationen am besten war, vielleicht nicht einfach vergeben und vergessen zu sagen, aber doch, Schwamm drüber und vergessen. Ihr kamen die Tränen angesichts dessen, was sie als meinen Schmerz wahrnahm, und ich machte mir die Situation zunutze, da ich wusste, dass ich jetzt an sie herankommen würde. Ich beugte mich vor, um sie zu halten, und sie klammerte sich an mich, als ich sie vor dem Klo kniend in meine Arme schloss.

»Es ist gut«, flüsterte ich ihr in die süß duftenden blonden Haare. »Es wird für uns alle gut. Das ist, wie wenn man Angst vor dem schwarzen Mann hat, Anna. Etwas, was wir nicht sehen können, was drohend über uns schwebt. Aber so ist sie bestimmt gar nicht. Sie wird selbst auch große Angst haben. Stell dir mal ihre Lage vor. Hier sind wir, eine wohlhabende, gebildete Familie aus Oxford, und da draußen steht sie als Außenseiterin und schaut zu uns hinein.«

»Und genau da soll sie auch bleiben«, sagte sie unbarmherzig. »Sie soll von draußen hereinschauen. Sie hat kein Recht, hier einfach reinzukommen und Forderungen zu stellen – sich zwischen uns zu drängen.«

Doch, genau das Recht hat sie, ging es mir durch den Kopf. Ich rappelte mich auf und ging hinüber, um die Wasserhähne abzudrehen und dann langsam mein Kleid aufzubinden.

»Und all das nur, weil er ein Buch geschrieben hat, wette ich! Nur weil er bekannt ist. Deswegen will sie ihn kennenlernen.«

Das war nicht meine Anna, die da sprach. Sie war offenbar völlig durcheinander. Und doch hatte ich genau dasselbe gefühlt.

»Und ich habe das Gefühl, dass ich Daddy eigentlich gar nicht kenne«, stieß sie hervor. Dann stand sie auf und wandte sich mit dem Gesicht zur Straße, die Arme fest vor der Brust verschränkt. »Ich habe das Gefühl, dass ich diesen Mann nicht kenne, der Studentinnen schwängert. Mein Gott, in ein paar Jahren könnten es vielleicht welche von meinen Freundinnen sein. Es ist einfach so unanständig von ihm!«

»Er war jung«, versuchte ich sie zu beruhigen. Ich fand

es schrecklich, dass sie so von ihm dachte. Ich schlüpfte aus meinem Kleid.

»Na ja, so jung auch wieder nicht. Dreißig *und* er war verlobt und ...« Sie drehte sich um. »Oh mein Gott!«

»Was?«

Sie starrte mich an. »Was trägst du denn da?«

»Oh!« Ich schnappte mir ein Handtuch. Meine Unterwäsche hatte ich ganz vergessen. »Nur etwas, das ich vorhin schnell angezogen habe.«

»Schnell angezogen?« Ihr fielen fast die Augen raus vor Verwunderung. Dann suchte sie meinen Blick. Ihr schien ein Licht aufzugehen.

»Mein Gott, ihr zwei ...«, flüsterte sie.

»Was?«, murmelte ich unbehaglich. Sie schaute sich um. Betrachtete die Kerzen. Die sanfte Musik. Ihre Augen wanderten zurück zu mir, entgeistert.

»Seid ihr Swinger?«

»Was?«

»Du und Dad. Seid ihr insgeheim Swinger? Steckt das hinter all dem hier? Geht ihr zu Partys und geht dann mit Ehemännern von anderen nach Hause?«

»Anna, sei doch nicht lächerlich!«

»ALSO GUT, WAS SOLL DANN DIE NUMMER MIT DER REIZWÄSCHE?«, brüllte sie.

Ich fuhr mir mit der Zunge über die Lippen. »Wenn du es ganz genau wissen willst, habe ich mich ein bisschen verunsichert gefühlt angesichts der Offenbarungen von deinem Vater. Und wollte mal wieder so richtig attraktiv aussehen. Wieder jung.« Ich hob angriffslustig das Kinn.

Sie streckte die Hand aus und riss mir das Handtuch weg. »Bloß nicht«, sagte sie und wandte sich gruselnd ab.

»Was?« Ich bedeckte meine Blöße jetzt mit den Händen und schaute mich verzweifelt nach einem anderen

Handtuch um. Ich griff nach einem, aber auch das riss sie mir weg.

»Anna!«

Entgeistert musterte sie mich von oben bis unten. »Es ist traurig«, sagte sie schließlich. »Du siehst widerlich aus. Altbacken. Wie ein Musiktelegramm.«

»Vielen Dank, mein Schatz«, sagte ich steif. »Eigentlich sollte es sexy aussehen.«

»Vielleicht an Kate Moss, aber auf nicht mehr ganz glatter und nicht mehr ganz junger Haut ...?«, sie schauderte. »No way.« Sie knipste das Licht an, um besser sehen zu können. »Wo hast du das Zeug her? Ann Summers oder Beate Uhse?«

»Ganz sicher nicht. Würdest du bitte das Licht ausmachen, mein Schatz, die Vorhänge sind offen.«

»Nein, Mum, du musst dich mal selbst anschauen.« Sie nahm mich bei den Schultern und drehte mich zum großen Spiegel hin. »Was du brauchst, ist ein Reality-Check.«

»Mach das Licht aus!«

Ich entwand mich ihrem Griff und hechtete zum Lichtschalter, aber sie war zuerst da und versperrte mir den Weg. Sie war größer als ich. Ich eilte zum Fenster, um die Vorhänge zuzuziehen, und als ich mich reckte, um beide Seiten zu ergreifen, und mit ausgestreckten Armen in einer Kruzifix-Pose dastand, sah ich, wie sich ein Mann auf der anderen Straßenseite umdrehte, bevor er seine Haustür aufschloss. Rasch zog ich die Vorhänge zu, aber nicht bevor ich den unverwechselbaren Anblick von Pupsgesicht erkannt und das Erstaunen in seinen Augen bemerkt hatte, als er mich von oben bis unten musterte.

15

Ich fuhr zurück und presste mich platt gegen die Wand. Lieber Gott im Himmel. Dachte er, ich hätte es auf ihn abgesehen? Natürlich dachte er das. Da war ich schon wieder in meinem heißen Höschen, diesem verdammten Höschen, und gab ihm Flaggensignale, dass er rüberkommen sollte, wie eine Nutte in Amsterdam. Bald würde ich auch noch ein Schild aufstellen: »Schnuckeliges neues Püppchen im Obergeschoss.« Ich schloss die Augen und stöhnte leise, bevor ich mich an der Wand entlang auf den Hintern sinken ließ.

Anna warf mir einen letzten vernichtenden Blick zu und verließ den Raum. Ich horchte ihr hinterher, hörte, wie sie die Treppe hinuntertrampelte und dann die Küchentür zuknallte, um so ihren jugendlichen Gefühlen Ausdruck zu geben, was schließlich ihr gutes Recht war. Ich blieb einen Augenblick auf dem Teppich sitzen. Schaute nach unten. Ein ziemlich unattraktiver Anblick erwartete mich. Mit hochgezogenen Knien und Hängebauch in dieser nicht besonders vorteilhaften Haltung sah ich wirklich, wie Anna so treffend bemerkt hatte, widerlich aus. »Ahhh!« Ich sprang auf die Füße und riss mir mit wenigen Handgriffen die verhassten Kleidungsstücke vom Leib und hüpfte in die Badewanne.

Na und? Verdammt noch mal: Na und? Ich ließ mich unter die Schaumberge sinken, hielt mir die Nase zu und tauchte ganz unter. Dann kam ich wieder hoch, um Luft zu holen. Dieser unangenehme Typ konnte mir doch den Buckel runterrutschen. Mir doch egal. So wie die Dinge lagen, war er mir schnurzegal. Für mich zählte im Moment nur, dass ich meine Familie zusammenhalten wollte. Meine geliebte kleine Familie. Stark zu sein, wenn sie mich brauchten, um ihnen den nötigen Halt zu geben. Ja, das konnte meine Sternstunde werden, jetzt konnte ich zeigen, aus welchem Holz ich geschnitzt war. Ich wischte mir den Schaum aus dem Gesicht. Wie ging noch mal dieses Kipling-Zitat? Wenn du stark sein kannst, wenn alle um dich her da di da da ... wenn du den Kopf behältst, wenn di dum di dum ... dann bist du ein Mann, mein Sohn. Okay, das passte nicht ganz, aber immerhin. Ich setzte mich gerade hin in meiner Badewanne. Ich konnte eine Frau sein. Oder vielleicht besser noch eine Tigerin. Wie war noch mal das andere Gedicht? Das mit dem Tiger? *Tiger, Tiger, burning bright*, und dann kam irgendwas mit *night*. Haha, wenn ich wollte, konnte ich das auch, mit literarischen Anspielungen um mich werfen. Vielleicht weil ich mich wirklich wie eine Tigerin fühlte gegenüber jemandem, der mein Junges bedrohte. Ich betrachtete meine Knie, die aus dem Schaum herausragten. Meine Familie. Sie hatten Angst, alle beide, und das, obwohl keiner von beiden besonders ängstlich veranlagt war. Sie waren beide aus härterem Holz geschnitzt als ich, aber jetzt würde ich diejenige sein, die dem Sturm ins Auge schaute ... noch ein Zitat? Oder nur eine Redewendung? Aber viele Redewendungen stammten aus Zitaten, sagte Ant immer. Also ja, in das Auge des Sturms schauen ... oder war das mit dem Auge was anderes? Auge um Auge, und dann war da noch was mit Zähnen, oder? Egal, ganz gleich, um wessen Auge es sich handelte, ich würde das jedenfalls durchziehen. Definitiv.

Als ich am folgenden Tag Anna zur Schule brachte, war ich geschmackvoll und meinem reiferen Alter angemessen gekleidet in einem Rock von Country Casuals und einer Bluse, die ich einmal in einem seltsamen Anfall von Hausfraulichkeit gekauft hatte. Sie konnte nicht mit dem Fahrrad fahren, weil sie ihr Sportzeug dabei hatte.

Sie beäugte mich misstrauisch, als sie ihre Tür öffnete, um auszusteigen.

»Wo willst du hin?«

»Nirgendwohin, mein Schatz.«

»Und was soll dann dieser Miss-Jean-Brodie-Look? Du hast doch nicht etwa das ganze Spitzenzeug da drunter an, oder?«

»Sei nicht albern, natürlich nicht.«

Sie beugte sich zu mir herüber und befühlte meinen Oberschenkel. Ich zuckte zusammen.

»Nur eine kleine Straps-Kontrolle. Dreh du jetzt bitte nicht ab, Mum, das halt ich nicht aus. Achte einfach auf den Generationsunterschied, okay?«

Und damit stieg sie aus und knallte die Tür zu.

Ich sah ihr hinterher, wie sie die Straße entlangging und in die Einfahrt der Schule einbog: glänzendes langes Haar, kurzer wippender Rock, die Taschen über die Schulter geschlungen. Normalerweise, wenn ich ihr so hinterhersah, dachte ich: wie schön – so sorglos und unbeschwert, klug, beliebt, nie gemobbt, immer problemlos. Aber nun dachte ich: Sie hat ein Problem. Das Problem, mit etwas zurechtkommen zu müssen, was es eigentlich gar nicht geben sollte. Womit sie sich in einem so verletzlichen Alter nicht herumschlagen sollte. Ich holte tief Luft und fuhr los auf die Straße, wo eine andere Mutter mit vor Schreck weit aufgerissenen Augen gerade noch fest auf die Bremse treten konnte, um einen Zusammenstoß mit mir zu vermeiden. Ich fuhr an ihr vorbei und bedeutete ihr stumm »Entschuldigung!«, wobei ich mich fragte, ob ich vielleicht das gewisse Alter erreicht hatte, in dem man noch einmal eine Führerscheinprüfung ablegen sollte. Oder war das ganz normal? Fuhren alle in der Gegend herum, während hinter ihnen ein Hupkonzert erschallte? Mit dem Kreisverkehr war ich jedenfalls noch nie zurechtgekommen. Gleich an der Umgehungsstraße stieß ich auf den nächsten und hielt mich an meine übliche Strategie: Entscheide dich für eine Spur, irgendeine Spur, und hoffe dann, dass es gut geht. Wieder Gehupe.

Die Tage vergingen. Ant war still und introvertiert, aber zugleich liebevoll. Müde. Ich war vernünftig genug, ihm nicht die berühmte Frage »Was denkst du gerade?« zu stellen, als er mit einem Buch auf dem Schoß im Garten saß und weniger auf die Buchstaben als auf die Gartenmauer starrte. Ich machte mich in der Küche zu schaffen, während Anna noch immer trotzig und mit verkniffenem Gesicht herumlief und kein Wort mit ihrem Vater sprach. Wir lebten nebeneinander her, wir drei, wenn auch ziemlich angespannt, aber nach ein paar Tagen ließ die Anspannung ein wenig nach, dachte ich zumindest.

Eines Morgens hörte ich, wie die beiden zugegebenermaßen eher steif am Frühstückstisch über ein Chorkonzert in der Christ Church Cathedral an jenem Abend miteinander sprachen. Ich war in der Waschküche nebenan und bügelte, konnte aber mit dem Ohr an der Wand hören, wie Ant ganz vorsichtig den Vorschlag machte. Dann hörte ich Anna beiläufig murmeln, aber immerhin antwortete sie ihm, was sie seit Tagen nicht mehr getan hatte. Ich bemühte mich angestrengt, mehr zu hören. Verbrannte mir den Bauch. *Aua – Scheiße*! Egal. Ich stellte das Bügeleisen auf die Ablage, wo es Dampf abließ, was ich ihm gleich nachtat. Ein Seufzer der Erleichterung. Ob ich es wohl wagen konnte, auf Tauwetter zu hoffen? Weil dann – ich spritzte mir am Waschbecken kaltes Wasser auf meinen schmerzenden Bauch –, jetzt die Zeit gekommen war – wenn der Staub sich etwas gelegt hatte –, meinen Plan durchzuführen. Wenn sich die Wunden nun langsam schlossen und weniger blutig schienen, dann war es jetzt Zeit zu handeln.

Zu meinem großen Erstaunen gingen die beiden wirklich zu dem Konzert zusammen – am frühen Abend, um sechs Uhr –, und als sie zurückkamen und Anna schweigend in ihr Zimmer gegangen war, um Hausaufgaben zu machen, schob ich meinen Mann in die Waschküche, die, im Gegensatz zur Küche, nicht auf die Treppe hinausging.

»Ant, ich habe einen Plan«, sagte ich schnell und schloss die Tür hinter uns.

»Ach ja?« Er ging an den Getränkekühlschrank und nahm sich ein Bier heraus.

»Ja, also, ich habe mir gedacht, dass wir die Geschichte hier aktiv angehen müssen, findest du nicht?«

Er wandte sich um.

»Es hat keinen Sinn, so zu tun, als würde sie nicht existieren. Als würde ... Stacey ... nicht existieren. Und anstatt darauf zu warten, dass sie anruft«, was ich ganz offensichtlich tat, da ich zusammenzuckte, sobald das Telefon klingelte, »habe ich beschlossen, dass wir sie hierher einladen sollten. Und zwar richtig. Ein Datum vorschlagen. Nichts mit, ich komm dann mal vorbei. Wir laden sie zum Tee oder so ein, damit sie uns drei kennenlernen kann.« Ich strahlte. »Ich habe ihr schon geschrieben.«

Er bekam große Augen.

»Oh, nein, ich habe noch nichts abgeschickt«, sagte ich rasch. »Das würde ich nie tun, ohne dich vorher zu fragen. Aber glaubst du nicht auch, dass das eine gute Idee wäre, Schatz? Die Geschichte aktiv anzugehen.« Das hatte ich schon gesagt. Ich rang nach Worten. »Den Schreckgespenstern ins Auge zu sehen?«

»Ich sehe in Stacey kein Schreckgespenst«, sagte er langsam, »aber theoretisch stimme ich dir zu. Du hast recht. Ich bin zu demselben Schluss gekommen. Wir sollten nicht einfach darauf warten, dass sie hier auftaucht, sondern sollten sie einladen. Ich habe ihr eine Mail geschickt. Sie kommt morgen.«

»Oh!« Morgen. Und er hatte mir gar nichts davon gesagt. Was sollte ich anziehen? Unglaublich, aber das war es, was ich dachte. Morgen.

»Du hast mir gar nichts gesagt.«

»Ich hatte es vor. Ich habe die Mail heute erst abgeschickt, ganz kurz entschlossen eigentlich. Noch ehe ich länger darüber nachdenken konnte, hatte ich schon auf ›Senden‹ geklickt. Aber sie hat gleich zurückgemailt. Wir treffen uns bei *Browns* zum Mittagessen.«

»Gut«, hauchte ich.

»Ihre Mutter kommt auch mit.«

»Wirklich?«

»Sie ist doch erst sechzehn, Evie. Sie braucht moralische Unterstützung. Das kann ich schon verstehen.«

»Ja«, krächzte ich und klammerte mich an die Waschmaschine, die sich drehte, genau wie mein Magen. Himmel, was sollte ich bloß anziehen? »Aber … was ist mit Anna?«

»Ich habe sie heute Abend gefragt. Sie will mitkommen.«

»Echt?«

»Na ja, widerwillig. Aber ich hab es ihr freigestellt, als wir zur Christ Church Cathedral gelaufen sind, und nach dem Konzert hat sie Ja gesagt.«

»Du hast sie gefragt, bevor du mit mir gesprochen hast?«

»Nur weil sich die Gelegenheit ergab. Sie hat zum ersten Mal seit Tagen mit mir geredet. Ich wollte gleich bei unserer Rückkehr mit dir sprechen.« Seine Worte klangen wie immer klar und überzeugend.

»Oh. Na gut. Dann … dann sind wir also zu fünft.« Mir drehte sich der Kopf. Ich stellte mir vor, wie wir zu fünft um einen runden Holztisch saßen mit kreisenden

Ventilatoren und schwingenden Palmen. »Dann reserviere ich lieber mal einen Tisch.«

Er machte ein überraschtes Gesicht. »Aber für vier. Ich glaube nicht ... also, es wäre nicht so passend, oder?« Seine Augen waren freundlich und sanft. Ich brauchte einen Augenblick.

»Du meinst ... dass ich mitkomme?«

»Na ja ...« Er wand sich. »Stell dir mal ihre Situation vor. Sie will ihren Vater kennenlernen und auch ihre Schwester. Sie braucht dabei die Anwesenheit ihrer Mutter. Ich glaube nicht ...«

»Nein – nein, natürlich ... du hast recht. Mich will sie natürlich nicht dabeihaben. Ha!«

»Jedenfalls im Moment«, fuhr er besorgt fort. »Später, klar, falls es ein Später gibt, aber vielleicht kommt es ja gar nicht dazu. Ich weiß es nicht.« Er zuckte hilflos die Schultern. »Vielleicht war's das ja schon. Aber ich denke nicht, dass wir die Dinge noch komplizierter machen sollten, als sie es sind. Und gleich als Meute auftreten.«

»Nein, nein, ganz richtig.« Ich war die Meute. Ich war die Komplikation. Überflüssiges Anhängsel. Sie waren alle Blutsverwandte. Und ich hyperventilierte. Das Mädchen brauchte seine Mutter. Anna brauchte ihren Vater. Zwei und zwei macht vier, nicht fünf. Ich hielt mich noch immer an der Waschmaschine fest, die in den letzten Schleudergang schaltete. »Gut«, sagte ich und vibrierte dabei heftig mit. Ich brachte zumindest annäherungsweise so etwas wie ein kleines Lächeln zustande mit zitternden Lippen und wackelnden Wangen. »Ein guter Plan. Viel Glück, mein Schatz.«

Er musterte mich eingehend, um zu sehen, ob das wirklich ernst oder möglicherweise sarkastisch gemeint war. Ich riss mich zusammen. All meine Liebe, meinen Mut. Die Waschmaschine war inzwischen dem Orgasmus nahe. Ich ließ los. Musste loslassen.

»Ehrlich«, hauchte ich. »Ich wünsche dir alles Glück der Welt.«

»Es macht dir nichts aus?«, fragte er besorgt. »Dass du nicht dabei bist?«

»Nein, nein, nicht im Geringsten. Bin eigentlich total erleichtert. Ups, zu viel Kaffee für meine schwache Blase. 'tschuldigung, Schatz, ich muss aufs Klo.«

Und schon sauste ich den Flur entlang und schloss die Klotür hinter mir. Ich musste mich nicht übergeben, aber ich musste mich ganz schnell hinsetzen. Ich kauerte auf dem Klodeckel, die Handballen gegen die Augenhöhlen gedrückt. Sie wollten mich nicht. Ich sollte außen vor bleiben. Nur die vier. Ant, seine Ex-Freundin und seine zwei Töchter. Ich hob den Kopf von den Händen und atmete zitternd aus. Und mal ehrlich, wo wäre da noch Platz für mich in dieser kleinen Truppe? Hier ging es nur darum, die Sache so angenehm wie möglich für Stacey zu machen. Und was hätte ich schon dazu beizutragen?

Ich setzte mich auf und starrte blind geradeaus. Ich blickte auf Reihen von gerahmten Fotos, eines über dem anderen, neben der Klotür. Anna in der Vorschule mit ihrer Klasse, dann 1. Klasse, 2. Klasse, 3. Klasse. An diesem Punkt hatte Ant mir Einhalt geboten, mit dem ganz vernünftigen Einwand, dass wir das Klo erweitern müssten, wenn wir jeden einzelnen Jahrgang unterbringen wollten, und so hatte ich mich zurückgehalten bis zu diesem Jahr, 9. Klasse. Dann: Anna in der Netball-Mannschaft, Anna in der Hockey-Mannschaft, Anna in der Lacrosse-Mannschaft. Ant an der Universität. Ant in der Cricket-Mannschaft. Ich selbst war entweder in keiner einzigen Mannschaft oder nicht auf der Sorte Schule gewesen, wo man Fotos machte und rahmen ließ. Letzteres vermutlich. Ant im Debattierclub, Ant als ganz junger Dozent mit seiner ersten Studentengruppe. Seine erste Studentengruppe. Ich runzelte die Stirn. Beugte mich vor. Mein Herz schlug immer schneller. Seine erste Studentengruppe? Ich stand auf, kniff verzweifelt die Augen zusammen und suchte das Bild ab. Ich warf einen Blick auf die Namen darunter. Viele Namen. Viele winzige Namen. Ich hatte sie noch nie gelesen – wozu auch? Ich brauchte ein Weilchen. Aber dann fand ich sie. Miss I. T. Edgeworth. Der vierte Name in der zweiten Zeile, also das vierte Gesicht ... oh! Die war es. Diese da, die ich mir in gedankenverlorenen Augenblicken, während ich auf dem Klo saß mit offenem Mund und verträumt auf die Bilder schaute, ausgewählt hatte. Die rehäugige Blonde mit dem breiten Lächeln. Die Schönheit. Die Eine, bei der ich gedacht hatte: die da. Die da wäre ich gerne. Die hat es gut: hübsch, lächelnd, klug. Die da, bei der ich in ein paar albernen Momenten geträumt hatte, sie zu sein. Aber nach ihrem Namen hatte ich dabei nie gesucht. So albern war ich dann auch wieder nicht gewesen. Miss I. T. Edgeworth, Isabella, die nun schon seit – oh, seit Jahren in meinem Klo hing. Zuerst in unserer Wohnung im Balliol College und jetzt in diesem etwas schickeren Abort in Jericho, flankiert von meiner eleganten grüngold gestreiften Tapete. Und die Ant vermutlich jeden Tag seines Lebens anschaute und dachte ... was? Was dachte er?

Mein Herzschlag beschleunigte sich. Er hatte es gewusst, und ich nicht. Irgendwie empfand ich das als schrecklichen Verrat, ohne erklären zu können, warum. Ant hatte gewusst, dass sie hier war, unter uns, und ich hatte es nicht gewusst. Streichelte er ihr manchmal mit der Fingerspitze übers Gesicht? Lächelte er ihr liebevoll zu und überlegte, wo sie wohl war? Oder wusste er etwa – und das versetzte mein Herz in Höchstgeschwindigkeit –, wusste er etwa, wo sie war? Hatte er es die ganze Zeit gewusst?

Plötzlich schoss mir das Blut in den Kopf. Mit einer heftigen Bewegung riss ich das Bild von der Wand und marschierte damit zurück in die Küche. Ant war aus der Waschküche gekommen und stand nun am Spülbecken, die Hände in den Taschen vergraben, das Bier ungeöffnet, und starrte aus dem Fenster auf die Rückseiten der Häuser hinter unserem, die ins Dämmerlicht getaucht waren. Ich warf das Foto auf den Küchentisch wie ein Frisbee und schleuderte es dabei mit solcher Wucht, dass das Glas im Rahmen wackelte, aber nicht brach. Fast wäre es am anderen Ende wieder heruntergerutscht.

»Nimm das mit zur Arbeit«, zischte ich. »Häng's dir da aufs Klo und schau's dir an, wenn du deinen Hosenstall zumachst oder die Hosen runterziehst oder was immer du tust, aber bewahre es nicht hier auf!«

Und damit marschierte ich mit geballten Fäusten zum zweiten Mal innerhalb nicht allzu vieler Tage den Flur entlang und ließ die Haustür hinter mir zuknallen.

Ich rannte die Stufen zum Auto hinunter, denn ich wusste, dass er mir hinterherlaufen würde. Ich kam mir komisch dabei vor, wie eine Figur aus der Familienserie *Brookside*. Unser Haushalt war ruhig und geordnet mit Ritualen und immer gleichen Abläufen – Fahrten zur Schule, gelegentlichen Theater- oder Opernbesuchen, Essenseinladungen mit Freunden – und zu all dem öffnete und schloss sich unsere Tür normalerweise leise. Noch nie war jemand so dramatisch diese Stufen hinuntergestolpert oder die Tür so fest zugeknallt worden, und selbst in meiner Verzweiflung hatte ich das Gefühl, als würde ich mich von außerhalb beobachten: Wie von einem Sofa aus, im Freizeitdress, mit einer Dose Cola und einer Tüte Chips beobachtete ich mich mit einer leicht gelangweilten, distanzierten Haltung, genau wie vielleicht hinter sich bewegenden Vorhängen unsere Nachbarn – auf weniger gelangweilte und weit neugierigere Weise – mir zusahen und sich fragten, was hier eigentlich vor sich ging, wer hier eine Affäre oder seinen Job verloren hatte. Das beruhigte mich gerade so weit, dass ich ins Auto stieg und zu schnell und ohne Licht davonfuhr – wie *dumm*, Evie, und es schnell anschaltete, als mir jemand mit der Lichthupe ein Zeichen gab. Mir wurde heiß. Was hatte ich hier eigentlich vor? Wollte ich mich umbringen? Oder wollte ich nicht nur in *Brookside*, sondern auch noch in *Emergency Room* mitspielen und auf einer Trage in die Notaufnahme gerollt werden, wo das Unfall-Team bereitstand, mich zu reanimieren? Ich verlangsamte mein Tempo. Und als das Handy klingelte, angelte ich nicht fahrlässig danach und las die SMS, sondern fuhr an den Rand und las sie dann. Sie war von Ant.

Ich geh nicht hin. Wir gehen nicht hin. Ich schick ihr eine Mail und sage, ich kann sie nicht treffen. Ich liebe Dich mehr als alles andere auf der Welt, Evie. Ich versuche nur, alles richtig zu machen. Bemühe mich darum. Aber wenn das heißt, dass ich Dich verliere, hat es keinen Sinn. Bitte komm nach Hause. Ant x

Ich holte tief Luft. Las den Text noch einmal. Dann setzte sich mein Daumen in Bewegung.

Mein Liebling, ich liebe Dich auch. Deswegen benehme ich mich so schlimm. Ich habe Angst. Aber klar musst du gehen, mit Anna. Und Stacey muss ihre Mutter dabei haben. ICH SCHAFF DAS SCHON. Ich krieg das hin. Ich brauch nur Zeit. Und ich muss ein bisschen allein sein. Bin bald zurück. LGUK Evie xxx

Ich saß da in der Dunkelheit, den Kopf gegen die Kopfstütze gelehnt, und starrte zu den Sternen empor. Wir liegen alle in der Gosse, aber einige von uns können die Sterne sehen. Meine Güte, schon wieder. Diesmal war es von Chrissie Hynde, dachte ich, aber Ant würde lachen und sagen, es wäre von Oscar Wilde. Ich holte tief Luft. Atmete wieder aus. Was war eigentlich los mit mir? Im einen Augenblick bot ich Ants Tochter Tee und Kekse an, um im nächsten Bilder durch die Gegend zu schmeißen. Ich konnte es einfach nicht vertragen, wenn ich derart überrumpelt wurde. Wenn ich dachte, ich hätte alles unter Kontrolle, um dann im nächsten Augenblick zu erfahren, dass alles über mich hinweg passierte, das brachte mich so aus der Fassung. Ich fügte meiner SMS noch ein PS hinzu.

Du musst mir sagen, was los ist. Wenn Du ihr schreibst, was Du sagen willst, bevor Du es tust. Ich fühle mich ausgeschlossen, wenn ich es nachträglich erfahre. Das macht mich fertig.

Ich starrte den Text an. Löschte ihn. Zu bettelnd. Zu … hilflos. Und doch – warum sollte ich eigentlich nicht betteln und hilflos sein? Er war mein Mann, Himmel noch mal, nicht irgendein Freund. Aber ich wollte stark sein. Schon vergessen? Hell leuchten, wie dieser Tiger.

Ich fuhr quer durch die Stadt auf die andere Seite. Die George Street und die Broad Street entlang, an der Bodleian Library und am New College vorbei, die Glocken von St. Michael läuteten und die mächtigen Turmspitzen des Trinity College ragten über mir empor. Normalerweise bewunderte ich ihre majestätische Größe und war stolz, mich unter ihren Fittichen zu bewegen, aber heute … heute Abend hasste ich sie. Ja, ich hasste ganz Oxford. Hasste die dünnen, vernünftigen Frauen in ihren Secondhand-Klamotten, die da so bemüht zu ihren Lesezirkeln radelten. Die bärtigen, ungepflegten Männer, die wie Maulwürfe blinzelnd aus Cellokonzerten oder abwegigen, esoterischen Vorträgen ans Tageslicht kamen. Ich hasste all die Superhirne, die Macht, fühlte mich bedroht. Plötzlich wünschte ich, wir würden in Streatham wohnen. Oder in Middlesbrough. Irgendwo, wo ich die Hauptstraße entlangschlendern, meine modische Kaufhaus-Handtasche schlenkern und rasch bei Thorntons ein bisschen Schokolade kaufen konnte – irgendwo, wo ich hingehörte. Nicht hier. Nicht hier, wo jedes zweite Plakat nicht etwa Joss Stone, sondern einen Mendelssohn-Abend ankündigte oder die Gelegenheit, einen Vortrag von Salman Rushdie zu hören. Sie machten mir Angst, diese Leute mit ihrem scharfen Verstand und ihren scharfen Zungen, die sie hinter einfachen, unauffälligen, ungeschminkten Gesichtern versteckten. An diesem Abend kam es mir vor, als wären all diese Gebäude, die Leute, die sich in ihnen aufhielten, die Talente, die sie hervorbrachten, die Vereinbarungen, die sie schlossen, die Treffen, zu denen sie zusammenkamen, die Literaturfestivals, die sie veranstalteten, die exklusiven Gesellschaften, denen sie angehörten, die auswärtigen Schlauköpfe, die sie zu Gast hatten, dazu fähig, mir beträchtlichen Schaden zuzufügen. Ich fühlte, wie sich Oxford mitsamt seinen Einwohnern gegen mich wandte und wie ihre verzerrten, gehässigen Gesichter mich aggressiv anglotzten wie in einem albtraumhaften Gemälde von Hieronymus Bosch.

Und doch, und doch ... ich bog in eine baumbestandene Nebenstraße ab und dann noch einmal, bis ich vor einem vertrauten Häuschen mit abblätternder Haustürfarbe zu stehen kam. Ich saß noch ein Weilchen draußen. Nicht diese. Nicht die Bewohnerin dieses Hauses. Genau die, von der ich mich immer eher ... nein, nicht gerade distanziert, aber vor der ich doch einen vorsichtigen Schritt zurückgewichen war.

Mum trug einen Jogginganzug, als sie an die Tür kam. Ein hellgrünes Teil mit einem pinken Streifen entlang der Seite samt passendem Stirnband. Nur die orangefarbenen Turnschuhe passten ganz und gar nicht dazu.

»Oh! Hallo, Liebes.« Sie verspeiste gerade ein mit Zuckercreme gefülltes Schokoladenei, was auf ihrem Kinn und ihrem Oberteil Spuren hinterlassen hatte. Sie leckte an ihrem Finger. »Was führt dich denn hierher?«

»Kann man nicht mal seiner Mutter einen Spontanbesuch abstatten, ohne sich gleich der Inquisition unterziehen zu müssen?«

Es tat mir leid, sobald ich es gesagt hatte. Immer ein flotter Spruch auf Lager. Immer auf Konfrontationskurs. Ich sah, wie sie die Schultern hochzog, während ich ihr den Flur entlangfolgte. Aber sie hatte mich ja auch nicht gerade mit »Oh, hallo mein Schatz, wie schön, dass du kommst« begrüßt.

»Natürlich kann man das, aber es kommt in letzter Zeit immer seltener vor, deswegen habe ich gefragt.« Sie stolzierte ins Wohnzimmer, ich folgte ihr.

»Tut mir leid, Mum«, sagte ich kleinlaut. »Manchmal sagt mein Mund Dinge, von denen mein Hirn absolut keine Ahnung hat. Ich hab's gar nicht so gemeint. Wie geht es dir?«

Ich ließ mich schwer aufs Sofa sinken und schaute mich in dem vertrauten minimalistischen, hellen Raum um: cremefarbene Wände, weiße Laura-Ashley-Sofas und beige Wildlederkissen. Weit entfernt von den bunt gemusterten Sofas und Vorhängen auf der Farm, was natürlich genau ihre Absicht war. Ein ramponiertes Taschenbuch lag ausgebreitet auf der Sofalehne. Ich nahm es in die Hand.

»Gutes Buch?«

»Super. Das neueste von Mavis Brian. Du solltest es mal lesen, es würde dir gefallen.«

Den Eindruck hatte ich auch. Ich las den Titel: *Die Tochter des Müllers*. Jede Menge Holzschuhe, Wollschals und Findelkinder und schwülstige Romantik. Vor einigen Jahren auf der Farm hätte ich es stibitzt, ihre Stelle markiert und danach stundenlang auf meinem Platz im Erkerfenster gesessen und es verschlungen. Und so hatte ich eines nach dem anderen gelesen, alles, was Mum an mich weitergab, hatte Familiengeschichten, historische Liebesromane in mich aufgesaugt. Aber dann hatte sich, wie ich behauptete, mein Geschmack gewandelt und war literarischer geworden. Nicht wie der von Ant natürlich, nicht Tschechow zum Vergnügen – aber durchaus Jane Austen anstelle von Georgette Heyer. *Überredung*, ein Buch, das ich immer wieder anfing, aber irgendwie nie zu Ende las. Das machte natürlich nichts, weil sie alle irgendwann im Fernsehen kamen, sodass ich das Ende kannte. Aber mir wurde bewusst, dass ich nicht mehr zum Vergnügen las, sondern um mich zu bilden.

»Wo ist Ant?« Mum ging quer durch den Raum zu ihrer kleinen fahrbaren Hausbar hinüber.

»Oh – zu Hause und arbeitet«, fügte ich rasch hinzu, um ja keinen Verdacht aufkommen zu lassen. »Das Haus war so ruhig, und da hatte ich einfach mal Lust rauszukommen.« Ich ließ meinen Kopf auf das weiche Lederkissen zurückfallen.

»Gläschen Wein?« Sie nahm einen Korkenzieher in die Hand und machte sich daran, eine Flasche zu öffnen.

»Also, könnte ich vielleicht auch dasselbe haben wie du?«

»Einen Baileys? Natürlich, mein Schatz. Den mochtest du früher so gerne.«

»Ich weiß.«

Abends haben wir immer einen zusammen getrunken, wenn wir zwei uns mal wieder dumm und dusselig gelesen hatten, jede ausgestreckt auf einem Sofa im Wohnzimmer. Dann kamen Dad und Tim dazu, völlig erschöpft nach einem Tag auf dem Feld, und schalteten den Fernseher ein. Wir rückten zur Seite und sie ließen sich in die Polster fallen und dann haben wir *Dallas* oder eine Spielshow oder sonst irgendetwas Seichtes gesehen und dazu auf dem Schoß Spiegeleier mit Pommes gegessen oder Sardinen auf Toast, Makkaroni mit Käsesoße, Corned Beef, alles Dinge, die ich seit Jahren nicht mehr gegessen hatte. Und wenn sich Mum und Dad nicht gerade in die Haare kriegten, dann konnte es ganz gemütlich und entspannt sein. Und manchmal, vor allem wenn unsere Großmutter da war, spielten wir nach dem Abendessen Karten. Canasta oder Racing Demon – was immer mit viel Lachen und Kreischen verbunden war. Vielleicht auch Cribbage. Heutzutage aß ich Linguine mit Muscheln am Esstisch, kaufte Zadie Smith, ohne sie zu lesen, und da Ant sich nur Dokumentarfilme oder Kulturprogramme im Fernsehen anschaute, schaute ich auch kaum noch fern. Ich glaube nicht, dass Ant überhaupt irgendwelche Kartenspiele kannte. Oh doch, Bridge. Ich seufzte abgrundtief auf.

»Was denkst du gerade?«

Ich lächelte. »Komisch. Ich habe die ganze Woche versucht, Ant genau diese Frage nicht zu stellen.«

»Na, wenn er nicht will, dann kann er ja einfach nicht antworten.« Sie ließ sich neben mir aufs Sofa sinken und reichte mir mein Glas.

»Nein, da hast du vermutlich recht.« Ich starrte durch die geöffneten Holzjalousien in die aufziehende Dunkelheit hinaus. Dann schaute ich sie an.

»Magst du ihn, Mum?«

»Wen?«

»Ant.«

Sie starrte mich mit großen Augen an. »Was für eine

Frage! Natürlich mag ich ihn. Warum willst du das wissen?«

Ich errötete unter ihren erstaunten Blicken. Warum hatte ich das gefragt? »Ich ... ich weiß nicht.« Warum hatte ich das gefragt? Ich gab mir alle Mühe zu antworten.

»Ich nehme an ... nun ja, ihr seid sehr verschieden.«

Sie machte ein überraschtes Gesicht und dachte dann darüber nach. »Ja, das sind wir wohl. Aber er ist sich selbst treu. Das gefällt mir.«

Genau wie meine Mutter. Und das gefiel Ant. Und ich war nicht so, wie mir, begleitet von einem furchtbaren Adrenalinstoß, der meine Beine durchfuhr, klar wurde.

»Er hat noch ein Kind«, platzte ich heraus, und noch während ich das sagte, wusste ich, dass ich ihn schlecht machen, ihn bei ihr anschwärzen wollte. »Mit einer, die er mal unterrichtet hat. Eine Studentin. Sie war achtzehn und er war dreißig. Wir waren verlobt.«

Sie nippte an ihrem Drink. »Ja, ich weiß.«

»Du weißt davon?« Entsetzt drehte ich mich zu ihr um.

»Anna hat es mir erzählt.«

Mir blieb der Mund offen stehen. Und die Augen fielen vermutlich auch raus. »Wann?«

»Vor ein paar Tagen. Sie ist nach der Schule mit dem Rad vorbeigekommen und hat mir alles erzählt. Wir haben lange gesprochen.«

»Oh!« Ich war wie vor den Kopf gestoßen. Und verletzt. Lange gesprochen. Sie hatten lange gesprochen. Das hatte Anna mit mir nicht getan.

»Warum hast du mir nichts davon erzählt? Mich nicht angerufen?«

»Ich dachte mir, Anna würde es nicht unbedingt wollen, dass ich dir alles weitererzähle ... was sie denkt und fühlt. Ich dachte, dass sie hierhergekommen ist, um mir ihr Herz auszuschütten.« Sie nippte ruhig an ihrem Baileys.

Ja. Ja, da hatte sie vermutlich recht. Anna kam öfter hierher mit dem Rad. Sie mochte es, Mum zu besuchen. Hörte sich gerne ihre Neil-Diamond-CDs an, fuhr ein bisschen auf ihrem Trimm-Rad in ihrem Schlafzimmer und spielte mit ihrer Sammlung von Porzellan-Fingerhüten. Und so redete sie tatsächlich oft mehr mit ihr als mit … nun ja. So war es schließlich oft, oder?, versuchte ich, mich zu beruhigen. Dass eine Generation übersprungen wurde. Ich schüttelte ein klein wenig den Kopf, um wieder klar denken zu können.

»Wie geht es ihr?« Ich musste fragen, wie es meiner eigenen Tochter ging?

»Nicht gerade toll. Sie fühlt sich bedroht. Ist eifersüchtig. Hat Angst.«

»Damit wären wir schon zu zweit.«

Sie seufzte und tätschelte mir die Hand. »Klar seid ihr das. Aber, Evelyn, du darfst das nicht zu sehr aufbauschen. Sie ist doch noch ein Kind, diese Stacey. Stell dir mal vor, es wäre Anna.«

»Wie könnte es Anna sein!«

»Ganz einfach. Stell dir einfach vor, er hätte sie geheiratet und dich schwanger zurückgelassen. Und dass du Anna alleine großgezogen hättest. Sechzehn Jahre lang.«

Ich schaute sie an. Ihre grauen Augen ließen mich nicht los. »Sie hat das sehr gut gemacht. Sie haben es beide gut gemacht, dass sie so weit gekommen sind, ohne Kontakt zu euch aufzunehmen. Ohne euch zu stören. Sie hätten euer Leben ziemlich verändern können, aber das haben sie nicht getan. Sie haben euch in Ruhe gelassen.«

Ich wurde still. Stellte mein Glas auf den gläsernen Beistelltisch.

»Sie treffen sich morgen zum Mittagessen bei *Browns*.«

»Ich weiß.«

»Woher weißt du das denn schon wieder?«

»Anna hat mir eben eine SMS geschrieben.« Sie deutete mit dem Kopf auf ihr Handy, das auf der Sofalehne lag. Die SMS schreibende Oma. Sie hatte weit schneller als ich mit den Fortschritten der Technik mitgehalten. Ich rieb mir fest die Schläfen mit den Fingerspitzen.

»*Browns* ist eine gute Idee«, fuhr sie fort. »Neutraler Boden. Neutrales Gelände.«

Und ich hatte Tee bei uns zu Hause vorgeschlagen. Auf meinem Gelände, in meinem eleganten Stadthaus mit den anspruchsvollen Kunstwerken an den Wänden und den antiken Möbeln, um so uns – oder vielmehr mir – einen Vorteil zu verschaffen. Ich schluckte.

»Ich bin abgehauen«, murmelte ich. »Jetzt gerade, meine ich. Zum zweiten Mal innerhalb der letzten Tage.«

»Du hast auch viel, wovor du abhauen kannst. Wo bist du denn das erste Mal hingelaufen?«

»Zu Malcolm.«

»Ah.« Sie lächelte. »Hervorragende Wahl. Und so diskret. Ich habe ihn gestern getroffen, und er hat gar nichts gesagt.«

»Oh?«

»Ja, ich bin vorbeigegangen, um mir seinen schicken neuen Laden anzusehen. Er hat mir einen Job angeboten.«

»Wirklich?«, staunte ich.

»Nur ein, zwei Vormittage pro Woche. Nur ist er momentan so beschäftigt, weil er sich doch mit diesem anderen Typen zusammengetan hat. Unglaublich attraktiv – hast du ihn schon kennengelernt?«

»Leider ja. Für meinen Geschmack schaut er reichlich finster drein.«

Sie kicherte. »Oh, ich habe nichts gegen ein paar finstere Blicke.«

»Und, was hast du gesagt?«, fragte ich ungeduldig. Ich musste zugeben, dass ich ein wenig eifersüchtig war. Meine Mutter hatte einen Job angeboten bekommen in *meinem* alten Laden, von *meinem* Freund. Dabei hätte ich den Job doch gar nicht haben wollen, oder? Malcolm wusste das. Wusste, dass ich zu viel zu tun hatte. Trotzdem.

»Hm? Ach so, ich habe Ja gesagt, theoretisch. Das Dumme ist nur, dass es montags und freitags sein soll, und montags helfe ich normalerweise Felicity bei Essen auf Rädern.« Sie runzelte sorgenvoll die Stirn. »Ich mag sie nicht im Stich lassen, und ich dachte, ob du ...« Sie schaute mich an.

»Ich?« Ich sollte für wohltätige Zwecke arbeiten? Ich war verblüfft. Aber warum eigentlich? Warum überraschte es mich? Meine Mutter tat es. Felicity tat es. Selbst Caro, die vielbeschäftigtste Frau der Welt, klapperte manchmal mit einer Sammelbüchse für *Save the Children* vor dem Supermarkt. Aber ich hatte bislang immer ziemlich hochnäsig auf gelangweilte Mittelschichtfrauen herabgesehen, die ihr Gewissen beruhigten, indem sie gute Werke taten. Warum? Weil ich es von Ant gehört hatte, deswegen. Hatte ich eigentlich irgendeinen eigenständigen Gedanken im Kopf?

»Natürlich«, murmelte ich.

»Oh, Liebling, würdest du das wirklich tun? Nur bis ich einen Ersatz gefunden habe. Ich weiß, wie viel du zu tun hast, und ich könnte auch Jill Copeland fragen, die arbeitet nämlich nur drei Tage in der Bücherei und ...«

»Nein, nein, schon gut, Mum. Ich habe gar nicht so viel zu tun.«

Sie machte ein erstauntes Gesicht bei dieser Aussage. Ich leerte mein Glas und stand auf, um zu gehen. Aber es stimmte ja. Ich hatte keinen Job. Ich hatte ein Kind, das den ganzen Tag in der Schule war, und einen Ehemann, der den ganzen Tag in der Arbeit war. Eine Portugiesin, die mein Haus sauber hielt. Ich war in keinem Beirat oder Ausschuss. Ich hatte keine ehrenamtlichen Aufgaben. Ich machte nichts. Wer war ich?

Wie betäubt ging ich zur Tür. Ich verabschiedete mich von meiner Mutter, aber ich merkte, dass sie mir hinterhersah, während ich den Weg hinab zu meinem Auto ging. Wer war Evie Hamilton? Ants Frau. Annas Mutter. Aber nun stellten die jüngsten Ereignisse meine Ausschließlichkeitsansprüche in dieser Hinsicht in Frage.

Auf dem Nachhauseweg starrte ich mit leeren Blicken auf den Regen auf der Windschutzscheibe. Ich definierte mich durch sie, durch Ant und Anna. Und nun gab es zwei Frauen, die ebenfalls Ansprüche erhoben, sich so zu definieren. Ich konnte nicht mehr klar denken, nicht mehr klar sehen. Oh, die Scheibenwischer. Ich spürte, wie Panik in mir aufstieg, während ich den Wischern zusah, wie sie sich hypnotisierend vor mir hin und her bewegten. Ich wollte so schnell wie möglich nach Hause. Wollte meine Rechte geltend machen. Wollte die Tür hinter mir zumachen, sie abschließen und verriegeln und die Zugbrücke hochziehen. Ich bog in unsere Straße ein. Der Regen hatte sich zu einem Wolkenbruch entwickelt, eine riesengroße Sommergewitterwolke hielt dem Druck nicht mehr stand und ergoss sich über uns und vollführte einen wütenden Trommelwirbel auf dem Autodach, einen schrecklichen, ohrenbetäubenden, bedrohlichen Lärm. Ich musste da raus. Meine Blicke suchten die Straße ab auf der verzweifelten Suche nach einem freien Parkplatz, denn die waren mittlerweile selbst im aufgeklärten Zeitalter der Anwohnerparkausweise zu einer Seltenheit geworden. Viele Häuser waren in Wohnungen aufgeteilt, sodass die Straße noch immer überlastet war.

Unser Haus gehörte natürlich nicht dazu. Zu den aufgeteilten. Unseres war mit seinen vier Stockwerken (inklusive des Tiefparterres) eines der wenigen original erhaltenen Häuser, worauf ich mir einiges einbildete. Eingebildet! Das war ich. Die eingebildete Evie Hamilton, die erwartete, dass die Welt ihr zu Füßen lag. Ein Trophäenweibchen. Trophäenweibchen? Ich erbleichte und schoss gleichzeitig quer über die Straße, wo ich eine Parklücke entdeckt hatte. Ich stellte mich in die zweite Reihe, um rückwärts einzuparken. Mein Gott, dabei musste ich an Ivana Trump oder Victoria Beckham denken, mit sorgfältig frisierten Haaren, lackierten Fingernägeln, teuren Klamotten, während mein Haaransatz dringend aufgefrischt werden musste, meine Nägel total abgekaut waren und ich diese Jeans seit drei Tagen in Folge anhatte. Nicht einmal das kriegte ich hin. Ich schaffte es nicht einmal, ein wohlfrisiertes und lackiertes Aushängeschild meines erfolgreichen Mannes zu sein, dachte ich mit Schrecken, während ich schwungvoll rückwärts in meine Parklücke setzte. Zumindest hielt ich sie für meine, aber irgendwie war, während ich meine gammeligen Jeans betrachtet hatte, aus der entgegengesetzten Richtung jemand vor mir in die Lücke gebogen. Und so kam es, dass ich mit ziemlichem Tempo zurücksetzte, ohne wirklich noch einmal hinzuschauen, nur um dieses furchtbare, vertraute Scheppern von Metall auf Metall zu hören.

Ich trat auf die Bremse und starrte voller Entsetzen in meinen Rückspiegel. Die Scheinwerfer des Autos hinter mir gingen aus. Eine Tür ging auf, und ein Fuß setzte sich auf den pitschnassen Asphalt. Ich lehnte mich mit der Stirn gegen das Lenkrad, schloss die Augen und betete inbrünstig.

Lieber Gott im Himmel, nein. Oh, bitte, lieber Gott, nein. Ich fahre in alle Ewigkeit Essen auf Rädern aus.

Ich stelle mich mit der Sammelbüchse vor den Supermarkt. Von mir aus mache ich einen Striptease, um Geld zu sammeln. Nur bitte, bitte, lass es nicht ihn sein.

16

Ich öffnete ganz vorsichtig ein Auge und sah eine Jeans und die Schöße eines flatternden Mantels in meine Richtung eilen, auf mein geöffnetes Fenster zu. Sein Hosenstall blieb auf meiner Augenhöhe stehen, und dann beugte er sich hinab, bis sich sein Gesicht direkt vor meinem befand. Ich klappte die Augen zu, ließ den Kopf auf dem Lenkrad liegen und simulierte eine Gehirnerschütterung.

»Verdammte Scheiße«, hörte ich und konnte es nicht glauben. »Verdammte Scheiße – Sie schon wieder!«

»Hm? Was?« Ich machte verwirrt die Augen auf und hob meinen Kopf ganz langsam vom Lenkrad, ließ dabei aber den Mund wie belämmert offen. Durch halb geschlossene Augen blinzelte ich benommen umher. »Wo bin ich?«, flüsterte ich.

»Schon wieder an der Stoßstange von meinem verdammten Auto. Zum zweiten Mal in weniger als zwei Wochen!«

Ich linste ihn mit, wie ich hoffte, halb bewusstlosen, aber vermutlich doch eher wie im Drogenrausch wirkenden Augen an. »Wer sind Sie?«, krächzte ich.

»Oh, kommen Sie mir nicht damit«, fauchte er. »Wenn Sie wegen dieses kleinen Rucks bewusstlos geworden sind, dann haben Sie noch größere mentale Probleme, als ich dachte!«

Mir wurde klar, dass ich mich wohl lieber hätte tot stellen sollen, anstatt nur eine Gehirnerschütterung vorzutäuschen, und ich setzte mich kerzengerade auf. »Meine mentalen Fähigkeiten sind vollkommen in Ordnung«, erwiderte ich. »Das Problem ist Ihr verdammtes Auto. Das war *meine* Parklücke, und Sie haben außerdem genau gesehen, dass ich da reingefahren bin.«

»Von wegen Ihre Parklücke. Sie sind einfach von der falschen Straßenseite aus hier rübergebrettert und dann direkt rückwärts in mich reingerauscht!«

»Ich war eben total fixiert«, zischte ich.

»Fixiert! *Sie* sollte man fixieren, und zwar am besten in irgendeiner Anstalt. *Da* gehören Sie hin.«

»Sie wissen genau, dass ich die Parklücke meine!«, plärrte ich. »Ich war schon halb drin – Sie haben mich genau gesehen. Und überhaupt, wieso steht Ihr Auto eigentlich ständig vor meinem Haus?« Ich hielt mir vor Schreck die Hand vor den Mund und starrte ihn entsetzt an. »Lauern Sie mir etwa auf?«

»Machen Sie sich doch nicht lächerlich, warum sollte ich Ihnen auflauern?«

»Immerhin haben Sie mich in Unterwäsche gesehen!«

»Was Grund genug wäre, die Stadt zu verlassen. Nein, meine Dame, ich lauere Ihnen nicht auf.«

»Und warum sind Sie dann ständig in meiner Straße?«, fauchte ich.

»Weil ich in Ihrer Straße *wohne*!«, fauchte er zurück.

»Seit wann?«, knurrte ich.

»Seit zwei Monaten, wenn Sie es genau wissen wollen«, knurrte er zurück.

Wir standen jetzt Nase an Nase und knurrten und fauchten wie zwei Kater, unsere Augen waren nur wenige Zentimeter voneinander entfernt. Seine waren gold gefleckt; grünliches Gold. Die schwarzen Haare fielen ihm in die Augen. Er sah aus wie ein dunkler Löwe mit dieser Haarmähne. Mum hatte recht. Kein schlechter Anblick.

Ich riss mich plötzlich los und öffnete, ohne weiter nachzudenken, die Tür, was ihn, der ja davor hockte, rückwärts katapultierte.

»Mist!«, brüllte er, als er in einer Pfütze landete.

»Tut mir leid«, murmelte ich beim Aussteigen. »Tut mir wirklich leid ... hier ...« Ich versuchte, ihm aufzuhelfen, doch er stieß meine Hand entsetzt fort. »Oh Gott, Ihr Mantel ...« Ein großer nasser Fleck prangte auf der Rückseite von etwas, das eindeutig als Kaschmir erkennbar war. Es sah aus, als hätte er in die Hose gemacht.

»Vergessen Sie den Mantel, aber was ist mit meinem Wagen?«, brüllte er und rappelte sich auf.

»Oh mein Gott, um Himmels willen. Es tut mir wirklich ganz furchtbar leid.« Wir blinzelten durch den strömenden Regen und betrachteten beide entgeistert die zerknautschten Reste seines Autos. Der Kofferraum war fast vollständig zusammengestaucht. Das war selbst für meine Begriffe nicht gut. »Das ist ja entsetzlich.« Ich eilte hinüber. »Ich hatte ja keine Ahnung! Ich meine – ich bin bloß ganz leicht dagegen gestoßen. Woraus ist das denn gemacht?« Ich berührte das Auto neugierig. »Fiberglas?«

Ich drehte mich um. Er riss die Augen auf. »Natürlich ist es wieder *meine* Schuld, oder?« Er schaukelte auf den Absätzen nach hinten und schlug sich mit der flachen Hand gegen die Stirn. »Meine Schuld, dass ich ein Auto aus minderwertigem Material habe. Jetzt wird mir alles sonnenklar, verzeihen Sie mir, Verzeihung. Und Sie, Sie mit Ihrem Monstertruck aus gehärtetem Stahl mit Kuhfänger vorne dran, glauben wohl, dass Sie das Recht haben, durch die Innenstadt zu brettern und lächerlich empfindliche Autos niederzumähen, genau wie unschuldige Menschen, die zweifellos ebenfalls aus minderwertigem Material sind – Pöbel, Proleten –, ja, ich verstehe, es dämmert mir. Mea culpa. Ich bitte um Verzeihung.« Er legte die Handflächen gegeneinander und vollführte eine ironische kleine Verbeugung.

»Es besteht keine Notwendigkeit, sich derart aufzuführen«, bemerkte ich spitz.

»Ach nein? Wirklich nicht? Gut. Wieder meine Schuld.«

»Ich habe lediglich darauf hingewiesen, dass ich Ihr Auto nur minimal berührt habe. Ich kann unmöglich mehr als drei oder vier Stundenkilometer drauf gehabt haben!«

»Dann kennen Sie eben Ihre eigene Stärke nicht«, blaffte er. »Geschweige denn Ihre Pferdestärke. Wenn Sie jetzt bitte so gut wären, Ihr Monsterfahrzeug zu entfernen, damit ich die Überreste meines Autos umparken kann!«

»Nicht, bevor ich die Beweislage fotografiert habe«, sagte ich plötzlich. »Sie sind so sicher, dass es meine Schuld ist – nun, dann werden wir es der Versicherung überlassen, das zu beurteilen!« Ich warf ihm einen triumphierenden Blick zu, bevor ich über die Straße zu unserem Haus lief, die Treppe emporeilte und rasch aufschloss. Alles war ruhig. Ich versuchte, nicht über Brenda zu stolpern, die hocherfreut war, mich zu sehen, und an meinem Bein hochsprang, ich rannte den Flur entlang, fand meine Digitalkamera auf der Anrichte in der Küche und wollte schon wieder hinauseilen, als – Moment mal: auch noch die Kreide von der Küchentafel. Voll ausgerüstet rannte ich wieder hinaus und hockte mich mit einem weiteren überlegenen Blick hin und hielt ganz profimäßig die entscheidenden Blickwinkel mit der Kamera fest, während er nur mit verschränkten Armen dastand und ungläubig den Kopf schüttelte. Dann beugte ich mich vor und malte eine Linie um unsere Autos herum auf den pitschnassen Asphalt und daher mit wenig, um nicht zu sagen, ohne sichtbares Ergebnis.

»Alberne Detektivspielchen«, blaffte er, als ich schließlich einstieg, um das Auto wegzufahren, und meine nassen Kreidefinger an der Jeans abwischte. »Absolut albern. Sie sind verrückt. Was aber keine Entschuldigung sein kann. Ihre Versicherung wird wieder einmal von mir hören.«

»Tun Sie sich keinen Zwang an!«, schnauzte ich und dröhnte davon.

Ich musste natürlich meilenweit entfernt parken. Und dann im Regen zurücklaufen, patschnass.

Meine Laune war im Eimer, und ich fühlte mich wie ein schlecht ausgewrungener und leicht verdreckter Spüllappen, und so tropfte ich die Eingangstreppe zu unserem Haus hinauf. Auf meinem Rückweg die Straße entlang hatte ich mich gezwungen, nicht zu seinem Haus auf der anderen Straßenseite hinüberzusehen, aber als ich mich umdrehte, um die Tür hinter mir zu schließen, sah ich die Lichter dort ausgehen. Ich schloss die Haustür zweimal ab und schaltete das Flurlicht aus. Ich ging an dem dunklen Wohnzimmer vorüber und nach oben, da ich wusste, dass Anna und Ant bereits im Bett waren.

Das Schlafzimmer lag im Dunkeln, aber Ant war noch wach.

»Hi«, flüsterte er.

»Hi.« Ich schleuderte meine Handtasche auf einen Stuhl und fing an, mir die nassen Klamotten vom Leib zu ziehen.

»Probleme?«

»Hm?«

»Ich habe draußen Geschrei gehört.«

»Oh. Ich habe ein Auto kaputtgefahren. Meine Schuld.«

»Ah.«

Ah. Nur ein Ah. Daran, dass er nicht gleich an die Decke ging, merkte man schon, was er für ein schlechtes Gewissen hatte. Dass er sich nicht aufsetzte und sagte: »*Was? Schon wieder? Verdammt noch mal, Evie!*« Dann konnte ich auch gleich aufs Ganze gehen und alle schlechten Neuigkeiten auf einmal loswerden.

»Schon zum zweiten Mal in nur zwei Wochen.«

Es folgte eine Pause.

»Okay.«

»Und das auch noch mit demselben Auto. Ich meine, ich bin dem jetzt zwei Mal draufgefahren.«

Ich hörte, wie er schluckte. Dann: »Ärgerlich.«

»Ja, nicht wahr?« Ich kletterte ins Bett.

»Aber, nun ja, man sollte es nicht mit zu vielen gleichzeitig aufnehmen.«

»Ja, genau.«

»Und die Versicherungsansprüche werden dadurch auch leichter zu klären.«

»Genau so habe ich es auch gesehen. Gute Nacht.«

»Nacht.«

Ich drehte mich zur Seite und lag da und starrte die dunkle Wand an. Er hielt mir den Rücken zugewandt, und ich wusste, dass er ebenfalls an die Wand starrte. Nach einer Weile lief mir ganz langsam eine Träne die Nase hinunter und dann noch eine, quer übers Gesicht und bis ins Ohr. Ich schluckte. Ich fühlte mich unglücklich und konnte es nicht länger ertragen.

»Ant«, flüsterte ich, »danke für deine SMS.«

Er drehte sich um. »Danke für deine.«

Im nächsten Augenblick hielten wir uns umarmt, klammerten uns aneinander, und ich schluchzte. Aber ich neige durchaus zu solchen Tränenausbrüchen, und

Ant weiß das. Als ich klein war, hat Tim mich immer Heulsuse genannt. Ant rieb mir den Rücken und machte tröstende Geräusche an meinem Ohr. Wenig später, als ich mich beruhigt hatte, schliefen wir ziemlich verzweifelt miteinander. Und noch ein wenig später schlief ich endlich ein.

Der nächste Morgen brach hell und sonnig an, ein sonniger Samstag und der Tag, an dem mein Mann und meine Tochter, wie wir alle bemüht zu verdrängen suchten, Ants uneheliche Tochter treffen würden. Schreckliche und furchtbare Bemerkungen dieser Art und schlimmere stiegen wie vergiftete Galle in mir auf wie Sodbrennen, bis ich dachte, mein Kopf würde gleich anfangen zu rotieren und ich würde begleitet von Kotze und Fröschen mit einer dämonischen Geister-Horror-Stimme schnarren: »Und was glaubt ihr, wie dieser Teufelsbraten aussehen wird, hm?«

Schreckliche Dinge. Ich schob mir ein Brot nach dem anderen in den Rachen, nur um sie in Schach zu halten. Setzte ein strahlendes Lächeln auf und plauderte munter vor mich hin und war froh, als das Telefon klingelte. Ich streckte mich und war als Erste dran.

»Hallo?« Bitte, lass es sie sein und absagen. Dass sie noch mal darüber nachgedacht hätten und weder die ehebrechende Hexe noch der Teufelsbraten es durchziehen wollten.

»Evie, hi, ich bin's, Caro. Ich wollte dir nur sagen, dass Heccy um zehn hier sein wird.«

Ich runzelte die Stirn. »Heccy? Wer zum Teufel ist Heccy?«

»Das Pferd, du Dussel. Hector. Camilla Gavins Pony.«

»Oh – *Hector*.« Ich ließ mich auf einen Stuhl fallen. Mist, den hatte ich ja ganz und gar vergessen. »Oh Gott, Caro, das tut mir leid. Anna ist heute nicht da.«

»Nicht da, Evie? Ich habe dir doch gesagt, dass er heute kommt.«

»Äh ...« Ich stand auf und ging nach draußen in den Flur, sodass mich die anderen nicht hören konnten. »Äh ... also ...« Ich schlüpfte in den Salon und schloss die Tür hinter mir. »Caro«, flüsterte ich, »sie kann nicht. Sie trifft heute Dings, zusammen mit Ant.«

»Dings?«

»Ja, du weißt schon, seine ...«

»Uneheliche Tochter?«

»Ja!«

»Meine Güte.«

»Genau.«

»Und das erlaubst du?«

»Was soll ich tun?«, jammerte ich und ging zum Fenster hinüber, einen Arm eng um meine Taille geschlungen. »Irgendwann muss er sie ja mal treffen und Anna auch, deswegen gehen sie zu *Browns* und – ach, ich weiß nicht.«

»*Browns*!« Schweigen, während Caro das verdaute. Nach einer Weile sagte sie nachdenklich: »Das ist eigentlich gar keine schlechte Idee. Wenn diese schmierige wasserstoffblonde Nutte mit ihrer tussigen, kettenrauchenden Tochter auftaucht und beide kaum wissen, wie man mit Messer und Gabel isst, dann kommt Anna um. Sie wird die beiden nie wiedersehen wollen. Ja, eigentlich ein guter Plan.«

Ich massierte mir mit glühenden Fingerspitzen die Stirn. Ich war mir nicht sicher, ob ich in der Lage war, ihr zu sagen, dass wir uns von der Vorstellung Bardame mit Anhang in Richtung schöne Studentin weiterbewegt hatten.

»Sie kommt doch von der falschen Seite von Sheffield, oder?«

»Ja«, sagte ich zweifelnd. War das so?

»Dann bringt sie vermutlich gleich sechs mit. Kinder, meine ich. So wie Vicky Pollard. Sechs Kinder von sieben verschiedenen Vätern. Und dann behauptet sie, die wären alle von Ant – glaub mir nur. Ant und Anna werden da wieder aus dem Schneider sein. Aber du kommst besser hierher. Camilla wird wenigstens einen Repräsentanten deiner Familie sehen wollen, sonst fragt sie sich noch, in welche Hände sie ihr Pferd gibt.«

Als ich den Hörer ablegte, ging mir durch den Sinn, dass ich erstens ziemlich sicher war, dass Vicky Pollard aus London kam, und ich mir zweitens gar nicht so sicher war, ob ein Pferd, das zuerst Repräsentanten unserer Familie kennenlernen musste, genau das war, was diese Familie im Moment brauchen konnte. Aber Caro besaß viel Überredungskraft, und so trottete ich pflichtschuldigst nach oben, um meinen Morgenmantel gegen Jeans und ein Bauernhof-taugliches T-Shirt zu tauschen.

Ich war nicht die Einzige, die sich umzog. Ich gab mir alle Mühe, nicht darauf zu achten, aber ich konnte nicht umhin zu sehen, dass Ant sein kornblumenblaues Hemd mit dem Button-down-Kragen anhatte, das so gut zu seinen Augen passte, und Anna hatte sich schon drei Mal umgezogen. Sie entschied sich schließlich für einen sorgfältig gestylten, aber lässigen Look in einer engen weißen Röhrenjeans, einer hellblauen Tunika, die mit einem großen Gürtel zusammengehalten wurde, und jede Menge Ethno-Schals und Schmuck. Sie sah toll aus. Das sagte ich ihr auch beim Hinausgehen und war froh, dass ich vor den beiden aufbrach. Ich drückte sie fest beim Abschied.

»Viel Glück«, flüsterte ich.

»Danke, Mum«, schluckte sie ganz dicht an meinem Ohr. »Was hast du heute vor?«, fragte sie besorgt. »Kommst du klar?«

»Natürlich komme ich klar.«

»Wo gehst du hin?«

»Ich werde Hector in Empfang nehmen. Du weißt doch, dein Pferd.«

»Oh!« Wie ein Schatten schien die überraschende Erkenntnis über ihre blassblauen Augen zu huschen, als sie sich vielleicht daran erinnerte, dass es irgendwo, irgendwann eine sorglose Zeit gegeben hatte, in der Ponys das Wichtigste waren, worum ihre Gedanken kreisten. Ein besseres Zeitalter. Sie runzelte die Stirn. »Macht es was, dass ich nicht da bin?«

»Natürlich nicht! Ich stelle ihn einfach in seinen Stall und bedanke mich bei der Besitzerin.«

»Oh. Okay. Nimm Brenda mit, sonst ist die ganz alleine.«

»Das mach ich«, versprach ich und beugte mich hinab, um den Hund aufzuheben, und nahm die Leine vom Tischchen im Flur.

»Tschau, mein Schatz!«, rief ich zu Ant zurück in die Küche, ohne dabei die Antwort abzuwarten, denn ich wusste, dass er bereits durch den Flur zu mir unterwegs war, um sich zu verabschieden. Ich ging die Stufen hinunter und entfernte mich rasch. Wollte nicht, dass er den Kloß bemerkte, den ich im Hals hatte. War mir bewusst, dass sie beide in der Tür stehen blieben und mir hinterhersahen, und so schlenkerte ich ganz betont lässig und unbeschwert mit meiner Tasche, was gar nicht so leicht war mit Brenda unter einem Arm. Zwei Minuten später ging ich ebenso lässig zurück und wieder am Haus vorbei, noch immer die Tasche schwenkend und Brenda unter dem Arm, da mein Wagen natürlich nach dem gestrigen Debakel in der entgegengesetzten Richtung parkte. Sie sahen mir hinterher.

Caro wartete bereits draußen auf dem Hof, als ich beim Farmhaus vorfuhr. Sie trug ihr bestes Ponymuttertreffen-Outfit: moosgrüne Puffa-Daunenjacke, schwarze Reithosen und modisch verdreckte Dubarry-Stiefel. Sie runzelte die Stirn, als ich parkte und ausstieg, dabei schlug sie ungeduldig mit der Gerte gegen ihre Stiefel.

»Komm schon, beeil dich«, murmelte sie. »Sie ist hier.« Ihre Augen wanderten voraus die Straße entlang. Ich eilte an ihre Seite, während Brenda kläffend und hysterisch im Kreis laufend im Auto zurückblieb. Und siehe da, da kam tatsächlich ein großer geländegängiger Transporter mit zischenden Luftbremsen und Hunderten von riesigen rumpelnden Reifen die Straße entlanggedonnert und bog in den Hof ein. Ich beobachtete, wie Caros an mich gerichtetes Stirnrunzeln sich in ein strahlendes Lächeln für Camilla verwandelte, die in königlicher Pose hoch oben vor ihrem Lenkrad thronte. Fast hatte ich das Gefühl, als könnte ich sogar frische Farbe auf den Stalltüren riechen.

»Camilla!«, rief Caro mit einer Herzlichkeit in der Stimme, die nur ihren besten Freunden vorbehalten war. »Du hast es geschafft!«

»Aber nur knapp. Verdammte Panne. Musste den verdammten Reifen wechseln!«

Eine Ehrfurcht gebietende blonde Erscheinung mit wettergegerbtem Gesicht, ebenfalls in engen Reithosen und Puffa-Daunenjacke, sprang mit einem sportlichen Satz aus dem Führerhaus, bevor sie den beiden gehorsamen Foxterriern die Tür vor der Nase zuschlug. Die beiden zuckten nicht einmal und saßen hoch aufgerichtet und starrten in Gib-acht-Stellung unverwandt geradeaus, ganz im Gegensatz zu Brenda, die inzwischen aufgehört hatte, im Kreis zu rennen, und sich stattdessen die Autositze schmecken ließ. Ich stellte mir vor, wie Camilla selbst den Reifen wechselte und dabei diesen riesengroßen Laster ganz allein mit der Schulter hochstemmte. Ja, wahrscheinlich.

»Camilla, das ist meine Schwägerin, Evie. Camilla Gavin.«

»Hi!« Sie kam zu mir herüber und bedachte mich mit einem kurzen Lächeln, bevor sie mir mit ihrem Händedruck fast die Finger brach.

»Das ist also die Mami, ja?«

»Genau.«

»Und wo steckt das Mädel?« Camilla blickte munter in die Runde in dieser leicht überheblichen Art, die überzüchtete Leute so an sich haben, als erwarte sie, dass Anna plötzlich hinter einer der Stalltüren erscheinen würde.

»Oh, sie ist ...« Caro und ich warfen uns hektische Blicke zu.

»Sie hat eine Verabredung«, sagte ich rasch.

»Mit einer Freundin.«

»Von ihrem Vater«, fügte ich noch hinzu.

Camilla runzelte pikiert die Stirn.

»Ach. Ich hätte mir eigentlich gewünscht, dass ich sie mal auf ihm sehen kann, wie sie so sitzt.«

Sie ging auf die Rückseite ihres Transporters und begann, Haken zu lösen und Riegel aufzuschieben. Mit einem beherzten Hauruck an einem Seil hatte sie im Nu die Rampe heruntergelassen.

»Oh, sie sitzt ganz wunderbar«, versicherte ich ihr und eilte herbei, um ihr zu helfen. »Sie hat einen entzückenden kleinen ...«

»Sitz«, warf Caro hilfreich ein.

»Und Hände?«

»Ja, sie hat Hände.« Himmel. Was für eine Frage!

»Sind sie leicht?« Camilla wandte sich leicht ungehalten zu mir um.

»Oh, ja! Furchtbar leicht. Die wiegen fast gar nichts!« Hatte ich das in Penelope Leachs *Handbuch für Eltern* überlesen? Wer wog schon die Hände seines Kindes?

»Heccy ist nämlich sehr sensibel.« Sie warf mir einen bedeutungsvollen Blick zu.

Sind wir das nicht alle?, dachte ich, während sie mich mit Argusaugen musterte. Ich wusste nicht, was ich sagen sollte, und warf daher nur ein joviales »Alles klar« ein. Sie arbeitete unbeirrt weiter.

»Jagen Sie?«, kam es plötzlich wie aus der Pistole geschossen. Ich warf Caro einen Blick zu. Sie nickte mit weit aufgerissenen Augen.

»Oh ... ja!«

»Und mit wem so?«

»Oh, äh ... Sie wissen schon. Die üblichen Verdächtigen. Die anderen, äh, Jäger hier am Ort. Und Sammler. Wenigstens – Anna tut das«, sagte ich rasch, obwohl das nicht stimmte. Noch nie.

»Bicester?«

Bicester. Meine Güte. War das eine Stadt?

»Ja, ziemlich oft in Bicester.«

Sie warf mir einen schrägen Blick zu, aber verschwand dann glücklicherweise in den Tiefen ihres Transporters. Kurze Zeit später führte sie ein makelloses, aber irritierend lilafarbenes Pferd heraus: lila Überwurf, lila Schützer, lila Bänder im Schweif. Nur mit Mühe konnte ich unter dem lilafarbenen Halfter seinen Kopf erkennen, der von umwerfender Schönheit war mit riesigen Augen und einer leicht gewölbten Stirn. Er warf den Kopf verächtlich hin und her, während er die Rampe hinunterging, wie auf Zehenspitzen und mit fliegender Mähne wie direkt aus einem Disney-Zeichentrickfilm entsprungen.

Ich konnte meine Begeisterung nicht zurückhalten. »Ooooh ... ist der süß! Der ist ja blond!«

»Palomino. Walisische Kreuzung.«

»Er sieht gar nicht walisisch aus. Einfach süß.«

Sie hatte so eine irritierende Art, in Bruchstücken zu

reden, so als wäre sie viel zu beschäftigt oder zu vornehm, einen Satz richtig anzufangen oder zu beenden. Ihre Sätze kamen wie Maschinengewehrsalven und waren tatsächlich fast noch schwerer zu verstehen als der breite Dialekt von Mr Docherty. Vielleicht war eine unverständliche Sprechweise eine der Grundvoraussetzungen für richtige Pferdemenschen.

»Und Sie? Reiten Sie?« Sie band das Pony an ein Stück Seil an der Seite des Transporters und ging daran, mit raschen und geschickten Handgriffen Decken abzunehmen, Bänder von seinem Schweif abzubinden, ohne ihre fragenden Blicke von mir abzuwenden.

»Ähm …« Ich zwirbelte an meinen Haaren herum. Ich spürte, dass es hier einen reiterlichen Weg zu ihrem Herzen geben könnte, doch ich spürte zugleich, dass sie es in Sekundenschnelle merken würde, wenn sie mich in den Sattel hob, den sie soeben gekonnt auf seinem Rücken befestigte. Vernünftigerweise beschränkte ich mich auf: »Ein bisschen. Ich meine – früher mal. Als Kind.« Ich rieb mir den Rücken und verzog das Gesicht. »Hab's ein bisschen im Kreuz.«

»Aha.«

Sie verzog den Mund zu einem schiefen Lächeln, während sie die Sattelblätter hochklappte und den Gurt fester zog, und mir wurde klar, dass ein weher Rücken die gute Camilla gewiss nicht vom Reiten abhalten könnte. Sie war vermutlich im Sattel geboren. Ich stellte mir vor, ihre Mutter auf der Treibjagd, hochschwanger, wie sie die kleine Camilla auf das Sattelpolster zog und sie auf die Brust schlug, während sie mit Schwung über die nächste Hecke setzte. Am meisten faszinierte mich ihr Gesicht, da hätte man gleich einen ganzen Tiegel Nivea draufschmieren können und alles wäre wie von einem Schwamm aufgesaugt worden – *schlupp!*

Mittlerweile hatte sie die Zügel angelegt, und das

Pony stand dabei, was ziemlich beeindruckend war, mucksmäuschenstill, obwohl es nicht angebunden war. Genauso versteinert wie die Hunde. Sie wandte sich zu mir um, stand breitbeinig da, die Hände in die Hüften gestemmt.

»Kleine Durchsicht des Kleiderschranks gefällig?«

Mir blieb der Mund offen stehen. Vor meinem inneren Auge spielten sich verwirrende Szenen ab, in denen sie sich in Zeitlupe und in Reithosen mit Volldampf durch meinen weitläufigen Einbaukleiderschrank arbeitete.

»Nicht ... wenn Sie nicht ...« Dabei machte ich eine vage Handbewegung, um Zeit zu gewinnen.

»Ich denke, ich mach das schnell. Kleinen Moment. Muss nur noch das hier abnehmen. Hätte ich natürlich zuerst machen sollen, wollte nur zeigen, wie's funktioniert.«

Sie drehte sich um und entfernte Hectors lilafarbene Beine, die, wie ich feststellte, von alleine standen und aus Styropor waren.

»Oh mein Gott – Overknee-Stiefel!«, kreischte ich.

»Transportgamaschen.« Sie warf mir einen vernichtenden Blick zu, während sie den letzten entfernte. »Klettband, wie Sie sehen.«

»Ah, ja, verstehe.«

Ich erinnerte mich daran, dass Tim einmal erzählt hatte, dass diese pferdeverrückten Frauen bereit waren, unendlich viel Geld für ihre Tiere auszugeben, und dass er bei der nächsten Umstellung seines Betriebes nicht auf diese verdammte *Blumen zum Selberpflücken*-Nummer setzen würde, sondern in Zukunft in irgendeiner Scheune dieses verdammte Zeug an diese verdammt hirnrissigen Frauen verticken würde. Sie war jetzt in ihrem riesigen Transporter verschwunden, um gleich darauf mit einer Schubkarre zurückzukehren, in der sich ein Stapel Decken türmte. Sie stellte sie mit einem Rums ab.

»Also dann.« Sie fing an, die Decken auf den Boden zu werfen, eine nach der anderen. »Stalldecke, Fliegendecke, Abschwitzdecke, Sommerdecke, Exzemerdecke, Ausreitdecke, Übergangsdecke und Thermodecke. Alles klar?«

Ich staunte. »Meine Güte. Der hat ja mehr Klamotten als ich!«

Diese Bemerkung bedachte sie mit der gehörigen Verachtung und ließ mich nicht aus den Augen, die Hände in die Hüften gestemmt. Mir wurde klar, dass sie weiterhin auf meine Antwort wartete.

»Oh! Ja, alles klar.« Ich kaute auf der Innenseite meiner Backe herum. Dieses Pferd trug also Thermowäsche? Ich konnte Caro nicht anschauen, die von Zeit zu Zeit ein salbungsvolles »suuuper!« flüsterte. Ich kam mir vor wie vierzehn.

»Und hier ist das Halstuch.«

Halstuch? Ein Pferd mit einem Halstuch?

»Wozu das denn? Wenn er abends ausgeht?«, platzte ich heraus und fand mich eigentlich ganz witzig, aber ihre Augen waren wie Kieselsteine.

»Wenn es etwas kälter ist. Zieht man so an, ja?« Sie befestigte es ganz lässig um seinen Hals. »Wenn es milder wird, abnehmen.« Sie löste die Schnallen wieder.

»Alles klar«, bemerkte ich gehorsam.

»Dann weiter.« Sie griff wieder in die Schubkarre, und ihre Stimme schallte wie durch ein Megafon, während sie weitere Pferdebekleidung auf den Boden warf. »Springgamaschen, Gelenkschützer, Allroundgamaschen, Trainingsgamaschen, Dressurgamaschen, Streichkappen, noch einmal Transportgamaschen, Stützgamaschen ...« und so weiter und so fort. Endlos, bis ich schon anfing, mich nach Molly zu sehnen. Die gute, zottelige, wildäugige, Zigeunerwagen ziehende Molly, die ihr Leben lang kein Fetzchen tragen und ihre gesamte

Laufbahn nackt verbringen würde. Anstelle dieses, wie ich ihn mittlerweile etwas nervös betrachtete, alles beherrschenden Hector, der mich hochnäsig von oben herab beäugte und die Nüstern blähte. Ob er wohl spürte, dass ich eine Hochstaplerin war?

»Und jetzt.«

Im Handumdrehen hatte sie alles wieder in der Schubkarre verstaut und stand schon wieder breitbeinig, die Hände in den Hüften, vor mir und erinnerte mich mit ihrer sportlichen Haltung an eine Turnlehrerin aus den fünfziger Jahren. »Jetzt kommen wir zur Körperpflege.«

Schuldbewusst klemmte ich die Arme an die Seiten. Es war ziemlich warm, und der Vormittag war in verschiedenster Hinsicht schon recht schweißtreibend gewesen.

»Täglich Hufe auskratzen und striegeln, ist selbstverständlich, jo?«

»Jo.«

»Dann Augen und Po mit einem feuchten Schwamm, aber sein Schlauch muss natürlich auch gesäubert werden.«

Ich starrte sie an. Ich hatte eine vage Ahnung, was das Wort bedeuten sollte, hoffte aber, dass ich mich täuschte.

»Schlauch?«

»Weil er ein bisschen verkrustet, hm?«

Oh du lieber Himmel.

»Also, ganz einfach so mit einem Feuchttuch ...« Sie holte eine Packung aus ihrer Daunenjacke, zog ein Tuch hervor, beugte sich unter seinen Bauch und ... ich konnte nicht hinsehen; tat so, als würde ich mir die Nase mit den Fingern reiben, aber gleichzeitig konnte ich nicht anders, als mit einer morbiden Faszination zuzusehen, wie sie sein ... *Ding* ..., das wirklich *massiv* war, in die Hand nahm und es ganz nach unten zog und dann wieder hochschob ... wie eklig. Selbst Caro hatte Schwierigkeiten, ein Igittigitt-Gesicht zu verbergen, und ihr »suuuuuper« klang jetzt schwächer, während die gute alte Camilla, die gute alte unerschrockene Camilla, sein Ding abtupfte. Der arme *Kerl*. Wollte er, dass man das mit ihm machte? Ich schaute in seine ruhigen, leicht hervorstehenden Augen. Was machte es schon, wenn es verkrustet war? Was machte das? Am liebsten hätte ich ihm in sein altes aristokratisches blondes Ohr, das mich entfernt an Michael Heseltine erinnerte, geflüstert, dass er sich keine Sorgen machen musste, weil ich niemals *derart* an ihm rummachen würde.

»Die Augen natürlich vor dem Po, ist ja klar«, sagte sie, indem sie seinen Schweif hochhob und zudringlich darunterlinste. »Wir wollen ja keinen Dreck auf dem Schwamm, sonst kriegt er noch eine Augenentzündung.«

»Nein«, stimmte ich matt zu und gab Michael Heseltine im Stillen ein weiteres Versprechen. Genau wie seinen Pimmel würde ich auch seinen Hintern nicht anrühren.

»Kleine Runde gefällig?« Sie schwang herum, Beine fest in den Boden gerammt mit einem breiten Grinsen.

»N-nein«, wand ich mich. »Nein danke, heute nicht, ehrlich.«

»Na, dann dreh ich eben eine Ehrenrunde.« Mit einer fließenden Bewegung hatte sie die Zügel ergriffen, einen Fuß in den Steigbügel gesetzt und war in den Sattel gesprungen.

»Platz?« Sie warf mir einen fragenden Blick zu, den ich mit Unverständnis quittierte. Ich trat einen Schritt beiseite. Wollte sie, dass ich ihr Platz machte?

Sie machte ein ungeduldiges Gesicht.

»Jaja, auf dem Reitplatz, super«, zwitscherte Caro.

Im Nu waren sie unterwegs: Hector und Camilla trabten davon in Richtung des Sandreitplatzes, Caro trabte hinterher. Und nach einem kurzen Augenblick des Zögerns eilte auch ich in ihre Richtung davon.

Camilla trabte mit knappen Bewegungen auf dem Sandplatz herum, zunächst in größeren, dann in kleineren Kreisen und schließlich in weit ausholenden Achterfiguren. Selbst mein ungeschultes Auge konnte erkennen, wie cool dieses Pony war mit seinem elegant geneigten Hals, den hochgezogenen Knien und gestreckten Zehen. Sie kam in der Mitte der Bahn zum Stehen.

»Ich nehm noch schnell ein paar Cavaletti«, rief sie.

Was wollte sie nehmen? Ich versuchte zu erkennen, ob sie in den Taschen ihrer Daunenjacke nach irgendwelchen Pillen suchte. Aber nein, sie schien auf ein Hindernis zuzureiten, über das Hector ganz mühelos sprang. Sie kam zurückgeritten.

»Okay?«

»Suuuuper«, wieherte ich und warf dabei den Kopf zurück.

»Prima.« Gekonnt saß sie ab und nahm dann das Zaumzeug ab und legte ein Halfter an. Alles, was diese Frau tat, geschah mit halsbrecherischer Geschwindigkeit.

»Caro, wohin wolltest du ihn stellen?«

Meine Schwägerin sprang sogleich in Hab-acht-Stellung. »Oh, ich hatte da an die vordere Weide gedacht. Zusammen mit Pepper, Phoebes Pony.«

»Greiskraut?«

»Nein, kein bisschen.«

Camilla warf mir das Ende des am Halfter befestigten Führstricks zu, und sie marschierte los, um die Weide zu inspizieren. Offensichtlich würde Hector nirgendwohin gehen, solange Camilla den Ort nicht geprüft und für gut befunden hatte. Wodurch wir allein zurückblieben, Hector und ich. Wir beäugten uns misstrauisch, und ich hielt ihn ganz außen am äußersten Ende des Stricks.

»Guter Junge«, flüsterte ich, und ich hätte schwören können, dass er verächtlich die Lippen zurückzog.

Die Weide wurde offenbar für gut befunden, denn die beiden kamen schon bald darauf zurück. Camilla nahm mir Hector ab und führte ihn davon, um ihn in seinem neuen Zuhause freizulassen, allerdings nicht bevor sie ihm nicht eine Art Fliegendecke übergelegt hatte. Caro und ich folgten und lehnten uns ans Gatter, um zuzusehen, wie Pepper, Phoebes Pony, neugierig angetrabt kam. Die beiden Pferde umkreisten sich vorsichtig mit hoch erhobenen Köpfen und Schweifen und schnaubten aufgeregt.

»Zweimal täglich füttern«, ertönte eine Stimme hinter uns. Wir fuhren herum und sahen Camilla nur noch von hinten, da sie bereits auf dem Rückweg zum Hof war. Keine beschauliche Betrachtung anmutiger Tierszenen für sie. Caro und ich eilten hinter ihr her. »Weidenmix, Häcksel, und ich finde immer, dass ein bisschen Zuckerrüben auch guttun, wenn man's ihm gemütlich gemacht hat. Natürlich kommt er nachts rein.«

Rein? Gemütlich? Vor meinem inneren Auge tauchten beunruhigende Bilder auf von Hector, der mit einem lilafarbenen Halstuch neben mir im Bett lag, die Hufe adrett über der Bettdecke gefaltet.

»Was?«, fragte ich dümmlich und bemühte mich, Schritt zu halten.

»Natürlich«, sagte Caro rasch, warf mir einen Blick zu und machte eine bedeutungsvolle Kopfbewegung in Richtung der Ställe. Glücklicherweise war das Camilla entgangen, die bereits zu ihrem Transporter marschiert war, um dort im Handschuhfach herumzukramen. Ihre Foxterrier saßen noch immer mucksmäuschenstill und artig da. Waren sie etwa betäubt? Nein, aber sie hatten zweifellos verdammt Schiss. Genau wie wir alle, oder?

»Ich habe da eine kleine Vereinbarung aufgesetzt.« Sie

kam zu mir zurück mit einem Blatt Papier in der Hand. »Macht alles viel leichter. Für ein Jahr an Sie verpachtet, alle Hufschmied- und Tierarztkosten gehen auf Ihre Rechnung. Nächste Woche ist übrigens die nächste Tetanusspritze fällig. Ach ja, und außer Ihrer Tochter reitet ihn keiner, okay?« Sie reichte mir das Blatt und einen Stift. Ich legte es auf mein Knie und unterschrieb wie betäubt. Dabei verspürte ich dieselbe Last der Verantwortung, wie sie King John wohl verspürt haben musste, als er die Magna Charta unterschrieb.

»So gegen acht kommt er rein. Kleine Abreibung und dann gut abdecken und dann kann er Punkt sieben morgens wieder nach draußen.«

Sieben? Sieben Uhr morgens? War sie verrückt? Da hatte ich ja noch nicht mal ein Auge geöffnet, geschweige denn Lippenstift im Gesicht. Wie in Trance reichte ich ihr Papier und Stift zurück. In Nu hatte sie den Hof überquert und sich in die Fahrerkabine ihres Transporters gehievt. Sie knallte uns die Tür vor der Nase zu und kurbelte schwungvoll ihr vorsintflutliches Fenster herunter.

»Ach ja, und wenn Sie ihn erwischen ...« Sie ließ den Motor an und ließ ihn wie bekloppt aufheulen, indem sie heftig aufs Gas trat und mir gleichzeitig etwas durch das Fenster zurief und am Ganghebel herumhantierte. Trotz ihrer Stimme, die normalerweise das Coldstream-Guards-Regiment vor Schreck hätte erstarren lassen, sorgten das Zischen der pneumatischen Bremsen und das Dröhnen des Dieselmotors dafür, dass alles, was sie sagte, in den Wind gesprochen war. Sie vollführte ein gekonntes Wendemanöver im Hof, keine leichte Angelegenheit bei einem Lebendgewicht von zehn Tonnen, und war zur Abfahrt bereit. Aber ich wollte noch gerne hören, was sie zu sagen hatte, um vollständig im Bilde zu sein.

»Was?«, rief ich, rannte neben ihr her und legte die Hand hinters Ohr, während sie in den ersten Gang schaltete und durchs Hoftor rumpelte. Sie warf einen abfälligen Blick auf das Wesen, das da neben ihr her rannte.

»Er frisst nur Müsli!«, blaffte sie mich ärgerlich an und wrruumm-wrruumm war sie zum Tor hinaus und ließ mich in einem Schauer von Kies und Matsch stehen.

Caro und ich standen nur da und sahen ihr hinterher, wie sie die Straße entlang davondröhnte zum nächsten Punkt ihres Tagespensums. »Selber Müslifresser«, murmelte ich.

»Pferdemüsli«, sagte Caro matt. »In einem Eimer. Wenn du ihn einfängst.«

»Ach so.« Ich nickte gleichermaßen matt zurück. »Verstanden.«

17

»Unverschämt, die Frau.«

»Oh ja«, pflichtete Caro mir erschöpft bei. Sie machte kehrt und ging eine Schubkarre holen, in die sie dann die Pferdedecken stapelte. »Leider kann sie es sich leisten«, rief sie über die Schulter zurück. »Es ist ein Zeichen für den Respekt, den sie in den Kreisen hier genießt.«

»Also, in *meinem* Kreis jedenfalls nicht. Als ob ich ein Pferd derart verhätscheln und so einen Scheiß mit ihm machen würde – das ist ja schlimmer als ein Ehemann!«

»Oh, viel schlimmer.« Sie blickte sich um, überrascht, dass mir das nicht klar gewesen war.

»Ein pflegebedürftiger Ehemann noch dazu, der zwei

Mal täglich gefüttert und umgezogen werden muss ... wenigstens muss ich Ant nicht den Pimmel putzen. Das werde ich ganz bestimmt *nicht* tun.«

»Sie wird das kontrollieren!«, jammerte Caro und ließ vor Schreck eine Decke fallen. »Ich schwör's dir, sie kommt vorbei, Evie. Sie wird Stichproben machen, sich seine Hufe ansehen, ihm in die Ohren schauen ...«

»Lass sie doch. Dann findet sie eben ein dreckiges, dafür aber glückliches Pferd. Um sieben Uhr früh – ich denk doch nicht im Traum daran!« Ich ging, um Brenda aus dem Auto zu lassen.

»Oh.« Caro hielt mit dem Deckenwerfen inne, richtete sich auf und wandte sich zu mir, die Hände in die Hüften gestützt. »Oh, jetzt verstehe ich. Ich weiß genau, wie das hier laufen wird. *Ich* werde das alles tun müssen, nicht wahr? Ich *wusste*, dass es so kommen würde. Du holst dir weiterhin deinen Schönheitsschlaf in der Stadt, und ich werde diejenige sein, die das Pferd versorgt!«

»Nein, nein, Caro, natürlich nicht«, beruhigte ich sie und widersprach ihr sofort. »Das wirst du *keineswegs* tun. Komm, lass mich das hier wegräumen.« Ich sprang an ihre Seite und nahm ihr die Griffe der Schubkarre aus der Hand, aber die war so hoch beladen, dass sie prompt umkippte und ihren Inhalt auf den Hof ergoss. »Oh Mann.« Ich fing an, die Decken wieder hineinzuwerfen. Sie waren tonnenschwer. »Ich habe fest vor, das alles zu machen«, informierte ich sie. »Ich habe nur was dagegen, wenn sie mir einen festen Zeitplan vorschreiben will, das ist alles. Ich meine, was spricht gegen neun Uhr vormittags? Vielleicht schläft Hector auch gerne mal aus, Himmel noch mal. Schließlich ist er ja schon ein Pferd im besten Alter.«

»Nun ja, je länger du ihn drin lässt, desto mehr Mist musst du wegschaffen, ist dir das klar? Und dazu kommt noch ... Oh, hallo. Sieh nur, wer da ist.«

Jack, Henry und Phoebe schoben sich vorsichtig aus der Scheune, in der die Tischtennisplatte stand, die Hände in den Hosentaschen, blickten sie sich verstohlen um.

»Ist sie weg?«, flüsterte Phoebe.

»Ja, gut gemacht, ihr habt sie verpasst.« Ihre Mutter beugte sich hinab, um mir mit den Decken zu helfen.

»Gott, das war knapp«, schauderte Jack. »Wir waren mitten in einem Match, und dann haben wir ihre Stimme gehört. Phoebe ist gleich unter den Tisch gekrochen. Du hättest uns wirklich warnen können, Mum.«

»Ich hab euch mit Absicht nicht gewarnt, weil ich gehofft hatte, dass einer von euch eine Runde auf ihrem Pony da reitet.«

»Was? Während sie dabei zuschaut? Nie im Leben.«

»Ich hatte mich schon gefragt, wo ihr drei eigentlich steckt.« Ich drückte Jack liebevoll die Schulter. »Danke für die moralische Unterstützung, ihr drei.«

»Die hast du gar nicht gebraucht, du warst cool«, versicherte er mir.

»Ich fand's toll, als du Overknees gesagt hast«, kicherte Phoebe.

»Also wirklich, warum sollte ein Pferd die brauchen?«

»Du solltest mal sehen, was ihre Kinder tragen«, warf Henry ein. »Die haben praktisch gar keine Schuhe.«

»Schon gut, Henry, das reicht jetzt«, murmelte Caro.

»Das hast du neulich selbst gesagt, Mum, am Telefon mit Lottie. Du hast gesagt, sie bremst kaum, wenn sie ihre Kinder irgendwo zum Übernachten abliefert, sondern schmeißt sie einfach aus dem Auto und fährt weiter.«

»Sie ist ein bisschen nachlässig mit ihnen«, gab Caro mir gegenüber zu. »Nie mit Zahnbürste oder Unterwäsche zum Wechseln, nur was sie am Leib tragen. Aber das Gegenteil finde ich genauso irritierend: Kinder aus ultrahygienischen Haushalten ohne Haustiere, die ihre Lammfell-Hausschuhe und Einweg-Toilettensitzabdeckungen mitbringen.«

»Da hast du recht«, stimmte ich ihr zu.

»Wo ist Anna?«, fragte Phoebe neben mir.

»Oh, sie … äh, sie hat eine Verabredung in der Stadt.«

»Ach.« Sie nickte. Es war klar, dass sie enttäuscht war. »Freut sie sich wegen Hector?«

»Oh, sehr! Bestimmt kommt sie so bald wie möglich her. Nach der Schule nächste Woche. Um ihn zu reiten.«

Aber nicht heute, um ihn, ihr neues Pony, in Empfang zu nehmen, dachte sie, wie ihr deutlich anzumerken war. Zweifellos hatte ihre ältere, coolere Cousine Wichtigeres vor: Bestimmt traf sie sich mit ihren Freundinnen bei Starbucks oder schaute nach Ohrringen bei Claire's. Schön wär's.

»Mum, da drüben ist eine Frau, die dir zuwinkt.«

Wir folgten dem Blick aus Jacks zusammengekniffenen Augen zu einem silbernen BMW, der direkt vor dem Hoftor auf dem Randstreifen der schmalen Straße stand, mit laufendem Motor, als wollte er gleich wieder fahren. Eine dicke Frau in einer engen fliederfarbenen Bluse mit sehr schwarzen Haaren, die kunstvoll auf ihrem Kopf drapiert waren, wedelte mit einem Blatt Papier aus dem Beifahrerfenster.

»Oh mein Gott, Mrs Goldberg«, murmelte Caro.

»Wer?«

»Die Brautmutter von letzter Woche. Die streng koschere Höllenhochzeit, bei der die Klos übergelaufen sind und uns die Caterer versetzt haben und Tim und ich das Essen schließlich selber machen mussten.«

»Ich habe sechshundert Erdbeeren geputzt«, warf Henry grimmig ein. »Ich habe sie gezählt.«

»Das zahle ich nicht!«, kreischte die Frau und wagte sich aus ihrem Auto, während ihr Mann ganz still dasaß und wie versteinert geradeaus auf sein Lenkrad starrte. Sie kam in ihrem engen weißen Rock und violetten Stilettos auf uns zugestöckelt. »Nicht einmal einen Bruchteil davon! Als meine Michelle mal musste, musste sie sich ins Gebüsch verdrücken in ihrem Hochzeitskleid!«

»Ihre Michelle war so besoffen, dass sie den Weg nach oben ins Haus nicht gefunden hat, wo die übrigen Gäste die Toiletten benutzt haben, die ich freundlicherweise zur Verfügung gestellt habe, nachdem Ihre Hochzeitsgäste es so wahnsinnig witzig fanden, die Dixieklos mit Konfettibomben zu verstopfen. Und dann hat sie noch in meine Vogeltränke gekotzt.«

»Und das Essen war eine Schande.« Sie war mittlerweile bei uns angekommen, und zitternd vor Wut, fett und schrill, wedelte sie Caro mit der Rechnung vor dem Gesicht herum mit unter der Puderschicht geröteten Wangen. »Eine echte Schande!«

»Weil Sie darauf bestanden haben, selbst eine Catering-Firma zu beauftragen, die dann nicht gekommen ist, sodass mein Mann und ich unser Bestes gegeben haben unter diesen Umständen.«

»Die Canapés waren noch gefroren!«, kreischte sie. »Mit Eis drauf! Tante Nina hat sich den Schneidezahn ausgebissen, und Cousin Shylock hat sich derart verschluckt, dass mein Bruder Raymond das Heimlich-Manöver bei ihm durchführen musste!«

»Ja, gut, Phoebe hat nicht gemerkt, dass ich die Blätterteigteilchen eben erst aus der Gefriertruhe geholt hatte. Sie hat sie herumgereicht, noch bevor ich sie in die Mikrowelle schieben konnte – da ja keine von Ihren Bedienungen aufgetaucht ist. Wie gesagt, Mrs Goldberg, wir haben unser Bestes gegeben.«

»Sie haben ein Schwein gegrillt!«, jammerte sie mit geballten Fäusten und sah selbst fast wie eines aus. »Und es meinen Gästen serviert!«

»Ja, tut mir leid. Das war unüberlegt. Aber wir hatten nur zwei Stunden Zeit und standen ziemlich unter Druck. Wir haben aber auch noch ein Lamm gegrillt.«

»Ein Schwein! Bei der Hochzeit meiner Tochter!«

»Weil Sie nicht für das Essen gesorgt hatten! Und es war eines von meinen *eigenen* Schweinen, ein wertvolles Tamworth-Schwein, das ich selbst aufgezogen und in der Woche geschlachtet und eigentlich für meine eigene Familie aufgehoben hatte und das der nicht-jüdische Teil Ihrer Gäste mit Begeisterung verschlungen hat. Es ist nichts davon übrig geblieben, wissen Sie.«

»Ein Schwein ...«, murmelte sie noch einmal schwach, klapperte mit den lila Augendeckeln und sah aus, als würde sie jeden Augenblick umkippen. Aber als sie merkte, wie matschig es um sie herum war, kam sie plötzlich wieder zu Bewusstsein. Sie drückte Caro die Rechnung in die Hand und sagte entschlossen: »Das hier zahle ich jedenfalls nicht. Da können Sie sich auf den Kopf stellen. Von mir aus gehen Sie vor Gericht. Von mir kriegen Sie jedenfalls keinen Penny.«

Und damit machte sie auf ihrem lila Absatz kehrt und stöckelte davon.

»Mein Gott, *die* hat Nerven«, staunte ich.

»Oh ja«, sagte Caro erschöpft und sah ihr hinterher. »Unglaublich nervig und noch dazu unglaublich gewöhnlich.«

»Ja, so sah sie aus.«

»Ja, das auch, aber ich meinte, dass es nichts Ungewöhnliches ist. So ein Verhalten. Und du solltest sie mal vor der Hochzeit sehen, wenn sie sich den Veranstaltungsort ansehen. Dann sind sie hochentzückt und begeistert von der Lage und den Enten, es könnte nichts

Schöneres geben. Dann werden sie ein bisschen schärfer, wenn es um die Blumenarrangements und das Essen geht, dann versuchen sie schon, Kosten zu sparen, und du denkst, von mir aus, und sobald dann irgendetwas schiefgeht, werden sie fies. Richtig fies. Und es ist immer unsere Schuld. Vor zwei Wochen hatten wir ein Hochzeitsbankett für zwei Liliputaner mit angeblich hundert Gästen, und hundertfünfundzwanzig sind aufgetaucht. Ich sollte dann aus dem Nichts heraus fünfundzwanzig Stühle auftreiben und außerdem das Essen vermehren wie die biblischen Brotlaibe und Fische. Glücklicherweise waren die meisten Gäste genauso klein wie das Brautpaar, und so habe ich einfach immer zwei und zwei zusammen auf einen Stuhl gesetzt und sie hatten auch nicht so einen Riesenappetit, aber was soll man machen?«

»Ja, wirklich«, sagte ich leise.

»Ich glaube, das war bisher die schlimmste Hochzeit.«

»Nein, das Schlimmste war, als einer auf eurem Bett gestorben ist«, korrigierte sie Henry.

»Nein!«, rief ich entgeistert aus.

»Ein betagter Onkel«, sagte Caro. »Das ist noch so eine Geschichte.«

»Dad wusste nicht, dass er da war, ja?«, erzählte Henry mit großen Augen. »Und hat sich neben ihn ins Bett gelegt …«

»Es reicht, Henry!« Caro warf ihm einen scharfen Blick zu.

»Meine Güte«, sagte ich etwas hilflos. »Also, ich werde dir ganz bestimmt nicht noch mehr Arbeit aufhalsen, Caro. Du hast ganz eindeutig genug zu tun. Sei beruhigt, dass ich heute Abend um acht hier sein werde, um Hector von der Weide zu holen, und morgen früh um sieben bin ich zurück, um ihn wieder rauszubringen.«

Caro seufzte und nahm die Schubkarre in die Hände. »Oh, mach dir keine Sorgen, ich bin ja hier. Ich kann das heute Abend erledigen.«

»Und ich miste immer bei Pepper aus und füttere sie, dann kann ich Hector natürlich auch gleich füttern«, sagte Phoebe eifrig, weil sie wusste, dass ihre Cousine sich freuen würde.

Mir wurde ganz warm ums Herz. »Das ist wirklich lieb von euch beiden. Aber morgens bin ich ganz sicher hier. Wenn es mal ein Problem gibt, nehme ich euer Angebot vielleicht an, aber ich werde mich ganz sicher bemühen und dieses Pony tipptopp versorgen.«

Ja, das würde ich, dachte ich auf dem Heimweg im Auto. In der Familie – *meiner* Familie, durchfuhr es mich plötzlich – hatte jeder seine Arbeit zu erledigen, und das war mir nicht immer so klar gewesen. Ich hatte mir einfach nicht klargemacht, wie sehr manche anderen sich für ihr tägliches Brot abrackern mussten und wie glücklich ich mich schätzen konnte, dass ich so ein leichtes Leben hatte. Nun ja, im Moment gerade nicht so leicht, sondern ziemlich nahe am Abgrund. Aber der heutige Vormittag hatte mich zumindest von diesem Abgrund, von dem, was da in der Stadt vor sich ging, abgelenkt. Ich warf einen Blick auf die Uhr. Ja, genau jetzt. Ein Uhr. Mir drehte sich der Magen um. Und damit kam auch das vertraute Gefühl der Übelkeit, das mir wie ein Hochgeschwindigkeitsaufzug zum Hals hinaufschoss, sodass mir, bis ich schließlich zu Hause ankam, klar geworden war, dass ich nicht hätte zurückfahren, sondern lieber Caros Einladung zum Mittagessen annehmen und länger auf der Farm bleiben sollen. Ich hätte nicht hierher zurückkommen dürfen, um hier voller Unruhe auf das Geräusch des Schlüssels in der Tür und ihrer gedämpften Stimmen im Eingang zu horchen. Ich hätte ... tja, wo hätte ich hingehen sollen? Nicht in die

Stadt, denn dort hätte ich sie möglicherweise gesehen. Und sie hätten mich gesehen und gedacht, was tut sie da? Spioniert sie hinter uns her? Und ich konnte auch nicht auf die Farm zurückkehren, jetzt nicht mehr.

Nun ja, sie würden bald kommen, überlegte ich. Ich würde einfach solange den Fernseher anschalten oder lesen. Nein, die Glotze anschalten.

Oben in unserem Schlafzimmer schaltete ich den Fernseher ein, den wir nie benutzten – Ant konnte die, wie er sagte, blöde Flimmerkiste nicht ausstehen –, es war also ein verbotenes Vergnügen. Ich würde mir irgendeine Soap suchen, so wie ich es früher getan hatte, irgendetwas Frivoles, um mich von allem abzulenken. Oh ja, und Schokolade essen.

Aber der Fernseher war nicht länger als zehn Minuten an, und ich musste feststellen, dass ich wegen der Übelkeit noch nicht einmal Schokolade essen konnte. Stattdessen wartete ich zusammengekauert an meinem Frisiertisch, von dem aus man einen Blick auf die Straße hatte, damit ich sie kommen sah. Ich saß da und wartete. Ich schaute auf das gerahmte Foto von Ant und mir an unserem Hochzeitstag; auf das von Anna in ihrem Taufkleid und auf die vertrauten Parfümfläschchen und Bürsten und das getöpferte Haus, das Anna in der zweiten Klasse gemacht hatte. Auf das Kreuzstichdeckchen aus der dritten Klasse. Ich saß da und wartete.

Und da saß ich eine Stunde später um halb drei Uhr, noch immer die schwitzigen Hände im Schoß verkrampft, als ich sie endlich die Straße entlangkommen sah. Sie lachten und scherzten. Anna schwang fröhlich ihre bestickte Umhängetasche, und Ant grinste. Mein Herz machte einen Sprung. Lieber Gott im Himmel. Der Schlüssel in der Tür, und dann hörte ich ihre Stimmen im Eingang. Nicht gedämpft, nicht voller stiller Erleichterung, dass diese kleine Pflichtübung nun ausgestanden war, sondern überschwänglich und strahlend. Ich ging zum Treppenabsatz, tastete mich voran. Mir waren die Beine eingeschlafen, weil ich so lange in einer Haltung gesessen hatte. Ich war eine zerbrechliche, schattenhafte Gestalt wie aus einem Hitchcock-Film: die leicht irre Frauengestalt am oberen Ende der Treppe.

»Und, wie ist es gelaufen?«, brachte ich mühsam hervor.

Sie unterbrachen ihr Geplauder und blickten nach oben.

»Oh, hi, Mum.« Anna wickelte einen perlenbestickten Schal von ihrem Hals. »Eigentlich ziemlich gut. Die beiden waren cool.«

Mein Herz, das ja bekanntlich bereits einen Sprung gemacht hatte, rutschte mir jetzt davon, durch die Schuhe hinaus und purzelte die Treppe hinunter. Auf dem Tischchen neben mir stand eine Vase. Beinahe hätte ich sie genommen und meinem Herzen hinterhergeschmissen.

»Gut. Na, das ist ja gut.« Ich zwang mich zu einem kleinen Lächeln. »Jetzt seid ihr bestimmt froh, dass es vorbei ist, oder?«

»Ach, nein, es war echt cool.« Mit leuchtenden Augen lächelte sie zu mir empor.

Ant beobachtete besorgt, wie ich langsam die Treppe hinunterstieg, eine Hand am Geländer, falls ich stolperte, und wusste, dass er die Begeisterung unserer Tochter dämpfen musste.

»Es war viel besser als erwartet«, erklärte er.

»Stacey – Anastasia – ist total nett und lustig und sooo hübsch, Mum. Total groß mit langen blonden Haaren – sie wurde von Storm Models entdeckt im Shopping Center in Sheffield –, und sie ist auch total klug. Sie ist hier, weil sie ein Bewerbungsgespräch im Trinity College hat, und dabei ist sie erst sechzehn. Ich habe echt gedacht – wow – ein Jahr früher!«

Ich brachte kein Wort heraus.

»Und Bella – das ist ihre Mutter –, die ist auch voll nett, ganz dein Typ. Echt cool, sie wird dir gefallen, und sie ist Schriftstellerin. Du weißt doch, diese historischen Liebesromane, die Granny so gerne liest? Bella Edgeworth – das ist sie!«

Ich starrte sie an, als würde ich sie nicht erkennen. Bella Edgeworth? Ja. Ja, den Namen hatte ich irgendwo schon mal gehört. Anna marschierte nun in die Küche hinüber, warf ihre Tasche auf einen Stuhl, drehte den Wasserhahn voll auf, sodass es überallhin spritzte, was ich nicht leiden konnte, und holte sich ein Glas aus dem Schrank. Ich folgte ihr wie betäubt. Ant zog sich hinter mir langsam das Jackett aus. Anna füllte ihr Glas und kippte das Wasser lautstark in sich hinein.

»Aaahhh ... schon besser. Gott, habe ich einen Durst. Ich war so nervös, dass ich ein ganzes Glas Wein getrunken habe!« Sie wischte sich mit dem Handrücken über den Mund und drehte sich zu mir um. »Früher hat sie, also Bella, in einer Bank gearbeitet und dann eines Tages heimlich angefangen zu schreiben und wurde gefeuert. Sie war total fertig, weil sie kein Geld hatte und natürlich ein Kind, aber irgendwie, sagte sie, war sie auch erleichtert, weil sie es furchtbar fand, dass Stacey den ganzen Tag in der Krippe war, und deswegen dachte sie erst so – verdammte Scheiße – und dann so – okay, scheiß drauf – und dann hat sie ein Buch geschrieben. Nach sechs Monaten war sie fertig und hat es abgeschickt und es wurde gedruckt und hat sie so berühmt gemacht – oh mein Gott! Ist das nicht der Wahnsinn? Genau wie bei J.K. Rowling – also wenigstens das mit der alleinerziehenden Mutter und so.«

»Wahnsinn.«

»Und inzwischen hat sie noch vier geschrieben«, sie füllte ihr Glas noch einmal auf, »und alle sind erschienen – auch im Ausland – und Stacey will auch mal schreiben. Sie will Englisch studieren, was Dad voll cool findet, oder, Dad? Er ist ganz rot geworden, als sie das erzählt hat. Und dann noch an seinem alten College. Voll cool, oder?«

»Und du warst nicht ...«, meine Stimme war angespannt, unnatürlich. Ich erkannte sie selbst kaum. Ich spürte Ants Gegenwart im Türrahmen, »... ein kleines bisschen eifersüchtig? Ein bisschen ... ich weiß nicht, neidisch?« Ich stieß ein kurzes, hartes Lachen aus. »Dass diese ... diese Fremde hier plötzlich auftaucht und deinen Platz beansprucht?«

»Weißt du, was ich gedacht habe, Mum?« Sie stellte ihr Glas ab, ihre Augen waren riesengroß und offen. »Ich habe gedacht – Wahnsinn, ich habe eine Schwester. Ganz, ganz ehrlich – ich war kein bisschen eifersüchtig, und dabei hatte ich total damit gerechnet. Ich dachte, ich würde sie umbringen wollen, sie – keine Ahnung – an Ort und Stelle mit bloßen Händen erwürgen.«

Ich nickte zustimmend. Ja. Oder mit einer Schnur.

»Aber es war total komisch. Ich wollte es gar nicht.« Sie runzelte die Stirn bei dem Versuch, es zu erklären. Es zu verstehen. »Vielleicht ... vielleicht wenn sie nicht so nett gewesen wäre ... und sich solche Gedanken gemacht hätte, wie es mir wohl geht. Wenn sie aufdringlich gewesen wäre oder frech, aber das war sie nicht. Sie war eher irgendwie besorgt, ängstlich. Hat immer wieder gesagt – du bist bestimmt total schockiert, bestimmt hasst du mich, aber das konnte ich gar nicht. Sie hat gezittert, nicht wahr, Dad? Aber am Schluss nicht mehr. Am Schluss haben wir alle gelacht.«

Gelacht. Und ich konnte kaum noch atmen.

»Ich hatte fast ... weißt du, ich hatte fast ein schlechtes Gewissen. Da war sie, Stacey, mit ihren sechzehn Jahren und ohne Vater, und ich hatte Dad, meinen Dad – *un-*

seren Dad – und all die Jahre seine Liebe gehabt und sie nicht.« Ihre unschuldigen Augen füllten sich mit Tränen, als sie zu Ant hinüberschaute, der hinter mir stand. Und auch ich konnte die Tränen nicht zurückhalten. Möglicherweise wegen Stacey oder wegen Anna oder auch meinetwegen. Schwer zu sagen.

»Und außerdem habe ich gedacht – dass wir schon die ganze Zeit Schwestern waren. Ich hatte eine *Schwester*, Mum, und konnte es gar nicht genießen. War die ganze Zeit ein Einzelkind.«

»Du hast gesagt, dass es dir nichts ausmacht. Hast immer gesagt, dass du gerne die Einzige bist und alle Aufmerksamkeit, alle Liebe ...«

»Ich weiß, weil ich einfach dachte, dass es so wäre. Aber heute habe ich gedacht, mein Gott, all die Jahre verschwendet ...!«

Verschwendet! Mein Herz verkrampfte sich abwehrend zu einem kleinen, festen Ball in meiner Brust. Zog sich in sich zurück. Ich biss die Zähne zusammen.

Sie nahm noch einen großen Schluck Wasser, den Blick aus den weit aufgerissenen Augen gedankenverloren über meinen Kopf gerichtet. »Und ich hätte echt nicht gedacht, dass es mir so gehen würde. Aber ich fühle echt ... dass ich sie gefunden habe.« Damit richtete sie ihre erstaunten blauen Augen wieder auf mich. »Dass ich mit ihr etwas gefunden habe, was mir gefehlt hat.« Sie schüttelte leicht verwirrt den Kopf. »Ich kann's nicht erklären, Mum. Vielleicht liegt es daran, weil sie so aussieht wie Dad. Vielleicht macht es das einfacher.«

Einfacher! Nicht ohnmächtig werden. Nicht ohnmächtig werden.

»Und es ist komisch. Wenn du mir das vorher gesagt hättest, dass sie ihm so total ähnlich sieht, dann hätte ich gesagt, dass das alles nur noch schlimmer macht. Aber *wir* sehen uns auch ähnlich. Wir sehen aus wie

Schwestern!« Ihr Gesicht leuchtete, ja glühte geradezu. »Stimmt's, Dad?«

Ant hatte sein Jackett über eine Stuhllehne gehängt. Er blickte langsam auf. »Ja. Ihr seht euch ähnlich. Anna, du hast nachher noch Klarinettenunterricht. Willst du dir diesen Schubert nicht noch einmal ansehen?«

»Nein, ist schon okay. Den kann ich ziemlich gut.«

»Anna, geh jetzt und üb! Dein Vater und ich wollen reden!«, brüllte ich mit geballten Fäusten.

Sie schaute mich erstaunt an. So etwas sagten wir nicht. Nie. »Dein Vater und ich wollen reden.« Wir waren eine moderne, emanzipierte Familie. Wir redeten alle gemeinsam. Aber ich war zurück auf der Farm. Ich war meine Mutter. Nein, ich war mein Vater. Oder alle beide.

Schweigen. Anna schaute mich böse an. »Ich dachte, du würdest dich freuen! Du wusstest, dass es schwer für mich sein würde – ich dachte, du würdest dich freuen, dass ich sie nett fand!« Ihr Mund zuckte, und sie schob sich an Ant vorbei und rannte hinaus. Ich wollte ihr folgen.

»Anna!«

Ant hielt mich am Arm zurück. »Lass sie. Du machst es nur noch schlimmer.«

Ich sollte es schlimmer machen? Ich? Was hatte ich denn getan? Dieses ganze Kuddelmuddel war nun wirklich nicht meine Schuld.

Ich kam zurück in die Küche, umklammerte die Arbeitsplatte vor mir, überlegte es mir anders und drehte mich zu meinem Ehemann um, wobei ich die Arme vor der Brust verschränkte, ich brauchte sie dort.

»So«, flüsterte ich mit hoch erhobenem Kinn, »es ist also alles in Butter.« Eigentlich wollte ich gar nicht so sein, so hart und sarkastisch. So kannte ich mich gar nicht. Aber ich hatte das Gefühl, dass ich zu diesem Verhalten gezwungen wurde.

»Nein, aber es ist besser gelaufen, als ich erwartet hätte. Anna ist noch so jung, Evie. Für sie gibt es nur himmelhoch jauchzend oder zu Tode betrübt. Im Moment ist sie ganz high, aber sie kommt schon wieder auf den Boden zurück. Hoffentlich nicht zu hart, aber sie wird schon merken, dass die Situation noch immer kompliziert ist. Das lässt sich nicht in ein paar Stunden so leicht klären, wie sie es momentan darstellt.«

Ich nickte. Er hatte recht. Die Stimme der Vernunft schallte wie immer durch meine Küche. Anna war high. Adrenalin, Nervosität, ein Glas Wein, und nun wollte sie, dass alles gut war. Kinder wollen das. Ewige Optimisten. Immer voller Hoffnung.

»Aber ist es wirklich so viel komplizierter?«

»Natürlich. Aber grundsätzlich ...« Er streckte die Hände aus in einer vertrauten Geste, die Handflächen nach oben gerichtet. »Also grundsätzlich sind es nette Leute. Die sich bislang nicht in unser Leben gemischt haben. Und die sehr ... besorgt sind, wenn sie das jetzt tun. Aber die Sache ist die, dass Stacey ein Bewerbungsgespräch am Trinity College hat und es ganz danach aussieht, dass man ihr dort einen Studienplatz anbietet. Und sie kann ja schlecht in derselben Stadt sein wie ihr Vater und nichts davon sagen. Das musst du verstehen. Noch dazu ist sie jetzt sechzehn, und es ist an der Zeit.«

Ich nickte. Ja, das konnte ich verstehen. Ich konnte alles verstehen. Ich zog einen Stuhl heraus und setzte mich zitternd.

»War sie ... ist sie dir sehr ähnlich?«

»Genug, um die DNA-Geschichte überflüssig zu machen.« Er saß mir gegenüber und beobachtete mich genau.

»Und ... ist sie nett?«

»Ja. Sie würde dir gefallen. Sie würden dir beide gefallen.«

Ich wusste, was jetzt kam. »Du willst, dass ich sie kennenlerne.«

»Nun ja, das wolltest du doch ursprünglich selber, Evie. Du wolltest sie hierher zum Tee einladen.«

Ja, bevor ich wusste, dass sie so nett sind, wollte ich sagen. So schön, so rücksichtsvoll, so vorsichtig, so rundum vorbildlich. Als Außenseiter wollte ich sie hierhaben. Jetzt war ich die Außenseiterin. Nein, das war ich natürlich nicht, aber es fühlte sich so an.

»Oder wir können es auch dabei bewenden lassen, wenn du willst. Sie erwarten es jedenfalls nicht, dass wir sie in irgendeiner Weise integrieren. Stacey wollte mich nur kennenlernen und mich einmal sehen.«

»Natürlich.« Trotz meiner Eifersucht und meiner Angst wusste ich, dass das stimmte. Ant fühlte sich ermutigt.

»Und jetzt – also, jetzt habe *ich* das Gefühl, dass ich es nicht einfach ablegen und mich davonmachen kann.« Er schaute mich flehend an. Griff nach meiner Hand auf dem Tisch. »Verstehst du das?«

»Ja«, flüsterte ich. Ja, natürlich verstand ich es. Und ich liebte ihn dafür. Wie seltsam wäre es gewesen, wenn er nicht dieses Bedürfnis gehabt hätte. Was hätte das über ihn ausgesagt? Aber dennoch. Ich kämpfte mit mir. Ich schaute ihn an.

»Was war das für ein Gefühl? Stacey zu sehen?«

Er hielt den Atem an. »Unbeschreiblich, Evie. Stell dir vor, wie es dir gehen würde, wenn du dein … Kind … zum ersten Mal siehst nach so vielen Jahren und weißt, dass es ohne dich groß geworden ist.« Er rang um Fassung. »Ich habe mich geschämt. Entsetzlich geschämt. Aber das haben sie ganz schnell beiseitegeräumt. Bella hat sich alle Mühe gegeben, mir klarzumachen, dass ich es nicht hätte wissen können, weil sie es mir nicht gesagt hat. Weil … nun, weil ich natürlich schon …«

Ich nickte. Weil er schon mit mir verlobt gewesen war. Aber sie hätte es dennoch tun können. Andere Frauen hätten es vielleicht getan. Andere, weniger gebildete und geldgierigere Frauen.

»Und Liebe«, sagte er plötzlich erstaunt. »Was mich total überrascht hat. Schließlich ist sie mir ja vollkommen fremd – Stacey. Aber ich saß da und dachte, komisch, irgendwie empfinde ich ...«

Rasch stand ich auf. »*Liebe*?«

»Nein, keine Liebe«, sagte er rasch und fuhr sich verzweifelt mit der Hand durchs Haar. »Verzeih mir, Evie, meine Gefühle sind auch aufgeputscht, aber da war eindeutig eine Bindung, etwas Starkes.«

Ich nickte und starrte auf die Wand über seinem Kopf. Die große Frage. Raus damit, Evie. Raus damit.

»Und was war es für ein Gefühl, sie zu sehen ... du weißt schon«, ich schaute schnell zu ihm, um seine Reaktion zu sehen. »Bella?«

Etwas flackerte in seinen Augen. Ich bemerkte es, noch bevor er es verbergen konnte. Es brachte mich um.

Er seufzte. »Sehr seltsam. Sie hat sich ein bisschen verändert. Aber nicht sehr. Komisch.«

»Nein, ich meine nicht, wie sie aussah. Wie hast du empfunden?«

Er schaute mich direkt an. »Okay. Berechtigte Frage. Etwas in mir hat einen Sprung gemacht. Mein Herz vielleicht, vielleicht auch nur meine zitternden Nerven, aber da war so eine nostalgische Sehnsucht. Eine Mischung aus Erinnerung und Begehren – ja, es hatte mit Erinnerungen zu tun. Mit der Vergangenheit. Nicht mit dem Hier und Jetzt.«

Er war so ehrlich wie immer. Ich wusste, wenn ich fragte, musste ich die Konsequenzen akzeptieren. Er würde immer ganz und gar ehrlich sein. Ich verschränkte die Arme schützend vor der Brust, während er sich bemühte, alles loszuwerden. »Und natürlich bleibt die Tatsache bestehen, dass sie sehr schön ist, und sie ist ...«

»Okay!«, sagte ich atemlos und hob die Hand. Ich schloss die Augen. »Genug. Ich weiß, dass ich gefragt habe, aber ...« Ich lächelte starr. Schüttelte den Kopf. »Du hättest mich wenigstens ein bisschen anlügen können, Ant.« Ich öffnete die Augen. »Um mich zu schonen. Ich weiß nicht, wie viel Wahrheit ich noch verkraften kann.«

Er lächelte, stand auf und nahm meine Hand. »Mehr gibt es nicht. Das war alles. Sie ist sehr attraktiv, aber sie ist jemand aus meiner Vergangenheit, als ich noch jung und ein bisschen unsicher und orientierungslos war. Sie ist das, was sie auch damals schon war: ein letzter Ausrutscher.«

Ich war mir nicht sicher, ob das auch stimmte. Bei Ant gab es normalerweise keine »Ausrutscher«, und wie konnte es sein, dass er orientierungslos war, wo er doch mich heiraten wollte, aber ich hatte ihn gebeten aufzuhören.

»Und du hast nicht gedacht: Ich wünschte, ich hätte dich geheiratet, wünschte, dass ich bei dir und Stacey geblieben wäre, all die Jahre?«, platzte es aus mir heraus und erschreckte mich selbst.

Er machte ein entsetztes Gesicht. »Natürlich nicht. Wie kannst du so etwas denken?«

Unglücklich zuckte ich die Schultern. Meine Gedanken kannten keine Grenzen. Meine Qual kannte keine Grenzen.

»Obwohl natürlich ...« Ich merkte, dass er allen Mut zusammennahm, um wiederum ehrlich zu sein, und zuckte zusammen. Beinahe hätte ich den Arm über die Augen gelegt. »Es bleibt die Tatsache, dass wir eine unzertrennliche Bindung haben. Wir haben ein gemeinsames Kind.«

Ich schluckte. »Ja.«
Verdammt. Ich hätte doch den Arm heben sollen.

18

Am Sonntag fuhren wir mit Anna zur Farm hinaus, wo sie den Tag damit verbrachte, sich in Hector zu verlieben. Aber am folgenden Morgen war ich an der Reihe, und so fuhr ich wie versprochen über die kleinen Landstraßen und bog um die vertraute letzte Kurve mit der hohen Hecke, um dann durch das Tor auf den Hof einzubiegen. Ich stellte den Motor ab. Es herrschte Ruhe; alles war still. Die Hennen waren schon draußen und pickten auf der Erde herum. Der Hahn, zufrieden mit sich, weil er die meisten seiner Damen schon mindestens zwei Mal beglückt hatte, streckte den Hals und schüttelte die Federn, nachdem er zur Feier des Tages sein Staubbad in einem lange aufgegebenen Blumenbeet genommen hatte. Der leichte Morgennebel hob sich, rollte sich auf wie eine flauschige graue Decke über dem Tal, aber hing noch immer über den Hügeln dahinter, wo unsere Kühe, nachdem sie Tims weißen Pickup entdeckt hatten, der mit ihrem Heu auf sie zurollte, in einem pawlowschen Reflex muhten. Ich war wie befohlen früh dran, und als ich aus dem Auto stieg, blieb ich kurz stehen, um tief einzuatmen und die trotz allem immer noch ganz besondere Stimmung dieser Tageszeit zu genießen, zu der mein Vater – und jetzt natürlich Tim – schon seit Stunden auf den Beinen war, aber der Rest des Dorfes noch schlief oder langsam zum Leben erwachte.

Es war ein wunderbarer, dunstiger Sommermorgen.

Bald war meine liebste Jahreszeit gekommen. Nicht die von Ant, der immer sagte, dass dann alles starb, aber er war eben in der Stadt aufgewachsen, und da half auch sein ganzes Wissen über die idyllischen Naturideale der Romantiker nichts. Er wusste nicht, dass der Herbst nichts mit verblassender Schönheit zu tun hatte, sondern ein letztes starkes Aufbäumen war, wenn die Holunderbeeren in üppigen Büscheln in den Hecken hingen neben Brombeeren, noch einmal dick und wie vom Regen lackiert. Und dieses fantastische Licht, wenn sich der Nebel lichtete, das kein Hollywoodfilm nachmachen konnte und das lange, bewegliche Schatten warf, die alle Schatten meiner Kindheit heraufbeschworen. Inzwischen fielen die Äpfel schneller von den Bäumen, als Caro sie aufsammeln konnte; Birnen und Pflaumen, die noch vor einem Monat so eifrig aufgelesen worden waren, wurden nun unter den Gummistiefeln der Kinder zerquetscht. Der Sommer war dann lange vorbei und mit ihm alle Geschäftigkeit und Organisiererei, die er so mit sich brachte. Ich trauerte ihm nicht hinterher. Ich liebte die Bedächtigkeit des Herbstes, wenn man darüber nachdachte, wann man wohl das Brennholz reinholen und den Kamin anzünden sollte. Die glitzernden Spinnweben, die sich frühmorgens vom Tau glänzend von einem Grashalm zum nächsten spannten – diese neblige Zeit, die weiche Früchte häuft. Was war das jetzt wieder für ein Zitat?

Beim Klappen meiner Autotür kam Megan, die alte Schäferhündin, angehumpelt, die mittlerweile fett und träge war. Während ich ihr über den knochigen Kopf streichelte, bemerkte ich in der dunstigen Ferne Tims Pickup, der schon wieder auf dem Rückweg war von seinen paar Kühen, die er noch um der guten alten Zeiten willen hielt, genau wie Caros Schweine, dachte ich, als ich an Harriets Stall vorbeiging, in dem sie auf einem

Haufen Stroh lag, die Schnauze zwischen den Pfoten vergraben. Ich lächelte. Sie würden sich wundern, dass ich so früh da war. Aber ich hatte sowieso nicht schlafen können und war die halbe Nacht wach gelegen, dann konnte ich ebenso gut hier sein.

Geschäftige Geräusche kamen aus einem Stall weiter hinten nach der Reihe von Laufboxen. Ich streckte den Kopf über eine Tür und sah gerade noch, wie Phoebe letzte Hand an Peppers makelloses Bett legte.

»Morgen, Phoebe.«

»Oh, hi.« Sie drehte sich aus der Ecke um, in der sie etwas saubere Sägespäne mit einer Mistgabel festgeklopft hatte. »Du bist da!«

»In der Tat.« Ich grinste. Oh, ihr Kleingläubigen.

»Ich habe Hector schon mit Pepper zusammen für dich rausgebracht, weil er sich so ganz alleine nur aufgeregt hätte. Ich wollte gerade mit deinem Stall anfangen.«

»Das wirst du nicht! Schau, ich habe schon meine Gummistiefel an und bin fertig.« Ich hob einen fleckenlosen rosa Stiefel mit zwei Händen über den Rand der Tür, sodass sie es sehen konnte.

Sie blinzelte. »Cool. Also, ich habe schon ein Heunetz für dich gefüllt, aber wenn du zurechtkommst, dann geh ich jetzt rein, ich muss nämlich noch ein paar Hausaufgaben fertig machen. Du bist übrigens nebenan. Du weißt, wo der Misthaufen ist, oder?«

»Natürlich. Vergiss nicht, dass ich hier mal gelebt habe, Phoebe!« Ich schenkte ihr noch ein breites Lächeln und öffnete dann die Tür des benachbarten Stalles und ging hinein.

Kurze Zeit später tauchte ihr Gesicht über der Tür auf. Sie grinste. »Alles klar?«

»Was?«

»Nichts. Ich habe nur noch nie gesehen, wie jemand

mit einer Handtasche in den Stall gegangen ist. Mum wird sich freuen, dass du da bist. Ich gehe jetzt und sag's ihr.«

Und schon war sie unterwegs, um es Caro zu erzählen. Ich dachte, was sie doch für ein nettes Mädchen war, und stellte meine Chloé-Handtasche vor die Tür – oder vielleicht doch lieber ins Auto, bisschen schmuddelig hier – und dass ich sie viel zu wenig kannte. Caro hatte recht. Ich ging quer über den Hof zurück zum Stall. Wir sollten die Kinder öfter zusammenbringen. Alle fünf mittlerweile. Ich schnappte mir eine Mistgabel und hielt mich daran fest. Brauchte einen Augenblick. Ja, wie würden die Cousine und die Cousins die Sache mit Stacey wohl aufnehmen? Mit Begeisterung, konnte ich mir vorstellen. Ich sah es direkt vor mir, wie Jacks Augen aufleuchteten und Phoebe der Mund vor Bewunderung offen stehen blieb, weil dieses zukünftige Storm-Model in ihren Hof geschlendert kam. Schön und gut. Das war doch gut, Evie, oder? Spitze. Ich packte die Mistgabel fest mit beiden Händen und marschierte los, um auszumisten.

Meine Güte, was für eine Menge Mist da war. Entsetzt schaute ich mich im Stall um. In jeder Ecke lagen jede Menge Pferdeäpfel, und alles war ziemlich weit verteilt, nicht auf einem ordentlichen Haufen. Es schien, als hätte das dämliche Pferd einen Stepptanz darin aufgeführt. Tja. Ich machte mich an die Arbeit und rümpfte angewidert die Nase, während ich eine Ladung Mist nach der anderen auf das Ende meiner kippeligen Mistgabel hob – ziemlich schwer das Zeug – und in die Schubkarre schippte. Ihhh. Bäh ... Ich versuchte, nicht zu würgen. Hoch, kippel, ihhh, bäh, schipp. Hoch, kippel, ihhh, bäh, schipp.

Ich fing langsam an, mich daran zu gewöhnen. Meine Arme schmerzten, aber ich musste nicht mehr würgen und ich schaute mich keuchend um. Meine Schubkarre war voll, aber der Stall sah bei Weitem noch nicht so aus wie der von Phoebe. Ich ging nach nebenan. Bei Weitem nicht. Ihrer war sauber und ordentlich, eine flache Schicht Sägespäne, die entlang der Wände leicht nach oben gezogen war und in einer ordentlichen Linie einen knappen Meter vor der Tür endete und einen Streifen sauberen Betons frei ließ. Also gut. Ich marschierte zurück, zog das Sägemehl ein wenig an den Wänden empor und fegte einen Streifen Beton zwischen dem Sägemehl und der Tür frei. So. Ich trat einen Schritt zurück. Aber nein, denn da waren noch Bollen von Aa überall. Kleine Bollen, die – ich packte meine Mistgabel – einfach zwischen den weiten Zinken hindurchrutschten. Ich eilte nach nebenan. Waren in Phoebes Stall auch …? Ich wühlte mit der Mistgabel in ihrem Sägemehl herum und fühlte mich dabei wie ein Verräter. Nein, keine kleinen Klumpen. Ich klopfte ihr Sägemehl wieder flach. Aber wie …? Ah. Ich eilte in die Sattelkammer hinüber und suchte mir dort eine Gabel mit engeren Zinken. Hastete zurück. Nein. Die kleinen Mistkerle fielen noch immer hindurch. Waren sie etwa Hectors Spezialität und nicht die von Pepper? Oder war es vielleicht eine Ausnahme? Hatte er eine nervöse Verdauung gehabt in der neuen Umgebung? Sollte ich die Dinger einfach ignorieren und hoffen, dass er sie nicht bemerkte, wenn er heute Abend zurückkam?

Ich konnte mir genau vorstellen, wie er angewidert seine vornehme Nase rümpfen würde, und sah ihn vor mir, wie er ein Handy aus der Tasche seiner lilafarbenen Bettjacke zog: »Camilla, Darling, dieser Stall hier ist eine Schande. Hier kann ich einfach nicht bleiben.«

Ich schmiss die Mistgabel hin und lief zum Haus hinüber, ging hinten herum zum Küchenfenster, wo … Ich konnte kaum glauben, was sich da vor meinen Augen abspielte. Es war wie aus der Fernsehwerbung. Drei Kinder in Schuluniform mit ordentlich gescheitelten und geflochtenen Haaren saßen um einen Landhaustisch, im Hintergrund trällerte Terry Wogan fröhlich vor sich hin, während Caro in einer Cath-Kidston-Schürze Eier und Schinken am großen Aga-Herd briet. So ganz anders als mein eigener chaotischer, viel kleinerer Haushalt, wo Ant und Anna selbst im Schrank herumkramen mussten und wenn sie Glück hatten, irgendwelche Frühstücksflocken fanden, die sie dann vorsichtig mit den Zähnen probierten, um zu sehen, ob sie alt waren, während ich selbst, sobald sie weg waren, wieder ins Bett zurückschlüpfte, um heimlich die *Hello!* zu lesen und Schokolade zu essen. Ich war eine schreckliche Mutter. Schrecklich.

Ich klopfte ans Fenster. Caro drehte sich um.

»Oh, bravo, Evie!«, rief sie. »Phoebe hat schon gesagt, dass du da bist. Ich konnte es gar nicht glauben!«

Gott. Sie hatten wirklich gedacht, dass ich nicht kommen würde. Jack beugte sich über den Tisch, um das Fenster aufzustoßen.

»Nun ja, ich komme aber leider nicht so gut voran. Da sind jede Menge kleine Aa-Bällchen, die mir ständig durch die Gabel rutschen.«

»Was?« Sie hielt die Hand ans Ohr und beugte sich vor, um das Radio leiser zu drehen.

»*Kleine Kackebällchen!*«, brüllte ich, und eine ziemlich beeindruckende Blondine, die bislang unbemerkt mit dem Rücken zu mir im Schatten des Herdes gestanden hatte, drehte sich zu mir um und starrte mich verwundert an.

»Oh, das ist … Alice«, hauchte Caro und wurde rot. »Eine von meinen Bräuten. Sie heiratet im Herbst. Phoebe, geh nach draußen und sprich mit deiner Tante.«

Ich war bestimmt ein Bild für die Götter, wie ich da

mit Sägemehl im Haar und rot im Gesicht Obszönitäten durchs Fenster brüllte. Vielleicht würden sie mich als die verrückte Tante darstellen. Ach was, darstellen? Ich *war* die verrückte Tante. Einem wilden Impuls folgend verdrehte ich, als mir die junge Frau benommen zunickte, die Augen ganz nach hinten wie eine Irre und lächelte blöde. Mit irritiertem Gesicht wandte sie sich ab. Caro hatte das Ganze glücklicherweise nicht gesehen, aber Phoebe kicherte, als ich mich zu ihr hinabbeugte und ihr mein Anliegen ins Ohr flüsterte. Sie hörte zu und flüsterte dann zurück und sah, dass ich große Augen bekam, während sie ihren Rat erteilte.

»Aber du musst es nicht so machen«, sagte sie rasch. »Viele Leute tun das nicht. Ich nehme es nur sehr genau.«

Ich schaute sie verwundert an. »Ich auch«, flüsterte ich und eilte davon.

Wieder zurück im Stall ortete ich den besagten Eimer in besagter Sattelkammer und fand besagte Gummihandschuhe auf dem Boden über und über voller ... bäh. Mit abgewandtem Gesicht streifte ich sie an und rannte dann mit ausgestreckten Armen zum Stall zurück. Ich würde es schaffen. Yes, I can! Ich hockte mich in meinen Armani-Jeans hin, die Hände noch immer meilenweit entfernt, und hob einen hoch ... ließ ihn in die Schubkarre fallen ... hob noch einen auf ... ließ ihn fallen. Nur Gras, redete ich mir selbst ein, die Nase zusammengekniffen atmete ich nur durch den Mund. Pflanzenfresser. Sie fressen nur Heu und Gras.

Zwanzig Minuten später stand ich neben der randvollen Schubkarre und schaute mich um. Makellos sauber. Tatsächlich war der Stallboden jetzt so unglaublich sauber, und ich war so erschöpft, dass ich versucht war, mich selbst dorthin zu legen. Aber es war noch nicht vorbei. Phoebe hatte freundlicherweise ein Heunetz für mich gefüllt, das ich Hector zum Abendessen aufhängte – ich empfand ihn ganz eindeutig als Hector und nicht als Heccy –, dann füllte ich einen Eimer mit Wasser und schleppte ihn quer über den Hof. Als ich ihn mit einem triumphierenden Rums in der Ecke seines Stalles absetzte, schwappte mir die Hälfte davon in einen meiner rosa Stiefel.

Du wirst das schon noch lernen, redete ich mir später ein, als ich mit einem patschnassen Bein über die Landsträßchen sauste. Alles nur eine Frage der Übung. Du bist es nur nicht gewöhnt. Und du willst eine Bauerntochter sein, spottete ein Stimmchen in meinem Kopf. Was hatte ich nur mit meinem Leben angefangen, während meine Schwägerin schon zum Frühstück Arbeitsbesprechungen abhielt – was, wie mir inzwischen klar war, das kleine Tete-a-Tete gewesen war, ein kleines gemeinsames Zeitfenster dieser beiden Frauen, bevor sie mit der Arbeit, ihrer richtigen Arbeit, begannen. Und was hatte ich bisher während dieser Zeit gemacht? Minderwertige Zeitschriften gelesen und Zitronentörtchen gegessen. Mehr nicht.

Aber jetzt hatte ich ein Ziel vor Augen. Und ich wusste genau, wo ich als Nächstes hinwollte. Zu Malcolm. In seinen Laden, um seine Regale zu durchforsten. Um mich über Bella Edgeworth zu informieren und in seinen Taschenbüchern zu kramen und die ganze Geschichte zu erfahren. Mit hoher Geschwindigkeit fuhr ich in Richtung Stadt, überquerte den Fluss – so viel, wie ich Auto fuhr, hätte man eigentlich meinen sollen, dass ich es ziemlich gut konnte –, fuhr um die Innenstadt herum und dann in Richtung St Giles. Die großen Buchläden hätten um diese Zeit noch nicht geöffnet, aber einer der Tricks, mit denen Malcolm den größeren Läden das Wasser abgrub, war es, seine Kunden mit einem frühmorgendlichen Kaffee auf dem Weg zur Arbeit zu einem möglichen Buchkauf zu verlocken. Ich bog nach links in die Clarendon Street ein. Er war bestimmt schon da.

Ich parkte in dem kleinen gepflasterten Hinterhof. Gut: nur Malcolms Auto. Ich tauschte meine Gummistiefel gegen ein paar alte Flipflops, die auf dem Rücksitz lagen, dann stieg ich aus und eilte nach vorne zum Eingang. Leise öffnete ich die Ladentür und warf einen Blick durch den Bogen zu meiner Linken ... aber nein. Keiner da. Keine Spur von Pupsgesicht. Ja, der ganze Laden war leer und lag noch im Halbdunkel, mit Ausnahme von Malcolm, der hinter der Ladentheke an seinem Computer saß, die Lesebrille auf der Nasenspitze balancierend. Cinders lag zu seinen Füßen. Er linste über den Brillenrand, als ich hereinkam. Strahlte.

»Meine Liebe! So früh schon unterwegs! Welche Freude.«

»Malcolm.« Ich schloss die Tür hinter mir und eilte mit meinem Anliegen zu ihm hinüber. »Malcolm, hast du schon mal von Bella Edgeworth gehört?«

»Ja, natürlich habe ich von ihr gehört.« Er nahm seine Brille ab. »Sie schreibt diese wunderbaren viktorianischen Liebesromane. Voller Mieder und Reifröcke. Warum?«

»Wunderbar? Du findest sie wunderbar? Ich dachte, die wären eher so ... schmalziger Schund.«

»Na ja, sie sind nicht hochgestochen oder literarisch, falls du das meinst. Aber sie sind ganz bestimmt sehr charmant. Und sehr zugänglich.«

Oh Gott. Genau wie sie wahrscheinlich. »Sexy?«

»Nee«, sagte er langsam. »Nicht wirklich. Ich meine, Andeutungen schon, aber dann heißt es immer Punkt, Punkt, Punkt und die Schlafzimmertür wird geschlossen. Keine besonderen Körperteile in Aktion, falls du das meinst. Ich habe übrigens welche da. Warum?« Er stand auf, um in den Regalen danach zu suchen.

»Weil sie diese vermaledeite Freundin ist, Malcolm. Die mit dem Kind!«

»Oh!« Er wandte sich erstaunt um und starrte mich an. Beunruhigenderweise fingen seine Augen an zu leuchten. »Oh, wie *spannend*. Oh, Evie, glaubst du, sie würde vielleicht mal eine Veranstaltung bei uns machen? Eine Lesung? Sie ist unglaublich populär.«

»Malcolm!«

»Nein, nein, tut mir leid. Dumm von mir«, sagte er rasch. Er holte ein paar Bücher aus dem Regal und kam mit ihnen zu mir zurück. »Aber du musst zugeben, dass es ziemlich aufregend ist. Und so viel besser als irgendeine hergelaufene Doreen, findest du nicht auch?«

»Aus wessen Perspektive betrachtet?«

»Nun ja …«

»Du meinst, wenn es nun mal so ist, dass dein Verlobter mit einer anderen Frau vögelt und ihr ein Kind macht, dann ist es besser, wenn sie wenigstens schön und berühmt ist?«

Malcolm verlagerte sein Gewicht auf ein Bein und kratzte sich nachdenklich am Kinn. »Ja-a. Ja. Ich glaube, genau das hatte ich gemeint«, erklärte er trotzig, als wollte er den sarkastischen Unterton meiner Bemerkung bewusst überhören. »Die Tochter hat bestimmt davon was abgekriegt – der Apfel fällt nicht weit vom Stamm –, gute Gene und dann noch mit Ant als Vater. Das ist doch viel besser, als wenn ihr es jetzt mit zwei Dummköpfen zu tun hättet.«

»Oh ja, fantastisch. Vielleicht sollten die beiden gleich noch ein paar mehr in die Welt setzen, die arische Rasse wiederbeleben!«

»Nun sei doch nicht so, mein Herzblatt. Wie ich neulich schon sagte … Oh!« Er brach ab, als er den Umschlag eines der Bücher aufklappte und damit eine junge Frau von ganz erstaunlicher Schönheit offenbarte.

Sie hatte lange blonde Haare, große, klare Augen, hohe Wangenknochen, die Lippen voll, der Busen ebenfalls, zumindest das, was man neckisch in der linken unteren Ecke davon sehen konnte. Malcolm hatte es jedenfalls ganz offenbar die Sprache verschlagen, und dabei war er vom anderen Ufer. Mir ebenfalls. Wir starrten das Bild gemeinsam an.

»Okay, das war's«, flüsterte ich, als ich schließlich den Blick abwenden konnte. »Ich mache mich auf den Weg zur Magdalen Bridge. Ich bin dann die auf dem Flussgrund mit den Steinen in den Gummistiefeln.«

»Wahrscheinlich ist es nur ein gutes Foto«, versuchte er mich zu beruhigen und klappte das Buch zu. »Vaseline auf der Linse und jede Menge Retusche.« Er warf einen Blick in das andere Buch. »Oh Gott ...«

»Zeig her!« Ich grabschte danach.

»Nein, nein.« Er hielt es hoch außerhalb meiner Reichweite.

»Noch besser?«

»Also ...«

Ich sprang hoch und schnappte mir das Buch, klappte es auf.

»Aaaaarrr!« Ich ließ erst das Buch fallen und dann mich selbst auf seinen Stuhl und legte meine Stirn in einer dramatischen Geste auf die Theke.

Malcolm lief geschäftig in sein Hinterzimmer. Wenige Minuten später kam er mit seinem Allheilmittel zurück: heiß und stark. Schwach hob ich meinen Kopf von der Platte, als er den Becher neben mir abstellte.

»Zwei Zucker!«, wimmerte ich.

»Drei. Einer für die Nerven.« Er tätschelte mir den Rücken. »Jetzt hör mal zu, Herzchen. Ich weiß, dass du schlecht drauf bist, aber würdest du mir einen Riesengefallen tun?« Er faltete die Hände und beugte die Knie, um sich auf meine Augenhöhe herabzulassen.

»Was immer du willst«, murmelte ich trostlos, während ich nach dem Löffel griff und unglücklich in meinem Heißgetränk rührte.

»Ich muss in fünf Minuten mit Cinders zum Unterricht in der Hundeschule, und deine Ma soll mich hier ablösen, aber sie scheint ein bisschen spät dran zu sein. Ob du wohl solange hier die Stellung halten könntest *pour moi*? Nur bis sie kommt? Würdest du das tun? Ja?« Er klapperte mit den Augendeckeln.

»Mum? Ach so, ja, das hat sie ja erzählt.« Ich zuckte resigniert die Schultern. »Klar. Warum nicht?« Ich legte den Kopf wieder auf den Ladentisch. »Ich habe kein Leben. Ich muss nirgendwo hin. Ich bin eine Null.« Ich warf einen Blick auf meine Oberschenkel. »Das Einzige, worin ich Bella Edgeworth überlegen bin, ist offenbar die Kleidergröße. Geh nur.« Ich scheuchte ihn fort. »Geh! Verschwinde. Nicht so langsam.«

»Danke, Süße.« Er richtete sich auf. »Wir nehmen heute noch mal die Drei Gebote durch. Willst du mal hören?«

»Die drei was?«

»Gebote. In der Hundeschule. Habe ich doch gesagt. Mit Cinders. Soll ich dir sagen, wie die gehen?«

Ich hob leicht den Kopf. »Wie kommt's, dass ich schon weiß, dass du sie mir sowieso erzählen wirst?«

»Zuerst sagt man: ›Sitz!‹ Dann tätschelt man den Hund und sagt: ›*Feines* Sitz.‹ Dann sagt man: ›Platz! *Feines Platz.*‹ Und dann kommt mein Lieblingsspruch«, sein Gesicht zuckte vor unterdrücktem Lachen: »›Komm! *Feines* Komm.‹« Er kicherte. »Ist das nicht zum Totlachen?«

»Zum Totlachen«, murmelte ich, aber ärgerlicherweise merkte ich, wie meine Mundwinkel zuckten.

»Ich komme um vor Lachen. Aber sonst keiner. Der Dalmatiner-Besitzer macht ein sehr hochnäsiges Gesicht, aber von dem Cockerspaniel-Typen habe ich letzte Woche einen Blick erhascht, und er hat sehr wissend gelächelt, was ich ziemlich ermutigend fand, *n'est-ce pas?*«

Ich zuckte die Schultern. »*Peut-être.*« Ich schlürfte matt meinen Tee und überlegte, ob ich wohl ihre Biografie auf der Rückseite lesen sollte. Bestimmt hörte die sich so an:

Bella Edgeworth hat in Oxford Literatur studiert. Sie hat bereits vier Romane geschrieben und lebt mit ihrer Tochter in Sheffield. Sie ist zwar unverheiratet, doch hat sie einen langjährigen Freund, den sie sehr liebt und den sie im Frühjahr heiraten wird.

Ja. Vermutlich. Mein Blick wanderte zu den Büchern hinüber.

»Und quäl dich nicht mit den Büchern da, hm? Wie gesagt, mit ein bisschen Vaseline kann man viel bewirken. Ich kenn mich da aus.« Er warf mir einen vieldeutigen Blick zu und ging hin, um die Bücher aufzuheben, aber ich ließ meine Hand auf den Stapel fallen.

»Lass sie liegen«, sagte ich wild entschlossen. »Qual ist genau das, was ich im Moment brauche. Bei Schmerzen können nur noch mehr Schmerzen weiterhelfen. Nimm mir nicht mein härenes Gewand.« Ich hob den gepeinigten, vermutlich übertrieben melodramatischen Blick.

Er zuckte die Schultern. »Ganz wie du willst«, sagte er pikiert. »Aber schneide dir nicht hier in meinem Laden die Pulsadern auf, Süße. Das wäre nicht gut fürs Geschäft.«

Und damit war er fort, schlüpfte in seine Crash-Leinenjacke, pfiff nach Cinders, die sofort bei Fuß war, und war schon aus der Tür und die Straße hinunter. Ich sank zurück in meinen Stuhl und schaute ihnen hinterher. Erst da kam mir der Gedanke, dass Cinders nicht nur schon fast zwölf Jahre alt, sondern außerdem noch der folgsamste Hund der gesamten Christenheit war. Hundeschule? Alter Hund, neue Tricks? Da war doch was faul. Vermutlich hatten die Tricks eher was mit Malcolm zu tun.

Ich sank zurück in seinen Stuhl, mit hängendem Kopf und geschlossenen Augen. Nach einer kleinen Weile streckte ich die Hand aus und zog eines der Bücher zu mir her, dasjenige, das Malcolm mir nicht hatte zeigen wollen. Vorsichtig klappte ich den hinteren Umschlag auf und warf noch einen Blick auf das Foto. Der zweite Blick bestätigte meine Befürchtungen. Schlimmer. Viel schlimmer. Älter als auf den vorhergehenden Fotos, aber dafür reifer. Eleganter. Weniger Schmollmund, dafür aber selbstsichere Gelassenheit. Weniger Busen, mehr Haltung. Mit hungrigen Augen las ich die Biografie.

Bella Edgeworth, geboren und aufgewachsen im Norden Englands. Studierte an der Universität von Oxford und lebt nun in der Nähe von Sheffield mit ihrer Tochter. Im Jahr 2006 erhielt sie die Auszeichnung *Herald Book of the Year* in der Kategorie *Historischer Liebesroman*.

Fieberhaft las ich weiter:

Bella Edgeworth in der Presse:
»Brillant! Intelligent, sexy und spannend«, *Scotsman*.
»Begeisternd. Sexy. Eine scharfe Eskapade«, *Daily Mail*.
»Ein kluges, witziges Buch, schön geschrieben«, *Northern Star*.
»Was für eine Entdeckung! Wer ist diese Bella Edgeworth? Ich will Kinder mit ihr!«, Mark Cox, *Daily Express*.

Entsetzt starrte ich auf das Papier. »Wer hat noch nicht, wer will noch mal!«, kreischte ich und ließ das Buch wie glühende Kohlen fallen. Ich sprang von meinem Stuhl auf und wich entsetzt vor dem Buch zurück, das vor mir auf dem Fußboden lag.

»Ahhhhh!«, brüllte ich mit geballten Fäusten, nahm Anlauf und sprang darauf. Kindisch. Ich trampelte ein wenig darauf herum wie ein russischer Kosak. Mehr als unreif. Dann kickte ich es so fest ich konnte nach hinten in den Laden und stieß dabei mit dem nackten Zeh in den Flipflops an die Kante der Ladentheke. *Das tat weh!* Ich schrie vor Schmerz auf, während das Buch durch die Türöffnung in Malcolms Hinterzimmer segelte. »*Scheiße-scheißescheiße!*« Ich hielt meinen Fuß umklammert, hoppelte zum Stuhl hinüber und ließ mich hineinfallen. Und dann – es war schon das dritte Mal innerhalb kürzester Zeit, ich hatte den Spitznamen aus meiner Kindheit nicht umsonst getragen und mein Zeh tat *echt* weh – brach ich in Tränen aus.

Es war ein ziemlich lautstarker Ausbruch mit reichlich Schluchzen und den sonstigen dramatischen Begleiterscheinungen, aber ich erreichte ziemlich schnell das Stadium mit dem stockenden Atem und dem Schluckauf, das bereits das nahende Ende ankündigt. Vielleicht war ich einfach leer geheult. Ich wiegte meinen Zeh auf meinem Schoß und wimmerte leise. Ob er wohl gebrochen war? Ich wackelte ganz vorsichtig. Nein. Wohl nicht. Ich war beinahe enttäuscht. Ich schluchzte noch ein bisschen und hustete ein paar Mal … und erstarrte dann mitten in einem Schluchzer. Husten? Ich hatte nicht gehustet. Wieder war ein tiefes Räuspern zu hören.

»Wer ist da?« Ich setzte mich kerzengerade hin.

Aus dem Schatten irgendwo in der Mitte des Ladens hinter dem Bogen trat eine große, dunkle Gestalt. Die

Hände in den Hosentaschen vergraben, betrachtete er stirnrunzelnd seine Schuhspitzen.

»Oh. Sie!«

»Ich, ähm, ich wusste nicht, ob ich ...«, hob er etwas ruppig an.

»Wie lange sind Sie schon hier?«

»Nun ja ... eine Weile, denke ich.« Er blickte abwehrend auf. »Ich bin hintenrum reingekommen. Mein Büro hat eine Tür zum Hof. Sie und Malcolm haben geredet, und es schien mir unpassend, mich bemerkbar zu machen. Ich wollte nicht ...«

»Sie haben gelauscht!«

»Also nicht absichtlich«, versicherte er rasch. »Ich kann Ihnen versichern, dass ich Besseres zu tun habe, aber die Wände hier sind ziemlich dünn und es gab irgendwie keinen passenden Moment, zu dem ich meine Gegenwart offenbaren konnte.« Er schaute mich herausfordernd an und wandte dann den Blick ab. »Und es kam mir wie eine ... eine ziemlich private Unterhaltung vor. Aber dann haben Sie ... Sie wissen schon.« Er runzelte unbehaglich die Stirn. »Also jetzt eben. Da konnte ich doch nicht einfach sitzen bleiben und ...«

»Nein«, sagte ich rasch. Er schien sich wirklich nicht wohlzufühlen in seiner Haut, wirkte geradezu verlegen. »Nein, das verstehe ich.« Ich schluckte und kramte in meiner Handtasche nach einem Papiertaschentuch. Zog schließlich einen weit intimeren Gegenstand hervor – Mist –, ließ ihn wieder los und benutzte stattdessen meinen Ärmel. »Na dann«, ich zwang mich zu einem strahlenden Lächeln. »Da haben Sie's ja gehört. Wenn Sie aufgepasst haben, dann ist die Verrückte, die in Reizwäsche an ihrem Schlafzimmerfenster herumspaziert, an Bettpfosten lutscht und mit Gleitcreme auf Autos wirft, bevor sie rückwärts in sie reinfährt, mit einem Mann verheiratet, dessen Ex-Freundin nicht nur schön und berühmt ist, sondern ihm kürzlich auch noch sein uneheliches Kind präsentiert hat. Das ist natürlich keine Entschuldigung für derartige hysterische Anfälle in einem Buchladen, da stimme ich Ihnen zu, aber vielleicht kann es wenigstens etwas zur Erklärung beitragen.« Ich warf ihm noch ein vorsichtiges Lächeln zu und benutzte wieder meinen Ärmel als Taschentuch. Sah den Rotz. Attraktiv.

Er zuckte die Schultern und kam vorsichtig auf mich zu, die Hände noch immer in den Taschen vergraben, den Kopf gesenkt. »Es ... es erklärt manches.«

Ich nickte tapfer, schniefte noch einmal heftig und deutete dann lässig auf die Bücher auf dem Boden. »Das ist sie«, sagte ich bitter.

Er blieb stehen. Hob ein Buch auf. »Bella Edgeworth. Das hatte ich eben schon gehört.« Er warf einen Blick auf die Umschlaginnenseite.

»Wenn Sie jetzt pfeifen oder ›lecker‹ sagen, dann gehe ich raus und fackele die Überreste Ihres Autos ab«, drohte ich.

Um seinen Mund zuckte es. »Das ist jetzt ein Leihwagen – meiner ist in der Werkstatt zur Reparatur –, also bitte, bedienen Sie sich.« Er legte das Buch hin. Schaute mich an. »Alles okay mit Ihnen?« Sein betont forscher Tonfall ließ echte Anteilnahme durchklingen. Das war nicht gut für mich. Ich spürte, wie mein Kinn wieder zu zittern begann. Ich nickte wortlos, das Gesicht voller Rotz und Tränen. Die Hände in den Hosentaschen kam er langsam zu mir hinter die Ladentheke.

»Ich, äh, habe sie mal kennengelernt. Bei einem Literaturfestival. In Cheltenham letztes Jahr.«

Ich blickte auf. »Ist sie ein Flittchen?«, hauchte ich hoffnungsvoll. »Schläft sie mit jedem?«

Er warf den Kopf zurück und stieß ein hartes Lachen aus. »Nein, das glaube ich nicht. Jedenfalls habe ich nichts davon gemerkt. Aber mir wäre es vielleicht auch nicht aufgefallen.«

»Warum nicht? Sie sieht doch toll aus, oder? Und sie ist unverheiratet. Sind Sie verheiratet? Obwohl das ja keine Rolle zu spielen scheint«, bemerkte ich bitter und war mir bewusst, dass es jetzt kein Halten mehr gab. Die Leinen waren los, die Segel gesetzt, und die Verzweiflung trieb mich voran.

Er lächelte. »Ich bin nicht verheiratet, aber ich war es.«

»Geschieden?«

»Verwitwet.«

»Oh.«

Der Wind drehte und fuhr mir mit einem gewaltigen Ansturm in die Segel, sodass mein Boot ächzte und schwankte.

»Oh«, sagte ich wieder und suchte verzweifelt nach einer besseren Bemerkung. Das rückte meine Probleme wieder in die richtige Perspektive. Wenigstens waren all die Leute, um die ich mich hier sorgte, noch am Leben.

»Das tut mir sehr leid, wirklich.«

»Danke.«

Es folgte Schweigen. Er stand vor der Ladentheke, und ich war dahinter. Er hielt den Kopf gesenkt und hatte noch immer die Hände in den Hosentaschen vergraben. Sein abgewandter Blick bot mir einen Vorteil. Seine Beine waren lang und schlank. Gute Beine eigentlich. Ich ließ meine Augen an ihnen emporwandern.

»Hier, warum setzen Sie sich nicht?« Ich drehte den zweiten Stuhl hinter der Ladentheke, sodass er ihm gegenüberstand.

»Oh. Danke.« Er kam und setzte sich neben mich. Wieder Schweigen.

»Macht es Ihnen was aus, wenn ich frage ... ich meine, wie ist sie ...?«

»Sie wurde in Usbekistan von einem Heckenschützen erschossen.«

»Mein Gott. War sie Soldatin?« Vor meinem inneren Auge tauchte eine stämmige Frau in khakifarbenen Hosen mit einer Kalaschnikow im Arm auf.

»Nein, sie war Fotografin. Kriegsberichterstatterin. Für eine Zeitung. *Le Figaro*. Sie war Französin.«

»Wow. Wie mutig. Sie meinen ... so richtig mit kugelsicherer Weste und so?« Jetzt erschien sie gertenschlank mit hohen Wangenknochen und langen wehenden Haaren. Oder war das Bella Edgeworth? Verwirrt schüttelte ich den Kopf. »Und ist wie Kate Adie immer den Kugeln ausgewichen?«

»Oder eben gerade nicht. Aber das war eigentlich ich. Ich meine, ich war Kate Adie. Ich war der Reporter. Aber sie hatte tatsächlich eine kugelsichere Weste, auch wenn es ihr letztlich nicht viel genutzt hat. Und so haben wir uns auch kennengelernt.«

»Oh mein Gott, wie romantisch. Und wieso ...«

»Ich jetzt hier einen Buchladen führe?« Er zuckte die Schultern. »Ich weiß nicht. Ich habe noch ein Jahr oder so, nachdem Estelle gestorben war, weiter als Reporter gearbeitet, aber dann habe ich es einfach nicht mehr ausgehalten. Oder vielleicht war ich auch zu feige. Wenn ich noch einen irakischen Jugendlichen gesehen hätte, der erschossen wurde, weil er einen Stein geworfen hat, oder noch eine LKW-Ladung mit jungen britischen Soldaten, die in einen Hinterhalt geraten und mit Granaten in die Luft gesprengt werden, dann wäre ich irgendwann selbst auf eine Granate gesprungen. Ich glaube, als ausländischer Beobachter hat man nur eine gewisse Haltbarkeitsfrist, und meine näherte sich ihrem Ende. Ich war seit fünfzehn Jahren dabei. Estelle war tot. Zeit weiterzugehen. Es den jungen Unverbitterten zu überlassen. Ein Buchladen war immer ein Traum von mir gewesen.«

»Ein ganz anderes Leben«, bemerkte ich.

Er zuckte die Schultern. »Ich mag Bücher.«

»Ich auch. Das hab ich früher gemacht. Ich meine, hier gearbeitet. Mit Malcolm. Vor vielen Jahren.«

Er machte ein überraschtes Gesicht. »Das wusste ich gar nicht.«

»Warum auch.« Ich betrachtete ihn, wie er so neben mir saß, die langen Beine vor sich ausgestreckt und die Füße übereinandergeschlagen. Er schien sich ganz auf seine Schuhe zu konzentrieren. Komisch, ich hatte ihn immer für arrogant gehalten. Vielleicht war er eher schüchtern. Es war sehr still.

»Vermissen Sie es nicht ... das Leben in Afghani... Paki...«

»Wie bitte?«

»Na, Sie wissen schon, in diesem Hmhm-stan.«

»Sie meinen Usbekistan?«

»Ja, genau.« Ich errötete.

»Sie meinen, ob ich die Action vermisse?«

»Ja, ich glaube, das meinte ich.«

»Manchmal. Aber am meisten vermisse ich sie. Estelle. Und es war nicht mehr dasselbe, die Arbeit ohne sie. Wenn ich ihr Gesicht nicht mehr entdecken konnte, wenn der Pulk der Fotografen in die Stadt gerollt kam.«

Ich schluckte. Er hatte so eine realistische Art, die Dinge darzustellen. Ein Bild zu malen. Eine Art der Berichterstattung. Die Wahrheit zu sagen. Genau das tat er. Oder hatte es getan. Ich konnte mir vorstellen, wie er da im obersten Stockwerk irgendeines verlassenen Gebäudes kampierte und den Blick über die staubigen Straßen einer Stadt im Mittleren Osten schweifen ließ, während ein Konvoi mit weiteren Lastwagen einfuhr. Immer auf der Suche nach dem einen, in dem sie war mit ihren französischen Kollegen. Um sicherzugehen, dass sie es geschafft hatte.

»Waren Sie schon lange verheiratet gewesen?«
»Fünf Jahre.«
»Kinder?«
»Nein. Unser Lebensstil vertrug sich nicht mit Kindern. Das wäre nicht fair gewesen. Wir wollten aber welche. Estelle war zwölf Jahre jünger als ich, wir hatten also noch ein bisschen Zeit. Aber als sie gestorben ist ... nun, da war sie schwanger.«
»Oh! Wussten Sie das?«
»Nein. Sie war noch ganz am Anfang. Vielleicht hatte sie selbst es noch gar nicht gewusst.« In seinem Gesicht zuckte ein Muskel.
»Oh Gott, das tut mir so ...«
»Sie sehen also«, fuhr er unbeirrt fort, »unser Leben hätte sich ohnehin verändert. So sehe ich das. Wir hätten nicht mehr zusammen aus Bagdad berichtet, wir hätten nicht einfach so weitermachen können. Mein Leben – unser beider Leben – mit Verantwortung, Kindern, hätte sich ohnehin geändert. Es schien mir das Richtige zu sein, einen anderen Lebensstil anzunehmen. Etwas sesshafter zu werden. Ein Haus zu kaufen. Eine regelmäßige Arbeit zu haben. Und natürlich eine Penisverlängerung.«
Ich fuhr mir mit der Hand an den Mund. »Es tut mir so leid!«
»Nicht nötig. Es hat mich amüsiert.«
»So dumm von mir.«
Er zuckte die Schultern. »Sie konnten das ja nicht wissen. Und vielleicht hatten Sie ja auch recht. Vielleicht war ich nur ein älterer Mann in einem coolen Auto, der durch die Gegend fährt, um irgendwelche Girls aufzugabeln. Jedenfalls hat es mich zum Nachdenken angeregt.«
Älter. War er älter? Gewiss nicht älter als ich. Nur älter als Estelle.

»Nun ja, unter diesen Umständen«, redete ich drauflos, »wer könnte es Ihnen verdenken? Bestimmt sind Sie einsam.«

»Nein, nein.« Plötzlich stand er auf, und ich merkte, dass ich zu weit gegangen war. »Nein, ich bin sehr beschäftigt. Mein Leben ist … sehr voll.« Er ging zu den Regalen hinüber und rückte ein paar Bücher zurecht, die es gar nicht nötig hatten. »Viele Freunde, viele Pläne.« Jetzt konnte ich sein Profil sehen. Ein kräftiger Kiefer. Kräftige Nase, leicht gekrümmt mit leicht zurückliegenden Augen wie die von Charles Dance. Nur dunkel. Besser. Ich konnte ihn direkt vor mir sehen, wie er in Bagdad mit gesenktem Kopf die von Heckenschützen überwachten Straßen überquerte, seine Filmcrew dicht hinter ihm; natürlich ohne Waffen, so verletzlich; seine schöne französische Frau rannte mit der Kamera um den Hals neben ihm oder gleich hinter ihm. Ob es wohl so gewesen war, überlegte ich. War er vor ihr her gelaufen, hatte dann ihren Aufschrei gehört und sich umgedreht, um zu sehen, wie sie tödlich verwundet zu Boden stürzte? Oder war er gar nicht dabei gewesen? Hatte er einen Anruf erhalten und war dann zum zuständigen, hoffnungslos überfüllten Krankenhaus gefahren, wo er sich durch die Reihen von jammernden verhüllten Frauen drängte, um zu sehen, wie sie auf einer Trage oder in den Armen von jemandem hereingetragen wurde, blutend mit nach hinten hängendem Kopf. Ich überlegte, ob ich unser Gespräch wohl ganz diskret, oder möglicherweise sogar indiskret, so lenken könnte, dass … Nein, natürlich nicht. Nun dann, vielleicht konnte ich es dahin steuern, wie das Leben für ihn jetzt war, wie er zurechtkam, weiterlebte, aber sein verschlossenes Profil lud nicht zu weiteren Fragen ein. Ich klappte meinen Mund ein paar Mal auf und zu, weil mir ganz untypischerweise absolut kein passender Gesprächsanfang einfallen wollte, und dann, als ich gerade einen gefunden hatte, zugegebenermaßen irgendwas ziemlich Abgelutschtes wie: Wie kommt es, dass Sie in unserer Straße wohnen?, ging plötzlich die Tür auf.

Begleitet von einem kräftigen Windstoß kam meine Mutter in einer Duftwolke von irgendeinem Eau de Toilette in den Laden gejoggt. Sie trug ihren pinkfarbenen Trainingsoverall, joggte weiter, während sie sich umdrehte und die Tür hinter sich schloss, und trabte dann keuchend zur Ladentheke hinüber.

»Evie! Was machst du denn hier?« Sie joggte vor mir auf der Stelle.

»Ich warte auf dich. Malcolm musste schnell was erledigen, und deswegen habe ich gesagt, dass ich dableibe, aber du hättest eigentlich schon seit zehn Minuten hier sein sollen.« Ich merkte genau, dass meine Stimme einen unschönen, scharfen Tonfall angenommen hatte. Aber aus irgendeinem albernen Grund war ich enttäuscht über ihr Erscheinen. »Aber keine Sorge«, beeilte ich mich, in weit sanfterem und jovialerem Ton zu sagen. »Es spielt keine Rolle. Ich hatte nichts weiter vor, und jetzt bist du ja da.« Hoffentlich machte ich jetzt einen netteren Eindruck auf ihn. Ich warf einen Blick zu den Regalen hinüber, aber er war verschwunden, hatte sich durch den Bogen in seine Ladenhälfte verdrückt.

»Ich weiß, tut mir leid«, keuchte sie, noch immer joggend, »aber ich hatte beschlossen zu laufen, und es ist weiter, als ich dachte. Aber du solltest doch jetzt bei Felicity sein, mein Schatz. Warum hast du eigentlich gar kein Licht an?« Sie hechtete nach dem Schalter und tauchte den Laden in helles Licht.

»Mum, könntest du bitte mit dem Joggen aufhören? Davon wird mir ganz schlecht.«

»Sorry, wollte nur die Stunde vollmachen.« Sie warf

einen Blick auf die Uhr und joggte dann verstohlen noch ein paar Schritte.

»Felicity?« Ich runzelte die Stirn.

»Ja. Weißt du nicht mehr, dass du angeboten hast, das Essen auf Rädern für mich zu übernehmen? Sie wartet bestimmt schon beim Bürgerhaus auf dich. Zusammen mit vierundsechzig Mittagsgerichten, die langsam kalt werden.«

Ich starrte sie an. »Oh, Mist!«

Ich rappelte mich auf, zog die Flipflops an und schnappte meine Handtasche. Ich rannte zur Tür. »Gott, wie dumm von mir! Tut mir leid, Mum. Tut mir echt leid.«

»Keine Panik, du schaffst das schon noch. Bin ich alleine hier?«

»In diesem Teil, ja, aber Malcolm kommt bestimmt gleich zurück.«

»Ist Ludo gar nicht da? Übrigens kann ich gar nicht verstehen, warum du ihn derart verabscheust. Ich finde ihn sehr charmant.«

Ich drehte mich in der Tür um und warf ihr wilde Blicke zu, während ich mit dem Finger in seine Hälfte hinüberdeutete.

Er saß hinten an seinem Schreibtisch und las im Licht seiner Architektenlampe. Unsere Blicke kreuzten sich. Er schien ein wenig schockiert. Ich floh.

19

»Felicity! Bitte entschuldige!«, rief ich schon aus dem Wagenfenster, als ich auf den Parkplatz des Bürgerhauses einbog.

Sie schien schon dabei zu sein, Dutzende von Styroporkisten von einem Edelstahlwagen in den Kofferraum ihres alten grünen Subaru zu laden. Sie blickte erleichtert auf.

»Oh Evie. Gott sei Dank.«

»Ich bin zu spät!«, jammerte ich.

»Macht nichts, ich bin nur froh, dass du jetzt da bist. Ich hatte schon fast befürchtet, dass du es vergessen hast, und natürlich hätte ich dich gestern Abend noch einmal anrufen sollen, aber deine Mutter hat mir versichert, es wäre nicht ...«

»Nein, das wäre es auch nicht. Es wäre wirklich nicht deine Aufgabe gewesen, mich noch einmal anzurufen. Es ist ganz und gar meine Schuld, ich hab's einfach total vergessen. Aber jetzt. Was kann ich tun?« Ich stieg aus, knallte die Tür zu und eilte zu ihr hinüber.

»Also in der Küche sind noch mal ungefähr zehn von diesen Kisten auf einem Wagen.« Sie deutete mit dem Kopf hinter sich auf das Bürgerhaus, ein vor sich hin bröckelndes, verschnörkeltes Gebäude aus Stein. »Aber wenn wir zusammen gehen, können wir sie tragen und dann müssen wir den Wagen nicht raus und wieder rein rollen. Dann sind wir in null Komma nichts hier weg.«

Zusammen drehten wir ihren leeren Wagen herum und schoben ihn eilig erst durch die Hintertür und dann durch ein paar weitere Pendeltüren und einen Flur entlang in die Küche. In einem riesigen, OP-ähnlichen Edelstahl-Lagerraum fanden wir die restlichen Kisten. Ich nahm eine Hälfte und stapelte sie hoch auf meine Arme, und wir machten uns auf den Rückweg den Flur entlang, wo wir die Schwingtüren mit dem Po aufschoben. Ich verzog angewidert das Gesicht.

»Igitt. Schulessen.«

»Ja, nicht wahr, das weckt Erinnerungen. Und natürlich erwarten all diese alten Leutchen, dass es um Punkt zwölf bei ihnen ist genau wie im Kindergarten.«

»Wie in ihrer Kindheit. Und was kriegen sie heute?« Wir eilten zum Auto.

»Oh, alles Mögliche. Die kriegen nicht etwa einfach alle das Gleiche zu essen. Die haben alle was anderes«, sagte sie, während wir die Kisten in den offenen Kofferraum luden.

»Meine Güte, warum das denn?«

»Unterschiedliche Diätvorschriften. Manche essen kein Schweinefleisch, andere kein Geflügel oder keinen Fisch, bei manchen muss es püriert sein – keine Zähne – und wieder andere kriegen keine Bohnen oder Zwiebeln«, sie hob die Augenbrauen, »aus naheliegenden Gründen.«

»Ach so.«

»Und der farbige Punkt in der Ecke zeigt, um was es sich handelt. Hier ist die Liste.« Sie drückte mir ein Blatt Papier in die Hand.

»Mannomann. Ich hatte keine Ahnung, dass es so kompliziert ist. Und du machst das jede Woche?«

»Jede Woche. Aber wir sind immer zu zweit. Eine fährt, die andere trägt aus. Geht schneller so. Diese Woche fahre ich lieber, weil es mein Auto ist, und dann gehst du schnell mit dem Essen rein, okay?«

Sie saß bereits auf dem Fahrersitz und schnallte sich an. Mein Gott, war sie effizient. Ich hatte vergessen, wie organisiert sie immer war. Gott sei Dank hatte ich sie nicht versetzt. Und das hätte ich, wenn meine Mutter mich nicht daran erinnert hätte. Rasch lief ich auf die andere Seite und schnallte mich neben ihr an. Sie redete noch immer wie ein Wasserfall und sah dabei perfekt aus in einem hellblauen Twinset, Perlenohrringen und einem weichen Wildlederrock, hellen Strähnchen in den wohlfrisierten dunkelblonden Haaren.

»Es sind natürlich alles alte Leute«, sagte sie und setzte nach einem Blick in den Rückspiegel schwungvoll zurück – kleine Notiz für den Eigengebrauch: Man sollte den Rückspiegel häufiger benutzen – »und sie sind immer gleich. Die Meckerer haben immer was zu meckern, die Gutgelaunten sind immer gut gelaunt, manche haben den ganzen Tag noch niemanden gesehen – oder sogar die ganze Woche –, dann muss man manchmal einen Augenblick länger dableiben, okay?«

»Ja, klar«, murmelte ich. Ich fühlte mich ganz klein. Ich tat nichts. Nichts. Kein Beirat, kein Ehrenamt. Ah, ja, wieder mal zurück zu dir, Evie. Wie üblich.

»Und nicht zu vergessen Caros Kuchen. Die lieben sie nämlich.« Sie deutete mit dem Kopf in Richtung Rücksitz.

»Kuchen?«

»Ja, der Nachtisch ist derart eklig, normalerweise eingelegte Trockenpflaumen und kalte Vanillesoße oder Rosinenpudding mit der Konsistenz eines Backsteins. Und deswegen hat Caro uns einmal Kuchen gebacken, die super angekommen sind. Sie haben sie verschlungen, und jetzt macht sie es jede Woche. Ich habe sie eben abgeholt.«

Oh Gott! Da würde ich ja Jahre brauchen, um das aufzuholen. Jahre! Ich schrumpfte in meinem Sitz zusammen, bis ich kaum größer als zehn Zentimeter war. Aber ich würde es tun, bestimmt. Ich würde ein besserer Mensch werden.

»Letzte Woche waren sie allerdings ein bisschen haarig.«

»Was war haarig?«

»Die Kuchen. Caros alte Schäferhündin – Megan – haart wie der Teufel, und deine Mum und ich mussten sie ein wenig abbürsten.« Sie grinste. »Auch wenn die alten Herrschaften das wohl kaum bemerkt oder sich daran gestört hätten.«

»Nein, vermutlich nicht.«

»Und bei einigen bin ich mir noch nicht einmal sicher, ob sie überhaupt etwas essen, aber sie freuen sich auf jeden Fall, jemanden zu sehen.«

»Ja, das tun sie bestimmt.«

Sie wunderte sich über meinen Tonfall und schaute zu mir hinüber. »Was ist mit dir?«

Ich zuckte die Schultern. »Ach, ich dachte nur, wie gut ihr alle seid. Und ihr habt alle so viel zu tun. Du und Caro jedenfalls.«

Sie warf mir einen Blick zu. »Ich bin nicht gut, Evie.« Sie wandte den Blick wieder ab und schaute auf den Verkehr, der wie üblich dicht war. »Aber viel zu tun habe ich wohl schon. Aber du weißt ja, was man sagt: Frag eine vielbeschäftigte Person …« Sie hielt inne. »Deine Mutter hat auch viel zu tun, weißt du? Die hast du ausgelassen.«

Ich lächelte. »Ich weiß. Joggen, Reiki. Aber was du machst, ist was Richtiges, Vorlesungen halten, Seminare durchführen, so was alles.«

»Nun, jedem das Seine. Du solltest es nicht gering schätzen, was deine Mutter tut. Sie ist ein besserer Mensch, als ich es je sein werde.«

Ich hatte mit dieser Aussage zu kämpfen. Wie immer, wenn Felicity meine Mutter über den grünen Klee lobte. Sie wusste genau, was ich dachte, und lächelte.

»Weißt du was, Evie, du neigst dazu, die Dinge zu

verwechseln, ob man klug ist oder ob man nett ist. Das ist nicht gleichbedeutend. Die nettesten Menschen sind oft die am wenigsten intellektuellen.«

»Die am wenigsten intelligenten.«

»Nein, die mit der geringsten akademischen Bildung.« Sie schaute mich an. »Du hast keine Ahnung, wie giftig kluge Menschen sein können. Deine Mutter ist das vollkommene Gegenstück dazu. Deswegen mag ich sie so. Sie hat nicht das kleinste bisschen Gemeinheit in sich.«

Ich nickte. Ja, das konnte man so sagen.

»Und du brauchst auch kein schlechtes Gewissen zu haben, was deinen eigenen Mangel an guten Werken anbetrifft.« Sie lenkte den Wagen um einen Mini-Kreisverkehr und bog in eine Vorstadtstraße ein. »Du hast momentan genügend eigene Probleme.«

»Hat sie's dir erzählt?«

»Hat sie.«

»Und?« Ich richtete mich auf.

»Und was denke ich darüber?«

»Ja.«

Wir waren vor einer Reihe von winzigen Bungalows stehen geblieben, die sich meilenweit bis ins Unendliche zu erstrecken schienen. Sie seufzte und stellte den Motor ab. Nach einer kleinen Weile sagte sie: »Ich glaube, wenn ich ein Kind hätte, wäre ich die glücklichste Frau der Welt. Wenn sich dann herausstellte, dass ich zwei habe, so wie bei Ant, wäre ich überglücklich.«

Ich schaute sie staunend an. So hatte ich das noch gar nicht gesehen.

»Und an meiner Stelle?«

»Würde ich es als einheinhalb Kinder betrachten. Was immer noch mehr ist als nur eines.«

Ich schluckte. Mir wurde klar, dass Felicity, genau wie Stacey, sich als Außenseiterin in unsere Familie integriert hatte. Sie hatte uns adoptiert. Und wir hatten sie adoptiert. Und wie erfolgreich das gewesen war. Wie ungemein erfolgreich. Mein Herz nahm Anlauf, wurde schneller und schneller und flog schließlich davon. Alle Lichter gingen an. Plötzlich fühlte ich mich lebendig, wie elektrisiert. Hätte man mich in eine Steckdose gesteckt, hätte ich alle Bungalows der Straße mit Licht erfüllt. Ja, man musste sich nur ansehen, was Felicity für unsere Familie bedeutet hatte. Sie hatte uns neu erschaffen. Hatte uns ergänzt und befördert. Sie, die Stiefmutter, hatte unsere Familie ganz wunderbar erweitert.

»Du hast recht!«, sagte ich mit leuchtenden Augen, als sie aus dem Auto stieg. Ich blieb noch einen Augenblick sitzen vor lauter Verwunderung über diese Erkenntnis. Dann eilte ich zu ihr an den Kofferraum. Sie reichte mir zwei Styroporkisten. »Du hast recht, Felicity, so hatte ich das noch nie gesehen. Ich hatte sie noch nie als Gewinn für unsere Familie betrachtet.«

»Nun mal eins nach dem anderen. Jetzt musst du sie erst einmal kennenlernen, aber du hast verstanden, was ich meinte. Also. Das hier ist für Mrs Carmichael in Nummer 6 – kein Geflügel –, und das hier für Mr Parkinson nebenan, hier der blaue Punkt, also kein rotes Fleisch. Das ist ein ziemlich feiner alter Herr. Und damit du dich schon mal darauf einstellen kannst: Als er das erste Mal sein Bestellformular ausgefüllt hat, hat er unter »Besondere Diätvorschriften« eingetragen: ›Rotes Fleisch und guter Wein.‹«

Ich grinste. »Gut für ihn. Und was kriegt er?«
»Linseneintopf und Reispudding.«
»Oh!«
»Er hat Gicht.«
»Ah.«

Während ich geschäftig den Weg zu seiner Tür entlanglief, überlegte ich kurz, ob er es nicht vorziehen würde, Gicht zu haben und dagegen Schmerzmittel in Form eines sehr guten Fonseca '66 zu nehmen oder schmerzfrei an ein paar Linsen zu lutschen. Aber das zu ergründen war nicht meine Aufgabe, und ohnehin war ich in Gedanken noch meilenweit entfernt. Mein Herz war noch immer dort oben in tausend Metern Höhe und sauste durch die Stratosphäre, durchschnitt die Wolken. Typisch Felicity. Dass sie Licht ins Dunkel brachte. Sie hatte recht. Sie hatte *immer* recht. Und da konnte mir keiner erzählen, dass das nichts mit Klugheit zu tun hatte.

»Sie sind zu spät. Siebeneinhalb Minuten.« Ein Mann mit schlohweißen Haaren, tief gebeugt von Arthritis, öffnete mit zittriger Hand die Drahtglastür.

»Ja. Es tut mir leid.«

»Was?« Er legte eine Hand ans Ohr.

»Tut mir leid! Soll ich Ihnen das Essen in die Küche stellen?«

»Bring das Essen immer rein und stell es ab«, hatte Felicity gesagt und noch hinzugefügt: »Lass es dir nie von ihnen aus der Hand nehmen. Sie lassen es fallen. Ich habe noch nie irgendjemandem über fünfundsiebzig ein Essen gegeben, ohne es zwei Minuten später vom Teppich aufzukratzen.«

Ich schlüpfte an ihm vorbei. »Hier hinein?«

Er murrte etwas, als ich zur Küche flitzte – nein, Fehler, nur eine winzige Küchenzeile, kein Tisch –, also schlüpfte ich zurück ins Wohnzimmer, während er damit beschäftigt war, die Haustür zu schließen. Ich stellte die Kiste auf den mit Wasserrändern übersäten Wohnzimmertisch. Ein Geruch von alten Leuten, ungewaschenen Schlafanzügen und ungelüfteter Bettwäsche hing schwer in der Luft. Der Fernseher lief, aber der Ton war abgestellt, so als könnte er nur ein gewisses Maß an Realität oder vielmehr Berichten aus der Realität aufnehmen. Ich sah ihm zu, wie er langsam hereingeschlurft kam: Seine Wolljacke war voller Flecken, die Hose verbeult, die Augen alt und müde. Bestimmt war er im Krieg gewesen, mutig, stark und aufrecht. Nun war er verbittert und allein. Traurig. Ein vertrocknendes Leben. Ein vertrocknetes Leben.

Nebenan. Derselbe Geruch, aber eine misstrauische, zahnlose alte Frau – püriert – und wieder nebenan ... ich eilte zurück zum Auto, während Felicity im Schritttempo nebenherfuhr ... ein nettes altes Paar, die vor Freude glucksten, als ich ihnen sagte, dass es heute Lammeintopf gab. Also zumindest sie. Er lag auf dem Sofa ausgestreckt mit einem abwesenden Lächeln auf dem Gesicht, aber sie ging zu ihm hinüber, um ihm die gute Nachricht mitzuteilen, beugte sich ganz zu ihm hinab, und sie fassten sich an den Händen, die Augen groß vor Freude, als hätten sie beide eine Reise nach Acapulco gewonnen.

»Das ist unser Lieblingsessen«, vertraute mir die nette alte Dame an und drehte sich zu mir um, um meine Hand ebenfalls zu ergreifen. Nun hielten wir uns alle drei bei den Händen. Ihre fühlten sich an wie ein paar silberne Teelöffel in dünnen Samt gewickelt. »Lammeintopf ist unser Lieblingsessen!«

»Oh, wie *gut*«, strahlte ich, bemüht, ihre Begeisterung zu teilen, und lächelte dabei ihren Mann an, der mein Lächeln schwach erwiderte und seine zittrig triumphierende Hand hob, die Augen blass und wässrig, unfähig zu mehr, wie es schien.

»Geht es ihm gut?«, flüsterte ich.

»Oh, ja. Er ruht sich nur ein wenig aus.«

Wann würde es wohl nur noch ihr Lieblingseintopf sein und nicht mehr der von beiden, fragte ich mich und spürte einen Kloß im Hals, als ich alleine hinaus und zurück zum Auto ging. Nicht mehr lange, gewiss. Wenn Paare wie diese beiden nur für immer zusammen sein könnten. Zusammen sterben könnten. Das hätte ich auch für Ant und mich gerne, beschloss ich, während ich einen Augenblick auf dem Gehweg im dunstigen Sonnenlicht stehen blieb, die Sonne brauchte heute ein Weilchen, den Nebel zu vertreiben. So was hörte man ja von Zeit zu Zeit, nicht wahr? Dass der Mann am Montag starb und die Frau gleich am Freitag darauf, weil sie allen Lebenswillen verloren hatte. Ja, wir würden eines dieser Paare sein und uns bei den altersfleckigen Händen halten und zusammen gen Himmel schweben. Hoffentlich gen Himmel. Mein Herz schien in Flammen zu stehen. Waren das Felicitys weise Worte oder war es die wohltätige Arbeit, die ich hier leistete? Ganz gleich, es gefiel mir.

»Alles okay?«, brüllte Felicity durch das Wagenfenster.

Ich riss mich zusammen und rannte zu ihr. »Ja, alles klar. Jetzt weiß ich langsam, wie's geht. Du musst nicht mehr aussteigen. Wer ist jetzt dran?«

»Kein Geflügel, Nummer 10. Keine großen Stücke, Nummer 16«, bellte sie.

»Verstanden.« Ich eilte zum Kofferraum und machte mich mit meiner Beute auf den Weg.

Zwei Minuten später war ich zurück. »Okay. Weiter!«, rief ich, nachdem ich die letzten beiden Kisten in Eilgeschwindigkeit ausgeliefert hatte. Ich stellte mich in Siegerpose auf dem Bürgersteig hin und rieb die Hände gegeneinander, während sie noch ihre Liste studierte. Ich war einfach zu schnell für sie, wie man merkte.

»Zwei Mal ohne Fisch – gelber Punkt – Nummer 22. Zwei alternde Lesben. Da braucht man Rückendeckung. Ziemlich verblüffend. Die beiden streiten sich wie Katze und Hund, und die eine ist fest davon überzeugt, dass wir hinter ihrer Freundin her sind, einer zahnlosen 85-Jährigen. Vergiss die Kuchen nicht. Die lieben sie.«

Kein Fisch, gelbe Punkte, Kuchen. Alles klar. Das

konnte ich. Ich meine, mehr. Jede Woche. Ich konnte einen anderen Tag übernehmen. Vielleicht würde Sally Powell aus meiner Nachbarschaft das mit mir zusammen machen? Sie machte fast so wenig wie ich. Nicht ganz. Ich würde ihr von dem wunderbaren Gefühl, etwas Gutes zu tun, erzählen. Das würde ihr gefallen, dachte ich, als ich so mit meinem Heiligenschein über dem Kopf den Weg zum Haus hinauflief.

»Sie sind zu spät.«

War ja klar. »Ich weiß, tut mir leid. Hier herein?«

Eine entschieden maskulin wirkende alte Frau, die ihre Hosen bis zu den Achseln hochgezogen hatte, stellte sich mir in den Weg. Kurze Haare und eine Krawatte. Ganz Noël Coward. Offensichtlich nicht der weibliche Part in dieser Beziehung. Das Haus stank nach Gin und Katzen.

»Darf ich …?« Es gelang mir, mich an ihr vorbeizudrücken und nach links ins Wohnzimmer einzubiegen, während sie mir misstrauisch über die Schulter hinterherblickte.

»Sie sind neu.«

»Ja, meine Mutter konnte heute nicht, und deswegen bin ich mitgekommen. Hallo!« Letzteres an eine winzige weißhaarige alte Dame in einer rosa Stola gerichtet, die aufrecht wie eine Puppe in einem Sessel saß. Obwohl sie 85 war, konnte man noch gut erkennen, dass sie einmal ein Püppchen gewesen war. Gute Knochen. Ihre wässrigen blauen Augen leuchteten auf, als sie mich sah.

»Hallo, meine Liebe.«

Noël Coward eilte sogleich herbei, um sich zwischen uns zu stellen, die Hände in die beachtlichen Hüften gestemmt.

»Kuchen?« Die zahnlose Sirene linste durch die Beine ihrer männlichen Freundin.

»Ja, die Kuchen sind hier drin.« Ich stellte eine Papiertüte auf den Wohnzimmertisch vor sie. »Und Ihr Mittagessen ist ... Oh...«

Mit zittrigen knochigen Händen hatte sie bereits die Papiertüte aufgerissen und stopfte sich nun ein ganzes Biskuittörtchen in den Mund, wobei sie Krümel spuckte und glücklich grinste. Okay.

»Sie isst den Kuchen gerne zuerst«, erklärte ihre Partnerin mürrisch.

»Oh. Na ja, warum nicht? Aber halt – oh Gott.« Ich streckte rasch die Hand aus, als ich eines von Megans langen weißen Hundehaaren in ihrem Mund verschwinden sah. Würde sie sich verschlucken und würgend vor mir auf dem Boden liegen? Ich zog daran, bevor es verschwand, aber ihre Unterlippe hob sich ebenfalls, so als hätte ich einen Fisch gefangen. Ich zog fester. Wieder kam ihre Lippe nach oben.

»Oh!« Ich ließ plötzlich los.

»Was machen Sie denn da?«, blaffte Noël Coward.

Meine Güte. Ich hing fest. Ich starrte auf die welke alte Oberlippe, die ihre Zeit brauchte, bis sie sich wieder zurückgefaltet hatte.

»Nichts. Tut mir leid. Tut mir sehr leid.«

Die rosa Schaltträgerin machte ein verwirrtes Gesicht, wirkte dabei aber durchaus erfreut. Sie lächelte neckisch und strich sich kokett über die Oberlippe. Plötzlich fing sie mit heiserem Stimmchen an zu trällern: »If You Were the Only Girl in the World ...«

Noël Cowards Augen wurden hart wie Gewehrkugeln. Ich wandte mich um und floh durch die glücklicherweise noch immer offen stehende Haustür und den Weg hinab.

»Alles okay?«, fragte Felicity, als ich mich neben sie auf den Beifahrersitz fallen ließ.

»Ja, bestens«, keuchte ich.

»Tja, die eine von den beiden kann ganz schön giftig

werden«, meinte sie und schaltete in den ersten Gang. »Sie hat mal eine Vase nach deiner Mutter geworfen, als sie fand, dass die zu freundlich zu der in der Stola war, die übrigens behauptet, sie hätte früher mit den Tiller Girls getanzt. Wenn sie anfängt ›If You Were the Only Girl in the World‹ zu singen, dann hast du ein Problem.«

Ich schaute über die Schulter zurück und sah, wie unsere Freundin in der Tür stand und in aller Seelenruhe ein Gewehr lud. Sie zielte.

»Fahr los!«, kreischte ich.

Genau das tat Felicity, als ein Schuss ertönte. Sie schaute mich entsetzt an und drückte aufs Gas.

»Ich, äh, ich glaube, da müsst ihr nächste Woche erst einmal die Wogen glätten, Felicity«, sagte ich und klammerte mich an meinen Sitz. »Ich habe sie geärgert.«

»Keine Sorge, das ist leicht zu machen. Bis in einer Woche hat sie es ohnehin wieder vergessen. Keiner von denen erinnert sich länger als einen Tag an etwas. Und jetzt«, sie hielt ein Stück weiter die Straße entlang an. »Mrs Mitchel gönnt sich jeden Tag um Punkt zwölf einen kräftigen Schluck, und da wir zu spät dran sind«, sie warf einen Blick auf die Uhr, »wird sie mittlerweile schon ziemlich beschwipst sein. Gehackte Leber, roter Punkt. Und Mrs Mason nebenan kriegt den schwarzen Punkt.«

Ich rannte zum Kofferraum und eilte den Weg zum Haus hinauf mit meiner Lieferung für die nette alte Dame, die ganz offensichtlich beschwipst war – und warum auch nicht, dachte ich, als sie mir schwungvoll die Tür öffnete und mich mit einem Knicks empfing. Ich eilte an ihr vorbei in die Küche, stellte die Kiste ab, aber auf dem Weg nach draußen hielt sie mich auf, indem sie mir mit dem ausgestreckten Arm den Weg versperrte. Dabei hielt sie ein Glas mit unverdünntem Gin in der Hand.

»Definition eines Abstinenzlers?«, fragte sie.

Ich entschied mich für eine der beiden, die mir in den Sinn kamen: »Einer, der weiß, dass sein Tag nicht mehr besser werden wird?«

Sie warf den Kopf zurück und gackerte amüsiert, dann ließ sie mich passieren und prostete mir noch einmal zu, bevor sie den Rest ihres Glases auf einen Zug leerte und sich dann zu ihrer Leber mit Speck hinsetzte. Wohl bekomm's, altes Mädchen.

Nebenan öffnete mir eine zerbrechliche, geisterhafte Gestalt mit leerem Gesichtsausdruck die Tür in einem durchsichtigen Nachthemd. Sie starrte mich und meine lila Kiste verwundert an.

»Ach herrje«, flüsterte sie. »Ich vergesse immer, ob ich schon Mittag gegessen habe oder nicht.«

»Das Gefühl kenne ich«, murmelte ich und schlüpfte an ihr vorbei, um die Kiste auf ihren Tisch zu stellen und dann rasch wieder hinauszueilen.

»Die Arme«, sagte ich zu Felicity, als ich wieder zu ihr ins Auto stieg. »Kann die denn noch so alleine leben?« Ich warf einen Blick über die Schulter zurück, während ich mich anschnallte.

»Was würdest du vorschlagen, ein Heim?«

»Also …«

»Das wäre furchtbar für sie. Nein, man darf es einfach nicht an sich heranlassen. Bring ihnen einfach ihr schönes warmes Essen, damit hast du dann schon für ein wenig Abwechslung in ihrem Alltag gesorgt. So. Jetzt haben wir noch zwei. Mr Bernstein – kein Schwein, rosa Punkt – und Mrs Partridge, lila Punkt, alles püriert.«

»Alles klar.« Ich stolperte hinaus, als wir wieder anhielten. Rannte nach hinten zum Kofferraum. Noch zwei Kisten waren übrig. Eine mit schwarzem Punkt, die andere grün. Nicht rosa und lila. Ich runzelte die Stirn und rief durchs Auto nach vorne. »Sicher, dass es rosa und lila sein muss?«

»Ganz sicher.«

Ich öffnete die grüne Kiste. Roch. Schwein. Oh Gott. Dann öffnete ich die schwarze Kiste. Der Inhalt war alles andere als püriert. Ja, man konnte sogar sagen, dass jemand im Vollbesitz seines Gebisses sich schwertun würde mit den Brocken, die sich darin befanden.

»Äh ... Felicity, ich glaube, ich habe vielleicht Mist gebaut.«

»Oh Gott«, stöhnte sie. »Was hast du Mrs Mason gegeben?«

»Also ... lila. Ist das nicht keine Bohnen, keine Zwiebeln?«

»Nein! Schwarz ist keine Bohnen – und Mr Clarke in Nummer 16?«

»Oh Gott – gelb. Oh, Felicity, ich glaube, ich habe alles durcheinandergebracht!«

»Schnell, steig ein.«

Ich rannte ums Auto herum, sprang wieder hinein, und noch bevor ich überhaupt die Tür geschlossen hatte, vollführte Felicity ein perfektes Wenden in drei Zügen auf der Straße. Wir bretterten zurück zu Nummer 16. Gefährlich nahe bei den alternden Lesben, wenn man mich fragte. Nervös schaute ich die Straße entlang zu ihrem Bungalow. Die Haustür war geschlossen, aber ich war überzeugt, dass Noël Coward an einem Schlafzimmerfenster kniete und Heckenschützenposition einnahm. Felicity stieg mit mir zusammen aus, und wir rannten gemeinsam den Weg zum Haus und klingelten Sturm.

Als Mr Clarke an die Tür kam, die Serviette unter dem Kinn, Messer und Gabel in der Hand, schoss Felicity an ihm vorbei.

»Hallo, Mr Clarke, haben Sie es schon gegessen?«

Ich folgte ihr, während sie im Wohnzimmer herumflitzte.

»Was?« Er legte die Hand ans Ohr.

»HABEN SIE SCHON ZU MITTAG GEGESSEN?«

»Noch nicht, aber jetzt gleich. Sieht köstlich aus.«

Er schlurfte an uns vorbei durch einen Bogen in ein winziges Esszimmer und setzte sich vor einen vollen Teller. Felicity stürzte vor und zog ihm den unter der Nase weg.

»Ist es nicht. Aber dafür dies hier.« Sie nickte mir zu, und ich ersetzte rasch den Fisch durch Schwein. Zusammen rasten wir wieder nach draußen. Beim Schließen der Tür erhaschte ich noch einen Blick auf sein verwirrtes Gesicht, in dem der Mund langsam auf- und zuging. Dann zuckte er die Schultern und ließ es sich schmecken.

Felicity war da bereits ein paar Türen weiter und klingelte. Ich nahm die Abkürzung quer durch die winzigen Vorgärten und sprang dabei über ein paar Rosenbeete und Maschendrahtzäune, um zu ihr zu kommen.

»Das könnte eine Katastrophe geben«, murmelte sie und klingelte noch einmal Sturm. »Mrs Mason hat derartige Winde, dass man damit ein kleines Moped betreiben könnte. Du hast ihr soeben pürierte Bohnen, Zwiebeln und Backpflaumen gegeben.«

»Oh, Scheiße.«

»Das kann man wohl sagen. Alle Abluftrohre der zivilisierten Welt können das nicht aufnehmen, was sie möglicherweise von sich gibt.«

Nach weiterem dreimaligem lang anhaltenden Klingeln kam sie schließlich leicht irr lächelnd an die Tür, immer noch in ihrem durchsichtigen Nachthemd, das einige verräterische Flecken auf der Vorderseite hatte.

»Hallo, Mrs Mason, haben Sie schon zu Mittag gegessen?«, stieß Felicity hervor.

»Ja, köstlich«, strahlte sie. »Und Backpflaumen zum Nachtisch. Lecker!«

»Gut, gut«, schnurrte Felicity nervös. »Na dann ist ja

alles bestens, Mrs Mason. Wollte nur mal sehen, ob es Ihnen geschmeckt hat.«

»Es war eine nette Abwechslung, danke, sehr lieb von Ihnen.« Plötzlich wurde sie ganz rot im Gesicht. Ihr leichtes Nachthemd schwebte hinten nach oben. *Vrrrrp!* Sie schaute verblüfft. Und durchaus vergnügt.

»Mrs Mason«, Felicity kramte in ihrer Handtasche herum, »nehmen Sie ein paar von diesen Tabletten mit einem Glas Wasser, ja?« Und damit drückte sie ein paar Tabletten aus einer Folienverpackung.

»Was ist das denn? Was Süßes?« Sie betrachtete sie verwundert. Ein spektakulärer Geruch breitete sich aus.

»Ja. Sozusagen. Aber nehmen Sie sie jetzt gleich, ja?«

»Oh ja, das werde ich. Vielen Dank!« Und wieder wurde ihr Gesicht rot, ihr Nachthemd wehte in die Höhe, während sie die Tür schloss.

»Würde mich nicht wundern, wenn dieser Bungalow von alleine davonschwebt, bevor das Imodium seine Wirkung tut«, warnte Felicity auf dem Weg zurück zum Auto. »Wahrscheinlich stoßen wir nachher am anderen Ende von Oxford darauf.«

»Mein Gott, es tut mir so leid. Wie dumm von mir!«

»Mach dir nichts draus. So was passiert eben.«

»Aber was ist mit dem letzten«, jammerte ich. »Mrs Püree? Mrs Mason hat alle ihre Backpflaumen gegessen!«

»Wir fahren zu McDonalds und holen ihr einen Erdbeer-Milchshake und ein Eis. Sie wird begeistert sein. Oh, und noch ein paar Pommes, an denen sie lutschen kann. Perfekt.«

»Also gut«, stimmte ich schwach zu.

Nachdem wir den Fisch an seinen rechtmäßigen Besitzer ausgeliefert hatten, taten wir genau das, und Mrs Püree schien tatsächlich hocherfreut, als sie voller Begeisterung ihre ungewöhnlich bunt verzierte Styroporbox in Empfang nahm.

»Oh, was für ein hübsches Clownsgesicht da drauf ist. Und da steht ›Happy Meal‹.« Sie öffnete die Schachtel. »Oh, da ist ja ein Roboter drin!«

»Ja, für Ihren ... Enkel«, schnurrte Felicity.

»Wunderbar. Den hebe ich für ihn auf. Vielen Dank, die Damen.«

Wenigstens eine unserer Kundinnen war zufrieden. Wenn auch mit reichlich Zucker und Zusatzstoffen intus.

»Es tut mir wirklich leid, Felicity«, murmelte ich auf dem Heimweg. Mein Gott, nicht einmal das konnte ich richtig machen.

»Ach, mach dir keinen Kopf, so was passiert leicht«, lächelte sie. »Deine Ma hat es auch schon ein oder zwei Mal durcheinandergebracht.«

Ja, da konnte ich wetten. Wie die Mutter, so die Tochter. Ein hoffnungsloser Fall. Und ich war jetzt wirklich erschöpft. Musste mich hinlegen. Ein kleines Nickerchen, würde meine Mutter sagen. Felicity warf einen Blick auf die Uhr.

»Perfekt. Wir haben zwar was durcheinandergebracht, aber dafür waren wir schnell. Ich liege gut in der Zeit.«

»Wofür?« Müde drehte ich meinen Kopf auf der Lehne zu ihr.

»Ich muss in zehn Minuten am Keble College eine Vorlesung über die mikrobiotischen Prinzipien von inaktiven weißen Blutkörperchen halten.«

Natürlich musst du das. Ich schaute wieder geradeaus. Schüttelte verwundert den Kopf. Sie setzte mich wieder auf dem Parkplatz des Bürgerhauses neben meinem Auto ab. Ich stieg aus und streckte dann meinen Kopf wieder durchs Fenster.

»Ich finde dich bewundernswert, Felicity. Absolut bewundernswert.«

»Oh, nein.« Sie lächelte sanft und schaltete in den ersten Gang. »Ich kann dir versichern, dass ich das keineswegs bin, Evie.«

Und damit fuhr sie los.

Später, viel später, spielte sich auf der anderen Seite von Oxford in der Walton Terrace Nummer 22 ein typischerweise ruhiger Abend ab. Ich sortierte vor dem winzigen Fernseher mit leise gedrehtem Ton einen Haufen einzelner Socken, die sich auf dem Boden des Wäschekorbs angesammelt hatten. Anna saß in der anderen Ecke vor ihrem Computer, Ant war in seinem Arbeitszimmer. Nach einer Weile kam er zu mir, Mozarts Klarinettenkonzert schwebte hinter ihm her durch die geöffnete Tür seines Arbeitszimmers. Instinktiv griff ich nach der Fernbedienung und drückte den Knopf für die Stummschaltung des Fernsehers. Er nahm die Brille ab; setzte sich auf den Hocker vor mir, genau zwischen mich und *Corrie*.

»Ich habe eben eine E-Mail von Stacey bekommen.«

»Oh?« Ich schaute von meinem Korb auf.

»Sie hat uns alle nach Sheffield eingeladen, nach den Sommerferien. In den Herbstferien.«

Ich starrte ihn an. »Ah.«

»Natürlich nicht für die ganzen Herbstferien, nur für ein paar Tage.«

»Und wir sollen bei ihnen wohnen? In ihrem Haus?«

»Ja.« Seine Augen waren ruhig. Lieb. Mein Herz begann schneller zu schlagen. Ich war mir bewusst, dass Anna mit steifem Rückgrat, die Hand mit der Maus eingefroren, in der Ecke vor ihrem Computer saß und lauschte.

»Wir alle? Oder nur du und Anna?«

»Wir alle. Was soll ich antworten?«

Ich holte tief Luft und atmete langsam wieder aus. »Sag Ja. Ja, wir würden gerne kommen.«

Er lächelte, beugte sich vor und küsste mich.

»Danke, mein Schatz.«

Das Herz klopfte mir bis zum Hals, und mein Herzklopfen hatte nichts damit zu tun, dass Ken und Deirdre Barlow gerade einen zärtlichen Augenblick genossen. Ant war zurück in sein Arbeitszimmer gegangen.

Als ich mir einige Zeit später am Abend ein Bad einließ, kam Anna zu mir.

»Danke, Mum.« Sie legte die Arme von hinten um mich und drückte mich. Ein Kloß saß mir im Hals, als ich das Wasser abdrehte, und ich konnte ihr nicht antworten. Als ich mich zu ihr umwandte, trat sie einen Schritt zurück und schaute mich an.

»Ich weiß, dass das echt schwer für dich ist, schwer für dich sein muss, und ich weiß, dass ich neulich ein bisschen überreagiert habe, aber ich wollte nur, dass du weißt, dass das, was du hier tust, wirklich voll genial ist.«

Ich nahm sie in den Arm. Sie legte ihren Kopf an meinen. »Danke, mein Schatz. Du weißt es also zu schätzen?«

»Oh Gott, ja. Und wie ich das zu schätzen weiß.«

20

Familie Hamilton fuhr gen Norden. Die frühen Morgenstunden waren stürmisch gewesen, beim Aufwachen donnerte und blitzte es über unseren Köpfen.

Nun, mitten am Vormittag, hatte der starke Regen nachgelassen, aber der Wind nicht. Es schien, als würde sich der ganze schmutziggraue Himmel schnell verschieben, während wir mit ihm mitfuhren und die letzten Regenschauer mit leisen Fingern auf unser Autodach trommelten. Ant und Anna saßen vorne, da Anna im Auto immer schlecht wurde. Ich saß hinten und las in alten Ausgaben der Zeitschrift OK! und lutschte dabei Werther's Original, beides hätte Anna nur zum Würgen gebracht. So sah es mittlerweile bei uns aus: Die beiden Erwachsenen vorne hörten Brahms und unterhielten sich über – ich hob den Blick von Liz Hurleys Hochzeit, nicht ohne zuvor die Stelle mit dem Finger markiert zu haben, und bemühte mich zu lauschen – oh, über Vogelbeobachtung, ihre jüngste gemeinsame Leidenschaft, offenbar gab es mehr Stare und weniger Finken im Norden, während die Mutter ungerührt auf dem Rücksitz saß, in Comics schmökerte und Süßigkeiten in sich reinstopfte.

Die Sommerferien hatten uns eingelullt, dann waren wir durch das neue Schul- und Studienjahr abgelenkt gewesen, bis schließlich die Herbstferien nahten und es ein paar hektische Tage gegeben hatte, uns an diesen ausgesprochen heimeligen und familiären Punkt zu bringen. Mal ganz abgesehen von meinem nervösen Herzklopfen, war da auch noch Hector, unser neuer Schutzbefohlener, zu berücksichtigen. Zunächst hatte ich Malcolm die Rolle des Pferdesitters zugedacht. Ich war der Einfachheit halber davon ausgegangen, dass er als Hundefreund gewiss auch ein Pferdeliebhaber war. Aber am anderen Ende der Leitung war ich nur auf erstauntes Schweigen gestoßen.

»Wie lange kennst du mich jetzt schon, Evie?«

»Äh … zweiundzwanzig Jahre.«

»Und hast du mich in der ganzen Zeit jemals mit einem Pferd gesehen?«

»Äh ... nein. Ich glaube nicht.«

»Hast du je gehört, dass ich von einem Pferd erzählt hätte? Geschweige denn, mich für eines begeistert hätte?«

»Du hast mal gesagt, Toby Brewer wär bestückt wie ein Hengst.«

»Werd nicht frech. Aber hast du das Gefühl, dass, abgesehen von solchen vergleichenden Anspielungen, Wörter wie ›aufzäumen‹ oder ›im Sattel sitzen‹ sich irgendwie mit einem gewissen Malcolm Pritchard in Verbindung bringen lassen?«

»Nicht so ganz. Aber diese ganze Pferdewelt ist ziemlich schwul, weißt du. Jede Menge Leder, enge Reithosen – könnte ganz dein Ding sein.«

»Lass das mal meine Sorge sein. Kannst du dir etwa vorstellen, wie ich mit einer Mistgabel in der Hand aussehe? Oder mit einer dreckigen Schubkarre?«

Ich seufzte. »War ja nur ein Versuch, Malcolm.«

»Und der war vergeblicher, als du's dir hättest träumen lassen, Süße. Aber wäre nicht deine pferdebegeisterte Schwägerin die richtige Ansprechpartnerin?«

»Natürlich, aber genau deswegen will ich sie nicht fragen.«

»Was sein muss, muss sein. Da musst du durch.«

Ich legte auf. Nein. Kam nicht in Frage. Verzweifelt ließ ich mich auf einen Stuhl sinken und starrte blind an die Küchenwand. Vor ein paar Jahren hätte ich natürlich Mario angerufen, den Hilfsarbeiter, den mein Vater auf dem Hof gehabt hatte. Der gute, alte Mario, mit seinem runden, runzeligen Walnussgesicht, in dem die Augen fast verschwanden, wenn er lächelte. Dad hatte ihre Farbe gefallen, hatte er einmal erzählt, genau wie die seiner Frau Maroulla, als sie eines Tages auf der Farm nach Arbeit gefragt hatten. Was, schwarz?, hatten Tim und ich überrascht gefragt, und Dad hatte gelacht. Ursprünglich stammten sie aus einem armen Dorf in Andalusien und waren hergekommen, um in der Triumph-Fabrik zu arbeiten, wo sie fünf Jahre bleiben und dann das Geld mit zurück nach Spanien nehmen wollten. Stattdessen hatten sie es bei Triumph nur ein Jahr ausgehalten, weil sie die Arbeit auf dem Feld vermissten, waren auf die Farm gekommen und für immer dageblieben. Mario war nur zehn Tage nach meinem Vater gestorben. Und Maroulla war aus dem kleinen Häuschen ausgezogen, um bei ihrer Tochter zu leben. Wann immer ich jetzt an Maroulla dachte, verspürte ich eine ungewisse Schuld. Nein, eigentlich eine gewisse Schuld, weil ich wusste, dass sie kürzlich in ein Altersheim umgezogen war und ich sie dort noch nicht besucht hatte. Ich redete mir ein, dass es nur damit zu tun hatte, dass ich nicht so gerne mit ihren Kindern zusammentreffen wollte, die zwar mit uns aufgewachsen waren, uns aber dennoch mit Misstrauen als die reichen, vornehmen Leute betrachteten, aber es lag natürlich vor allem an meiner Nachlässigkeit. Ich seufzte. Aber ja, Mario hätte sich jederzeit um Hector gekümmert. »Natürlich, Eviii – iis garr keine Probläm!«, konnte ich ihn in seinem sehr gebrochenen Englisch hören. »Ich schauen nach diese Pfärd für dich. Du gehen!«

Stattdessen kniff ich nun die Augen zusammen und wählte eine andere Nummer. Malcolm hatte recht. Was sein muss, muss sein. Caro schwieg lange, nachdem ich mein Anliegen schließlich stockend und stotternd vorgetragen hatte.

»Also, ich finde das sehr mutig von dir, die Leute zu besuchen. Wo werdet ihr wohnen?«

»Bei denen.«

»Mein Gott, ist das nicht unangenehm?«

»Nun ja, ich freu mich nicht gerade darauf, aber ich hab's versprochen. Und jetzt kann ich nicht mehr zurück, verstehst du.«

Ich hatte eine vage Erinnerung, dass Caro selbst so etwas gesagt hatte, wie sie als »gute Mutter« niemals ein gegebenes Versprechen brechen würde. Da konnte ich vielleicht auf diese Weise ein paar Pluspunkte sammeln, anstelle von Pferdeäpfeln.

»Ja, da hast du recht«, sagte sie zögernd. »Ja, ich übernehme Hector für dich. Oder du könntest auch Phoebe fragen und sie dafür bezahlen. Kinder tun alles für ein bisschen Geld.«

»Wirklich?«

»Natürlich, wusstest du das noch gar nicht?«

Mir wurde bewusst, dass Anna so gut wie gar nichts gegen Bezahlung tat, da wir ihr das Geld ohnehin gaben. Nun ja, sie war ein Einzelkind und wir hatten reichlich, aber darum ging es ja gar nicht, oder? Auf diese Weise lernte sie den Wert nicht schätzen.

»Ist sie da?«

»Moment, ich hol sie dir.«

Phoebe kam atemlos ans Telefon. »Hi, Evie!«

»Hi, Phoebs, mein Schatz, ich wollte dich fragen, ob du so lieb wärst und dich ein paar Tage für mich um Hector kümmern würdest? Wir fahren nämlich in den Herbstferien für ein paar Tage weg.«

»Ich weiß, Mummy hat es mir eben erzählt. Heißt das, dass Anna nicht mit uns beim Pony Club mitmachen kann?«

»Oh doch, einen Teil schon, nur am Anfang nicht. Aber wir kommen am Dienstag zurück, keine Sorge.«

»Ach. Okay. Dann ist aber schon das meiste vorbei.«

Ich vereinbarte alles mit ihr und legte dann auf, dabei wurde mir klar, wie tief enttäuscht sie war. Den Sommer über hatte Anna praktisch ganz auf dem Hof gelebt und in den vergangenen Wochen hatte sie nach der Schule ebenfalls die meisten Nachmittage dort verbracht und Hector geritten, der, ganz wie Camilla es versprochen hatte, immer wohlerzogen lief und sich nicht den kleinsten Fehltritt leistete. Die beiden Cousinen waren zusammen auf ihren Ponys über die Felder getrabt. Anna, noch nervös, aber nach und nach immer besser, während Phoebe sie ermutigte und es genoss, dass sie ihrer Cousine neue Tricks beibringen konnte. Anschließend hatten sie gemeinsam ausgemistet. Sie fanden es schöner, das zusammen an den hellen Herbstabenden zu erledigen, die Uhren waren noch nicht zurückgestellt, das Radio dudelte laut, sie lachten und scherzten. Ich fragte mich, wie lange es wohl noch anhalten würde, aber bislang war Hector ein voller Erfolg. Mir wurde klar, dass Phoebe sich auf diese Ferien gefreut hatte, weil sie dann mehr von Anna sehen würde und mit ihr bei ihren Freundinnen angeben und möglicherweise auch selbst ein wenig vor ihr angeben konnte. Aber, wie gesagt, wir würden ja noch rechtzeitig zurückkommen.

Inzwischen waren wir fast da. In Sheffield. Ich setzte mich auf und schaute mich um. Ich hatte mir die Stadt viel verbauter vorgestellt, dass man beim Näherkommen endlose Straßenzüge sähe mit kleinen Reihenhäusern, die sich die Hügel hinaufwinden, dazu vielleicht noch ein paar stillgelegte Zechen und zerbröckelnde Fördertürme. Mehr Industrie und weniger, nun ja, weniger schöne Landschaft und weniger sanfte Hügel, die beim Hindurchfahren eher grün und lieblich und nicht gerade düster und teuflisch wirkten. Eine satte, von ordentlichen Steinmauern gesäumte Weide reihte sich an die andere, hier und da standen verträumt ein paar Schafe in der Gegend herum. Ich legte die Stirn in Falten.

»Sind wir bald da?« Ich war wirklich die Neunjährige auf dem Rücksitz. Und ich musste auch wirklich mal aufs Klo.

»Ganz bald. Das nächste Dorf ist es.«

Ich blinzelte. »Aber ich dachte, sie leben in Sheffield.«

»Nein, nur in der Nähe. Ihr Dorf liegt zehn Kilometer außerhalb.«

»Ach so. Du hast immer von Sheffield gesprochen.«

»Nur als grobe Angabe. So, als würde man sagen, dass Tim und Caro in Oxford leben.«

»Hier entlang, Daddy.« Anna wies uns von ihrem Ausguck vorne mit einer ausgedruckten E-Mail in der Hand den Weg. »Und dann links beim Briefkasten ...« Ant lenkte gehorsam den Wagen um die Ecke, »und dann den Hügel hinunter bis ins Dorf ...«

Erstaunt schaute ich aus dem Fenster. Der Regen hatte inzwischen aufgehört, die Windböen hatten sich gelegt, und ein strahlend blauer Himmel offenbarte sich zur Aussöhnung. Unterhalb des Hügels in einer Senke tauchte ein entzückendes kleines Dorf auf. Graue Schieferdächer drängten sich um einen dünnen Kirchturm, lockere, schiefe Mauern umrahmten Gärten unter Kastanienbäumen, deren Blätter sich golden gegen den blauen Oktoberdunst abhoben. Ein kleiner Fluss plätscherte und drängte durch die Mitte des Ortes und floh westwärts durch das Tal. Im Hintergrund stiegen die Hügel steil empor, wie mit ein paar grünen Pinselstrichen gemalt mit einem Tupfer von lila Heidekraut hier und dort.

Wir folgten den Windungen des Sträßchens bis ganz nach unten ins Tal, wo sie vor einer Reihe von grauen Häuschen endeten. Wir fuhren hindurch. Plötzlich verdunkelten ein paar uralte Eiben den Weg, die sich um die Kirche in der Mitte gruppierten und beinahe ihren Turm verdeckten.

»Direkt auf der anderen Seite der Kirche, Daddy, gleich das nächste Haus. Hier, dieses mit dem Holztor davor.«

Ein Holztor? Mein Kopf fuhr herum.

Etwas von der Straße zurückgesetzt stand ein separates, aber nicht allzu großes graues Steinhaus. Es hatte zwei Giebel und war symmetrisch gebaut, die attraktivere Art von neugotischer Architektur, die einst den Geistlichen der Kirche von England vorbehalten gewesen war. Auch die Glasfenster, die von der kleinen grauen Kirche nebenan herüberglitzerten, legten den Verdacht nahe, dass es sich hier um das alte Pfarrhaus handelte. Wie zur weiteren Bestätigung trug das unauffällige hölzerne Schild auf dem Tor die Aufschrift »The Old Rectory«. Das Tor öffnete sich automatisch, als unsere Kühlerhaube den Sensor passierte, und wir fuhren im Schritttempo über den knirschenden Kies unter den weitläufigen Schatten einer prächtigen alten Birke, wo die Sonne mit blitzenden Strahlen die warme Steinfront des Hauses beleuchtete, an die sich eine hübsche hölzerne von den letzten verblichenen Rosen überwucherte Eingangsveranda schmiegte, die in einem geschmackvollen Graugrün gestrichen war, dessen Farbton mir von der Farrow & Ball-Farbenskala bekannt vorkam.

Und als wäre dieser Anblick nicht schon einschüchternd genug, öffnete sich nun auch noch die Haustür, und noch bevor ich Zeit fand, mich ein wenig zu sammeln, standen dort Mutter und Tochter, obwohl ich einen Augenblick brauchte, um zu erkennen, wer wer war. Beide waren groß und schlank, mit langen blonden Haaren, und trugen Jeans, T-Shirt und ein breites, nervöses Lächeln im Gesicht. Plötzlich kam ich mir unglaublich overdressed vor in meinem sorgsam passend zum Anlass gewählten Outfit mit dem langen geblümten Rock, dem taillierten Tweedjäckchen und Wildleder-Stiefeln. Und sie war schön. *Wunderschön.* Aus irgendeinem Grund wandten sich meine Augen zunächst der Mutter zu mit diesen fantastischen Wangenknochen, die ich schon vom Foto her kannte: volle Lippen, makellose blasse Haut und eine überschlanke Figur. Unter ihrem dichten blonden Pony erhaschte ich einen Blick auf faszinierend blau-grüne Augen. Ich schluckte. Wie in meinen schlimmsten Träumen.

Ant und Anna waren bereits aus dem Auto ausgestiegen, umarmten, küssten, begrüßten sich, während ich noch immer durch das Rückfenster glotzte und versuchte, all dies in mir aufzunehmen. Als ich eilig aussteigen wollte, um zu ihnen zu stoßen, verfing sich mein Absatz im Saum meines geblümten Rockes, was zur Folge hatte, dass ich aus dem Auto fiel und Hals über Kopf mit ausgestreckten Armen der Mutter, Isabella, entgegenstürzte, wie wenn ich sie umarmen wollte.

Erstaunt hielt sie mich fest, als meine Nase gegen ihre stieß. Ant beugte sich vor, um mich am Arm zu packen.

»Alles klar, altes Mädchen?«, lachte er.

Altes Mädchen. So hatte er mich ja noch nie genannt. Aber neben diesem zauberhaften Geschöpf hier war das ganz entschieden der passende Ausdruck.

»Ja!«, keuchte ich. Mist, mein *Knöchel*.

»Evie, das ist Bella. Bella, meine Frau, Evie.«

Ich wurde rot vor Scham und Ärger und tatsächlich vor *Schmerz* und setzte ein irres Lächeln auf. »Hi!«

»Wir sind so froh, dass ihr gekommen seid«, sagte Bella eifrig und schaute mir in die Augen. »Ihr könnt euch gar nicht vorstellen, was das für uns bedeutet.«

Es waren nur wenige und schlichte Worte, aber sie kamen von Herzen; ungekünstelt, ganz anders als viele von meinen, und entsprechend entwaffnend war ihre Wirkung.

»Es ist ... schön, hier zu sein«, brachte ich mühsam hervor.

»Und das hier ist Stacey.«

Ich wandte mich jetzt richtig der Tochter zu. Große, nervöse blaue Augen schauten mich an, wie bei einem verängstigten Reh, die Farbe war die von Ant, die Form die der Mutter. Ihre blonden Haare waren zurückgekämmt und ließen eine hohe Stirn frei, ihre Unterlippe zitterte fast ein wenig, während sie nervös mit langen empfindsamen Fingern am Saum ihres T-Shirts zupfte. Sie war so offensichtlich Ants Kind, dass es mir den Atem verschlug.

»Hi«, flüsterte sie und senkte den Blick wieder in Richtung Kies.

»Hallo, Stacey.« Ich lächelte und streckte die Hand aus, die sie eifrig ergriff.

Ein junger Springer-Spaniel kam aus der Tür gelaufen und schwänzelte unsicher bellend zwischen ihren Beinen herum. Anna schrie vor Begeisterung auf und beugte sich hinab, um ihn zu streicheln. Während Stacey eifrig ihr Haustier vorstellte, bat ihre Mutter uns nach drinnen, wo ich mich nervös plappernd über die Proportionen des großzügigen Eingangsbereiches, den alten Steinboden, die Bilder an den Wänden ausließ. Bella dankte mir für die Komplimente, und insgeheim staunte ich, wie die beiden Mädchen am Fuße der Treppe zueinanderfanden, sich schüchtern anlächelten, während der Hund längst davongesprungen war. Schwestern, dachte ich mit einem Kloß im Hals, als ich sah, wie die beiden leise Fragen austauschten und mit geröteten Wangen gegenseitig ihre Armbänder bewunderten, und ich bemerkte, dass Bella die beiden ebenfalls mit einem Glänzen in den Augen beobachtete. Ich schaute zu Ant hinüber, aber in seinen Augen war ein so ungewöhnliches Leuchten, solch ein Stolz und solch ein Staunen, dass ich den Blick abwenden musste.

Wir folgten Bella in die Küche: ein quadratischer, lichtdurchfluteter Raum in einem matten Blaugrau mit einem

Terracotta-Fußboden und einem schicken, schwarzen Rayburn-Herd. Zweiflügelige Fenstertüren öffneten sich hin zu einer sonnigen Terrasse und dem Garten. Ich plapperte nervös weiter und bewunderte alles, was nicht weiter schwierig war – selbst ein Zwerghuhn, das in die Küche spaziert kam und das Bella nach draußen scheuchte, indem sie in die Hände klatschte, kleine Hände, wie ich bemerkte, mit durchsichtiger Haut. Ant war ruhig, wie gewöhnlich, zurückhaltend, und ich fragte mich, wer hier wem den Weg ebnete und wer die Unterhaltung am Laufen hielt, wie üblich.

»Wohnt ihr schon lange hier?«, fragte ich und schnappte damit nach den Fangleinen meiner Konversationseinstiege, ebenso wie ich mir dankbar einen Stuhl schnappte, den sie für mich herauszog. Ich setzte mich und ruhte meinen Knöchel aus.

»Nicht wirklich, wir – oh, der Kaffee!«, japste sie plötzlich und eilte zu einer allzu wild blubbernden Maschine auf der Seite hinüber. Während sie sich um die Maschine kümmerte, konnte ich das Hinterteil ihrer Jeans studieren. Es erinnerte mich an jemanden ... oh, ja, an Kate Moss. Sie schenkte den frischen Kaffee ein.

»Seit zwei Jahren, noch nicht so lang«, wandte sie sich lächelnd zu mir. »Wir sind eigentlich immer noch dabei, uns hier einzuleben, und es ist ziemlich anders als das, was wir zuvor hatten. Aber wir fühlen uns hier sehr wohl.«

»Habt ihr vorher in der Stadt gewohnt?«

»Ja, also, in einem Vorort. Long Haden, falls du das kennst.«

»Ähm, nein.«

»Aber – dann konnten wir uns etwas mehr leisten, und ich habe gedacht, warum nicht?«

Sie stellte ein Kaffeetablett auf den Tisch samt einem Teller mit offensichtlich selbst gebackenem Kuchen. Als ob einer von uns auch nur einen Bissen heruntergebracht hätte.

»Wir wollten schon immer auf dem Land wohnen, und so sind wir an einem Samstagnachmittag hierhergefahren, nicht wahr, Stacey?« Sie schaute zu ihrer Tochter hinüber, aber die war auf der anderen Seite der Küche ganz in ein geflüstertes Gespräch mit Anna vertieft. »Dann haben wir das Haus hier gesehen und gedacht, das schauen wir uns mal an. Es musste einiges daran getan werden – immer noch – und es ist wahrscheinlich zu groß nur für uns zwei, aber wir haben uns gleich in es verliebt.«

Sie errötete und ich errötete und dann errötete auch noch Ant.

Verlieben. Sie hatte ganz unabsichtlich und reichlich früh die Sprache darauf gebracht. Ich sah, wie Ant sie beobachtete, während sie mit den Tassen und Tellern hantierte, und ich versuchte, seinen Gesichtsausdruck zu deuten. Dabei musste ich feststellen, dass er mir nicht vertraut war. Oder hatte ich ihn nur länger nicht gesehen?

»Ja, das kann ich gut verstehen«, beeilte ich mich zuzustimmen. Dabei musste ich widerstrebend feststellen, dass ich diese Frau mochte, mit ihrer raschen, nervösen Art, ihrem offensichtlichen Bemühen, mir zu gefallen, und ihrer schüchternen, hochnervösen Tochter, dass sie genau mein Typ waren. Hätte ich die beiden zuerst kennengelernt, so hätte ich es nicht erwarten können, Ant zu Hause von ihnen vorzuschwärmen: »Oh, die werden dir gefallen, Ant, ein tolles Mutter-Tochter-Gespann, klug, hübsch, empfindsam«, wie man es nur tut, wenn man sich sicher und geliebt fühlt in einer Beziehung und weiß, dass sie keine Bedrohung darstellen. Und so war es oft gewesen in unserer Ehe. Ich war die Offene und Gesellige, die neue Freundschaften schloss. Ich war diejenige, die von einem Elternvormittag in der Schule oder von einer Mittagseinladung zurückkam und sagte: »Sie ist göttlich, Ant, und er ist bestimmt auch himmlisch. Lass uns die beiden zum Abendessen einladen.« Und dann würde ich dieses neue Paar einladen und natürlich würden sie Ant gefallen, aber er würde zunächst ganz vorsichtig auf Abstand bleiben und sie erst nach und nach kennenlernen auf seine ruhigere, weniger vorpreschende Art. Ja, immer war ich es, die den Weg bahnte und die Voraussetzungen schuf. Aber diesmal hatte Ant die Voraussetzungen geschaffen. Er kannte diese Frau so viel besser als ich. Sie war seine Freundin, seine ehemalige Geliebte, und ich fühlte mich diesmal schmerzlich im Hintertreffen.

Plötzlich war ich wild entschlossen, einfach darüberzustehen. Etwas in meinem Inneren wünschte sich nichts sehnlicher, als beim Zubettgehen am Abend zu ihm sagen zu können: »Ja, sie ist wirklich nett, Ant, eine tolle Frau. Und weißt du, dass sie nächstes Jahr einen Kurs an der Fernuni belegen will? Ja, und die Aquarelle im Eingang stammen von einer Freundin von ihr aus Leeds …« Nicht diejenige zu sein, die informiert wurde, sondern diejenige, die Informationen hatte, die Redselige, die über Klatsch und Tratsch Bescheid wusste, während er sich milde lächelnd in die Kissen und zugleich wieder in die vertraute Rolle des leicht desinteressierten Ehemannes zurücksinken ließ, der Brecht las, während ich im Zimmer herumkramte, mir Creme auf die Wangen schmierte und mir die Haare kämmte. Aber über diese Frau hier würde ich ihm nie etwas erzählen können, musste ich schmerzlich erkennen. Das ließ mich zusammenfahren. Aber … er hatte Bella doch seit über sechzehn Jahren nicht mehr gesehen, oder? Bestimmt hatte sie sich verändert, und ich würde ihm sagen können, wie; würde die Lücken füllen und ihm dabei helfen, sie und ihre Tochter besser zu verstehen. Ich spürte, dass ich genau das sehr gerne tun wollte; diese Beziehung fördern, nicht behindern. Und das überraschte mich ganz gewaltig. Aber es gefiel mir auch.

»Der Garten ist wunderschön«, bemerkte ich und stand mit der Kaffeetasse in der Hand auf, um ihn zu bewundern, wobei ich schmerzerfüllt das Gesicht verzog, als ich versuchte, meinen Knöchel zu ignorieren.

Im Anschluss an die Terrasse erstreckte sich eine Gartenfläche von etwa zweitausend Quadratmetern, deren Vordergrund von niedrigen, sauber gestutzten Buchsbaumhecken durchschnitten wurde, die seitlich der Kieswege verliefen. Eine Anlage, wie man sie aus Hochglanzzeitschriften kannte. Ich hatte das ungute Gefühl, dass diese labyrinthartige Gestaltung den höchst romantisch klingenden Namen »knot garden« trug und etwas war, was ich schon immer hatte haben wollen. Ja, ich war sogar schon so weit gekommen, die entsprechenden Seiten aus *House and Garden* herauszureißen, aber nie so weit, es auch wirklich anzupflanzen. Hatte sie das etwa alles aus Samen gezogen? Vielleicht hatte ich doch noch einen Grund, sie hassen zu können.

»Oh, das war einer der Gründe, warum ich das Haus gekauft habe«, rief sie aus, als sie sich zu mir gesellte, um mit mir hindurchzuschlendern. »Dummerweise habe ich nicht den blassesten Schimmer, wie ich es in Schuss halten soll. Es braucht ziemlich viel Zuwendung, und ich habe keine Ahnung von Gartenarbeit.« Nein. Ich konnte sie doch nicht hassen. »Aber ich lerne ständig dazu. Neulich habe ich mir mein erstes Gartenbuch gekauft – von Alan Titchmarsh, von wem auch sonst – und kam mir unglaublich erwachsen dabei vor!« Ich lächelte. Sie war ja wirklich noch sehr jung, wie ich schlau berechnet hatte. Achtzehn plus neun Monate plus siebzehn

– sechsunddreißig. Mit dem Gesicht und der Figur einer Sechsundzwanzigjährigen.

Ant unterhielt sich mit den Mädchen auf der Terrasse, und Bella und ich gingen weiter auf den Rasen; feucht und glänzend und übersät mit zusammengerollten gelben Blättern. Ein zentral gepflanzter Kirschbaum genoss eine Einzellage, seine dünnen grauen Zweige waren um diese Jahreszeit fast kahl, nur noch wenige vergilbte Überlebende des Sommers hielten standhaft die Stellung. Tapfer flatterten sie im Wind, während ihre Kameraden bereits das nasse Gras unten bevölkerten. Um den Stamm wand sich eine hölzerne Bank, die ich bewunderte.

»Außer, dass mir nicht klar war, wie dick mein Baum ist, und deswegen passt sie nicht ganz zusammen!«, jammerte Bella und zeigte mir die Rückseite, wo eine etwa fünfzehn Zentimeter große Lücke klaffte.

»Sieht aus wie der Reißverschluss meiner Jeans an einem schlechten Tag«, war mein Kommentar. »Da sollte dir jemand ein Brett dazwischensetzen«, riet ich, und noch während ich sprach, wurde mir klar, dass ich damit einen Mann meinte, einen Ehemann, Ant, ohne den sie ja all die Jahre hatte auskommen müssen. So wie Anna deutlich geworden war, dass Stacey ohne Vater gewesen war, wurde mir nun bewusst, dass Bella keinen Ehemann gehabt hatte. Dass ich ihn mir zuerst geschnappt hatte. Und dabei war sie als Erste schwanger gewesen. Plötzlich sah ich sie lebhaft vor mir, hochschwanger mit Stacey in einem Umstandskleid von Laura Ashley. Dann mit einem Kinderwagen in den Straßen von Sheffield.

»Ich … ich möchte mich bedanken für das, was du heute getan hast.« Sie schaute mich an, und ihre Augen wirkten wegen ihrer Blässe besonders groß. »Du ahnst ja nicht, wie viel es Stacey bedeutet. Wie viel es uns beiden bedeutet. Und viele Frauen hätten das nicht getan.

Wären nicht gekommen. Ich finde das absolut toll von dir.«

Meine Augen füllten sich mit Tränen, und ich wollte ihr sagen, dass ich mich alles andere als toll verhalten hatte. Dass ich bis zum heutigen Tag voller eifersüchtigem Hass gewesen war und in einer Buchhandlung auf ihrem Gesicht herumgetrampelt hatte, sie nie hatte kennenlernen wollen, den ganzen Sommer über gehofft hatte, diesen Besuch absagen zu können, und bis vor Kurzem noch die Absicht gehabt hatte, in derselben hasserfüllten Weise weiterzumachen, aber jetzt, da ich sie beide kennengelernt hatte, wusste ich, dass es unmöglich war. Dass ich ganz klar sah, warum Ant sich in sie verliebt hatte. Dass ich ein schlechtes Gewissen hatte, weil er bei mir gelandet war. Dass der Vergleich zwischen uns abscheulich war. Ich versuchte, ruhig durchzuatmen. Ihre Finger fummelten nervös am Saum ihres T-Shirts herum, genau wie die ihrer Tochter.

»Es war nicht gerade leicht«, gab ich zu. »Ich muss dir gestehen, Bella, dass ich, als ich zum ersten Mal von dir und Stacey gehört habe, euch am liebsten auf dem Scheiterhaufen verbrannt hätte.«

»Das kann ich verstehen«, sagte sie rasch. »Das wäre mir ebenso gegangen.«

»Und war es so ... hast du dasselbe gefühlt? Als du gehört hast, dass er mich geheiratet hat. Und du standest da mit seinem Kind auf dem Arm.«

Sie kniff die Augen zusammen und schaute in Richtung der wilden Hügellandschaft, die weiten Grasflächen mit den verstreut stehenden dichten Farninseln, noch immer dunkelgrün und unberührt durch den Herbst, als wollte sie dort nach der Wahrheit suchen.

»Nein«, sagte sie langsam. »Ich habe dich nicht gehasst, weil ich wusste, dass dein Anspruch auf Ant der rechtmäßigere war, im Vergleich zu meinem. Ich war diejenige, die sich dazwischengedrängt hatte, der Kuckuck im Nest. Du warst seine Freundin. Die Tatsache, dass ich schwanger geworden war, hatte dabei nichts zu sagen. Das war unreif und dumm. Aber ... ich habe dich um die Geborgenheit eures Familienlebens beneidet. Die ich nicht hatte. Ich musste kämpfen.« Sie setzte sich auf die wackelige Bank.

Ich setzte mich neben sie. »Was ist passiert?«

»Als ich erfuhr, dass ich schwanger war, bin ich nach Hause gefahren. Habe Oxford verlassen. Das schien mir damals das Naheliegendste zu sein. Ich hatte Angst.«

»Vor deinen Eltern?«

»Nein, nein, mein Dad war einfach fantastisch zu mir. Er war schockiert, hat aber toll reagiert. Meine Mutter ist gestorben, als ich noch ganz klein war, sodass er mich alleine großgezogen hat. Er arbeitet in der Vodafone-Fabrik unten in Sutherton. Du weißt schon, in der Nähe des Hafens, ja?«

»Nein, das kenne ich nicht.«

»Er hatte schon ein kleines Mädchen alleine großgezogen, und plötzlich stand er mit noch einem da. Aber er hat es einfach so hingenommen. Ist mit seinen Aufgaben gewachsen und hat mir alle Unterstützung gegeben, die ich brauchte. Stacey und ich haben die ersten sechs Jahre bei ihm gewohnt. Ich meine, es war ja ohnehin mein Zuhause. Ich war ja erst achtzehn, als es passiert ist.«

»Das mit Oxford muss eine große Enttäuschung für ihn gewesen sein, oder?« Ein Fabrikarbeiter. Seine einzige Tochter. Schön und auch noch blitzgescheit. Eine klare Sache.

Sie lächelte. »Ja, nicht wahr, das könnte man erwarten. Ich, als einziges Kind, das es aus unserer winzigen Sozialwohnung bis in die heiligen Hallen von Oxford schafft und dann von einem Professor geschwängert wird. Die meisten Väter hätten sich auf den Weg gen Süden gemacht, die Ärmel hochgekrempelt und ein Hackebeil geschwenkt, aber er ist ein bemerkenswerter Mann, mein Dad. Er stand voll und ganz hinter mir, als ich beschlossen habe, nicht abzutreiben. Er konnte den Gedanken auch nicht ertragen. Er hat gesagt, dass am Ende des Tages ein Menschenleben doch wichtiger und weitaus bedeutender ist als ein Diplom oder jede einträgliche Karriere, die es mir möglicherweise eröffnet hätte. Und da muss er doch einfach recht haben, oder?«

Ich folgte ihrem Blick zu ihrer Tochter, Anastasia, hinüber, die mit Anna und Ant auf der Terrasse sprach und jedes Mal errötete, wenn Ant sie ansprach, die Augen fest auf die Sandsteinplatten geheftet; älter als Anna, aber nicht so selbstsicher, sondern furchtbar schüchtern. Ganz und gar nicht der Fotomodell-Typ, den ich erwartet hatte.

»Ja, da muss er einfach recht haben.«

»Und er glaubt fest daran, dass sich am Ende alles immer zum Rechten fügt.« Sie veränderte die Stimmlage, um den dialektgefärbten Bass ihres Vaters zu imitieren. »Wirst sehen, am Schluss wird alles gut, meine Kleine«, sagte sie lächelnd.

»Und er hatte recht, so ist es gekommen«, sagte ich langsam. »Deine Bücher …«

Sie zuckte die Schultern. »Sind entstanden, weil ich nicht in einer Bank arbeiten und Stacey in die Kinderkrippe geben wollte, genau. Und die haben all das hier ermöglicht. Und es macht mir Spaß.«

»Bestimmt ist er sehr stolz.«

Sie lächelte. »Er platzt fast vor Stolz. Ihr werdet ihn heute Abend kennenlernen. Er kommt zum Abendessen.« Sie warf mir einen besorgten Blick zu, als wollte sie sehen, ob das in Ordnung wäre.

Ich lächelte. »Ich würde ihn gerne kennenlernen.«

Ich wollte fragen, ob es außer ihrem Vater noch einen anderen Mann in ihrem Leben gab. Es musste ihn geben, sie war so eine liebenswerte Frau. Ich überlegte gerade, wie ich das Thema anschneiden sollte, ohne zu aufdringlich zu werden, aber die anderen kamen jetzt zu uns herübergeschlendert. Anna, die, wie ich sehen konnte, übers ganze Gesicht strahlte, plapperte unentwegt, Stacey dagegen hielt den Blick noch immer auf den Boden gerichtet, allerdings lächelte sie dabei. Und Ant ... oh, Ant. Wie eine große, blasse Osterglocke, den Kopf gebeugt, aber mit einer Miene, als würde sein Herz gleich platzen, schaute er mit leuchtenden Augen auf und suchte nach meinen, plötzlich besorgt, als wollte er sagen – ist alles okay? Wird alles gut werden? Geht es *dir* gut, mein Schatz? Und wieder hatte ich diesen vermaledeiten Kloß im Hals, als ich ihm rasch zunickte und lächelte. Ja, es geht mir gut. Uns geht es gut. Alles wird gut.

21

Die Atmosphäre beim Essen an diesem Abend widerlegte die weitverbreitete Auffassung, dass man Fröhlichkeit nicht erzwingen kann. Dabei war erzwingen vielleicht ein allzu starker Ausdruck, weil keiner den Versuch machte, sie johlend und kreischend an den Haaren herbeizuziehen, und weil das Wort Fröhlichkeit schwindelnde Höhen von Hochstimmung impliziert, die wir nicht unbedingt erreichten, aber wir bemühten uns alle nach Kräften, dass der Abend ein Erfolg wurde, und es gelang uns durchaus.

Wir aßen in der Küche. Es gab auf der Vorderseite des

Hauses tatsächlich ein winziges, dunkelrot gestrichenes Esszimmer, aber Bella fand es zu formell und behauptete, dass die Leute dann immer weit höhere Ansprüche ans Essen stellten. Als sie sich hinabbeugte, um einen Auflauf aus dem Ofen zu nehmen, den sie mit einem besorgten Blick musterte, der mir sehr bekannt vorkam, obwohl der meine in solchen Situationen meist ängstlich zu nennen war, vertraute sie mir an, dass sie das Esszimmer noch nie benutzt hatte und das Essen immer in der Küche servierte, wenn sie Gäste hatte, was ohnehin selten vorkam. Beim Tischdecken spielte ich mit dem Gedanken, sie zu fragen, wen sie denn genau bei diesen seltenen Gelegenheiten zum Essen einlud, aber noch bevor ich eine passende oder selbst eine unpassende Gelegenheit gefunden hatte, diese Frage zu stellen, kam ihr Vater herein.

Er war ein Bär von einem Mann, der die kleine Küche, nachdem er sich durch die Tür gequetscht hatte, ganz auszufüllen schien. Seine sandfarbenen Haare streiften die Eichenbalken, obwohl er bereits den Kopf einzog. Schwitzend und mit hochrotem Kopf küsste er seine Tochter und seine Enkelin, die Arme voller Blumen, und platzte dabei fast aus seinem groben Tweed-Jackett, das mehrere Größen zu klein für ihn war. Obwohl ich sofort erkannte, woher die Körpergröße und die blonden Haare kamen, konnte ich doch ansonsten keinerlei Ähnlichkeiten feststellen, die feinen Gesichtszüge mussten von der Mutter stammen. Ant war den Mädchen nach drinnen gefolgt, und Bella schoss nun ebenfalls die Röte ins Gesicht, als sie uns vorstellen wollte. Ich merkte, dass sie unsicher war, wie sie es angehen sollte. Ihre Finger waren in den Saum ihres T-Shirts vergraben.

»Hi, ich bin Evie.« Lächelnd trat ich einen Schritt nach vorne und streckte die Hand aus. »Und das hier sind meine Tochter Anna und mein Mann Ant.«

Bella warf mir einen dankbaren Blick zu und murmelte: »Mein Dad Ted.«

Die beiden Männer schauten sich an und schüttelten sich die Hände, aber es war kurz und schmerzlos. Mit Schrecken wurde mir klar, wie schwer das für Ted sein musste, dem Mann die Hand zu schütteln, der seine achtzehnjährige Tochter geschwängert hatte, der Lehrer, dessen Aufgabe es gewesen war, das Kind in der Sprache der Dichter zu unterrichten, ihr etwas über Paarreime und jambische Pentameter beizubringen und nicht über die Sprache der Liebe. Trotz Bellas gegenteiliger Behauptungen musste er ihn dafür gehasst haben. Und dabei war es unmöglich, Ant zu hassen. Alle sagten immer, wie freundlich und klug er sei, was für ein sanfter Mann – so wurde er oft beschrieben. Ich sah, wie Ant ebenfalls die Röte ins Gesicht stieg in diesem Augenblick der ... nun, der Schande. Wieder etwas, womit er nicht gerade vertraut war, weil er selten der Schuldige war. Ich war diejenige, die verstohlen schon wieder mit einer Nicole-Farhi-Tüte die Treppe hinaufrannte, um sie dort rasch unter dem Bett zu verstauen. Ich war diejenige, die mit rotem Gesicht und schweißnassen Händen aus dem Supermarktparkplatz fuhr in dem Bewusstsein, dass ich beim Zurücksetzen wieder einmal ein anderes Auto gerammt hatte, nur um zehn Minuten später zurückzurasen, um doch einen Zettel an der Windschutzscheibe zu hinterlassen, aber dann feststellen zu müssen, dass das Auto bereits fort war. Oh, mein Leben war eine einzige lange Schuldgeschichte, aber doch nicht das von Ant. Plötzlich erwachte mein Beschützerinstinkt für ihn.

»Was für schöne Blumen!«, sagte ich, um die Situation zu unterbrechen, und griff einen Krug von der Mitte des Tisches. »Soll ich sie für dich ins Wasser stellen, Bella?«

»Die sind für Sie, meine Liebe«, warf Ted ruppig ein

und reichte sie mir. »Ich weiß ja, Sie schlafen hier, und da dachte ich, Sie könnten sie in Ihr Zimmer stellen.«

»Oh. Vielen Dank.« Ich war vollkommen verblüfft.

»Nein, wir haben zu danken. Sie haben es sich verdient, mit dem, was Sie hier und heute für uns getan haben.« Seine blassblauen Augen unter den hellen Augenbrauen schienen fast überzulaufen. Gerührt nahm ich die Blumen entgegen und spürte dabei, dass eine Reihe von Augenpaaren auf mich gerichtet war. Mir war klar, dass er das ganz bewusst so inszeniert hatte, und obwohl es mir peinlich war, war ich auch dankbar.

»Also, das sind meine absoluten Lieblingsblumen. Ich liebe Lilien.« Ich vergrub meine Nase in den Blüten, da ich plötzlich nicht mehr weiterwusste.

»Wie wär's mit einem Drink, Dad?« Bella streckte den Arm aus, um eine Flasche Wein aus dem Regal über dem Kühlschrank zu nehmen.

»Gerne, Liebes. Hier, lass mich das machen.« Er holte die Flasche für sie, während Ant, der ebenfalls hinzugetreten war, um zu helfen, dumm dastand. »Aber vielleicht nehm ich auch erst mal ein Bier, um den ersten Durst zu stillen.« Er lockerte seinen Schlips. »Puh, heiß hier drin, was?« Er warf einen Blick auf Ant in seinem offenen Hemd und hatte im Nu die offensichtlich ungewohnte Krawatte samt Jackett abgelegt. Er krempelte sich die Hemdsärmel auf, und ich sah, wie Anna beim Anblick seiner Tattoos fast die Augen aus dem Kopf fielen.

»Das kommt vom Ofen«, erklärte Bella, und ich stellte fest, wie schwach ihr Akzent war gegenüber dem ihres Vaters, der sich in Tonfall und Satzbau als waschechtes Nordlicht zeigte. »Der strahlt so viel Hitze ab.«

Er öffnete den obersten Hemdknopf. »Jaja, und das für die viele Kohle. So viel teures Eisen, nur um einen Eintopf zu kochen. Viertausend hat der gekostet!« Er wandte sich voller Staunen zu mir. »Und dabei ist er nur zweite Wahl!«

»Ich weiß«, pflichtete ich ihm bei. »Wir haben auch einen, muss ich gestehen.«

»Warum?« Er schaute mich ehrlich verblüfft an. »Für viertausend kann man schon ein Auto kaufen, aber ein verdammter Ofen ...?«

»Hier, Dad.« Bella reichte ihm sein Bier, offenbar in der Absicht, ihn vom Thema Geld abzulenken, das ja leider in diesem Teil der Welt ein beliebtes Gesprächsthema war.

Stacey war inzwischen etwas aufgetaut. Sie schien ihren Großvater sehr zu lieben, und sie zeigte ihm Annas Armbänder von Accessorize und dann ihre eigene klimpernde Sammlung an ihrem Handgelenk. »Die gleichen, Granddad, siehst du? Wir haben sie getrennt gekauft und genau die gleichen ausgesucht. Voll komisch, oder?«

Er kippte die Hälfte seines Bieres mit einem durstigen Schluck nach hinten, wobei sein gewaltiger Bauch den Knöpfen an seinem Hemd einiges abverlangte, und er rief: »Nein, wirklich mein Schätzchen, habt ihr das! Und was das für ein billiger Kram ist.«

Er brüllte vor Lachen, und sie gab ihm einen Klaps mit dem Handrücken. »Granddad!«

»Na also, knallgrün und rosa, ich bitte euch. Was habt ihr beide bloß für einen grausamen Geschmack!« Er schaute von der einen zur anderen und neckte sie mit den Augen, aber sein Blick war auch aufmerksam, während er meine Tochter, diese Halbschwester von Stacey, betrachtete. Ich fragte mich, was er wohl sah. Nein, ich wusste, was er da sah. Die erstaunlichen Ähnlichkeiten: das breite Lächeln, die hohen Wangenknochen, und dann, als Anna etwas sagte, ihren gebildeten Oxford-Tonfall, der sich von dem lokal geprägten seiner Enkelin unterschied, die Haltung, das selbstsichere Auftreten, wie man beides mit einer teuren Schulbildung erwerben konnte, während sie erklärte: »Das ist der neue Stil. Kitsch ist die neue Avantgarde.«

»Ach nein, wirklich!«, staunte er, aber man merkte, dass er beeindruckt war. Sein Blick wanderte zu Ant hinüber: Noch mehr Hirn und mehr blondes Haar, das fehlende Glied in der Kette, um das Bild zu vervollständigen, und ich sah, wie Ted nun nachdenklicher an seinem Bier nippte und einen Augenblick brauchte, um die Herkunft zu verarbeiten, den Gen-Pool, der seine Enkelin bestimmt hatte.

Der Abend nahm seinen Lauf. Und das ließ sich auch für den Alkoholkonsum sagen, denn Bella hatte vergessen, das Gemüse aufzusetzen, wodurch sich die Cocktailstunde noch verlängerte, und außerdem waren wir alle nervös. Und so kam es, dass ich, bis das Essen schließlich auf dem Tisch stand, bereits ordentlich angeheitert war. Der Tisch war eine lange, dünne Eichenbohle, und damit wir nicht meilenweit auseinandersaßen, hatte Bella jeweils drei auf jede Seite gesetzt, zunächst Ted und mich gegenüber, dann die Mädchen, dann Ant und Bella. Es war die naheliegende Sitzordnung: Ich konnte wohl kaum bei Ant sitzen, ebenso wenig wie Bella bei ihrem Vater, aber da die Mädchen sich angeregt über den Tisch hinweg unterhielten, entwickelten sich schließlich drei unabhängige Gespräche. Und ich verstand mich wunderbar mit Ted, der wie Gulliver wirkte auf seinem winzigen Stuhl, über dessen Seiten sein massiger Körper hinausquoll. Seine Stimme dröhnte laut, während er vor allem über seine Tochter sprach und darüber, dass alle seine Arbeitskollegen ihre Bücher kauften und sie ihm andauernd unter die Nase hielten, damit er sie von ihr signieren ließ.

»›Hey, Ted. Kann dein Mädel das hier für unsere Sandra signieren? Sie liebt die Bücher einfach, legt sie nicht aus der Hand. Genau wie meine Frau!‹«

Ich lächelte. »Sie müssen sehr stolz auf sie sein.«

Seine Augen füllten sich mit Tränen, und er griff nach seinem Glas. »Sie ahnen ja gar nicht, wie, Mädchen.« Seine Unterlippe zitterte unwillkürlich. »Sie ahnen es nicht.«

Und damit kippte er ein weiteres Glas Wein, sein Gesicht war schon purpurrot, und meine Augen füllten sich ebenfalls mit Tränen – warum eigentlich? –, während ich ebenfalls ein Glas kippte, zur moralischen Stärkung, aus Mitgefühl, um Mut zu schöpfen.

Die Mädchen hatten es trickreich geschafft, ihre Gläser ebenfalls zu füllen, während wir nicht aufgepasst hatten, und kreischten und kicherten sich über den Tisch an, offensichtlich ziemlich angeheitert, während Ant und Bella am anderen Ende des Tisches in ein ruhigeres Gespräch vertieft waren. Ich strengte mich an zu lauschen, während ich gleichzeitig vorgab, Ted zuzuhören, der mir gerade erzählte, dass ein Literaturclub in seiner Nachbarschaft, gleich um die Ecke sogar, eines von Bellas Büchern ausgewählt hatte und dann – kaum zu glauben – ein paar Monate später, weil sie das erste so toll fanden, gleich noch eins ausgesucht habe! Ich nickte und lächelte und gab bewundernde Laute von mir, und dabei spürte ich, wie eine Hand in mich hineingriff und mein Herz zusammendrückte. Worüber redeten die beiden? Ich hörte Staceys Namen. Ja, natürlich. Ihre Tochter. Ihre *Tochter*. Plötzlich wurde mir bewusst, wie seltsam das war. Ich stürzte mich auf mein Glas. Gott, das konnte alles nicht wahr sein. Was tat ich hier? Kein Wunder, dass Ted mir Blumen mitgebracht hatte, kein Wunder, dass Caro – ausnahmsweise – mal voller Bewunderung für mich gewesen war. War ich verrückt geworden? Vollkommen durchgeknallt? Oder einfach nur dumm? Ich spürte mich selbst schwanken, dachte, dass ich jeden Augenblick aufstehen würde, um zu verkünden: »Tut mir leid, ich kann das so nicht.« Und hinausrennen. Ich beruhigte mich wieder, während Ted weiterplapperte. Nein. Es war richtig so. Der richtige Weg vorwärts. Der einzige Weg vorwärts. Und ich würde es schaffen.

Aber ich brauchte ein wenig Hilfe. Ich griff nach der Weinflasche und schenkte Ted nach – wie unhöflich, wenn ich nicht mitgetrunken hätte –, und als Ant und ich schließlich die Treppe hinaufstiegen in das hübsche Gästezimmer, ich gefährlich mit der Vase voller Lilien in der Hand, war ich hackedicht.

»Sind sie nicht wunderschön, Ant? Meine Blumen?«, fragte ich mit allzu lauter Stimme. Ich ging quer durchs Zimmer, verschüttete Wasser auf den Teppichboden und stellte sie unsicher auf die Kommode direkt neben eine Vase mit Rosen, die Bella bereits dort hingestellt hatte. Ich blinzelte überrascht. »Meine Güte. Sieht ja aus wie in einem Blumengeschäft. Oder wie in einem Bestattungsinstitut!«

Aus unerfindlichen Gründen fand ich das unglaublich komisch. Kichernd stolperte ich im Raum umher: »Bestattungsinstitut ...«, plapperte ich blöde vor mich hin, während ich gegen die Möbel stieß und eine Spur von Kleidern hinter mir fallen ließ. Ant stand in Boxershorts im Gästebad und putzte sich in aller Seelenruhe die Zähne. Ich blieb im Türrahmen stehen, um ihn zu betrachten. Ich schwankte, während ich ihn stirnrunzelnd musterte. Nicht besoffen, beschloss ich. Nein. Eigentlich ziemlich nüchtern. Trotzdem. Man konnte nie wissen. Ich schmiegte mich von hinten an ihn und schlang die Hände um seine Taille. Dann wiegte ich ihn sanft und sang ein wenig Rod Stewart in sein Ohr: »Tonight's the night ... it's gonna be all right ...«

Er lachte, befreite sich aus meinem Griff und wandte sich um, um meine Arme festzuhalten.

»Glaubst du?«

»Was?« Ich versuchte, sein Gesicht zu fixieren. »Tonight's the night? Oder: it's gonna be all right?«

Er grinste. »Im zweiten Punkt stimme ich dir eindeutig zu. Beim ersten bin ich mir nicht so sicher.«

Ich brauchte einen Augenblick, um mir darüber klar zu werden, was was war. Ich machte einen Schmollmund. Zog am Gummiband seiner Hose und ließ es schnalzen. »Spielverderber.«

»Ich weiß nicht, ob die Wände hier das aushalten.«

»*Wir könnten ja leise sein!*«, zischte ich ihm trunken ins Gesicht. »Und überhaupt«, ich schwankte, »hatten die im 19. Jahrhundert auch schon Ahnung vom Bauen und wussten, wie sie die Geräusche abschirmen konnten, wenn sie ihre Dingsda ... ihre Korsette aufgeschnürt haben. Schau dir nur diesen Brunel an! Mit seinen verdammten Brücken und so!« Ich machte eine Handbewegung zum Fenster hin, als stünden da draußen gleich ein paar davon, und schloss dann die Augen, um Ant zu küssen. Ein Fehler.

»Scheiße«, keuchte ich und schaukelte plötzlich auf dem Absatz nach hinten. »Mir dreht sich der Kopf.« Ich hielt den Missetäter umklammert. »Nurofen, Ant. Schnell.«

Er machte sich daran, im Badezimmerschrank zu suchen, der, wie es sich für ein Gästebad gehörte, natürlich leer war.

»In meiner Tasche«, stöhnte ich und stolperte ins Schlafzimmer zurück, um mich dort aufs Bett zu setzen.

Er fand sie. Dankbar trank ich aus dem Glas mit Wasser, das er mir an die Lippen hielt, und schluckte die Pillen, dann ließ ich mich auf die Kissen betten und zudecken.

»Schlaf jetzt«, sagte er bestimmt und richtete sich auf. Er verschwamm vor meinen Augen.

»Meinst du?«, murmelte ich zweifelnd. »Ganz ohne Sex?«

»Ganz klar.«

Ich schloss die Augen und dachte kurz darüber nach. »Okay.« Und kurz bevor ich das Bewusstsein verlor, flüsterte ich noch heiser: »Ich habe das aber gut hingekriegt, Ant, oder? War ich gut?«

Er küsste mich auf die Lippen. »Du warst sehr gut.«

Am nächsten Morgen wachte ich mit entsetzlichen, furchtbaren Schmerzen auf. Mein Kopf war in noch schlimmerem Zustand als am Abend zuvor, und mein Mund hing lose in den Angeln und wollte einfach nicht mehr zugehen, starke Austrocknungstendenzen machten sich bemerkbar. Ich fühlte mich wirklich ganz außerordentlich krank. Nach ein paar Minuten gelang es mir, ganz vorsichtig die Augen zu öffnen. Ich blinzelte ins Licht, das durch die dünnen Vorhänge strömte, und schloss die Augen wieder. Oh Gott. Ich stöhnte, drehte mich um und öffnete sie wieder, um einen Blick auf die Uhr zu werfen. Zehn Uhr. Zehn Uhr! Himmel, wie spät. Nach einer Weile setzte ich mich auf. Ants Seite des Bettes war leer, die Decke zurückgeschlagen. Waren sie alle unten beim Frühstück? Warteten auf mein Erscheinen?

Ich stolperte aufs Klo, fand noch mehr Nurofen in meiner Tasche und schluckte sie runter. Dann zog ich mich an und räumte gleichzeitig die Klamotten vom Vorabend auf. Dabei musste ich mich mit geradem Rücken nach allem bücken, ohne mich nach vorne zu beugen, um Schwindelanfälle zu vermeiden.

Ich setzte mich hin und warf einen Blick in den Spiegel am Frisiertisch. Was für ein Schock. Mein Gesicht sah aus, als hätte mich jemand geschlagen, und mein normalerweise welliges Haar lag wie angeklebt mit einem Mittelscheitel auf meinem Kopf wie bei einem alternden Hippie. Fehlte nur noch die Gitarre. Ich kämmte mich und versuchte, es ein wenig aufzuplustern, aber vergeblich. Ich gab es auf, erhob mich und tappte auf den Treppenabsatz hinaus, wobei ich mich an den Möbeln entlanghangelte. Der Gedanke an Frühstück verursachte mir Übelkeit, aber glücklicherweise konnte ich nichts riechen. Vielleicht gab es keine Spiegeleier mit Schinken? Vielleicht war das hier eher ein Cornflakes-und-Müsli-Haushalt wie meiner. Und vielleicht konnte ich der Form halber zumindest ein Weetabix runterwürgen. Ich schluckte. Hielt mir die Hand vor den Mund. Vielleicht doch lieber nicht.

Als ich gerade nach unten gehen wollte, warf ich noch einen Blick zurück und stellte fest, dass ich die Schlafzimmervorhänge noch nicht zurückgezogen hatte, was ein bisschen schlampig wirkte. Also watschelte ich zurück und zog sie mit Schwung zur Seite, und da sah ich sie. Hinten im Garten auf der kreisförmigen Bank um den Kirschbaum. Bella und Ant. Und warum auch nicht, dachte ich, als meine Hand nichtsdestotrotz an meinen Mund fuhr. Instinktiv duckte ich mich hinter den Vorhang. Warum sollten sie nicht dort sitzen und sich unterhalten – ich warf noch einen vorsichtigen Blick um den Vorhang herum – über das, was all die Jahre geschehen war und über Stacey ... ihre Bewerbungsgespräche in Oxford und Cambridge ... und was sonst noch alles war ... warum also hatte ich solches Herzklopfen? So wild und schnell?

Fasziniert beobachtete ich die beiden von meinem Versteck hinter dem Vorhang. Sie hatten die Köpfe nahe beieinander, und beide beugten sich konzentriert nach vorn, die Hände auf den Knien gefaltet, fast wie im Gebet. Offenbar ganz ins Gespräch vertieft. Aber ich konnte nicht wirklich erkennen, wer da die ganze ... Ich warf einen Blick zurück auf unseren offenen Koffer. Ants Vogelbuch und sein Fernglas steckten in der Seitentasche. Ich beugte mich vor und griff nach dem Fernglas. Dann kniete ich mich vor die Fensterbank und versuchte, es scharf zu stellen. Ich hatte das Ding noch nie zuvor benutzt ... ach, so ging das ... an den Knöpfen rumdrehen, und schon ... wow, erstaunlich. Es war, als wenn die beiden direkt vor mir säßen, riesengroß und wunderbar klar. Ants Kopf war leicht geneigt, während er Bella konzentriert zuhörte. Sie schien mühsam etwas erklären zu wollen, offenbar ein Monolog, ihre Lippen bewegten sich rasch, gelegentlich fuhr sie mit der Zunge darüber. Ant blickte sie unverwandt an, nickte gelegentlich und dann sagte er etwas ... und sie antwortete ihm – wie sehr hätte ich mir ein Mikrofon an diesem Ding hier gewünscht –, und dann schauten sie sich einen Augenblick an, ohne etwas zu sagen. Und während sie sich anschauten, fiel ihr eine Haarsträhne in die Augen. Sanft und mit einer unerträglich liebenswerten Geste streckte Ant die Hand aus und strich ihr die Strähne hinters Ohr.

»Oho, gibt's hier was zu sehen?«

Ich fuhr erschreckt herum. Die massige Gestalt von Bellas Vater füllte den Türrahmen.

»Oh!« Ertappt. Ich rappelte mich auf. Ließ das Fernglas fallen. »Oh, nein, das heißt doch – ich habe Vögel beobachtet!«

»Ach wirklich? Das gefällt mir! Eine Frau, die sich für Vogelbeobachtung interessiert. Ich komme hier auch manchmal rauf, um genau das zu tun. Mein Fernglas habe ich auch immer dabei.« Dabei klopfte er auf die schwarze Reisetasche, die er bei sich trug, und durchquerte den Raum mit ein paar Riesenschritten. »Und, was haben Sie gesehen, meine Liebe?« Er schaute interessiert aus dem Fenster. »Einen Roten Milan? Davon gibt's hier ein paar, die über den Baumwipfeln da hinten kreisen.«

»Ja«, krächzte ich schließlich. »Ja, da war einer ... da hinten ... aber er ist weggeflogen.«

»Wo?« Er hob das Fernglas vom Boden auf und hielt es sich gespannt vor die Augen. Ich deutete weit nach oben in den Himmel, ganz in die rechte obere Ecke möglichst weit weg vom Kirschbaum. Himmelwärts. Aber er senkte das Glas nun doch dahin, wo die Action war. Er schaute lange hin. Setzte das Fernglas mit ernster Miene ab.

»Meise«, murmelte er.

Meise? Ich zuckte zusammen. Wer hatte hier eine Meise? Meinte er mich oder sie?

»Irgendeine Meise. Vermutlich eine Haubenmeise. Die findet man hier viel, aber ich glaube weiter südlich nicht so sehr. Man kann die gelbe Unterseite erkennen, sehen Sie?«

Er reichte mir das Fernglas zurück. »Im Kirschbaum, gleich hinter Ihrem Ant. Sehen Sie's?« Ich war dankbar für das besitzanzeigende Fürwort vor dem Namen meines Mannes und für seine leitende Hand, aber meine Hände waren schweißnass und so konnte ich durchs Fernglas alles nur verwackelt und verschwommen sehen.

»Ja, jetzt sehe ich es«, hauchte ich. »Sehr hübsch. Schön.«

»Jaja, und genau das müssen wir im Auge behalten, stimmt's?«, sagte er sanft. »Die schönen Vögel.« Sein freundlicher Blick hielt mich für einen Moment fest, um dann wieder aus dem Fenster zu schweifen. »Aber halten Sie nur weiter die Augen offen nach dem Roten Milan. Das ist wirklich ein seltener Anblick.«

»Das werde ich ganz bestimmt«, flüsterte ich.

»Man hat ihn ja gerade erst wieder ausgewildert.«

»Ach wirklich?«

»Ja, aber das wissen Sie doch sicher!«

»Natürlich! Wie dumm von mir, habe ich vergessen.«

»Jaja, es ist sogar so, wenn ich mich recht erinnere, dass bei Ihnen unten mehr freigelassen wurden als hier oben bei uns. Sie sind doch in den Chiltern, oder? Da unten in Oxfordshire?«

»Ich glaube schon.«

Er warf mir einen verwunderten Blick zu. »Na, genau da sind die doch alle, Sie Dummerchen!« Er versetzte mir einen freundschaftlichen Knuff, der mich quer durchs Zimmer schleuderte und mir fast den Ellbogen auskugelte. »Sie sind mir vielleicht eine Vogelbeobachterin!«

Ich stieß ein hohes, hyänenhaftes Lachen aus. »Hihi! Ja, ein hoffnungsloser Fall!« Ich hielt mich an der Kommode fest.

»Also, jedenfalls, meine Liebe«, er richtete sich auf, fast in Hab-Acht-Stellung, sodass sein Kopf die Decke streifte. »Ich fahre jetzt. Bin nur kurz hochgekommen, um mich zu verabschieden. Dachte, Sie wären inzwischen wohl aufgestanden.«

»Ja, ich ... ich habe ein bisschen verschlafen. Aber schön, dass Sie gekommen sind. Auf Wiedersehen, Ted.« Ich ging zu ihm, um ihn auf die Wange zu küssen, aber er hatte mich bereits in eine dicke Umarmung eingeschlossen und ich wurde fest an seine Brust gedrückt, die Arme an die Seite gepresst.

»Auf Wiedersehen, meine Liebe«, polterte er. »Ich bin mordsfroh, dass wir uns kennengelernt haben. Wirklich. Alle zusammen.« Ich konnte nicht atmen. Meine Augen drückten gegen sein Hemd.

»Ich auch!«, stieß ich hervor, nachdem er mich schließlich losgelassen hatte.

Und dann war er weg – raus aus dem Zimmer, die

Treppe hinunter, zweifellos, um sich auch von den anderen zu verabschieden. Ich sah, wie er unten auftauchte und durch die Terrassentür in den Garten hinaustrat; sah, dass Ant und Bella aufstanden, als er mit der Tasche in der Hand auf sie zuging, um ihm Auf Wiedersehen zu sagen. Und er sah nichts Besonderes darin, der tolle Ted, wie ich ihn im Stillen nannte, dass die beiden da zusammen unter dem Baum saßen, und sie standen auch nicht plötzlich auf, als hätte man sie ertappt. Ich sah zu, wie Ant ihm die Hand schüttelte und Bella ihn dann zum Abschied umarmte. Wie ich ihn beneidete. Ich hielt das Fensterbrett umklammert. Ich wollte ebenfalls gehen, wünschte von ganzem Herzen, weit, weit fort von hier zu sein. Der Blick, als Ant Bella angeschaut und ihr die Haarsträhne zurückgestrichen hatte, war mir mitten durchs Herz gegangen. Er sprach Bände. Weil ich Ant kannte. Weil ich wusste, dass ihm solche kleinen Gesten nicht so leichtfielen. Dieser Mann, dieser tolle, tatkräftige Ted, der mich so überraschend an seine Brust gedrückt und der mich ermahnt hatte, ich sollte nicht zu viel in die Situation hineinlesen, hatte unrecht. Er war ganz offensichtlich ein Mann, der die Leute umarmte und sie berührte, aber doch nicht mein Ant.

Ohne weiter darüber nachzudenken, schoss ich ins Badezimmer, warf meine Zahnbürste und Gesichtscremes in meine Handtasche und ging nach unten. Ant und Bella kamen zusammen mit Ted durch den Garten seitlich am Haus vorbei zu seinem Wagen geschlendert. Sie sahen mich und blieben stehen. Winkten.

»Hallooo!«, rief Bella.

»Hi!«, rief ich zurück.

»Hast du gut geschlafen?«

Ich stolperte über den Rasen auf die anderen zu. »Sehr gut, danke.«

Sie hielt die Hand über die Augen zum Schutz vor

der Sonne. »Die Mädchen wollten dich eigentlich wecken und dir eine Tasse Tee bringen, aber ich habe ihnen gesagt, dass du bestimmt lieber ausschlafen würdest. Jedenfalls würde ich das wollen!«

»Ja! Ganz richtig.«

Sie sah, wie ich nicht umhin konnte zu bemerken, ganz besonders hübsch aus in einem weißen Top im Landhausstil, einem Volantrock aus Jeansstoff und knautschigen Veloursflederstiefeln. Wie zart und schlank ihre Beine daraus hervorragten.

»Äh, und wo sind die Mädchen jetzt?«

»Ach, die sind gleich nach dem Frühstück mit dem Bus in die Stadt gefahren. Stacey wollte Anna ein bisschen herumführen und irgendwo eine heiße Schokolade trinken und ein bisschen im Topshop herumstöbern. Ich hoffe, du hast nichts dagegen?«, fragte sie plötzlich ängstlich.

»Oh, nein, ganz und gar nicht. Ich dachte nur ...«

»Ist alles in Ordnung, mein Schatz?« Ant machte ein besorgtes Gesicht, so als würde er sich nach dem Wohlergehen einer alten, unverheirateten Tante erkundigen, kam es mir vor.

»Nein, nicht ganz. Caro hat mich gerade angerufen«, schwindelte ich.

»Oh?«

»Leider ist jemand krank geworden.«

»Mein Gott, wer denn?«

Es konnte nicht einer der Cousins sein. Ich benutzte nie, niemals eines der Kinder als Vorwand. Jedenfalls nicht mehr. Nicht, nachdem ich Anna einmal vorgeschoben und behauptet hatte, sie sei krank und dass wir deswegen nicht mit Ants Furcht einflößendem Fachbereichsleiter und dessen ebenso furchterregender, damenbärtiger Ehefrau essen gehen könnten. Und dann war sie schon am nächsten Tag – wirklich gleich am *nächsten*

Tag – so krank geworden, mit hohem Fieber und heftigen Kopfschmerzen, dass ich überzeugt war, es müsste eine Gehirnhautentzündung und eine Strafe Gottes sein, und ich war eilends mit ihr zum Arzt gefahren, das Herz schlug mir bis zum Hals, Annas Kinn auf ihre Brust gedrückt, was ich ihr noch tagelang abverlangte ... nein, kein Kind als Vorwand.

»Es – es ist Hector.«

»Hector?«, fragte Bella stirnrunzelnd.

»Oh, Gott sei Dank. Nur das Pferd«, erklärte Ant.

»Ja, aber es geht ihm wirklich schlecht«, drängte ich. »Er hat die ganze Nacht gespuckt, und Caro macht sich solche Sorgen.«

»Können sich Pferde denn übergeben?«, überlegte Ant laut.

Es folgte ein Augenblick des Nachdenkens, während wir alle versuchten, uns zu erinnern, ob wir schon Pferde gesehen hatten, die still und leise am Straßenrand standen und kotzten. Hunde vielleicht, aber nicht ...

»Neee, meine Liebe, Sie meinen, eine Kolik!«, glaubte der tolle Ted und warf sich heroisch für mich in die Bresche.

»Genau, das ist es! Eine ganz schlimme Kolik. Er könnte daran sterben. *Stirbt* gerade daran. Ich muss hinfahren, Ant.«

Ant kratzte sich am Kopf. »Wirklich? Ich meine – gibt es irgendetwas, was du tun kannst? Bestimmt kann Caro am besten ... oder der Tierarzt ...«

»Oh ja, den Tierarzt haben sie schon gerufen, der war die ganze Nacht da, aber ich bin für ihn verantwortlich, versteht ihr.«

»Es ist eigentlich gar nicht unser Pferd«, erklärte Ant. »Wir haben es geliehen.«

»Oh, aber dann wird doch bestimmt der Besitzer ...«, warf Bella ein.

»Die dreht total durch«, stöhnte ich und erzitterte bei dem bloßen Gedanken, dass Camilla etwas von Hectors Kolik erfahren könnte, sei sie nun erfunden oder nicht. Ich fing an, meine eigene Lüge zu glauben. Mir wurde ganz kribbelig vor Schreck. »Sie ist ganz verrückt nach ihm, versteht ihr. Sie bringt mich um. Ant, ich muss los«, sagte ich zitternd.

»Sie haben eine großartige Frau«, verkündete Ted plötzlich mit heiserer Stimme. Sein Arm umfing meine Schultern. Er drückte zu und brach sie ganz sanft. »Eine großartige Frau. So warmherzig.« Oh Gott, ihm stiegen schon wieder die Tränen in die Augen. »So warmherzig. Und wenn es nur ein winziges Kätzchen wäre oder vielleicht eine Maus, dann würden Sie auch gehen, nicht wahr?« Er betrachtete mich voller Anteilnahme, mich, das lebende Abbild eines Franz von Assisi.

Ich wusste nicht, was ich sagen sollte. »Ja«, krächzte ich angesichts seiner tränenumflorten blauen Augen.

»Seht ihr?«, damit wandte er sich triumphierend zu den anderen.

»Dann fahren wir jetzt alle«, sagte Ant entschieden. »Ich will nicht, dass du alleine fährst, Evie. Ich rufe jetzt Anna an.« Er zog sein Handy aus der Tasche. »Und sage ihr, dass sie zurückkommen soll.«

»Nein!« Ich sah Bellas und auch Teds enttäuschtes Gesicht und hielt seine Hand fest. »Nein, sie wird so enttäuscht sein. Bleib hier, Ant. Ich nehme den Zug. Und sag Anna nichts davon, dass Hector so krank ist, sag einfach – dass er eine Erkältung hat oder so. Aber im Ernst, mein Schatz, ich kann das unmöglich alles Caro überlassen.«

Ted schaute mich jetzt verträumt an und war hingerissen von mir. Ant schien noch unentschlossen, aber ich merkte, dass er schon halb überzeugt war.

»Bestimmt gibt es Züge von Sheffield nach London, oder?«, fragte ich Bella, die bekümmert dreinschaute, die Hände in ihre Landhausbluse verwoben. Diese Fummelei würde mich langfristig verrückt machen, musste ich feststellen.

»Die gibt es, aber dann weiter nach Oxford ...?«

»Oh, das ist einfach, das habe ich schon tausend Mal gemacht. Direkt von Paddington. Von Paddington nach Oxford – einfach. Wo ist hier die Bushaltestelle?« Ich schaute mich um, als erwartete ich, dass eine freundliche Bushaltestelle ihr Schild an einer Stange über die Hecke biegen und mir fröhlich zuwinken würde. »Ich mache es genau wie die Mädchen.«

»Nein, nein ...«, hob Bella an.

»Ich bringe Sie hin«, sagte Ted knapp. »Ich wohne in der Stadt. Ich kann Sie fahren.«

»Oh, perfekt«, strahlte ich. »Vielen Dank. Und auch dir, vielen Dank.« Damit wandte ich mich an Bella. Jetzt lief ich auf vollen Touren, und nichts konnte mich noch aufhalten. Ich hatte alles in trockenen Tüchern und war so gut wie zurück in der Walton Terrace. »Du warst so wunderbar«, flötete ich, »deine Gastfreundschaft und alles.«

»Nein, nein, *du* warst wunderbar ...«

»Wir sind einfach alle wunderbar!«, trällerte ich, während ich erst sie und dann meinen Mann zum Abschied küsste in einer einzigen fließenden Bewegung voller Lächeln. »Und grüßt Stacey und Anna schön von mir«, gurrte ich und machte mich auf den Weg zu Teds Wagen vor dem Haus, sodass ihm nichts anderes übrig blieb, als mir zu folgen. »Tschüs, mein Schatz!«, sang ich Ant entgegen und winkte ihm betont fröhlich über die Schulter zu. »Bring meine Sachen einfach mit. Ich habe alles dabei, was ich brauche.«

»Evie.« Er hatte mich eingeholt und joggte besorgt neben mir her, während ich davoneilte. »Bist du sicher? Sicher, dass du nicht willst, dass ich mit dir komme?«

»Absolut.« Ich tätschelte ihm die Wange, als ich ins Auto stieg. So etwas hatte ich noch nie zuvor getan. »Bleib du nur bis Dienstag, so wie geplant, und ich fahre und kümmere mich um den guten, alten Hector. Verpasse ihm eine ordentliche – ich weiß nicht – Abreibung.« Damit zog ich die Tür zu.

»Okay«, sagte er zweifelnd, als Ted den Wagen anließ. Ich ließ die Fensterscheibe herunter, um ihm ein breites Lächeln zu schenken. »Wenn du wirklich ganz sicher bist ...«

»Natürlich bin ich das. Wirklich. Tschüssi, mein Schatz – viel Spaß noch!«

Und wir schnurrten davon, der tolle Ted und ich, während Bella und Ant nebeneinander auf der knirschenden Kieseinfahrt standen und uns unsicher hinterherwinkten. Das helle Morgenlicht strömte durch das Dach der gelb gekräuselten Birkenblätter über ihnen und warf ein zartes Muster auf ihre blonden Köpfe. Als sie außer Sichtweite waren und ich wirklich keinen Grund mehr zum Winken hatte, drehte ich mich zurück und lehnte den Kopf an Teds mit Lammfell bezogene Nackenstütze und schloss die Augen.

»Oh Gott, was für ein Albtraum«, flüsterte ich. »Was für ein einziger, entsetzlicher Albtraum.«

22

Glücklicherweise war Ted noch so damit beschäftigt, sich aus dem Fenster zu lehnen und seine eigenen Abschiedsworte zu rufen, dass er meinen Stoßseufzer gar nicht bemerkte.

»Gut.« Er lächelte, schaute nach vorne und rückte sich in seinem Sitz zurecht. Jetzt konnte es losgehen. Dann zog er den Sicherheitsgurt über seinen üppigen Leib und ließ ihn mit einem entschlossenen Klick einrasten. »Gut gelaufen. Da wird sie froh sein, unsere Bella. Sie war *so* nervös.«

»Das glaube ich.«

»Und das haben wir, wie gesagt, alles Ihnen zu verdanken. Sie haben es möglich gemacht.« Er ergriff meine Hand, drückte sie und schüttelte sie leicht.

»Unsinn«, murmelte ich abwesend, während wir die Straße entlangfuhren und ihren Windungen bis ganz den Hügel hinauffolgten. Ich war ganz schwach vor Erleichterung. Hatte das Gefühl, in allerletzter Minute in dieses hölzerne Pferd, diesen Streitwagen von Ted geschlüpft und mit ihm entkommen zu sein. Ich ließ den Kopf auf dem Polster zur Seite rollen und blinzelte zum Fenster hinaus. Ein himmlischer Morgen, mit Spuren von erstem Frost, von der Sonne vergoldet, und während wir aus dem Schutz des Tales herausfuhren, breitete sich die Landschaft kühl und geisterhaft weiß um uns herum aus, der Himmel so blau wie an der Costa Brava.

»Eine wunderbare Frau, Ihre Bella«, sagte ich schließlich, während ich mit halbem Auge den matten Glanz auf einem glitzernden Teich bewunderte.

»Oh ja, das ist sie.«

»Und sie sieht ja toll aus.«

Er schluckte und griff nach seinem Taschentuch. »Oh ja.«

Mein Gott, jetzt fing das schon wieder an.

»Ich wette, sie hat massenhaft Männer, die ihr nachstellen, oder?«

Er lächelte. Steckte sein Taschentuch wieder in die Tasche. »Sie ist nicht so.«

»Nein, nein. Ich meinte ja auch gar nicht, dass sie so ist. Aber bestimmt übt eine so tolle Frau wie sie eine Anziehungskraft auf Männer aus, auch wenn sie selbst gar kein Interesse hat.«

»Oh ja, sie hatte schon eine Menge Verehrer, wenn Sie das meinen.« Genau das war es, was ich meinte.

»Und gab es da auch welche«, bohrte ich neugierig weiter, »die sie interessiert haben? Sie wissen schon, mit denen sie sich getroffen hat?«

»Ja, schon, die letzten drei Jahre hatte sie einen Freund. Mike Hathaway, einen Rechtsanwalt hier aus Sheffield.«

»Oh.« Ich horchte erfreut auf. »Einen Rechtsanwalt. Das ist doch gut, oder?«

»Ja, Mike ist erfolgreich. Hat sich hochgearbeitet – kommt aus kleinen Verhältnissen –, sein Dad war Metzger. Hathaway's in Alshot.«

»Meine Güte, toll für ihn.« Dieser Mike gefiel mir. »Gut aussehend?«

»Den Frauen gefällt er.«

»Und warum war er dann nicht …? Ich meine, wir hätten ihn doch sicher kennenlernen können?«

»Sie haben sich vor sechs Monaten getrennt. Er ist gegangen.«

»Oh. Wie schade. Mochten Sie ihn?«

Er zuckte die Schultern. »Früher schon, aber jetzt nicht mehr. Jetzt würd ich ihm am liebsten eine reinhauen.«

Okay. Tja, hier in Yorkshire schien man die Dinge offenbar etwas anders zu regeln.

»Ja, natürlich. Aber vielleicht kommt er ja noch zurück? Vielleicht ist es nur ein Ausrutscher? Ich meine, drei Jahre sind eine lange Zeit – eine solche enge Bindung lässt man doch nicht einfach so hinter sich.«

Er wandte sich zu mir. »Er hat sie fallen gelassen. Und nein, er kommt bestimmt nicht mehr zurück.«

»Würde sie ihn denn zurücknehmen?«, fuhr ich unbeirrt fort. »Ich meine, rein hypothetisch?«

»Nein, jetzt nicht mehr.« Er warf einen Blick in den Rückspiegel, bevor er den Blinker setzte und auf die Fahrspur einer Schnellstraße einbog. Er schaltete das Radio ein und wollte damit vielleicht auch ein Zeichen setzen, dass diese kleine Unterhaltung hiermit beendet war. Wir fuhren eine Weile schweigend weiter, eingelullt von den sanften Klängen auf Classic FM.

»Ein netter Kerl, Ihr Ant«, bemerkte Ted, während die letzten Töne von *Clair de lune* verklangen.

»Ja, das stimmt.« Ich leckte mir die Lippen und holte tief Luft, um Mut zu schöpfen für meine nächste Frage. »Obwohl Sie vor siebzehn Jahren bestimmt anderer Meinung waren, oder?«

Er zuckte die Schultern. »Er war jung. Er hat einen Fehler gemacht. Das haben wir doch alle, oder? Und jetzt hat er es mehr als wiedergutgemacht. Er hätte sie ja auch fallen lassen können, oder? Aber das hat er nicht getan.«

»Nein, da haben Sie recht.«

»Und vergessen Sie nicht, dass er es damals nicht gewusst hat, nicht wahr? Er wusste nichts von Stacey. Wer weiß, was sonst vielleicht gewesen wäre?«

Meine Kehle war wie zugeschnürt. Was Ted hier ebenso ehrlich wie beinahe taktlos andeutete, war, dass Ant sich möglicherweise zu Bella und Stacey bekannt hätte. Möglicherweise? Nein, bestimmt, dachte ich mit Schrecken. Der ehrenhafte Ant. Ja, auf der Stelle. Und was wäre dann aus mir geworden? Ich wäre oben auf dem Regal mit dem alten Brot verschimmelt.

Schweigend fuhren wir weiter, beide ganz in Gedanken versunken. Wir verließen die Umgehungsstraße, schlängelten uns durch eine ausgedehnte, aber doch seltsam faszinierende Stadt mit überraschenden Gegensätzen von alter und neuer Architektur, nach denen selbst ich mir in meinem abgelenkten Zustand die Augen verrenkte, bis wir schließlich am Bahnhof vorfuhren.

»Danke, Ted.« Ich beugte mich zu ihm hinüber und küsste ihn auf die Wange.

»War mir ein Vergnügen. Und vergessen Sie nicht, ihn in der Senkrechten zu halten. Er darf sich nicht hinlegen, sonst verknoten sich seine Eingeweide.«

Ich starrte ihn eine lange Weile an. »Oh! Hector.«

»Genau. Mein Dad hat mir das gesagt bei Koliken. Er kannte sich mit Ponys aus.«

»Wirklich?« Wie erstaunlich. Oh, warte mal: »Grubenpferde?«

»Nee«, lachte er. »Er ist als Jugendlicher viel geritten. Vor allem auf der Jagd. Mein Großvater war Bauer.«

»Wirklich? Meiner auch.«

Als ich ausstieg, beugte er sich quer über den Sitz, um mir unter der Türöffnung hindurch zuzulächeln. »Sehen Sie? Was wir alles gemeinsam haben!«

Ja. Obwohl ich hoffte, dass es nicht noch sehr viel mehr wäre. Ich winkte ihm zum Abschied. Ich hatte genug von den Edgeworth/Hamilton-Familiengeheimnissen und von charmanten Brüdern oder Schwestern, die mit ihren hohen Wangenknochen und gewinnendem Lächeln und schüchternem Augenaufschlag à la Prinzessin Diana flüsterten: »Hi, ich bin Ants Nachwuchs.«

Durch glücklichen Zufall, der mir normalerweise nicht zuteil wird, wartete ein Zug Richtung Süden bereits, wie es schien, nur auf mich, bis ich mir eine Karte besorgt und atemlos an Bord gerannt war. Und dann geschah das kleine Wunder, dass in Gosport mit einer erbarmungslosen Effizienz, wie man sie normalerweise nur mit dem deutschen oder vielleicht noch dem schweizerischen Schienenverkehrssystem assoziiert, bereits ein Anschlusszug geduldig harrte, der mich nach Paddington brachte, von wo mich wiederum ein weiterer geradezu unheimlich pünktlicher Zug in Rekordgeschwindigkeit nach Oxford beförderte. Dadurch blieben mir letztendlich nur knappe vier Stunden, um mir darüber klar zu werden, warum ich so Hals über Kopf Yorkshire verlassen hatte, nur um dann zu der ebenso verblüffenden wie besorgniserregenden Erkenntnis zu gelangen, dass ich nicht nur übereilt und ohne nachzudenken gehandelt hatte, sondern auch noch unvorsichtig. Nachdem ich aus dem Zug gestiegen und dieser bereits wieder aus dem Bahnhof gefahren war, musste ich einen Augenblick auf dem Bahnsteig stehen bleiben und die Hand an die Stirn legen und mich fragen, was zum Teufel ich hier eigentlich tat. Da stand ich nun am Bahnhof von Oxford wie ein gealtertes Straßenkind, eine Handtasche im Arm mit nichts als einer Zahnbürste und zwei Tiegeln mit L'Oréal Revitalift für reife Haut, einmal für die Nacht und einmal für den Tag. Warum nicht auch noch eine hastig zusammengeknüllte Hose, Evie? Warum nicht gleich Nägel mit Köpfen machen? Und wovor hatte ich mich eigentlich gefürchtet dort oben in Yorkshire? Dass Ants latent vorhandene Gefühle für Bella aufflammen könnten oder alle möglichen unattraktiven Gefühle in mir, alle Arten von Eifersuchtsanfällen und besitzergreifenden Ausbrüchen, die ich später bitter bereut hätte? Ich seufzte tief. Vermutlich Letzteres. Mit allerlei Beimischungen von Ersterem.

Aber nun war ich hier und konnte wohl kaum zurückfahren, oder? Konnte wohl kaum kehrtmachen und den 16.52er Zug nehmen, der mich laut dem Fahrplan, den ich rasch aus meiner Tasche gezogen und fieberhaft studiert hatte, zurück über Gosport nach Sheffield bringen würde, dann ein Taxi vom Bahnhof, um in die Küche zu platzen mit den Worten: »Tada! Da bin ich wieder! Hm…? Oh ja, *viel* besser, danke. Eine wundersame Heilung. Kann ich was fürs Abendessen helfen?«

Nein, natürlich konnte ich das nicht. Ich steckte den Fahrplan wieder weg. Wie ich mich gebettet hatte, so musste ich nun liegen, und das würde ich auch. Langsam ging ich aus dem Bahnhof hinaus. Aber nach Hause gehen konnte ich dennoch nicht. Abrupt blieb ich auf dem Vorplatz stehen. Mir war ein wenig wackelig zumute. Jetzt, wo ich hier war, wusste ich auch, dass ich nicht alleine sein wollte. Dass ich nicht alleine ein Taxi nach Hause nehmen und dort in ein leeres Haus kommen wollte, wo ich dann mit verschränkten Armen von Raum zu Raum gehen und mir den Rest meiner Familie in dem idyllischen Pfarrhaus in Yorkshire vorstellen konnte, wo sie sich ungestört im Buchsbaumlabyrinth näherkamen – wie *dumm* von mir wegzufahren –, während ich das erste Kaminfeuer des Herbstes entzündete und mir unruhig Gedanken darüber machte, um welche Uhrzeit meine Familie wohl am Dienstag nach Hause kommen würde. Und mir den Kopf darüber zerbrach, wie lange die Lunte, die ich nun entzündet und mich dann weit zurückgezogen hatte – sehr weit, hundertfünfzig Meilen sogar –, wohl langsam vor sich hin glimmen würde, bis der Funke übersprang und das Herz meines Mannes erreichte?

Einer plötzlichen Eingebung folgend schoss meine Hand in die Luft, und zwei Minuten später saß ich auf dem Rücksitz eines Taxis in Richtung Fluss. Nicht um dort meine Taschen mit Steinen zu beschweren, wie ich es einmal düster Malcolm gegenüber angedeutet hatte, sondern um seine Gegenwart zu suchen, die, wie ich beschlossen hatte, genau das war, was ich jetzt dringend brauchte. Ich wusste, dass er an diesem Tag nicht arbeitete und nicht im Laden war. Und so war ich, nachdem ich den Fahrer auf der Hythe Bridge bezahlt hatte und die Stufen hinab in Richtung Kanal lief, zuversichtlich, dass ich ihn zu Hause antreffen würde.

Ich eilte über den staubigen Ziehweg neben der Wiese hinter dem Worcester College, die Sonne war erstaunlich stark für die Jahreszeit, hing aber tief am Himmel, sodass sie durch die Samenstände des hohen Grases schien und auf dem Wasser und den bunt bemalten Hausbooten glitzerte, die friedlich am Ufer dümpelten. Einige Bewohner waren von dem ungewöhnlich schönen Wetter herausgelockt worden und saßen neben dem Ziehweg in Liegestühlen, redeten und rauchten. Ich hielt nach Malcolm Ausschau, konnte ihn aber nirgends entdecken, obwohl ... ich reckte den Hals um das nächste Boot herum ... ja. Ich konnte Cinders sehen, die seitlich schlafend in der Sonne lag, neben Malcolms höchst eigenwilligem Kahn: dunkelblau mit schwungvoll aufgesprühten Tulpen in Rot und Gelb. Eindeutig das schönste Boot, wie ich oft dachte, und für Malcolm das Nächstbeste zum Leben auf den Wellen der großen Ozeane. Cinders erhob sich langsam, um mich schwanzwedelnd zu begrüßen. Ich streichelte ihr über den seidigen Kopf. Dass sie hier war, war ein gutes, aber keineswegs sicheres Zeichen für Malcolms Anwesenheit. Sie würde auch unbeaufsichtigt neben dem Boot liegen und auf die Heimkehr ihres Herrchens warten, da konnte kommen, was wollte.

Ich hockte mich hin und klopfte ans Fenster, und schon erschien ein frisch gewaschener blonder Schopf mitsamt einem strahlenden Lächeln in der Falltür.

»Oh.« Sein Lächeln schwand. »Du bist es.«

»Oh, danke.«

»Tut mir leid, mein Engel.« Er kletterte an Deck und kam zu mir, um mich zu begrüßen. »Ich hatte nur jemand anderen erwartet.« Er hielt die Hand über die Augen, nachdem er mich geküsst hatte, und äugte besorgt den Pfad hinunter.

»Ein Date?«

Er seufzte. »Dachte ich jedenfalls. Er hätte allerdings

schon vor einer Stunde hier sein sollen.« Er warf einen wehmütigen Blick auf die Uhr. »Und außerdem habe ich versprochen, Ludo um fünf im Laden abzulösen, dann ist es sowieso zu spät«, sagte er bedauernd. »Nun ja, es wäre ohnehin nicht mehr gewesen als Earl Grey und vielleicht ein strategisch gut platzierter Schokokeks, wenn alles nach Plan verlaufen wäre. Kann ich dir was anbieten?«

»Ja, bitte. Obwohl ich auf den Schokokeks vielleicht eher verzichte.«

»Den hätte ich dir auch gar nicht angeboten«, sagte er pikiert. »Für dich gibt's nur Butterkekse.«

Er machte sich daran, die Leiter wieder hinabzusteigen, blieb aber auf halbem Wege stehen, um mich zu mustern. »Du siehst ein bisschen mitgenommen aus.«

»Das würdest du auch, wenn du gerade vier Stunden im Zug gesessen hättest.«

»Woher denn?«

»Yorkshire.«

»Ah.« Der Groschen fiel. »Die böse Hexe des Nordens. Na, dann komm mal mit mir nach unten, dann können wir gemeinsam unsere Wunden lecken. Wie war sie?«

Ich folgte ihm die steile Holzleiter hinunter und zog den Kopf ein, um in die Hauptkabine zu gelangen, einen langen gelben Schlauch mit grünkarierten Vorhängen vor den winzigen Fenstern. Am hinteren Ende waren Sitzbänke mit demselben grünkarierten Polster um einen kleinen Tisch herum, der, wie ich jetzt sah, mit einem reich bestickten Tischtuch, Tellern mit Gebäck und einem glänzenden Minton-Teeservice gedeckt war.

»Sie ist alles andere als böse. Ganz im Gegenteil sogar.« Ich ließ mich auf die Sitzbank gleiten. »Sie ist Schneewittchen. Liebreizend, schön, freundlich, erfolgreich – oh, Malcolm, bestimmt wird er sich von Neuem in sie verlieben!«

»Du hast ihn dort gelassen?«, fragte er entsetzt und rutschte neben mich.

»Ich musste!«, jammerte ich. »Ich hätte unmöglich bleiben können – obwohl ich verdammt noch mal wünschte, ich wäre geblieben –, aber dann konnte ich es einfach nicht.« Ich senkte dramatisch die Stimme. »Ich habe einen Vorwand gesucht und bin geflohen.«

Er blinzelte. »Interessanter Entschluss.«

»Ich habe Panik gekriegt!«, jammerte ich. »Ich habe gedacht, ich muss hier raus, ich schaff das nicht. Ich wäre schon beim Essen am Abend davor fast abgehauen. Es ist so strange, Malcolm, du kannst es dir nicht vorstellen!«

Er zuckte die Schultern. »Doch, ja, ich glaube schon, dass ich das kann. Und du hast dich immerhin gezeigt. Wenn sie mehr in der Nähe wohnen würden, hättest du vielleicht sowieso nicht mehr getan. Du musst es ihnen jetzt einfach selbst überlassen und abwarten, wie sich alles entwickelt.«

»Meinst du wirklich?«, fragte ich eifrig.

»Nein, ich versuche nur, das Richtige zu sagen. So wie es sich für einen Freund gehört. Earl Grey oder normal?«

»Normal«, sagte ich trübsinnig. »Gut und stark.«

»Du wirst ihn so nehmen müssen, wie er ist«, sagte er beleidigt. Ich merkte, dass er ebenfalls nicht gerade bester Stimmung war. »Aber ich würde keine Sekunde an Ant zweifeln.« Er betrachtete mich und zog eine Schippe. »Ich glaube nur, dass du es ihm noch schwerer gemacht hast. Das ist alles. Indem du ihm seinen natürlichen Rückhalt genommen hast. Zucker?«

»Nein. Oder doch.«

Er zweifelte nicht an Ant. Keiner tat das. Ant konnte gar nichts falsch machen. Ant würde niemals unter einem Kirschbaum sitzen und einer anderen Frau zärtlich die Haare aus dem Gesicht streichen, oh nein. Ich meine, wie vertraut war das denn? Oder vielleicht doch nicht? Ich ließ eine Haarsträhne hinter meinem Ohr über mein Gesicht fallen.

»Milch?«

»Ja, bitte.«

Er schaute auf. Bemerkte nichts. Ich schubste die Strähne noch weiter nach vorne, bis sie mir vor einem Auge hing.

»Du hast noch gar nichts zu meinem Teeservice gesagt. Es hat meiner Großmutter gehört.«

»Es ist wunderschön.« Als er mir Tasse und Untertasse reichte, hielt ich sie einen Augenblick fest, sodass er mich ansehen musste.

»Sie hat es 1920 gekauft. Das muss man sich mal vorstellen!«

Er sprach mit meinem einen sichtbaren Auge – Herrgott noch mal: mit dem, das nicht von einem Haarvorhang bedeckt war. Vor lauter Verzweiflung packte ich ein dickes, fettes Haarbüschel von meinem Kopf und zog es nach vorne über mein Gesicht.

»Sie hat es Stück für Stück in den Army-and-Navy-Läden gekauft. Ist das nicht süß?«

»Göttlich«, pflichtete ich ihm durch einen Vorhang von Henna hindurch bei.

»Evie, warum machst du das?«

»Was?«

»Warum ist dein Gesicht ganz voller Haare?«

»Ist es das? Hatte ich noch gar nicht bemerkt.«

»Ja, du musst es irgendwie ...«

»Was?« Ich wartete. Hielt den Atem an.

»Na ja«, er wedelte mit der Hand in meine Richtung, »du weißt schon. Es zurückschieben.«

»Dann mach schon.«

»Was?«

»Schieb es zurück.«

»Ich? Warum?«

»Weil ich meine Teetasse in der Hand halte.«

»Dann stell sie doch hin.«

»Malcolm.« Ich biss die Zähne zusammen. »Schieb meine Haare zurück!«

Er starrte mich an. »Mein Gott noch mal.« Er streckte die Hand aus und strich mir ungeschickt die Haare von der Nase. »Bitte sehr.«

»War das so schwierig? *Warum wischst du dir die Hand ab?*«

»Tu ich ja gar nicht.«

Tat er aber doch. An seiner Hose.

»Tust du doch.«

»Also, es sieht ein bisschen – du weißt schon ...« Er verzog das Gesicht.

»Ich habe es gestern gewaschen!«

»Okay, tut mir leid. Meine Güte, Evie, jetzt beruhige dich mal, ja? Was ist eigentlich los mit dir?«

Er wich vor mir zurück und verzog das Gesicht zu einer Jetzt-bist-du-aber-wirklich-komisch-Grimasse. Ich schaute ihn böse an, bis meine Schultern plötzlich in sich zusammensanken und ich nachgab. »Du hast recht.« Ich nickte niedergeschlagen und starrte auf die Stickerei seiner Tischdecke. »Es ist eine ziemlich intime Geste, nicht wahr?«

»Was?«

»Jemandem die Haare aus dem Gesicht zu streichen. Das hat Ant nämlich mit Bella gemacht. Ich hab's vom Schlafzimmerfenster aus gesehen.«

»Oh!« Seine Miene erhellte sich vor Erkenntnis. »Oh nein, nein gar nicht. Es ist nur – du weißt doch, wie gründlich ich mir immer die Hände wasche. Ich habe sozusagen diese Hausfrauenkrankheit, bei der man gar nicht mehr aufhören kann, nach der Pril-Flasche zu greifen. Ich habe schon bald gar keine Haut mehr. Oh, schau mal, mein Patensohn hat mir diesen göttlichen Button geschenkt, den er bei Woolworth gefunden hat.«

Ich merkte, dass er mich ablenken wollte. »Was?«, fragte ich verdrießlich, während er einen Button aus der Hosentasche holte und ihn sich ans Hemd steckte. »Mein Name ist Pril – bei mir kriegen Sie Ihr Fett weg«, las ich lustlos.

»Fett weg«, kicherte er. »Fett ... oh!« Er erstarrte mitten im Satz, die Augen weit aufgerissen.

»Was?«

»*Schhhh!*«, zischte er und hielt den Zeigefinger in die Höhe. Er horchte mit gespitzten Ohren wie ein Kaninchen. »Hast du auch was gehört?«

»Nein, ich ...«

»*Schhhh!* Was war das?«

Plötzlich fing das Boot gewaltig an zu schwanken. Ich umklammerte meine Teetasse.

»Halloho?«, rief eine Stimme. »Jemand zu Hause?«

Malcolms Gesicht erstrahlte wie von einer Taschenlampe erleuchtet. »Das ist er!«, hauchte er. Er stand auf, plötzlich ganz munter, und strich sich über die Haare. »Evie, du musst jetzt gehen!«

»Oh, vielen Dank.« Aber ich war schon dabei, meine Tasse zu leeren.

»Nein!« Er riss sie mir aus der Hand. »Jetzt!«

»Schon gut, schon gut!«, murrte ich, während Malcolm mich in Richtung Tür schob.

Er riss die Falltür weit auf und kraxelte mit mir im Schlepptau die Leiter empor. Als ich ins Sonnenlicht eintauchte, erblickte ich makellose braune Seglerschuhe auf dem Deck vor mir, gefolgt von hellen, cremefarbenen Chinos, die gar kein Ende zu nehmen schienen, dann ein dunkelblauer Pulli gekrönt von dem Gesicht des schönsten schwarzen Mannes, den ich je gesehen hatte.

»Ach, das ist aber hübsch hier«, sagte er bewundernd und schaute sich auf dem Boot um. »Das ist ja wie bei den *Schilfpiraten*. Tut mir leid, dass ich zu spät bin. Ich hatte einen kleinen Notfall.«

»Nein, nein, macht *gar* nichts«, strahlte Malcolm und wand sich vor lauter Freude, während er mir gleichzeitig mit einer Kopfbewegung zu verstehen gab, dass ich jetzt verschwinden sollte.

»Sooty hatte Stuhlprobleme«, informierte er uns.

»Oh, die arme Kleine!«, krähte Malcolm.

»Sooty?«, fragte ich.

»Mein Hund«, erklärte er, und ich folgte seinem Blick zu einem kleinen schwarzen Spaniel, der glücklich um eine ungerührt daliegende Cinders herumsprang und sie durch schrilles Kläffen zu mehr als einem wohlwollenden Wedeln ihres alten Schwanzes herausfordern wollte.

»Ach so!«

»Ich bin übrigens Clarence Tempest.« Damit streckte er die Hand aus, während seine Augen fast in den Lachfältchen verschwanden. War er wirklich schwul? Wie schade.

»Evie Hamilton«, murmelte ich vollkommen gefangen von seinem blendenden Aussehen.

»Und sie wollte gerade gehen«, schnurrte Malcolm und schob mich weiter, fast hätte er mich über Bord geschubst.

»Oh, meinetwegen müssen Sie aber nicht gehen«, lächelte Clarence.

»Tut sie auch nicht, sie muss sowieso weg«, versicherte Malcolm ihm mit einem gewinnenden Lächeln und führte ihn die Treppe hinunter in seine Höhle, nicht ohne wilde Geh-jetzt-endlich!-Grimassen über die Schulter in meine Richtung zu schneiden. Ich grinste und kletterte vorsichtig von Bord und ging den Ziehweg in Richtung

Brücke entlang. Zwei Minuten später tauchte Malcolm keuchend neben mir auf und hielt mich am Arm fest.

»Evie, tu mir einen Gefallen«, stieß er hervor. »Übernimm du bitte den Laden für mich. Nur für eine Stunde. Ich habe Ludo versprochen, dass ich komme.«

»Oh Gott, ich weiß nicht, ob ich in meinem momentanen Zustand mit Ludo fertig werde.«

»Du musst ja auch gar nicht mit ihm fertig werden, du musst ihn nur ablösen. Er will zu der Party von seiner Schwester, und ich hab's versprochen – bitte, Schätzchen!« Er faltete flehend die Hände und schaute mich mit theatralischem Augenaufschlag an und klimperte mit den Augendeckeln.

»Na, von mir aus. Obwohl ich bestimmt keine Ahnung mehr habe, ich habe doch seit Jahren nicht mehr gearbeitet.«

»Du musst auch nichts arbeiten. Es kommt sowieso keiner. Heute ist zwar langer Einkaufstag, aber sie sind alle viel zu sehr damit beschäftigt, drei für den Preis von zwei bei Waterstone's zu kaufen. Danke, Herzchen. Wie findest du ihn übrigens?«, konnte er sich nicht verkneifen, mit glänzenden Augen hinzuzufügen.

Ich grinste. »Er sieht toll aus, Malcolm.«

»Nicht wahr? Er hat gerade ein Freisemester vom King's College in London und macht einen Austausch mit Corpus Christi. Er ist Jurist. Stell dir vor, schön *und* klug! Was habe ich nur für ein Glück!«

»Das kann man wohl sagen. Aber pass auf, dass du deinen Button nicht verlierst.« Ich deutete auf sein Hemd.

»Mist!« Seine Hand schoss hoch, um den Button zu verdecken. »Was wird er denken?«

»Das war ihm wahrscheinlich ohnehin schon klar. Viel Spaß.«

Er eilte davon und befreite sich von dem Anstecker.

Ja, schön und klug, dachte ich, während ich ihm hinterhersah. Und ich hatte immer gedacht, eines von beidem wäre schon genug. Ich konnte ihr ja noch nicht einmal in einem Bereich das Wasser reichen. Bella, meine ich. Ich wandte mich um und schleppte mein Herz den Ziehweg entlang und zog es die Treppe hinauf hinter mir her bis hinauf auf die Brücke.

Ich musste ganz tief Luft holen, bevor ich die klimpernde grüne Tür mit den diskreten Goldbuchstaben in der Percy Street aufstieß. Mein letztes Zusammentreffen mit Ludovic Montague, als den ich ihn mittlerweile kannte, war reichlich angespannter Natur gewesen. Um nicht zu sagen, sehr persönlich. Ehrlich gesagt hatte ich mich total zum Narren gemacht, und er hatte sich als Mann mit Tiefgang erwiesen. Ein Witwer mit einer schönen, verstorbenen Frau – na ja, natürlich war sie tot, wenn er ein Witwer war – und einer actiongeladenen Vergangenheit. Und mir war es, wie mir siedend heiß klar wurde, als ich den messingnen Türgriff drückte, aus irgendeinem Grund nicht egal, was er über mich dachte. Und deswegen wollte ich jetzt ganz klar und geschäftsmäßig auftreten, nicht tränenüberströmt und bedürftig. Beim Schließen der Tür erhaschte ich einen Blick auf mein Spiegelbild im Glas: Jemand, der mir ähnlich sah, aber älter und dicker, erwiderte meinen Blick. Zu spät, um noch nach dem Lippenstift zu greifen, ich war drin.

»Ach, hallo.« Er schaute von seinem Platz hinter der Ladentheke auf, wo er am Computer gearbeitet hatte.

Ich lächelte. »Ich komme, um Sie abzulösen. Malcolm hat mich gebeten auszuhelfen. Er hat Besuch.«

»Ah.« Er nahm die Brille ab. »Dabei handelt es sich nicht etwa um Clarence aus dem Welpentraining in der Hundeschule?«

»Genau um den.«

»Und hat Malcolm schon die Wahrheit über Cinders

gestanden? Oder muss das arme alte Mädchen noch immer sein Alter verleugnen?«

»Tut er das? Behauptet er, sie wäre noch ein Welpe?«

»Hat er Ihnen das nicht erzählt? Er hat durchs Fenster des Gemeindezentrums in der Cardigan Street gesehen, wie diese Hundegruppe im Kreis herumgelaufen ist – oder vielmehr hat er Clarence gesehen –, und nachdem er wochenlang lüstern an der Fensterscheibe geklebt hat, hat er sich mit Cinders dazugesellt und behauptet, sie wäre neun Monate alt. ›Aber sie sieht doch viel älter aus!‹, hat die Barbara-Woodhouse-Kopie, die diese Veranstaltung leitete, gesagt. ›Ja, sie ist sehr reif für ihr Alter‹, hat Malcolm gesäuselt und sich in den Kreis eingereiht.«

»Ich kann ihn mir gut vorstellen«, kicherte ich, erleichtert, dass wir derart unbeschwert miteinander plaudern konnten. »Wie er da hinter Clarence her hechelt und die gute alte Cinders verwundert bei Fuß den anderen Hunden folgt. Samt gegenseitigem Beschnüffeln der Hinterteile.«

»Womit natürlich nur die Hunde gemeint sind, oder?« Er hob die Augenbrauen.

»Natürlich!«

Er grinste, und wir schauten uns zum ersten Mal richtig in die Augen. Ich war jetzt ebenfalls an der Ladentheke.

»Sie sehen besser aus«, bemerkte er knapp.

Ich fühlte mich aber nicht besser. Doch das wollte ich jetzt nicht diskutieren. »Es geht mir auch besser«, log ich. »Viel besser.«

»Gut. Solche Sachen regeln sich oft ganz von alleine.«

»Das tun sie ganz sicher.«

Ich dachte im Stillen, dass da ganz schön viel zu regeln war für so ein paar Tage, aber ich war dankbar für den oberflächlichen Lack.

»Wir waren gerade dort oben.« Ich deutete vage irgendwo hin.

»Wo?«

»Im Norden.«

»Oh. Ach so.« Er schien verwirrt.

»Da leben sie. Bella Edgeworth und ihre Tochter. Die übrigens ganz reizend ist. Sie sind beide reizend. Und wir haben uns alle ganz wunderbar verstanden. Ist das nicht toll?«

»Super!«, erwiderte er matt.

Mist. Warum hatte ich mich darauf eingelassen? Das wäre doch gar nicht nötig gewesen.

»Na dann.« Ich gesellte mich zu ihm hinter die Theke, stellte meine Tasche ab und rückte geschäftig einen Stapel Bücher gerade. »Nur noch ein Stündchen oder so, bis wir schließen, oder?«

So leicht ließ er sich aber nicht ablenken. »Und, wie kommt's, haben Sie nur eine Stippvisite gemacht, oder wie?«

»Was? Oh ja. Also *ich* zumindest, aber Ant und Anna sind noch dort. Die haben natürlich viel zu bereden.«

»Natürlich.«

»Und er muss ja auch seine – Sie wissen schon – also Stacey kennenlernen.«

»Stacey.«

»Die Tochter.«

»Ach so.«

»Und sie ihn ...«

»Ihren Vater?«

»Genau.«

»Und ich kam mir ein bisschen ...«, ich versuchte mich zusammenzureißen, »nun ja, tatsächlich ein bisschen überflüssig vor!«

Das Ausrufezeichen am Schluss sollte mir selbst Mut machen, aber der Satz erschütterte mich dennoch. Überflüssig. Ludo sagte nichts, aber er machte auch keine Anstalten zu gehen. Blieb einfach bewegungslos auf seinem Hocker neben mir sitzen. Die Arme vor der Brust verschränkt. Aufmerksam.

»Also, nein, nicht gerade überflüssig«, fuhr ich fort, während er einfach nur zusah, wie ich mich immer weiter in die Ecke manövrierte. »Aber es ist ja klar, dass die beiden Schwestern, Stacey und Anna, sich besser kennenlernen wollten. Und eine Beziehung aufbauen.«

»Und Ihr Mann und Bella Edgeworth?«, fragte er vorsichtig.

»Haben viel zu besprechen«, brachte ich mühsam hervor. »Wegen ihrer Tochter. Töchter«, korrigierte ich. Mann, wie viele gottverdammte Töchter hatten die beiden eigentlich? Hatte ich ›gottverdammt‹ laut gesagt? Ich war mir nicht sicher. Es folgte Schweigen, das in der Luft hing und darauf wartete, gefüllt zu werden.

»Ich vertraue ihm stillschweigend«, sagte ich völlig zusammenhanglos.

Er schaute mich lange an. »Gut.«

»Obwohl«, ich konnte kaum glauben, was ich da eigentlich sagte, »obwohl ich mir ziemlich sicher bin, dass er sie sehr gerne hat.«

»Sie ist eine sympathische Frau.«

»Natürlich. Sie haben sie ja schon mal kennengelernt. Ja, das ist sie wirklich. Es würde einem schwerfallen, sie nicht zu mögen, nicht wahr? Also, *ich* fand sie jedenfalls sehr sympathisch.«

»Ja, das wäre schwer«, stimmte er mir zu. Wir schienen nicht recht weiterzukommen.

»Und es wäre ja auch komisch«, plapperte ich ungehemmt im Kamikaze-Modus weiter, »wenn wir uns gar nicht mehr zu anderen hingezogen fühlen würden außer zu unseren Ehepartnern während einer Ehe.« Wer war eigentlich mit »wir« gemeint, etwa die Queen?

»Das wäre es«, stimmte er vorsichtig zu.

»War das bei Ihnen schon mal so?« Ich tastete mich voran immer in dem Versuch, mich selbst aus der Schusslinie zu bringen. Aber was für eine *Frage*, Evie! Sie war tot!

»Nein.« Kurz und bündig.

»Nein, natürlich nicht«, sagte ich rasch. »Ich meinte, jetzt. Ja, genau das habe ich wohl gemeint. Jetzt, wo Sie nicht mehr verheiratet sind.« Ging's eigentlich noch schlimmer?

»Sie meinen, ob ich mich zu jemandem hingezogen gefühlt habe, seitdem Estelle gestorben ist?«

»Ja.« Wie peinlich.

»Nur einmal.«

»Oh.« Immerhin ein Ergebnis. »Und was ist passiert?«

»Nichts. Nichts ist passiert. Jedenfalls noch nicht.«

»Noch nicht? Ist das denn noch aktuell?«

Er zuckte die Schultern. »Es passiert nichts.«

»Weiß sie es gar nicht?«

Er gab keine Antwort. Während wir uns ansahen, löste sich eine Haarsträhne hinter meinem Ohr. Er streckte die Hand aus und strich sie mir ganz vorsichtig aus dem Gesicht.

23

Schweigen breitete sich um uns aus. Ich ergriff als Erste wieder das Wort.

»Gut.« Ich erhob mich rasch und fegte ein imaginäres Staubkorn von meiner Jeans. »Sie müssen jetzt … zu Ihrer Party gehen.«

»Ja, stimmt.«

»Zu Ihrer Schwester.«

»Genau.«

Ich leckte mir die Lippen und machte mich daran, weitere höchst ordentliche Bücherstapel auf der Theke noch ordentlicher hinzulegen. Dann schlüpfte ich hinaus in die relative Sicherheit der Regale, wo ich mit flatternden Händen und wild vor mich hin summend die glänzend schwarzen Rücken der Penguin Classics wieder gerade rückte.

»Ist es eine große Party?«, fragte ich leichthin und eher dümmlich, nur um etwas zu sagen, mit abgewandtem Gesicht.

»Es ist eine Art verspätete Verlobungsfeier«, ertönte seine Stimme ruhig hinter mir. »Meine Schwester heiratet Ende der Woche. Das heute ist nur eine kleine Stehparty.«

»Verstehe.«

Eigentlich verstand ich gar nichts. Ich war meilenweit weg in Gedanken. Hatte er etwa mich gemeint? Oder bildete ich mir das nur ein? Mutig drehte ich mich um, und er blickte mich kurz an. Rasch wandte ich mich wieder den Büchern zu. Madame Bovary, Anna Karenina – wohl kaum die Vorbilder, die ich jetzt brauchen konnte, diese ehebrecherischen, kleinen Luder.

»Haben Sie Geheimnisse und Lügen?«, ertönte eine Stimme in meinem Ohr.

»Ganz sicher nicht!«, platzte ich heraus. Ich drehte mich um und stand einer Frau mittleren Alters mit dünnen Lippen und krauser Dauerwelle in einem dünnen Regenumhang gegenüber, die mich kritisch ansah. Sie schien irritiert.

»Ich glaube doch, dass wir das dahaben.« Ludo eilte an mir vorbei zur Jugendbuch-Abteilung. »Das ist von Ian Atkinson, nicht wahr?«

»Kann gut sein. Es ist für meinen Enkel.« Die Frau warf mir noch einen verächtlichen Blick zu, bevor sie sich daran machte, dem professionellen Buchhändler zu folgen.

Wenige Minuten später war der Kauf getätigt, und sie eilte quietschend in ihrem Plastikumhang aus dem Laden. Woraufhin Ludo und ich wieder alleine waren. Er warf einen Blick auf die Uhr.

»Es sind sowieso nur noch fünfzehn Minuten bis Ladenschluss. Wir können den Laden ebenso gut jetzt schon dichtmachen, es ist so ruhig.« Es war, als wäre nichts geschehen, nichts gesprochen und kein Blick gewechselt worden.

»Oh nein, ich bleibe. Das habe ich Malcolm versprochen.«

»Aber Sie haben keinen Schlüssel, und selbst wenn ich Ihnen einen gebe, dann müssen Sie ihn immer noch Malcolm oder mir zurückgeben, was umständlich ist. Nein, wir können heute einfach früher Schluss machen. Es ist ja schließlich nicht so, als würden die Leute hier an die Tür hämmern, um noch reinzukommen.«

Darauf schien es keine Erwiderung zu geben. Wortlos raffte ich meine Tasche und meinen Schal zusammen und wartete, während er die Kasse abschloss und die Lampen ausmachte, was uns ins Halbdunkel tauchte. Dann folgte ich ihm nach draußen.

»Wie sind Sie hergekommen?« Er schaute kurz zu mir auf, bevor er sich hinabbeugte, um die Tür abzuschließen.

»Ich bin gelaufen. Von Malcolm aus. Ich war ja gerade erst mit dem Zug angekommen.«

»Ich fahre Sie nach Hause.«

»Nein, nein, ich kann laufen.«

»Seien Sie nicht albern, ich wohne doch direkt gegenüber.«

»Aber Sie wollen doch zu der Party.«

»Die ist ja genau da. Ich wohne momentan bei meiner Schwester.«

»Oh.«

Auch hierauf schien es keine Erwiderung zu geben, und so folgte ich ihm stumm zu einem blauen Leihwagen, auf dessen Seite in großen goldenen Buchstaben »Ratners Hill Garage« stand.

»Warum werden Autos so beschriftet?«, fragte ich beiläufig. Mir brummte der Kopf, während ich auf der Beifahrerseite einstieg. Ganz locker bleiben, locker.

»Ach, ich weiß nicht. Mir gefällt so was eigentlich ganz gut.« Er setzte sich hinters Steuer. »Ich finde, dass alle diese protzigen Manager mit ihren Firmenwagen die Namen der Unternehmen draufschreiben sollten, von denen sie diese steuerfreien Prämien bekommen. Dann wird man ja sehen, wie cool sie aussehen in einem BMW, auf dem seitlich ›Durex‹ aufgedruckt ist.«

Ich kicherte. So war es besser. Sicherer. Aber mir fiel nichts ein, worüber wir weiterplaudern konnten. Wir fuhren durch die Nebenstraßen von Jericho, in denen noch immer was los war, späte Einkäufer und Leute, die von der Arbeit kamen: die Köpfe gesenkt, die Kragen hochgeklappt gegen einen scharfen Wind, der aufgekommen war und durch die Wipfel der Platanen fuhr und versuchte, ihnen die letzten Blätter zu entreißen, die dann kreiselnd zu Boden fielen. Als wir in die Nähe meiner Straße, seiner Straße kamen, schaute ich zu ihm hinüber.

»Wie kommt es, dass Sie hier wohnen? Sie haben doch nicht immer schon hier gewohnt.« Diese Bemerkung implizierte die Aussage – sonst wären Sie mir bestimmt schon früher aufgefallen.

»Nein, ich hatte zuvor eine Wohnung in Summertown gemietet, aber meine Schwester wird in Schottland leben, wenn sie verheiratet ist – Angus, ihr Freund, hat da sein Domizil –, und deswegen übernehme ich ihre Wohnung. Es schien uns vernünftig, dass ich jetzt schon einziehe, sonst hätte ich noch ein ganzes Jahr für die Miete in Summertown blechen müssen. Aber Sie haben recht, ich bin erst seit ein paar Monaten hier.«

Wir fuhren vor unserem Haus vor. Ich schaute hinauf. Es war dunkel und verschlossen. Kalt und abweisend. Von der anderen Straßenseite leuchtete das Licht herüber, dort wo er hinging. Durch ein Fenster im oberen Stockwerk konnte man anhand der Umrisse eine Party in vollem Gang erkennen, die Wände vibrierten geradezu. Auf den Eingangsstufen stand ein Pärchen und klingelte gerade.

»Kommen Sie doch noch mit auf einen Drink!«

»Oh nein, das kann ich unmöglich.«

»Kommen Sie, es wird Ihnen guttun. Es wird *mir* guttun.«

»Finden Sie? Ich meine ...«

Er wandte sich zu mir um, den Arm über die Rückenlehne seines Sitzes gelegt. Lächelte. »In Anbetracht dessen, was ich vorhin gesagt habe? Sehen Sie, Evie, mir ist klar, dass ich mich verplappert habe, aber ich werde nicht über Sie herfallen. Ich bin nicht mehr fünfzehn.«

Ich lächelte in meinen Schoß. Nickte. »Nein. Ich weiß. Tut mir leid.«

»Sie hatten mich gefragt, ob ich mich zu einer Frau hingezogen gefühlt habe, seitdem Estelle gestorben ist. Und nicht, ob ich in einer Dachkammer sitze und liebeskranke Gedichte schreibe oder Herzen in Bäume schnitze oder wie vom Donnerschlag gerührt bin.«

Das wies mich in meine Schranken. »Klar.«

»Kein Grund zur Beunruhigung. Ich glaube, so was nennt man blinde Schwärmerei.« Er grinste.

Eine blinde Schwärmerei. Ja, das hatte ich zu meiner

Zeit auch ein paar Mal erlebt. Ich konnte mich an einen gewissen wuschelköpfigen Italiener hinter der Käsetheke bei Waitrose erinnern; Ant und ich hatten eine Weile eine Menge Dolcelatte gegessen. Oh – und ein göttlicher Lateinlehrer an Annas Schule, mit dem ich mir sehr gut vorstellen konnte, ein paar Verben zu konjugieren – aber Schluss damit. Statt blind konnte man auch harmlos sagen. Ich war erleichtert. Geschmeichelt. Aber auch ... nein, nicht enttäuscht. Was sollte ich auch mit Donnerschlägen anfangen?

Ich holte tief Luft. »Ein Drink könnte nicht schaden.«

Als wir ausstiegen und die Straße überquerten, warf ich einen kritischen Blick auf meine Jeans und meinen rosa Pulli.

»Meine Klamotten sind nicht gerade geeignet für eine Verlobungsparty. Eher für ein Wochenende auf dem Land in Yorkshire.«

Er musterte mich von oben bis unten. »Ich finde, Sie sehen hinreißend aus.«

Es war eine lockere, beiläufige Bemerkung, aber einer verletzlichen, verunsicherten Frau konnte man eine solche Bemerkung nicht einfach an den Kopf werfen. Meine Knie fingen an zu zittern, und gleichzeitig kam ich mir vor, als wäre ich mindestens einen Meter gewachsen. Mein Herz schlug ohnehin schon wie eine Kesselpauke, sodass nun eine Riesin mit zitternden Knien und Herzklopfen neben ihm her schlurfte. Wir gingen die paar Stufen zur Eingangstür hinauf, die das Paar vor uns freundlicherweise offen gelassen hatte, als es uns näher kommen sah. Da kommt noch ein Paar, hatten die bestimmt gedacht, als sie zu uns zurücklächelten. Wir folgten dem Klang der fröhlichen Stimmen zwei Stockwerke über cremefarbene Teppichstufen hinauf.

Die Party war tatsächlich in vollem Gange. In einem hohen Raum, in dessen Deckenmitte ein gewaltiger

Kronleuchter leise vor sich hin schwang, waren jede Menge kluge junge Dinger zu einer Art menschlicher Lasagne zusammengepfercht, kippten Champagner, kreischten und brüllten sich an. Amy Winehouse gab ihr Bestes, den Lärm zu übertönen, aber das war ein Kopf-an-Kopf-Rennen. Gott, hoffentlich war Ludos Schwester jünger als er, dachte ich und schaute mich nervös um, als wir uns ins Getümmel stürzten, sonst war ich hier gerade mit einem Lustknaben aufgetaucht.

»Die sehen ja aus wie neunzehn«, brüllte ich über den Lärm hinweg und ließ mir ein Glas Champagner geben von einem vorbeikommenden Kellner, dem es mit seinem Tablett über dem Kopf mit Mühe und Not gelang, sich einen Weg durch die Masse zu bahnen.

»So um die fünfundzwanzig«, schrie er zurück. »Alice war ein Nachkömmling. Zehn Jahre nach meinem kleinen Bruder, Ed. Ah, da ist sie ja – Alice, das ist Evie. Evie – Alice.«

»Die Braut.« Ich lächelte einer attraktiven Blondine zu, die in einem tief ausgeschnittenen schwarzen Kleid und mit stark geröteten Wangen schon leicht angetrunken auf uns zugeschwankt kam. Sie kam mir irgendwie bekannt vor. »Herzlichen Glückwunsch!«, brüllte ich.

»Oh, wir kennen uns doch!«, kreischte sie. Sie packte meine Hand und hielt sie fest. »Erinnern Sie sich nicht?« Sie stolperte ein wenig und hielt sich an der Schulter einer Freundin fest. »Huch.«

»Wirklich?«

»Ja – Sie hatten ein Problem mit Ihren Kackebällchen!«, rief sie.

Ich errötete. Das stimmte, ich litt anfallsweise unter Verstopfung. War die Kunde davon schon bis auf diese Straßenseite gelangt? Hatte da jemand die Fahne gehisst oder sich sogar die Nase zugehalten, wenn endlich wieder Bewegung in die Sache gekommen war?

»Echt?«, staunte ich und leuchtete dabei um einiges heller als mein Pulli.

»Kleine nervige Dinger, die Sie mit den Händen aufheben mussten.«

Nein, also, da war ich mir doch ziemlich sicher, dass ich nie ... »Oh!« Ich ahnte etwas. »Die von Hector!«

Sie zuckte die Schultern und schaute mich mit rotgeäderten Augen wie Straßenkarten an.

»Das Pferd«, beeilte ich mich zu versichern, da Ludo bereits verwundert die Augenbrauen hob. »Ich habe seinen Stall ausgemistet und Ihre Schwester war in der Küche und – oh, Sie heiraten auf der Farm!«

»Genau!« Sie strahlte glücklich. »Bei Caroline Milligan. Es ist so toll dort, aber das wissen Sie ja, wenn Sie Ihr Pferd dort stehen haben.« Sie wedelte mit dem Champagnerglas in meine Richtung, sodass sich etwas von dessen Inhalt über meinen Pulli ergoss.

»Ja, früher habe ich sogar dort gelebt. Ich war da zu Hause.«

»Echt?« Sie riss die blutunterlaufenen Augen auf. »Mein Gott, wie haben Sie es nur ausgehalten, dort wegzuziehen, es ist so idyllisch dort. Angus und ich sind ganz begeistert.«

»Nun ja, ich bin dort aufgewachsen.«

»Was?«

»Ich habe als Kind dort gelebt!«, brüllte ich. »Jetzt gehört es meinem Bruder, er betreibt die Farm. Er ist mit Caro verheiratet. Sie ist meine Schwägerin.«

Das war zu viel für Alice zu dieser fortgeschrittenen Stunde und bei ihrem fortgeschrittenen Alkoholpegel. Sie machte einen schwachen Versuch, das Ganze zu kapieren. »Caro ist mit einem Landwirt verheiratet?«, schrie sie.

»Genau«, rief ich leicht ermattet zurück. »Mit meinem Bruder Tim.«

»Ist der auch Landwirt?«

Mir wurde wieder einmal klar, warum ich diese Steh- und Brüll-Partys nicht leiden konnte. »Ja, er ist Landwirt.«

»Oh. Und Sie sind mit ihm verheiratet?«

»Nein, Caro.«

»Sie sind also beide mit Landwirten verheiratet?«

Ich war kurz davor, jeden Lebenswillen zu verlieren. Jemand hatte Ludo am Ärmel gezupft, und er hatte sich halb abgewandt, um sich höflich und mit gesenktem Kopf anzuhören, was eine große Rothaarige mit grünem Halterneck-Kleid ihm ins Ohr brüllte. Übrigens eine sehr schöne große Rothaarige.

»Lassen Sie mich nur noch kurz sagen ...« Auch Alice hatte den Weg an mein Ohr gefunden und zischte nur etwas undeutlich hinein. »... wie toll wir das alle finden. Mummy und Daddy. Ed und ich.« Sie schaukelte auf den Absätzen zurück und legte das Kinn an die Brust – Nachricht übermittelt.

»Was finden Sie toll?«

»Na ja, seit Ludo Sie getroffen hat, ist er ein neuer Mensch. Sie ahnen ja gar nicht ...!« Sie riss die Arme weit auf und schoss dabei wieder mit Champagner um sich. »Huch – 'tschuldigung!« An einen klatschnassen Rücken gewandt.

»Oh, nein«, brüllte ich über den Lärm hinweg. »Da liegt ein Irrtum vor. Ich bin verheiratet!«

»Ja, ich weiß, und er weiß, dass er keine Chance hat. Er weiß, dass Sie glücklich verheiratet sind, das ist aber egal – er hätte einfach nie gedacht, dass er nach Estelle noch jemals irgendwelche Gefühle haben könnte. Er dachte, er wäre sozusagen versteinert. Alleine die Tatsache, dass er es doch kann, auch wenn es keine Zukunft hat, ist schon ein Wunder.« Sie schwankte und kippte mir schon wieder Champagner über den Busen. Ich sah aus, als hätte ich einen plötzlichen Milcheinschuss. »Angus und ich werden auch so sein.« Ihre Augen nahmen einen verträumten Ausdruck an. »Sehr, sehr glücklich.« Dann runzelte sie die Stirn, versuchte sich zu konzentrieren, weil sie merkte, dass sie den Faden verloren hatte. »Es ist ja schon eine Ewigkeit her, dass Estelle gestorben ist, wissen Sie? Schon über drei Jahre. Die Tatsache, dass er überhaupt etwas für jemanden empfindet, auch wenn *Sie* es sind und wenn Sie *verheiratet* sind, ist einfach fantastisch!« Sie riss die Augen auf vor lauter Begeisterung und warf sich dann plötzlich nach vorne, um einen vorbeikommenden Kellner zu packen und selbst ihr Glas aufzufüllen, nachdem er nicht schnell genug nach der Flasche greifen konnte. Ludo war inzwischen ganz außer Hörweite, und ich wollte der Sache genauer nachgehen.

»Finden Sie nicht, dass Sie ein bisschen übertreiben?«, rief ich. »Ich habe ihn erst dreimal getroffen und habe dabei zweimal sein Auto zusammengefahren!«

Sie nickte. Kippte nach hinten, wo jemand sie mit einem verständnisvollen Lächeln am Ellbogen festhielt. »Stimmt«, brüllte sie. »Er hat Estelle kennengelernt, als sie ihm bei Sainsbury's in der Cromwell Road rückwärts reingefahren ist. Das ist ja das Unheimliche. *Und* sie war eigentlich mit einem anderen verlobt. Aber er hat sie innerhalb von drei Wochen geheiratet!«

Ich starrte sie an und hatte das Gefühl, dass sich mir der Shetlandpulli um den Hals enger zog. Es fühlte sich an, als würde er sich selbst noch ein paar Reihen dazu stricken. Sie zuckte hilflos die Schultern und warf zur dramatischen Untermalung die Arme hoch, woraufhin schon wieder Champagner durch die Luft flog. »So ist Ludo eben! Glauben Sie's mir, er hat mehr als nur ein Auge auf Sie geworfen. Das ist keine blinde Schwärmerei! Oh, 'tschuldigung. *Clemmie!*«, kreischte sie dann plötzlich auf, als ein Mädel in einem winzigen weißen Kleidchen und samt Sonnenbräune aus der Tube mit einer Flasche in der Hand durch die Tür geschubst wurde. »Wo warst du denn nur?« Sie lachten hysterisch und fielen sich in die Arme. Rasch leerte ich mein Glas. Mist. Ich musste weg. Drei Wochen. Ich musste sofort weg. Drei *Wochen*.

Ich fing an, mich zur Tür hindurchzuwühlen, um Alice und das Mädel in Weiß herum in Richtung Freiheit. Ich warf einen Blick zurück. Ludo redete noch immer mit der Rothaarigen und hatte mir den Rücken zugewandt: groß, breit, aber schmale Hüften. Ich würde mich einfach davonschleichen. Er würde es erst nach einer Ewigkeit bemerken, und dann könnte ich sagen ...

»Evie!« Ich zuckte zusammen. Felicity hatte mich am Arm gepackt. Sie folgte meinem Blick.

»Ziemlich attraktiv, da stimme ich dir zu«, schrie sie. »Die Hälfte dieser jungen Mädchen hier verzehren sich nach ihm.«

Das war auch meiner Aufmerksamkeit nicht entgangen. Bei unserer Ankunft hatten sich eine ganze Menge Augenpaare auf uns gerichtet: Haare wurden in den Nacken geworfen und Röcke hoch- oder runtergezogen, je nach Zustand der jeweiligen Beine.

»Felicity. Was machst du denn hier?«

»Du meinst in meinem Alter?« Sie lachte. »Alice war eine von meinen Studentinnen, und sie war so nett, mich einzuladen. Aber ich bleibe nicht länger.« Sie verzog das Gesicht. »Nicht meine Szene.«

»Oh – Biologie.«

»Ziemlich kluges Köpfchen, wenn sie sich dazu aufraffen konnte, zu den Vorlesungen aufzustehen. Eine ganz schöne Partynudel.« Wir sahen zu, wie sie in den Armen ihrer Freundin schwankte und die beiden nun zusammen laut sangen.

»Aber angeblich kein Vergleich mit ihrem Bruder«, brüllte sie in mein Ohr. »Ich meine, was das Hirn anbetrifft. Aber der ist nicht aus meinem Fachgebiet, sondern Historiker.« Sie wies mit dem Kopf in Ludos Richtung. »Ziemlich legendär, was man so hört.«

Mein Gott. Noch so ein verdammt kluger Oxford-Gelehrter. Eine Legende. Warum musste ich mir immer solche aussuchen? Aussuchen? Nein. Ich hatte ihn nicht ausgesucht. Nicht im Entferntesten. Ich musste jetzt gehen.

»Ed, der Bruder, ist wohl auch sehr klug, aber dabei nicht so sexy.« Sie deutete auf den jüngeren Bruder am Fenster, klein und bereits mit glänzender Stirnglatze.

Ja, kein Vergleich mit Ludo. Hilfe.

»Felicity. Ich muss hier weg. Kannst du mir bitte Rückendeckung geben? Ich schleich mich jetzt raus.«

Sie blinzelte. »Klingt ja dramatisch. Aber hör zu, Evie, bevor du gehst: Hast du Maroulla gesehen in der letzten Zeit?« Plötzlich nahmen ihre Augen einen besorgten Ausdruck an, und sie hatte mich wieder am Arm gepackt.

Mir wurde heiß. »Nein, aber ich nehme es mir dauernd vor. Verdammt. Und dann vergesse ich es wieder. Ich gehe hin, Felicity. Ganz bestimmt, nächste Woche.« Ich warf einen Blick über die Schulter, während ich mich langsam in Richtung Ausgang bewegte. Ludo war noch immer ins Gespräch vertieft.

»Nein, nein.« Sie flatterte aufgeregt mit den Händen. »Ich wollte damit nicht sagen, dass du sie besuchen solltest. Ich meine – also, die Sache ist die, Evie, sie ist inzwischen so gaga. Ich war neulich da, und es wird dich nur traurig machen.« Sie wirkte erregt.

»Wirklich. Oh Gott, wie schrecklich, die *arme* Maroulla.« Ich blieb stehen. Sie war wie eine zweite Mutter für uns gewesen, als wir klein waren. Hatte uns endlose

Teller voll Spaghetti mit frischen Tomaten gekocht und uns gezeigt, wie man Knoblauch und Basilikum verwendete, und angeekelt die Fischstäbchen weggeschmissen, die unsere Mutter ihr für uns hingestellt hatte. Der Gedanke, dass sie gaga in einem Heim lag, war scheußlich.

»Ich gehe zu ihr«, schwor ich mir und bewegte mich dabei weiter in Richtung Tür. Ich zog mein Handy aus der Tasche. »Ich speichere die Adresse hier drin. Das war in der Parsons Road, oder?«

»Ja, aber Evie. Ich würd's lieber nicht tun, weil ...«

»Mist, wer ist das denn?« Plötzlich erklang der SMS-Ton des Handys in meiner Hand und ließ mich zusammenzucken. »Oh – Caro.«

Felicity und ich wechselten einen furchtsamen Blick wie so oft, wenn Caros Name fiel. Ich las laut:

Bin bei *Carluccio* mit Tim. Camilla hat angerufen. Will Hector sehen. JETZT. Und du hast Phoebe gesagt, er kann draußen schlafen! 1000 Dank. Muss los. Caro

»Wer ist Camilla?«, brüllte Felicity.

»Oh!« Ich starrte die SMS entsetzt an. Dann tippte ich hastig Caros Nummer. Sie ging sofort dran. »Caro. Ich bin hier!«

»Was?« Auch auf ihrer Seite gab es reichlich Hintergrundlärm.

»Wieder in Oxford«, kreischte ich und steckte mir den Finger ins Ohr, während ich mich nun wild entschlossen zur Tür und auf den Treppenabsatz hinaus durchkämpfte.

»Ich dachte, du wärst in Yorkshire?«

»War ich auch, aber ich bin schon zurück. Ist eine lange Geschichte. Wo ist denn das Problem?« Ich ließ den Finger im Ohr und drehte mich mit dem Gesicht zu einem gigantischen Haufen Mäntel und Pashmina-Schals, die im Flur hingen.

»Das Problem – Moment mal, ich geh kurz raus ...« Es entstand eine Pause und etwas Geraschel. Dann war sie zurück in meinem Ohr. »Das Problem ist diese verdammte Camilla Gavin. Sie hat eben angerufen, um zu sagen, dass sie auf dem Rückweg vom Pferdemarkt in Newcastle ist und bei uns am Hoftor vorbeikommt und dass sie Hector sehen und ihm eine Karotte geben will. Um diese Uhrzeit!«

»Oh!«

»Und das wird, wie du weißt, kompliziert, weil Hector seit Tagen nicht in seinem Bettchen geschlafen hat, was bedeutet, dass sie in seinen Stall gehen und ihn verlassen vorfinden wird.«

Ich schloss die Augen. Oh, verdammt und zugenäht. Und als Nächstes würde sie im Hof herumlaufen und meinen Kopf auf einem Tablett verlangen. Oder wahrscheinlich eher in einem Heusack, wie ich sie kannte. Und dann würde sie sich weiter umsehen und Hector auf der Weide entdecken, wo er mit einer schönen kuscheligen Pferdedecke auf dem Rücken bei seinen Freundinnen übernachtete, was er am liebsten tat und was sich als beste Lösung entpuppt hatte, nachdem Annas und Phoebes Begeisterung, nach der Schule noch auszumisten, nachgelassen hatte.

»Also gut«, sagte ich bebend. »Ich fahre raus. Es sei denn, die Kinder ...?«

»Phoebe übernachtet bei einer Freundin, und die Jungs sind auf einer Schulfahrt. Und ich bin bei *Carluccio*, weil heute verdammt noch mal mein Geburtstag ist und ich das erste Mal seit acht Wochen wieder rauskomme. Wir hatten uns eben erst zu den sonnengereiften Tomaten hingesetzt.«

Ihr Geburtstag. Oh Gott. Den hatte ich vergessen.

»Herzlichen Glückwunsch«, sagte ich matt, während ich mir die Stirn mit den Fingerspitzen massierte. »Natürlich, bin schon unterwegs, Caro.«

»Gut, ich würde mich beeilen an deiner Stelle. Sie fährt jetzt in Newmarket los, und sie fährt wie ein Berserker. Oh – und denk dran, Pepper ist momentan rossig, und das macht Hector ein bisschen aufgeregt. Es könnte gut sein, dass er wenig Bock hat, sich reinholen zu lassen.«

»Kein Problem«, krächzte ich. »Mach dir keine Sorgen, Caro. Lass es dir schmecken. Guten Appetit.«

Ich drückte auf den Aus-Knopf. Als ich aufschaute, sah ich Felicity in den Fängen eines vorzeitig gealterten jungen Mannes mit hoher Denkerstirn, von denen es in dieser Stadt reichlich zu geben schien. Sie warf mir über seine Schulter hinweg Hilfe suchende Blicke zu. Ludo dagegen stand direkt neben mir.

»Probleme?«

Ich schaute in seine dunklen Augen. Die grüngelben Flecken darin glitzerten.

»Haben Sie Erfahrung mit geilen Pferden?«, flüsterte ich.

Er hielt meinem fragenden Blick ruhig stand. »Reichlich.«

»Sie lügen.«

»Natürlich. Aber wie sonst kann ich mich heute Abend auch weiterhin Ihrer Gesellschaft versichern?«

Ich holte tief Luft, schwankte kurz, dann: »Kommen Sie«, sagte ich wild entschlossen. »Wir gehen.«

24

»Und wohin gehen wir genau?«, fragte Ludo berechtigterweise und schlenderte lässig hinter mir her, während ich eilig die Treppe hinunterstürzte. Ich stolperte aus der offenen Haustür hinaus und über die Straße zu meinem Wagen. »Warum nehmen wir nicht meinen?«, rief er mir hinterher, als ich nach meinen Autoschlüsseln kramte. Wieder eine berechtigte Frage, da wir ja gerade erst mit seinem gekommen waren.

Weil ich irgendwie die Kontrolle über die Situation behalten wollte, war die Antwort, aber stattdessen sagte ich: »Weil ich den Weg kenne. Zur Farm von meinem Bruder«, fügte ich noch als Antwort auf seine erste Frage hinzu. »Da, wo Ihre Schwester heiratet. Denn genau da ist auch dieses blöde Pferd.« Ich drehte den Zündschlüssel, und weil ich einen Gang eingelegt hatte, hüpften wir in eleganten Kängurusprüngen die Straße entlang.

Er umklammerte das Armaturenbrett in gespieltem Entsetzen. »Das Pferd mit den ungewöhnlich kleinen Exkrementen? Himmel, immer mit der Ruhe.« Er drückte sich gegen die Tür, nachdem ich den zweiten Gang gefunden hatte und beschleunigte, sodass wir mit quietschenden Reifen um die Ecke fuhren.

»Eben der.« Das Auto fuhr wieder geradeaus. »Und auch der mit dem unstillbaren sexuellen Verlangen, das ihn draußen auf der Weide bei seinen Damen hält und nicht im Stall, wo er hingehört, und wo die Frau, der er gehört, ihn in diesem Augenblick vermutet, und wohin sie mit dem Bleifuß auf dem Gaspedal unterwegs ist, um nach ihm zu sehen.«

»Jetzt? Mitten in der Nacht?«

»Oh, Ludo, Sie haben ja keine Ahnung.« Ich raufte

mir mit einer Hand die Haare, während wir in Richtung Umgehungsstraße rasten. »Absolut *keine* Ahnung. Diese pferdenärrischen Frauen sind unglaublich. Vor allem die hier, Camilla.«

»Doch nicht etwa ... *die* Camilla?«

»Oh nein, nein, die nicht. Viel grauenhafter.«

»Mein Gott.«

»*Die* Camilla wäre ja kein Problem. Mit der könnte ich mir vorstellen, kichernd in der Ecke zu stehen und eine zu rauchen. Aber diese ... nun ja, Sie werden ja sehen.«

Es folgte Schweigen, während er mich vernünftigerweise in Ruhe einen Kreisverkehr bewältigen ließ und sich nur durch seine weißen Handknöchel verriet, die den Sitz fest umklammert hielten.

»Haben Sie sich das tatsächlich schon mal vorgestellt, mit dem in der Ecke stehen, kichern und rauchen?«, fragte er leichthin, als wir auf die A40 einbogen.

Ich errötete in der Dunkelheit. Er war nicht blöd, oder? Ein kurzer Seitenblick ließ mich sein Profil und das Zucken um seinen Mund erkennen.

»Was – meinen Sie etwa, ob ich davon geträumt habe, ich hätte sie bereits gekannt, als sie noch die ganz gewöhnliche Mrs Parker-Bowles war und jetzt, wo sie mit seiner Hoheit verheiratet ist und weil wir uns schon so lange kennen, bin ich dauernd in Highgrove und röste Muffins mit den beiden am Kamin?« Na, wenn das nicht abschreckend wirkte, dann wusste ich auch nicht mehr. Und abschrecken musste ich ihn unbedingt, komme, was wolle.

Er grinste. »*Die* Vorstellung ist ja nicht gerade sexy.«

»Ich bin ja auch nicht sexy.«

»Ich wäre mir nicht so sicher, ob Sie selbst das beurteilen können.«

»Mein Gott, noch mal ...«

Ich überlegte, ob ich die Geschichte noch weiterspinnen und erwähnen sollte, dass ich ihn inzwischen nicht mehr mit »Hoheit« anredete und dass wir bereits einen gemeinsamen Urlaub geplant hätten, wir vier: eine Reiter-Safari in Botswana. Und dass Charles höchst angetan wäre von Ant, fast so wie von Laurens van der Post. Vielleicht doch lieber nicht. Ich wollte ihn zwar abschrecken, aber doch nicht um den Preis, dass er dachte, ich wäre geistig verwirrt.

»Fahren Sie immer so, als ob Sie gleich aufs Armaturenbrett kotzen würden?«

Ich knirschte mit den Zähnen und lehnte mich zurück. Nein, das funktionierte nicht bei mir. Ich nahm wieder meine Position auf der äußersten Kante des Sitzes ein, das Steuerrad direkt vor die Brust geklemmt.

»Da sind wir«, verkündete ich wenige Minuten später, nachdem wir in Rekordgeschwindigkeit über die kleinen Sträßchen gebrettert waren und ich nun schwungvoll mit dem Wagen um den steinernen Torpfosten bog, den ich diesmal auch nur ganz knapp streifte.

Wir kamen auf der steinigen Auffahrt zum Stehen, die man, wie ich bereits erwähnte, wohl kaum als Kiesweg bezeichnen konnte. Über der Eingangstür brannte die alte Stalllaterne und beleuchtete den wilden Wein und das kleine hölzerne Vordach mit den weißen Bänken auf beiden Seiten. Caro hatte auch im Wohnzimmer Licht angelassen, das durch einen Spalt in den roten Vorhängen fiel.

»Hübsch«, sagte Ludo beim Aussteigen bewundernd.

Ich lächelte. Es war ein wissendes Lächeln. »Ja, aber es zerfällt ihnen unter den Händen. Kommen Sie mit rüber, die Ställe sind dort drüben.«

Er folgte mir um die Seite des Hauses herum.

»Sie sind also vermutlich mit Pferden aufgewachsen?«, fragte er und blickte sich um, nachdem ich das

Hoflicht eingeschaltet hatte. Henrys Pony, Felix, das als empfindlich galt und daher unter keinen Umständen nachts draußen bleiben durfte, streckte den Kopf über die Tür und spitzte interessiert die Ohren.

»Nein, das war immer ganz und gar Dads Sache«, sagte ich und verschwand in der Sattelkammer, um gleich darauf mit einem Halfter in der Hand wieder aufzutauchen. »Tim und ich haben uns da nie eingemischt. Ich war sowieso glücklicher mit einem Buch in der Hand.«

»Ach so«, sagte er lächelnd.

»Heftromane«, fügte ich spitz hinzu, bevor er sich zu sehr freute. Bevor er sich mich mit *Don Quijote* oder so im Schoß vorstellte. »Oder irgendwelche billigen Zeitschriften.« Ich warf ihm einen triumphierenden Blick zu und wünschte nur, ich hätte einen Kaugummi, den ich jetzt kauen könnte. »Gut. Jetzt halten Sie mal das hier ...« Ich reichte ihm einen Eimer mit Trockenfutter. »Und wenn wir draußen auf der Weide sind, dann rasseln Sie laut damit und machen ordentlich Lärm. Wenn er dann rüberkommt, versuche ich, ihn einzufangen.«

»Alles klar, Sir.«

Ich ignorierte seine Bemerkung. Irgendwie kam es mir so vor, als wäre er seit seinem Geständnis vorhin erstaunlich aufgekratzt, gar nicht mehr der düstere, verschlossene Typ von früher. So, als würde er jetzt zum ersten Mal aus sich herausgehen. Vielleicht hatte er das Gefühl, er hätte nichts zu verlieren? Oder hatte er auf Charme-Modus geschaltet? Wenn dem so war, so musste ich eingestehen, dass es ziemlich attraktiv war. Mich wiederum zwang es dazu, eine zickige, genervte Rolle anzunehmen, die, wie ich wusste, ganz und gar nicht attraktiv wirkte. Aber gerade darum ging es ja, nicht wahr, Evie? Ich machte die Tür zur Futterkammer hinter mir zu.

»Und war diese Methode in der Vergangenheit schon öfter erfolgreich?«, wollte er wissen.

»Nein, das nicht gerade, aber es ist so dunkel, dass wir ihn vielleicht überraschen können.«

»Gut«, sagte er mit einem Blick in den Eimer. »Aber in erster Linie zählen wir darauf, dass sein Appetit auf Futter größer ist als der Appetit auf Sex, oder?«

»Ja, irgendwie schon«, sagte ich ungeduldig. »Aber probieren geht eben über studieren.« Was war das denn? Seit wann klopfte ich solche Sprüche?

»Also los«, sagte ich und setzte mich in Bewegung. »Probieren wir's einfach aus.«

»Was dagegen, wenn ich noch so ein Ding hier mitnehme?« Er drehte sich um und griff nach einem Halfter, das über einer Stalltür hing.

»Wenn Sie unbedingt wollen?«

Zufrieden marschierte ich in Richtung Weide, wo ich das große Metalltor für uns öffnete und ihm dann einen Stoß zurückgab, sodass es mit einem lauten Scheppern hinter uns zufiel.

»Also normalerweise sind sie alle zusammen unten beim Fluss. Schütteln Sie mal Ihren Eimer.«

»Hector!«, rief ich und schritt dabei hügelabwärts. »Hec-torrr!« Gar nicht so leicht, diesen Namen laut zu rufen, ohne sich dabei lächerlich zu machen. Meine Stimme tremolierte bühnenreif.

»Machen Sie ihn so nicht nur auf unsere Anwesenheit aufmerksam?«, flüsterte Ludo neben mir. »Ich dachte, dass unser Plan auch auf dem Überraschungseffekt beruht?«

Dieser Kerl! Ich gab ihm keine Antwort, aber er hatte nicht unrecht. Hector war vermutlich gerade dabei, seinen Stuten einen Stups zu geben, um damit zu sagen – los Mädels, die Alte ist hier. Auf mein Kommando lauft ihr los, ja?

Wir rückten näher in Richtung Fluss wie ein Feldmarschall mit seiner Ein-Mann-Armee, dachte ich, als unser Schlachtruf in der stillen, sternklaren Nacht verhallte. Ludo klapperte absichtlich viel zu laut, fand ich, und schien sich dabei mit einem aufreizenden Grinsen im Gesicht allzu sehr zu amüsieren. Ich war nicht überzeugt, dass er die Sache hier wirklich ernst nahm.

Und siehe da, noch während wir die abschüssige Wiese hinuntermarschierten, konnten wir Hector unter den Weiden stehen sehen und seine beiden grauen Stuten lagen ihm zu Füßen in einem ländlichen Idyll wie auf einem Gemälde von George Stubbs.

»Wie gemütlich«, murmelte Ludo. »Drei in einem Bett.«

»Da sehen Sie, warum es ihm so gut gefällt.«

»Aber ist er nicht operiert? Er ist doch bestimmt kein Hengst.«

»Nein, ein Wallach.« Wir bewegten uns Zentimeter für Zentimeter vorwärts. »Aber Caro meint, er könnte möglicherweise ein Klopphengst sein.«

»Was ist das?«

»Ein Hengst, der zwar gelegt wurde, bei dem die OP aber nicht ganz funktioniert hat. Er hat zwar den Großteil seiner Ausrüstung verloren, aber es kann vorkommen, dass irgendwo doch noch was zurückbleibt. Und dann verspürt er immer noch den Drang.« Ich war froh, dass es dunkel war.

»Meine Güte. Der arme Kerl.«

»Also. Sie klappern, und ich gehe hinten rum.«

»Moment mal.« Er hielt mich am Arm fest. »Darf ich gerade mal was ausprobieren?«

»Was denn?«

»Sie werden schon sehen. Warten Sie hier.«

Ich verschränkte die Arme. Was immer er vorhatte, es würde nicht funktionieren. In der letzten Zeit war Hector, vermutlich weil er nachts nicht mehr reingeholt und viel mehr in Ruhe gelassen wurde, eher wild geworden. Er hatte sich angewöhnt, den Kopf herumzuwerfen und die Augen zu rollen und plötzlich und unvermittelt in die entgegengesetzte Richtung davonzutraben. Keine Spur mehr von dem wohlerzogenen, gehorsamen Hector, dem Traum in Lila mit perfekt gekämmter Mähne und geölten Hufen. An seiner Stelle stand nun ein rüpelhafter, Furcht einflößender Hector unter einer sehr verdreckten Decke. Fast sah es so aus, als würde er bald in irgendeinem Einkaufszentrum herumlungern und Red Bull direkt aus der Dose schlürfen.

Ich sah zu, wie Ludo seinen Eimer hinstellte und sich zu den gefügigen, schläfrigen Stuten von Jack und von Phoebe hinüberschlich. Innerhalb weniger Sekunden hatte er ihnen ein Seil über den Hals geworfen und jeder ein Halfter angelegt. Verwirrt standen die Tiere auf. Hector, der ihren Gefangenenstatus spürte, warf sogleich den Kopf in die Höhe und trabte lässig davon. Was ging ihn das an? Ludo ließ ihn links liegen und führte die Stuten zu mir. Ich übernahm ihre Führstricke.

»Das haben Sie aber nicht zum ersten Mal gemacht, oder?«, fragte ich verblüfft.

»Alice hatte ein Pony, dem ich manchmal das Halfter angelegt habe, aber abgesehen davon ist es nur normaler Menschenverstand. Oder sexuelle Psychologie. Einem männlichen Wesen darf man nie hinterherlaufen. Wenn man es ignoriert, kommt es von ganz alleine.«

Er warf mir einen herausfordernden Blick zu, woraufhin ich mich abrupt umwandte und mit den Stuten im Schlepptau davonmarschierte.

Und es war kaum zu glauben, Hector, der anfänglich in Richtung Fluss abgehauen war, hatte kehrtgemacht und folgte uns in Richtung Tor, wenngleich mit einem gewissen Sicherheitsabstand.

»Soll ich jetzt mal probieren, ob ich ihn kriege?«, fragte ich und war mir dabei bewusst, dass ich wieder einmal in vielerlei Hinsicht die Kontrolle verloren hatte.

»Nein, spannen Sie ihn auf die Folter. Warten Sie, bis er verzweifelt ist. Sie wollen mir doch nicht etwa erzählen, dass Sie noch nie einen Mann auf Abstand gehalten haben, Evie? Ihn haben warten lassen?«

Ich kniff den Mund zusammen. Ich würde ihm ganz gewiss nicht erzählen, dass ich immer diejenige war, die den Männern hinterhergelaufen war. Inzwischen hatten wir das Tor erreicht, und Ludo ging voraus, um es für mich zu öffnen. Ich führte die Stuten hindurch, eine auf jeder Seite.

»Jetzt?« Ich warf einen Blick zurück. Da stand ein ganz untypisch verunsicherter Hector herum und wusste nicht, was er tun sollte.

»Nein, führen Sie sie hoch auf den Hof. Wir werden ihm eine Lektion erteilen.«

Ich kam mir schon selbst wie eine alte graue Stute vor, und gehorsam führte ich die beiden durch die Nacht davon. Als wir zum Stall kamen, wartete ich dort in der Stallgasse mit ihnen, und wir standen alle drei mit unterwürfig gesenkten Köpfen da. Wenige Augenblicke später ertönte das muntere Geklapper von Hectors Hufen auf dem Ascheweg. Er tauchte aus der Dunkelheit auf und wirkte tatsächlich ein wenig verängstigt und gar nicht so arrogant wie sonst. Die Ponys wieherten sich erleichtert zu, und Ludo schob Hector in eine Box und verriegelte die Tür fest hinter ihm. Dann machte er eine knappe Kopfbewegung zu mir und den Stuten hinüber. Offenbar hatte ich mich in eine Frau verwandelt, die auch das kleinste Kopfzucken eines Mannes genau versteht, denn ich machte auf der Stelle kehrt und führte die verwirrten Tiere wieder auf die Weide zurück. Dort streifte ich ihre Halfter ab und ließ sie los und sah zu, wie sie das Tal entlanggaloppierten, ohne auch nur ein einziges Mal zurückzuschauen. Sie wirkten nicht übermäßig enttäuscht, dass sie nun einen ruhigen Abend vor dem Fluss genießen konnten, ganz ohne ihn und seine Ansprüche. Ihnen schien dabei nichts zu fehlen.

Drüben im Stall lehnte Ludo ganz lässig an einer Stalltür, die Hände in den Taschen vergraben, ein Knie gebeugt, und sah unglaublich gut und ungeheuer selbstzufrieden dabei aus.

»Sind wir hier jetzt fertig?«

»Noch nicht ganz. Aber Sie können gerne im Auto warten, wenn Sie wollen. Ich brauche nicht mehr lang.«

Damit verschwand ich in der Sattelkammer, um einen Eimer mit Wasser und einen Schwamm zu holen. Bitte geh jetzt!

»Warum, was passiert jetzt?«

Ich war schon in Hectors Box und verriegelte die Tür fest hinter mir. Ich hoffte, dass ich das hier auch im Dunkeln nur im diffusen Schein des Hoflichtes erledigen konnte. Es gab natürlich ein Stalllicht, aber das wollte ich ganz gewiss nicht anmachen.

»Oh, ich muss nur seine Decke wechseln«, murmelte ich und zog ihm dabei die verdreckte vom Rücken und schnappte das kleine lila Teilchen von seinem Platz auf der Heuraufe und ließ es auf seinen Rücken gleiten. »Und sonst noch so ein paar Sachen ...« Ich schnallte die Decke von unten fest.

»Was für andere Sachen?«

»Äh ... ihn waschen.«

»Waschen? Hier – das geht doch besser mit Licht.«

Er knipste es genau in dem Augenblick an, als ich mich mit meinem Eimer und Schwamm hingekniet hatte und Hectors ...

Es folgte angespanntes Schweigen, während ich wild entschlossen zu Ende brachte, was ich mir vorgenommen hatte. Nach einer Weile konnte ich es nicht mehr ertragen.

»Bitte warten Sie im Auto«, flüsterte ich.

»Sie machen Witze«, knurrte er atemlos. »Das würde ich um nichts in der Welt verpassen wollen. Machen Sie das mit allen Jungs so?«

»Das liegt an Camilla«, zischte ich mit hochrotem Kopf. »Sie besteht darauf. Sie wird das kontrollieren.«

»Ich habe meine Meinung über Camilla geändert«, sagte er nach einer langen Pause, in der er mich beobachtet hatte. »Ich liebe sie. Ich will Kinder mit ihr.«

»Oh nein, das wollen Sie nicht.« Ich richtete mich auf und schmiss den Schwamm in den Eimer zurück. »Camillas Mann kriegt bestimmt nicht diese Sonderbehandlung, darauf würde ich Geld wetten. Camillas Mann darf wahrscheinlich nur einmal im Jahr an seinem Geburtstag in der Missionarsstellung ran.«

»Und nur mal ganz hypothetisch gesprochen, welche Art von Sex verpasst er dabei, Ihrer Meinung nach?«

Ich schaute ihn an, wie er grinsend und mit blitzenden Augen die Arme über der Stalltür verschränkt dastand.

»Halten Sie die Klappe, Ludo, und reichen Sie mir lieber den Hufkratzer da drüben.«

»Ich liebe es, wenn Sie so pferdemäßig reden«, stöhnte er, während ich nur weiter stumm auf den Kratzer deutete, der an einem Nagel neben der Tür hing.

»Klappe, Mann und ... oh, scheiße!« Ich blieb stocksteif mitten im Stall stehen. Horchte.

»Was ist?«

»Sie ist hier!« Der unverkennbare Sound von dröhnenden Rädern und zischenden Bremsen erfüllte die Nacht, als der Transporter durchs Eingangstor gerumpelt kam. Eine Tür der Fahrerkabine wurde zugeschlagen, das Echo hallte durch die stille Nacht, sodass die

Hunde im Haus anfingen zu bellen. Ich erkannte unsere Brenda, die hier untergekommen war, während wir eigentlich in Yorkshire sein sollten, an ihrem schrillen Gekläffe und Megans kehliges, altes Gebell.

»Schnell, Licht aus.«

Ludo schaltete es aus, und in null Komma nichts war ich aus der Box, hatte die Tür hinter mir geschlossen und verriegelt. Ich blickte wild um mich und zitterte vor Unentschlossenheit. Zu spät, ihre schweren Schritte, wie die eines Mannes – nein, eher wie die eines Riesen –, kamen erdbebengleich näher. *Fee-Fi-Fo-Fum – Ich rieche, rieche Menschenfleisch* ... In Ermangelung einer rettenden Bohnenranke schaute ich Ludo Hilfe suchend an. Es gab nur einen Ausgang auf den Hof, und durch den kam sie. Wir waren gefangen.

»Hier rein«, flüsterte er.

Blitzschnell hatte er mich in die Nachbarbox geschubst, die zufälligerweise Felix gehörte. Felix beäugte uns erstaunt, aber er war ein sanftes kleines Pony und außerdem äußerst verfressen. Und nachdem er uns von oben bis unten gemustert hatte, wandte er sich wieder heftig kauend dem Inhalt seines Heunetzes zu. Ludo und ich rutschten in die hinterste Ecke seiner Box und kauerten uns hin, wobei Ludo den Arm in einer pseudobeschützenden Geste um meine Schultern gelegt hielt. Aber ich wusste es besser. Ich warf ihm einen bösen Blick zu und versuchte, ihn abzuschütteln, aber er klammerte sich nur noch fester an mich und bedeutete mir mit dem Finger an den Lippen, leise zu sein. Dabei wirkte er keineswegs verängstigt, sondern schien sich königlich zu amüsieren. Ganz im Gegensatz zu mir. Aber er hatte ja auch keine Ahnung von den möglichen Folgen. Ahnte nichts von den Ausmaßen von Camillas Zorn, noch von dem meiner Schwägerin oder von Annas Trauer, wenn man ihr das geliebte Pony wegnehmen würde.

Ich schloss die Augen, senkte den Kopf und fing mit gefalteten Händen inbrünstig an zu beten. Das Geräusch eines zurückschießenden Riegels war von der Tür nebenan zu hören, von Hectors Box. Dann ging das Stalllicht an und dann ... rechnete ich damit, dass die unverkennbare Stimme von Camilla Gavin durch die Nacht schallte, aber obwohl es zweifellos ihre Stimme war, die da ertönte, so hätte man sie doch leicht für jemand anderen halten können. Statt des üblichen hochnäsig abgehackten Blaffens war der gurrende, süße Tonfall zu hören, in dem manche Leute mit kleinen Babys oder ihren Geliebten oder auch mit Tieren sprechen.

»Oh, Heccy Heccy, war er denn ein guter Junge, mein Süßer? War er das? Bussi Bussi, Heccy. Brrr... Br...!«

Gefolgt von etwas, das sich nach einem Zungenkuss mit einem Pferd oder etwas ähnlich Schrecklichem anhörte. Ich konnte Ludo nicht anschauen. Ich wusste, es war lebenswichtig, jetzt ganz stur geradeaus auf Felix' breites braunes Hinterteil zu starren und an, hm, die Lage von Gordon Brown oder, äh, an die globale Erwärmung zu denken.

»War er denn Mamis Liebling? Und ist er so versorgt worden, wie es sich für Mamis kleinen Liebling gehört?«

Gott sei Dank konnte Hector nicht sprechen. Ludo drückte meine Schulter, versuchte meinen Blick zu erhaschen, und unvorsichtigerweise schaute ich nur einmal kurz in sein amüsiertes, ungläubiges Gesicht. Erinnerungen an Tim in der Kirche tauchten warnend auf. Ich biss mir auf die Innenseite der Wangen und dachte fest an Gordon Browns Frau, Sarah. Ziemlich streng stellte ich sie mir vor. Kein Fastfood für ihre Kinder. Keine Big-Mac-Kartons vor der Glotze.

»Und hat sie dir denn auch die Hufe gekratzt, mein Schnucki? Hm?« Pause, während sie es kontrollierte.

»Nein, Mami«, ertönte ein hohes, zittriges Lispeln. »Das hat sie nicht.«

Ach du lieber Gott. Er konnte ja wirklich sprechen. Das war zu viel für Ludo. Er prustete los.

Es folgte eine schreckliche, atemlose Stille, die angespannt in der Nachtluft hing. Ich kniff die Augen und alles, was ich sonst noch hatte, zusammen.

»Wer ist da?«, ertönte nun der unverkennbare Tonfall der wahren Camilla Gavin von nebenan. »Wer ist da?«, bellte sie noch einmal furchtlos. Oh ja, ganz und gar furchtlos, im Gegensatz zu mir. Ich war die Achtklässlerin, die sich im Mädchenklo versteckte, und sie war die Schuldirektorin. Wie der Blitz kam sie aus Hectors Box geschossen und verriegelte sie hinter sich. Dann ging sie die Stallgasse entlang, glücklicherweise in die entgegengesetzte Richtung von uns, wo sie eine nach der anderen alle Türen aufkickte. Jetzt war sie nicht mehr die Schuldirektorin, sondern ein Bulle auf Verbrecherjagd, ganz wie im Fernsehkrimi. Dabei war sie noch nicht mal bewaffnet, dachte ich bewundernd. Es konnte doch sonst wer da sein. Aber wer würde sich schon mit Camilla anlegen wollen?

»Kommt schon – kommt raus! Verdammte Zigeuner – raus mit euch!«

Sie marschierte zurück in unsere Richtung bis zu der einzigen Box, deren Tür sie noch nicht eingetreten hatte, der von Felix. Ich ächzte leise. Mein Schicksal war besiegelt. Doch als sie die Tür öffnete, mit einem gekonnten Griff das Pony auf die Seite schob und dabei gleichzeitig das Licht einschaltete, bedeckte Ludo mein Gesicht mit dem seinen und küsste mich sehr fest mitten auf den Mund.

»Allmächtiger *Gott*!«, ereiferte sie sich.

Ich schubste Ludo beiseite und sprang auf die Füße.

»Was, um alles in der Welt, tun Sie da?« Ihr ungläubiger Blick schoss zwischen mir und Ludo hin und her. Sie wusste genau, was wir taten.

»Ich bitte um Entschuldigung, Mrs Horse-Lady«, nuschelte Ludo und richtete sich auf. »Das hier ist Evies Zuhause. Man könnte ebenso gut fragen, was Sie hier zu suchen haben, wenn Sie sich mitten in der Nacht an den Pferden zu schaffen machen. Aber da Sie bereits gefragt haben: Ich bin gekommen, um die Beleuchtung für die Hochzeit meiner Schwester zu klären. Und dann habe ich Evie hier getroffen, die kontrolliert hat, ob unser lieber Hector auch gut zugedeckt ist – sie ist so unglaublich eigen, was seine Schichten angeht. Die Tatsache, dass ich sie hier im Stall in die Ecke gedrängt und mir einen Kuss geraubt habe, geht Sie nun wirklich gar nichts an.«

»Meine Güte«, staunte sie, momentan sprachlos. »Ist mit Ihnen alles in Ordnung, Evie?«

»Ja«, flüsterte ich und ließ in übertriebener Dramatik den Kopf hängen. Es fiel mir nicht schwer.

»Was ist denn los, Milly?«, spottete Ludo. »Hat Sie noch nie einer in die Stallecke gedrängt? Außer dem guten alten Heccy vielleicht?«

»Wie können Sie es wagen!«

Er spazierte an ihr vorbei, die Hände in den Hosentaschen, in den Hof hinaus. Sie starrte ihm mit offenem Mund hinterher. Ludo drehte sich noch einmal um und warf ihr ein triumphierendes Lächeln zu, dann schlenderte er pfeifend davon, um die Ecke in Richtung Hoftor und hinaus in die Nacht. Nachdem er verschwunden war, wandte sie sich entsetzt zu mir.

»Was für ein *grauenvoller* Typ.«

»Grauenvoll.«

»Ist er ein Zigeuner?«

»Schon möglich. Irgend so ein Landstreicher.«

»Aber äußerst artikuliert. Vielleicht ein Drogenabhängiger? Von der Uni vielleicht?«

»Vielleicht.«

»Ist mit Ihnen wirklich alles okay?«

»Ja. Dank Ihres Eingreifens.«

»Sie hätten ihm eine Ohrfeige verpassen sollen!«

»Das ... das wollte ich gerade.«

»Ich wünschte, ich hätte das für Sie übernommen.«

»Ja, das wünschte ich auch.«

Wir starrten uns gegenseitig an, und ich hatte dabei das ungute Gefühl, dass sie nicht so recht überzeugt war. Noch konnte die Sache schiefgehen.

»Möchten Sie, dass ich Hector noch eine Decke überlege?«, fragte ich, um mich einzuschmeicheln. »Ich habe mir Sorgen gemacht, dass er frieren könnte.«

»Nein. Nein. Ich habe zwischen seinen Ohren gefühlt. Ihm geht's prima so.« Das war also die richtige Bemerkung gewesen.

»Gut, also, wenn Sie sicher sind ... dann fahre ich jetzt wieder.« Nervös drückte ich mich an ihr in der Box vorbei und zur Tür hinaus.

»Sicher, dass Sie fahren können?«, fragte sie barsch. »Soll ich Sie mitnehmen?«

»Nein, nein, alles bestens, das Auto ist gleich hier. Aber trotzdem vielen Dank!« Mit fliegenden Fahnen floh ich zu meinem Wagen.

»Nett von Ihnen, dass Sie nach Hector geschaut haben!«, rief sie noch hinter mir her.

»Kein Problem!«, flötete ich zurück und warf mich auf den Fahrersitz. Ein Blick in den Rückspiegel zeigte mir, dass sie mir hinterhergelaufen kam. Oh Gott.

»Sicher, dass mit Ihnen alles okay ist?«

»Vollkommen.«

Ich drehte den Zündschlüssel und wendete auf der Einfahrt perfekt in drei Zügen. Dann röhrte ich zum Tor hinaus, sodass die Räder im Matsch durchdrehten und sie dabei hoffentlich nicht allzu übel bespritzten.

Ein paar hundert Meter die Straße entlang spazierte Ludo im Schatten einer hohen Holunderhecke und im Schein der Sterne lässig die Hände in den Hosentaschen vergraben. Fast könnte man sagen, er stolzierte. Als ich neben ihm war, verlangsamte ich das Tempo, beugte mich hinüber und stieß im Anhalten die Beifahrertür auf.

»Steigen Sie ein«, murmelte ich.

Er sprang ins Auto, grinsend. »Das ist doch ziemlich gut gelaufen, fand ich.«

»Fanden Sie?«

»Also ich fand, dass ich uns ganz gut aus dieser brenzligen Situation herausmanövriert habe.«

»Ach wirklich? Außer dass sie bei näherem Nachdenken leicht herausfindet, wer Sie wirklich sind, und feststellt, dass wir sie an der Nase herumgeführt haben, und dann weiß innerhalb kürzester Zeit das ganze Dorf Bescheid. Evie Hamilton knutscht im Stall mit einem Mann rum, der halb so alt ist wie sie selbst.«

»Wird in einem Stall überfallen«, korrigierte er mich, »von einem Mann, der ganz sicher nur ein paar Jahre jünger ist als sie selbst. Wie alt sind Sie eigentlich?«

»Das geht Sie gar nichts an.« Ich unterdrückte ein Lächeln und fuhr schnell weiter in Richtung Stadt.

Das brachte ihn zum Schweigen. Meine Fahrweise, meine ich. Von Zeit zu Zeit hörte ich ihn leise fluchen, wenn wir um eine Kurve bogen, aber das war bei den meisten Leuten der Fall.

Als ich schließlich vor Ludos Haus anhielt, war der zweite Stock noch immer hell erleuchtet und die Fenster waren weit geöffnet. Die Party war in vollem Gange, die Musik noch lauter als zuvor. Der Lärm schallte die Straße hinunter und hallte in der stillen Nachtluft wieder. Ich wandte mich zu ihm um. Er hatte die Augen geschlossen.

»Kann ich es wagen zu schauen?«

»Idiot. Wir sind da.«

»Gott sei Dank.« Er öffnete die Augen und blickte sich mit gespieltem Erstaunen um. »Mann, was haben Sie für einen Fahrstil drauf.«

»Und was haben Sie für Lügen drauf!«

»Bitte?«

»Na vorhin, im Stall.«

»Ach so.« Er zuckte die Schultern. »Das gewöhnt man sich so an. Ich bin eben Journalist. Ich erfinde Geschichten.«

»Aber doch nicht *die* Sorte Journalist, kein Klatschreporter.«

Er lachte. »Nein. Das stimmt. Das war tatsächlich eine Lüge.«

Der spöttische Ausdruck wich langsam aus seinen Augen, während er mich anschaute. Mich eingehend musterte. Liebevoll. Nachdenklich. Die ganze Frivolität der vergangenen Stunden schien aus dem Wagen zu schlüpfen und die Straße hinab zu verschwinden. Es war, als wäre ein nützlicher Tarnumhang fortgezogen und zur Seite geworfen worden und darunter wäre etwas weit Gefährlicheres zum Vorschein gekommen.

»Hat doch Spaß gemacht, oder?«, bemerkte er leichthin.

Mich konnte sein Ton nicht täuschen, aber sein ruhiger Blick ging mir sehr nahe. »Ja«, pflichtete ich leise bei. »Das hat es.« Ich saß bewegungslos im warmen Zentrum seiner Aufmerksamkeit. Um uns herum war Stille.

»Gute Nacht, Evie.«

»Nacht.«

Er lehnte sich zu mir hinüber, um mir einen Kuss auf die Wange zu geben, aber stattdessen senkte sich sein Kopf und seine Lippen streiften meinen Hals. Eine ebenso zarte wie elektrisierende Berührung.

Mir schoss das Blut unter die Haut, und ich wusste in diesem Augenblick, dass ich mich danach sehnte, richtig von ihm geküsst zu werden. Der Gedanke schockierte mich, und meine Bereitschaft überraschte mich.

»Ludo ...«

»Sch.« Er legte den Finger auf meine Lippen, und ich sah in seinen Augen, dass er beide Gefühle in mir erkannt hatte. Das Verlangen und das Erschrecken.

»Keine Panik«, sagte er ruhig. »Aber geh nicht fort.« Und dann stieg er aus dem Auto und war verschwunden.

25

Am folgenden Morgen war Caro schon am Telefon, noch bevor ich überhaupt die Augen geöffnet hatte.

»Alles okay mit dir?«

»Ja, warum?« Ich drehte den Kopf auf dem Kissen und blinzelte den Wecker an, bis ich wieder klar sehen konnte.

»Camilla sagte, du wärst überfallen worden. Im Stall!«

Ich stützte mich auf einen Ellbogen. Nahm den Hörer in die andere Hand. »Das ist eine lange Geschichte, Caro, und es ist erst halb acht.«

»Und ich bin schon seit einer Stunde wach und mit einer Tasse Kaffee bewaffnet. Schieß los!«

Ich seufzte und wusste, dass alle Ausreden sinnlos waren. Nachdem ich geendet hatte, folgte ein langes Schweigen.

»Und hat er dich geküsst?«

»Ja, aber nur aus Pflichtbewusstsein.«
»Auf den Mund?«
»Ja, auf den Mund, aber …«
»Mit der Zunge?«
»Auf keinen Fall!«
»Ich frag ja nur. War es schön?«
»Caro!«
»Es war schön!«, hauchte sie entzückt.
»Tschüs!«, sagte ich kurz angebunden und legte auf.

Ich schwang die Beine aus dem Bett und blieb einen Augenblick zusammengekauert auf der Bettkante sitzen, bevor ich mich hochhievte und schwerfällig zum Klo tapste, wobei ich unterwegs noch in die Dusche langte und das Wasser anstellte. *War es schön?* Was für eine Frage! Ich zog mein Bigshirt über den Kopf, stieg in die Duschkabine und machte die Glastür hinter mir zu, während ich das Gesicht nach oben in den heißen Wasserstrahl hielt. Ich öffnete den Mund, um etwas davon hineinlaufen zu lassen. *War es schön!* Ich wusch mir mit Inbrunst die Haare, dann stieg ich tropfend und dampfend aus der Dusche, griff nach einem Handtuch und wickelte mich hinein. Langsam ging ich zu dem langen Spiegel hinüber, und während ich mir die Haare mit dem Handtuch rubbelte, betrachtete ich kritisch mein Spiegelbild, meine nass zurückgestrichenen dunklen Haare, normalerweise ein wilder Lockenkopf, die bereits anfingen, wieder in ihre Form zurückzuspringen, und mein Gesicht mit dem noch immer ebenmäßigen Teint und den etwas zu vollen Lippen. Ein echter Kussmund, hatte Ant immer gesagt. Ich erstarrte. Ja, okay, es war schön gewesen. Sehr schön sogar. Vor allem der, von dem ich ihr nichts erzählt hatte. Ich trocknete mich ab und zog mich an.

Als ich die Vorhänge im Schlafzimmer zurückzog, wanderte mein Blick auf die andere Straßenseite hinüber. Die Vorhänge in Nummer 52 waren noch geschlossen. Alle schliefen noch. Alice und ihr Verlobter ganz gewiss und vermutlich noch eine ganze Weile, aber was war mit ihrem Bruder? War er zurückgegangen und hatte mit dem harten Kern weitergefeiert, hatte mit der Rothaarigen im schulterfreien Kleid auf der Tanzfläche geschwoft? Oder war er direkt ins Bett gegangen und hatte da so wie ich mit klopfendem Herzen in der Dunkelheit gelegen?

Rasch wandte ich mich vom Fenster ab. Als ich mich hinabbeugte, um meine Bürste vom Frisiertisch zu nehmen, erhaschte ich einen Blick auf mein Spiegelbild. Gerötete Wangen, übermäßig glänzende Augen, fast beschwipst, als hätte ich mir schon einen kräftigen Schluck genehmigt.

Ich versuchte, mich zusammenzureißen, indem ich mir einige unserer Freunde in Erinnerung rief, die auf unangemessene Weise ihre Midlife-Crisis ausgelebt hatten, und ging runter, um mir eine Tasse Tee zu machen. Das Haus war sehr still, sehr ruhig. Unnatürlich ruhig, denn natürlich war auch Brenda nicht da. Normalerweise sprang sie schon an meinen Beinen hoch, damit ich ihr Frühstück machte. Ich ging zum Kalender auf der Seite des Kühlschranks und blätterte die Seite um. Dienstag, der dreiundzwanzigste. Ant ging auf eine Lesereise im Südwesten am ... am sechsundzwanzigsten. Oh. Also eigentlich gleich, wenn er zurückkam, wie mir erst jetzt klar wurde. Er würde seinen Koffer nur auspacken, um ihn gleich wieder neu zu bestücken. Ich würde ihn nicht sehen. Jedenfalls nicht richtig. Und gewiss würde ich keine Gelegenheit haben, richtig mit ihm zu reden. Alles über Bella und Stacey zu hören. Wenigstens das, was er mir erzählen würde. Das, was er mir erzählen würde? Wir hatten uns immer alles erzählt. Aber ich selbst würde ihm wohl kaum vom gestrigen

Abend erzählen, oder? Eher würde ich eine witzige Geschichte daraus machen, über die er lachen würde. Ich hole tief Luft. Ich wollte keine Geheimnisse. Wollte kein schlechtes Gewissen. Ich hatte nichts getan. Und doch kam es mir so vor. Wir hatten beide etwas getan, Ant und ich. Denn was hatte er sich sonst noch für zarte Gesten erlaubt, dort oben in Yorkshire? Außer der einen unter dem Kirschbaum? Mein Herz klopfte heftig. Keine. Absolut gar keine, du bildest dir nur Dinge ein, malst dir das Schlimmste aus. Hinter mir an der Wand tickte leise die Küchenuhr. Weil ich nichts anderes zu tun hatte. Weil ich zu viel Zeit hatte. Weil ich in diesem schicken Stadthaus lebte, blitzblank, weil Maria gestern zum Putzen da gewesen war, und mit einem gepflegten Garten, weil wir einen Gärtner hatten. Und so stand ich nun in meinem makellosen Haus, mit seiner ruhigen, altertümlichen Ausstrahlung, und malte mir das Schlimmste aus, aber zugleich das Beste, und dabei flogen meine Gedanken plötzlich zu Ludos dunklem Kopf, wie er sich gestern Abend hinabgebeugt hatte, um meinen Hals zu küssen.

Wenige Minuten später stand ich auf der anderen Seite der Küche, griff nach dem Telefon und tippte eine Nummer ein. Felicitys Anrufbeantworter ging dran. Ich wartete auf den Piepton.

»Oh, hallo, Felicity, Evie hier!« Meine Stimme hatte einen unnatürlich spritzigen Tonfall. »Ich habe nur gedacht, falls Mum es nicht schafft, dann könnte ich dir nächste Woche ohne Weiteres bei Essen auf Rädern helfen. Oder, äh, bei irgendwas anderem, was du ehrenamtlich machst. Okay? Tschüs.«

Ich starrte auf das Telefon. Spontan rief ich bei meiner Mutter an. Auch hier war der Anrufbeantworter dran, und ihre gehauchte Stimme ließ mich wissen: »Leider bin ich nicht da, aber wenn Sie wegen Reiki anrufen und einen Termin vereinbaren möchten, dann hinterlassen Sie doch eine Nachricht nach dem Ton.«

Ich legte auf. Wo war meine Mutter um acht Uhr morgens? Vermutlich joggte sie um den Park, um für den nächsten Mitternachtslauf zu trainieren oder was immer ihr nächstes Ziel war. Ich trat ans Fenster und schaute hinaus und zupfte dabei an einem Pickel, der an meinem Kinn schwelte. Ein vertrautes Gefühl von Panik, das ich in der letzten Zeit allzu oft hatte, drohte mich zu überfallen. Ich wandte mich um und ging geschäftig in die Waschküche, hob dort den Wäschekorb auf das Bügelbrett und begann, die Socken auf dessen Grund zu sortieren. Aber ich hatte erst ein oder zwei Paar zusammengezogen, bevor ich mich wieder in der Küche befand und dort durch die hohen Fenster auf den mit Blättern übersäten Rasen hinausstarrte. Hinter mir klingelte das Telefon, sodass ich zusammenzuckte. Ich drehte mich um und griff nach dem Hörer, wie ein Ertrinkender nach dem Rettungsring.

»Hallo?«
»Hi, ich bin's.«
»Ant!«

Erleichterung überkam mich, sodass ich mich schwer auf einen Küchenhocker fallen ließ. Ich war schon zu lange allein in dem leeren Haus. Das war alles. Nun ja, nur eine Nacht. »Wie geht es dir, mein Schatz?«

»Ganz okay.« Er klang verhalten. Mir zog sich die Brust zusammen.

»Gut«, sagte ich leichthin. »Und Anna?«
»Der geht's prima.«

Ich leckte mir die Lippen. Da stimmte was nicht. Es klang nicht richtig.

»Und wann kommt ihr nach Hause?«
»Also, da hat es eine kleine Verwirrung gegeben. Der Verlag hat eben angerufen, um mir zu sagen, dass der

Vertreter, der mich auf der Lesereise in Devon begleiten sollte, krank ist. Er hat anscheinend einen Bandscheibenvorfall und kann nicht Auto fahren.«

»Na dann, macht ja nichts. Vielleicht ein andermal?«

»Aber sie haben es geschafft, mit dem Vertreter hier oben im Norden was auf die Beine zu stellen, und er fährt jetzt mit mir stattdessen nach Harrogate, Leeds und Rippon.«

»Also ganz in deiner Nähe jetzt?«

»Genau.«

»Aber ... was ist mit Werbung und so? Wie sollen die Leute denn wissen, dass du kommst?«

»Also, sie haben es geschafft, ein paar Flyer zu drucken, und haben offenbar gerade noch vor Redaktionsschluss eine Meldung an die Lokalzeitung geben können. Sie haben wohl schon seit ein paar Tagen von der Sache gewusst und haben das in die Wege geleitet, weil sie ja wussten, dass ich Zeit habe.«

»Ach so.«

»Ich bleibe also hier, wenn das in Ordnung ist?«

»Bei Bella?«

»Ja, das wäre sinnvoll.«

Erzählte er mir das alles, oder fragte er mich?

»Natürlich. Und Anna?«

»Also, Anna sagt, sie hätte irgendwelche Pony-Club-Turniere ...«

»Das stimmt«, sagte ich rasch.

»Also werde ich sie in den Zug setzen.«

»Oh!«

»Sie ist durchaus alt genug, Evie. Du behütest sie viel zu sehr.«

Okay. Jetzt kam es alles raus. Ich war eine überbehütende Mutter.

»Also, wenn ich sie in den Zug um 9.15 Uhr setze, dann steigt sie in Rippon in Richtung Paddington um und kriegt dann den 12-Uhr-Zug nach Oxford, aber ich sag ihr, dass sie dich noch von unterwegs anrufen soll, okay?«

»Ja, okay.«

Schweigen.

»Ant, ist ... wirklich alles in Ordnung?«, fragte ich zögernd.

»Alles prima.«

Mein Mund fühlte sich klebrig an. Kein Speichel. »Wie wäre es, wenn ich auch käme? Wir könnten in Harrogate übernachten, das ist angeblich so ein hübsches Städtchen und ich war noch nie dort. Wir könnten uns einen alten Gasthof suchen oder so und einen Kurzurlaub draus machen.«

Er lachte. »Es sind doch Ferien, Evie. Was ist mit Anna?«

Ich schluckte. »Ja. Nein. Dumm von mir. Okay, ich hole sie vom Zug ab. Sag ihr, dass sie mit niemandem reden soll.«

»Werde ich tun.«

Wir verabschiedeten uns, und ich legte den Hörer auf. Dann starrte ich blind an die Wand. Ein feuchter Fleck, um den wir uns schon lange kümmern wollten, starrte zurück. In meiner Kehle steckte ein riesiger Kloß fest. Mir war kalt, merkte ich. Ich stand auf und ging zu der Abseite unter der Treppe, um den Thermostat einzuschalten. Es war absurd, das ganze Haus zu heizen, nur damit eine Person mit einer Tasse Kaffee in der Küche sitzen konnte, aber Anna würde auch bald nach Hause kommen. Ich warf einen Blick auf die Uhr. In ... vier Stunden. Ich blieb einen Moment im Flur stehen, dann holte ich ein Staubtuch aus dem Wandschrank und eine Dose mit Pledge-Möbelpolitur. Oben im Esszimmer fing ich damit an, die Möbel zu polieren, die Maria bereits poliert hatte. Aber sie brachte sie nicht ganz so zum Glänzen, wie ich es gerne hatte. Wir benutzten diesen Raum nicht genug, beschloss ich, richtete mich auf und schaute mich um. Es war ein schönes Zimmer. Ich würde bald eine Dinnerparty geben, nahm ich mir vor. Hatte schon die ganze Zeit eine geben wollen und es nur immer aufgeschoben. Ich würde Lottie und ihren Mann einladen und vielleicht die Devlins. Ich polierte vor mich hin. Die Standuhr in der Ecke tickte weiter.

Anna stieg um zwei Minuten nach eins aus dem Zug und ging mit einer Cath-Kidston-Reisetasche auf die Absperrung zu. Dabei gab sie sich ganz lässig, so als würde sie jeden Tag ihres Lebens mit dem Zug aus York mit Umstieg in Paddington ankommen. Als wäre das gar nichts Neues für sie.

»Wie war's?« Ich drückte mich an der Absperrung vorbei, um sie zu begrüßen und in den Arm zu nehmen.

»Gut«, sagte sie betont gelangweilt. Ihre Haare mussten mal wieder gewaschen werden. »Ich hatte massenhaft Zeit in Paddington und habe noch eine heiße Schokolade in einem Pret A Manger getrunken.«

Ich lächelte und nahm ihre Tasche, während wir zum Wagen gingen. Das setzte dem Ganzen natürlich die Krone auf. In London ganz alleine mit vierzehn eine heiße Schokolade zu trinken, das hätte mich in dem Alter auch gestärkt. Vermutlich hätte ich mir noch eine romantische Begegnung erträumt, während ich dort mit meiner *Jackie*-Zeitschrift saß.

»Tschau, Anna.«

»Tschau.« Sie errötete und nickte einem großen, blonden Jungen zu, der gleichzeitig mit uns sein Ticket abgegeben hatte und nun mit hängenden Schultern quer über den Bahnhofsvorplatz in Richtung des Taxistands schlenderte.

»Wer war das denn?«

»Rory«, sagte sie und konnte sich dabei ein kleines Lächeln um die Lippen nicht verkneifen, die Augen jedoch fest auf den Boden geheftet. »Den hab ich im Pret A Manger getroffen.«

Meine Güte. Keine Tagträume wie ich, sondern tatsächlich eine romantische Begegnung. Meine Familie war mir meilenweit voraus. In so vieler Hinsicht.

»Ist er Student?«

»Was?«

»Rory. Ob er ein Student ist?« Er sah ungefähr aus wie achtzehn. Aber Anna war auch groß für ihr Alter.

»Keine Ahnung.«

»An der Uni?«

Sie zuckte die Schultern.

»Wo wohnt er? Wir hätten ihn ja mitnehmen können.«

Sie verdrehte die Augen, und wir gingen zum Parkplatz. »Mum ...«

Ich öffnete die Türen, und sie stieg ein. Vielleicht hatte sie ja recht. Vielleicht ging es mich nichts an, wen sie in Kaffeebars kennenlernte. Ich wartete, bis sie neben mir eingestiegen war. Komisch, dass sie sich innerhalb dieser kurzen Zeit verändert hatte. Sie war dünner. Größer.

»Nächstes Mal brauchst du mich nicht mehr abzuholen. Ich nehme ein Taxi.«

»Gut.« Ich war mir nicht so sicher, dass es ein nächstes Mal geben würde. Ich steckte den Schlüssel ins Schloss. Ließ ihn fallen. »Mein Gott – du hast dir ja Ohrlöcher stechen lassen!«

»Ich weiß.« Sie drehte an einem goldenen Stecker in ihrem Ohr. In ihrem Gesicht spiegelte sich ein schlechtes Gewissen gemischt mit Dreistigkeit.

»Aber ...«

»Dad hat's mir erlaubt. Jetzt sei mal locker, Mum. Ich bin vierzehn. Und ich bin die letzte in meiner Klasse.«

Sie blickte mich herausfordernd an. »Und das hier habe ich auch noch machen lassen.«

Sie zog ihr T-Shirt hoch, und aus ihrem Bauchnabel blitzte mir ein winziger goldener Stecker entgegen.

»Anna!«

Sie schaute mich kämpferisch an. Plötzlich wusste ich, was ihr Ziel war. Ich fummelte auf dem Boden nach den Schlüsseln und ließ den Motor an.

»Ich vermute, Stacey ist kräftig gepierct, ja?«, sagte ich und bemühte mich dabei, meine Stimme ruhig zu halten.

»Na und, sie ist siebzehn, warum also nicht? Aber zufällig stimmt es gar nicht.« Ihre Stimme klang geradezu aggressiv. Ihr Gesicht sah angespannt aus. Älter.

»Wo hast du es machen lassen?«

»Bei Claire`s. Und nein, es wird sich nicht entzünden. Ich habe es mit Alkohol desinfiziert.«

»Gut zu wissen.«

Atmen, Evie, langsam durchatmen. Es ist ja schließlich kein Tattoo. Nichts Dauerhaftes. Jetzt schrieb sie gerade eine SMS auf ihrem Handy. An Rory? Stacey? In jedem Fall schenkte sie mir keinerlei Beachtung. Ich rang um Fassung.

»Und wie war's noch so da oben im hohen Norden?«, fragte ich betont heiter.

Sie zuckte die Schultern. »Du warst ja da.«

»Ja, aber gestern.«

Noch ein Schulterzucken. Sie steckte das Handy zurück in ihre Tasche und starrte aus dem Fenster.

»Hattest du es nett mit Stacey?«

»Ja, war gut.«

»Seid ihr irgendwann noch weggegangen und habt Freunde von ihr getroffen?«

»Nein.« Sie schaute mich mit einem ungläubigen Was-bist-du-nur-für-ein-Loser-Blick an.

»Und was habt ihr sonst so gemacht, gestern Abend? Habt ihr was unternommen?«

»Dies und das.«

»Habt ihr ferngesehen?«

»Ein bisschen.«

»Habt ihr alle zusammen Abendbrot gegessen?«

»Wer?«

Sie ließ sich alles aus der Nase ziehen. »Du und Daddy mit Bella und Stacey.«

Sie schluckte. Starrte aus dem Fenster. Gab keine Antwort.

»Anna?«

Sie drehte sich zu mir. Ihre Augen glänzten. »Hör mal, Mum, das musst du wirklich Dad fragen. Ich hab's versprochen. Okay?«

Fast wäre ich mit dem Auto irgendwo dagegengefahren. »Was hast du versprochen?«

Schweigen.

»*Was* genau hast du versprochen, Anna?«

Was ich von ihren Fingern sehen konnte, die aus fingerlosen Handschuhen und überlangen Wolljackenärmeln hervorlugten, zupfte nervös am Riemen ihrer Handtasche herum. Ich legte eine Vollbremsung hin. Mitten auf der Banbury Road. Das Hinterteil des Autos schlingerte überrascht seitwärts.

»WAS HAST DU VERSPROCHEN?«, kreischte ich ihr ins Gesicht. Jetzt rastete ich wirklich aus.

»Ich kann's dir nicht sagen, ja?«, kreischte sie zurück. »Ich kann nicht!«

Und damit brach sie in Tränen aus, stieg aus, knallte die Tür zu und rannte los. Mein Gott. Ich stieg ebenfalls aus und rannte ihr hinterher.

»Anna!« Ich holte sie ein, packte sie am Arm und drehte sie zu mir um. Ich hielt ihre Schultern umklammert und schüttelte sie heftig. Es ist keine Entschuldigung, aber ich hatte große Angst. Mit tränenüberströmtem Gesicht befreite sie sich aus meinem Griff.

»Frag Dad, okay?«, schrie sie mir ins Gesicht, das ihre dabei rot und verzerrt. Hässlich.

»Anna, das ist ja lächerlich«, keuchte ich. Die Leute drehten sich nach uns um. Ein Mann, der auf der gegenüberliegenden Straßenseite mit seinem Hund spazieren ging, war stehen geblieben, um uns missbilligend zuzusehen. »Bitte sag's mir.«

Jetzt füllten sich auch meine Augen mit Tränen, und sie sah es. Sah, dass meine Wut verraucht war. »Ich kann nicht«, sagte sie traurig, wobei ihre Augen noch immer überquollen. »Bitte zwing mich nicht. Du wirst es erfahren. Ich kann nicht.«

In mir erstarrte jede Faser zu Eis. Es war, als hätte sich plötzlich ein gefährliches Etwas zu uns auf dem Gehweg gesellt. Wir standen da und starrten uns an, während der Verkehr auf der Banbury Road vorüberraste. Plötzlich sah sie aus wie zehn. Als wäre sie eben vom Fahrrad gefallen. Hätte ihren Hamster tot im Käfig gefunden. Ich streckte die Arme aus, und sie warf sich hinein. Wir hielten uns fest umklammert. Ich horchte auf das Geräusch ihres Herzschlags, so wie sie zweifellos auf den meinen horchte. Dann gingen wir zusammen zum Auto zurück, stiegen ein und fuhren nach Hause.

Später am Nachmittag fand sie mich im schwindenden violetten Licht, dem Vorboten eines langen, dunklen Herbstabends, am Küchentisch sitzen, vor mir eine kalt gewordene Tasse Tee. Mein Handy flackerte schwach vor sich hin. Ich hatte es ans Ende des Tisches geschleudert, nachdem mir eine anonyme Stimme zum zehnten Mal mitgeteilt hatte, dass Ants Handy ausgeschaltet sei.

Anna blieb im Türrahmen stehen. »Ich habe eben mit Phoebe gesprochen. Weißt du, dass diese Ponyclub-Geschichte über drei Tage geht?«

»Ach ja. Nein, das wusste ich nicht.«

»Sie meinte, ob ich nicht dableibe. Auf der Farm. Es findet auf dem Gelände der Nachbarn dort statt.«

Ich schaute sie an. Sie kam mir wie eine Fremde vor. »Willst du das?«

Sie zuckte die Schultern. »Es wäre einfacher.«

Sie wollte es. Wollte weg von hier.

»Okay. Ich bring dich rüber.«

»Heute Abend schon?«

»Wenn du willst.«

Auch wenn es erst morgen anfing. Ich konnte ihr die Erleichterung am Gesicht ablesen, obwohl sie den erfolglosen Versuch unternahm, sie zu verbergen. Dann verschwand sie, um sich fertig zu machen. Ich hörte ihre Schritte rasch die Treppe hinauf springen und immer zwei Stufen auf einmal nehmen.

Ich ging nicht mit rein auf der Farm. Brenda war mit Megan im Hof und kam schwanzwedelnd auf uns zu und sprang sofort auf den Rücksitz, als ich die Tür öffnete. Ich setzte also Anna nur schnell ab mit ihrem Übernachtungsgepäck samt Reithose und Reithelm und Pralinen für Caro. Ich gab Anna den Auftrag, Caro zu sagen, dass ich den Hund mitgenommen hatte. Normalerweise ging ich immer kurz rein, um ein bisschen mit Caro zu plaudern, einen Kaffee zu trinken, ihr zu danken, aber ich wusste, dass Caro mich nach einem einzigen Blick in mein Gesicht sofort ins Wohnzimmer zerren und die Tür vor den Kindern schließen würde, und dann würden sich die Schleusen öffnen. Ich küsste Anna zum Abschied und war schon dabei wegzufahren, als ich Tim mit einer leeren Schubkarre und einer Zigarette im Mundwinkel auf mich zuhumpeln sah. Ich ließ das Fenster herunter.

»Hallo, mein Lieber, und, was treibst du so?«

»So tun, als würde ich arbeiten«, gab er mit unbewegter Miene zurück, ohne die Zigarette dabei aus dem Mund zu nehmen.

Ich grinste. »Was macht die Hüfte?«

»So lala.« Er beugte sich zu meinem Fenster hinunter, warf die Kippe in den Kies und trat sie mit dem Stiefel aus.

»Sieht nicht so toll aus.«

»Sieht immer schlimmer aus, als es ist. Aber du selbst siehst auch nicht gerade toll aus.«

»Ich bin müde.«

»Sind wir das nicht alle?«

»Ich habe eben Anna hier abgesetzt.«

»Habe ich gesehen. Phoebe wird sich freuen. Kommst du noch mit rein?« Er deutete mit dem Kopf in Richtung Haus.

Ich schüttelte meinen, weil ich lieber nichts sagen wollte. Mein wunderbarer, lieber, fürsorglicher Bruder. Genau das, was ich im Moment nicht verkraften konnte.

»Ich hab's ein bisschen eilig. Grüß Caro schön von mir.«

»Mach ich.«

Er musterte mich weiterhin prüfend, aber da er ein Mann war, bohrte er nicht weiter nach. Beim Wegfahren konnte ich allerdings im Rückspiegel sehen, dass er im Hoftor stehen blieb und mir hinterhersah.

Zehn Minuten später parkte ich am Worcester College auf einem privaten Parkplatz, wo groß mit Abschleppen gedroht wurde, aber die *cognoscenti* wussten, dass das nur eine leere Drohung war. Mit gesenktem Kopf gegen den Wind ging ich an der Seite des Gebäudes vorbei und dann durch eine dunkle kleine Gasse. Unter normalen Umständen nahm ich in der Dunkelheit diese Abkürzung nicht, aber in meinem gegenwärtigen Geisteszustand hatte ich das Gefühl, dass ein freundlicher Schlag von einer schattenhaften Gestalt in Schwarz eine willkommene Erleichterung darstellen könnte. Die Gasse führte zu den Sportplätzen, die wiederum in das längere Gras der Wiesen übergingen, die zum Kanal hinunterführten. Ein paar Studenten auf dem Rückweg zum College kamen mir entgegen, und ich musste insgeheim ihre Fähigkeiten bewundern, gleichzeitig zu gehen, zu knutschen und sich zu begrapschen. Auf halber Strecke stieß ich auf den Ziehweg am Kanal. Es war dunkel, aber Malcolms Boot war immer hell erleuchtet wie ein Christbaum, sodass es leicht zwischen den anderen Kähnen zu erkennen war, die wie eine Gruppe schlafender Krokodile am Ufer vor sich hin dümpelten. Beim Näherkommen sah ich Cinders und Sooty im Gras herumtollen. Ich blieb stehen. Wobei ich wohl stören würde? Ich zögerte.

»Oh, hallo«, begrüßte mich Malcolms Stimme ohne einen erkennbaren Unterton des Missfallens.

Ermutigt eilte ich weiter und sah die beiden in Korbstühlen an Deck sitzen, eingehüllt in Mäntel, Schals und Decken, wie ein paar ältere Herrschaften auf einer P&O-Kreuzfahrt, zwischen ihnen eine Flasche Wein.

»Immer an Deck mit dir, Herzblatt.«

»Seid ihr sicher? Störe ich auch nicht?«

»Ganz bestimmt nicht«, sagte Clarence und stand auf, um mir an Bord zu helfen. »Sie sind sogar genau die Frau, die ich gerade brauche. Ich versuche nämlich, die Puzzlestücke von Malcolms Leben zusammenzusetzen, und im Moment krieg ich immer nur Himmelstücke. Ich habe das Gefühl, Sie könnten die entscheidende Ecke liefern.«

Malcolm strahlte, offenbar hocherfreut, dass Clarence sich die Mühe machte, ihn zusammenzusetzen, und ich setzte mich erleichtert in einen freien Korbsessel. Das Wasser lag still und tintenschwarz um uns und die Sterne über uns glitzerten vom samtenen Himmel herab, und ich dachte, dass ich mir zwar meistens nicht vorstellen konnte, wie Malcolm so leben mochte, aber manchmal eben doch. Es vermittelte ein ganz besonderes Gefühl der Freiheit, nur ein paar Taue lösen zu müssen und auf und davon zu sein. Einfach davonzutreiben. Und den freien Blick aufs Wasser zu haben, ohne dafür horrende Preise zu zahlen, obwohl Clarence mir anvertraute, als Malcolm aufstand, um mir ein Glas Chablis einzuschenken: »Wenn Sie sich wundern, dass wir hier im Oktober so draußen sitzen, ich werde da unten ganz furchtbar seekrank.«

»Wirklich?« Ich nahm mein Glas entgegen. »Aber es bewegt sich doch kaum.«

»Aber ich werde selbst auf der Hollywoodschaukel im Garten meiner Oma seekrank.«

Ich kicherte.

»Ich mache keine Witze. In Malcolms Kabine krieg ich das Gefühl, dass ich auf hoher See hin und her geschleudert werde.«

»Das könnte also ein Problem geben?«, bemerkte ich und fing die Häkelstola auf, die Malcolm mir zuwarf, und wickelte sie mir um die Schultern. Ich ließ mich zurücksinken und nippte dankbar an meinem Wein.

»Nichts, was wir nicht in den Griff kriegen. Und Sooty ist begeistert. Sie hatte noch nie so viel Freiheit.«

Wir schauten zum Ufer hinüber, wo Sooty in verrückten, wilden Kreisen im Gras hinter Cinders her jagte. »Seht euch nur an, wie Cinders rennt!«, staunte ich.

»Ich weiß«, pflichtete Malcolm mir bei. »Wie neugeboren. Sooty ist der Welpe, den sie nie hatte.«

Zwei Augenpaare schauten verzückt den beiden Hunden hinterher, und ich stellte fest, dass das kleine bisschen Übelkeit kein unüberwindliches Hindernis darstellen würde.

»Und was bringt dich hierher, meine Süße?«, fragte Malcolm ganz beiläufig, während er mir die Hula Hoops reichte und dabei ganz genau wusste, dass es eine größere Katastrophe sein musste, aber mich dennoch mit Blicken inständig darum bat, ihm sein romantisches, sternenbeschienenes Schäferstündchen nicht zu verderben. Und das würde ich auch nicht. Und ich würde auch nicht lange bleiben. Ich kam gleich zur Sache.

»Ich brauche einen Job, Malcolm.«

»Einen Job!«

»Ja, ich habe beschlossen, dass ich nicht genug zu tun habe. Und deswegen viel zu viel nachdenke und mir Sachen einbilde, obwohl ich eigentlich nur eine Beschäftigung brauche. Aber es ist eben so, dass Bücher verkaufen das Einzige ist, was ich je getan habe. Und deswegen dachte ich, dass … also, ich habe gedacht, wenn du jemanden im Laden brauchst. Mehr Hilfe. Ich würde auch nicht viel Geld dafür nehmen«, beeilte ich mich zu sagen, »eigentlich fast gar keins. Oder nichts, wenn du es dir nicht leisten kannst. Aber ich muss einfach unbedingt arbeiten.«

Meine Stimme drohte zu zittern, und so versenkte ich mich vernünftigerweise in meinen Wein und überlegte dabei, was Clarence wohl von diesem kleinen Ausbruch halten mochte, aber eigentlich war es mir egal.

»Ich habe mich schon gefragt, wann du deinen vergoldeten Käfig leid wirst«, sagte Malcolm leichthin.

Ich blickte auf. »Ist es das, was du denkst?«

Er zuckte die Schultern: »Ich glaube, dass du ein beneidenswert sorgloses Leben führst. Was den meisten Frauen genügen würde. Aber du bist schlauer als der Durchschnittsaffe, Evie. Und die Rolle der treusorgenden Ehefrau reicht dir einfach nicht.«

Ich schluckte. »Auch wenn es genau das ist, was ich immer gewesen bin. Was ich immer sein wollte.«

»Man beschreitet erst den einen Weg, und bis das Leben mit einem fertig ist, ist man auf einem ganz anderen gelandet. Man verändert sich. Du hast dich verändert, Evie. Du bist erwachsen geworden.«

Ich war mir nicht ganz sicher, was er damit meinte. Ich spürte, dass Clarence mich beobachtete.

»Und es geht auch nicht nur um mich«, sagte ich, um mich ganz instinktiv aus der Schusslinie zu bringen. »Ant und Anna wären auch froh, da bin ich sicher. Sie fänden es gut, wenn ich was zu tun hätte.«

Malcolm runzelte die Stirn. »Du tust das ihretwegen?«

Ich wusste, dass er versuchte, mich in die Ecke zu drängen. Ich wand mich heraus. »Natürlich nicht. Ich wollte damit nur sagen ... also, natürlich tue ich das für mich selbst. Für meine Selbstachtung und ... ach, gib mir einfach einen Job, verdammt noch mal, Malcolm. Oder muss ich einen Stand auf dem Markt aufmachen? Und gebrauchte Taschenbücher verscherbeln?«

Er lächelte. »Ich geb dir schon einen Job. Der Laden ist jetzt ja so viel größer und da könnten wir schon etwas Hilfe gebrauchen und du bist eine gute Buchhändlerin, Evie. Kannst gut mit Leuten umgehen.«

Ich strahlte. »Danke.«

»Aber das wird nicht nur eine kleine Eskapade, um Ant zu ärgern, eine Beschäftigung, um dich abzulenken, die du schon nach ein paar Monaten an den Nagel hängst, wenn dein Familienleben wieder intakt ist, okay?«

Da hatte er den Finger genau in die Wunde gelegt. »Auf keinen Fall.« Und das meinte ich ehrlich.

»Du musst dich richtig darauf einlassen. Und ich will auch nicht, dass du erst sagst, du arbeitest fünf Tage, nur um dann nach kürzester Zeit auf drei zurückzugehen.«

»Nein, das werde ich nicht.«

»Oder dass du nicht genug Stunden zusammenbringst. Die Zeiten, in denen mittwochnachmittags geschlossen war, sind längst vorbei. Wir arbeiten jetzt einmal die Woche bis spät und auch sonntags. Die Bandagen sind härter geworden.«

»Ist mir recht.«

Ich merkte, dass Clarence dieser kleinen Unterredung mit Interesse folgte und dabei eine ganz neue Seite an seinem eitlen neuen Freund entdeckte; eine vermutlich nicht unattraktive, durchsetzungsstarke Seite.

»Und wann kann ich anfangen?«

»Sobald du willst. Von mir aus schon morgen. In den Ferien ist immer viel los. Deine Mutter ist nur dienstagnachmittags da und Sonntag und Montag sind eher ruhig, aber Mittwoch bis Samstag wäre gut.«

»Perfekt«, sagte ich mit Nachdruck.

»Und du musst auch nicht jeden Samstag da sein«, ergänzte er freundlich. »Wir wechseln uns meistens ab, Ludo und ich.«

Ich nickte. »Äh, Malcolm, das ist übrigens der einzige Haken an der Sache.«

»Was?«

»Ludo.«

»Ich dachte, er hätte dir verziehen, dass du sein Auto zu Schrott gefahren hast.«

»Hat er auch. Das Problem ist, Malcolm ...« Ich holte tief Luft. »Also, das Problem ist, dass er in mich verknallt ist.«

Das war ganz und gar nicht das Wort, das ich hatte verwenden wollen. Das klang so nach pickeligen Jugendlichen. Malcolm runzelte die Stirn. »Ludo?«

»Ja.«

Er starrte mich an. Plötzlich warf er den Kopf in den Nacken und brach in Gelächter aus. »Sei nicht albern, Evie!«

»Ich schwöre bei Gott, Malcolm, es ist so.«

Malcolm schickte eine weitere Lachsalve bis zu den Sternen hinauf. »Evie!« Sein Kopf kam zurück mit großen, vor Belustigung glänzenden Augen. »Wie kannst du nur solche Lügen verbreiten?« Damit wandte er sich an den verwirrten Clarence. »Ludo ist heiß«, erklärte er.

»Oh, vielen Dank!«, platzte ich heraus.

»Nein, aber das stimmt doch wirklich, oder?«, fragte er mich mit unverhohlener Heiterkeit. »Er ist jung und fit und ...«

»Klingt genau wie Evie«, bemerkte Clarence treuherzig.

»Oh, nein, er ist *viel* fitter als Evie!«

»Malcolm! Er ist übrigens gar nicht so viel jünger als ich und danke vielmals für die Blumen.«

»Herzblatt, er muss viel jünger sein«, quietschte Malcolm. »Halb so alt wie du! Er sieht wirklich toll aus«, erklärte er, zu Clarence gewandt.

»Den Mann muss ich kennenlernen«, schnurrte Clarence, woraufhin Malcolm unmerklich zusammenzuckte.

»Auf jeden Fall«, fuhr ich unbeirrt, wenngleich mit zusammengebissenen Zähnen, fort, »wäre es sicher besser, wenn ich meine Schicht mit dir und nicht mit ihm zusammen arbeite.«

»Du meinst, damit er nicht in der Fantasy-Abteilung über dich herfällt?«, schnaubte er. »Oder dich gegen *Lady Chatterleys Liebhaber* drängt?« Über diesen Scherz konnte Malcolm selbst am meisten lachen. Es kam ihm wohl unerträglich komisch vor. Clarence und ich warteten geduldig, während er sich vor und zurück schaukelnd vor Lachen kaum halten konnte. Er beruhigte sich kurzfristig und hielt inne, um sich die Augen zu wischen. »Oh Gott«, stöhnte er. »Herrlich. Absolut unbezahlbar. Ja, klar, was immer du willst, Evie. Ludo ist meistens sowieso eher zu Beginn der Woche da. Hauptsache, du tickst mir nicht ganz und gar aus. Nicht, dass du dir am Ende noch einbildest, *ich* wäre in dich verknallt oder so was.« Das löste erneut einen Lachanfall bei ihm aus.

»Da besteht keine Gefahr, Malcolm«, sagte ich. Er hatte jetzt das Stadium des Hustens und Spuckens erreicht. »Und danke für den Wein.« Ich stand auf.

»Sie gehen schon?« Clarence stand ebenfalls auf, während ich noch mein Glas leerte. Wir waren beide bemüht, nicht auf Malcolm zu achten, der noch immer eingehüllt in seine Decken leise vor sich hin kicherte.

»Ja, ich gehe. Ich lasse Sie jetzt in Ruhe. Schließlich möchte ich nicht riskieren, dass Malcolm sich noch einen Bruch lacht. Aber danke, Malcolm.« Ich stupste meinen außer Gefecht gesetzten Freund mit dem Zeh. »Du bist super.« Er hob als Antwort schwach die Hand.

»Das Vergnügen ist ganz meinerseits, Süße. Du warst der Hit des Abends.«

Ich lächelte. Dann ging ich mit Clarences freundlicher Hilfe von Bord und machte mich, nachdem ich sein Angebot, mich zum Auto zu begleiten, abgelehnt hatte, quer über die Wiese auf den Rückweg zum Worcester College.

26

Wenn ich meine Beweggründe, warum ich wieder anfangen wollte zu arbeiten, im Geiste unters Mikroskop legen würde, so käme ich vermutlich zu dem Schluss, dass ich irgendwo wieder Kontrolle über mein Leben bekommen wollte, das sich immer weiter von mir weg zu drehen schien, sodass dies hier eine Maßnahme zur Selbsterhaltung war. Ganz gewiss fühlte ich mich gefährlich auseinandergezerrt, wie ein Pizzateig, der zu sehr gedreht wurde, und ich wollte mich wieder zu einer Kugel zusammenrollen, wieder ich selbst sein. Aber ich wollte auch, dass diese Kugel anders war als das alte Ich: nicht weich und verletzlich, sondern hart und mit allen Wassern gewaschen. Ich hatte das Gefühl, dass mir die Arbeit dabei helfen würde. Wer hatte das noch mal gesagt, von wegen nur in der Arbeit läge die Würde des Menschen? Malcolms Theorie, dass ich Ant damit etwas beweisen wollte und dass es eine reflexartige Reaktion war, von der er sehr zu Recht nicht wollte, dass ich mich ebenso reflexartig wieder zurückzog, diese Theorie traf ebenfalls zu, und es war gut, dass er mich darauf aufmerksam gemacht hatte. Ich musste mich immer schon vor mir selbst in Acht nehmen und mein eigenes subversives Verhalten kontrollieren. Aber was auch immer meine Beweggründe gewesen sein mochten, so hatte ich nicht damit gerechnet und schon gar nicht bei meiner momentanen geistigen Verfassung, wie viel Spaß es mir machen würde. Aber ich musste feststellen, dass die ersten paar Tage in Malcolms Laden die glücklichsten waren, die ich in der letzten Zeit erlebt hatte. Warum? Weil sie mir gehörten? Wer weiß. Weil vielleicht meine Motive nicht klar waren, dafür aber das Endergebnis, nämlich die Befriedigung, die es mir verschaffte? Möglich. Ich weiß nur, dass ich mich hineinstürzte und staunend erwachte. Tage wie diese waren selten, und ich kostete sie aus.

Anfänglich war ich natürlich schon alleine durch die äußeren Umstände der Aufgabe abgelenkt, durch die Ungeheuerlichkeit, wieder erwerbstätig zu sein. Ich war geradezu lächerlich nervös und dachte, ich könnte mich nicht im Entferntesten erinnern, wie man alles machte, könnte nie mit dem neuen Computersystem fertig werden oder mit den Kreditkartengeräten, weil sich alles zu sehr verändert hatte und so furchtbar technisiert war. Aber kaum hatte Malcolm mir alles gezeigt und erklärt, wie ich nach einem bestimmten Buch suchen konnte, das ein Kunde haben wollte, wie ich Lager und Lieferbarkeit überprüfte und wie ich bestellen konnte, falls wir es nicht dahatten, da war ich wieder voll dabei. Der Rest war, wie nach Hause zu kommen. Als ich die glänzenden Herbstnovitäten auspackte und auf Anweisung von Malcolm die Nominierungen für den Booker Prize auf einem eigenen Tisch vorne im Laden dekorierte und mir dabei Mühe gab, sie so zu arrangieren, dass sie den Kunden gleich ins Auge fielen. Dabei wurde mir wieder klar, warum ich es so lange gemacht hatte, warum ich nur gelächelt hatte, wenn Freunde meinten: »Aber ist das nicht bloß ein Verkäufer-Job?« Weil ich genau wusste, dass es nicht so war. Vor allem nicht in einem kleinen Laden wie diesem, wo die Leute hinkamen, um sich helfen und beraten zu lassen, oft nur mit sehr spärlichen Informationen.

»Es ist rot«, sagte eine leicht gehetzt wirkende Frau und schaute immer wieder nach draußen zu ihrem Auto, das im Parkverbot stand und von den darin sitzenden Kindern in heftige Schwingungen versetzt wurde.

»Rot«, wiederholte Malcolm geduldig.

»Und ziemlich groß.« Sie zeigte es mit den Händen. Als Nächstes würde sie noch weit ausholende Gesten machen, aus denen wir uns dann zusammenreimen konnten, dass es sich auch um ein Spiel handelte.

»Groß und rot«, sagte Malcolm, während sie sich umdrehte, um die wilden Tiere in dem Landrover draußen mit wütendem Kopfschütteln zu bändigen. »Und worum geht es in dem Buch?«, bohrte er freundlich weiter.

Geistesabwesend drehte sie sich wieder um. »Ich

wollte es eigentlich schon letzte Woche besorgen, mein Mann hat nämlich morgen Geburtstag.«

Das brachte uns auch nicht weiter.

»Wissen Sie, wovon es handelt?«, fragte er noch einmal nach.

»Schlachten. Kriege.« Sie schaute wild um sich auf der Suche nach einer Eingebung, als wollte sie auch das mimisch untermalen und sich jeden Augenblick mit einem imaginären Maschinengewehr auf den Boden werfen. Malcolm dirigierte sie in Ludos Teil des Ladens.

»Militärgeschichte? Eine Neuerscheinung?«

»Ja!«

Schon wärmer.

»Ist es besprochen worden?«

»Ja. Er hat am Wochenende was darüber gelesen und gemeint, das hätte er gerne.«

»Welche Zeitung liest denn Ihr Mann?«

»Den *Telegraph*.«

»Auch am Wochenende?«

»Oh. Nein, die *Sunday Times*.«

»*Die Geschichte der Kreuzzüge* von Victoria Clark?«

Malcolm angelte sich ein großes rotes Buch von einem Stapel auf einem der runden Mahagonitische.

»Oh! Das ist es. Sie sind ja echt gut.«

Sie strahlte, zahlte und verließ den Laden in rasender Geschwindigkeit und gestikulierte wild mit dem Schlüssel herum in Richtung ihrer Blagen. Auch ich schaute Malcolm bewundernd an. »Gute Arbeit.«

Er zuckte die Schultern.

Dann kamen ein paar Kunden, die ein bisschen stöbern wollten – vor allem Studenten –, dann mehr Frauen und Kinder, was genau mein Ding war, da Anna viele der Bücher gelesen hatte, die sie suchten, und ich sie entsprechend empfehlen und anpreisen konnte. Dann eine ältere Frau in einem langen braunen Mantel, die nach

Pfefferminzbonbons roch. Sie zog eine Catherine Cookson aus dem Regal, betrachtete voller Vorfreude den Titel und schlurfte dann damit zur Kasse.

»Ich habe eines gefunden, das ich noch nicht gelesen habe!«, erklärte sie, holte ihren Geldbeutel aus der Tasche und zählte das Geld in Münzen auf den Ladentisch. Malcolm nahm das Buch.

»Das haben Sie aber schon gelesen, Joan.«

»Nee, habe ich nicht.«

»Doch, haben Sie.«

»Ich habe aber noch nie eines gelesen mit einer Windmühle vorne drauf.«

»Ja, aber die haben die Bücher nur neu gestaltet und die Titelbilder geändert. Das hier«, er griff unter den Tisch, »ist dieses hier.« Damit zog er ein weiteres Buch hervor.

Enttäuscht starrte sie die beiden Bücher an. »Das habe ich schon gelesen.«

»Ich weiß. Tut mir leid, meine Liebe.«

»Oh.« Niedergeschlagen steckte sie ihre Münzen wieder ein. »Na dann.« Sie wandte sich zum Gehen. Ich schlüpfte hinter der Theke hervor und ging ihr hinterher.

»Äh, Joan, haben Sie schon mal was von Lyn Andrews gelesen?«

»Von wem?« Sie musterte mich misstrauisch.

»Lyn Andrews. Sie schreibt historische Liebesromane, ganz ähnlich wie Catherine Cookson.« Sie griff nach dem Buch, das ich aus dem Regal genommen hatte.

»Na ja, ich weiß nicht ...«

»Probieren Sie's«, drängte ich. »Ich lese die total gerne.«

Sie schwankte.

»Probieren Sie's, und wenn es Ihnen nicht gefällt, gebe ich Ihnen Ihr Geld zurück.«

Hinter mir hörte ich Malcolm leise stöhnen. Er hatte den Kopf wie einen Stein fallen lassen und schlug ihn gegen die Theke à la Basil Fawlty, was mich an unsere guten alten Ladenzeiten erinnerte. Ich musste ein Kichern unterdrücken.

»Einverstanden«, sagte sie, und ihre Miene hellte sich auf. »Ich nehme es.«

»Evie!«, jaulte Malcolm auf und schoss mit dem Kopf nach oben, nachdem sie den Laden verlassen hatte. »Das hier ist ein Laden und keine Wohltätigkeitsveranstaltung.«

»Vertrau mir. Sie kommt wieder.«

»Klar kommt sie wieder«, murmelte er düster.

Und sie *kam* wieder. Schon am nächsten Tag. »Hab's in einem Tag ausgelesen!«, verkündete sie. »Sogar in der Badewanne.« Wir zuckten zusammen. So viele Informationen hatten wir gar nicht haben wollen. »Hat sie noch mehr geschrieben?«

»Ja, jede Menge.« Ich eilte zum Regal, aber nicht bevor ich Malcolm noch einen triumphierenden Blick zugeworfen hatte.

Andere Kunden waren nicht so leicht zufriedenzustellen. Eine große, hochnäsig wirkende Frau mit einem vornehmen Akzent und einer Nase, die von einer langen Ahnenreihe zeugte, suchte einen leichten Liebesroman für ihre Nichte. Ich zeigte ihr einen aktuellen Chick-Lit-Bestseller.

»Gibt's da auch Sexszenen?«, wollte sie wissen und musterte mich dabei scharf aus großer Höhe.

»Nein, überhaupt keine«, versicherte ich ihr.

»Dann taugt es ja wohl gar nichts«, blaffte sie und verließ den Laden.

Hilflos schaute ich Malcolm an.

»Auf die Story mit der Nichte darf man niemals reinfallen«, meinte er, während er Alan Hollinghurst noch einmal ehrerbietig streichelte, bevor er ihn zurück ins Regal schob. »Die ist wirklich asbachuralt. Zeig ihr einfach ganz diskret das Regal mit den Erotik-Titeln. Die will nur bis heute Abend geil sein.«

Der Laden hatte sich verändert seit damals. Zum Besseren. Es ging viel freundlicher zu als unter der Ägide von Jean. Die meisten sprachen Malcolm mit Namen an, manche fragten auch nach Ludo, der glücklicherweise nicht da war, manche kamen, um etwas zu kaufen, andere wollten nur schauen oder, wie es schien, auch nur an der Ladentheke lehnen, schwatzen und dabei Cinders streicheln. Der eine oder andere machte es sich auch stundenlang auf einem der Sofas oben gemütlich und las Bücher, ohne sie zu kaufen, und hinterließ oft sogar Kaffeeflecken, denn Malcolm kochte in seiner Küche Kaffee, den er ihnen samt einem Schokoladenkeks servierte.

»Stört es dich nicht, dass sie nichts kaufen?«
»Aber sie bezahlen ja für ihren Kaffee.«
»Nein, ich meinte die Bücher.«
Er zuckte die Schultern. »Das sind Studenten – kein Geld. Nicht wirklich. Die beleben den Laden und erzählen anderen davon, die dann was kaufen. Ich hatte mal einen amerikanischen Austauschprofessor hier drin, der von seinen Studenten über uns gehört hatte. Und dann hat er fast hundert Pfund ausgegeben. Und überhaupt sind es nette Jungs und Mädels.«

Ich sah ihm hinterher, wie er wieder nach oben ging und dabei vorsichtig ein Tablett mit Nescafé balancierte. Malcolm war einfach ein Sweetie. Aber Sweeties verdienten kein Geld. Ich sprach ihn darauf an.

»Oh, man kann damit kein Geld verdienen. Nicht wirklich. Ich meine, natürlich verdiene ich ein bisschen was, aber vermutlich weniger als Jean damals. Vor allem seitdem die Supermärkte Bücher billiger anbieten. Aber dafür ist es hier schöner als früher, findest du nicht? Und ist das nicht das Wichtigste im Leben? Es schön zu haben?«

Wo er recht hatte, hatte er recht. Und mit nicht mehr als einem Hausboot und einem Hund, die er unterhalten musste, was brauchte Malcolm viel Geld? Ich spürte allerdings, dass er abgelenkt war in diesen Tagen. Seine Augen wanderten ständig zur Tür, ob nicht vielleicht Clarence hereinkam, was tatsächlich jeden Mittag der Fall war mitsamt einem Schwall frischer Luft und oft mit einem Blumenstrauß für die Ladentheke. Immer ein strahlendes Lächeln auf den Lippen und in himmlischen Ralph-Lauren-Hemden und Kaschmirjacketts, die Malcolm und ich ausgiebig bewunderten und den Stoff befühlten, bevor er Malcolm zu *Bertorelli* oder einem ähnlich schicken Laden entführte.

»Wieso ist Clarence eigentlich so reich?«, fragte ich eines Tages, während wir noch auf ihn warteten. »Er ist doch nur Dozent an der Uni, oder?«

»Er hat geerbt.«

»Von wem?«

»Von seiner Familie, von wem denn sonst? Er ist so reich, dass er es sich leisten kann, Unidozent zu sein. Mach den Mund zu, Evie, das sieht nicht vorteilhaft aus.«

Ich klappte den Mund zu. »Und womit haben die das Geld verdient?«

»Keine Ahnung. Ich muss erst noch den Mut aufbringen, ihn das zu fragen. Da kommt er. Kannst du den Pickel da sehen?« Er hob besorgt das Kinn, während draußen ein schnittiges Mercedes Cabrio vorfuhr.

»Kaum. Stütz einfach beim Mittagessen dein Kinn ganz cool in die Hand. Dann kann dir nichts passieren.«

Und schon war er fort, konnte es kaum erwarten, mit wehenden Blondhaaren ins offene Auto zu springen, und überließ mir für ein paar Stunden Laden und zwei Hunde, womit ich vollkommen glücklich war.

Ich ging herum und versuchte, nicht allzu viel nachzudenken, vertrieb mir die Zeit mit Kunden, half, wo ich konnte – meine peinlicherweise immense Kenntnis im Bereich leichter Liebesromane war dabei enorm hilfreich –, und ich tat mein Bestes in Ludos Teil, wo, wie ich feststellte, die meisten Kunden ohnehin selbst Experten waren und genau wussten, was sie suchten. Und so gelang es mir überraschend gut, nicht allzu viel über meinen eigenen Problemen zu brüten und meine Gedanken nicht dorthin wandern zu lassen, dort hinauf in den Norden.

Nach Annas kleinem Gefühlsausbruch in der Banbury Road wusste ich natürlich, dass irgendetwas ziemlich Einschneidendes geschehen sein musste. Und zu Beginn hatte ich auch versucht anzurufen, natürlich hatte ich das, und hatte dabei fast mein Handy geschrottet. Aber irgendwie hatte ich es nicht über mich gebracht, in dem alten Pfarrhaus anzurufen – vielleicht mein Stolz –, aber schon am nächsten Morgen, gleich an meinem ersten Arbeitstag, hatte ich es wieder probiert, in der Hoffnung, Ant auf seinem Handy zu erwischen, zu einem Zeitpunkt, wo er mit dem Vertreter im Auto sitzen musste und nicht mit Bella zusammen war. Aber es ging nur seine Mailbox dran. Ich hinterließ eine Nachricht. Keine Antwort. Ich schickte eine SMS.

»Ich weiß, dass du nicht reden kannst, aber Anna war ziemlich durcheinander, als ich sie gestern abgeholt habe. Was ist los? LG E x.« Sehr gemäßigt, wie ich fand.

Ich bekam eine ebenso gemäßigte als Antwort. »Tut mir leid, dass sie durcheinander war. Ich erzähl's dir, wenn ich zurück bin, okay? LG A x.«

Ich las die SMS noch einmal. Ich war gerade in Malcolms Hinterzimmer und dabei, Kaffee zu machen, während Malcolm rasch weggegangen war, um Croissants zu holen. Und während das Wasser anfing, wild zu kochen, kochte es auch in mir hoch. Mein Daumen setzte sich in Bewegung.

»Nein. Erzähl's mir jetzt. Wenn du glaubst, dass ich hier rumsitze und brüte, während du…«

Was, Evie? Während er was? Ich hielt inne. Starrte in die Luft. Löschte langsam die SMS. Wischte meine Wut weg. Irgendeine stille Weisheit, ganz und gar untypisch für mich, überkam mich. Etwas im Gesicht meiner Tochter in der Banbury Road, was ich nicht recht in Worte fassen konnte.

Ich fühlte mich seltsam benommen, als ich das Handy zurück in die Hosentasche steckte und in den Verkaufsraum des Ladens zurückging, der glücklicherweise leer war. Ich ging zu den Regalen, noch immer mit einem etwas … komischen Gefühl. Annas Gesicht. Verängstigt. Verzerrt. Wütend. Ich lehnte die Stirn gegen die Buchrücken. Atmete ein … aus … ein … aus … atmete den Geruch neuer Bücher ein und aus und fand wie schon immer ein klein wenig Trost darin. Ich schloss die Augen. Versuchte, nachzudenken. Versuchte, Licht ins Dunkel zu bringen. Was war es, das Ant mir nur persönlich erzählen konnte? Was war es, das Anna dazu brachte, loszurennen und sich beide Ohrläppchen durchstechen zu lassen? Das sie gegen mich aufbrachte, vorwurfsvoll im Auto, fast so als hasste sie mich. Und dass sie anschließend nur noch von mir weg wollte. Ich richtete mich auf. Ich hatte Angst. Ich ging nach oben und schüttelte die Sofakissen auf, wo die Studenten gesessen hatten. Kam wieder nach unten mit den Büchern, die sie gelesen hatten, und stellte sie in die Regale zurück. Angst? Warum? Was konnte ich denn dafür? Dieser ganze Mist war ganz alleine Ants Schuld, es war sein Kind. Ich war unschuldig, ein Opfer! Ich würde noch einmal anrufen. Natürlich. Nein, ich konnte, verdammt noch mal, nicht warten. Niemals. Ich griff nach dem Handy, drückte schon die Tasten – hielt inne. Fast als hätte mich eine unsichtbare Hand gehindert und gesagt ... nein.

Ich war mir natürlich vollkommen sicher, dass Ant mir ohnehin nichts erzählen würde, wenn ich ihn jetzt anrief. Das wusste ich. Und dass nur ein kleiner Bruchteil seiner selbst ans Telefon gehen würde. Als er mir bei unserem letzten Gespräch mitgeteilt hatte, dass er noch bleiben würde, da hatte ich ungefähr mit einem Zehntel von ihm gesprochen. Diesmal würde es noch weniger sein. Er würde höflich, aber bestimmt sein. Ich dagegen schrill und verzweifelt. Vielleicht würde ich sogar weinen. Ich schaute die SMS an. Er hatte mich gebeten zu warten. Höflich gebeten. Und darin schwang, wie mir plötzlich mit schwindelnder Gewissheit klar wurde, zugleich die Bitte mit, ihm zu vertrauen. Mein Herz hörte auf, in seinem Käfig herumzurütteln, und legte sich für zwei Sekunden zur Ruhe. Ant war ein ehrenhafter Mann. Das durfte ich nicht aus den Augen verlieren. Durfte nicht an ihm zweifeln. Ich machte mich wieder an meine Arbeit und öffnete beinahe in Seelenruhe eine neue Lieferung, die eben erst eingetroffen war, und verspürte dabei eine Ahnung davon, dass etwas Größeres als das persönliche Glück und das Wohlergehen von Evie Hamilton mit im Spiel war.

Ein paar Kunden kamen herein. Zwei Frauen, Anfang vierzig, die einen Literaturkreis gründen wollten. Ob ich Ideen hätte? Natürlich würden sie im Laufe der Zeit um Vorschläge von den anderen Mitgliedern der Gruppe bitten und so die Titel wählen, aber was wäre meiner Meinung nach ein gutes Buch für den Anfang? Nicht zu schwer, sagte die eine mit einem nervösen Seitenblick auf ihre Begleiterin, und auch nicht zu – na, Sie wissen schon – freizügig, entgegnete die andere. Ein guter Mittelweg, kamen sie überein, um das Ganze ins Rollen zu bringen, um sich zu treffen, darüber zu reden und vielleicht eine Kleinigkeit zu essen. Erstaunlicherweise gelang es mir, mich ganz auf diese beneidenswerte Gewissensfrage einzulassen, und ich sah, wie sie stirnrunzelnd vor und zurück argumentierten und die jeweiligen Vorzüge von John le Carré oder Martin Amis diskutierten. Ach, wie schön wäre es, einen Literaturkreis zu gründen. Wie schön, das erste Buch auswählen zu müssen und von dieser Entscheidung die Nacht über wachgehalten zu werden. Sie verließen den Laden mit acht Exemplaren von *Abbitte*.

Am folgenden Tag erhielt ich wieder eine SMS. »Ich habe uns am Freitagabend einen Tisch bei Carluccio reserviert. x Ant«

Bei *Carluccio*. Da gingen wir immer hin, wenn es viel zu bereden gab oder große Entscheidungen anstanden. Welche Schule für Anna? Sollte sie aufs Internat gehen? Würde ihr als Einzelkind die Gemeinschaft mit anderen nicht guttun? Oder würde sie mir zu sehr fehlen? Wohin im Urlaub? Sollten wir Ski fahren, denn wenn man erst einmal angefangen hatte, musste man weitermachen, dann wollten sie jedes Jahr.

Ich schrieb zurück. »Gut.«

Als ich an diesem Abend im Bett lag in dem leicht halluzinatorischen Zustand zwischen Tag und Traum, malte ich mir ein scheinbar plausibles Szenario aus, in dem Bella und ihr Vater Ant erpressten. Ja, das war es. Caro hatte die ganze Zeit recht gehabt. Sie waren hinter seinem Geld her. Und nachdem ich erst einmal weg war, waren sie unangenehm geworden. Bella hatte frustriert gekeift, Ant hätte ihr Leben zerstört, indem er ihr ein Kind angehängt hatte, Ted hatte ihn auf einem Stuhl festgehalten, damit er zuhörte, während Stacey sich ebenfalls auf einen Stuhl fallen ließ und ihm kaugummikauend bitterböse Blicke zuwarf. Ted hatte ihm eine Ohrfeige gegeben oder ihm vielleicht sogar eins mit der Pistole übergezogen und geschrien: »Mistkerl!« Schläfrig schwor ich mir, dass ich am Morgen gehen und ihn retten würde. Ich würde gleich gen Norden fahren und ihn dort rausholen und nach Hause bringen, wobei Zuhause in meinem umnachteten Zustand auf der Farm war, wo ich in der Küche stand, als Ant mit geschwollenem Gesicht von den Hieben mit der Pistole hereinkam, aber ich war ein Kind und stand auf einem Hocker neben dem Aga-Herd und half meiner Mutter – oder war es Maroulla – beim Kuchenbacken. Ganz offensichtlich hatte ich die Leinen losgelassen und war in Richtung Schlaf abgedriftet.

Ein paar Stunden später wurde ich vom Geräusch eines sich öffnenden Schiebefensters geweckt. Ich war noch immer in den Tiefen eines langsam verblassenden Traumes gefangen und tastete verschlafen im Dunkeln nach dem Wecker. Zehn nach zwei. Ich lag da und horchte. Nein. Nichts. Bestimmt war es nur der Wind. Gerade hatte der Schlaf seinen Schleier wieder über mich gebreitet, und ich war wieder eingenickt, da riss mich wieder ein Geräusch ins Bewusstsein zurück. Ein knarzendes Geräusch kam von unten aus der Küche. Ich setzte mich kerzengerade auf. Dort unten schlichen leise Schritte umher. Ich sprang aus dem Bett und schlüpfte rasch in meinen Morgenmantel. Ich hatte mich schon oft gefragt, wie ich auf einen Einbrecher reagieren würde. Stocksteif daliegen und so tun, als würde ich schlafen, während der maskierte Eindringling in meinem Schmuckkästchen kramte, und wenn er feststellte, dass dort nichts zu holen war, beschloss, mich stattdessen zu vergewaltigen, woraufhin ich mich tot stellen und ihn dadurch gewiss abschrecken würde, wie ich einmal im Scherz zu Ant gesagt hatte. Es kam also durchaus überraschend, dass ich nun auf den Beinen stand, wenn auch mit klopfendem Herzen, das Revers meines Morgenmantels fest umklammert.

Mir fiel ein, dass ich vergessen hatte, das Küchenfenster zu schließen. Voller Angst horchte ich in die Dunkelheit. Leise, äußerst vorsichtige Schritte bewegten sich langsam, langsam auf den Fuß der Treppe zu. Ich war ganz kribbelig vor Angst und spürte buchstäblich, wie sich mir die Haare im Nacken aufstellten. Panikschalter. Ich wusste, dass wir einen hatten, zwei sogar, einen unten im Arbeitszimmer und den anderen – unter dem Bett. Ich warf mich darunter. Aber da war es ziemlich voll. Im Laufe der Jahre hatte ich eine Menge Kram hinter dem Bettüberwurf verstaut, und der Panikschalter an der Wand war hinter Bergen von Zeugs versteckt: alten Daunendecken, Schuhschachteln, Plastikkisten mit Lego. Ich konnte ihn nicht erreichen, wie ich entsetzt feststellen musste. Ich kam einfach nicht dran.

Die Schritte kamen die Treppe hinauf, krochen vorwärts ... blieben stehen. Krochen weiter ... blieben wieder stehen. Mir war übel vor Angst, und ich wusste, ich hatte nur zwei Möglichkeiten. Entweder unter dem Bett zu bleiben und zu hoffen, dass er mich nicht fand, oder jetzt hervorzukriechen, das Fenster einzuschlagen und auf die Straße hinauszuschreien. Man musste Glas zerbrechen, hatte Ant einmal gesagt, dann kämen die Leute immer gerannt und würden die Polizei rufen.

Leise ging die Tür auf. Zu spät – jetzt war er im Zimmer. Es entstand eine kleine Pause, während er die Lage peilte, und dann schlichen die Schritte weiter. Ich steckte die Faust in den Mund, um mich am Schreien zu hindern. Zuerst hörte ich, wie er zur Kommode hinüberging und das Kleingeld einsackte, das Ant dort immer in einer Untertasse liegen hatte. Dann wurden leise Schubladen geöffnet, aber nicht wieder geschlossen. Dann hörte ich ihn an meinem Frisiertisch in meinem Schmuckkästchen kramen. Trotz meiner Angst überlegte ich, wie alt er wohl sein mochte. Ob er drogenabhängig war? Hatte er ein Messer? Ich biss mir auf die Faust und zwang meinen Körper, nicht zu zittern und kein Geräusch zu machen, das mich verraten könnte. Er kam zum Bett. Ich konnte spüren, dass er dort über mir stand, atmete. Mit weit aufgerissenen Augen starrte ich in die Dunkelheit, mit Nerven so angespannt wie die Saiten einer Geige. Ich machte mich bereit, rückwärts herauszukriechen, aufzuspringen und das Bett zwischen uns zu halten. Und dann geschah das Unwahrscheinliche, das Furchtbare: Die Matratze über mir sank nach unten, als die Sprungfedern nachgaben. Mir fielen in der Dunkelheit fast die Augen raus. Er hatte sich in mein Bett gelegt. Das ging über meinen benebelten Verstand. Ein Landstreicher? Ein Herumtreiber? Starr vor Schrecken lag ich da. Dann räusperte er sich. Langsam nahm ich die Faust aus dem Mund.

»Ant?«, sagte ich fast unhörbar.

»Ja?«, kam zögernd die Antwort von oben.

Ich brauchte trotzdem noch einen Augenblick. Wie ein Krebs rutschte ich rückwärts unter dem Bett hervor und flitzte zum Lichtschalter an der Tür. Nachdem ich das Zimmer in Licht getaucht und mich umgedreht hatte, starrten wir uns erstaunt an.

»Woher tauchst du denn so plötzlich auf?«, staunte er. Er sah aus wie ungefähr zwölf, wie er so in seinem alten Balliol-T-Shirt kerzengerade im Bett saß und die Bettdecke umklammert hielt.

»Unter dem Bett!«, keuchte ich.

»Warum?«

»Weil ich dachte, du wärst ein beschissener Einbrecher, darum! Was tust du hier, Ant?«

»Ich wohne hier.«

»Ja, aber du wolltest doch erst morgen wiederkommen.« Die Angst hatte mir die ganze Luft aus den Lungen gesaugt und ich klang, als hätte ich den Inhalt eines Heliumballons eingeatmet. »Ich wollte schon ein Fenster einschlagen und bin nicht an den Panikschalter drangekommen. Was hast du denn mit meinem Schmuckkästchen gemacht?«

»Ich habe gar nichts gemacht mit deinem Schmuckkasten, ich habe nur meine Uhr abgelegt.«

»Und Schubladen aufgemacht, Geld eingesackt …«

»Meine Klamotten wegsortiert und Geld hingelegt – Himmel noch mal, Evie!«

Ich starrte ihn ungläubig an. »Und wie bist du reingekommen?«

»Durch die Tür.«

»Aber das Fenster. Ich habe gehört …«

»Du hast es offen gelassen. Ich habe es zugemacht.«

»Warum hast du nicht angerufen?«

»Weil es mitten in der Nacht war. Ich wollte dich nicht aufwecken.«

»Aber du musst doch gemerkt haben, dass ich nicht im Bett war.«

»Erst als ich mich hingelegt habe.«

»Und fandest du das nicht ein bisschen komisch?«

»Ja, aber dann dachte ich einfach, du bist auf der Farm oder so. Ich wollte mich nicht auf die Suche nach dir machen. Ich bin eben fast dreihundert Kilometer gefahren, Himmel noch mal.«

Wir starrten uns an, es hatte uns kurzfristig die Sprache verschlagen. Ich kam als Erste zu mir.

»Oh, Ant …« Ich lief zu ihm. Warf meine Arme um seinen Hals, und er zog mich an sich. Ich konnte sein Herz hören, das ähnliche Turnübungen vollführte wie meines. »Ich hatte solche Angst«, flüsterte ich ihm ins Ohr. »Solche Angst.«

»Tut mir leid, tut mir leid, tut mir leid«, flüsterte er zurück. »Aber du hast mir im Übrigen auch einen gehörigen Schrecken eingejagt.«

Wir hielten uns eine Weile so im Arm. Schließlich zog ich mich zurück und setzte mich ihm gegenüber aufs Bett, ohne seine Hände dabei loszulassen. Mein Puls verlangsamte sich ein wenig.

»Warum bist du hier?«

»Weil mir, als ich deine kurz angebundene SMS bekommen habe, plötzlich klar geworden ist, was du wohl denken könntest. Da wusste ich, dass ich zurückkommen musste. Mir war das zuvor gar nicht in den Sinn gekommen.« Ich schaute ihn an. Meine SMS. Was hatte ich gesagt? Gut. Ja, ein bisschen kurz angebunden, aber genauso hatte ich mich auch gefühlt. Er nahm mich bei den Schultern. Und schaute mich mit schräg gelegtem Kopf eindringlich an.

»Was geht hier eigentlich vor, Ant?«, brachte ich mühsam hervor, als sich in mir etwas sehr Vertrautes zusammenkrampfte.

»Es ist wegen Bella. Aber es ist nicht das, was du denkst.« Er schüttelte mich leicht als kleine Ermahnung. Seine Augen waren liebevoll. Warmherzig. Aber ich konnte ihren Ausdruck noch immer nicht deuten.

»Was ist es denn dann?«, flüsterte ich.

Ich sah, wie er verschiedene Möglichkeiten im Geiste abwägte. Er holte tief Luft, um sich zu sammeln. »Sie ist krank.«

»Krank?«

»Ja. Sehr krank.«

Seine Augen waren auch voller Trauer, merkte ich jetzt. Voll Gefühl. Eine weit entfernte Welle des Bewusstwerdens, ein wachsendes Begreifen baute sich weit draußen auf dem Meer auf, wurde immer schneller und kam näher.

»Was meinst du mit sehr krank?«

»Todkrank. Sie hat Krebs. Sie wird sterben.«

Er sah zu, wie ich diese Nachricht in mich aufnahm. Sah, wie die Welle sich über mir zerschlug und mich auf den Strand spülte. Wie eine Unzahl winziger Kiesel wurde ich von ihrer Wucht wild ans Ufer geworfen.

27

Ich ließ seine Hände fallen, als wären sie glühend heiß. Legte dann selbst unbewusst eine Hand vor den Mund. Damit hatte ich nicht gerechnet. Ich starrte ihn an. »Scheiße, Ant!«

Wir schauten uns an, unsere Augen sprachen im Stillen miteinander. Langsam und ungläubig schüttelte ich den Kopf, während das Gewicht dessen, was er soeben gesagt hatte, weiter in mein Bewusstsein drang und ich es richtig begriff. Meine Augen füllten sich mit Tränen. Ich hob den Blick an die Decke und senkte ihn dann wieder auf die Höhe von Ant. Schüttelte noch einmal den Kopf, wie betäubt, die Finger noch immer gegen den Mund gepresst.

»Das *kann* doch nicht sein«, hörte ich mich schließlich selbst mit leisester Stimme sagen.

»Doch, es ist so«, sagte er, wobei er die Mundwinkel zu einem kleinen traurigen Lächeln verzog. Er nahm meine Hand und wartete darauf, dass ich es begriff.

»Wie lange?«, flüsterte ich.

»Wie lange sie schon krank ist?«

»Nein, wie lange noch, bis …«

Er zuckte hilflos die Schultern. Streckte die Hände aus. »Ich weiß es nicht genau. Keiner weiß das bisher.«

»Diese schöne Frau?« Ich kniff die Augen zusammen und musterte ihn ungläubig, so als hätte er es vielleicht missverstanden oder hätte nicht ganz die Wahrheit gesagt.

»Ja«, pflichtete er mir bei.

»Aber ... kann man denn da gar nichts machen? Heutzutage gibt es doch sicher Chemotherapie, Bestrahlung ...«

»Es hat sich zu schnell ausgebreitet. Viel zu schnell. Und sie haben es nicht rechtzeitig gefunden. Zu spät bemerkt.«

»Von wo? Wo hat es angefangen?«

»Oh ... eine Frauengeschichte ... du weißt schon.«

»Brustkrebs?«

»Nein, ich glaube ...« Sein Blick wich meinem verlegen aus.

»Gebärmutter.«

Er nickte. Konnte es offenbar nicht aussprechen. Mir fiel auf, dass es viele Worte gab, die Ant nicht sagen konnte, er, der Literaturprofessor, der Experte für Sprache. Gebärmutterhalskrebs, auch der »stille Killer« genannt, weil man ihn erst bemerkte, wenn es zu spät war. Der sich dort ausbreitete, wo Babys wachsen sollten, wo sich aber stattdessen ein Unhold eingenistet hatte und sich schadenfroh die Hände rieb. So groß wie eine Grapefruit flüsterten sich die Frauen dann später zu, wenn sie kopfschüttelnd in kleinen Gruppen im Supermarkt standen. »Als man es der Armen rausgenommen hat ...«

»Sie sieht gar nicht krank aus«, ergriff ich unbeirrt ihre Partei.

»Sie ist sehr dünn.«

Ja. Ja, sie war dünn. Ich dachte an diese zarten Beine,

die unter ihrem Jeansrock hervorgeschaut hatten, bevor sie in den weichen Stiefeln verschwanden. Es war mir aufgefallen.

»Und sehr blass«, fügte er hinzu.

»Ja«, pflichtete ich ihm wie betäubt bei und rief mir ihr Gesicht in Erinnerung, wie sie zu mir hochgeschaut hatte, als wir zusammen im Abendlicht in ihrem Garten flaniert waren. Blass. Besorgt. Und das Weiß ihrer Augen hatte auch einen leichten Stich gehabt. Ich hatte mich grob und unförmig neben ihr gefühlt. Neben dem, was ich als ihre ätherische Schönheit wahrgenommen hatte. Ich hatte nur nicht geahnt, wie ätherisch. Wie grob dagegen meine eigene Gesundheit war. Rasch erhob ich mich vom Bett und wickelte meinen Morgenmantel noch fester um mich. Und ich erinnerte mich an Teds Gesicht im Auto, als ich davon gesprochen hatte, wie hübsch sie wäre. Wie ihm wieder die Tränen gekommen waren und sein Gesicht von Trauer gezeichnet war. Natürlich. Ted, der Tränenreiche. Kein Wunder. Seine Tochter. Seine Enkelin.

»Stacey!«, hauchte ich und wandte mich wieder zu Ant.

»Ich weiß.«

»Oh mein Gott – weiß sie es?«, fragte ich dümmlich.

»Natürlich. Vom ersten Tag an.«

Ja. Natürlich wusste sie es. Schnell kam ich zum Bett zurück. Setzte mich hin und zog die Beine fest unter mich. Wie mochte das wohl gewesen sein? Wie hatte sich diese Szene abgespielt? Dem eigenen einzigen Kind so etwas sagen zu müssen. Ich konnte es kaum ertragen, darüber nachzudenken.

Durch die Mauer des Schocks hindurch bahnten sich nun immer mehr Fragen ihren Weg in keiner bestimmten Reihenfolge. »Wann hat sie es dir gesagt?«

»Bella? Am zweiten Tag, als wir da waren. Du hast

noch oben geschlafen, glaube ich. Oder dich fertig gemacht. Sie hat es mir im Garten erzählt.«

Ich starrte ihn an. »Unter dem Kirschbaum?«

»Ja.«

»Auf dieser kleinen runden Bank?«

»Ja.«

»Du hast ihr die Haare aus dem Gesicht gestrichen.«

»Habe ich das?«, fragte er verblüfft. Dann verwirrt. »Vielleicht. Ich kann mich nicht erinnern. Vielleicht hatte ich das Gefühl, ich müsste ... du weißt schon, etwas tun.«

Ich warf meinem Mann einen schrägen Blick zu. »Sie erzählt dir, dass sie sterben wird, und du streichst ihr die Haare aus dem Gesicht?«

»Also, ich ..«

»Oh, Ant.«

»Was denn?«

»Ant!«

»Was? Was hätte ich ...«

»Du hättest sie in den Arm nehmen müssen!«, rief ich aus. »Sie an dich ziehen, sie halten, mein *Gott*, Ant!« Ich blickte ihn an. Was war er nur für ein verklemmter Akademiker.

Hilflos zuckte er die Schultern. »Ich wusste nicht, was ich tun sollte, was ich sagen sollte. Ich hätte dich gebraucht, Evie. Du hättest gewusst, was zu tun ist.« Er schaute mich flehend an. »Sie hätte sich an deiner Schulter ausgeweint, dir alles erzählt, aber ich konnte es nicht.«

Ich raufte mir die Haare und starrte ihn an.

»Ihr seid mir zusammen aus dem Garten entgegengekommen, ganz fröhlich.«

»Weil sie fröhlich war«, sagte er verzweifelt. »Ich habe es ihr einfach nur nachgemacht.«

»Du hättest mich daran hindern sollen, nach Hause zu fahren, hättest mich beiseitenehmen und mir alles erzählen sollen!«

»Ich weiß, ich weiß, aber ...«

»Mein Gott«, stöhnte ich. Ich dachte daran, wie sie mir hinterhergewinkt hatten, ihre schmale Gestalt neben seiner. So tapfer. Und Ant hatte ebenfalls gelächelt und gewinkt und seine Rolle gespielt. Was für eine Rolle? Auf welchem Planeten lebte er eigentlich? Aber was hatte das schon zu bedeuten – Bella würde sterben. Was hatte es da zu bedeuten, wie emotional gehemmt mein Mann war? Was hatte es zu bedeuten, dass er vermutlich vorgeschlagen hatte, erst mal einen Tee zu kochen? Ich kratzte mich heftig am Kopf. Stand wieder auf, weil ich Abstand brauchte.

Ich hörte ihn hinter mir seufzen. Er kannte mich sehr gut. Ich wandte mich um. Er machte ein zerknirschtes Gesicht. Ich schluckte meinen Ärger hinunter, setzte mich neben ihn und griff nach seiner Hand.

»Haben sie uns deswegen zu sich nach Hause eingeladen?«

»Ja. Vor allem deswegen.«

»Und weiß Anna Bescheid?«

»Ja. Ich hab's ihr erzählt.«

»Und deswegen war sie so durcheinander.«

»Sie war am Boden zerstört.«

»Aber was hat das mit mir zu tun? Warum war sie wütend auf mich?«

Er holte tief Luft. »Weil ... ich etwas getan habe, als Bella und ich später mit den Mädchen geredet haben, was ich nicht hätte tun sollen, ohne dich vorher zu fragen, und deswegen wollte ich auch selbst mit dir reden und wollte nicht, dass Anna vorher etwas sagt ...« Das alles kam ziemlich überstürzt. Er hielt inne, zögerte.

Ich runzelte die Stirn. »Und das ist?«

»Es ist, dass ich versprochen habe, mich um Stacey zu kümmern.«

»Ja, natürlich.«

»Nein«, er schluckte. Wich meinem Blick aus. Hielt den seinen fest auf die Bettdecke gerichtet. »Nicht nur sie zu versorgen, sondern mich richtig um sie zu kümmern. Für immer. Hier bei uns.«

Ich starrte ihn an.

»Dass sie hier bei uns lebt. Dass wir sie hier bei uns in Oxford großziehen – solange das nötig ist. Ich bin ihr Vater, Evie. Und bisher habe ich diese Rolle nicht gerade ausgefüllt. Sie braucht mich. Bella hat mich gefragt. Und ich habe Ja gesagt.«

Mein Herz schlug heftig. Und länger brauchte ich nicht. Einen Herzschlag lang. Ich schäme mich, dass ich so lange brauchte.

»Ja, natürlich.«

»Ja?«

»Ja«, wiederholte ich.

Er schaute mich an, und ich erhaschte noch einen Ausdruck von Furcht, ehe er aus seinen Augen verschwand. Dann füllten sie sich mit Tränen. »Oh, Evie.«

Er rieb sich die Nasenwurzel mit Daumen und Zeigefinger und kniff dabei die Augen fest zusammen. Ich hatte ihn noch nie weinen sehen. Noch nicht einmal nach der Sache mit Neville. Es dauerte nur einen kurzen Augenblick, dann entspannte er seine Gesichtszüge und stieß einen langen Seufzer aus.

»Was hast du denn gedacht, was ich sagen würde?«

»Ich wusste es nicht. Ich muss leider gestehen, dass ich es nicht wusste. Aber ich hätte es wissen müssen. Aber ...« Er rang um Worte. »Sie ist schließlich mein Kind, nicht deines. Und natürlich Annas Schwester, und wir dachten ...«

»Anna dachte auch, dass ich Nein sagen würde?«

Ich dachte an ihr Gesicht im Auto: herausfordernd, abwehrend, mit angriffslustig glitzernden goldenen Ohrringen.

»Sie kam an dem Tag mit Stacey aus der Stadt zurück und du warst weg; also musste sie annehmen, dass du dich nach Hause verzogen hattest, weil du nicht damit klarkamst. Du hast gesagt, ich sollte ihr nichts von der Sache mit Hector erzählen, also ...«

»Oh, Ant, gebrauch doch deinen Verstand! Ich wusste doch nicht, dass Bella todkrank ist.«

»Ja, genau. Vielleicht hätte ich«, er leckte sich nervös die Lippen, »vielleicht hätte ich etwas sagen sollen. Aber dann später, als sie das mit Bella erfahren hat – tja, sie hat angenommen, du würdest ... es ist ja auch wirklich viel verlangt.«

Ich war schockiert. Beide hatten sie geglaubt, ich würde Nein sagen. Dass ich Stacey nicht in unserer Familie aufnehmen würde. Nicht das Kind einer anderen großziehen würde. Und, um ehrlich zu sein, wenn er mir diese Frage zu Beginn gestellt hätte, als er den ersten Brief bekommen hatte, dann hätte ich möglicherweise gesagt, vergiss es. Viel verlangt. War es das wirklich? Vermutlich. Aber jetzt fühlte es sich gar nicht mehr so an. Was – dieses schüchterne, liebe siebzehnjährige Mädchen? Ohne Mutter? Oh nein. Sie musste zu uns kommen. Hielten sie mich für eine böse Hexe, oder was?

»Evie«, er ergriff meine Hände und schaute mir tief in die Augen, »dir scheint nicht klar zu sein, dass verdammt viele Frauen, ganz gleich, wie liebenswert Stacey ist, das Kind ihres Mannes nicht einmal im Haus haben wollten, geschweige denn, dass es bei ihnen lebt.«

Ich dachte darüber nach. Wenn man es so betrachtete ...

»Und was *dir* nicht klar ist«, sagte ich langsam, um ihm nun mein Herz vollkommen auszuschütten, »ist, was ich dachte, was los sei. Dass ich in den dunkelsten Augenblicken geglaubt habe, ich hätte dich verloren. Dagegen einem Kind ein Zuhause zu geben? Oh, Ant, das ist ja kein Vergleich.«

Wir saßen uns auf dem Bett gegenüber. Nach einer Weile legte ich den Kopf auf seine Schulter. Er zog mich an sich. Und so saßen wir schweigend und zusammengekuschelt da. Schließlich richtete ich mich wieder auf.

»Ich weiß, dass du es nicht genau weißt, aber sind es Wochen ... Monate?«

»Monate. Vielleicht auch nur Wochen. Sie will nicht leiden und will auch nicht, dass Stacey zu lange leiden muss. Sie geht immer wieder zwischendrin ins Hospiz. Sie wünscht sich, dass bis Weihnachten alles vorbei ist.«

Ich machte große Augen. »Genau wie Ali MacGraw.«
»Wer?«

»In *Love Story*.« Ich hatte einen Kloß im Hals. »Als Ryan O'Neal zu ihr ins Krankenhaus kommt, sagt sie, sie möchte die Truppen bis Weihnachten zu Hause haben.«

»Oh.« Er blickte verständnislos drein. Seine Kenntnisse von Liebesfilmen waren eindeutig nicht so umfassend wie meine.

»Ryan O'Neal steigt ins Bett, um sie im Arm halten zu können.« Mir standen die Tränen in den Augen bei der Erinnerung, obwohl dies die einzige Szene des Films war, bei der ich mich nicht recht wohlfühlte: alle diese Schläuche, Blutbeutel ... »Und der Vater – der Vater wartet draußen auf dem Gang und versucht, nicht zu weinen. Oh – Ted!«

»Ich weiß.« Ant nickte und schluckte. »Ted verkraftet das nicht. Gar nicht. Stacey ist unglaublich, aber Ted ...«

»Aber Stacey hätte doch sicher auch zu ihm gehen können?«

»Ja, natürlich, das war naheliegend. Und er würde sie auch jederzeit nehmen. Wollte das auch. Aber er hat eingesehen ... nun ja, wir haben alle zusammen darüber gesprochen ...«

»Wirklich?«

»O ja, am Küchentisch am nächsten Tag. Ted ist noch mal gekommen. Bella hat ihn angerufen, um ihm zu erzählen, dass sie es uns gesagt hatte. Und dann haben Ted, Bella, Stacey, Anna und ich die Lage besprochen.«

Meine Güte. Anna. Was für ein höchst erwachsenes Gespräch. Kein Wunder, dass sie mir älter vorgekommen war.

»Und Bella war sehr bestimmt. Ted ist ein toller Großvater und wird es immer sein, aber sie wollte eine richtige Familie für Stacey. Eine junge Familie, und als Stacey dann das Bewerbungsgespräch in Oxford hatte ...«

Ich atmete scharf ein. »Da war es naheliegend.«

»Genau. Sie wussten ja, dass ich hier bin. Und dann haben sie mir geschrieben. Bella hat gesagt, sie hätten sich ewig den Kopf zerbrochen, weil sie meinten, es wäre nicht fair, weder mir noch dir gegenüber, weil sie ja wussten, dass wir auch ein Kind hatten und dass es wie eine Bombe einschlagen und alles durcheinanderbringen würde, ja, dass es möglicherweise sogar eine Familie kaputtmachen könnte oder dass wir sagen würden, haut ab, aber sie wussten auch, dass es letztendlich ...«

»Sie musste das tun, was am besten für ihr Kind ist.«

»Genau.«

»Das ist das Wichtigste, alles andere spielt keine Rolle.«

»Nein.«

»Sie hat das Richtige getan.«

»Ich bin froh, dass du so darüber denkst, Evie.« Er

konnte seine Erleichterung nicht verbergen. Seine Hand legte sich auf meine, und er drückte sie und holte noch einmal aus. »Und ich bin so, so froh, dass du meine Frau bist.«

Das brachte mich zum Lächeln, denn es war ein großes Geständnis für Ant. Wir saßen da beide zusammen auf dem Bett und lächelten uns schüchtern und traurig an: ein von vielfältigen Emotionen mitgenommenes, Händchen haltendes Ehepaar mittleren Alters. Schließlich atmete ich mit einem tiefen Seufzer aus, der aus den tiefsten Tiefen meines Bauches zu kommen schien. Ich stand auf und zog den Gürtel meines Morgenmantels enger um mich. Dann angelte ich nach meinen Pantoffeln und ging zur Tür.

»Wo gehst du hin?«

»Bella anrufen.«

»Aber es ist mitten in der Nacht.«

»Sie wird noch wach sein und auf meinen Anruf warten.«

28

Am folgenden Morgen fuhr ich hinaus, um Anna am letzten Tag ihres Pony-Wettbewerbs zuzuschauen. Den Tag hätte man sich nicht schöner vorstellen können. Es war einer von diesen dunstigen, goldenen Tagen, ein leichtes Lüftchen wehte und der Kalender wollte einem weismachen, es sei Ende Oktober, aber der schöne blaue Himmel und der milchige Sonnenschein konnten einen in dem Glauben wiegen, es sei doch erst August. Als ich in den Hof von Ed Pallisters Farm einbog, der nur ein kleines Stück von unserem entfernt lag, und mich in die Reihe der dort parkenden Autos einreihte, die andere Pony-Club-Mütter dort vor dem Hof stehen gelassen hatten, musste ich daran denken, dass Bella Edgeworth nicht mehr oft einen Morgen wie diesen erleben würde. Irgendetwas, das Margret Thatcher einmal am Morgen nach den Bombenanschlägen von Brighton gesagt hatte, kam mir in den Sinn, von wegen, dass man einen solchen Tag eigentlich gar nicht erleben sollte. Ich schloss das Auto ab und machte mich gedankenverloren und mit gesenktem Kopf auf den Weg zu einer lang gestreckten Weide, auf deren weit entferntem Ende jede Menge Ponys im Kreis liefen, und suchte dabei in meiner Tasche nach der Sonnenbrille, um mich vor den Strahlen der tief stehenden Sonne und vor manch anderem zu schützen.

Wir hatten am Abend zuvor lange gesprochen, Bella und ich. Und als ich schließlich nach oben ins Bett gekommen war, waren meine Knie ganz verkrampft vom langen Sitzen auf der Treppe. Ich hatte alles so ziemlich wortwörtlich gegenüber Ant wiederholt. Ich war müde – und erschöpft –, aber er musste alles erfahren, solange es noch frisch in meinem Kopf war. Ich berichtete ihm von den irrsinnig teuren Medikamenten, die man ihr angeboten hatte, für die aber die Kasse nicht zahlte und die ihr Leben ohnehin nur für ein paar Monate verlängern könnten, und dass sie das Geld lieber Stacey hinterlassen würde. Und von der Weiße-Mäuse-Therapie, auf die sie sich stattdessen eingelassen hatte.

»Weiße Mäuse?« Ant stützte sich auf einen Ellenbogen, während ich meine Pantoffeln auszog und meinen Morgenmantel fallen ließ.

»Das sind neueste Forschungen. Sachen, die sie, wie Bella sagt, sonst weißen Mäusen verabreichen.« Ich lächelte Ant wehmütig an, bevor ich ins Bett krabbelte.

»Sie hat sich bereit erklärt, das auszuprobieren, weil es sowieso zu spät ist für eine konventionelle Behandlung. Ihr wird davon aber ziemlich übel.«

»Oh.« Er hob die Augenbrauen. »Das wusste ich gar nicht.«

»Hast du nicht gefragt, was sie nimmt?«

»Also ...«

»Was ist mit Ted?« Ich schüttelte mein Kopfkissen auf, um meine Ungeduld zu verbergen. »Hast du nicht mit Ted darüber gesprochen?«

»Ich hab's versucht, aber es hat ihn so aufgeregt. Ted ist nämlich sehr gefühlsbetont.« Als ob ich das vielleicht nicht wüsste! »Musste sich ständig schnäuzen.«

Ich lächelte. »Ich werde mit ihm reden. Er soll uns oft besuchen kommen, am Anfang sowieso, sodass Stacey einen Vertrauten, einen Freund hat. Bella fand das auch gut. Lange Wochenenden, so was in der Art. Ich dachte, er könnte sogar mit uns in Urlaub fahren.« Ich drehte mich um und knipste die Nachttischlampe aus.

»Gut«, hörte ich Ant leise sagen.

Wir redeten noch eine Weile ruhig im Dunkeln weiter, oder vielmehr, ich redete. Er hörte zu. Die vertraute Rollenverteilung. Ich erzählte ihm von Staceys Bedenken, uns überhaupt zu kontaktieren, und dass es die Idee ihrer Mutter und Stacey anfänglich dagegen gewesen war. Dass sie gesagt hatte, sie würde lieber bei ihrem Großvater dort oben im Norden bleiben und bei ihren Freunden, an dem festhalten, was sie kannte, vielleicht gar nicht nach Oxford oder überhaupt nicht auf die Uni gehen, weil ja unter den gegebenen Umständen alles sowieso dumm und unwichtig erschien. Sie hatten sich gestritten. Stacey hatte davon gesprochen, sich einen Job zu suchen, vielleicht einen Sekretärinnenkurs zu belegen. Bella hatte sie antreiben müssen.

»Sie hat Angst«, hatte ich zu ihrer Mutter am Telefon gesagt. »Sie hat Angst davor, dass du nicht mehr da bist.«

»Natürlich hat sie das, aber die Sache ist die, Evie, dass Dad ihr einfach nachgeben würde. Er ist so ein Softie, er würde ihr ihren Willen lassen und sagen – was immer dich glücklich macht, mein Liebling –, und das wäre so eine Verschwendung. Und mir läuft hier die Zeit davon. Ich muss sie die ganze Zeit anschieben, sie überreden.« Ein Anflug von Panik hatte sich in ihre Stimme geschlichen.

»Aber ihre Zurückhaltung ist ja verständlich. Wir sind mehr oder weniger Fremde für sie.«

»Natürlich seid ihr das, und sie liebt ihren Großvater sehr und will ihn auch nicht mit seiner Trauer alleine lassen, und das kann ich ja *alles* verstehen und ein Teil von mir sagt auch – ach, lass sie doch, Bella. Lass sie doch ein Jahr aussetzen, sie ist doch schließlich noch so jung. Sie könnte sich nächstes Jahr noch bewerben oder sogar noch ein Jahr später, aber ein noch größerer Teil von mir weiß genau, dass sie das nicht tun würde.«

»Was? Sie würde sich nicht noch einmal bewerben?«

»Nicht, wenn ich nicht da bin, um sie zu pushen. Wenn sie ein Jahr hier oben bleibt, dann bleibt sie auch noch das nächste. Fängt einen Job an und geht unter, ohne eine Spur zu hinterlassen. Dann verkauft sie auch in drei Jahren noch Schuhe bei Russel & Bromley mit ihrer Freundin Jordan. Sie ist klug, aber sie ist nicht mutig. Kein bisschen.«

»Genau wie Ant«, hatte ich plötzlich gesagt.

»Ach?« Sie verhakte sich an dieser kleinen Aussage, als wäre es Stacheldraht.

»Ja, ich meine ... es klang einfach ein wenig vertraut. Red weiter.«

»Ich muss einfach wissen, dass sie auf dem richtigen Weg ist, bevor ich sterbe«, hatte sie mit einer gewissen

Verzweiflung, aber ohne einen Hauch von Märtyrertum gesagt. »Ist das egoistisch von mir?«

Für mich stellte sich dabei nur die Frage, wie irgendjemand diese bemerkenswerte Frau egoistisch finden könnte. »Ganz und gar nicht«, sagte ich langsam. »Und du kannst das am besten beurteilen. Du kennst sie besser als jeder andere. Ich nehme an, du bist dir sicher, dass ihr das Studium, wenn sie es erst einmal anfängt, genauso viel Spaß machen würde, oder?«

»Oh, es wäre genau ihr Ding, das ist es ja gerade. Sie würde nicht zurückschauen, sondern nur noch nach vorne.« Ich hatte das vage Gefühl, dass da jemand dank eines stillen, jedoch felsenfesten Entschlusses nicht zulassen wollte, dass die Geschichte sich ein zweites Mal wiederholte.

»Okay, aber jetzt hat sie uns kennengelernt. Und wie geht es ihr jetzt damit? Dass sie zu uns kommt?«

»Viel besser. Vor allem, wenn sie weiß, dass ihr alle damit einverstanden seid, das war ihre größte Angst. Sie sagt immer wieder, aber Mum, warum sollten die mich haben wollen? Sie sagen es vielleicht, aber warum sollten sie eigentlich? Sie will sich nicht aufdrängen.«

»Sie drängt sich nicht auf. Ant hätte sie sehr gerne hier. Anna hätte sie sehr gerne hier. Und ich auch«, sagte ich mit einer Überzeugung, die mich selbst überraschte. »Aber man muss sehr vorsichtig mit ihr umgehen, das verstehe ich. Es muss alles ganz peu à peu geschehen.«

»Ja, ich weiß, sonst fühlt sie sich überrumpelt. Ich mache mir Sorgen, dass sie einfach in den nächsten Zug zurück steigt, und ich werde nicht mehr da sein, um sie daran zu hindern.«

»Dann werde ich das tun.«

Ich hörte sie schlucken. »Oh, Evie ...«, brachte sie mühsam hervor.

»Aber so weit wird es ohnehin gar nicht kommen«,

beeilte ich mich zu sagen, um uns beide zu retten. »Vorausgesetzt, alles passiert vernünftig und mit Geduld.«

»*Unendliche* Geduld, womit ihr euch wirklich eine Menge aufhalst, eine Menge Druck. Sie wird wahnsinnig trauern, sie ahnt noch nicht, wie sehr. Wir waren ja die ganzen Jahre über immer ein Zweiergespann, und es wird sie wie ein Donnerschlag treffen.« Ihre Worte kamen jetzt immer schneller, als ob ihr tatsächlich die Zeit davonliefe. »Ich weiß, dass sie das noch nicht wirklich kapiert hat. Es wird furchtbar werden für sie und auch für euch nicht gerade angenehm, wenn ihr die Scherben aufkehren müsst und auf Eierschalen gehen, wenn sie traurig oder depressiv ist, wozu sie ohnehin auch jetzt schon neigt, geschweige denn …«

»Nein, es wird nicht furchtbar«, unterbrach ich bestimmt. »Es wird gut.«

Ich hatte mir in den letzten Minuten angehört, wie sie mir ihr Herz ausschüttete, weil ich spürte, dass sie das noch nicht in dieser Offenheit getan hatte. Indem ich eine Position der Stärke und die Rolle des Stützpfeilers einnahm, hatte ich ihr die Möglichkeit gegeben, sich einmal anzulehnen. Ich hatte ihr diesen kurzen Luxus geboten, sie eingeladen, für einen Augenblick schwach zu sein. Und ich verstand nur zu gut, dass sie die meiste Zeit stark war für Stacey und für Ted, um für sie alles aufrechtzuerhalten und ihnen den Weg zu bereiten, damit sie ihn auch ohne sie weitergehen konnten. Mit Entschiedenheit hatte sie beide überredet, dass dies der beste Plan war, obwohl sie in Wirklichkeit selbst Zweifel hatte. Natürlich hatte sie die. Massive Zweifel, ob es richtig war, ihr Kind unter derart umwälzenden Umständen zu entwurzeln. Sie wusste, es würde schwer werden.

Und als ich Ant nun im Bett davon berichtete, wie es in Wirklichkeit werden würde, womit Bella auch ihn nicht hatte belasten wollen, blinzelte er heftig.

»Das wird nicht leicht«, sagte er, und ich sah einen Hauch von Bedenken über seine Augen huschen.

»Nein, das wird es nicht. Aber es ist auch nicht unmöglich. Vertrau mir, Ant. Alles wird gut.«

Genau dasselbe hatte ich auch zu Bella gesagt. Vertrau mir. Seltsam, dachte ich, während ich mich auf die Seite drehte und mein Kopfkissen zusammenschob in dem Bemühen, noch irgendwo einen kühlen Fleck darauf zu finden, dass mir die Situation gar keine Angst machte. Überhaupt keine Angst. Wenn ich eine Prüfung ablegen oder überhaupt irgendetwas zu Papier bringen sollte – selbst Danksagungskarten waren mir ein Gräuel –, dann brach mir sofort der Angstschweiß aus, aber einem emotional verunsicherten Mädchen zu helfen, das vor Kurzem die Mutter verloren hatte? Stacey dauerhaft in unsere Familie zu integrieren? Mit ihrer Trauer samt den Begleiterscheinungen umzugehen, wenn Bella nicht mehr war? Ich will nicht behaupten, es wäre ein Kinderspiel, aber ich würde ohne zu zögern die Ärmel aufkrempeln. Und ich brauchte eine Herausforderung. Allerdings ... ich riss die Augen in der Dunkelheit weit auf ... ich hatte ja bereits eine angenommen. Scheiße. Mit einem Ruck setzte ich mich auf.

»Ich habe einen Job«, verkündete ich in die Runde, wenngleich hauptsächlich an meinen neben mir liegenden Ehemann gerichtet.

Ant setzte sich ebenfalls auf. »Heute Nacht mordet Macbeth den Schlaf aber gründlich. Am besten ergeben wir uns freiwillig. Was wolltest du sagen?«

Ich erzählte ihm von der Buchhandlung.

»Okay.«

»Hast du was dagegen?«

»Natürlich habe ich nichts dagegen. Ich finde es toll, aber es kommt ein bisschen sehr überraschend, oder?«

»Trifft das nicht auf alles zu in der letzten Zeit?«

Wir saßen eine Weile schweigend da. Dann: »Hat es dir Spaß gemacht? Ich meine, die paar Tage, die du jetzt dort warst?«

»Es hat mir unglaublich gut gefallen.« Ich war selbst überrascht, wie begeistert meine Antwort klang.

»Na dann«, bemerkte er knapp, und ich spürte, dass er ein klein wenig verletzt war. »Warum hast du mir nichts davon erzählt?«

»Ich ... ich wollte dich überraschen.«

Das stimmte nicht ganz. Es war meine Versicherung gewesen. Es hatte mit Bella Edgeworth zu tun. Und das brauchte ich jetzt natürlich nicht mehr. Aber es gefiel mir dennoch. Es gefiel mir, dass ich mich nützlich machen konnte. Aber nun, da Stacey zu uns kommen würde, würde ich mich auch in meiner vertrauteren, mütterlichen Rolle nützlich machen, als Stütze der Familie, der Rolle, die ich noch immer instinktiv als meine natürliche annahm. Ich zögerte.

»Denk gar nicht drüber nach, Evie«, sagte er und legte sich wieder hin. »Wenn es dir Spaß macht, dann tu das. Du wirst eine Ablenkung brauchen können. Etwas nur für dich. Denk gar nicht erst drüber nach, es wieder aufzugeben, Evie.«

Still beeindruckt legte ich mich hin. Ganz schön entschieden für Ants Verhältnisse.

Ich ging weiter über die Wiesen entlang dem einfachen Holzzaun, der an unser Land angrenzte, an dem Häuschen vorbei, in dem Maroulla und Mario einst gelebt hatten und das nun von Phil, dem Hilfsarbeiter meines Bruders, und seiner Freundin Carly bewohnt wurde. Ein Blick durchs Fenster zeigte mir, dass der kitschige Druck eines Zigeunermädchens mit einer Träne im Auge, der früher über dem Kamin gehangen und den ich für den Gipfel der Verfeinerung gehalten hatte, mittlerweile durch einen Spiegel ersetzt worden war. Ich konnte mich gut an Teller mit Nudeln vor diesem Kamin erinnern – oder auch vor dem Fernseher, wenn Maroulla gut gelaunt war.

Unter sorgfältiger Umgehung von Haufen mit Pferdeäpfeln erreichte ich schließlich das Tor zum eigentlichen Ort der Veranstaltung. Ein Schild prangte daran: »Achtung! Tor fest schließen!« Ich tat wie geheißen. Riesige Pferdeanhänger und Transporter, die aufgrund ihrer Ladung bis hierher hatten vorfahren dürfen, während einfache Pilger wie ich draußen vor dem Hof parken mussten, standen hier in ordentlichen Reihen direkt vor dem Sammelplatz, der mit weißen Markierungsbändern abgegrenzt war. Von Zeit zu Zeit rannte eine gestresste Mutter in Gummistiefeln vorbei in dem typischen Laufstil nicht mehr ganz junger Frauen und rief »Treib ihn an, Clarissa!« oder »Zügel anziehen!«, während ein Kind mit hochrotem Kopf und den Tränen nahe von einem Pony herab brüllte: »Das versuche ich ja!« Jede Menge dicke kleine Mädchen auf dünnen Ponys und jede Menge dünne kleine Mädchen auf dicken Ponys. Es schien fast, als hätte das Haus von Norman Thelwell ebenso an eine Wiese gegrenzt und er hätte mit Skizzenblock und Bleistift am Zaun gestanden und sich über sein Malerglück gefreut.

Trotz der vielen Leute und der hektischen Betriebsamkeit war Anna fast die Erste, die ich entdeckte. Sie hatte Hector an einen Zaunpfahl gebunden, wo er sich den Inhalt seines Heunetzes schmecken ließ. Sie selbst saß im Schneidersitz neben ihm im Gras und war, die Ohren per iPod verstöpselt, damit beschäftigt, SMS zu schreiben. Sie schaute auf, als ich näher kam. Ihr Gesicht, das noch vor einem Augenblick ein unbeschriebenes, jugendliches Blatt gewesen war, nahm plötzlich einen abwehrenden, misstrauischen Ausdruck an. Ich schenkte ihr ein strahlendes Lächeln, gefolgt von einem kleinen Nicken.

Und ich konnte sehen, wie sich Erleichterung auf ihrem Gesicht ausbreitete. Sie stand auf, nur noch einen winzigen Hauch von Unsicherheit in ihren Bewegungen, zog die Ohrstöpsel heraus und kam mir entgegen, zögernd, ihre Augen musterten mein Gesicht.

»Wirklich? Hast du mit Daddy gesprochen? Hast du ... willst du ...«

»Ja, ja und ja. Was seid ihr nur für Zweifler! Hast du wirklich geglaubt, ich würde Nein sagen?«

Sie flog die letzten Schritte in meine Arme. Ich zog sie an mich. Ihre Augen waren feucht, als sie sich aus der Umarmung löste.

»Na ja, du hättest ja schon Nein sagen können, warum auch nicht?«, meinte sie und rieb sich unsanft mit dem Ärmel über die Augen. »Schließlich bist du nicht mit ihr verwandt.«

»Nein, aber du bist es. Und Daddy auch. Und das reicht mir als Grund.«

Wir lachten, und sie umarmte mich noch einmal.

»Du und Bob Geldorf«, sagte sie plötzlich, während sie sich zurückzog.

»Was?«

»Bob Geldorf hat Tiger Lily zu sich genommen, nachdem erst Mike Hutchence und dann noch Paula Yates gestorben sind. Sie ist nicht sein Kind, aber sie ist die Schwester von Peaches und den anderen.«

Ich blinzelte verwirrt. »Okay.« Ich war momentan wohl nicht ganz so auf der Höhe mit dem Inhalt der einschlägigen Zeitschriften wie meine Tochter. Aber ich hatte eine grobe Vorstellung, wovon da die Rede war.

»Und sie ist wunderbar, Mum, oder? Total süß. Du wirst sie mögen, wenn du sie richtig kennenlernst.«

Ich lächelte. »Ja, das ist sie und das werde ich.«

Wir hakten uns ein und gingen gemeinsam zu Hector zurück.

»Aber, Mum ...« Sie zögerte. Blieb plötzlich stehen. »Sie ist nicht wie meine anderen Freundinnen.«

»Wie meinst du das?«

»Na ja, sie ist nicht – du weißt schon – nicht wie Chloe oder Poppy. Nicht ...« Sie hatte Mühe, es zu erklären. Machte ein besorgtes Gesicht, so wie Ant am Abend zuvor. Weil wir jetzt der Realität ins Auge blicken mussten. Was sie meinte, war ›nicht so vornehm‹. Nicht Oxford High School. Ohne stylish zurückgeworfene Haare, nicht abgeklärt und aus allerbestem Hause. Umso besser. Aber in ihrem anfänglichen Begeisterungsschub, in dem Bemühen, dass alles klappte, hatte meine Familie diese kleinen Details vergessen – Trauer, anderer sozialer Hintergrund, Mangel an Selbstbewusstsein usw. – und reichten den Stab nun an mich weiter. Nein – sie *warfen* ihn mir vor die Füße und hofften, dass ich mich darum kümmern würde, so wie ich mich schon mein Leben lang darum gekümmert hatte, alles für sie aufzuheben: Spielsachen zurück in die Spielzeugkiste, dreckige Socken in den Wäschekorb, nasse Handtücher vom Badezimmerfußboden auf die Handtuchhalter.

»Natürlich ist sie nicht so wie die, und das ist sehr erfrischend. Und schließlich kommt die Mehrzahl der Studenten in Oxford nicht aus einem Umkreis von 30 Kilometern oder von Privatschulen. Und obwohl sie hierherkommt und bei uns leben wird, wird sie genau da hingehen. Auf die Uni. Sie wird dort zur Mehrheit gehören.«

»Vermutlich«, sagte sie ein wenig überrascht, und ich merkte, wie ihr durch den Kopf ging, dass sie, Anna, sollte sie jemals auch dorthin gehen, dann zur Minderheit gehören würde.

»Wir kriegen das schon hin, Anna, wirst sehen. Alles wird gut«, beruhigte ich sie, so wie Frauen seit Urzeiten ihre Kinder beruhigt und dann dafür gesorgt hatten, dass auch wirklich alles gut war, selbst wenn es sie umbrachte. Wir setzten uns nebeneinander auf die Wiese. Anna zupfte an den Grashalmen herum und erklärte mir, wie wir unser Gästezimmer für sie einrichten würden – nein, sie setzte sich mit leuchtenden Augen auf, – Stacey und sie würden es gemeinsam tun, würden es lila oder apfelgrün streichen. Ich saß da und hörte zu und lächelte.

»Nummer eins fünf zwei!«, erklang eine näselnde Lautsprecherstimme. »Nummer eins fünf zwei, bitte jetzt auf den Sammelplatz.«

»Oh, mein Gott – das bin ja ich!« Sie sprang auf.

»Los – *los*. Heißt das, dass du jetzt dran bist?« Ich rappelte mich ebenfalls auf, während sie schon zu Hector eilte, um ihn loszubinden.

»Nein, aber als Übernächste. Schnell, Mummy, meine Kappe.« Ich rannte herum und sammelte ihre Sachen zusammen. Genau, ich kümmerte mich schon wieder und hob hinter ihr auf. Eine Kappe, eine Gerte, ihre Jacke – ich reichte ihr alles, während sie die Steigbügel nach unten zog und den Gurt fester schnallte.

»Macht es dir Spaß?«, fragte ich, während sie mir den Rücken zudrehte, damit ich ihr die Nummer hinten befestigen konnte. »Halt still.«

»Es ist ganz okay, aber man steht so viel rum, und hier sind so viele rechthaberische Frauen, die mir erklären, ich hätte die Schweifbandage nicht richtig angelegt oder die Mähne schief geflochten. Und es sind kaum Jungs dabei.«

»Stimmt. Wo stecken denn eigentlich deine Cousins?«

»Ach, Jack und Henry machen hier nicht mit. Die jagen nur. Phoebe ist irgendwo, aber sie gibt den Pony Club nächstes Jahr auch auf. Wusstest du, dass man nicht unbedingt Mitglied sein muss, um zu den Bällen zu gehen? Das dachte ich immer.« Sie sprang in den Sattel. »Bis später!«, rief sie und trabte davon.

»Bis später«, wiederholte ich leise.

»Ach, übrigens«, rief sie und drehte sich noch einmal um. »Meine Ohren haben sich doch entzündet!«

Tolle Neuigkeiten. Ich machte im Geiste eine Notiz, dass ich auf dem Heimweg noch Hamamelis besorgen würde. Wieder war ich diejenige, die sich um alles kümmerte.

Ich folgte ihr etwas langsamer, und bis ich den Ring erreicht hatte, war die vorhergehende Mitbewerberin fertig und Anna trabte herein. Sie richtete Hector auf ein Hindernis aus bunten Stangen, die er mit Leichtigkeit nahm, dann noch einmal und noch einmal, aber dann verpasste sie, glaube ich, eines und musste umdrehen und noch einmal darüberreiten und riss noch das letzte Hindernis im Flug. Lachend kam sie nach draußen getrabt.

»Huups!«, rief sie, als sie an mir vorbeisauste.

»Gut gemacht, mein Schatz!«

»Sieben Fehler für die Nummer eins fünf zwei«, informierte uns der Lautsprecher. »Sieben Fehler.«

»Unsäglich!«, ertönte eine noch lautere Stimme zu meiner Linken.

Ich wandte mich um und sah Camilla, deren Gesicht in einem höchst reizvollen herzinfarktösen Lilaton erstrahlte, mit geballten Fäusten und einem kleinen Jungen im Schlepptau auf mich zukommen. »Sieben Fehler! Sie hat ihn überhaupt nicht gerade gerichtet.«

»Ach, das macht Anna nichts aus«, versicherte ich ihr. »Sie nimmt solche Sachen total entspannt.«

»Aber mir macht es was aus!«, platzte Camilla heraus. »Das ist mein Pony, und halb Oxfordshire schaut hier zu!«

Ich blickte mich um. Zugegeben, eine Menge Frauen, die Pferdedecken anstelle von Pashmina-Schals um den Hals trugen und aussahen, als hätten sie die Hälfte ihres Lebens in einem Windkanal verbracht, schauten zu uns herüber und tuschelten hinter vorgehaltener Hand.

»Ja, aber das Ganze soll doch einfach nur Spaß machen«, meinte ich nervös. »Ich meine, das spielt doch keine Rolle. Nächstes Mal hat sie mehr Glück und so.«

»Mehr Glück …? Dieses Pony ist sein ganzes Leben lang fehlerfrei gesprungen! Springt wie der Teufel, wenn man ihn richtig anfasst, und jetzt! Sehen Sie sich das an! Total verdorben! *Und* ich glaube außerdem, dass hinter der Geschichte auf dem Hof Ihrer Schwägerin noch mehr steckt, als es den Anschein hat.« Ich erzitterte ängstlich unter ihrem stechenden Blick. »Ich glaube, Sie haben dieses Pony überhaupt nie reingeholt!« Ach, *das* meinte sie. »Seine Ohren sind total verdreckt!«

»Genau wie die von Ihrem Sohn!«

»Was?«, keuchte sie verblüfft.

»Nur so ein Verdacht. Und ja, Sie haben recht, er ist nachts nicht reingeholt worden. Er hat sich frei und ungebunden draußen auf der Weide vergnügt.«

»Oh! Genau wie Sie mit diesem – diesem Mann!« Ah. Zu früh gefreut. »Zigeuner. Wer's glaubt. Er hat diesen Buchladen in Jericho, *und* ich habe ihn heute schon wieder gesehen. Hängt hier rum, obwohl er hier gar nichts zu suchen hat. Aber das war's. Hector kommt mit mir nach Hause. Ihnen ist nicht zu trauen.« In Bezug auf Männer oder auf Pferde?, fragte ich mich. »Ich werde ihn unverzüglich abholen.«

»Tun Sie das. Und wenn Anna dann immer noch ein Pony haben will, worüber ich mir gar nicht so sicher bin, dann kaufe ich ihr eines, und das werden wir dann gut behandeln, aber doch wie ein Tier. Ihr Sohn braucht übrigens ein Taschentuch.«

Sie warf einen raschen Blick auf den kleinen Jungen an ihrer Seite, der dünn und verkühlt aussah, mit laufender Rotznase, und der zweifellos alle seine großen und kleinen Schulferien so im Schlepptau seiner Mutter und Schwestern verbrachte.

»Und wenn sein Zaumzeug nicht blitzblank geputzt ist, dann werde ich Sie deswegen zur Rechenschaft ziehen«, schimpfte sie weiter und beachtete weder mich noch ihren Sohn. »Der Brustgurt ist nagelneu und von Dobson and Farell!«

Ich beugte mich zu ihr. Legte meine Nase fast an ihre. »Sie können sich Ihren Dobson-and-Farell-Brustgurt von mir aus sonst wohin stecken, Camilla. Mir können Sie keine Angst einjagen.«

Und damit schlenderte ich davon, die Hände in den Hosentaschen, und wünschte nur, ich könnte pfeifen. Ich und Bob Geldorf, was? Ich bin sicher, dass seine Sprache noch sehr viel farbiger gewesen wäre. Ich musste wirklich mal wieder mein Fluchvokabular aufpolieren.

»Evie.«

Ich erstarrte, und blitzschnell wurde mir klar, was sie gemeint hatte, sie hätte diesen Mann wiedergesehen. Das hatte ich im ersten Moment gar nicht kapiert. Aber hier war er nun, rief meinen Namen und kam in Jeans und weißem T-Shirt auf mich zugeschlendert. Dabei sah er so umwerfend gut aus, dass es mir fast den Atem verschlug. Er sah tatsächlich genau so aus wie der Junge aus der Levis-Werbung. Junge. Ja, wirklich. Ich war mir ziemlich sicher, dass ich ihm widerstehen konnte, aber ich hielt meine Augen dennoch fest auf den Pferdemist gerichtet, nur um sicherzugehen.

»Ludo.«

Wir tauschten Küsschen aus, ganz gesellschaftstaugliche kleine Schmatzer, einmal rechts, einmal links. Rasch trat ich zurück. »Was, zum Teufel, tun Sie denn hier?«

»Ich verfolge Sie. Ich wusste, dass Ihre Tochter mit ihrem Pony hier sein würde, und dachte, Sie würden ihr zuschauen, und deswegen wollte ich mich hinter den Pferdeanhängern herumdrücken und Ihnen hinterherspionieren. Finden Sie das unheimlich?«

Ich lachte. »Nur wenn ich Ihnen das glauben würde.«

Er grinste. »Ich checke gerade den Lärmpegel für unseren Ringelpietz hier heute Nachmittag.« Er deutete mit dem Kopf über die Hecke, wo Caros rosa-weiß gestreiftes Partyzelt in der Ferne im Wind flatterte.

»Oh! Ist das heute?«

»Um drei. Ich war eben dabei, einen prüfenden Blick auf die Alkoholvorräte zu werfen, als ich gesehen – nein, eher gehört – habe, was auf der anderen Seite der Hecke für ein Rummel abgeht. Ich bin nicht überzeugt, dass Megafone und kreischende Frauen, die ihre Kinder anschreien, so recht das Ambiente sind, das Alice sich vorgestellt hatte, aber ich gehe davon aus, dass es um drei vorbei ist.«

»Wer hat Ihnen das gesagt?«

»Ein paar äußerst durchsetzungsstarke Frauen im Zelt des Wettbewerbssekretariats dort drüben, von denen ich die eine von unserem kleinen Rendezvous neulich Nacht her kannte, die aber alle ohne Weiteres die Attacke der leichten Brigade hätten anführen können. Ich weiß nicht, was sie mit dem Feind anstellen, aber bei Gott ...« Er schauderte.

Ich kicherte. »Camilla und Konsorten. Sie hat schon gesagt, dass Sie hier sind.«

»Sie konnte mich ganz offensichtlich nicht recht einordnen, bis es zu spät war. Aber sie hat mich die ganze Zeit mit schief gelegtem Kopf und zusammengekniffenen Augen angeschaut, so ungefähr, wie sie auch über den Lauf eines Gewehres zielen würde, nehme ich an.«

Ich lachte. Dann machte sich Schweigen breit, und wir betrachteten beide interessiert den Boden.

»Jedenfalls«, fuhr er munter fort und hob den Kopf, »verfolgen eher Sie mich. Sie arbeiten in meinem Laden.«

Ich errötete. »Das ist der einzige Ort, an dem ich arbeiten *kann*, Ludo. Aber ich weiß, es tut mir leid. Ich arbeite aber eher gegen Ende der Woche.«

»Während ich am Anfang dran bin, das hat Malcolm schon gesagt. Sie gehen mir also aus dem Weg.«

»Nein«, sagte ich vorsichtig und fuhr mit dem Zeh über die Grashalme. »Ich dachte nur …«

»Entspannen Sie sich, Mrs Hamilton. Ich will Sie nur ärgern.«

Ich schaute auf. Grinste. Wir lächelten uns an und standen einfach so da in der dunstigen Oktobersonne.

»Sie sehen verändert aus«, bemerkte er nach einer Weile.

»Ich bin auch verändert«, sagte ich überrascht. Doch dann fiel mir wieder ein, warum. Ich seufzte. Und fuhr tapfer fort: »Ant ist gestern Nacht zurückgekommen. Bella Edgeworth ist todkrank, Ludo.«

Er wurde ganz blass vor Überraschung. Dann kniff er die Augen zusammen und schob ungläubig den Kopf nach vorne. »Was?«

»Ich weiß.« Ich gab ihm noch einen Augenblick.

»Scheiße.« Er fuhr sich mit der Hand durchs Haar und verwuschelte abwesend seinen Hinterkopf. »Was hat sie?«

»Krebs.«

»Oh.« Er blinzelte. »Verstehe.«

»Und sie will, dass wir ihre Tochter aufnehmen.«

»Du lieber Himmel.«

Ich zuckte die Schultern. »Sie ist auch Ants Tochter.«

»Ja, natürlich ist sie das.«

»Und sie ist bald siebzehn. Kein Kind mehr.«
»Tja. Meine Güte. Trotzdem – heavy.«
»Heavier geht kaum.«
»Und was haben Sie gesagt?«
»Ich habe Ja gesagt, wir haben alle Ja gesagt.«
Ein Schatten huschte über sein Gesicht. »Verstehe.«
Er warf mir ein etwas wehmütiges, schiefes Grinsen zu.
»Was für mich ein Nein bedeutet.«
Jetzt war ich an der Reihe, blass zu werden. Hatte er wirklich ...?
»Nein, nein«, fuhr er rasch fort, als er mein Gesicht sah. »So meine ich es gar nicht. Sie haben völlig recht. Ich wusste immer, dass es ein Nein war. Ich hätte das nicht sagen sollen.«
Ich wusste nicht, was ich sagen sollte. Er lächelte, diesmal ein richtiges Lächeln. Griff nach meiner Hand.
»Ich habe eine Theorie über Sie.«
»Ach?«
»Eigentlich ist es eher eine Theorie über mich. Manche Männer finden Frauen attraktiv, die eine schlechte Wahl treffen. Ich habe beschlossen, dass es bei mir genau umgekehrt ist.«
Schlechte Wahl. Ich verstand gar nichts. Wartete auf ihn.
»Ich merke, dass ich mich unpraktischerweise zu Frauen hingezogen fühle, die eine gute Wahl getroffen haben. Die ihre Ehemänner lieben. Die glücklich im Leben stehen. Das ist genau das, was ich verloren habe, verstehen Sie.« Er schaute mich forschend an, damit ich ihn nur ja verstand, und das tat ich. Sofort.
»Ja, das verstehe ich sehr gut.«
»Ich bin mir durchaus bewusst, dass ich mir ein ungebundenes junges Mädchen angeln könnte, wie die bei Alices Party, aber ich will ... jemanden, der weiß, was es bedeutet, sich fest zu binden.«

»Na, das wäre ja keine so tolle Bindung, wenn ich mit Ihnen abhauen würde.«

Er lachte kurz auf. »Nein. Keine tolle Bindung. Aber da gab es einen Punkt, als Sie glaubten, Sie würden ihn verlieren. Und ich habe meine Frau ja bereits verloren.«

Traurig schüttelte ich den Kopf. »Das ist zu glatt, Ludo. Versprechen Sie mir, dass Sie sich nicht auf die Suche nach jungen Witwen machen?« Ich erhaschte noch den letzten Zipfel eines schuldbewussten Ausdrucks in seinem Gesicht. »Oh Gott, jetzt erzählen Sie mir nicht, dass es eine Website gibt ...«

»Nein!« Er lachte. »Jedenfalls keine, die ich kenne.«

»Weil das nämlich keine gute Idee wäre, ich schwör's. Warten Sie einfach. Die richtige, schöne ...« Ich schaute nach oben, suchte am Himmel nach den richtigen Worten, »*fröhliche* junge Frau wird kommen, ungebunden und unbelastet, und wird Sie wieder glücklich machen. Warten Sie's ab.«

Er schien nicht überzeugt. »Es war nicht nur der Bindungskick.« Er schaute stirnrunzelnd zu Boden, und ich machte mich auf ein schwereres Geschütz gefasst. Als seine Augen wieder auftauchten, waren sie voller Schalk. »Außerdem bin ich echt scharf auf Sie.«

Ich lachte. Wurde auch ein bisschen rot. »Aha.«

»So wie ich es auf dem Kärtchen geschrieben habe.«

»Was für ein Kärtchen?«

»Zusammen mit den Blumen.«

»Was für Blumen?«

»Sie haben die Blumen nicht bekommen?«

Ahnungslos zuckte ich die Schultern.

»Ich habe sie nur so zum Spaß geschickt. Ich war, ehrlich gesagt, auch ein bisschen angetrunken; dachte, ich probier's mal auf andere Art. Und nur, weil ich wusste, dass Ihr Mann nicht zu Hause ist.«

Da wurde es uns beiden gleichzeitig klar.

»Ach, du Scheiße.« Er zog sein Handy aus der Hosentasche. »Keine Sorge. Ich ruf da an. Sie haben sowieso gesagt, sie würden nicht vor heute Nachmittag liefern.«

Nervös wartete ich, während er im Kreis herumlief und in sein Handy sprach. Nach einer Weile klappte er es zu. »Sie waren noch nicht weg. Die sind noch in dem Lieferwagen, und sie rufen den Fahrer an, um ihm zu sagen, dass er sie zurückhalten soll.«

»Puh, Gott sei Dank.«

Er lächelte über meine Erleichterung. »Warum? Was hätte er wohl getan, mir eine geknallt?«

»Nein, natürlich nicht. Ant ist ein sanfter Mann. Aber er ist ziemlich…«

»Eifersüchtig?«

»Ich glaube, ja.« Es überraschte mich, das zu sagen.

»Ich kann's ihm nicht verdenken.«

Noch immer hatten wir uns nicht bewegt: ein einsames Paar, das sich inmitten dieses Gewimmels von Pferden und Kindern gegenüberstand. Er öffnete die Arme, und ich ließ mich von ihm fest drücken.

»Tschau, Evie.«

»Wir sehen uns im Laden«, murmelte ich in seinen Hals.

»Ich weiß. Aber du weißt, was ich meine.«

»Ja. Tschau, Ludo.«

Wir umarmten uns fest, und dann, nach einer ganzen Weile, zog ich mich zurück. Mit abgewandtem Blick ging ich fort. Ich hatte ein wenig einen Kloß im Hals. Beim Gehen sah ich Anna, die Hector wieder festband und mich mit offenem Mund anstarrte. Ich überlegte, ob ich zu ihr gehen und ihr alles erklären sollte, aber dann überlegte ich es mir anders. Ich setzte meine Sonnenbrille wieder auf, vergrub die Hände in den Hosentaschen und ging weiter zum Auto.

29

Wie ich so über die Wiese ging, schnürte es mir ein wenig die Kehle zusammen, und ich verspürte eine unbestimmte Traurigkeit über den Verlust von etwas, das ich nie besessen hatte. Aber ich fühlte auch eine unerklärliche Ruhe, als rutschte alles endlich an seinen richtigen Platz. Klack, klack, klack. Ich räumte mein Leben auf, wie mein Dad gesagt hätte, und obwohl ich mir ziemlich sicher war, dass ich Ludo nie so ganz würde beiseiteräumen können – mein Herz würde mit ziemlicher Sicherheit immer einen Sprung machen, wenn er den Raum betrat, um dann mit bedrohlicher Geschwindigkeit weiterzuklopfen – aber, hey, das war schließlich nicht so schlimm, oder? Nichts, wofür man sich schämen musste, oder? Und wenn ich tatsächlich das Auftaumittel gewesen war, das sein verkümmertes Herz nach Estelle benötigt hatte, der Katalysator, der es wieder in Gang gebracht hatte, dann war ich froh. Und stolz. Und sehr geschmeichelt. Das war kein unangenehmes Gefühl. Eines, das ich noch ein Weilchen in mir tragen würde. Viele Jahre, schätzte ich. Wie ging noch mal dieses Gedicht von Yates, das Ant so gerne hatte? Wenn alt du bist und grau, und voll von Schlaf ... dann träume, wie einmal dein Auge sanft ... di dum di dum. So ungefähr. Und da war auch noch was mit der Liebe einer guten Frau. Oder war das ein anderes Gedicht? Ich lächelte. Ein verstohlenes Lächeln zu meinen Schuhen hinunter. Aber als mein Weg mich zum zweiten Mal an diesem Tag an dem kleinen Häuschen mit seinen Mauern aus Ziegeln und Feldsteinen und dem spitzen Hänsel-und-Gretel-Dach vorüberführte und mein Blick durch die bleiverglasten Fenster nicht auf die graubraunen Wände meiner Kindheit blickte, sondern in einen viel helleren, moderneren Raum, mit einem goldgerahmten Spiegel, wo einst der kitschige Druck gehangen hatte, da verblasste mein Lächeln und ich war weniger zufrieden mit mir selbst. Weniger stolz.

Ich stieg in mein Auto und blieb dort ein Weilchen sitzen. Mach dir nichts vor, Evie. Oder versuche zumindest, dem gerecht zu werden. Versuche, diese gute Frau zu sein. Räum noch weiter auf. Mach klar Tisch. Ich ließ den Wagen an, wendete im Hof und fuhr dann, eine Staubwolke in der Luft hinterlassend, über die kleinen Landsträßchen zurück nach Oxford in Richtung der Banbury Road und schließlich nach Summertown.

Summertown war so munter und geschäftig wie eh und je, die breiten Bürgersteige sorgten dafür, dass das Städtchen seinem Namen alle Ehre machte, denn an einem schönen Tag wie diesem waren die Cafés und Bars gut besucht. Die meisten Straßen, die von der Hauptverkehrsachse wegführten, waren grün und in noblem Zustand, aber nicht die, nach der ich suchte. Ich nahm die eine, die mir richtig erschien, und fuhr sie entlang: vorbei am Waschsalon, an der Fish-and-Chips-Bude, am Getränkemarkt, aber nach ein paar schäbigen Jahrhundertwende-Häusern machte die Straße plötzlich eine scharfe Biegung nach links, um schließlich in einer Sackgasse zu enden. Mist. Ich wendete, raste zur Hauptstraße zurück und versuchte es mit der nächsten. Ah. Das sah schon vielversprechender aus. Noch eine Pommesbude, noch eine Reihe von heruntergekommenen Häusern, von denen einige mit arabischen Graffiti besprüht waren und dann ganz am Ende ein breiteres cremefarbenes Gebäude mit abblätternden grünen Fenstern, das sich als *St Michael's Hospice* ausgab.

Ich parkte, ging durch den Vorgarten, soweit man das Gestrüpp von Unkraut und Plastikmülleimern als solchen bezeichnen konnte, und klingelte an der Tür. Nach einer Weile erklangen leichte Schritte im Flur, und eine müde, zerbrechlich wirkende Frau in einem weißen Hauskittel öffnete die Tür. Ich erklärte, wen ich besuchen wollte, und sie trat wortlos zurück, um mich hineinzulassen. Sie bat mich, auf der Besucherliste zu unterschreiben, und führte mich dann einen Flur entlang, wies auf eine Tür und verschwand.

Es war unerträglich heiß und meine Schuhsohlen klebten an den Plastikfliesen des Fußbodens. Der muffige Geruch von ungelüfteten Betten und Anstaltsessen, das in Edelstahlbehältern vor sich hin gammelte, war erdrückend. Ich atmete durch den Mund und ging durch die Schwingtür, die mir die Frau gezeigt hatte. Sechs Betten, drei auf jeder Seite, waren mit geisterhaften Frauengestalten belegt, von denen die meisten an Kathetern hingen, alle in unterschiedlichen Stadien katatonischer Erstarrung: Ein oder zwei schliefen, aber diejenigen, die wach waren, starrten mit toten Augen starr vor sich hin und bewegten nicht die Köpfe, als ich hereinkam.

Maroulla war in dem Bett ganz hinten links. Sie hatte die Augen geschlossen, und ihr Mund stand offen. Ihr einst gebräuntes Gesicht war nun blass und gesprenkelt von Altersflecken, die Augenhöhlen eingefallen. Ich blieb einen Augenblick am Fuß ihres Bettes stehen, bevor ich mich auf dem grauen Plastikstuhl daneben niederließ. Ein winziger Tropfen Speichel rann aus ihrem faltigen Mundwinkel. Ich betrachtete diese einst so energische, laute Frau, die Tim und mich mit einem Stock durch den Garten gejagt und uns gedroht hatte, sie würde uns damit verprügeln, wenn wir nicht zum Abendessen reinkämen. »Ihr kommen! Ihr kommen jetzt!« – während Tim und ich davongelaufen waren und uns kichernd im Baumhaus versteckt hatten.

»Maroulla.« Ich hob ihre matte Hand von der Bettdecke

– wie ein Häuflein kleiner Zweige, das in braunes Pergamentpapier eingeschlagen war. Ihre Augenlider flatterten, ihr Mund zuckte, und langsam drehte sie den Kopf auf dem Kissen. All das dauerte eine gewisse Zeit. Dann richteten sich ihre einst dunklen, aber nun vergilbenden Augen auf mein Gesicht, und ein mattes Lächeln erschien auf ihrem Gesicht, als sie mich langsam erkannte.

»Evie?«

»Es tut mir leid, dass ich nicht schon früher gekommen bin.« Es tat mir wirklich leid. Sie betrachtete mich und wandte die Augen nicht von meinem Gesicht. »Ich hätte früher kommen sollen. Ich weiß nicht, warum ich es nicht getan habe.«

»Du zu tun«, sagte sie und drückte mir ganz schwach die Hand. Ich war so erleichtert, ihre Stimme zu hören. Schwach, aber nicht allzu verändert. »So soll sein. Familie ... Anna ... wie geht's meiner Anna?«

»Ihr geht es gut, danke. Und sie ist wunderbar. Reitet ihr Pony. Vielleicht bringe ich sie das nächste Mal mit?« Schon als ich es aussprach, wusste ich, dass es keine gute Idee war.

Sie lächelte matt. »Nein. Sie lieber nicht mich so sehen, hm?«

Sie hatte recht. Anna würde es nur Angst machen. Vierzehnjährige waren nicht so versiert im Umgang mit alten, sterbenden Menschen. Wir schauten uns liebevoll an.

»Und Ant?«, fragte sie.

»Ant geht es gut.«

»Schön.«

Ihre Augenlider schlossen sich. Ich sah zu, wie die Lider sich langsam wie Rollladen aus Pergament senkten. Ich saß da, hielt ihre Hand und wusste nicht, ob ich weiterplappern sollte, wie es einem geraten wurde, sodass sie die Stimme hören konnte, oder ob ich einfach still dasitzen sollte, während sie schlief. Ihre Haare waren so dünn, dass ich die Kopfhaut darunter sehen konnte. Ich fuhr mir über die Lippen.

»Ja, Ant hat sehr viel zu tun. Er schreibt natürlich und …«

»Er sich geben kein Schuld, nein?« Ihre Augen waren wieder aufgeflackert, als sie mich unterbrach.

Im ersten Augenblick fiel mir gar nicht ein, worüber sie redete, bis mir klar wurde, dass sie in die Vergangenheit gewandert war. Weit zurück zu Neville Carter, dem Jungen, den Maroulla im Fluss gefunden und nie vergessen hatte. Und auf irgendeine kleine, unbestimmte Weise, dachte auch ich jeden Tag daran. Ich wusste, dass Ant das ebenfalls tat und Maroulla zweifelsohne auch. Diese kleine, aber einst drahtige Frau hatte alle ihre Kräfte aufbieten müssen, um den Körper aus dem Wasser zu ziehen, schwer wie er war mit seinen nassen Kleidern, verwickelt in Schilfrohr, triefnass, und auf ihrem eigenen Totenbett stand ihr dieses Bild offenbar sehr plastisch vor Augen.

»Du glaubst, er dich darum heiraten.« Sie schaute mich direkt an. Ich spürte eine Klarheit hinter diesen trügerisch umwölkten Augen.

»Das wusstest du?«

Sie wartete, wollte offenbar keine Worte verschwenden.

Ich seufzte. »Das dachte ich, Maroulla. Aber ich war jung damals. Unsicher. Jetzt glaube ich es nicht mehr.«

»Gut.« Sie lächelte. »Er kein Panikkauf.«

Panikkauf. Maroullas Englisch, das man bestenfalls als fehlerhaft bezeichnen konnte, traf manchmal den Nagel geradezu unheimlich auf den Kopf. Als Kinder hatten wir ihren eingeschränkten Wortschatz voll ausgenutzt, weil wir genau wussten, dass sie nicht immer die richtigen Worte fand, um mit uns zu schimpfen.

»Wie geht es dir, Maroulla?«

»Ich sterbe.«

»Na ja, noch nicht.«

»Bald. Und ist gut so. Zeit, zu Mario zu gehen.«

Ich lächelte. »Glaubst du, dass er auf dich wartet?«

»Natürlich.« Sie verzog den Mund zu einem Hauch von einem Lächeln. »Er bestimmt sauer, dass ich so spät.«

Ich grinste. Ja, so war es wohl. Wenn Maroulla temperamentvoll war, dann war Mario es noch weit mehr gewesen. Ich hatte fast das Gefühl, dass sie sich darauf freute.

»Und dein Vater auch.«

»Dad?« Ich war überrascht. »Ja, wahrscheinlich.«

»Nicht wahrscheinlich, er guter Mann. Er bestimmt da.«

Sie rechnete offenbar mit einem ordentlichen Empfang dort drüben an ihrem ersehnten Ziel. Und sie hatte keinerlei Zweifel, dass sie dort hinkommen würde – warum sollte sie auch? Maroulla hatte ihr Leben lang anderen gedient: ihrem Mann, ihren Kindern, Spencer und Tracy (ja, so hießen sie wirklich), unserer Familie – wie sollte sie nicht in den Himmel kommen?

»Er guter Herr.«

»Maroulla ...« Ich konnte es nicht leiden, wenn sie die unterwürfige Dienstbotin war und wir die autokratischen Landbesitzer.

»Und er gut Sex-Liebe machen.«

»Dad?« Mir fielen fast die Augen heraus. Meine Güte. Die Rechte des Feudalherren, oder was?

»Nein, Mario.«

»Ach so!« *Den* Herrn meinte sie.

»Und ich wisse, was er sagen, wenn ich ihn sehe.« Sie tippte mit ihrem knochigen Finger auf meinen Arm, jetzt hellwach. »Er sagt – du gut aufpassen?«

»Hm?« Ich überlegte, ob das etwas mit Mario als ihrem Herrn und Liebhaber zu tun hatte.

»Weil ich habe Fotos.«

»Was für Fotos?«

»In Dorfladen.«

Jetzt kapierte ich nichts mehr. »Der Fotokopierer im Dorfladen?«, riet ich.

»Ja, zehn Pence jede Stück. Unverschämt.«

»Oh. Und von was, Maroulla?«

»Von diese. Mario sage gut aufpassen, aber wenn sterben, wer weiß? Dann ich kann nix mehr aufpasse, oder? So ich gebe Tim ein gestern. Und Felicity, wenn sie hier.«

»Tim war hier?«

Sie hatte sich aufgesetzt oder versuchte zumindest, sich gegen ihre Kissen zu lehnen. Sie öffnete die Schublade neben ihrem Bett und kramte darin herum.

»Natürlich. Er kommen jede Woche.«

»Wirklich?« Ich war entsetzt. »Oh, Maroulla, wie schrecklich. Ich wusste, dass Felicity kommt, aber ich wusste nicht ... ich weiß nicht, warum ich ...«

»Du zu tun. Ich wisse. Ich auch Familie. Ich arbeite. Ich wisse.«

Tja, sie wusste, wie es war, zwei Haushalte zu führen, zwei Küchenfußböden zu schrubben und unendlich viele Mahlzeiten zuzubereiten. Sie wusste nicht, wie es war, sich eine Putzfrau zu leisten und dem Restaurant um die Ecke zu dem einen oder anderen Geschäft zu verhelfen.

Sie machte sich jetzt an einem braunen DIN-A4-Umschlag zu schaffen, den sie mit zitternder Hand öffnete, ihre Augen waren dabei ganz wach. Sie zog ein Stück Papier heraus und gab es mir. »Da. Du lesen.«

»Was ist das?«

»Ich nix wisse. Ich nix lese.« Nein, natürlich, sie konnte ja nicht lesen. Und Englisch schon gar nicht. »Aber er sage, wir zusehen und unterschreiben. Wenn ich fragen Mario, er sage sehr wichtig Papier, aber er auch nix lese. So ich putze Büro jede Tag und dein Vater er so unordentlich und viele Ding geht verloren da und er immer wütend und schrei, er nix kann finden und ich Angst. So ich einmal mach auf Schublade und finde Papier und ich nehmen zu unverschämt Laden zu kopieren.«

Ich schaute zunächst sie lange an und dann das Papier. Ein DIN-A4-Blatt mit der Fotokopie eines Blattes, das offensichtlich aus einem Notizblock herausgerissen war. Man konnte noch die Überreste der Ringbindung auf der einen Seite sehen. In der krakeligen Handschrift meines Vaters las ich:

Dieses Land ist eine Schande durch und durch. Mehr Mist aus dem Ministerium, noch mehr ungerechtfertigte Einschränkungen auf meinem Land, mehr unverschämte Forderungen aus Brüssel und beschissene Marktpreise. Himmel noch mal. Felicity, mein Schatz, ich habe keine andere Wahl, als Tim den ganzen verdammten Misthaufen zu überlassen. Die Farm, das Land, das Geld – alles. Der arme Kerl. Er wird es ohnehin schwer genug haben mit dieser Regierung, und du hast immer gesagt, dass du gerne in deine College-Wohnung zurückgehen würdest. Du hast deine Arbeit, und Evie hat Ant, der für sie sorgt. Ich habe also kein schlechtes Gewissen bei dieser Verteilung der Güter. Es tut mir leid, Liebste, aber ich kann ihm beim besten Gewissen nicht Haus und Hof aufbürden, ohne ihm die Mittel zu geben, die ganze verdammte Kiste weiterzuführen. Er wird daran zerbrechen, genau wie es mich kaputt macht.
Dein, dich liebender Ehemann,
Victor Milligan, 27. Februar 1999
Mario Rodriguez, 27. Februar 1999
Maroulla Rodriguez, 27. Februar 1999

Ich las es noch einmal. Hob langsam den Blick. »Er hat euch gefragt, das zu bezeugen?«

»Ja, schau da.« Sie tippte ungeduldig auf ihre Unterschrift. »In seinem Büro. Ich Unkraut jäte. Er mich rufen durch Fenster. Nein, Miister Milligan, ich sage, dreckig Schuh. Aber er ungeduldig sage, kommen jetzt, verdammt noch mal, Maroulla. Mario schon da bei Schreibtisch von Miister Milligan, machen saure Gesicht, dass ich beeile.«

»Und wo ist das Original?«, hauchte ich.

»*Qué?*«

»Das erste Blatt, das er auf den Notizblock geschrieben hat.«

»In Schublade. Wie ich sage.«

»Du hast es zurück in den Schreibtisch gelegt?«

»Ja, in Schreibtisch. In extra Ordner.«

Aber wir hatten doch seinen Schreibtisch durchsucht, nachdem er gestorben war, Felicity und ich. Wir hatten es zusammen gemacht. Hatten diesen ganzen chaotischen Raum auseinandergenommen, hatten alle Papiere in Kartons gestapelt, alle Rechnungen, Unterlagen, Steuerformulare, Quittungen, die aus den Schubladen gequollen kamen und sich auf dem Boden stapelten – eine Sklavenarbeit. Und wir hatten nichts gefunden. Er war ohne Testament gestorben, hatte nichts hinterlassen.

»Ist gut?« Sie schaute mich besorgt an.

Ich atmete aus und flüsterte dabei unhörbar: »Ist schlecht.«

»*Qué?*« Sie machte ein betroffenes Gesicht.

»Nein, nein, es ist gut, Maroulla. Ja, ich bin sicher. Und Tim hat das gesehen?«

»Gestern, als er war hier.«

»Und was hat er gesagt?«

»Er Blut verloren.«

»Was?«

»In sein Gesicht. Alles weiß.«

»Ach so. Verstehe.« Ich schluckte.

Sie runzelte die Stirn und fragte besorgt: »Ich falsch mache?«

»Nein, nein, du hast alles richtig gemacht, Maroulla.« Ich zwang mich zu lächeln. Griff nach ihrer Hand. »Du hast wie immer alles richtig gemacht.« Aber ich war besorgt, sehr besorgt. Ich dachte an Felicitys hübsches Regency-Stadthaus. Mir wurde übel. Oder wirklich? Schließlich hatte Tim mich nicht angerufen und nicht dafür gesorgt, dass die Telefonleitungen vor Empörung heißliefen. Vielleicht hatte es gar nichts zu bedeuten. Schließlich war es nicht mehr als ein fotokopierter Wisch Papier ohne jeden Wert oder Bedeutung. Etwas, das Maroulla und Mario für furchtbar wichtig gehalten hatten, weil es ihnen selbst ein Gefühl von Wichtigkeit gegeben hatte.

Ich zwang mich, noch ein wenig zu reden: nach Tracy zu fragen, deren Ehemann noch immer arbeitslos war, oje, aber Spencer hatte jetzt einen Job bei einem Elektromarkt, in leitender Funktion, gut, gut. Dann wirkte sie müde. Ich küsste ihre papierne Wange, während sich zeitgleich ihre Augen schlossen. Ich schlüpfte nach draußen. Durch die Schwingtür, den Flur entlang, hinaus.

Nur ein fotokopierter Wisch, dachte ich, während ich die grüne Haustür hinter mir zuzog. Ich blieb einen Augenblick auf der obersten Stufe stehen. Aber ... konnte man sein Testament nicht auf irgendwas schreiben? Auf die Rückseite eines Briefumschlages? Auf den Hintern eines Elefanten? Hauptsache, es waren Zeugen dabei, oder? Ich starrte auf die Häuser gegenüber, die von staubigen Lorbeerhecken umgeben waren. Moment mal: natürlich. 27. Februar. Sechs Monate vor seinem Tod. Am Ende eines langen, harten Winters, keine besonders gute

Zeit für die Landwirtschaft. Er hatte einen schlechten Tag gehabt. Er hatte es aus einer Laune heraus geschrieben und es dann später, nachdem Maroulla es kopiert und zurückgelegt hatte, wieder aus der Schublade genommen und vernichtet. Das war's. Das war der Grund, warum wir nichts gefunden hatten. Ich stellte mir vor, wie er vor dem Kaminfeuer stand, das er im Winter immer in seinem Büro brennen hatte, breitbeinig, sehr kräftig, mit verblassenden roten Haaren, und wie er das Papier zusammenknüllte und es in die Flammen warf. »Verscherbel den ganzen Misthaufen hier«, hatte ich ihn mehr als einmal zu Tim sagen hören. »Wenn ich mal unter der Erde bin, verscherbel den Mist. Sonst hängt er dir wie ein Klotz am Bein.« Und Tim hatte gelächelt, nichts gesagt und gewusst ... was? Dass er es nicht so meinte? Oder dass er es genau so meinte?

Aufgewühlt fuhr ich nach Hause. Etwas, das Felicity bei Alices Party gesagt hatte, nagte an mir, von wegen, ich sollte Maroulla nicht besuchen, sie wäre gaga. Aber das stimmte doch gar nicht, oder? Nur alt. Ein Blick in den Rückspiegel zeigte mir, dass meine Lippen zusammengekniffen und meine Augen von Sorgenfältchen umgeben waren. Ich schüttelte missbilligend den Kopf über mich selbst. Atmete tief ein. Nein. Vergiss es, Evie. Es ist nichts. Tim hat nicht reagiert, also ist es offenbar nichts.

Auf dem Heimweg sah ich aber einen Wegweiser nach Holywell und einer Laune folgend bog ich dort ab. Meine Reifen quietschten vor Empörung, als ich mit spektakulärer Unvorsichtigkeit um die Ecke bog und eine ärgerliche Hupe ertönte hinter mir. Mir wurde heiß. Mein Gott. Ich hätte einen Unfall verursachen können. Dann würde ich bald da landen, wo Dad jetzt war und wo ich jetzt hinfuhr: Holywell. Kein Platz mehr auf Dorffriedhöfen, nicht einmal wenn die Familie seit vier Generationen den Bauernhof nebenan bewirtschaftete, nicht einmal, wenn sich dieser Hof Church Farm nannte, nicht einmal, wenn alle Vorfahren dort beerdigt waren. Und so lag mein Dad hier am Stadtrand, jenseits der Umgehungsstraße, auf einem nicht besonders ländlichen und nicht besonders schönen Fleckchen Erde, hinter dieser langen Trockenmauer, auf diesem riesigen alten Friedhof mit seinen trübseligen dunklen Eiben und seinen endlosen Gräberreihen.

Ich fand gleich neben dem Eingang einen Parkplatz, vielleicht war dies der einzige Ort in Oxford, wo das heutzutage noch möglich war, und ging durch das mächtige Eisentor. Sie wussten schon, wie man Eindruck machte, diese Viktorianer, wussten, wie man sagt: Bedenke, wo du eintrittst. Zahllose Reihen von Gräbern führten von mir weg einen grasbewachsenen Abhang hinab. Ein geteerter Weg teilte sie ordentlich in der Mitte hindurch. Ich folgte diesem Weg bis ganz ans Ende. Er war in der vorletzten Reihe, wenn ich mich recht erinnerte, zehn von links, dreißig von rechts. Ich war seit seiner Beerdigung ein oder zwei Mal hier gewesen. Okay, nur ein Mal. Am ersten Jahrestag seines Todes. Ich hatte vorgehabt, öfter zu kommen, hatte es aber irgendwie nicht geschafft.

Ich fand das Grab und blickte darauf hinab. Ein leichter Wind war aufgekommen und fuhr über den grasbewachsenen kleinen Hügel. Felicity hatte den Grabstein ausgesucht: grauer Schiefer, massiv und einfach, mit schwarzer Schrift. Kein Firlefanz, hatte sie gesagt. Und es war tatsächlich sehr passend geworden. »Victor Milligan«, stand da, »1934 – 1999. Treusorgender Vater und Ehemann.« Vater zuerst, dann erst Ehemann, darauf hatte sie bestanden, weil sie ja erst später dazugekommen war. Plötzlich schämte ich mich. Was tat ich hier eigentlich? Warum stand ich hier wie eine melodramatische

Heldin aus einem Schauerroman mit dem Wind in den Haaren am Grabe meines Vaters? Worauf wartete ich eigentlich? Irgendwelche Schwingungen? Auf eine Stimme aus dem Jenseits? Es war übrigens ein sehr gut gepflegtes Grab, mit gelben Fuchsien, die in einer Vase auf dem ordentlich gemähten Hügel im Wind nickten. Fuchsien, die nur von Felicity stammen konnten, die regelmäßig herkam, um Blumen und Wasser zu wechseln und manchmal auch die Vase, wenn sie gestohlen wurde. Und da war ich, erst zum zweiten Mal seit der Beerdigung hier, und all das nur wegen ... Geld. Ich hielt den Atem an. Schluckte. Dann machte ich auf dem Absatz kehrt und ging davon, den geteerten Weg zurück, die Arme verschränkt, den Kopf gebeugt, und durch das schmiedeeiserne Tor hinaus.

Caros Anruf auf dem Heimweg durchbrach meine Gedanken, ließ mich zusammenzucken.

»Ich habe ein Polizeiauto hinter mir, ich kann nur ganz kurz reden.«

»Ja, ich bin auch im Auto. Was gibt's denn?«

»Ein LKW hat auf der A40 seine Ladung verloren, und ich stecke total im Stau fest. Ich habe in ungefähr einer Stunde einen Hochzeitsempfang im Garten, und ich kann nicht rechtzeitig da sein.«

»Ach du meine Güte. Alice Montague.«

»Genau, und ich kann Tim nicht erreichen. Kannst du für mich hinfahren, bitte, Evie?« Sie klang verzweifelt.

»Und was tun?«

»Gar nicht so viel eigentlich, teil nur die Kinder ein, damit sie beim Einparken der Autos helfen – die Jungs wissen, wo –, und dann brauchst du nur noch herumzustehen und freundlich dreinzuschauen. Eigentlich wollen sie einen gar nicht dahaben, aber wenn man tatsächlich nicht da ist, nehmen sie's einem wirklich, *wirklich* übel, falls du verstehst, was ich meine.«

»Okay«, sagte ich zweifelnd.

»Du bist ein Engel, ich habe nämlich null Ahnung, wann ich zurückkomme, und ich habe noch Leonard dabei und der ist eine Nervensäge«, flüsterte sie.

Leonard. Soweit ich wusste, war das ein alter Onkel von ihr. Ich hoffte, dass sein Hörvermögen nicht mehr allzu gut war. »Wo ist er?«

»Hinten drin. Danke, Evie, tschau.«

Sie legte rasch auf, bevor ich es mir anders überlegen konnte.

Na dann. Ich klappte mein Handy zu und warf es auf den Sitz neben mir. Nun ja, das würde ich schon schaffen. Ein bisschen herumstehen und gut aussehen, so wie eine Art Zeremonienmeisterin. Eigentlich hatte ich nicht ganz vorgehabt, Ludo so bald nach unserem Abschied wiederzusehen, dachte ich plötzlich beunruhigt, aber es war ja, wie Caro gesagt hatte, vor allem Hintergrundpräsenz gefragt und ich würde ihn höchstwahrscheinlich überhaupt nicht zu Gesicht bekommen. Und ich war Caro eindeutig etwas schuldig. Ich hatte mich noch nicht einmal bei ihr bedankt dafür, dass Anna den Großteil der Ferien bei ihr verbracht hatte. Und sie hatte ganz in Ordnung geklungen, oder? Caro? Nicht irgendwie sauer oder wütend über etwas, das Tim ihr erzählt oder ihr gezeigt hatte. Nein. Also, vergiss es, Evie. Noch ein innerliches Kopfschütteln.

Und eine Hochzeit wäre eine gute Ablenkung für mich, beschloss ich. Genau das, was ich brauchte. Aber was ich wirklich tun musste, beschloss ich mit einem Blick auf meine Jeans, war, mich umzuziehen. Ich sah momentan noch sehr nach Ponyclub-Mutter aus und dabei sollte ich doch die Dame des Hauses geben. Ich hatte Caro schon ein oder zwei Mal in dieser Rolle gesehen, mit wohlgesetztem Lippenstiftlächeln und gefalteten Händen und geblümtem Kleid. »Ja, die Rosen sind *wirklich* wunderbar, aber es war bislang auch ein sehr gutes Jahr ...« Ich war mir nicht sicher, dass ich die blumige Nummer durchziehen konnte, aber ich würde meine Leinenhose aus dem Schrank holen, dazu ein weißes Top und einen langen Chiffonschal ... perfekt.

Ich parkte ziemlich sperrig vor dem Haus und sauste die Eingangsstufen hinauf. Heutzutage parkten jede Menge Leute in der zweiten Reihe, und es würde nur einen Augenblick dauern. Die Tür war abgeschlossen, also war Ant nicht zu Hause. Bestimmt war er im College. Ich war mir zwar ziemlich sicher, dass er keine Vorlesung hatte, aber wie er gelegentlich trocken bemerkte, es war ja alles schön und gut für Schriftsteller, die nichts anderes als Schriftsteller waren, aber wenn man auch noch einen normalen Job zusätzlich erledigen musste ... Ich fragte mich, ob er den wohl eines Tages an den Nagel hängen würde – den Job an der Uni. Und nur noch schreiben. Konnte ich mir aber irgendwie nicht ganz vorstellen.

Ich ging hinein und schloss die Tür hinter mir. Dabei schwebte ein himmlischer Duft den Flur entlang. Mmmm.... Jasmin. Oder waren es Wicken? Ich folgte dem Geruch, den Flur entlang bis in die Küche, wo ich feststellen musste, dass es keines von beiden, sondern Rosen waren. Mindestens zwei Dutzend knallrote Rosen standen dick und breit mitten auf dem Küchentisch in einer Art Kolostomiebeutel mit Wasser. Ich machte große Augen und legte langsam Taschen und Autoschlüssel auf den Tisch. Mein Puls beschleunigte sich, als meine Augen auf eine weiße Karte fielen, die mir munter von der Spitze eines langen grünen Plastikstabes entgegenwinkte. Kein Umschlag. Ich löste sie aus der Klammer. In einer kleinen, runden Schrift – vermutlich der der Blumenhändlerin – las ich:

*Liebe Evie,
ich muss immer an Sie in Ihrer Peitschenlady-Wäsche
denken. Wäre es nicht an der Zeit, die mal wieder auszuführen?
Erregte Grüße
Ihr Ludo XX*

30

Ich ließ die Karte fallen, als wäre sie glühend heiß. Oh Mist. Oh, verdammter, verreckter Mist, sie hatten es geschafft. Trotz Ludos Bemühungen war der Brief durchgekommen und die Rosen hatten sich ebenfalls durchgekämpft, waren über den Drahtzaun geklettert, hatten sich unter den Suchscheinwerfern des Blumenhändlers hindurchgeduckt und es mithilfe eines lethargischen Lieferjungen, der die Nachricht auf seinem Handy nicht gelesen hatte, bis in die Walton Terrasse, Nummer 22 geschafft. Ant musste die Lieferung mit Verwunderung angenommen haben – »Sind Sie sicher?« »Ja, Mrs Evie Hamilton. Bitte hier unterschreiben« – und war dann damit den Flur entlang in die Küche marschiert, hatte die Karte gelesen – kein Umschlag – und war entsetzt. Nein. Geradezu schockiert.

Mir wurde heiß. Mit rasendem Puls und fliegenden Fingern kramte ich in meiner Handtasche nach dem Handy. Sein Telefon war ausgeschaltet. Ich hinterließ eine atemlose, gedankenlose Nachricht, dass ich dringend mit ihm sprechen müsste, um, ähm, diese Wäsche-Geschichte, ähm, zu erklären, die nur ein dummer Witz wäre. Eine Message, die sich sogar in meinen Ohren gewaltig nach schlechtem Gewissen anhörte. Dann rief ich in seinem Büro an. Mary, die Sekretärin, die er sich mit mehreren anderen Professoren der Anglistischen Fakultät teilte, sagte, sie hätte ihn nicht gesehen, aber das müsste ja nicht unbedingt bedeuten, dass er nicht irgendwo herumliefe. Ob ich es schon auf seinem Handy versucht hätte? Danke, Mary.

Ich starrte in den Garten hinaus, mein Mund war trocken, das Handy hatte ich an meine Brust gedrückt. Ich stellte mir vor, wie er durch den Innenhof und die Gänge des College lief, die Hände in den Taschen vergraben, den Kopf gebeugt, traurig, entsetzt. Ich sah ihn vor mir, wie er von Studenten, Kollegen gegrüßt wurde, die sich fragten, warum er sie nicht erkannte, warum er grußlos weiterging. Ich musste ihn finden. Ich schnappte mir ein Stück Papier aus dem Block in der Küche und schrieb in Großbuchstaben darauf: »ES IST ANDERS, ALS DU DENKST! ICH KANN ALLES ERKLÄREN!« – und legte es auf die Blumen.

Dann eilte ich den Flur entlang zur Haustür hinaus und die Stufen hinunter zum Auto. Auf der untersten Stufe hielt ich inne. Moment. Wo wollte ich eigentlich hin? Zum Balliol College? Wo er laut Marys Auskunft anzutreffen war oder auch nicht? Und was würde ich tun, wenn ich dort hinkam? Wie eine Irre durch die geheiligten Hallen rasen, sodass meine wilden Schritte in den stillen Gängen widerhallten, den Kopf in überfüllte Vorlesungssäle stecken oder in ein Tutorial hineinplatzen, wo er gerade einer schüchternen Studentin Einzelunterricht erteilte? Nein. Natürlich nicht. Ant war nicht durchgedreht, er war nicht drauf und dran, sich in die Themse zu werfen, und ich würde mich nur lächerlich machen. Und es sähe so aus, als hätte ich ein schlechtes Gewissen. Ich musste einfach abwarten. Später alles erklären. Und in der Zwischenzeit alle anderen Möglichkeiten durchgehen. Denn, angenommen, er war wirklich nicht im College, wo mochte er dann sein? Wem würde er sich anvertrauen? Ich zerbrach mir den Kopf. Anna natürlich nicht. Meiner Mutter? Durchaus möglich. Ich ließ mich auf die unterste Stufe fallen und rief sie an. In dem Bemühen, meiner Stimme einen unbeschwerten und sorglosen Klang zu verleihen, klang ich schrill und hysterisch.

»Nein, mein Schatz. Ich habe ihn nicht gesehen. Ist was passiert?«

»Nein, nein, alles bestens.« Ich massierte mir die Schläfen mit den Fingerspitzen. »Es ist nur – wenn er doch anruft oder vorbeikommt, würdest du ihm sagen, dass ich auf der Farm bin? Caro hat mich gebeten, für sie einzuspringen bei einer Hochzeit.«

»Das werde ich, aber ich fahre da auch gleich hin. Alles okay mit dir?«

»Mir geht's gut.« Ich zögerte. Wie würde es wohl klingen, wenn ich es laut aussprach, überlegte ich. »Es ist nur ... Ludo hat mir zum Scherz Blumen geschickt, und ich mache mir Sorgen, dass Ant das falsch verstehen könnte.«

»Ludo? Oh, das bezweifle ich, Evie. Er ist viel zu jung für dich. Das wird Ant klar sein.« Sie lachte.

Auf meine Mutter war Verlass. Und ihre Worte klangen ermutigend. Ich probierte es im Laden. Ant könnte dort nach mir suchen. Clarence ging ans Telefon.

»Malcolm ist auf der Hochzeit von Alice. Ludo hat ihn eingeladen und mich netterweise auch gebeten, zu dem Empfang zu kommen. Ich sperre hier nur noch alles ab, bevor ich rüberfahre. Soll ich ihm was ausrichten?«

»Nein, lassen Sie nur, ich fahre selbst gleich dorthin. Ich bin eigentlich auf der Suche nach Ant. Er ist nicht zufällig vorbeigekommen?«

»Nicht, dass ich wüsste. Aber wenn Sie dort hinfahren, dann könnten wir doch auch zusammen fahren, oder?«

Gute Idee. Ich konnte Rückendeckung brauchen. Ich sprang die Stufen wieder hinauf und ins Haus, um mich umzuziehen, und fuhr zehn Minuten später durch Jericho, um Clarence abzuholen.

Verblüffenderweise waren alle Kleider, die ich hatte anziehen wollen, im Kleiderschrank eingelaufen, sodass ich, nachdem ich mich mühsam wieder aus der Leinenhose geschält und dabei laut vor mich hin geflucht hatte, schließlich einen Kaftan übergeworfen hatte. Der Look war ja, wie ich wusste, wieder angesagt, wenngleich nicht ganz in meiner persönlichen Auslegung: über beige Dreiviertelhosen und mit einem pinken Strohhut. Ich fuhr vor dem Laden vor, als Clarence gerade dabei war, die Tür abzuschließen.

Er sah zum Anbeißen aus in seinem Cutaway und war so freundlich, meinen Aufzug nur eines ganz kurzen Blickes zu würdigen. Dafür war er aber so aufgekratzt und gut gelaunt, dass ich mich entspannte, und während wir so dahinfuhren, gab ich ganz spontan meine Rosengeschichte noch einmal zum Besten. Samt der sexy Karte. Und dann musste ich natürlich noch die anzüglichen Bemerkungen darauf erklären, wozu auch die Erklärung für die spärlich bekleidete Sirene am Schlafzimmerfenster gehörte. Verlegen verkroch ich mich hinter dem Steuerrad und wartete seine Antwort ab. Mir fiel ein Stein vom Herzen, als er lachte.

»Also, ich habe Ihren Mann ja noch nicht kennengelernt, aber nach allem, was Malcolm mir erzählt hat, ist er ein intelligenter, äußerst vernünftiger Mann. Er wird sich sicher erst Ihre Seite der Geschichte anhören wollen, bevor er zu irgendwelchen voreiligen Schlüssen kommt.«

»Ja«, hauchte ich glücklich, während mein Kopf wieder zwischen meinen Schultern auftauchte wie der einer Schildkröte. »Ja, das wird er.«

»Außerdem war es ja ganz offensichtlich nur ein Scherz.«

Ich zuckte zusammen. Komisch, dass alle das dachten; wie lächerlich die Vorstellung war.

Aber ich war dennoch beruhigt und meine Anspannung löste sich, während er freundlich weiterplauderte. Clarence war ein Herzchen, beschloss ich, ein echtes Herzchen. Vielleicht würde er mir auch beim Empfang der Gäste helfen? Autos parken, Bussis verteilen, was immer wir da zu tun hatten, und hoffentlich würde dann Caro bald auftauchen und ich konnte mich davonmachen und Ant suchen und er würde die Komik der Sache erkennen, wie alle meinten, und dann würden wir ein Gläschen zusammen trinken und alles wäre gut? Wie besessen schaute ich alle paar Sekunden auf meinem Handy nach einer SMS und hörte mit halbem Ohr Clarence zu, der mir erzählte, wie gut es ihm in Oxford gefiel und wie traurig er war, dass sein Sabbatical nun dem Ende entgegenging, bis wir schließlich auf der Farm ankamen, nachdem wir aufgrund des Verkehrs die malerische, aber umständlichere Strecke hatten nehmen müssen.

Die Hochzeitsgesellschaft kam soeben im Schlepptau von Braut und Bräutigam aus der Kirche. Ein selten schöner Anblick. Unter einem strahlend blauen Himmel und beschirmt von einem Dach goldener Kastanienbäume, führte eine bildschöne Alice in elfenbeinfarbener Seide und weißen, einzeln verteilten Rosen in den langen blonden Haaren, am Arm ihres frisch vermählten Ehemannes die Prozession an. Es war genau das, was Caro immer vorschwebte, wie eine Szene aus einem Roman von Thomas Hardy: Sie schritten die schmale Straße entlang durch das Tor am unteren Ende der Weide und auf die Wiese hinaus, wo das Partyzelt sanft im Windhauch flatterte und der Blick über die grünen Hügel und die herbstlich getönten Bäume in die Ferne schweifte.

Wir warteten, bis die ganze glücklich lächelnde Schar an uns vorübergezogen war. Ich entdeckte Felicity in der Menge in einem hellblauen Kostüm mit Hut, ganz ins Gespräch mit Malcolm vertieft. Sie sah toll aus. Sie war ja auch eine tolle Frau, beschloss ich, ernsthaft bemüht, mich zu entspannen und alle unschönen Gedanken zu verbannen. Nachdem die letzten Gäste an uns vorübergeschlendert waren, bog ich mit dem Auto in den Hof ein. Ich stieg aus und eilte hinten ums Haus herum, während Clarence mir ganz gelassen folgte. Dort fand ich Jack, der auf den Stufen der Hintertür saß und sich angeregt mit einer sehr hübschen jungen Bedienung unterhielt.

»Oh, hi, Evie.«

Beide standen verlegen auf. Die Bedienung verschwand still und heimlich und nahm Jacks Zigarette mit.

»Jack, ich soll euch helfen. Hast du das mit dem Parken und so gut hingekriegt?«

»Die parken alle ganz von alleine bei der Kirche. Mum stresst immer rum deswegen, aber es geht wie geschmiert. Sie hat angerufen und gesagt, dass du kommst, aber das wäre wirklich nicht nötig gewesen. Nimm's mir nicht übel.«

»Ich nehme dir nichts übel. Das hier ist übrigens Clarence.«

»Hi, Clarence.«

Sie schüttelten sich die Hände.

»Also läuft alles schon, Serviererinnen laufen mit den Drinks rum und so?« Ich wandte mich um und ging ein paar unsichere Schritte über den Rasen in meinen Stöckelschuhen. Dabei hielt ich die Hand über die Augen gegen die Sonne und blinzelte in Richtung Partyzelt. Ich erkannte Ludo, der unglaublich gut aussah, wie er da in der Reihe stand und die Glückwünsche entgegennahm. Ja, natürlich, ihr Vater war ja gestorben, also hatte er Alice zum Altar geführt und an den Bräutigam übergeben. Neben ihm stand eine vornehm wirkende grauhaarige Dame von kräftiger Statur, das musste ihre Mutter sein. Fasziniert schaute ich einen Augenblick zu, während sie sich alle die Hände schüttelten und lächelten.

»Ja, die Bedienungen haben Tabletts mit Champagner und O-Saft für die Autofahrer.«

»Prima. Und was ist mit den Häppchen?«

»Die sind noch nicht fertig. Mum lässt immer erst die Getränke servieren und die Häppchen eine halbe Stunde später.«

»Gut. Das sieht ja ganz so aus, als hättest du alles unter Kontrolle, Jack.« Ich lächelte ihn an. »Wirst du eigentlich dafür bezahlt?«

»Schön wär's. Dafür ist Mum viel zu geizig. Und im Moment ist es sowieso besser, dass sie nicht da ist, denn das hier würde ihr gar nicht gefallen.«

Er deutete mit einer Kopfbewegung in Richtung Straße, wo sich hinter der Hecke nun, nachdem sie die Prozession der Hochzeitsgäste abgewartet hatten, die letzten Pferdeanhänger davonmachten und im Konvoi die Straße entlangrumpelten und dabei Stroh und Mist hinter sich her streuten.

»Dann ist Anna bestimmt auch irgendwo in der Nähe«, sagte ich, während wir ihnen hinterhersahen.

»Sie war hier, aber sie ist mit Phoebe zu einer Freundin im Dorf gegangen.«

»Ach so. Und Ant ist nicht zufällig hier, oder?«, fragte ich beiläufig.

Er zuckte die Schultern. »Null Ahnung. Vielleicht weiß Dad was. Er ist drinnen.«

»Ach ja? Ich dachte, er wäre gar nicht da?«

»Ja, er steckt irgendwo. Bis später.« Er hatte die Befragung satt und schlurfte in Richtung Partyzelt davon.

Ant konnte tatsächlich bei Tim sein, dachte ich. Vielleicht hatten sie sich ins Arbeitszimmer zurückgezogen? Ganz ins Gespräch vertieft? Über mich? Das schwarze Schaf? Der große Familienrat? Mir krampfte sich die Brust zusammen, und ich machte mich auf den Weg ins Haus, als mir Clarence wieder einfiel. Doch der hatte Malcolm bereits entdeckt, der ihm durch den Garten entgegenkam. Auch er sah blendend aus in seinem Cutaway und mit den frisch gewaschenen blonden Haaren, was Clarence nicht entgangen war, und ich sah beider Augen glänzen, während sie den kleinen Moment der Zweisamkeit genossen. Gerade hatte ich einen Fuß durch die Hintertür gesetzt, als ich Caros Auto in den Hof fahren sah. Sie sprang heraus, fast bevor das Auto zum Stehen gekommen war.

»Alles okay?«, rief sie besorgt und kam herübergeeilt.

»Alles bestens. Die Autos sind geparkt, und alle sind ohne weiteren Zwischenfall von der Kirche zum Zelt gekommen.«

»Keine dämlichen Pferdeanhänger von nebenan, die Mist auf der Straße verstreuen?«

»Nein«, log ich, »und jetzt trinken alle schon Champagner.«

»Die Bedienungen laufen mit Tabletts rum?« Mit professioneller Aufmerksamkeit richtete sie die zusammengekniffenen Augen die Wiese hinab.

»Ja – und Jack und ich haben die Häppchen noch einen Augenblick zurückgehalten, während sie erst mal was trinken.«

»Hervorragend.« Sie wirkte nun deutlich entspannter und erleichtert. »Echt, Evie, das ist wie eine militärische Operation. Bis Phoebe irgendwann mal heiratet, kann ich es im Schlaf. Aber, danke, man muss einfach immer ein bisschen ein Auge drauf haben. Ist die Brautmutter zufrieden?«

»Ich bin auch noch nicht so lange hier, Caro, und hatte noch keine Gelegenheit ...«

»Macht nichts. Ich geh mal runter.« Sie langte hinter die Eingangstür, dort wo die Barbour-Jacken über den Gummistiefeln aufgereiht hingen, und schnappte sich eine rosafarbene Jacke samt Hut, die sie nun einfach über ihren Jeansrock zog.

»Die habe ich immer für Notfälle da«, grinste sie und ersetzte noch rasch ihre Stiefel durch Slingpumps. »Ist deine Mutter schon da? Sie wollte mir mit den Schweinen helfen.«

»Ich habe sie noch nicht gesehen, aber sie hat gesagt, dass sie ...«

»NEIN, NEIN, HIER ENTLANG!«, rief sie plötzlich. Sie rannte zur Hecke hinüber und zeigte darüber hinweg einer Gruppe von Spätankömmlingen, die in Richtung des Hofes eilten, den richtigen Weg, die Damen stöckelten auf ihren hohen Absätzen und hielten sich die Hüte.

»Dieser Verkehr!«, jammerten sie.

»Ich weiß, grauenvoll! Nein, nicht durch den Hof. Bitte durch das Tor am Ende der Straße, hier ...« Geschäftig eilte sie parallel zu ihnen auf der anderen Seite der Hecke voraus. Dabei setzte sie ein munteres Lächeln auf und geleitete sie weiter unten hindurch.

Ich ging nach drinnen, um Tim zu suchen. Er war weder im Wohnzimmer noch im Arbeitszimmer. Unten schien alles ruhig zu sein, und so ging ich nach oben. Die Kinderzimmertüren standen offen und gaben den Blick auf überquellende Räume frei mit ungemachten Betten und noch immer zugezogenen Vorhängen. Ich ging weiter den Flur entlang zur Tür von Tims und Caros Schlafzimmer, die geschlossen war.

»Tim?«

»Herein«, erklang die gedämpfte Stimme meines Bruders.

Ich steckte den Kopf durch die Tür. Er lag in seiner alten Jeans und kariertem Hemd auf dem Bett. Neben ihm sein Gewehr. Entsetzt starrte ich ihn an.

»Was tust du da?«

»Ich putze mein Gewehr. Warum?«

»Hach!« Ich griff mir dramatisch ans Herz. Schloss die Tür hinter mir. »Ich dachte schon …«

»Was, dass ich mich umbringe?« Mühsam rappelte er sich auf. »So weit bin ich noch nicht ganz. Aber ich kann inzwischen nicht mal mehr mein Gewehr putzen, ohne mich dabei hinzusetzen oder hinzulegen.«

»Oh, Tim.« Ich kam zu ihm herüber und setzte mich neben ihn aufs Bett auf die Jane-Churchill-Überdecke, die sie schon seit Ewigkeiten hatten. Ich war schon lange nicht mehr in diesem Zimmer gewesen, und mir fiel auf, dass es sich seit den Tagen unserer Eltern kaum verändert hatte. Vor den Fenstern hingen noch immer die verblichenen Chintz-Vorhänge, und auf dem Boden lag derselbe blassblaue Teppichboden.

»Ist es sehr schmerzhaft?«

»Ja, sehr«, sagte er und verzog das Gesicht. »Aber ich schaffe das schon noch. Hunderte von Leuten laufen mit künstlichen Hüftgelenken rum, oder?«

»Das stimmt, aber es sind keine Landwirte.« Ich betrachtete ihn. Er erwiderte meinen Blick.

»Ich bin auch kein Landwirt, Evie. Oh ja, ich habe ein paar Kühe und wir bauen ein bisschen Weizen an und lassen ihn dreschen, aber weißt du, wie viel ich dafür dieses Jahr bekomme?«

»Wie viel?«, fragte ich, obwohl ich es am liebsten gar nicht wissen wollte.

»Dreiundzwanzigtausend. Das ist mein Jahreseinkommen. Natürlich muss ich noch Phil bezahlen, weil ich das Dreschen nicht alles selbst machen kann, und Steve, der im August aushilft, und weißt du, wie viel ihre Löhne ausmachen?«

Ich gab keine Antwort.

»Fünfzehntausend. Damit bleiben mir achttausend, um den Laden hier zu schmeißen und eine fünfköpfige Familie ein ganzes Jahr lang zu ernähren. Ha!« Er warf den Kopf in den Nacken und schickte eine Lachsalve zur Decke empor. Ich schluckte und fuhr fort, den Bettüberwurf zu studieren. »Weißt du, wie viele Hektar ich bräuchte, um einen nennenswerten Gewinn zu erwirtschaften?«

»Wie viele?«

»Mehr als vierhundert. Und weißt du, wie viele ich habe?«

»An die hundert«, murmelte ich.

Er nickte. »Hundert Hektar sind kein landwirtschaftlicher Betrieb, Evie. Das ist nicht mehr als eine verdammte Weide. Das war mal was. Früher konnten auch Kleinbauern von ihrem Land leben, von dreißig Hektar oder so – aber heute nicht mehr. Jetzt muss einem ein ganzes verdammtes Dorf gehören.«

»Und darum macht Caro ja all das hier«, tröstete ich ihn mit einer Handbewegung zum Fenster hinaus.

Er seufzte. »Ja.«

»Und sie macht einen guten Gewinn?«

»Sie macht Gewinn. Ob der gut ist, weiß ich nicht. Aber sie ist fix und alle. Und ich fühle mich so ...«

»Ich weiß«, unterbrach ich rasch. Bevor er es aussprach. Machtlos.

Er lächelte mir gequält zu. »Es ist nicht toll, Evie, wenn man zusehen muss, wie sich die eigene Frau zugrunde richtet und wie das eigene Haus jedes Wochenende von Fremden überrannt wird ...«

»Aber die sind doch eigentlich gar nicht *im* Haus.«
»Wie bitte?« Er hielt in einer theatralischen Geste die Hand hinters Ohr. Von unten klangen Stimmen zu uns empor.
»Die kommen hier rein?«, staunte ich.
»Um aufs Klo zu gehen.«
»Aber die Dixieklos ...«
»Ach ja, sie sollen hier natürlich nicht reinkommen, und wir gestatten das auch eigentlich nicht, aber manchmal sind die Dixieklos besetzt – oder verstopft – und dann kommen sie hier rauf. Du darfst dabei nicht vergessen, dass fast alle, die wir hier in unserem herrlichen Anwesen bewirten, sturzbetrunken sind. Denen ist es scheißegal, dass es unser Haus ist.«
Wir hörten das Geräusch der Klospülung aus dem Kinderbadezimmer weiter vorne im Flur. Offenbar war das Klo unten besetzt. Dann tappten Schritte in unsere Richtung, und ein Klodeckel knallte ganz in der Nähe runter, genauer gesagt, nebenan, in Tims und Caros Badezimmer, das auch über den Flur zugänglich war. Ungläubig blieb mir der Mund offen stehen. Daraufhin hob er die Augenbrauen in »Hab ich's nicht gesagt«-Manier.
»Einmal habe ich an einem Samstag im Wohnzimmer Cricket geschaut, und da kam ein Typ durch die Terrassentür gelatscht, hat sich neben mich aufs Sofa gefläzt und gefragt, wie's steht.«
»Verdammt dreist.«
»Ich habe ihm sogar ein Bier gegeben. Er war eigentlich ganz nett.«
Ich lächelte. »Aber es wird besser«, versicherte ich ihm. »Bald wird sich dein neues Hüftgelenk richtig einklicken ...«
»So als wäre ich ein Bionicle?«
»Genau, und dann schaffst du wieder mehr alleine und brauchst Phil nicht mehr.«

»Und darf dann die ganzen 23.000 Pfund alleine behalten? Wie toll.«

»Na ja, vielleicht – vielleicht verbessern sich die Preise? Bei *Landwirtschaft heute* haben sie gesagt, dass die Preise anziehen ...«

»Um zwei Pence pro Tonne.«

»Und vielleicht gibt es in Europa ein ganz schlechtes Jahr, und alle werden sich nach englischem Getreide die Finger lecken.«

»Und vielleicht fällt auch einfach ein dicker Batzen Geld einfach so vom Himmel, wie wenn – ach, ich weiß nicht, wie wenn Dad doch nicht ohne Testament gestorben wäre und er den Batzen, den er Felicity hinterlassen hat, eigentlich mir zugedacht hätte, um die Farm zu unterhalten. Damit es hier weitergeht.«

Er schaute mich eindringlich an, und ich erwiderte seinen Blick.

»Also gut«, sagte ich schließlich und wandte die Augen ab. »Ich habe mich schon gefragt, wann du es ansprichst.«

»Du weißt Bescheid?«

»Ich bin heute Morgen bei Maroulla gewesen.«

»Ah.«

Wieder herrschte Schweigen.

»Ach ja«, sagte er leichthin, »es ist ja sowieso schon alles ausgegeben, denke ich. Es ist also müßig.«

»Irgendwie schon.«

Wir schienen einer Meinung zu sein.

Plötzlich wälzte Tim sich aus dem Bett. »Und mit diesem abschließenden Urteil werde ich mir das Ende dieses Gewehrs in den Mund stecken wie so ...« Er hob es hoch.

»Tim!«

»Kleiner Scherz«, grinste er und schwang es herum, um es als Stock zu gebrauchen. »Meine Güte, Evie,

Kopf hoch. Ich dachte, meine Nerven wären schwach.« Er humpelte zum Fenster. »Was ist das für ein gottverdammter Lärm da draußen?«

Ein schreckliches Getöse kam unten aus dem Hof, wo Caro ihren Wagen geparkt hatte. Ich trat zu ihm ans Fenster, und er riss es auf. Der Anhänger an ihrem Auto schien durch die Gegend zu hüpfen.

»Was zum …?« Tim wandte sich um und marschierte mit dem Gewehr als Stütze recht schnell für einen Mann mit einem lahmen Bein aus dem Schlafzimmer, den Flur entlang und die Treppe hinunter. Er zog die Riegel an der Eingangstür zurück und trat hinaus. Ich folgte ihm auf den Fersen. Etwas – oder jemand – trommelte von drinnen gegen den Anhänger und veranstaltete ein furchtbares Spektakel.

»Oh Gott – das ist doch nicht etwa Caros Onkel, oder?«, hauchte ich.

»Lionel?«

»Ja, sie war losgefahren, um ihn zu holen.«

»Wirklich? Aber warum sollte er im Anhänger sein?«

»Keine Ahnung, aber sie sagte, er wäre hinten drin. Oh, der arme Mann!«

Mit einem überraschten Seitenblick auf mich schob Tim den Riegel zurück und löste die Rampe. Aber noch bevor er sie absenken konnte, kam sie von ganz alleine mit einem Knall runter. Ein riesiges, haariges, orangefarbenes Schwein trampelte darüber und raste an uns vorbei.

»VERDAMMTE SCHEISSE!«, brüllte Tim und schwang herum.

»Was, zum Teufel …?« Ich drehte mich um.

»Das ist nicht Lionel, das ist Leonard! Der Eber! Der hier die Säue decken soll!«

Ich legte vor Schreck die Hände vors Gesicht. »Oh mein Gott!«

Wir mussten entgeistert zusehen, wie das Schwein fröhlich durch den Garten galoppierte. Es trampelte quer durch die Blumenbeete und hielt geradewegs auf den Fluss zu, wo soeben Phil, Tims Landarbeiter, über die Brücke und die Wiese hinauf auf uns zugerannt kam. Verblüfft schaute er das Schwein an.

»Unten im Zelt gibt es eine Keilerei!«, schrie er. »Komm lieber schnell!«

»Scheiße.« Tim fing an, über die Wiese zu humpeln. »Phil! Fang das Schwein ein!«, brüllte er, als das Schwein durch den Fluss gebremst nach links abbog. Phil rannte ihm hinterher. »Mein Gott, wir sind noch nicht mal bei der Disco und sie hatten erst ein Glas Champagner. Der Trauzeuge kann sich doch nicht jetzt schon über eine der Brautjungfern hergemacht haben?«

»Dad! Schnell!« Jack schien gleichermaßen erschreckt wie fasziniert zu sein und winkte seinem Vater mit großen Bewegungen vom Eingang des Zeltes aus. Wir eilten über die Brücke, während Jack wieder nach drinnen schoss.

»Mach schnell, Dad, bevor es zu spät ist!« Henry kam besorgt nach draußen gerannt.

Zu spät wofür? Als Tim und ich schließlich am Eingang des Zeltes ankamen, mussten wir frustriert vor einer Mauer von schwarzen Rücken haltmachen, die uns den Weg versperrten. Die Mehrzahl der Gäste hatte sich an die Seiten des Zeltes verzogen, um einen Freiraum auf der Tanzfläche zu schaffen. Wie uns bald klar wurde, nachdem wir uns durch breitschultrige Männer und Frauen mit Hüten geboxt hatten, nicht etwa, um dem glücklichen Paar ausreichend Platz für den ersten Walzer zu schaffen oder um die Torte anzuschneiden oder Reden zu halten, sondern für den Auftritt eines ganz anderen Paares, Caro und Felicity, Letztere bleich und zitternd, die erste dagegen im gleichen Farbton wie ihr pinker Hut und Jacke. Und die Einzige, die eine Rede hielt, war Caro. Ihre Stimme erklang schrill und anklagend, während sie eine wütende Tirade auf ihre Stiefschwiegermutter losließ, deren Grundaussage, wenn man einmal die übelsten Schimpfworte aussiebte, die war, dass sie ihrer Meinung nach eine dreckige, niederträchtige, intrigante Diebin sei. Felicity beging, wie ich später von denen erfuhr, die näher am Geschehen dran waren, den Fehler, sie zu unterbrechen, wenngleich mit leiser, zittriger Stimme. Woraufhin Caro ausholte, um ihr eine runterzuhauen. Felicity duckte sich, und Ludo sprang in den Ring, um Caro in einem Halbnelson zu packen. In exakt diesem Augenblick trat mein Mann scheinbar aus dem Nichts, aber eigentlich von der Zeltöffnung hinter der Musikanlage her, auf. Sein Gesicht hatte einen ungewöhnlich bleichen Farbton, und mit einem dramatischen Sprung von der Bühne auf die Tanzfläche landete er mitten im Geschehen. Er zog Ludo von Caro weg, drehte ihn zu sich um und platzierte seinen Schlag auf Ludos Kinn, der Ludo verblüfft nach hinten taumeln und auf dem Hintern landen ließ. Ein Raunen ging durch die gebannte Menge der Zuschauer, während Caro nun ungehindert ihr eigenes Ziel anvisierte und Felicity eine gewaltige Ohrfeige verpasste. Diesen Höhepunkt des Geschehens wählte nun das Schwein, um in rasender Geschwindigkeit in den Ring zu stürmen. Es trampelte quer durch die Menge und zerstreute die Gäste, die sich kreischend links, rechts und in der Mitte in Deckung brachten.

31

Das Schwein stürmte weiter: Es raste auf der Tanzfläche hin und her wie ein Bulle in einem Ring, riss Leute um, schleuderte Champagnergläser durch die Gegend, kippte Tische um mitsamt den zierlichen goldenen Stühlen am Rande der Tanzfläche. Laut grunzend und mit offenem Maul versetzte das verwirrte riesige Tier alle in Angst und Schrecken. Frauen rannten kreischend in Richtung der Ausgänge und hielten dabei verzweifelt ihre Hüte fest, und ein Häuflein Brautjungfern, die sich unter einen Tisch verkrochen hatten, stoben auf wie ein Vogelschwarm, als Leonard auf sie zuhielt und sie in einem Geflatter von elfenbeinfarbener Seide in alle Richtungen zerstreute. Männer riefen sich gegenseitig Anweisungen zu, ihn einzukreisen oder in die Ecke zu treiben. Einer zog seine Jacke aus und stürzte sich auf ihn in dem Versuch, den Kopf des Ebers einzuwickeln, damit er nichts mehr sehen konnte. Aber Leonard war groß, schlau und erstaunlich wendig. Trotz der Tatsache, dass seine Füße auf dem Parkett der Tanzfläche keinen rechten Halt fanden und er wie wild herumschlitterte, gelang es ihm dennoch, den Häschern zu entkommen. Er bockte wie ein wilder Mustang, schüttelte die Jacke von seinem Rücken und brach aus dem Kreis aus.

In all dem Durcheinander erhaschte ich einen Blick auf Felicity. Sie wirkte wie vor den Kopf gestoßen und saß auf einem Stuhl am Rande des Zeltes. Fast hätte man meinen können, sie wollte den Tänzern zuschauen, wären da nicht ihr zutiefst erschrockenes Gesicht und ein roter Fleck auf ihrer Wange gewesen. Caro saß ein Stückchen entfernt auf einem der goldenen Stühle und war erschöpft in sich zusammengesunken. Auch sie starrte ins

Leere wie ein Preisboxer, der sich vollkommen verausgabt hatte. Sie streckte die Hand aus und fasste mich am Arm, als ich an ihr vorüberging.

»Sie hat unser Geld genommen«, murmelte sie zu mir empor, wobei ihre Augen so leer waren wie die eines Dorftrottels. »Und zwar alles.«

Ich schüttelte sie ab und ließ auch die Schweine-Show links liegen, um mich einem anderen Krisenherd zuzuwenden. Gleich rechts neben der Tanzfläche zwischen den runden Tischen und Stühlen ging zu meinem Entsetzen mein Ehemann ganz entgegen seiner sonst so ruhigen und sanften Art schon wieder auf Ludo los. Zwar nicht mit hoch erhobenen, aber doch mit geballten Fäusten. Glücklicherweise hatte Clarence, der mir gefolgt war, die Situation sofort erkannt und mich wie eine Katze ihr Junges am Nacken gepackt und Malcolm in die Arme geworfen, während er sich im selben Augenblick zwischen Ant und seinen Gegner stellte. Er nahm Ant bei den Schultern und schob ihn bestimmt zurück, während er dabei wortgewandt über die Schulter hinweg Ludo mit einer einzigen ausdrucksstarken Silbe zu verstehen gab, dass er verschwinden sollte, zugleich redete er unablässig beruhigend auf Ant ein, so etwas wie: »Komm schon, Ant, das reicht jetzt, Junge. Beruhige dich.«

Unglücklicherweise machte Leonard in genau diesem Augenblick Anstalten, die Tanzfläche zu verlassen, um einen Streit mit Clarence anzufangen. Clarence wich dem Angriff auf seine Beine geschickt aus und schob auch Ant beiseite, woraufhin Leonard stattdessen die große Hochzeitstafel anpeilte. Er schlüpfte unter das eine Ende und verfing sich dort mit den Beinen in der langen Tischdecke aus irischem Leinen und vollführte einen makellosen Tischtuch-Trick, bei dem er am anderen Ende ganz in Weiß gehüllt wieder auftauchte, während Besteck, Porzellan, Gläser und Blumen in die

Luft geschleudert wurden, um dann auf dem Tisch zu zerschellen.

»HOLT DAS SCHWEIN HIER RAUS!«, brüllte Tim knallrot im Gesicht mit einem verzweifelten Seitenblick auf seine Frau, die sich als Einzige gut genug mit Schweinehaltung auskannte, um helfen zu können. Sie schaute ihn verständnislos an, als wollte sie sagen: Schwein? Was für ein Schwein?

In der Zwischenzeit fühlten sich einige der jüngeren Gäste herausgefordert, ihr Glück zu versuchen, und sie zogen ihre Jacken aus und warfen sie auf Leonard wie Matadore und sich selbst hinterher. Ein starker Testosterongeruch hing in der Luft. Es war, als hätten sie das Gefühl, nun sei ihre Chance gekommen, die Hochzeit von Alice zu retten. Vielleicht waren verflossene Verehrer unter diesen tapferen jungen Männern, die versuchten, das Schwein im Rugbygriff zu unterwerfen, aber Leonard war stark und mittlerweile ganz schön in Rage. Und nicht einmal Clarence, der sich mittlerweile davon überzeugt hatte, dass sein ungeselliger und aggressiver Professor fürs Erste erschöpft war, und mit kraftlos herabhängenden Armen und gebeugten Schultern dasaß, konnte diesen Eber überwältigen. Er rutschte, er schlitterte, er entwischte immer wieder. Und das Schlimme war: Er hatte die Torte entdeckt.

Seine kleinen Schweinsäuglein leuchteten begeistert auf. Dreistöckig, weiß und glänzend, stand sie da thronend ganz alleine auf einem Tisch in der Ecke. Man konnte fast den Denkprozess des Tieres verfolgen. Wie konnte etwas so Großes, so Weißes, so ganz und gar anderes als Küchenabfälle in einem Trog nur so köstlich riechen? Täuschte ihn seine Nase oder war das Ding tatsächlich voller Früchte und Schnaps und Sirup und dickem Zuckerguss? Er trabte zielsicher darauf los, während sich ihm wieder hemdsärmelige Helden in den Weg warfen, aber jedes Mal schüttelte er sie ab. Die Augen fest und wild entschlossen auf sein Ziel gerichtet, rappelte er sich auf und hielt unbeirrbar darauf zu, bis ... ja, bis ein Schrei ertönte. Kein menschlicher Schrei, aber ein lautes, verzweifeltes Schweinegrunzen. Er blieb wie angewurzelt stehen.

Wir fuhren alle herum, auch Leonard. Dort, am Zelteingang, saß meine Mutter und ließ den Motor eines Quad-Fahrzeugs aufheulen, an dessen hinterem Ende ein kleiner Anhänger mit einem Drahtgitter hing, in dem wir, wie ich mich erinnerte, früher Hühner transportiert hatten. Jetzt saß da drin eine höchst erregte Boadicea und schrie sich das Herz aus dem Leibe. Sie hatte Leonard gerochen, und sie wollte ihn haben. Meine Mutter erzählte später, sie hätte ein kleines Stück Holz aus Leonards Anhänger genommen, um Boadicea daran riechen zu lassen, und die hatte es gleich komplett verspeist, als wollte sie damit zeigen, was sie mit ihm vorhatte. Leonard zögerte kurz. Die Torte war groß, aber die Lady war heiß, die da in ihrem Käfig kreiste und ganz verrückt nach ihm war. Und noch dazu brüllten, nachdem sie Boadiceas Schrei gehört hatten, in der Ferne noch weitere potentielle Freundinnen nach ihm. Und die alle bewusstlos zu vögeln, war schließlich Sinn und Zweck seines Hierseins. Wieder einmal waren die Rädchen seines Schweinehirns in sichtbarer Aktion. Fressen ... oder Sex? Sex ... oder Fressen? Wie viele männliche Herzen konnten da wohl Mitleid mit ihm fühlen?

Boadicea spürte seine Unentschlossenheit und gab noch einmal ihr Bestes und ließ einen lustvollen Urschrei ertönen, ein sehnsuchtsvolles Grunzen, dem er nicht länger widerstehen konnte. Leonard wandte sich um und trabte wie hypnotisiert auf sie zu. Er ging zur Rückseite des Anhängers, wo Henry, Mums Verbündeter, bereitstand, die Käfigtür so trickreich zu öffnen, dass Leonard hinein-, nicht aber Boadicea hinausgelangte. Und er war nicht umsonst auf einem Bauernhof groß geworden, und so ging das Manöver reibungslos über die Bühne. Die beiden Schweine waren vereint, und zwar in jeder Hinsicht. Innerhalb von Sekunden stieg Leonard zur Unterhaltung der gesamten Hochzeitsgesellschaft auf und rammelte fröhlich vor sich hin mit diesem glasigen, geistesabwesenden Gesichtsausdruck, der weiblichen Wesen aller Gattungen nur allzu vertraut ist. Und während er so das Tier mit den zwei Rücken machte, schaute Boadicea, die ja nun ihren Mann hatte, ganz harmlos in die Runde, so als plane sie im Stillen die nächste Dinnerparty.

Die Menge drehte auf: Sie juchzten, johlten und klatschten. Offenbar hatte meine Mutter mit ihrer Einsicht in die männliche Psyche die Hochzeit gerettet. Immerhin stand sogar die Torte noch und nur ein Tablett mit Häppchen war leergegessen und die zerbrochenen Champagnergläser waren rasch aufgefegt und die Stühle wieder gerade gerückt. Leonard und Boadicea wurden abtransportiert, den Hügel hinauf, wo der Rest der Säue bereits wartete, nicht still und damenhaft, sondern lärmend wie rüpelhafte Partygirls. Wild grunzend kämpften sie mit Zähnen und Hufen darum, die Nächste in der Reihe zu sein, voller Wut auf Boadicea, die ihnen zuvorgekommen war. Später erzählte mir Henry mit riesengroßen Augen, dass die Säue, nachdem Leonard in ihrem Gatter freigelassen worden war, sich ihm mit Schaum vor dem Mund, rückwärts – ›*rückwärts*, Evie!‹ – genähert hatten und dass er, so viel musste man ihm lassen, sie tatsächlich eine nach der anderen befriedigte, manche sogar zwei Mal, mit dem größten Ding, das Henry jemals gesehen hatte und das aussah »*wie ein Korkenzieher*!«.

Währenddessen nahm die Hochzeitsfeier im Zelt wieder ihren geplanten Verlauf. Die Tränen der Brautjungfern wurden weggewischt, die Hochzeitstafel wurde mit frischem Porzellan und Gläsern gedeckt, und Alice, die ja schließlich für alles zu haben und wirklich kein Weichei war, wurde nahegelegt, die komische Seite der Sache zu sehen. Man redete ihr gut zu, dass ihre Hochzeitsfeier in die Annalen der Geschichte eingehen und immer wieder in Erinnerung gerufen und vorgeführt werden würde – hatte es eigentlich jemand auf Video? Ja, hatten sie, na siehst du! Und weil Alice keine jugendliche Naive war, sondern eine coole und forsche Sechsundzwanzigjährige, spielte sie das Spiel mit und heulte nicht rum, dass nun ihre ganze Hochzeit verdorben wäre, sondern schüttete sich zusammen mit ihren Freunden aus vor Lachen, wie irre komisch das alles gewesen war, was für ein Tag!

Mein Tag verlief allerdings auch weiterhin erbarmungslos unerfreulich. Ant, den ich einen Augenblick aus den Augen verloren hatte, um die Schweinepaarungsshow zu verfolgen, war verschwunden. Ich stand draußen auf dem Rasen vor dem Zelt und blickte wild um mich. Ich rannte hierhin und dorthin und verfluchte mich selbst, dass ich so dumm gewesen war, ihn aus den Augen zu lassen. Dann plötzlich entdeckte ich ihn, wie er ein Stück flussabwärts am Ufer neben Clarence saß. Clarence war in Hemdsärmeln, sein breiter Rücken war mit roten Hosenträgern gewappnet, deren goldene Clips in der Sonne glänzten. Ant war ein großer Mann, aber er wirkte klein neben ihm. Und erledigt. Mit gebeugten Schultern blickte er nachdenklich auf den Fluss hinaus und hörte offenbar gebannt zu, was Clarence ihm zu sagen hatte. Mein erster Impuls war, zu ihm zu rennen, aber klugerweise zögerte ich und gab ihnen noch einen Augenblick. Dann sah Clarence mich. Er stand auf und machte eine vielsagende Kopfbewegung. Unsicher ging ich auf die beiden zu.

Clarence lächelte zu Ant hinab. »Er gehört Ihnen«, murmelte er.

Er schlenderte zurück zu Malcolm, der vom Fluss her zu uns hochgelaufen kam und aussah, als würde er einen siegreichen Helden in Empfang nehmen. Seine Augen glänzten vor Stolz, und bevor er sich bei seinem Freund unterhakte und ihn von dannen zog, konnte er es sich nicht verkneifen, mir noch rasch ins Ohr zu flüstern: »Hast du ihn gesehen? Hast du Clarence gesehen? War er nicht *großartig*?«

Unsicher setzte ich mich neben Ant ins Gras. Er blickte unverwandt weiter aufs Wasser, die Arme fest um die Knie geschlungen. Auch ich betrachtete den Fluss, der an dieser Stelle schnell und aufgewühlt dahinströmte und sich über die glatten braunen Felsen ergoss. Mir wurde bewusst, wie gut ich diesen Fluss kannte. Wie gut ich jeden Zentimeter auf dieser Farm kannte. Das Schweigen vertiefte sich. Es drohte sich auszubreiten, und ich spürte einen Kloß im Hals. Dann drehte Ant sich zu mir und lächelte mich schief an.

»Ich habe mich ja scheinbar total zum Narren gemacht.«

Ich schluckte den Kloß hinunter und fing wieder an zu atmen.

»Ach, das würde ich nicht so sagen«, säuselte ich.

»Diese Blumen und der Brief dazu.« Er schüttelte verwirrt den Kopf. »Tut mir leid, aber ich hab einfach nur rot gesehen. Ich wollte ihn umbringen. Aber Clarence sagt, dass er dich nur von der anderen Straßenseite durchs Schlafzimmerfenster gesehen hat. In deiner …«

»Ja«, unterbrach ich schnell. Was ich angehabt hatte, mussten wir nun wirklich nicht näher diskutieren.

»Trotzdem. Klang ganz schön vertraut, was er da geschrieben hat.«

»Ich weiß. Tut mir leid.«

Er zuckte die Schultern. »Nicht deine Schuld.«

»Na ja ...« Ich zögerte. Nein. Lass es, Evie. Nicht deine Schuld.

»Und dann habe ich Anna angerufen, ob sie wüsste, wo du bist, und sie war total durcheinander. Sie hat gesagt, dass sie bei ihrem Reitturnier gesehen hat, wie du einen Mann umarmt hast, so einen jungen Typen mit dunklen Haaren, und dass eine von den Mädchen, die Tochter der Organisatorin, Gerüchte verbreitet hat, man hätte dich gesehen, wie du mit ihm in einem Stall rumgeknutscht hast.«

»Oh!«

»Da bin ich leider ausgerastet.«

»Ach Ant, nein, so war es doch gar nicht. Ich ...«

»Ich weiß, ich weiß«, unterbrach er und fuhr sich erschöpft mit der Hand durchs Haar. »Clarence hat das auch erklärt.«

Ach wirklich?, staunte ich. Woher wusste Clarence denn darüber Bescheid? Ja, ich hatte ihm bei Malcolm auf dem Boot davon erzählt. Trotzdem waren jetzt noch mehr Diplomatie und ein paar Erklärungen gefragt.

»Ich bezweifle ja gar nicht, dass du völlig schuldlos bist, Evie«, fuhr Ant vorsichtig fort, fast als säße ich auf der Anklagebank. Ich wand mich. Seine Augen waren noch immer auf den Fluss gerichtet. »Aber das ändert nichts an der Tatsache«, damit wandte er sich zu mir und ich fühlte die Wahrheit allzu schnell näher kommen, »es ändert nichts an der Tatsache, dass dieser Mann es ganz offensichtlich auf dich abgesehen hat.«

Da musste ich einfach lächeln. Über sein erschrockenes Gesicht. Sein Entsetzen. »Ist das denn so außergewöhnlich?«, fragte ich.

»Na ja, nein«, sagte er und war kurzfristig aus dem Konzept gebracht. »Aber er scheint dich unablässig verfolgt zu haben.«

»Das stimmt«, gab ich zu. »Aber vergiss nicht, Ant, dass ich zu dem Zeitpunkt selbst ernste Zweifel hatte, in welche Richtung deine Absichten gerade gingen. Ich dachte, du wärst ganz und gar von Bella Edgeworth eingenommen.«

»Also hast du ihn noch ermuntert?«

»Nein, ich habe ihn nicht ermuntert. Ich habe sogar, da kannst du Malcolm fragen, darauf bestanden, dass ich nur dann im Laden arbeiten kann, wenn sich unsere Arbeitszeiten nicht überschneiden. Also wenn Ludo nicht da ist.«

Ant nickte düster. »Ich weiß, das hat Clarence schon gesagt.« Er zog die Knie an die Brust und schlang die Arme fest darum. »Ludo«, stieß er hervor. »Blöder Name.«

»Jetzt bist du aber kindisch.«

»Und rote Rosen. Wie klischeehaft.«

Ich lächelte. »Deswegen wusste ich gleich, dass sie nicht von dir sind.«

»Ich hab's eben nicht mit Klischees«, verteidigte er sich.

»Mit Blumen übrigens auch nicht.«

Er runzelte die Stirn. »Habe ich dir noch nie Blumen geschickt?«

»Du hast mir mal einen Strauß Butterblumen gepflückt. Als wir in Devon waren.«

»Daran kann ich mich nicht erinnern.«

»Ich schon.«

Er wurde blass. Verzog das Gesicht. »Okay. Vielleicht ist das nicht gerade meine Stärke.«

»Ich wollte mich nicht beschweren.«

»Aber ...«, er zögerte. »So ein klein wenig Romantik ...?«

»Ist ganz gut für die Seele«, pflichtete ich ihm leise bei.

Er seufzte, kniff die Augen zusammen und schaute in

die Sonne. »Und das passiert mir, dem großen Romantik-Experten.«

»Ach, ich glaube, dass Coleridge und Konsorten ziemlich entsetzt gewesen wären über Valentinsgeschenke und Blumen.«

»Es ist fast eine Beleidigung, findest du nicht auch?«

»Wieso? Meinst du für den Verstand einer Frau?«

»Mal sehen, ob sie auf diesen Uralttrick reinfällt.«

Ich zuckte die Schultern, weil ich keine Lust hatte, ihn dabei zu unterstützen. Wir saßen da Schulter an Schulter und schauten über den Fluss zum Farmhaus hinüber, das ganz oben auf dem Hügel lag: massiv, fest und vertraut. Irgendwie tröstlich.

»Und ... warst du in Versuchung?«

Ich spürte, dass Ant, der normalerweise eher zurückhaltend und schweigsam war, ein ganz ungewöhnliches Bedürfnis hatte, dieser Sache auf den Grund zu gehen.

»Du meinst wegen Ludo?«

»Nun ja, er ist zweifellos jung, gut aussehend, männlich«, stieß er fast widerwillig hervor. »Und ganz offenbar total in dich verknallt.«

»Es hat mir geschmeichelt«, gab ich schließlich zur Antwort. »Und das Gefühl habe ich genossen. Das Gefühl, dass mir jemand Aufmerksamkeit schenkt.«

»Aber du hast es nicht mit etwas anderem verwechselt?«

»Oh, ich habe mich nicht in ihn verliebt.« Schockiert wandte ich mich zu ihm um.

Er lächelte. »Nein, das merke ich. Obwohl ich glaube, dass er sich in dich verliebt hat.«

Ich blinzelte verblüfft. »Gott weiß, warum. Ich meine, sieh ihn dir doch an.« Er folgte meinem Blick dorthin, wo Ludo, attraktiv, lächelnd und mit Schalk in den Augen, Alices junge Freundinnen vor dem Zelt unterhielt. Sie umschwärmten ihn, warfen die Haare zurück und lachten zu ihm empor. »Und sieh mich an. Eine angestaubte, nicht mehr ganz junge Hausfrau.« Ich zog an meinem schlabberigen Kaftan und lachte. »Verblassende Schönheit, nur Alltagsprobleme im Kopf ...«

»Großes Herz«, unterbrach er mich und blickte mich unverwandt an. Der Blick in seine blauen Augen zeigte mir, dass er mich jetzt küssen wollte. Aber ich musste ihm noch etwas gestehen – nichts, was mit Ludo zu tun hatte, etwas anderes. Ich wandte den Blick ab.

»Wegen meinem Herzen, Ant«, sagte ich langsam.

»Was ist damit?« Er nahm meine Hand, die ich ihm vorsichtig wieder entzog. Er runzelte die Stirn.

»Ich finde, ich sollte dir sagen ... also eigentlich muss ich dir fairerweise gestehen, dass ich sehr eifersüchtig auf Bella Edgeworth war. Aus allen möglichen Gründen. Auf ihre Klugheit, ihre Schönheit, ihre Jugend natürlich, all das, was sie nun nicht mehr lange haben wird ...« Ich hielt inne und fuhr dann fort. »Aber die Sache ist die, Ant ...« Ich schluckte, fuhr mir über die Lippen. »Also, die Sache ist die, dass ich, wenn Bella auf wundersame Weise geheilt werden würde, wenn ein Medikament gegen ihren bösartigen Krebs gefunden würde und sie die erste glückliche Patientin wäre, die es bekäme«, jetzt kam alles wie ein Wasserfall aus mir herausgesprudelt, »dann wäre ich mir nicht sicher, ob ich so großmütig sein könnte. Ich habe das ungute Gefühl, dass ich ihre Tochter – deine Tochter – nur deswegen so bereitwillig in meinem Haus aufnehmen werde, weil ihre Mutter dann nicht mehr da ist. Ich habe das ungute Gefühl, dass ich kein besonders guter Mensch bin.«

Es folgte Schweigen, während Ant das Gesagte verarbeitete.

»Als du mir erzählt hast, dass sie sterben wird, war ein kleiner Teil von mir irgendwie erleichtert. Das solltest du wissen, Ant. Bevor du mit tränenumflortem Blick durch die Stadt rennst und allen erzählst, was du für eine großzügige, großherzige Frau hast, solltest du wissen, was für eine Frau sie wirklich ist. Ich bin kein Bob Geldof«, fügte ich kleinlaut hinzu.

»Ich finde, wir sollten außerdem bedenken«, bemerkte er schließlich, und bildete ich mir das nur ein, oder war da ein Zucken um seinen Mund, »dass nur ein sehr kleiner Teil von dir das gedacht hat.«

»Na ja ...«

»Und dass viele Frauen es gar nicht erst zugegeben, sondern es für sich behalten hätten.«

Ich kämpfte damit und zog am Gras neben mir, riss es in Büscheln aus, runzelte die Stirn. Er ließ mir einfach nicht mein Büßerhemd.

»Du scheinst nicht sehr schockiert zu sein«, murmelte ich. »Ich dachte, das wäre ein ganz schönes Geständnis.«

»Ich weiß, dass du das dachtest. Aber lass dir gesagt sein, Evie, wenn jeder sein Innerstes so genau unter die Lupe nähme und seine Motive derart analysieren würde, das wäre kein schöner Anblick. Ich habe nämlich auch ein Geständnis zu machen. Wenn der Mann da morgen tot in einem Graben gefunden würde, nachdem seine Bremsen versagt haben, dann würde ich mir auch nicht gerade die Augen ausweinen. Ich könnte mir sogar vorstellen, auf seinem Grab zu tanzen.«

Ziemlich schockiert folgte ich seinem Blick zu Ludo hinüber, der wieder in seiner Rolle als Bruder der Braut ein älteres Ehepaar bei der Party begrüßte und sie ins Zelt geleitete, allerdings nicht ohne zuvor einen besorgten Blick in unsere Richtung geworfen zu haben.

Ant stand auf. »Aber stattdessen muss ich jetzt da rübergehen und ihm die Hand reichen. Mich dafür entschuldigen, dass ich die Hochzeit seiner Schwester ruiniert und ihn geschlagen habe.« Er nahm meine Hand und half mir ebenfalls auf. »Es geht nicht darum, dass man gut ist, Evie, es geht darum, dass man sich gut verhält. Ganz gleich, für wie schlecht du dich hältst, weil du das Gefühl hast, dass dein Angebot, Stacey bei dir aufzunehmen, nur eine reflexartige Reaktion auf eine Situation ist, die in deinen Augen noch viel schlimmer hätte aussehen können, aber du hast doch das Richtige getan. Was zählt, ist das, was wir tun, nicht das, was wir fühlen. Das macht uns zu zivilisierten Menschen und unterscheidet uns von den wilden Tieren. Der Geist überwindet die Natur, das kann man bei Prospero nachlesen.«

»Bei wem?«

»Egal. Wir können nicht kontrollieren, was in unseren Herzen vor sich geht, aber wir haben Einfluss darauf, wie wir uns verhalten. Und mit dieser philosophischen Binsenweisheit werde ich jetzt hingehen und dem Blödmann die Hand schütteln.« Er grinste verlegen auf seine Füße hinab und wandte sich zum Gehen.

»Ich liebe dich, Ant.«

Überrascht drehte er sich zu mir um. »Ich liebe dich auch.« Er riss die Augen auf, und ich warf mich in seine Arme. »Mehr als du jemals ahnen wirst«, flüsterte er.

Dann küssten wir uns, so wie Verliebte es tun. Nicht wie ein langjähriges Ehepaar. Und dann ging Ant fort und schlenderte den Fluss entlang zurück zum Zelt.

32

Ich marschierte über die Brücke auf die andere Seite des Flusses, bahnte mir einen Weg durch das lange Gras auf der anderen Seite und ging dann die gemähte Wiese zum Haus hinauf. Es war, als würde ich mich selbst umarmen und dabei dümmlich zu meinen Schuhen hinablächeln. Ja, ich grinste fast. Ich schüttelte mich ein wenig, als ich durch die Hintertür in die Küche trat. Ich war mir ziemlich sicher, dass sich der Ort für die Fortsetzung der Milligan-Saga inzwischen vom Zelt hierherverlagert hatte, und eine euphorisch verträumte Miene, nachdem ich soeben das Eheversprechen mit meinem Mann bestätigt hatte, nicht unbedingt das war, was hier jetzt gefragt sein würde. Und wirklich, auf dem Weg nach oben zu Caros Schlafzimmer, traf ich meine Neffen, die gerade leise herauskamen und vorsichtig die Tür hinter sich zumachten.

»Wir haben ihr eine Tasse Tee gebracht«, flüsterte Henry und kam mir mit großen Augen auf Zehenspitzen im Flur entgegen. »Ist das ein Nervenzusammenbruch, Evie?«

»Ach nein, sie hat sich nur ein bisschen aufgeregt.«

»Trotzdem«, sagte er mit einem offensichtlich enttäuschten Blick zur Schlafzimmertür seiner Mutter. »Vielleicht braucht sie ein paar Tage in der Klinik oder so. Wenn sie Probleme hat? Vielleicht sollten wir ihr ein Laxativum geben, damit sie sich beruhigt?«

Jack schnaubte verächtlich. »Ein Sedativum meinst du wohl. Von einem Laxativum kriegt sie Dünnpfiff.«

»Ich bin sicher, dass es ihr bald wieder gut geht«, beruhigte ich die beiden und schickte sie nach unten. Ich erklärte ihnen, dass sie Phoebe und Anna möglichst wenig erzählen sollten, wenn die beiden auftauchten. Obwohl, dachte ich, als ich die Schlafzimmertür öffnete und Caro sich steif wie ein Brett zum Sitzen aufrichtete und mich anstarrte, mit wirr emporstehenden Haaren und wildem Augenrollen, vielleicht wäre ein leckeres Valium-Sandwich doch genau das, was meine Schwägerin jetzt brauchte.

»Sie hat unser verdammtes Geld genommen!«, brach es aus ihr hervor, noch bevor ich überhaupt die Tür hinter mir zugemacht hatte. »Ich war da drin«, damit zeigte sie mit dem Finger auf das Bad neben dem Schlafzimmer, »auf dem verdammten Topf, und wollte in aller Seelenruhe mein Geschäft verrichten, als ich gehört habe, wie du mit Tim darüber geredet hast – ich habe meinen Ohren nicht getraut! Mir blieb sozusagen die Scheiße im A... stecken, und ich saß wie festgefroren auf der Klobrille. Ich konnte nicht glauben, dass ihr beide so ruhig dabei bleiben konntet. Dann habe ich mir den Hintern abgewischt und bin gleich runtergelaufen, um ihr die Vorderzähne auszuschlagen!«

»Aber das hast du nicht getan, oder?«, fragte ich besorgt und setzte mich neben sie aufs Bett. Ich hatte nicht gerade einen Logenplatz gehabt, sondern hatte mich erst durch all diese Hüte drängeln müssen. »Du hast ihr bloß eine runtergehauen, oder?«

»Tragischerweise ja«, murmelte sie und ließ sich ins Kissen zurücksinken. »Muss wohl meine Erziehung sein. Konnte einfach keine Faust machen. Obwohl ich verdammt noch mal wünschte, ich hätte es getan.«

Die Tür öffnete sich leise, und Felicity stand im Türrahmen, sehr blass, sehr mitgenommen, ihr Hut saß in einem ungewöhnlichen Winkel. Ich warf mich auf Caro, die vom Ehebett aufstieg wie das Ding aus dem Sumpf mit gebleckten Zähnen und Augen zum Seekrank-Werden, fast so wie Mr Rochesters erste Frau aus Charlotte Brontës *Jane Eyre*.

»*Arrrrghh!*«, kreischte sie.

»Caro. Reiß dich zusammen!«, rief ich und drückte ihre Schultern mit aller Kraft nach unten. Ich überlegte, ob ich jetzt ihr eine runterhauen sollte. »Felicity, ich bin nicht überzeugt, dass das jetzt der richtige Augenblick ist«, jaulte ich über meine Schulter hinweg.

Plötzlich sackte Caro unter meinen Händen zusammen und fiel unterwürfig zurück in die Kissen.

»Lass sie reinkommen«, sagte sie düster, »warum nicht? Mal sehen, was sie zu ihrer Verteidigung vorzubringen hat. Immer raus damit, sag ich. Ich hoffe, du hast einen guten Anwalt, Felicity. Den wirst du brauchen.«

Ich zuckte zusammen. Oh, das war schrecklich. Entsetzlich. Sie waren doch so gut befreundet. Ich wünschte, ich wäre nicht alleine mit den beiden.

»Ja, da hast du ganz recht«, flüsterte Felicity, kam herein – ziemlich mutig, wie ich fand – und stellte sich ans Fußende des Bettes. Sie war kaum wiederzuerkennen. Der Lippenstift um ihren Mund war verschmiert, sie war totenblass, ihre Augen von grauen Ringen umgeben. Ich sah, wie sie Luft holte, um sich zu fassen. »Ich werde einen Rechtsanwalt brauchen. Weil ich nichts zu meiner Verteidigung vorzubringen habe. Ich habe euer Geld genommen.«

Mein Gott. Mein Innerstes krampfte sich zusammen, und ich spürte, wie Caro neben mir ganz steif wurde, als Tim gleichzeitig im Türrahmen auftauchte. Er kam nicht herein, sondern blieb dort stehen, still auf seine Krücke gestützt.

»Aber nicht gleich. Ich wusste nichts von dem Brief.« Sie schaute erst zu mir und dann zu Tim. »Erst lange nachdem euer Vater gestorben war. Genau wie ihr hatte ich angenommen, er wäre ohne Testament gestorben. Schließlich hatte er mir auch nichts davon erzählt, dass er seinen letzten Willen aufgeschrieben hatte, und wir waren glücklich verheiratet, und so was hätte ich doch bestimmt gewusst, oder? Normalerweise ist es etwas, das Mann und Frau zusammen machen, nicht wahr?«

Ich nickte. Ja, das stimmte. Ant und ich hatten ein gemeinsames Testament gemacht. Vor gar nicht so langer

Zeit übrigens, angeregt von dem Versäumnis meines Vaters.

»Vielleicht die ersten Frauen!«, murrte Caro, die mittlerweile aussah und klang wie etwas aus Dantes oberem Höllenkreis.

Felicity achtete nicht auf sie und fuhr fort. »Evie und ich haben das Arbeitszimmer auseinandergenommen, stimmt's, Evie?« Ich nickte wieder mit Nachdruck, oh bitte, mach dass es wieder in Ordnung kommt. »Schublade für Schublade, Ordner für Ordner, Schachtel um Schachtel, und wir haben nichts gefunden. Und dann bin ich ausgezogen und ihr seid hier eingezogen«, sie schaute Caro unverwandt an, »denn obwohl nirgendwo geschrieben stand, dass ihr das Haus haben solltet, wusste ich, dass Victor das gewollt hätte. Das hatte er mir gesagt. Aber ich hätte auch bleiben können. Egal, ob ich nun die erste oder die zweite Frau war, das Haus gehörte nach dem Gesetz mir. Ein Gericht hätte es ganz automatisch mir zugesprochen.« Caro wirkte jetzt weniger selbstsicher und warf einen kurzen Blick zu ihrem Mann hinüber. Tims Gesicht war schwer zu deuten.

»Und wann hast du den Brief dann gefunden?«, half ich ihr vorsichtig auf die Sprünge.

»Fast ein Jahr später, als ich schon seit gut neun Monaten in meinem Haus in der Fairfield Avenue war. Ich musste das Auto zur Abgasuntersuchung bringen. Ich habe das Werkstattheft im Sekretär gefunden, zusammen mit dem grauen Plastikordner mit allen anderen Papieren. Da drin war die Steuerbescheinigung und der letzte Untersuchungsbericht und dahinter steckte dieses Blatt Papier.«

Ich erinnerte mich, dass Maroulla gesagt hatte, sie hätte es zurückgelegt, nachdem sie es kopiert hatte, aber nicht in Dads unordentliche Schublade, wo sie dachte, dass es sicher verloren gehen würde, sondern in einen wichtig aussehenden Ordner mit Unterlagen. Geburtsurkunden, hatte sie gedacht. Ich schluckte.

»Es war ein schöner Sommertag, ich kann mich noch gut daran erinnern. Ich weiß sogar noch, was ich anhatte – weiße Hose, rosa Bluse –, und ich war glücklich. Ich hatte an dem Morgen meine Blumen auf der Terrasse ausgeputzt – die Geranien und Lobelien – und zum ersten Mal seit Ewigkeiten hatte ich das Gefühl, mein Leben wieder in den Griff zu kriegen. Ich hatte dieses hübsche kleine Haus, meinen Beruf. Ich hatte zwar Victor nicht mehr, das stimmte, aber ich hatte das Gefühl ... ich könnte es schaffen, ohne ihn weiterzuleben. Und ich hatte auch das Gefühl, dass er über mich wachte, mich vorantrieb. Und dann kam mein Leben ganz plötzlich wieder ins Stocken, genau wie ein Jahr zuvor. Ich stand vor dem Sekretär und starrte das Blatt an. Mir war übel. Ich musste mich hinsetzen. Mir wurde erst heiß und dann kalt. Ich hatte Angst.« Zum ersten Mal schaute sie Caro direkt an. »Ich war fast sechzig. Ich war allein. Ich hatte keine Kinder, keine Familie. Und bald auch kein Haus mehr.«

»Du hättest ja zurück ins College ziehen können«, murmelte Caro, allerdings mit weniger Nachdruck. »In eine Wohnung.«

»Hätte ich das? Diese Wohnungen sind, wie Evie weiß, heiß begehrt, und in meinem College waren sie alle vergeben. Vielleicht hätte ich meine Position ins Spiel bringen können, aber was hatte ich schon für eine Position? Ich war nicht mehr Fachbereichsleiterin, sondern nur noch Teilzeitkraft, die an drei Tagen pro Woche arbeitete. Meine Zeit war vorbei. Und ich hatte meine Wohnung ja zuvor aufgegeben, das darf man nicht vergessen. Vielleicht wäre mir von vorgesetzter Stelle eher vorsichtig nahegelegt worden, ob ich nicht darüber nachdenken wollte, in den Ruhestand zu gehen?«

»Na ja, dann hättest du dir eben eine Zweizimmerwohnung irgendwo an der Cowley Road kaufen können!«, bemerkte Caro aufgebracht. »In der Nähe des Industriegebiets. Eben das, was du dir leisten kannst!«

Felicity senkte den Kopf. Gab keine Antwort.

»Was hast du mit dem Brief gemacht?«, fragte ich.

»Erst mal gar nichts. Ich habe dagesessen und ihn ewig lange angeschaut, dann habe ich ihn mit zitternden Händen zurückgelegt, wie ich mich erinnern kann, in die oberste Schublade von meinem Schreibtisch. Unter viele andere Papiere. Hab's vergraben wie ein Hund einen Knochen. Aber fast stündlich bin ich in das Zimmer zurückgegangen, habe es hervorgeholt und angestarrt. Musste mich hinsetzen, bevor ich es rasch zurückgelegt habe. Es war sechs Monate vor seinem Tod datiert, aber ich konnte nicht erkennen, in welcher Gemütsverfassung er es geschrieben hatte. Ich wusste nicht, ob es wirklich sein letzter Wille oder nur eine Laune war, spätnachts nach einer halben Flasche Whisky. Ich wusste auch nicht, ob es juristisch wirksam war, aber das war eigentlich ganz gleichgültig. Es war nur wichtig zu wissen, was er gewollt hatte. Wenn ich ehrlich bin, hatte er mehr als einmal zu mir gesagt, Tim die Farm ohne Geld zu hinterlassen, wäre wie ein Mühlstein um ...«

»Natürlich ist es das!«, kreischte Caro und hob sich wieder aus ihren Kissen. »Es war, als hätte man ihm die Beine abgehackt! Als hätte man uns den Wagen ohne Räder gegeben oder die Kutsche ohne Pferd oder was für ein beschissenes bäuerliches Bild man auch verwenden will! Und das hat uns völlig machtlos gemacht, und wir mussten so hart arbeiten, so hart«, sie zitterte vor Wut, »du hast keine Ahnung. Wir mussten die Farm mit allen erdenklichen Mitteln am Laufen halten. Wir haben Tag und Nacht gekämpft, während du da in deinem hübschen, kleinen Häuschen gesessen und zugesehen hast und es wusstest, und das mit deinem Gehalt von der Uni und dazu noch mit Tims Erbe!«

Felicity schluckte. »Ja«, nickte sie, »ja, das stimmt. Aber mein Gehalt stand mir zu, Caro. Dafür habe ich gearbeitet.« Ihre Stimme zitterte. »Und das Geld meines Mannes, dachte ich, stünde mir auch zu. Wir waren schließlich verheiratet. Ich war seine Ehefrau, wenn auch die zweite, die üblicherweise das Vermögen erhält, wenn der Mann stirbt. Und wie gesagt hätte ich juristisch gesehen auch das Haus, das Land und alles nehmen können.«

»Was ganz und gar gegen seine Wünsche gewesen wäre.«

»Genau, und deswegen habe ich es nicht getan. Aber ich hätte es tun können. Aber wir waren uns alle einig, nicht wahr?« Sie schaute flehend von einem zum anderen. »Tim und Caro sollten die Farm bekommen, Evie – nun ja, nicht viel ...«

»Ich brauchte nicht viel«, warf ich schnell ein.

»Und dass ich das bekommen sollte, was an Geld da war ...«

»Aber das war, bevor du den Brief gefunden hast!«, platzte Caro heraus. »Und du sagst, du hättest nicht gewusst, wie du ihn verstehen sollst – also, das glaube ich dir nicht. Ich *weiß*, warum dir heiß und kalt geworden ist, Felicity. Du hast auf dem Stück Papier gesehen, dass Victor Milligan wollte, dass sein Sohn in der nächsten Generation die Farm weiterführt, dass erst Tim und dann Jack und dann vielleicht Jacks Sohn genau das Gleiche tun. Dass nicht nur vier, sondern fünf, vielleicht sechs Generationen von Milligans das Land bearbeiteten, so wie es schon Victors Urgroßvater getan hat. Dir ist blitzartig klar geworden auf diesem kleinen Stückchen Papier, dass du selbst für den Lauf der Welt ohne Bedeutung bist, dass du gegen das Gewicht der Geschichte, gegen den Ruf des Landes gar nichts warst. Du warst eben nur die Ehefrau!«

»Genau wie du«, bemerkte Tim leise.

Es war das Erste, was er sagte. Caros Augen schossen zu ihm hinüber. Sie machte den Mund auf, um zu widersprechen, aber sein Gesicht brachte sie zum Schweigen. Er humpelte in den Raum.

»Wie viel Geld hat er hinterlassen? Ich hab's vergessen.«

»Fast zweihunderttausend«, sagte Felicity. »Die ich als Anzahlung für das Haus genommen habe.«

»Nicht sehr viel.«

»Nicht sehr viel!«, krähte Caro. »Glaub mir, mein Schatz, mit zweihunderttausend Pfund könnten wir ganz schön viel ...«

»Nicht viel für den Lauf der Welt«, unterbrach er sie und benutzte absichtlich ihre Worte. Sie machte den Mund zu.

»Aber immerhin eine ganze Menge, was Dad da hatte«, warf ich ein. Ich erinnerte mich noch, dass ich damals erstaunt gewesen war, dass überhaupt etwas da war. Aber es hatte mich gefreut für Felicity. »Wenn man bedenkt, wie knapp bei Kasse wir immer waren?«

»Das war sein Notgroschen«, sagte Tim. »Ich habe davon gewusst. Grandpa hat das meiste davon verdient, als es noch gut lief, aber Dad hat es nie angerührt. Er hat so ziemlich von der Hand in den Mund gelebt und hatte die Vorstellung, dass er eines Tages hoffentlich mal mehr Land damit kaufen könnte, um die Farm rentabel zu machen. Das war seine stille Reserve.« Er wandte sich wieder Felicity zu. »Hast du je darüber nachgedacht, uns den Brief zu zeigen?«

»Viele Male. Oft habe ich zum Telefon gegriffen und gedacht – ich muss es ihnen sagen, ich muss es einfach. Ich habe mich gequält. Ich wusste, dass es Betrug war, aber ein Tag nach dem anderen verstrich, ohne dass ich es euch erzählt hatte, dann Wochen, Monate ... nun ja, das Schlimme war, es wurde immer einfacher. Aber ich selbst musste natürlich schon damit leben ...«

»Aber du hattest deine Wohltätigkeitsarbeit, mit der du dein schlechtes Gewissen beruhigen konntest«, sagte Caro bitter. »Damit du dich besser fühlen konntest.«

»Vielleicht«, stimmte Felicity bedrückt zu. »Ich habe versucht, der Mensch zu sein, der ich eigentlich gar nicht war.«

»Aber kein schlechter Mensch, Felicity«, sagte ich rasch. Sie warf mir einen dankbaren Blick zu. »Ich will nicht behaupten, dass ich mich genauso verhalten hätte«, sagte ich, nachdem Caro mich mit einem giftigen Blick bedacht hatte. »Aber – wer weiß? Ich meine nur, ich verstehe, wie es dazu kommen konnte, wie Felicity sich in diesen Schlamassel hineingeritten hat. Keiner wusste davon, sie war die Einzige, die den Brief hatte ...«

»Außer Maroulla, wie du feststellen musstest, als du sie im Hospiz besucht hast. Das hat dir bestimmt einen üblen Schreck eingejagt«, warf Caro ein. »Aber immerhin lag Maroulla ja im Sterben, nicht wahr, Felicity? Und deswegen würde es bald wieder keiner mehr wissen. Prima.« Böse verschränkte sie die Arme.

Es herrschte Schweigen, während wir das verdauten. Aber ich merkte, dass mir langsam der Kragen platzte.

»Okay, Caro, dann sag mir mal eines«, wandte ich mich an sie. »Wenn du einen Brief finden würdest – nicht einmal einen richtigen Brief, sondern nur einen Zettel – im Arbeitszimmer hinter ein, ach ich weiß nicht, hinter ein Bild geklemmt, nehmen wir das von Großvater Milligan über dem Kamin, in Dads Handschrift, in dem steht, dass er eigentlich den ganzen Kram Felicity hinterlassen wollte, dass es ohnehin keinen Sinn mehr hätte, sich weiter mit der Farm abzurackern, dass Tim damit nur ein totes Pferd antrieb, was hättest du dann getan? Wie schnell hättest du den Familienrat einberufen? Dein Haus an Felicity zurückgegeben und wärst in den undichten kleinen Bungalow in der Rutlers Lane mitsamt dem Schimmel an der Küchendecke zurückgezogen? Und dann lass uns nur mal annehmen, dass du so vor Grandpa Milligan am Kamin gestanden und den Brief gelesen hättest, während da ein Feuerchen brannte. Im Kamin. Was hättest du getan, Caro?«

Ich nagelte sie mit meinem Blick fest. Sie erwiderte ihn kämpferisch, aber mit Vorsicht. Ich kannte Caro und wusste, dass sie nicht nur ihre eigenen Interessen, sondern vor allem die ihrer Familie und ihrer Kinder um jeden Preis verteidigen würde. Ich kannte die unüberwindliche Stärke, die Frauen in dieser Hinsicht haben, ihr Durchhaltevermögen, ihre Unbeirrbarkeit, wenn es um ihre Familie geht. Ich selbst hatte das erst kürzlich gespürt. Wenn sie sah, dass etwas Kostbares von dort abzurutschen drohte, wo sie es sorgsam hingehängt hatte, Mannomann, das würde sie aber auf der Stelle wieder festnageln.

»Also, ich möchte annehmen ...«, setzte sie unaufrichtig an.

»Schwachsinn!«, brüllte ich.

Es herrschte Schweigen. Caro und ich schauten uns böse an, wir wussten Bescheid. Sie war die Erste, die den Blick abwandte.

»Ich gebe es natürlich zurück«, sagte Felicity ruhig. »Ich verkaufe das Haus, und dann kriegst du dein Geld, Caro. Jeden Penny.«

Tim räusperte sich. »Felicity ...«

»Nein«, sie hob die Hand und schloss die Augen, »ich meine es ernst. Das hätte ich schon vor Jahren tun sollen. Und, wisst ihr was, es wird eine Erleichterung sein. Ich konnte mein Leben so nicht genießen. Die Schuld hat schwer auf meinen Schultern gelastet. Ich bin froh, dass ihr es jetzt alle wisst. Und es tut mir sehr, sehr leid«, fügte sie noch mit ersterbender Stimme hinzu. »Das Haus ist schon so gut wie verkauft.«

Wir schauten alle auf unsere Hände. Selbst Caro war so anständig, peinlich berührt auszusehen.

Tim sprach als Erster. »Danke, Felicity, aber das wird nicht nötig sein. Selbst mit dem Geld reicht es immer noch nicht, das alles hier aufrechtzuerhalten. Wir würden immer noch verkaufen müssen.«

Ich schaute ihn schockiert an.

»Das hatten wir ohnehin schon beschlossen, nicht wahr, mein Schatz?«, sagte er sanft zu seiner Frau gewandt. Caro sagte nichts. Ihr Gesicht war sehr blass. Sie schien jetzt wirklich zu leiden. Plötzlich wurde mir klar, wo diese ganze Wut herkam, die möglicherweise auf das falsche Ziel gerichtet gewesen war.

»Seht mich an«, forderte er uns auf. Dabei hielt er die Arme in Kreuzigungsposition, die Krücke baumelte an seinem Handgelenk. Seine Beine, das wussten wir ohne hinzuschauen, waren von verschiedensten Operationen gezeichnet. Seine Knie waren vielleicht zusammen, aber zwischen seinen Knöcheln konnte man einen Fußball hindurchschießen. »So sieht kein richtiger Bauer aus. So sieht kein Mann aus, der sein Land bestellen kann.«

Selbst seine Frau hatte nicht den Mumm, ihm zu widersprechen. Selbst Caro, die es seit Jahren verleugnete, hielt sich zurück und heftete die Augen auf die Bettdecke.

»So sieht ein Mann aus, der einen Schreibtischjob braucht«, endete er bitter. »Ein Mann, der endlich nicht mehr nur mit zusammengebissenen Zähnen morgens zur Arbeit gehen will. Ich kann das nicht mehr.«

Er humpelte zum Fenster und blickte hinaus, vielleicht, um sein Gesicht zu verbergen. Er stützte sich schwer auf seine Krücke. Wie er so dastand und hinausschaute, wurde mir klar, dass kein Geld der Welt einen Ausweg geboten hätte. Wir alle, Tim eingeschlossen, hatten uns seit Jahren darum herumgedrückt zu akzeptieren, dass es sich letztlich um eine Behinderung handelte. Da hätte auch Felicitys Geld nichts geholfen, und ein Blick auf Caro sagte mir, dass auch sie das wusste. Ihre Augen leuchteten jetzt nicht mehr so sehr, brannten nicht mehr vor Ungerechtigkeit. Ihre gebeugten Schultern auf den Kissen zeigten, dass sie sich in das Unabwendbare fügte, als ob sie den Kampf nun aufgegeben hätte. Ich glaube außerdem, dass sie tief drinnen wusste: Selbst wenn Felicity in Panik angekommen wäre und den Zettel geschwenkt hätte, dann hätte Tim, den es ja in erster Linie anging, das Blatt genommen, es zerknüllt und gesagt – vergiss es, Felicity, das ist das Papier nicht wert, auf dem es geschrieben steht. Wir können dir unmöglich auf dieser Grundlage dein Geld wegnehmen. Was geschehen ist, ist geschehen, wir sind, wo wir sind – und damit hätte er mit einem einzigen Blick den empörten Protest seiner Frau zum Schweigen gebracht. Das sage ich nicht nur, weil ich meinen Bruder kenne, weil er ein netter Kerl ist, sondern weil ich denke, dass, wenn Menschen sich gut verhalten, andere dazu angeregt werden, es ebenso zu tun. Wer weiß, vielleicht hätte sich sogar Caro davon beeindrucken lassen.

Aber wenn sich die Menschen falsch verhielten ... ich schaute Felicity an. Bei ihr hätte ich solche menschliche Schwäche nicht erwartet, aber Angst ist eine mächtige Kraft, und nachdem die Angst sie erfasst hatte, nachdem sich vor ihr ein Abgrund aufzutun schien und ihr ihre gesamte Zukunft zu entgleiten drohte, und nachdem sie dieser Angst nachgegeben hatte und nicht hierher oder ans Telefon geeilt war, da war es verständlicherweise immer schwerer geworden, sich dem Rand des Abgrunds noch einmal zu nähern. Viel einfacher, es nicht zu tun. Und wie die Monate und Jahre vergangen waren und kein Blitz sie aus dem Himmel niedergestreckt hatte und kein göttlicher Finger sie zappelnd zu Boden gedrückt hatte, nachdem die Welt sich tatsächlich einfach immer weitergedreht hatte, während sie ihre Vorlesungen gehalten, ihr Essen auf Rädern verteilt und zu Hause in ihrem Garten herumgewerkelt hatte und das Leben weitergegangen war, so war die ganze dumme Geschichte einfach in den Hintergrund gerückt. Aber vielleicht auf dem Weg nach oben ins Bett an einem Sonntagabend, nach einem gemeinsamen Essen hier auf der Farm gekocht von einer im endlosen Laufrad ihres Alltags zermürbten Caro, oder vielleicht zu der Zeit, als Henry in der Schule gemobbt worden war und seine Eltern vergeblich versucht hatten, ihm den Besuch einer Privatschule zu finanzieren, vielleicht als Tim vom Feld nach Hause gekommen war, wieder einmal weit nach Anbruch der Dunkelheit, fix und alle, vielleicht hatten sie dann die Schuldgefühle überkommen und sie hatte Schwierigkeiten gehabt einzuschlafen. Vielleicht war es am Ende, so wie sie gesagt hatte, die Sache nicht wert gewesen.

Schritte tappten durch den Flur, und das nächste Gesicht, das sich mit einem breiten Lächeln im Türrahmen zeigte, gehörte meiner Mutter.

»Ach, *hier* seid ihr alle. Ich hatte mich schon gewundert, wo ihr alle steckt. Im Zelt spielt eine tolle Band, und Alice sagt, wir sollen alle kommen und tanzen. Ihr verpasst den ganzen Spaß.« Als ihr Blick durch den Raum und über unsere Gesichter wanderte, veränderte sich ihre Miene. Mir wurde klar, dass ihr offenbar die Szene entgangen war, als Caro Felicity geschlagen hatte, weil sie mit den Schweinen beschäftigt war. Sie hatte gar nichts mitbekommen.

»Was ist denn los?«

Ich sah, wie echte Panik über Felicitys Gesicht huschte. Sie schaute Caro ängstlich an. Die Meinung meiner Mutter war Felicity sehr wichtig. Sie war ihre beste Freundin. Eine integre Frau. Eine Frau, deren moralische Rechtschaffenheit niemand infrage stellen konnte.

Caro stand auf.

»Nichts«, sagte sie kurz und strich sich den Rock glatt. »Ich habe mich nur nicht so gefühlt und hatte mich hier oben kurz hingelegt. Dann kam Tim und hat über seine Hüfte gejammert, und kaum sieht man sich um, steht die ganze Familie hier rum.«

Drei Leute warfen ihr dankbare Blicke zu. Das schien sie zu ermutigen, sie anzuspornen. Sie holte tief Luft.

»Los jetzt«, sagte sie munter, angelte nach ihren Schuhen unter dem Bett und schlüpfte hinein. Sie zog die Jacke an und war plötzlich wieder ganz die Alte, »wir müssen noch Tee und Torte servieren. Und wie gut, dass wir überhaupt noch eine Torte *haben*. Dank dir, Barbara, und trotz Leonard.«

»Ja, obwohl dank Leonard jetzt alle deine Säue versorgt sind«, sagte meine Mutter und folgte ihr nach draußen.

Caro blieb wie angewurzelt im Türrahmen stehen. »Alle?« Sie wandte sich entgeistert um.

»Ja, warum?«

»Ich wollte sie aufteilen und ihm nur nach und nach immer zwei zuführen.«

»Ah, ich hatte mich schon gefragt. So hab ich's nämlich früher auch immer gemacht. Aber Henry meinte nein, Mum will sie alle auf einmal versorgt haben.«

»Soso, das meinte er also. Das heißt aber, dass in sechs Monaten sechs Säue jeweils ungefähr fünfzehn Ferkel produzieren, das heißt ...« Sie hielt inne, um nachzurechnen, »... neunzig Ferkel. Na toll.« Sie wirkte ein bisschen blass. Dann hellte sich ihr Gesicht plötzlich auf. Sie warf die Arme in die Höhe. »Und jetzt? Was zum Teufel geht mich das an? Ich werde ganz bestimmt nicht mehr diejenige sein, die das Schweinefutter in den Trog kippen muss!«

Und mit einem letzten triumphierenden Blick zurück marschierte sie den Flur entlang nach draußen.

33

Bella Edgeworth starb im März. Der Trauergottesdienst fand in der winzigen Dorfkirche neben ihrem Haus in Yorkshire statt, und Familie Hamilton war unter den Trauergästen. Ursprünglich hatte ich gezögert und überlegt, ob nicht nur Ant und Anna passender gewesen wären, aber Stacey hatte angerufen und gesagt, wir sollten bitte alle kommen, und das taten wir dann auch.

Vor der Kirche waren so viele Autos an diesem Tag, dass wir ganz am anderen Ende des Dorfes parken und laufen mussten. Als wir so gingen, wir drei, an diesem windigen Frühlingsmorgen, einer Mischung aus strahlend hellem Sonnenschein und schnell dahinziehenden Wolken, und die Glocken langsam und unerbittlich läuteten und immer lauter wurden, je näher wir kamen, da wurde es zu einem der längsten Wege, die ich je gegangen war. Wir kamen schweigend an zusammen mit weiteren ebenso stillen Gruppen von dunkel gekleideten Menschen. Mir war der Hals so zugeschnürt, dass ich kaum atmen konnte. Stacey dagegen, die neben Ted an der Kirchentür stand und jeden begrüßte, wollte davon nichts wissen. Sie trug einen weiten weißen Rock und ein pinkfarbenes Top mit Strickjacke, und ihr blondes Haar fiel ihr wie ein glänzender Umhang über die Schultern. Ich fand, sie sah aus wie ein Engel. Als sie unsere Umarmungen und geflüsterten Beileidsbekundungen entgegennahm, bei denen uns fast die Stimme versagte, dankte sie uns, nur um uns sogleich mitzuteilen, während sie uns den Gottesdienstzettel reichte: »Das hier ist eine Feier ihres Lebens. Mum und ich hatten viel Zeit, alles zu planen, und so wollten wir es beide haben. Mir geht es gut.«

Ich vermutete, dass das nicht stimmte, aber es gelang ihr gut, das zu vertuschen. Und wenn wir dabei mithelfen konnten, indem wir aus vollem Herzen »Geh aus mein Herz und suche Freud« und nicht, wie ich bemerkte, »Der Herr ist mein Hirte« sangen, dann würden wir das natürlich tun. Die winzige Kirche war gerammelt voll, auch draußen auf dem Kirchhof standen noch Leute, und wir sangen, dass sich die Balken bogen. Dann lauschten wir der Lesung von zwei von Bellas besten Freundinnen: zuerst aus Genesis, Kapitel eins – Bellas Wahl, nichts Tränenrühriges von wegen, sie wäre nur nebenan und warte dort auf uns, sondern ein ganz klarer Bericht darüber, wie Gott die Welt in sieben Tagen erschaffen hatte – und dann ihr Lieblingssonett von Shakespeare, das mit den zarten Knospen des Mai. Das hatte sie für Stacey ausgesucht, dachte ich beim Zuhören. Sie wollte nichts, was ihre Tochter aus der Fassung brachte. Nur ein paar kleine Erinnerungen daran, wie schön die Welt dort draußen noch immer war.

Stacey selbst las nicht, aber später im Haus, wohin wir alle dankbar auf eine Tasse Tee und Sandwichs gingen, die wir nach der Beerdigung gut brauchen konnten, stieg sie auf einen Küchenstuhl und sagte ein paar Worte. Sie errötete bis in die blonden Haarwurzeln, ja sogar ihre Kopfhaut färbte sich rot, und stotterte zu Beginn, aber sie schaffte es, die Worte auszusprechen: wie gut es ihrer Mutter gefallen hätte, alle hier in ihrer Küche zu sehen, wie sie ihre selbst gemachte Marmelade aßen und die Scones, die sie selbst gebacken und eingefroren hatte. Wie sehr sie sich darüber freuen würde, dass wir alle ihren Garten bewunderten, und wie begeistert sie wäre, dass die Magnolie aufgeblüht wäre. Wie sehr sie, Stacey, wünschte, dass sie hier wäre, aber sie wüsste, dass sie dennoch bei uns war, lächelnd und glücklich, ohne Schmerzen, und sie, Stacey, wäre zwar unendlich traurig, sie zu verlieren, aber gleichzeitig auch froh, dass sie jetzt nicht mehr leiden musste. Wir alle, die Stacey zuliebe versucht hatten, uns in der Kirche zusammenzureißen, konnten jetzt nicht mehr an uns halten, ich eingeschlossen. Ich weiß nicht, ob in dem Haus überhaupt ein Auge trocken blieb.

Ted stand neben mir und tupfte wie wild mit seinem riesigen weißen Taschentuch herum und schnitt Grimassen, um die Flut einzudämmen, aber Stacey ignorierte unser Heulen. Sie blickte ihrem Großvater fest in die tränennassen Augen und dankte ihm für alles, was er getan hatte, dass er der Fels in der Brandung für sie gewesen war. Und dann stellte sie, zu meiner Überraschung, Ant als ihren Vater und Anna als ihre Halbschwester vor und sagte noch ein paar freundliche Worte über deren Mutter, die ihr ein Zuhause in Oxford angeboten hatte. Sie wollte damit nicht, fuhr sie fort, ihre Freunde und ihre Familie in Yorkshire verlassen. Ihre Wurzeln – ihr Herz – würden, wie sie betonte, immer in den Hügeln von Yorkshire sein, sie würde immer ein Yorkshire-Mädel bleiben, aber ihre Mum, Bella, hatte gewollt, dass ihr Leben weiterging, dass es seinen natürlichen Lauf nahm und dass sie ihren Vater richtig kennenlernte. Es war eine schlichte, ehrliche Rede, die sie ganz offensichtlich schon ein paar Mal zuvor in ihrem Zimmer geübt hatte, vielleicht sogar vor ihrer Mutter, aber sie teilte allen damit genau mit, wie die Lage war. Allerdings ersparte es Ant nicht die Peinlichkeit, dass sich alle nach ihm umdrehten, um diesen Neuankömmling zu sehen, und er wurde puterrot. Es endete schließlich damit, dass wir ein Glas Sekt erhoben. »Auf meine Mum. Die beste, die man sich vorstellen kann. Meine Welt. Mein Ein und Alles«. Dieses letzte Stück hatte Bella, wie ich vermutete, nicht gehört, und es war das Einzige, bei dem Staceys Stimme versagte.

»Auf Bella!«, riefen wir alle aus, um das zu übertönen, während Ant ihr vom Stuhl half. Dann wurden die Teetassen weggeräumt und der Wein hervorgeholt, und das ernsthafte Trinkgelage begann.

Stacey wurde umarmt von ihren Schulfreundinnen, die ihr flüsternd versicherten, dass sie das »echt total gut gemacht« habe, und dann ebenso von Lehrern und Nachbarn und Freunden von Bella. Ich war sehr stolz auf sie. Ich wartete, bis ich an der Reihe war, und sagte ihr genau das.

»War es okay?«, fragte sie besorgt. »Nicht zu schmalzig? Mum und ich dachten, dass man etwas sagen sollte, bevor ich sozusagen – verschwinde. Wir dachten, es wäre eine gute Gelegenheit, wenn alle hier versammelt sind. Wir dachten außerdem, es würde vielleicht die Gerüchteküche etwas eindämmen – du weißt schon: Ach, haben Sie schon gehört ...?« Sie verschränkte die Arme, beugte sich über einen imaginären Gartenzaun und legte einen breiteren Akzent auf: »Es gibt doch einen Vater. Jaja, der ist jetzt endlich aus der Versenkung aufgetaucht. Wollte nichts von ihr wissen, solange sie klein war, aber jetzt, wo sie auf die Uni geht und sie was hermacht, da ...« Sie rollte vielsagend mit den Augen. Ich lachte.

Und überhaupt wurde des Öfteren gelacht an diesem Tag, wodurch sich diese Trauerfeier gewaltig unterschied von der einzigen anderen, bei der ich gewesen war und die mir zu Herzen ging, der meines Vaters. Aber mein Dad war ja auch so plötzlich gestorben, dass keiner von uns in irgendeiner Weise darauf vorbereitet war, während Bellas Tod, wenngleich in einem viel jüngeren Alter und daher weit tragischer, vorherzusehen war, sodass die Leute nun in ihrem Haus umhergingen, sich liebevoll an sie erinnerten, Fotos in die Hand nahmen, an die guten Zeiten dachten, während wir nach der Beerdigung meines Vaters alle bleich und wie vor den Kopf geschlagen dasaßen. Ich konnte mich noch an den Schock, den Schmerz erinnern. Das Wissen milderte sicher den Schock, oder? Obwohl mir mit einem Blick auf Ted, der zwar tapfer mit allen plauderte, aber die Trauer in seinen Augen nicht verbergen konnte, klar wurde, dass es am Schmerz wenig ändern konnte.

Trotz Staceys tapferer Worte war es sicherlich auch für sie der längste Tag ihres kurzen Lebens, und gegen Ende des Nachmittags sah sie sehr erschöpft aus. Aber es folgten noch mehr tapfere Worte, als wir uns verabschiedeten.

»Ich dachte, dass ich mich Anastasia nenne, wenn ich in Oxford bin. Was meint ihr?« Sie errötete, während sie das sagte.

»Ich finde, das ist eine gute Idee. Das ist ein wunderschöner Name. Was meinte denn deine Mum?« Ich hätte mich ohrfeigen können. Das erste Mal wandte sie sich Rat suchend an mich, und ich musste mich rückversichern.

»Es war ihre Idee. Aber ich weiß nicht. Ich möchte nicht, dass die Leute denken, dass ich mich ... irgendwie neu erfinde oder so.« Sie kaute auf ihrem Daumennagel herum.

Diesmal verpasste ich meinen Einsatz nicht. »Das ist

nur eine andere Bezeichnung dafür, wenn man sein Leben selbst in die Hand nimmt. Und dagegen ist überhaupt gar nichts zu sagen.«

Sie wirkte erfreut und erleichtert. »Obwohl«, sie zögerte, »vielleicht bleibe ich zu Hause doch lieber Stacey.«

Diese letzten Worte gingen auch nicht spurlos an mir vorüber, und während wir von dem gemütlichen alten Haus fort und die Straße hinauffuhren, die sich durch das grüne Tal bis auf den Hügel hinaufschlängelte, verspürte ich unglaubliche Rührung und Demut. Mir wurde bewusst, was es für ein Privileg sein würde, sie bei uns zu haben, sie näher kennenzulernen, sie zu einem Teil von uns zu machen. Ich schaute aus dem Autofenster auf den weiten, bewegten Himmel und die dahinziehenden Wolken über uns und gab ihrer Mutter im Stillen ein Versprechen. Ich weiß, sie ist etwas Besonderes und Wertvolles. Ich weiß, was wir an ihr haben. Und ich werde sie entsprechend wertschätzen.

Sechs Monate später war Stacey wieder an meiner Seite. Und wieder waren wir umgeben von Flaschen, wieder einmal bereiteten wir eine Party vor, die diesmal allerdings ganz anderer Art war, und sie war diejenige, die mir half. Zusammen wuchteten wir klirrende Kisten in den Kofferraum meines Autos vor dem Farmhaus. Vorbereitungen zu einem Anlass, den wohl keiner von uns vorhergesehen hatte.

»Glaubst du, wir brauchen Bier?« Ich hielt inne und stellte eine Kiste mit Gläsern auf meinem Knie ab. »Für die Männer? Oder meinst du, sie mögen auch Pimm's?«

Stacey warf einen zweifelnden Blick in unseren Kofferraum, der bereits aus allen Nähten platzte. »Gibt es nicht so einen Werbespot, wo sie einen Laster mit Bier beladen und dann sagt irgend so ein Australier, wie wär's noch mit einer Flasche Sherry für die Damen, und das ganze Ding bricht zusammen?«

»Und ich will nicht, dass das Auto zusammenbricht, also vergessen wir's. Wo ist Anna?« Ich drehte mich um und schaute zum Haus zurück, während ich die Kofferraumklappe zuknallte. Stacey grinste und setzte sich auf den Beifahrersitz.

»Die zerbricht sich noch immer den Kopf, was sie anziehen soll.«

»Komm jetzt, Anna, beeil dich!«, rief ich zur offen stehenden Haustür zurück. »Wir fahren jetzt!« Keine Antwort. »*Anna!*« Schließlich erschien sie in der Tür mitsamt einem großen Karton mit Hula Hoops, ihrer einzigen Aufgabe.

»Und vergiss nicht abzuschließen«, rief ich ihr zu.

Es war seltsam, dachte ich, seit Stacey zu uns gekommen war, hatte Anna ganz mühelos die Rolle der kleinen Schwester übernommen. Ich sah ihr zu, wie sie versuchte, die Haustür abzuschließen, während sie die Kiste mit den Chips auf einem Knie balancierte, zu faul, sie abzustellen und die Sache richtig zu machen. Sie schien glücklich damit, Stacey die Rolle der Älteren und Erfahreneren zu überlassen, während sie ganz erfrischend zum ungeschickten Kind wurde, über das Stacey und ich nachsichtige Blicke wechselten. Auch jetzt tauschten wir mal wieder einen solchen Blick aus, als Anna, wie vorherzusehen war, alles fallen ließ. Ein Schwall von kleinen rot glänzenden Päckchen ergoss sich aus der Kiste auf den Hof.

»Tschuldigung!« Sie blickte hilflos auf, als Stacey und ich ihr zu Hilfe kamen.

Glücklicherweise waren die Päckchen nicht zu verdreckt, da der Hof vor Kurzem einen neuen Belag bekommen hatte, und so wischten wir sie ab und warfen sie zurück in die Kiste. Ja, erstaunlich, was ein paar

Zentner Kies bewirken konnte, dachte ich, während ich den Mädchen zum Wagen folgte. Überhaupt erstaunlich, was sich auf der Farm getan hatte, überlegte ich beim Einsteigen und legte den Sicherheitsgurt an. Ich schaute an der bröckelnden Fassade empor, an der bereits ein Gerüst stand, weil in der kommenden Woche das Mauerwerk neu verfugt werden sollte.

Ach ja, die Farm: Sie musste verkauft werden, das stand fest, da waren sich alle, Caro eingeschlossen, einig. Und sie hatte nicht lange gefackelt. Ein unglaublich nobler Immobilienmakler namens Peregrine war aufgekreuzt, mitsamt passendem Volvo und Gummistiefeln, und hatte nach viel Getue um aufsteigende Feuchtigkeit und Hausschwamm zugegeben, es ist ein Vermögen wert, Mrs Milligan. Pfundzeichen blinkten in Caros Augen auf, und sie schob Peregrine beiseite, um höchstpersönlich den Bieterkrieg zu überwachen, der sich nun entwickelte. Der Sieger, Mick Arnold, ein Bauunternehmer aus der Gegend, zahlte schließlich weit mehr als den ursprünglich geforderten Preis.

»Fünfundzwanzig Prozent mehr!«, kreischte Caro aufgeregt, als ich eines Morgens auf eine Tasse Kaffee vorbeikam. »Das heißt, wir können uns das Haus leisten, das ich gesehen habe, das mit dem schönen Garten. Sechs Schlafzimmer und eine Chalon-Einbauküche.«

»Gut.« Ich freute mich für sie, wusste, dass es wirklich genau das war, was sie jetzt wollte. Mir war klar gewesen, wenn sie erst einmal den Punkt überschritten hatte und es feststand, dass sie von der Farm wegmussten, dann würde es ihr gar nicht schnell genug gehen. Mit einem großen Satz würde sie auf der anderen Seite landen und nicht mehr zurückschauen. Das war auch das, was Tim und die Kinder wollten und sich vermutlich schon seit einiger Zeit erträumt hatten, und es hatte einen allgemeinen, fast hörbaren Seufzer der Erleichterung gegeben.

»Habt ihr das neue Haus schon gesehen?«, fragte ich die Kinder, die es sich am Küchentisch gemütlich gemacht hatten und systematisch die Weintrauben plünderten, die Caro eben erst in einer Schale in die Mitte gestellt hatte.

»Noch nicht, aber ich weiß, wo es ist«, erklärte mir Jack mit vollem Mund. »Miles Jackson wohnt in derselben Straße.«

»Ja, es liegt unglaublich günstig«, schwärmte Caro und schenkte uns beim Aga-Herd Kaffee ein, als Tim hereinkam. »Die Kinder können sogar zur Schule laufen.«

»Und zu den Läden«, erinnerte Jack sie und spuckte ein paar Kerne in seine Hand. »Und zum Kino.«

»Und zu Ladbrokes«, fügte Henry hinzu, der sich im Stillen Hoffnungen auf eine Karriere als Glücksspieler machte. Sein Vater tat, als würde er ihm im Vorübergehen eine Kopfnuss verpassen.

»Es ist buchstäblich gleich um die Ecke von der Banbury Road in der Westgate Avenue«, erklärte Caro glücklich.

»Ach, das haben wir uns auch angeschaut.« Überrascht wandte ich mich um, als sie mir über die Schulter hinweg einen Becher mit Kaffee vor die Nase stellte. »Aber Ant meinte, es wäre viel zu groß für uns.«

»Aber für uns nicht«, schnaubte Caro und setzte sich mit einem gewaltigen Designers Guild Musterbuch ans andere Ende des Tisches. »Aber du hast recht, es ist sehr großzügig. Viel größer als euer Haus, Evie.«

Ich lachte und griff nach meinem Kaffee. »Der gute alte Mick Arnold.«

»Und schau mal, was er hier alles vorhat«, sagte Tim mit ehrfürchtigem Ton und rollte Pläne auf, um sie vor mir auf dem Tisch auszubreiten. »Sieh dir das an!«

Ich schob meinen Becher auf die Seite und inspizierte die Pläne pflichtschuldigst.

»Alle Scheunen werden umgebaut«, erklärte er und fuhr mit dem Finger über die Zeichnungen, »und sie gehen dann alle auf einen Hof hier in der Mitte hinaus.«

Mich fröstelte. »Wie – meinst du, wird das so eine Art Wohnanlage?«

»Na ja, es werden insgesamt sechs, ach ja und dann noch ein paar Wohnungen. Natürlich nur mit winzigen Gärten.«

»Verstehe.« Ich schluckte. »Und das Farmhaus?«

Er rollte ein weiteres Blatt aus. »Ach, das Haus. Mein Gott, Evie, du kannst es dir nicht vorstellen. Es soll unglaublich aufgemöbelt werden. Jedes Schlafzimmer bekommt ein eigenes Bad, und dann wollen sie es unterkellern, um unten ein eigenes Kino einzurichten, ob du's glaubst oder nicht! Und hinten raus gibt es einen riesigen Anbau mit Fitnessraum und Sauna.«

»Mein Gott. Und was ist das hier?«

Tim warf einen Blick auf den Plan und drehte den Kopf, um besser sehen zu können. »Weiß nicht genau. Ich glaube, es soll ein Springbrunnen sein.«

»Stimmt«, bestätigte Caro, die mit der Brille auf der Nasenspitze geschäftig durch die Seiten mit gestreiften Tapeten blätterte. »Sie machen aus dem Hof eine Art Mini-Versailles. Sehr geschmackvoll angeblich, Wasser speiende Putten und alles in einem gepflasterten Kreis.«

»Igitt.«

Tim grinste und rollte die Pläne wieder zusammen. »Igitt, aber er zahlt das aus der Portokasse, Evie.« Er schaute mich an. »Und schließlich ist das alles nur ein Haufen Steine und Mörtel. Nicht Herz und Verstand.« Er machte eine sanfte Kopfbewegung zu seinen Kindern am anderen Ende des Tisches hinüber, die alle voller Begeisterung über Caros Schulter lehnten und sich die Tapeten für ihre Jugendzimmer gleich um die Ecke der Banbury Road aussuchten.

Ja, es waren nur Steine und Mörtel, dachte ich beim Wegfahren an jenem Tag. Aber bevor ich ins Auto stieg, stand ich auf dem Hof an der Stelle, wo der Brunnen sein würde. Schaute zu der Scheune hinüber, in der mein Großvater das Heu für eine Herde von achtzig Guernsey-Kühen gelagert hatte, mein Vater für zwanzig und Tim nur noch für ein paar Restexemplare. Rostende Landmaschinen lagen nun dort und blickten machtlos hinaus auf achtzig Hektar Durchschnittsland, das irgendwann sicher ebenfalls aufgeteilt und als einzelne Grundstücke für weitere Traumhäuser verkauft werden würde. Noch mehr Zersiedelung der Landschaft in Oxfordshire durch Stadtrandbebauung. Die Haare wehten mir ins Gesicht, und ich kniff die Augen zusammen, um den vertrauten Blick in mir aufzunehmen, die sanft gewellten Hügel, die leise schwankenden Kastanienbäume, vor denen nun kein Partyzelt mehr flatterte. Ich nahm an, man würde die Weiden stehen lassen und der Fluss würde auch weiterhin durch das Tal fließen, wie er es immer getan hatte. Schließlich konnte man einen Fluss nicht aufhalten, oder?, überlegte ich besorgt. Aber darum herum würde es Straßen geben: einen *Willow Close* oder den *Riverside Walk*. Ja, und warum auch nicht?, dachte ich und schluckte. Rasch ging ich zurück zum Auto. Schließlich mussten die Leute doch irgendwo wohnen, oder nicht? Warum dann nicht in unserem Garten?

Und so etwas in der Art erzählte ich dann am Abend Ant. Betont scherzhaft berichtete ich ihm vom geplanten Mini-Versailles und machte mich wie Caro darüber lustig. Ich erzählte ihm vom Umbau der Scheunen und dass diese kleine Gemeinde, wenn sie es nur richtig anstellte, dann samstagabends in das aufgemöbelte Farmhaus gehen konnte, um dort in dem versenkten Kino einen Film anzuschauen, vielleicht mit einer Tüte Popcorn unter dem Arm. Ich erklärte ihm, der Fortschritt wäre gut und es würde Zeit, dass die Farm sich weiterentwickelte.

»Was, und zu unerschwinglichen Managerwohnungen ausgebaut wird?«

»Na ja, für manche ist es schon erschwinglich.«

»Ja, aber nicht für die Leute im Dorf, die es brauchen. Nicht für die Kinder von Madge und Tom Ure, die so gerne dort bleiben möchten. Leute aus London, Ferienhausbesitzer. Jungs aus der City mit fetten Gehältern, die werden das Dorf künftig bevölkern. Und das nennst du Fortschritt?«

»Nun ja, jedenfalls geht jetzt alles seinen Gang, und Tim und Caro sind begeistert.« Laut klappernd deckte ich dabei den Tisch und ließ die Messer auf den Tisch fallen.

Am folgenden Tag kam Ant mit nachdenklicher Miene von der Arbeit nach Hause. Anna und Stacey waren im Wohnzimmer und schauten *America's Next Topmodel*. Leise machte er die Küchentür vor ihnen zu.

»Fändest du es sehr schlimm, wieder auf der Farm zu leben?«

Langsam wandte ich mich vom Waschbecken um, wo ich gerade beim Abspülen war.

»Nein, ich fände es nicht schlimm.«

»Könntest du der Vorstellung vielleicht sogar etwas abgewinnen?«

Mein Herz begann zu klopfen. »Ja, das könnte ich durchaus.«

»Die Mädchen könnten das bestimmt auch.« Seine Augen glänzten hell.

Ich nahm die Hände aus dem heißen Wasser, trocknete sie betont sorgfältig ab und wandte mich dann mit dem Geschirrtuch in der Hand zu ihm um.

»Du willst doch nicht etwa im Ernst vorschlagen ...«
»Warum nicht?«

Langsam setzte ich mich an den Küchentisch. »Von hier wegziehen? Auf die Farm?«

»Wir könnten sie ausbauen. Es dort – nicht schick – aber gemütlich machen. Eine neue Küche einbauen, das Problem mit der Feuchtigkeit lösen, streichen. Was denkst du?«

Ich dachte eine Menge. Aber ich wollte mich nicht zu früh freuen.

»Können wir uns das denn leisten?«

»Ja, aber nicht locker. Mick Arnold hat ein Vermögen geboten und das müssten wir ebenfalls zahlen.« Er sprach jetzt ziemlich schnell. »Allerdings wird auch dieses Haus hier eine ganze Menge wert sein, weil es so zentral liegt, aber wir brauchen wahrscheinlich zwei Gehälter. Um also deine Frage zu beantworten: Ja, wir können es uns leisten, aber nur, wenn du auch arbeitest. Was du ja ohnehin gesagt hast, dass du das tun willst.« Er schaute mich eindringlich an, und ich erwiderte seinen Blick ebenso unverwandt.

»Ja, ich will«, sagte ich schlicht. Dann blinzelte ich. »Mein Gott. Das klang ja fast wie ein Gelübde.« Und das war es letztlich auch. Das Gelübde, ein neues Leben zu beginnen. »Oh Ant«, hauchte ich und klammerte mich an mein Geschirrtuch, weil ich es kaum glauben konnte.

Er schaute mich überrascht an. »Ich war mir nicht so sicher, ob du das wollen würdest. Du bist so eine Stadtpflanze.«

Ich lachte, ebenfalls verblüfft. »Ja, das stimmt, das bin ich eigentlich. Aber nicht immer. Ich meine, ich war auch mal eine Bauerntochter. Und du weißt ja, was man so sagt, einmal Bauernkind, immer Bauernkind ...« Mein Blick glitt über seine Schulter hinweg und kehrte dann zurück. »Und weißt du was, Ant? Das mit der Stadt habe ich hinter mir. Oxford hat früher so eine magische Anziehungskraft auf mich ausgeübt. Es war so eine Herausforderung, als ich ein Kind war, immer da, nur ein paar Meilen entfernt, haben sie mich gelockt, diese verdammten Türme haben mir über die Baumwipfel hinweg zugewinkt – komm her, Evie, wenn du dich traust. Aber jetzt habe ich das Gefühl, dass ich es geschafft habe, ich habe meinen Frieden mit der Stadt gemacht, und jetzt kann ich wieder in mein Kaff zurückgehen, wo ich hingehöre.«

Ich war selbst überrascht, mich das sagen zu hören, obwohl ich es eigentlich schon seit ein paar Wochen gedacht hatte, aber es war die Wahrheit. Und ich kam mir auch hier nicht mehr wie eine Hochstaplerin vor. Hatte nicht mehr das Gefühl, mit falschen Ausweispapieren unterwegs zu sein. Ich hatte meine Kämpfe in dieser Stadt ausgefochten, und jetzt freute ich mich sehr darauf, nach Hause zu kommen und mich mitsamt einer Packung Zitronenkekse und einem historischen Roman von Georgette Heier auf meinen Platz im Erkerfenster zurückzuziehen. Meine Augen wurden groß vor Überraschung, aber ich spürte, dass mir auch das Herz aufging. Ob Caro wohl dasselbe fühlte, weil sie nun wieder zurück in die Stadt zog und im Gehen noch die Eimer mit Schweinefutter über die Schulter schleuderte und die Gummistiefel abstreifte?

»Caro ...«, setzte ich an.

»Ich weiß«, sagte Ant rasch. »Wir würden all das an der Farm machen, was sie schon immer machen wollten. Ich weiß, Evie, das bereitet mir auch Kopfzerbrechen. Wir müssten das natürlich erst mit ihnen klären, und ich bin nicht sicher ...«

»Nein«, unterbrach ich ungeduldig und schüttelte den Kopf. »Ich meine, ja, wir werden es mit ihnen klären müssen, aber das meinte ich gar nicht. Ich glaube nicht, dass das ein Problem sein wird. Ich glaube, dass es kein Problem für sie ist.«

»Wirklich?« Ant machte ein überraschtes Gesicht, aber ich glaubte das nicht nur, ich wusste es irgendwie. Normalerweise hätte ich Zustände gekriegt, wenn eine derartige Unterredung mit meiner Schwägerin bevorstand, aber ... nun ja, das Leben war komisch. Wie lautete noch dieses chinesische Sprichwort? Sei vorsichtig mit dem, was du dir wünschst. Vielleicht hatten Caro und ich uns beide zu viel gewünscht. Mit den Jahren erlangt man eine gewisse Weisheit, das stimmt, aber auch die Fähigkeit, mehr im Hier und Jetzt zu leben, was ja ehrlich gesagt entspannender ist als das ständige Bemühen, einer sich permanent verändernden Zukunft hinterherzurennen. Es war mehr als fünfzehn Jahre her, seitdem Caro und ich uns mit Leidenschaft um unsere Zukunft gekümmert hatten, und ich glaube, mit der Zeit hatte sich diese Leidenschaft hinter unserem Rücken in Standpunkte verwandelt. Unsere ehemaligen Wunschträume waren selbst für uns bis zur Unkenntlichkeit verändert. Ich hatte erst neulich gesehen, wie Caro sich umdrehte und erstaunt ihr altes Ich anblinzelte, während sie ihr Musterbuch durchblätterte und dabei ihr neues Ich in der großzügigen, geräumigen, hochmodernen Küche vor sich gesehen hatte. Ich hatte sogar gemerkt, wie es ihr den Atem verschlug. Ich hatte den Eindruck, dass es keine Rolle spielen würde, wie viele Terracottafliesen wir in diesem Farmhaus verlegen ließen oder wie sorgfältig wir die Balken restaurierten, an denen Tim sich immer den Kopf gestoßen hatte, sie würde es nicht wiederhaben wollen. Komisch, sinnierte ich, dass Caro und ich zur gleichen Zeit an diesen Punkt gekommen waren und einen ruhigen Zustand der Annahme unseres Lebens erreicht hatten. Oder eigentlich doch nicht so komisch. Schließlich hatten wir im Laufe der Jahre eine Menge zusammen gemacht.

»Ich rufe sie später an und horche schon mal vor. Aber bist *du* dir denn wirklich sicher, Ant?« Jetzt war ich dran, ihn zu befragen. »Du bist doch eine echte Stadtmaus, und es ist weiter zum College ...«

»Ich weiß, aber ich arbeite jetzt mehr zu Hause. Schreibe mehr.« Er ging in der Küche umher und klimperte mit den Münzen in seiner Hosentasche. Er wirkte jung und voller Vorfreude. »Ich könnte im alten Arbeitszimmer von deinem Vater arbeiten. Terrassentüren nach draußen in den Garten, der Fluss ...«

Er wandte sich um. Seine Augen musterten meine aufmerksam.

»Nein, nein, keine bösen Geister«, sagte ich rasch. »Und du?«

»Nein. Jetzt nicht mehr. Ist zu lange her.«

Unsere Augen verschmolzen für einen Augenblick schweigend miteinander. Ich lächelte zaghaft. »Also ist doch vielleicht nicht jeder Fortschritt schlecht, oder?«

Er lächelte ebenso zaghaft zurück. »Nein, ganz und gar nicht.«

Und so kam es, dass ich nun einige Monate später in dem nicht mehr so matschigen Hof meiner Kindheit stand und auf meine Mädels wartete. Glücklicherweise waren sie hocherfreut gewesen über den Umzug, planten ihre Zimmer genau wie ihre Cousine und Cousins, da war die Rede von Partys in Scheunen und Grillfeten am Fluss. Das Gute war außerdem, dass es so für alle beide einen Neuanfang gab und nicht nur für Stacey. Eine gemeinsame Erfahrung. Sie hatten herausgefunden, wann die Busse in Richtung Stadt fuhren, mit denen Anna in den letzten Tagen bereits wieder zur Schule gefahren war. Stacey genoss unterdessen noch das Ende ihrer letzten langen, scheinbar endlosen Sommerferien und wartete auf den Beginn des neuen Trimesters an der Uni.

Sie hatte ein Zimmer im Balliol College bekommen, das wir uns alle zusammen angeschaut hatten. Gespannt waren wir alle vier das Treppenhaus Nummer zwei hinaufgetrampelt, hatten ihr Fenster aufgerissen, das auf den großen quadratischen Innenhof hinausging, und ihre neue Bude bewundert, aber als wir wieder hinuntertrampelten, hatte sie uns gesagt, dass sie dachte, sie würde sich freitagabends immer mit Anna an der Bushaltestelle treffen und übers Wochenende auf die Farm zurückkommen. Wir würden sehen. Ich war im Stillen schon darauf gefasst, nun, da ich sie so lieb gewonnen hatte, bald wieder weniger von ihr zu sehen, während sie sich ins Studentenleben stürzte, auf Partys ging und übers Wochenende in der Stadt blieb, auch wenn sie jetzt beteuerte, dass sie das nicht tun würde, und der festen Überzeugung war, jede freie Minute mit uns verbringen zu wollen.

»Du bist so ein Loser«, sagte sie jetzt zu Anna, die unkontrolliert kicherte, während sie immer weiter kleine Päckchen mit Hula Hoops aus einer Kiste verlor, die offenbar ein Loch im Boden hatte. Stacey hob eines auf und warf den zerdrückten Inhalt in einen praktisch herumstehenden Eimer. »Schade, dass die Schweine nicht mehr da sind. Das hätte ihnen geschmeckt.«

Ach ja, die Schweine. Die waren glücklicherweise nicht mehr bei uns, und es waren glücklicherweise auch keine neunzig, sondern nur acht gewesen. Wie so oft bei fruchtbaren, männlichen Kraftprotzen hatte sich auch bei Leonard herausgestellt, dass es bei ihm vor allem Show und nicht viel dahinter war, und nur Boadicea, die erste Empfängerin seiner Gaben, hatte einen Wurf hervorgebracht. Caro – die tatsächlich mit beunruhigendem

Eifer ihre Gummistiefel abgestreift und ziemlich deutlich gemacht hatte, dass alles, was die Farm anbetraf, nun unsere Sorge war – hatte alle Verantwortung von sich gewiesen. Sie war allerdings freundlich genug gewesen, uns noch ein hübsches kleines Schlachthaus in der Nähe von Thame zu empfehlen, wo überhaupt alle hingingen – fast als würde sie ein neues Bistro anpreisen – und wo ein entzückender Mann namens Trevor die Angelegenheit in wenigen Sekunden mittels eines sehr scharfen Messers erledigen würde. Und ehe ich mich's versah, wären sie schon zu Würstchen verarbeitet.

»Oh!« Mir wurde ganz schwindelig.

»Es sei denn, du möchtest es selbst machen?«, fragte sie.

»Wie bitte?«, sagte ich sprachlos.

»Na, die Würstchen stopfen. Das kann man in einem Schweineverarbeitungsbetrieb in Ipswich. Oder Trevor übernimmt das für dich in etwas, das eher wie sein Gartenschuppen aussieht und was ich an deiner Stelle übrigens nicht dem Lebensmittelkontrolleur mitteilen würde.«

»Ähm, Trevor«, murmelte ich erschüttert, aber sehr erleichtert, denn die Ferkel waren inzwischen zu ordentlichen Schweinen herangewachsen, die demnächst ihr eigenes Liebesleben und entsprechenden Nachwuchs haben würden, und ich wollte sie schnellstmöglich loswerden.

Allerdings hatte ich die Rechnung ohne Anna und Stacey gemacht, die zwar große Mengen von Schinkensandwichs verdrücken konnten, diesen Plan jedoch keineswegs akzeptabel fanden. Während sie kein Problem damit hatten, wenn die Mütter verkauft und geschlachtet wurden – das war in ihren Augen anscheinend der natürliche Lauf der Dinge –, aber nicht für die Ferkel. Und so hatten sie diese auf eBay verkauft, indem sie ein

Foto von Boadicea umringt von süßen, säugenden Babyschweinchen einstellten, das vor geraumer Zeit entstanden war. Acht getäuschte neue Besitzer kamen damit in der Hand an und hatten keine Ahnung, dass sie nun einen riesigen Zehn-Tonnen-Nachkömmling von Leonard abholen sollten. Aber ich hätte mir keine Sorgen zu machen brauchen. Unter den schicken Landbewohnern waren Schweine der letzte Schrei, sozusagen die Chanel-Handtasche. »Darling, habt ihr denn noch kein Schwein? Ach, ihr *müsst* euch eines zulegen, es ist einfach himmlisch.« Es wurden alle verkauft.

Also hatten wir keine Schweine mehr – sogar Harriet, Caros blindes Schwein, war eines Nachts im Schlaf von uns gegangen –, nur noch jede Menge friedliche Schafe, dank Ed Pallister von nebenan, der unser Land gepachtet hatte und unglaublich dankbar war für die zusätzliche Fläche. Aber wir verkauften ihm das Land nicht. Ant und mir gehörte jeder Grashalm, und auf geradezu lächerliche Weise malte ich mir aus, dass vielleicht Tims Söhne es eines Tages wiederhaben wollten. Wenn Ant und ich alt und grau waren und ein kleineres Haus brauchten oder vielleicht ein Heim für die Gebrechlichen und Verwirrten.

Caro fand die Idee natürlich klasse. Mit leuchtenden Augen packte sie mich am Arm. »Oh, *ja,* wäre das nicht wunderbar? Ich meine, ich freue mich natürlich, dass ihr es habt und nicht Mick Arnold mit seinen ekelhaften viktorianischen Gartenlaternen und fleißigen Lieschen in allen Futtertrögen, aber wenn Jack es vielleicht eines Tages wiederhaben könnte …«

Sie hatte mir gerade ihr neues Haus gezeigt, und die Kinder waren bei uns. Jack, der mir kürzlich anvertraut hatte, dass er ein reicher Börsenmakler werden und in einer Wohnung in den Docklands mit einer geilen Blondine leben wollte, warf mir einen entsetzten Blick zu.

»Oder vielleicht auch Henry«, überlegte Caro fröhlich weiter, während Henry sich hinter ihrem Rücken mit dem Finger über die Kehle fuhr und sich dann leise auf den hellen Holzfußboden des Wintergartens fallen ließ. Caro bemerkte es gar nicht, und ich wollte ihr die Wunschvorstellung von nachfolgenden Farmergenerationen nicht verderben. Denn man musste ehrlich sagen, dass sie in der letzten Zeit wirklich toll gewesen war.

Ja, sinnierte ich, während die Mädchen und ich nun endlich mit unserem kleinen Alkoholtransport in die Gänge kamen und uns in Richtung Stadt bewegten, nachdem der Stress mit der Farm erst einmal von ihr genommen war, hatte sich Caro tatsächlich in einen anderen Menschen verwandelt. Als Felicity, die entschlossen war, alles wieder gut zu machen, ihr Haus verkauft und ein Sabbatical an der Universität von Toronto angetreten hatte, wo ihre Schwester lebte, Tim und Caro einen großen Scheck ausgeschrieben hatte, da hatte Caro ihn umgehend in einen Umschlag gesteckt und war entschlossen, ihn zurückzuschicken. Tim und ich hatten ihn ihr dann, mit viel Augenverdrehen, weggenommen und es ihr ausgeredet.

»Sie will es so, Caro. Du darfst es ihr jetzt nicht vor die Füße schmeißen.«

»Das tu ich ja auch gar nicht! Aber ich fühle mich furchtbar!«, jammerte sie.

»Bisschen spät« kam mir in den Sinn, aber ich sagte es nicht laut.

»Wir betreiben doch jetzt keine Landwirtschaft mehr, wir brauchen es nicht. Und wir sind auch nicht knapp bei Kasse, sie sollte es behalten. Oh Gott, was für ein Kuddelmuddel.«

Ich seufzte. »Sieh mal, Caro, was geschehen ist, ist geschehen. Nimm das Geld und fertig. Schreib Felicity eine nette Dankeschönkarte und biete ihr an, zu kommen und euch zu besuchen, wann immer sie in Oxford ist. Du hast sechs Schlafzimmer in dem Haus. Sag ihr, dass an einem davon ihr Name steht.«

»Ja. Ja, das werde ich.« Sie strahlte über das ganze Gesicht. »Eines davon wird für immer ihres sein.« Sie wandte sich an Tim und mich mit hell glänzenden Augen. »Ich werde ›Felicity‹ an die Tür schreiben.«

Tim und ich schauten uns erschöpft an. Es war so anstrengend, wenn alle gut sein wollten.

Aber sie war noch nicht fertig. Zwei Tage später kam sie mit Tim zu mir.

»Okay, wir behalten das Geld, aber wir teilen es mit euch.« Sie überreichte mir einen Scheck.

»Er war ja auch dein Vater«, sagte Tim bestimmt, als ich den Mund aufmachte, um zu protestieren. »Es ist auch dein Erbe. Das ist nur gerecht.«

Ich klappte den Mund wieder zu. Wenn ich ehrlich bin, hatte ich im Stillen auch schon daran gedacht. Ich schaute auf den Scheck in meiner Hand. »Danke.« Dabei wurde mir klar, dass ich noch nie eigenes Geld besessen hatte. Nur das meines Mannes. Ich hob den Blick zu den beiden, und langsam formte sich ein Lächeln auf meinen Lippen. »Vielen, vielen Dank.«

34

Als ich vor dem Laden vorfuhr und mich trotzig ins Halteverbot stellte und den Warnblinker einschaltete, wartete Caro bereits auf uns. Sie ließ eine Hand in die Höhe schnellen und winkte uns zu, als sie uns sah. Sie sah umwerfend aus in einer schokobraunen Leinenhose und einem eisblauen Wickeltop aus Kaschmir, glücklicherweise nicht mehr so klapperdürr, sondern mit einer wunderbar kurvigen Figur und einem volleren Gesicht. Auf ihrer von einem kürzlichen Italienurlaub noch schön gebräunten, nicht unbeträchtlichen Oberweite klimperte der Schmuck, als sie auf uns zugeeilt kam.

»Du bist zu früh dran!«, klagte ich beim Aussteigen.

»Ich weiß, aber ich dachte, ich helfe euch bei den Vorbereitungen.«

»Du bist Gast, Caro, du musst das nicht tun.«

Geschäftig lief sie nach hinten, um den Kofferraum zu öffnen. »Unsinn, viele Hände und so weiter ...«

Die Macht der Gewohnheit, nehme ich mal an, und ich war natürlich froh drum: Beim Ausladen des Kofferrauminhalts auf den Bürgersteig merkte ich, dass ich tatkräftige Hilfe gebrauchen konnte.

»Wo steckt Tim?«

»Hier.« Damit machte sie eine Kopfbewegung in die Richtung, aus der er die Straße entlangkam. »Er hat nur das Auto geparkt. Was ist mit Ant?«

»Der hat eine Konferenz, aber er kommt später nach.«

»Also, was kann ich tun?« Tim erschien und rieb sich die Hände.

»Du könntest den Klapptisch hinten im Laden aufbauen – ich hab ihn da hinten irgendwo gegen eine Wand gelehnt – und nimm welche von diesen Kartons hier mit rein. Mädels, ihr geht mit ihm und stellt die Gläser auf den Tisch.«

»Können wir auch den Pimm's machen?«, fragte Anna.

»Könnt ihr, aber tut noch kein Eis rein.«

»Tischtuch?«, fragte Stacey.

»Gute Idee.« Ich griff in den Kofferraum und reichte ihr eine weiße Leinentischdecke.

Damit verschwanden die drei, jeder mit einer Kiste Alkohol unter dem Arm, und dann kam Tim zurück, um mehr zu holen, und schleppte alles hin und her. Er war jetzt wieder besser zu Fuß, nachdem er nicht mehr rund um die Uhr auf den Beinen sein musste, und hatte auch nicht mehr ständig diesen Ausdruck von unterdrücktem Schmerz an sich.

Er verkaufte jetzt Landmaschinen als Vertreter. So kam er zu den vielen Höfen in der Gegend, ja sogar im gesamten Südwesten Englands, und das bedeutete für ihn, wie er sagte: »Ich treffe alle meine Kumpels, ohne die verdammte Drecksarbeit machen zu müssen. Ich winke ihnen zum Abschied zu, wenn sie da in der Scheiße stehen und meinen Firmenwagen bewundern.« Er zeigte ihn mir jetzt, als er noch einmal kam, um die letzte Kiste mit Limonade zu holen. Der Wagen parkte ein Stück weiter unten an der Straße: ein brandneuer silberner Saab. Ich sah Caro lächeln, als sie den Kofferraum zuklappte, und wir hörten seine Lobrede auf den Turbolader-Dingsbums und den Einspritz-was-auch-immer an.

Hinten im Laden hatten die Mädchen bereits das Tischtuch über den Tisch gebreitet und stellten die Gläser auf. Caro schälte wie eine Besessene eine Gurke und Stacey machte sich über die Zitronen her.

»Minze?« Sie blickte auf.

Oh. Ich schoss zum Auto zurück. Als ich damit zurückkam, blieb ich aber einen Augenblick mitten im Laden stehen und schaute mich einmal gründlich um. Ja, das Türkisblau hatte wirklich funktioniert, beschloss ich. Machte das Ganze so viel freundlicher – bei allem Respekt gegenüber Malcolm und Ludo –, weniger wie ein Herrenclub und femininer, etwas edler. Aber doch keineswegs einschüchternd. In die Richtung wollte ich mich nämlich auf keinen Fall bewegen, denn so war der Laden zu Malcolms Zeiten nie gewesen und ich wollte seine alten Kunden nicht vergraulen. Ich hätte mir keine Sorgen zu machen brauchen. Als sich die Tür hinter mir öffnete, sah ich eine Gruppe seiner älteren Stammkunden hereinkommen, Punkt sechs Uhr. Ich erkannte unter ihnen Joan mit dem langen braunen Mantel und dem Pfefferminzgeruch, während sie an mir vorbei nach hinten eilte, um möglichst als Erste ein Glas zu ergattern. Ich folgte mit der Minze. Anna und Stacey würden schnell einschenken müssen.

Als Nächstes kamen die Cousins, die ganz lässig um die Ecke geschlendert kamen. Sie nahmen sogleich ihre Plätze bei den Mädchen hinter der Bar ein, wo das Probieren, wie ich bemerkte, auch nicht zu kurz kam. Noch ein paar Frühankömmlinge tauchten auf, schauten sich staunend um und machten ihrer Begeisterung Luft, und dann kam der Mann, dessen Urteil mich am meisten besorgte, mit einem Windstoß zusammen mit Clarence in den Laden gefegt.

»Liebes!« Er eilte quer durch den Raum, um mich zu küssen, und schlug dann die Hände vor Begeisterung zusammen. Er wirbelte herum und warf sich bei der Umdrehung einen blauen Samtschal über die Schulter. »Welch ein Triumph!«

»Findest du wirklich, Malc?«, fragte ich nervös. Voller Furcht folgte ich seinem Blick und erwartete sein Urteil. Mittlerweile strömten mehr und mehr Leute durch die Tür, unter ihnen auch Ant und meine Mutter. Sie winkten mir zu.

»Nicht zu girly?«

»Oh, es ist schon sehr weiblich, aber funktioniert bestens, findest du nicht auch, Schatz?« Dieses Schatz war nicht an mich, sondern an Clarence gerichtet, der nachsichtig über Malcolms affektierte Art lächelte, während er selbst immer ernst und korrekt blieb.

»Ich stimme zu – danke.« Er nahm ein Glas von Stacey

entgegen, die mit einem Tablett zu uns gekommen war.
»Das haben Sie toll gemacht, Evie. Der Laden ist wirklich kaum wiederzuerkennen.«

Ich entspannte mich. Die Jungs hatten wirklich Geschmack, und ich war mir ziemlich sicher, dass ich es merken würde, wenn sie mir etwas vormachten. Ziemlich sicher, dass ich es merken würde, wenn es ihnen nicht gefiel. Ich fragte nach dem Leben in London, das, wie sie mir versicherten, bestens funktionierte. Vor ein paar Monaten war Clarence, nachdem er sein Sabbatical am Magdalen College beendet hatte, zurück in die verrauchte Großstadt gezogen, um die Zügel seines Jura-Fachbereichs am King's College wieder in die Hand zu nehmen, und hatte dabei einen verzweifelten Malcolm zurückgelassen. Allerdings nur, bis Clarence ihn gefragt hatte, ob er mit ihm kommen würde.

»Was, zu Besuch?«, hatte Malcolm gefragt, wie er mir später berichtete. Malcolm war ein sehr guter Schauspieler und hatte mir die Rollen vorgespielt. Er war zur einen Seite gesprungen, wo er Clarence darstellte und mit seiner tiefen, dunklen Stimme sprach, um gleich darauf zurückzuspringen und sich selbst mit einer ganz hohen, albernen Stimme zu spielen.

»Nein, um da zu leben«, brummte Malcolm alias Clarence.

»Was, mit dir?« Hohes Säuseln.

»Es sei denn, du wollest lieber mit jemand anderem leben?« Tiefes Brummen.

»In deinem Haus?« Hohes Säuseln. »In Little Venice?«

»Wenn du die Vorstellung ertragen kannst.«

»Aber ... was ist mit meinem Boot?«

»Es heißt nicht umsonst Little Venice, Malcolm. Ich bin sicher, dass sich dort ein Liegeplatz finden lässt. Falls nicht, kann es in Oxford bleiben und unser Landsitz werden.«

»Kann Cinders auch mitkommen?«

»Sooty wäre todtraurig, wenn sie nicht mitkäme.«

Malcolm verfiel in eine noch höhere Falsettlage. »Du fragst mich also, ob ich bei dir einziehen will?«

»Das wäre ... so die grobe Vorstellung.«

Es folgte eine lebhafte Darbietung mit reichlich Hin- und Hergehüpfe zusammen mit aufgeregtem Händeflattern, bis schließlich ein fiktiver Clarence mit Küssen überhäuft wurde, wobei ich Malcolm schließlich bitten musste, das zu streichen, da er die Arme um sich selbst geschlungen hatte und gar nicht zu bremsen schien. Denn die Geschichte ging ja vor allem noch weiter.

»Aber was ist mit dem Laden?«, quietschte der kleine Bär und löste sich keuchend und heftig blinzelnd aus der Umarmung.

»Ach ja, der Laden ...« Dunkles Brummen.

»Ziemlich weit zu fahren jeden Tag.«

»Verdammt weit.«

»Und genau da kommst du ins Spiel, Herzchen.« Malcolm hatte sich zu mir gewandt und in seiner normalen Stimme hinzugefügt: »Ludo will auch verkaufen. Er will wieder als Journalist arbeiten.«

»Ach wirklich?« Mir schoss bei seinem Namen die Röte in die Wangen.

»Oh ja, wusstest du das noch gar nicht? Er geht zurück, um wieder als unser furchtloser, kriegserprobter Reporter aus Afghani ... Isbekis... jedenfalls von irgendwoher zu berichten. Er meint, er hätte sein Hirn jetzt lange genug auf Eis gelegt und müsste jetzt wieder da hin, wo etwas los ist. Er ist letzte Woche nach London abgereist.«

»Oh.« Das versetzte mir einen Stich. Weil ich das bedauerte, nehme ich an, aber ich freute mich auch für ihn.

»Das ist bestimmt das Richtige für ihn«, sagte ich zu Malcolm.

»Natürlich. Das hier war nichts für ihn. Aber der *Laden*, meine Güte ...«

Der Laden. Ich ging nun ein wenig darin herum und fühlte mich seltsam schwerelos, während ich an verschiedenen Gruppen von Leuten vorbeikam, so als schwebte ich über dem Boden. Die Räume hatten sich rasch gefüllt, und alle unterhielten sich und lachten und begrüßten laut alte Freunde, die sie wiedererkannten. Ich schaute an ihnen vorbei hinüber zu den glänzenden Buchrücken, die ich erst heute Morgen zurechtgerückt hatte, damit sie auch ja ordentlich dastanden, immer genau zwei Zentimeter hinter der Kante der Regale, die ich ebenfalls in demselben blassen Türkisblau der Wände hatte streichen lassen. Nervös arrangierte ich die Blumen an der Ecke des Tisches neu und zog die Wicken etwas auseinander und ging dann weiter, um im Vorbeigehen den cremefarbenen geblümten Baumwollstoff des Sofas und der Sessel glatt zu streichen, die ich hatte neu beziehen lassen. Es mussten doch wirklich nicht alle Buchläden dunkelgrün mit Ledersesseln sein, oder? Von oben funkelten Lichtspots, die ich für mehr Helligkeit hatte installieren lassen, wie eine Unzahl winziger Sterne, und unten war glatt und kühl der prohibitiv teure Kalksteinfußboden – ich hatte fast die Augen zukneifen müssen, als ich den Scheck dafür ausgestellt hatte – zu spüren. Angenehm. All das war natürlich mit Dads Geld bezahlt worden. Wäre er damit einverstanden gewesen? Ich schaute mich um. Ich dachte schon. Das Geld würde nicht mehr dazu dienen, die Farm zu betreiben, aber es diente dazu, ein Familienunternehmen aufzubauen, und hätte ihm, glaube ich, gefallen. Ja, wir hätten es natürlich direkt in das Fass ohne Boden der Farmhaus-Renovierung stecken können, zum Beispiel hätte es mühelos in die Dachsanierung fließen können oder in die Bekämpfung des Hausschwamms, aber Ant hatte Nein gesagt. Verwende es für etwas ganz Bestimmtes, etwas, was dich an ihn erinnert, etwas für dich. Benutze es als Anzahlung für einen Kredit für den Laden. Meinen Laden.

»Wie findest du's?«, fragte ich ihn jetzt, als er zu mir herüberkam, obwohl er den Laden in seiner neuen Form natürlich schon Dutzende von Malen gesehen hatte und obwohl er sein Einverständnis zu jedem Farbmuster hatte geben und sich begeistert über jeden Pinselstrich hatte äußern müssen.

»Fantastisch.« Er lächelte zu mir hinab. »Du bist fantastisch.« Er senkte den Kopf, um mich zu küssen, und in genau diesem Augenblick ging die Tür wieder auf und Ludo kam herein mit Alice und ihrem Mann, Angus, und einer wunderschönen jungen Asiatin.

»Ludo!«, sagten Ant und ich gleichzeitig und vielleicht etwas übertrieben laut, während wir wie zwei sich abstoßende Magnete auseinandersprangen. Ant und er stürzten vor, um sich die Hände zu schütteln, ebenfalls etwas zu betont herzlich, und dann gaben Ludo und ich uns ein Begrüßungsküsschen auf die Wange, so als würden wir dabei glühend heißes Metall berühren.

»Hi.« Er trat rasch einen Schritt zurück, genau wie ich. »Das ist ja toll geworden.« Er blickte sich um. »Das haben Sie wirklich gut gemacht.«

»Finden Sie?« Ich hörte nicht wirklich zu, sondern betrachtete sein modisch zerknittertes Leinenjackett und das wild rot-weiß gemusterte Hemd, die er anstellt des riesigen Tweedmantels samt gelockertem Schlips und Kragen trug.

»Aber wie. Das holt den Laden aus dem letzten Jahrhundert und katapultiert ihn in dieses hinein. Ich hatte immer das Gefühl, dass wir irgendwie einen Touch der Neunzigerjahre hatten, aber ich konnte nicht festmachen, woran es lag.« Er sah, dass ich seinen neuen

Kleidungsstil bemerkt hatte. »Ach ja. Das hat alles Sunita für mich gekauft.« Er grinste, sein liebenswertes, verschmitztes Lächeln, bei dem er die Augenwinkel zusammenkniff und seine Augen fast verschwanden, und dann zog er mit festem Griff um ihre Taille die dunkle Schönheit in den Kreis. Ihre Haare flossen wie ein langer mahagonifarbener Vorhang über ihre Schultern, sie hatte hohe Wangenknochen, und wenn sie lächelte, strahlten ihre Augen und ihre Zähne um die Wette.

»Sunita – Evie«, sagte Ludo. »Sunita wollte mich auch aus dem letzten Jahrhundert herausholen.«

Ich lachte. »Das wurde aber auch Zeit. Wie schön, Sie kennenzulernen, Sunita.«

»Es war nett, dass Sie mich eingeladen haben«, sagte sie mit einem leisen Lächeln, und ich wusste sogleich, dass sie Bescheid wusste. Dass er es ihr gestern im Bett oder vielleicht im Auto auf der Fahrt hierher erzählt hatte. Vielleicht hatte sich Alice vom Rücksitz vorgebeugt, um ihr noch mehr Details zu verraten. In das Mädel war ich mal ziemlich verknallt. Oder hatte er möglicherweise gesagt: Sie hat mich wieder zum Leben erweckt? Nein. Aber Alice vielleicht. Und ich erhaschte einen Anflug von Erstaunen in Sunitas Blick. Mädel? Wohl eher, Frau, oder? Ach ja, aber weißt du, Sunita, dachte ich, während ich mich höflich entschuldigte und weiterging, man muss kein junges Ding sein, um die Herzen höher schlagen zu lassen. Das hilft natürlich, aber es ist keineswegs zwingend erforderlich.

Ich schlenderte durch den Raum, die Rolle der Getränke ausschenkenden Gastgeberin gab mir eine wunderbare Freiheit, und ich begrüßte meine Gäste hier, nahm dort Komplimente entgegen, rief Leuten etwas zu, die ich seit Ewigkeiten nicht mehr gesehen hatte, und genoss es, an meinem Eröffnungsabend, einer herrlich lauen Spätsommernacht, mit Freunden und Familie zusammen zu sein. Ich entdeckte Ted, der mit Stacey in einem der Erkerfenster stand, und ging hinüber, um ihn zu begrüßen.

»Wie lieb von dir, dass du den weiten Weg gekommen bist«, sagte ich und schenkte ihm ein Glas ein.

Er kippte es auf einen Zug hinunter. »Red keinen Unsinn, das hier hätte ich um nichts in der Welt verpassen wollen. Mann, was ist das denn, Pferdepisse? Gibt's kein Bier?«

Ich lachte. »Nein, und dafür kannst du mich und deine Enkelin verantwortlich machen. Wir dachten, wir bräuchten es nicht.«

»Granddad, das ist Pimm's. Das schmeckt dir!«, bemerkte Stacey empört.

Er verzog das Gesicht. »Vielleicht wäre es besser ohne den ganzen Obstsalat da drin. Hol mir eines ohne das Gerümpel, ja, mein Schatz?« Er reichte ihr sein Glas, und Stacey verdrehte die Augen gen Himmel und machte sich gehorsam davon.

»Was für ein Anlass.« Er rieb sich vor Begeisterung die Hände. »Die Mädels sind ganz außer sich!«

Ich lachte. »Ich weiß. Ich glaube, sie betrachten es als ihren privaten Buchladen. Sie sind ständig hier drin und leihen sich was aus, dabei haben wir noch nicht mal geöffnet.«

»Ah, aber dazu hast du sie schließlich ermutigt, oder?« Er machte eine vielsagende Kopfbewegung nach draußen und zwinkerte mir verschwörerisch zu.

»Das stimmt«, gab ich zu. »Ich konnte nicht widerstehen.«

»Natürlich konntest du das nicht, und wer könnte es dir verdenken? Aber du musst sie jetzt auch dafür arbeiten lassen. Die sollen sich ruhig samstags hinter die Ladentheke stellen. Das sollen sie mal lernen: Von nichts kommt nichts.«

»Oh, keine Sorge, sie haben ihre Zeiten schon reserviert. Und sie verlangen mehr als das Mindestgehalt.«

»Da wette ich drauf!«, dröhnte der tolle Ted, dessen Gesicht, wie ich bemerkte, schon jetzt die Farbe des rot gepunkteten Taschentuches angenommen hatte, das er sich ganz verwegen in die Brusttasche seines offenbar neuen, schicken Tweedjacketts gesteckt hatte.

»Jaja, und du hast das hier wirklich ganz toll gemacht. Und sieh dir an, wer dich alles unterstützt.« Seine Augen fuhren durch den Raum und blickten staunend auf die inzwischen recht beachtliche Menge von Gästen. »Wenn alle diese Leute hier ihre Bücher kaufen, dann hast du's geschafft. Du hast jetzt schon einen Haufen Kunden!«

»Wollen wir's hoffen«, sagte ich nervös. »Ich verlasse mich ziemlich darauf, dass die Leute ihrem kleinen, besonderen Buchladen, der so günstig gleich um die Ecke liegt, treu bleiben. Sonst kann ich gegen die großen Ketten nicht bestehen.«

»Ja, genau, das hat die gut aussehende Dame da drüben vorhin auch gesagt, das macht den Charme hier aus.« Er machte eine Kopfbewegung durch den Raum. »Es hat was Besonderes.«

»Das ist meine Mum«, sagte ich überrascht. »Hat man euch nicht vorgestellt?«

»Nicht wirklich. Ich habe mich nur in die Runde gedrängt, dann hat jemand anders sie mit Beschlag belegt. Deine Mum, was?« Überrascht schaute er von mir zurück zu ihr. »Oh, ja, jetzt kann ich es erkennen. Dasselbe Lächeln. Bestimmt auch die gleiche großzügige Art.«

»Oh nein, Ted, sie ist viel netter als ich. Komm, ich stelle dich ihr richtig vor.«

Ich führte ihn quer durch den Raum und machte die beiden miteinander bekannt. Ja, meine Mutter sah tatsächlich ziemlich gut aus, dachte ich, als ich die beiden ins Gespräch vertieft zurückließ. Die Mädchen hatten sie überredet, sich den Pferdeschwanz abschneiden und eine ordentliche Frisur machen zu lassen mit ein paar Strähnchen, was eine große Verbesserung war und sie um Jahre jünger aussehen ließ. Eigentlich sahen an diesem Abend alle gut aus, fand ich. Anna und Stacey waren mit ihren Cousins hinter der Bar – oder dem Klapptisch –, was sie ganz offensichtlich als ihre Aufgabe betrachteten. Sie lachten über Henry, der Hula Hoops in die Luft warf und versuchte, sie mit dem Mund aufzufangen, und es jedes Mal verpasste. Die Jungs sahen liebenswert schlaksig aus mit ihren schicken Hemden, die sie locker über hellen Chinos trugen. Die Mädchen wirkten sehr erwachsen in kurzen Röcken, überbreiten Gürteln und Make-up. Selbst Phoebe. Sie sah meinen Blick und lächelte mir zu. Dann löste sie sich nach kurzem Zögern von den anderen und kam zu mir herüber und zupfte mich am Ärmel.

»Äh, Evie?«

»Ja, mein Schatz?« Abwesend schaute ich mich um. Sollte ich die Würstchen jetzt servieren, überlegte ich. Inzwischen waren doch so ziemlich alle da, oder?

»Du weißt doch, dass du zu Mum gesagt hast, Jack oder Henry könnten vielleicht eines Tages die Farm von euch zurückkaufen.«

Ich wandte mich um, um sie richtig anzuschauen.

»Ja?«

»Würdest du dasselbe auch zu mir sagen?« Die Röte stieg ihr ins Gesicht. »Wenn ich es eines Tages wollte, würdest du mir auch ein Erstkaufsrecht einräumen?«

Ich stellte meinen Krug hin. »Phoebe Milligan.« Ich legte die Arme um sie und zog sie an mich. »Mit dem größten Vergnügen«, flüsterte ich ihr ins Ohr. »Mit dem allergrößten Vergnügen. Keine Sorge, Phoebe, die Farm soll dir gehören, wenn du das wirklich einmal willst.«

»Danke.« Sie strahlte mich an. »Es ist nur, ich dachte,

ich könnte nach der Schule nach Cirencester gehen. Du weißt schon, das College für Landwirtschaft. Um zu lernen, wie es richtig geht. Und wer weiß, eines Tages ...«

»Ja, wer weiß«, sagte ich gerührt. »Aber ich sag dir eines, Phoebe, falls du deine Meinung noch mal ändern solltest. Ich würde es deiner Mutter jetzt noch nicht verraten. Sie wäre so begeistert, dass sie gar nicht mehr aufhören wird, davon zu reden, und dann wirst du die Farm wirklich nehmen *müssen*.«

Sie lachte und schlüpfte dann wieder zurück zum Rest der Bande hinter dem Klapptisch, noch immer mit geröteten Wangen und mit einem ganz kurzen Blick zu mir zurück, als sie voll stiller Freude nach ihrem Glas griff.

Es war warm im Laden, und ich schlängelte mich durch die lärmende, blökende Menge nach vorne, um ein Fenster zu öffnen. Ich öffnete auch die beiden Türflügel und hakte sie an der Wand fest, dann schlenderte ich nach draußen. Die Würstchen konnten noch einen Augenblick warten. Erst wollte ich noch etwas sehen. Auch draußen auf dem Bürgersteig standen ein paar Leute mit ihren Gläsern, darunter der eine oder andere Raucher, sie lachten und plauderten und bliesen den Rauch in dünnen blauen Streifen in den dämmrigen Himmel empor. Sie lächelten und hoben die Gläser, als sie mich sahen.

»Prost. Gut gemacht!«

Ich lächelte und erhob ebenfalls mein Glas. »Danke.«

Aber ich blieb nicht stehen. Ich wollte auf die andere Straßenseite, von wo aus ich zurückschauen und alles richtig überblicken konnte. Ich überquerte die Straße und wich dabei einem einsamen Radfahrer aus. Die Touristen verschwanden jetzt langsam und die Studenten würden erst noch kommen, und so machte sich ein Gefühl der Erschöpfung in der Stadt breit, eine kurze Atempause. In der Ferne war der Verkehrslärm des Stadtzentrums zu hören, und die sanfte warme Septemberluft, angereichert mit dem Duft verschiedener Bars und Restaurants, erfüllte meine Sinne. Als ich mich auf dem gegenüberliegenden Bürgersteig umwandte, um zu meinem Laden zurückzuschauen, krampfte sich mir kurz das Herz zusammen, bevor es weiterschlug.

Hell erleuchtet und geschäftig hob sich der Laden gegen seine dunklen, stillen Nachbarn ab und schien der absolute Szenetreff an diesem Freitagabend zu sein, die angesagte Party. Es brummte wirklich nur so. Stimmen klangen in die Nacht hinaus, und dann und wann brach Gelächter hervor wie ein Funken aus einem Feuer und schallte weit die Straße hinunter bis zum Bodleian Head oder hinauf in die Skyline aus honigfarbenem Sandstein. Meine Augen musterten kritisch die Schaufenster des Ladens. Der beiden Läden eigentlich, dem von Malcolm und dem von Ludo, mit separaten Eingängen, die nun nahtlos zusammengeführt waren durch eine zweiflügelige Glastür. Die gesamte Holzverkleidung, die Fensterrahmen, die teilweise kunstvoll geschnitzt waren, vor allem um die Erkerfenster herum, waren nun in einem matten Weiß gestrichen, und die Details wurden in derselben helltürkisen Farbe hervorgehoben, die auch im Inneren des Ladens vorherrschte. Über dieses Blau war viel diskutiert worden. Viele Farbkarten waren auf dem Küchentisch ausgebreitet worden, und es hatte jede Menge jugendlich leidenschaftlicher Meinungsäußerungen dazu gegeben. Auch die Türrahmen waren in dem matten Weiß gestrichen und rechts und links davon standen zwei Zitronenbäumchen auf dem Gehweg in runden verzinkten Eimern.

»Die werden geklaut«, hatte Malcolm mich gewarnt, sobald er sie gesehen hatte.

»Ich hole sie nachts rein«, hatte ich erwidert.

»Du wirst nachlässig und lässt sie draußen, und dann werden sie geklaut«, hatte er wiederholt.

»Wir werden sehen«, hatte ich lächelnd erwidert, und er hatte meinen Enthusiasmus, vielleicht sogar meine Naivität belächelt.

Hinter den Zitronenbäumchen griff das Schaufenster das – meiner Meinung nach – irgendwie toskanische Thema auf: In jedem Erker stand ein langer, ziemlich schöner Landhaustisch aus gebleichtem Eichenholz, ein passendes Paar, das ich bei einer lokalen Auktion entdeckt und mir triumphierend unter den Nagel gerissen hatte. Beide waren mit Büchern bedeckt, von denen einige aufgestellt waren, andere lagen einfach flach, wieder andere in Stapeln, und ein oder zwei waren offen, als würde gerade jemand darin lesen. Auf einem der Tische lag auf einem Band über impressionistische Malerei ein Panamahut – ich weiß, ich weiß – und auf dem anderen stand eine große Keramikschale mit Orangen aus Porzellan. Über diese beiden Objekte hatte Malcolm gelächelt und etwas von wegen Kinderspielzeug und Staub gemurmelt, aber ich hatte nicht widerstehen können. Mein Blick wanderte nun nach oben über die Fenster zu der Sache, der ich, wie Ted zuvor richtig bemerkt hatte, ebenso wenig hatte widerstehen können. Auf dem Ladenschild stand in zitronengelber Schrift – noch eine Farbe, die unter den weiblichen Familienmitgliedern heiß diskutiert worden war – der Name des Ladens mit großen geschwungenen Buchstaben geschrieben:

Hamilton and Daughters

Ich lächelte. Erhob mein Glas. »Auf uns«, sagte ich leise in die Nacht hinein.

Stürmischer kann es bis zur Trauung nicht zugehen!

Roman. 480 Seiten. Übersetzt von Elfriede Peschel.
ISBN 978-3-442-37171-6

Lesen Sie mehr unter: **www.blanvalet.de**

blanvalet

Rund? Na und!

Roman. 384 Seiten. Übersetzt von Eva Malsch
ISBN 978-3-442-36932-4

Lesen Sie mehr unter: **www.blanvalet.de**